HEYNE BÜCHER

W0378651

SCIENCE FICTION

Herausgegeben
von Wolfgang Jeschke

Von ROGER MACBRIDE ALLEN erschien in der Reihe
HEYNE SCIENCE FICTION & FANTASY:

Die Laserfaust · 06/5083
Die Ring von Charon · 06/5912
Die zerschmetterte Sphäre · 06/5913
Die Waisen der Schöpfung · (in Vorb.)

ROGER MACBRIDE ALLEN

DER RING VON CHARON

Roman

Aus dem Amerikanischen von
MARTIN GILBERT

Deutsche Erstausgabe

WILHELM HEYNE VERLAG
MÜNCHEN

HEYNE SCIENCE FICTION & FANTASY
Band 06/5912

Titel der amerikanischen Originalausgabe
THE RING OF CHARON
Deutsche Übersetzung von Martin Gilbert
Das Umschlagbild ist von Zoltan Boros

Umwelthinweis:
Dieses Buch wurde auf
chlor- und säurefreiem Papier gedruckt.

2. Auflage

Redaktion: Wolfgang Jeschke

Amerikanische Erstausgabe 1990:
A TOR Book, published by Tom Doherty Associates, Inc., New York
Mit freundlicher Genehmigung des Autors
und Thomas Schlück, Literarische Agentur, Garbsen
(# T 33270)

Printed in Germany November 1999
Umschlaggestaltung: Atelier Ingrid Schütz, München
Technische Betreuung: M. Spinola
Satz: Schaber Datentechnik, Wels
Druck und Bindung: Elsnerdruck, Berlin

ISBN 3-453-13294-7

Gewidmet Charles Sheffield –
Freund, Kollege
und der beste Mann in diesem Geschäft

Ich möchte einer Reihe von Personen meinen Dank aussprechen, die mir bei diesem Buch wertvolle Hilfestellung geleistet haben.

Vor allem bedanke ich mich bei Charles Sheffield, dem dieses Buch gewidmet ist. Er hat den *Ring von Charon* korrekturgelesen, doch damit hat es längst nicht sein Bewenden. Für das Wohlwollen, das er mir im Laufe der Jahre entgegengebracht hat, hätte er viel mehr verdient als eine bloße Widmung in einem Buch. Er ist ein guter Mensch und ein guter Freund. Lest seine Bücher.

Dank an Debbie Notkin, meine Lektorin, die mir auf die Sprünge geholfen und den Spagat vollbracht hat, den Lektoren beherrschen müssen: Sie hat mich ermuntert, meiner Vision des Buchs treu zu bleiben, ohne mir ihre Sichtweise aufzuzwingen. Sie war die treibende Kraft.

Dank an meinen Vater, Thomas B. Allen, der die notwendigen Kürzungen vorgenommen hat und wesentlich zur Verbesserung des Buchs beigetragen hat, das Sie nun in Händen halten.

Dank an alle Mitarbeiter von Tor Books – Ellie Lang, Patrick Nielsen Hayden, Heather Wood und Tom Doherty. Sie haben mehr getan, als das Buch nur herauszugeben. Sie haben dahintergestanden.

Und zuletzt Dank an all die anderen, die die Entstehung dieses Buchs kritisch begleitet haben – meine Mutter Scottie Allen und meine Freundin Rachel Russell.

Eine letzte Bemerkung. Dieses Buch trägt den Untertitel *Das Erste Buch der Heimgesuchten Erde*; ja, weitere werden folgen. Doch dieses Buch und das nächste, überhaupt alle Bücher, die ich je geschrieben habe oder noch schreiben werde, haben eine abgeschlossene Handlung. Wenn Sie ein Buch von mir lesen, werden Sie es verstehen, auch ohne ein Dutzend anderer Titel gelesen zu haben. Das ist ein Versprechen.

ROGER MACBRIDE ALLEN

TEIL FÜNF

ANHANG

Hinweis: Ein Glossar der im Der Ring von Charon *verwendeten Terminologie findet sich im Anhang des Buchs.*

JANSEN ALTER. Eine Mars-Geologin.

SONDRA BERGHOFF. Eine junge Gravitations-Wissenschaftlerin in der Gravitations-Forschungsstation Pluto.

WOLF BERNHARDT. Wissenschaftlicher Leiter der Nachtschicht am Jet Propulsion Laboratory, später Leiter des UN-Direktorats für Weltraumforschung (DWF).

LARRY O'SHAWNESSY CHAO. Junior-Forscher in der Gravitations-Forschungsstation Pluto.

CHELATED ›EXTREMER VERZERRER‹, auch bekannt als *Frank Barlow*. Funktechniker bei den *Nackten Purpurnen*.

LUCIAN DREYFUSS. Techniker im Kontrollzentrum der Mond-Flugsicherung.

GERALD MACDOUGAL. Ehemann von Marcia MacDougal. Wiedergeborener kanadischer Exobiologe.

MARCIA MACDOUGAL. Ehefrau von Gerald MacDougal. Planeten-Ingenieurin in der Venus-Initial-Station für Operationale Forschung (VISOR). Als Teenager vor der Bewegung der *Nackten Purpurnen* im *Purpurnen Straflager Tycho* geflohen.

HIRAM MCGILLICUTTY. Dyspeptischer Physiker bei VISOR.

OHIO TEMPLATE ›WINDBEUTEL‹. Größter Windbeutel beziehungsweise Führer des Habitats der *Nackten Purpurnen* (*NaPurHab*).

DR. SIMON RAPHAEL. Ältlicher und verbitterter Direktor der Gravitations-Forschungsstation Pluto.

MERCER SANCHEZ. Eine Mars-Geologin.

DIANNE STEIGER. Pilotin des Frachtraumschiffs *Pack Rat*. Später Kapitänin der *Terra Nova*.

TYRONE VESPASIAN. Direktor der Mond-Flugsicherung.

DR. JANE WEBLING. Wissenschaftliche Leiterin der Gravitations-Forschungsstation Pluto.

COYOTE WESTLAKE. Selbständige Asteroiden-Mineurin, Eignerin des Bergbau-Schiffs *Vegas Girl*.

»Manchmal habe ich schon
vor dem Frühstück an ein halbes Dutzend
unglaublicher Dinge geglaubt.«

White Queen in *Unter der Lupe*
von Lewis Carroll

Teil Eins

Kapitel Eins

Das Ende

Eine Million Gravitäten, mit steigender Tendenz. Larry O'Shawnessy Chao grinste siegesbewußt und lehnte sich zurück, um das Schauspiel zu beobachten. Sie hatten den Ring nicht deaktiviert, noch nicht. Vielleicht würde *das* bei einigen Leuten einen Denkprozeß einleiten. *Eine Million und zehntausend Gravitäten. Eine Million zwanzig. Eine Million fünfundzwanzig.* Pegelte sich auf diesem Niveau ein. Stirnrunzelnd beugte Larry sich vor und schob den Vernier-Regler eine Idee nach vorn, wobei er sich eher vom Gefühl und der Intuition leiten ließ als vom Verstand.

Es herrschte Totenstille im Zwielicht des Leitstands Eins der Schwerkraft-Forschungsstation. Doch diese Ruhe lag auch über dem ganzen Planeten Pluto. Larry ignorierte die Stille, den knurrenden Magen und kämpfte gegen die Müdigkeit an, die ihn zu überwältigen drohte. Essen und Schlafen konnte er später immer noch.

Die Werte auf der Anzeige waren für einen Moment rückläufig und stiegen dann wieder an. *Eine Million fünfzig, sechzig, siebzig, achtzig, neunzig …*

Eine Million einhunderttausend Gravitäten. Elfhunderttausendmal stärker als die irdische Schwerkraft. Larry sah auf die auf der Konsole leuchtende Zahl: *1 100 000.*

Er schaute auf, als ob er durch die Decke des Leitstands, die Druckkuppel der Station und den kalten Raum den massiven Ring sehen konnte, der am Himmel hing. Der Ring war nämlich Schauplatz der Ereignisse und nicht dieser Leitstand. Er betätigte nur Schalter und überwachte Skalen. Es war *dort draußen,* auf dem Ring, der den Plutomond Charon umkreiste, wo die eigentliche Arbeit geleistet wurde.

Ein Gefühl des Triumphs wallte in ihm auf. Der Ring hatte ihm zu diesem Erfolg verholfen. Er hatte zwar nur einen Wirkbereich von wenigen Mikron, und obendrein war das Ding nicht einmal stabil, aber egal. Die Erzeugung eines derart starken Felds stellte einen Motivationsschub für das ganze Team dar. Nun würde sogar Dr. Raphael eingestehen müssen, daß sie auf dem besten Wege waren, Virtuelle Schwarze Löcher und Wurmlöcher zu erzeugen und auch zu benutzen.

Der unmittelbare Nutzen eines funktionsfähigen VSL bestand indes darin, daß es zum Abbau des Haushaltsdefizits beitragen würde. Vielleicht sogar in einem solchen Umfang, daß selbst Raphael zufriedengestellt wurde. Obwohl Larry den Direktor im Grunde nur als distanziert, kalt und unwirsch in Erinnerung hatte. Larrys Vater war genauso gewesen. Er hatte es ihm nie recht machen können, und trotz aller Erfolge hatte sein Vater ihm stets die Anerkennung versagt.

Doch alles war möglich – *falls* Larry ein Virtuelles Schwarzes Loch erschuf. Doch selbst mit diesem 1,1-Millionen-Feld war es noch ein weiter Weg. Größe und Stabilität des Feldes waren nach wie vor das Hauptproblem. Die Zahlen auf dem Gravitationsmesser flackerten und wurden abrupt auf Null zurückgesetzt. Das mikroskopisch kleine Feld war instabil geworden und zusammengebrochen.

Larry schüttelte den Kopf und seufzte. Wieder ein masseloses Schwerefeld verpufft. Diesmal hatte es allerdings phantastische 1,1 Millionen Gravos erreicht und immerhin für dreißig Sekunden Bestand gehabt. Dies war ein Durchbruch, eine magische Zahl, trotz der vielen Arbeit, die noch vor ihm lag.

Zu dumm, daß das übrige Personal schlief. Das war eben das Problem, wenn man um 01:00 Uhr eine Sternstunde hatte: es gab keine Zeugen, niemanden, mit dem man feiern konnte, und niemanden, der von diesem Erfolg inspiriert wurde und mit der nächsten verrückten Idee aufwartete. Allerdings kannte er auch kaum jemanden. Selbst nach fünf Monaten vor Ort und mit einem solchen Anlaß kannte er niemanden, den zu dieser Stunde aufzuwecken er sich getraut hätte. Er war ein einsamer Mann an einem einsamen Ort.

Sei's drum. Morgen war auch noch ein Tag. Und vielleicht würde dieser Erfolg ihm so viel Aufmerksamkeit zuteil werden lassen, daß er ein paar Leute kennenlernte. Larry stand auf, streckte sich und überzeugte sich davon, daß das Computer-Logbuch sämtliche Daten und Prozeduren aufgezeichnet hatte. Dann wies er den Rechner an, einen Ausdruck für die am nächsten Tag stattfindende Besprechung zu erstellen und schaltete das System ab.

Der Beobachter spürte etwas.

Kurz, weit entfernt und quälend. Schwach, nicht mehr als ein Hauch. Dennoch war dieses Gefühl existent. Zum erstenmal seit unzähligen Jahren spürte er die Berührung, die er erwartet hatte.

Der Beobachter hatte keine Augen, und die Energie war kein Licht, aber die Wahrnehmung des Beobachters erfolgte analog zum Sehen. Für eine lange Zeit hatte er im Bereitschaftszustand verharrt. Das Etwas, *das er spürte, war ein leuchtender Punkt in der Dunkelheit, eine helle, aber weit entfernte Boje. Daraus zog er den richtigen Schluß, daß es sich um eine kleine, starke Energiequelle in großer Entfernung handelte.*

Der Beobachter wurde von Erregung ergriffen. Dies war das Signal, auf das er so lange gewartet hatte.

Und doch war es nicht das exakte *Signal. Es war zu schwach und ungerichtet. Der Beobachter beruhigte sich wieder.*

Er wollte auf das Signal antworten, das tun, wozu man

ihn erschaffen hatte, doch der Stimulus war nicht stark genug. Er stand unter der Kontrolle dessen, was er in Ermangelung einer besseren Definition als Instinkt oder vielleicht auch Programmierung bezeichnete – und es stand nicht in seinem Ermessen, ob er reagierte oder nicht. Er hatte auf den richtigen Stimulus zu reagieren und auf keinen andern.

Schaudernd kämpfte er gegen die ihm innewohnenden Zwänge an.

Aber der Zeitpunkt war noch nicht gekommen. Noch nicht.

Zumindest war es noch nicht an der Zeit zu handeln. Allerdings war es an der Zeit, aufzuwachen und die Beobachtung zu intensivieren. Vielleicht würde er bald handeln müssen.

Er richtete alle Sinne auf die Energiequelle und beobachtete sie konzentriert.

Zehn Minuten nach Beendigung des Tests war Larry draußen im Korridor; er war hundemüde und fühlte sich einsam. Nachdem er die Idee erfolgreich in die Praxis umgesetzt hatte, ließ die Euphorie nun allmählich nach. Larry war nach einem Sieg immer in Katerstimmung.

Vielleicht lag es daran, daß selbst seine größten Siege nur schwer zu erklären waren. In der Welt der Teilchenphysik waren die Probleme so diffus und die Lösungen so bruchstückhaft und kompliziert, daß Larry fast niemanden hatte, mit dem er sich austauschen konnte.

Das Schicksal des Genies, sagte er sich mit einem stummen Lachen. Larry war fünfundzwanzig und kam sich mittlerweile zu alt für ein Wunderkind vor. Er wirkte indes jünger, und seine Gesichtszüge wurden weitaus mehr durch den chinesischen Anteil seiner Herkunft geprägt als durch den irischen. Er war ein kleiner, schlanker und zerbrechlich wirkender Mann, mit einem blassen Teint, kurzem schwarzem Haar und großen, ausdrucksvollen Mandelaugen. Er gehörte zu den wenigen Leuten in der Station, die gelegentlich die Zivilkleidung mit den Standard-Kombis vertauschten. Die grauen Overalls waren etwas zu groß für ihn und ließen ihn noch jünger und kleiner erscheinen, als er ohnehin schon war. Durch die Hawaii-Hemden, für die er nach Dienstschluß eine Vorliebe hatte, wirkte er indes auch nicht reifer. Es war Larry noch nie in den Sinn gekommen, daß die anderen ihn aufgrund seines Erscheinungsbilds vielleicht unterschätzten.

Vorsichtig stellte er die Füße auf den Velcro-Teppich und ging los. Die Schwerkraft von Pluto, die nur vier Prozent der irdischen betrug, war tückisch, wenn man müde war. Die Schwerkraft-Forschungsstation wäre deshalb ein idealer Ort für die Nutzbarmachung künstlicher Schwerkraft, falls eine solche phantastische Technik jemals angewandt würde.

Und die Chancen standen gut – zumal die Medien die Finanzierung der Station auch damit rechtfertigten, indem sie ständig auf den Nutzen der künstlichen Schwerkraft für das alltägliche Leben hinwiesen. Es waren alle möglichen ›Künstler-Entwürfe‹ in Umlauf gebracht worden, darunter auch eine Forschungsstation, die auf Antigrav-Kissen über der Jupiteroberfläche schwebte sowie Raumhabitate mit irdischer Schwerkraft, bei denen Rotation zum Ausgleich der niedrigen Gravitation nicht mehr erforderlich war. Diese Entwürfe waren im besten Fall Träumereien, im schlimmsten utopischer Unsinn, und wo sich nun herausstellte, daß sie nicht zu verwirklichen waren, standen ihre Urheber als Trottel da.

Den Forschern war es noch nicht einmal gelungen, ein stabiles Punktquellen-Schwerefeld zu erschaffen. Woher nahmen sie dann die Hoffnung, in der Jupiter-Atmosphäre ein isoliertes Ein-Gravo-Feld zu erzeugen?

So unsinnig diese Vorstellung auch war, Larry hätte in diesem Moment nichts gegen ein künstliches Schwerefeld einzuwenden gehabt. Er war es nämlich leid, über den Velcro-Läufer zu schlurfen. Vierprozentige Gravitation war ein Ärgernis, denn sie vereinte die Nachteile von Schwerelosigkeit und irdischer Schwerkraft, ohne deren Vorteile aufzuweisen. In der Schwerelosigkeit konnte man nicht stürzen, und bei einer ausreichenden Schwerkraft kippte man nicht um. Hier indes traf keins von beiden zu.

Plötzlich spürte Larry eine starke Erschöpfung. Er wurde sich bewußt, daß es halb vier morgens war und er sich Milliarden Kilometer von der Heimat entfernt befand. Die Bilder seiner Heimatstadt Scranton, Pennsylvania, erschienen vor seinem geistigen Auge, und er spürte ein Gefühl der Niedergeschlagenheit.

Nur wenn er mitten in einem Problem steckte, war er glücklich. Wenn er die Lösung gefunden hatte, war das Spiel vorbei. Es war wie die Matheaufgaben in der Schule. Mathematik war schon immer sein Lieblingsfach gewesen. Algebra, Trigonometrie, Differentialrechnung und dergleichen. Larry hatte sich förmlich hineingesteigert. Als er zum erstenmal einen Nachweis geführt und eine Funktion ermittelt hatte, war es noch eine Herausforderung gewesen und hatte Spaß gemacht. Die anfängliche Ratlosigkeit wich dem Verstehen und zuletzt dem Triumph. Doch danach – danach waren die Probleme ihm nur noch statisch und monoton erschienen. Er *wußte*, wie es funktionierte. Von da an war die Arbeit am ganzen Problem*typ* antiklimaktisch und redundant. Es war, als ob er dazu verurteilt worden wäre, immer wieder denselben Roman zu lesen, obwohl er den Schluß längst kannte.

Während seine Klassenkameraden eine Aufgabe nach der andern bewältigten und ihre Fähigkeiten allmählich steigerten, langweilte er sich nur noch und hatte schon das hundertste Problem gelöst, wo die anderen noch beim zehnten waren.

Erst wenn der Lehrer im Lehrstoff fortfuhr, fühlte Larry erneut einen Anflug von Begeisterung.

Während der Promotion hatte er sich mit dem Feld der Hochenergie-Physik befaßt, was ihm neue Freiräume eröffnete. Hier wurden nicht nur er, sondern auch alle anderen mit neuen Problemen konfrontiert. Hier hatte er nicht mehr die Gewißheit, daß die Antworten im Anhang zu finden waren. Allerdings überkam ihn auch hier wieder Katerstimmung, sobald er die Nuß geknackt hatte.

Larry neigte nicht zu Nabelschau, und schon die Identifizierung eines solch offensichtlichen Verhaltensmusters stellte eine Leistung für ihn dar. Dennoch mußte jeder, der zum Pluto geschickt wurde, zuvor an einem Intensivlehrgang in Psychologie teilnehmen. Weniger formell ausgedrückt hieß das, die Psychologen sorgten dafür, daß man auf Pluto nicht durchdrehte. Man achtete auf Pluto genauso auf den Geisteszustand der Leute, wie der Träger eines Druckanzugs die Luftreserve im Auge behielt.

Der kleinste Riß im Anzug konnte tödliche Folgen haben, und das galt auch für das menschliche Bewußtsein auf Pluto. Auch nur die geringste Schwäche, ein mikroskopisch feiner Riß in der Wand zwischen den Menschen und der Kälte und der Dunkelheit würde schon genügen, gute Männer und Frauen in den Wahnsinn zu treiben.

Geistige Gesundheit war ein knappes Gut auf Pluto; sie war schnell aufgebraucht und wurde deshalb sorgfältig rationiert. Das bedrückende Gefühl der Isolierung – die Vorstellung, an diesem einsamen Ort mit 120 anderen Sonderlingen eingesperrt zu sein – machte den Geist mürbe.

Nicht nur die Unwirtlichkeit des Planeten, sondern auch die Gewißheit, für die nächsten Monate oder gar

Jahre von der Heimat abgeschnitten zu sein, verursachte vielen Menschen hier Alpträume.

Jedes halbe Jahr traf zwar das Versorgungsschiff ein. Aber nach seinem Abflug war die Besatzung der Station wieder für ein halbes Jahr auf sich allein gestellt. Es gab sage und schreibe ein Schiff, das imstande war, das vor Pluto stationierte *Innere System* zu erreichen. Im Bedarfsfall war die *Nenya* zwar in der Lage, die gesamte Besatzung zu evakuieren, aber es würde ein monatelanger, höchst unangenehmer Flug werden. Die Alternative bestand darin, zur Erde zu transitieren. Das würde sechzehn Tage dauern, wobei jedoch nur fünf Leute mitfliegen konnten; die anderen wären dann völlig abgeschnitten. Die *Nenya* stellte also eine Versicherung dar, die bisher noch niemand in Anspruch genommen hatte.

Außerdem konnte das Schiff als Hilfs-Leitstelle für den Ring eingesetzt werden. Doch ohne eine Verankerung mit Pluto, dessen Masse zur Kalibrierung diente, war die Zentrale der *Nenya* nicht imstande, Messungen mit der gleichen Genauigkeit wie die Station durchzuführen. Der eigentliche Nutzen der *Nenya* war psychologischer Natur. Sie stellte die Verbindung zur Heimat dar und vermittelte den Leuten die Gewißheit, daß eine Rückkehr zur Erde möglich war.

Die Schwerkraft-Forschungsstation war im Umkreis von einer Milliarde Kilometern das einzige menschliche Habitat, und jedes Besatzungsmitglied der Station war sich dieser Tatsache in jedem Augenblick bewußt.

In der Stille der Pluto-Nacht hatte Larry den Eindruck, daß der Planet die Anwesenheit von Menschen regelrecht ablehnte. Leben, Licht, Wärme und Bewegung waren in diesem vor Frost erstarrten Land nicht willkommen. Schon beim Gedanken an die eisige Kälte außerhalb der Station schauderte Larry.

Ohne daß er diese Entscheidung bewußt getroffen hätte, machte er sich auf den Weg zur Beobachtungskuppel. Er mußte einen Blick auf den Himmel werfen.

Die Dunkelheit, die Leere und die Kälte, von der die fensterlose Station umgeben war, stellte eine seelische Belastung für die ganze Besatzung dar. Die Designer der Station hatten das berücksichtigt und die Station farbenfroh gestaltet. Sie hatten aber auch gewußt, daß es wichtig für das Personal war, die unwirtliche Landschaft und den dunklen Himmel zu sehen; und was vielleicht noch wichtiger war, die Besatzung mußte in der Lage sein, die entfernte Sonne zu sehen und mit dem im Observatorium befindlichen Teleskop die Erde auszumachen. Die Leute mußten die Gewißheit haben, daß sie nicht vom Licht und Leben und der Heimatwelt abgeschnitten waren.

Und vom ganzen Irrsinn, sagte Larry sich. All die konkurrierenden Interessengruppen, die zwar nicht wußten, was sie wollten, dafür aber genau wußten, was sie nicht wollten. Sie hatten seine Zeit am MIT maßgeblich geprägt. Er hatte Angst vor ihnen gehabt, vor allem, als sie auch in seinem Heimatort in Pennsylvania aufgetaucht waren. Doch er war bei weitem nicht der einzige gewesen, der sich vor ihnen gefürchtet hatte. Und nach dem halbvirtuellen *Wissens-Crash* gewannen die Radikalen weiter an Einfluß.

Larry ging durch den verdunkelten Verbindungstunnel zum Kuppelbau. Es war ein weiter Weg, und er mußte sich mit dem Tastsinn orientieren. Der Tunnel war bewußt unbeleuchtet, damit die Augen genug Zeit hatten, sich an das Zwielicht auf der Oberfläche von Pluto zu gewöhnen.

Schließlich betrat er den großen Kuppelbau. Er war so geräumig, daß die gesamte Belegschaft dort Platz fand.

Larry ging zur Wand und blickte durch die transparente Kuppel auf die ihn umgebende Welt.

Die triste, graue Landschaft von Pluto, vom trüben Sternenlicht schwach erhellt, breitete sich vor ihm aus.

Das ganze Land hätte sich unter irdischen Bedingungen im flüssigen oder gasförmigen Zustand befunden. Die Oberfläche von Pluto bestand aus gefrorenem Gas – Methan, Stickstoff und Spurenelementen. Die in diffuses Licht getauchte Landschaft wies niedrige, runde Konturen auf. Im Westen erhob sich eine gelbliche Hügelkette aus gefrorenem Ammoniak.

Pluto war mit einem dünnen Überzug aus gefrorenem Methan bedeckt. Nur im Perihel, das erst in hundert Jahren wieder erreicht werden würde, näherte der Planet sich so weit der Sonne, daß ein Teil des Methans wieder in Gas sublimiert wurde.

Doch hier, auf dieser Ebene, schmolz der Methan-Schnee in der Wärme der Station und legte den graubraunen, aus Wassereis, Kohlenstoffverbindungen, Adern aus gefrorenem Ammoniak und Gestein bestehenden Boden frei, der von der Zusammensetzung her dem Planeteninnern entsprach. Bisher hatte niemand eine plausible Erklärung für die Struktur von Pluto oder die Existenz seines Mondes Charon gefunden.

Larry ließ den Blick über das erstarrte Land schweifen. Die Isolierung der Kuppel war nicht perfekt. Er fröstelte, und beim Ausatmen lagerten sich Eiskristalle an der Innenwand der Kuppel ab.

Die Landschaft war indes nicht mehr unberührt. Am Horizont zeichneten sich die Trümmer der ersten beiden Stationen ab. Larry wußte auch von der Existenz des kleinen Friedhofs, der sich jedoch dem Blick des Betrachters entzog.

Die Design-Psychologen hatten zwar vehement dagegen protestiert, die Station in Sichtweite der Trümmer zu errichten, doch eine Alternative hatte im Grunde nicht bestanden. Die beiden früheren Stationen waren abgestürzt und zerschellt und lagen nun wie rote Murmeln im Wassereis. Die Bergung der Trümmer wäre extrem teuer und gefährlich gewesen – falls nicht überhaupt unmöglich.

Dieses kleine Tal war der einzig geothermisch stabile Ort, von dem eine direkte Sichtlinie zum Ring führte. Die Station ruhte auf einem Felsen, der im Gegensatz zum Wassereis und Methan das Gewicht der Station trug, ohne daß die Gefahr des Abschmelzens bestanden hätte. Trotz der bestmöglichen Isolierung und Laserkühlung betrug die Temperatur an der Außenwand der Station hundert Kelvin. Das hätte genügt, um einen Menschen binnen weniger Sekunden zu töten und ihm das Blut in den Adern gefrieren zu lassen – aber diese Temperatur war noch immer glühend heiß im Vergleich zur Planetenoberfläche und hätte ausgereicht, die Hügel zu verdampfen.

Diese Stelle war die einzige, wo die Felsschicht so dicht unter der Oberfläche lag, daß sie als Fundament dienen konnte. Überall sonst wäre die Station aufgrund der Abwärme in den Boden eingesunken.

Falls diese Station nicht vorher schon auseinandergebrochen wäre, sagte Larry sich. *Die ersten beiden hatten es jedenfalls nicht ausgehalten.*

Doch diese Station hatte schon seit fünfzehn Jahren Bestand. Beim drittenmal hatten sie bisher Glück gehabt.

Bisher.

Larry riß sich vom Anblick der über die Landschaft verstreuten Trümmer los und wandte sich dem Teleskop zu. Es hatte einen Dreißig-Zentimeter-Spiegel und verfügte über eine Automatik, die es auf die winzige blaue Erde ausrichtete, sobald der Planet über den Pluto-Horizont stieg. Das Bild wurde zwar per Video in die Station übertragen, doch spürte fast jeder ab und zu das Bedürfnis, selbst hierher zu kommen und die Heimatwelt mit eigenen Augen zu *sehen.*

Es hatte etwas Tröstliches, die Erde unmittelbar, ohne elektronische Verstärker, zu sehen und sich davon zu überzeugen, daß sie und alles, wofür sie stand, wirklich existierte und nicht nur eine Fiktion war, um den Aufenthalt auf Pluto erträglich zu machen.

Larry beugte sich vor und schaute durch das Teleskop. Es war auf geringe Vergrößerung eingestellt. Dort stand die Erde, ein winziger blauer Fleck, wobei der helle Funken des Erdmonds zu klein war, um als Scheibe abgebildet zu werden. Dann trat Larry wieder vom Teleskop zurück. Heute nacht suchte er nach etwas anderem. Er mußte den Ring sehen. Den mächtigen *Ring von Charon.*

Pluto selbst verläßt nicht den äußeren Bereich des Sonnensystems. Der Eismond Charon ist nach einem Gott der Unterwelt benannt. Mit einem Durchmesser von 1250 Kilometern ist Charon in Relation zum Planeten, den er umkreist, der größte Mond des Sonnensystems. Er kreist in einem sehr engen Orbit um Pluto, wobei er für einen Umlauf 6,4 Tage benötigt.

Die Rotation des Mondes und des Planeten ist gebunden: wie der Erdmond immer mit derselben Seite der Oberfläche zur Erde gewandt ist, zeigt auch Charon Pluto stets dieselbe Seite. Der einzige Unterschied besteht darin, daß die Rotation von Pluto mit dem Orbit von Charon synchron ist. Für einen Betrachter auf Charon dreht Pluto sich scheinbar nicht, sondern zeigt ihm ständig dieselbe Hemisphäre.

Deshalb hängt Charon relativ zu den Punkten auf der Oberfläche von Pluto, von denen aus er überhaupt zu sehen ist, reglos am Himmel. Der Mond kreist in einem derart geringen Abstand um Pluto, daß er nicht einmal von der Hälfte der Planetenoberfläche aus zu sehen ist.

Aber das interessierte Larry alles nicht. Er nahm nicht einmal den Schatten von Charon zur Kenntnis, der die Sterne ausblendete. Er hatte nur Augen für ein Objekt am Himmel.

Umkreist wurde Charon vom Ring, dessen Lichter

am dunklen Himmel strahlten und den Anschein erweckten, daß Plutos Mond mit einem Diadem gekrönt sei. Mit einem Durchmesser von sechzehnhundert Kilometern rotierte das größte Objekt, das jemals von Menschenhand erschaffen worden war, um den Mond Charon.

Erneut geriet Larry angesichts der Größe des *Rings* ins Staunen. Er stellte eine bemerkenswerte Ingenieursleistung dar. Es hatte viel Zeit, Geld, Mühe und Menschenleben gekostet, die Schwerkraft-Forschungsstation auf Pluto zu verankern und in Betrieb zu nehmen. Im Vergleich zu den Kosten des *Rings* war der Aufwand für die Verankerung der Station auf Pluto ein Taschengeld. Eine Orbitalstation wäre billiger gewesen, doch wegen der hohen Anforderungen an die Güte der Messungen war es erforderlich gewesen, den Ring von einer Planetenoberfläche, einem stabilen Bezugspunkt aus zu kontrollieren.

Der Ring wies mit der Oberfläche auf Pluto und zeichnete sich als perfekter Kreis um den aschgrau glühenden Charon ab; er spannte sich als goldenes Band um eine öde Welt, die so klein und leicht war, daß sie nicht einmal eine richtige Kugelform angenommen hatte. Statt dessen war sie durch die Gravitationswirkung von Pluto zu einem eiförmigen Gebilde verzerrt worden, dessen langes Ende auf den Planeten gerichtet war.

Der Ring war der größte Teilchenbeschleuniger, der jemals gebaut worden war – und der jemals gebaut *werden würde*. Um die subtilsten Wechselwirkungen zwischen Materie und Energie zu ergründen, mußte er so groß und leistungsfähig sein, daß als Standort nur die Peripherie des Sonnensystems in Frage kam. Man hatte Charon nicht nur deshalb ausgewählt, um die störenden Einflüsse der Sonnenstrahlung und die starken, wechselwirkenden Schwerefelder des Inneren Systems zu vermeiden, sondern auch, um eine Beeinträchtigung der inneren Welten durch die gigantischen Energien zu verhindern, die im Ring freigesetzt wurden.

Und wie Larry in dieser Nacht erneut bewiesen hatte, war der Ring auch in der Lage, Gravitation zu erzeugen und sie zu manipulieren.

Keine andere bisher gebaute Maschine war imstande, das zu leisten. Die Fähigkeit, die Schwerkraft zu beeinflussen, hätte an sich schon Grund genug für den weiteren Betrieb der Station sein sollen. Hier konnte Grundlagenforschung betrieben werden, die andernorts unmöglich war.

Aber das mußte man erst einmal den Sponsoren der Astrophysikalischen Stiftung der UN beibringen. Dort hing man nämlich Träumen von einer kurzfristigen Gravitations-Kontrolle nach.

Und dafür machte Larry Dr. Simon Raphael verantwortlich. Als Larry noch in der Grundschule war, hatte man Raphael zum Direktor ernannt, worauf dieser einige haltlose Versprechungen abgegeben hatte. Die meisten dieser verdammten künstlerischen Entwürfe basierten nämlich auf Raphaels Prognosen der Möglichkeiten, die sich ergeben würden, nachdem die Forschungsgruppe auf Pluto das Geheimnis der Schwerkraft gelöst hatte. Raphael hatte nichts weniger versprochen, als die Künstliche Schwerkraft zur Anwendungsreife zu bringen – und nun dämmerte es ihm und den Sponsoren, daß das noch in den Sternen stand.

Bis zum vorigen Abend hatte der Ring ein Schwerefeld mit einem Maximum von nur einem Gravo ausgebildet, und selbst dieses Feld hatte nur einen Durchmesser von zehn Metern gehabt. Und was noch schlimmer war, das Feld war schon nach wenigen Millisekunden zusammengebrochen.

Wenn es, wie die Astrophysikalische Stiftung der UN zu bedenken gab, einer Maschine mit einem Durchmesser von 1,6 Kilometern bedurfte, um eine schwache, instabile Gravitationsquelle mit einigen Metern Durchmesser zu erzeugen, zumal dieser gigantische Generator so empfindlich war, daß er über dem Pluto stationiert werden mußte, um überhaupt zu funktionieren, welchen potentiellen Nutzen sollte dann die Künstliche Schwerkraft haben? Welchem Zweck sollten Gravitationswellen dienen, wenn sie in der Nähe des Pluto erzeugt werden mußten?

Und Raphael wollte nach Hause. Jeder wußte das. Larry Chao hegte die Befürchtung, daß der gute Doktor zum Schluß gekommen war, je eher er die verdammte Station dichtmachte, desto früher würde er zu Hause sein.

Eine Million einhunderttausend Gravitäten über einen Zeitraum von dreißig Sekunden. Larry musterte den über ihm hängenden Ring und fühlte Stolz. Er hatte diesem Monster gleichsam in den Schwanz gekniffen und ihm sehr viel Energie entzogen. Ein gewichtigeres Argument für die Fortsetzung der Forschungsarbeiten würde es sicher nicht geben.

Die Besatzung der Schwerkraft-Forschungsstation war an diesem Morgen nicht in Topform. Vielleicht war es eine Konditionierung aus alten Tagen, als die Tätigkeit der Astronomen noch auf die Erde beschränkt war und sie nachts arbeiten mußten.

Woran auch immer es lag, morgens war die Belegschaft ziemlich deprimiert. Vielleicht beraumte Raphael die Besprechung der Wissenschaftlichen Mitarbeiter gerade deshalb immer um 09:00 Uhr an. Vielleicht genoß er den Anblick von zwanzig Morgenmuffeln. Die hundert Mitarbeiter der Bereiche Verwaltung, Instandhaltung und Technik hatten sicher nicht das Gefühl, etwas zu verpassen.

Mit einem müden Seufzer öffnete Dr. Simon Raphael die Tür zum Konferenzraum und nahm am Kopfende des Tisches Platz. Es würde seine letzte Mitarbeiterversammlung sein. Mechanisch erwiderte er die Grüße der Leute. Er breitete die Unterlagen vor sich aus, wobei ein widerstreitender Ausdruck aus Erleichterung und Bedauern in seinem Gesicht lag.

Es war ein merkwürdiges Gefühl, schon in diesen finalen Kategorien zu denken. Die *letzte* Besprechung, die Vorbereitung des *letzten* Experiments und die Abfassung des *letzten* wissenschaftlichen Berichts. Dann wäre es an der Zeit, zusammenzupacken, den Strom abzustellen, abzuschließen und nach Hause zu gehen. Bald würde alles vorbei sein.

Seine Hände ballten sich zu Fäusten, und er zwang sich, sie wieder zu öffnen. Langsam legte er die flachen Hände auf den Tisch. Die Runde verstummte in Erwartung seiner Eröffnungsrede, doch er ignorierte das erwartungsvolle Schweigen. Ein paar ganz Verwegene nahmen die Unterhaltung wieder auf. Bald war der Raum wieder mit gedämpfter Konversation erfüllt. Raphael starrte schier ein Loch in ein vor ihm auf dem Tisch liegendes Memo, ein Blatt Papier voller Worte, die ihm nichts bedeuteten.

Tief im Innern spürte er einen dumpfen Zorn, der wie eine materielle Bürde auf seiner Seele lastete. Eine Last, die im Lauf der Jahre immer schwerer geworden war, ohne daß er es bemerkt hätte.

Er wußte, daß es Haß war. Haß und Wut auf alles. Haß auf die Station, die sich während der sinnlosen Suche nach der Schwerkraftkontrolle zu einem Gefängnis entwickelt hatte, Wut wegen der vergeudeten Lebenszeit und seines persönlichen Versagens. Haß auf die Sponsoren, die ihn nun zur Aufgabe zwangen, Wut auf die Leute am Tisch, die so dumm gewesen waren, ihm zu vertrauen. Haß auf den verdammten gefrorenen Planeten und den verdammten Ring, der ihm die Lebenskraft ausgesaugt und die Karriere zerstört hatte.

Und Haß auf den *Wissens-Crash*. Falls man etwas hassen konnte, das vielleicht nicht einmal geschehen war. Darin lag wohl auch die Ironie: niemand wußte, ob der *Wissens-Crash* überhaupt stattgefunden hatte. Manche argumentierten, daß allein schon die Ungewißheit, ob der *Crash* stattgefunden hatte oder nicht, ein Beweis für seine Existenz war.

Kurz gesagt, die *W-Crash*-Theorie behauptete, daß die Erde an einem Punkt angelangt war, wo mehr Wissen, verbesserte (und teurere) Technik, genauere Informationen und schnellere Kommunikation *kontraproduktiv* wurden.

Wenn, so besagte die Theorie, es keinen *Wissens-Crash* gegeben hätte, ließe sich schon anhand des geordneten Zustands der globalen Informationswirtschaft auf die Nonexistenz dieses Ereignisses schließen. Daß indes Chaos und Ungewißheit an der Tagesordnung waren, war ein Beleg dafür, daß die richtigen Informationen nicht richtig ausgewertet wurden. QED, der *Crash* war eine Tatsache.

Die Wirtschaft war zusammengebrochen, soviel war sicher. Nun herrschte ein ökonomisches Chaos, und die Volkswirte bemühten sich anhand von Grafiken und Diagrammen, den Kollaps zu erklären. Wo er nun geschehen war, hätte jeder ihn vorhersagen können, und es gab ebensoviele Theorien wie Prognosen, von denen der *Wissens-Crash* lediglich die populärste war.

Ob sie nun stimmte oder nicht, die *W-Crash*-Theorie war so gut wie jede andere Erklärung für den Kollaps der Weltwirtschaft. Natürlich mußte es einen Grund für den globalen Abschwung geben. Außerdem mußten viele Leute von vielen Quellen vorgewarnt worden sein, und zwar über einen langen Zeitraum hinweg.

Die Kultur-Radikalen – die Nackten Purpurnen, der Finale Clan und wie sie alle hießen – waren alle Resultat derselben Info-Neurose, die schließlich auch den *Crash* verursacht hatte. Viele Menschen lehnten inzwischen den mit Informationen übersättigten Lebensstil der Erde ab und suchten nach – irgendwelchen –

Alternativen, solange es sich nur um Alternativen handelte. Raphael war kein Freund der Radikalen. Aber er gestand ihnen durchaus zu, Opfer der gesamtgesellschaftlichen Neurose geworden zu sein.

Die psychiatrischen Einrichtungen der Erde waren voller Info-Neurotiker, von Leuten, die schlicht überfordert worden waren von all dem, was sie wissen mußten. Informations-Psychose war eine offiziell anerkannte – und weitverbreitete – geistige Störung. Das Leben in der modernen Welt erforderte einfach mehr Wissen, als manche Menschen aufzunehmen imstande waren. Die uralten Mechanismen von Verdrängung, Rückzug, Phobien und Regression kamen als Reaktion auf die aktuellen mentalen Krisen voll zum Tragen.

Man wußte also, daß zu viele Daten bei manchen Menschen einen Nervenzusammenbruch zur Folge hatten. Konnte das auch auf einen ganzen Planeten zutreffen?

Die Zeit, die für das Erlernen eines mittleren technischen Berufs erforderlich war, fehlte anschließend für die Ausübung besagten Berufs. Es gab Fälle, und zwar viel zu viele, in denen Arbeiter nach der Ausbildung direkt in Rente gingen, ohne daß sie auch nur einen Tag produktiv gearbeitet hätten. Dabei handelte es sich zwar um Extremfälle, doch in vielen Sparten dauerte die Ausbildung wesentlich länger als die sich daran anschließende Berufsausübung – und die Notwendigkeit, das Wissen periodisch aufzufrischen, trug nur zu einer Verschlechterung der Lage bei.

Nicht nur die Zeit, sondern auch die Ausbildungskosten explodierten. Ob nun Stipendien gewährt oder die Kosten anderweitig übernommen wurden, die Ausbildung war teuer und stellte eine erhebliche Belastung für das Planetarische Sozialprodukt dar.

Die mit Informationen gesättigte Weltwirtschaft befand sich im Würgegriff einer weltweiten Bürokratie, die zur Erfassung und Verwertung der Informationen erforderlich war. Zudem war sie in ein System aus Daten-Sicherungen eingesponnen, das dafür sorgte, daß das Wissen nicht in falsche Hände geriet und die benötigten Daten bereitstellte. Unter diesen Umständen mußte die Wirtschaft der Erde einfach zum Stillstand kommen. Die Welt war so sehr mit der Ausbildung beschäftigt, daß sie überhaupt nicht mehr dazu kam, dieses Wissen auch anzuwenden. Der Planet verlor so viel Zeit mit der Sammlung wichtiger Daten, daß er keine Gelegenheit mehr hatte, diese Daten auch zu verwerten. Die Weltwirtschaft lag in den letzten Zügen. Der Planet im allgemeinen und die Astrophysikalische Stiftung der UN im besonderen konnten sich gerade noch das Notwendigste leisten. Für Luxus war da kein Raum mehr – und schon gar nicht für solchen Luxus, der die Wissenslast noch verstärkte. Wie der *Ring von Charon*.

Raphaels Herz pochte heftig, und für einen Moment verschwamm das Bild vor seinen Augen. Mit leerem Blick sah er auf das zusammengeknüllte Papier. Er empfand Wut und Haß. Auf den *Crash*, den Vorstand, den Ring, die Mitarbeiter ...

Und natürlich auf sich selbst.

Die ganze Zeit hatte er hier draußen festgesessen, auf dieser verdammten Eiskugel, und alle Jubeljahre hatte man ihm einen kurzen Heimaturlaub gewährt. Die ganze Zeit hatte er auf den verdammten Ring gestarrt, der den Mond Charon einfaßte, die dunkle Pupille eines blinden Auges, dessen starrer Blick ihn an diesem Ort festgenagelt und ständig an sein Versagen erinnert hatte.

Das Projekt, die Station und der Ring hatten das Problem nicht gelöst, mit dem er seine Reputation verbunden hatte. Gravitations-Kontrolle war schlechterdings unmöglich. Dessen war er sich sicher. Und für diese Erkenntnis hatte er reichlich Lehrgeld bezahlt. Mit seiner Lebensleistung.

Er zwang sich zur Ruhe und ließ den Blick über die um den Tisch versammelten Leute schweifen. Er wußte, daß er sie im Grunde als *seine* Leute hätte betrachten müssen; er hatte das auch lange versucht. Doch *sie* waren diejenigen, die er, Raphael, im Stich gelassen hatte. *Sie* waren die Ursache seiner Schuld, und er haßte sie dafür. Denn auf der Jagd nach der künstlichen Schwerkraft hatte er auch ihr Leben verpfuscht.

Sie waren die eigentlichen Leidtragenden seines Versagens. Als vor fünf Monaten das letzte Versorgungsschiff eingetroffen war, hatte es neue Mitarbeiter abgeliefert, ein paar glückliche Abgänger an Bord genommen und war gleich wieder abgeflogen. Es gab kaum etwas, woran Raphael sich so genau erinnerte wie an die Gesichter der übrigen Leute, die dem Schiff nachschauten. Sie waren bis zur Ankunft des nächsten Schiffs auf Pluto gestrandet und warfen der im Orbit parkenden *Nenya* sehnsüchtige Blicke zu.

Nun würden sie alle nach Hause gehen.

Den Heimweg traten sie als geschlagene Truppe an, wobei sie während des viermonatigen Flugs mehr als genug Zeit haben würden, darüber nachzudenken.

Erneut wurde er von einer Zorneswoge überrollt und rief die Versammlung zur Ordnung. »Meine Damen und Herren, wenn wir bitte anfangen könnten«, sagte er. Neben der reinen Aufforderung, sich wieder den dienstlichen Obliegenheiten zu widmen, schwang die Bitte um Nachsicht in seiner Stimme mit, als ob er die Leute schon viel zu lange hätte gewähren lassen. Die um den Tisch versammelte Belegschaft unterbrach die leise geführte Unterhaltung.

Sondra Berghoff lehnte sich zurück und betrachtete den Mann. Raphael-Betrachten war eine Art Hobby von ihr. Sie wußte, was kommen würde, oder zumindest ahnte sie es. Interessiert fragte sie sich, wie Raphael die Dinge handhaben und die Versammlung beherrschen würde. Der Mann war ein Meister der emotionalen Erpressung, ein begnadeter Agitator – daran bestand kein Zweifel.

»Ich schlage vor, heute auf das übliche Prozedere zu verzichten, falls Sie dem zustimmen«, sagte Raphael, worauf er eine Pause einlegte, die indes etwas zu kurz war, als daß jemand einen Einwand hätte vorbringen können. »Ich habe eine wichtige Mitteilung zu machen, die meines Erachtens Priorität gegenüber dem Tagesgeschäft hat. Aus dem Lasergramm, das ich heute morgen von der Erde erhalten habe, geht hervor, daß ich Sie anweisen soll, diese Einrichtung zu schließen.«

Nachdem die Leute den anfänglichen Schock überwunden hatten, machten sie ihrem Unmut Luft. Sondra seufzte. Sie hatte mit diesem Schritt gerechnet, war aber nicht glücklich darüber. Unvermittelt ergriff Dr. Raphael wieder das Wort, bevor seine Mitarbeiter sich soweit gesammelt hatten, um Einwände zu formulieren. »Wenn ich fortfahren *dürfte*«, fuhr er mit einem warnenden Unterton in der Stimme fort. »Wie Sie alle wissen, ist eine Schließung schon seit einiger Zeit ernsthaft erwogen worden, und ich habe alles in meiner Macht Stehende unternommen, das zu verhindern. Doch die wirtschaftlichen Probleme zu Hause – und die Unruhe, die durch gewisse politische Bewegungen im Erde-Mond-System hervorgerufen wurde – übersteigen einfach unsere Kräfte. Die Sponsoren vertreten die Ansicht, daß die hohen Kosten für diese Station weder durch den Umfang noch die Qualität Ihrer Arbeit – *unserer* Arbeit – zu rechtfertigen seien.« Er korrigierte sich mit großmütiger Attitüde, wobei ein schmerzlicher Ausdruck in sein Gesicht trat. Sondra fiel die Interpretation nicht schwer. *Als euer Chef muß ich mich natürlich mit euch solidarisch erklären, und wenn eure Leistungen auch noch so miserabel sind. Das ist ein Grundsatz der Mitarbeiterführung.* Jeder im Raum verstand diese Implikation. »Die Leute zu Hause haben einfach zuviel erwartet. Es wurden unrealistische Versprechungen gemacht.« Ein paar Leute rutschten unbehaglich auf ihren Stühlen herum, und man sah mehr als nur ein grimmiges Gesicht.

Sondra mußte an sich halten, um sich nicht über den Tisch zu beugen und ihm eine runterzuhauen. *Wer hat diese Versprechungen denn gemacht, Herzchen?* fragte sie sich.

Raphael ließ den Blick in die Runde schweifen und fuhr dann fort: »Natürlich handelt der Vorstand unfair und kurzsichtig. Wir haben große Leistungen erbracht, und in der Wissenschaftsgeschichte dieses Jahrhunderts wird der Ring gebührend gewürdigt werden.« Schöne Verschleierungstaktik, sagte sich Sondra. *Gib den Sponsoren die Schuld und den Mitarbeitern, aber nur nicht dir selbst, Raffy.*

Raphael wollte sie offensichtlich verunsichern und somit eine kritische Debatte und offene Diskussion unterbinden, während er gleichzeitig den Anschein erweckte, ebendiese Aussprache würde stattfinden. »Wir alle dürfen stolz sein auf das, was wir geleistet haben.« Sondra stellte fest, daß Raphael von der Station bereits in der Vergangenheit sprach. Es war also vorbei. »Einige hatten den Traum, die Schwerkraft zu bändigen und sie nutzbar zu machen, wie auch die Elektrizität, Kernspaltung und -fusion nutzbar gemacht wurden. Aber es sollte nicht sein.«

Du warst es nun wirklich nicht, der uns diesen Traum verkaufen wollte. Sondra wurde dieser Scharade allmählich überdrüssig. Ohne Zweifel war es ein von Raphaels Unterbewußtsein gesteuerter Reflex, die Leute einzuseifen. Dennoch mußte er auf irgendeiner Ebene wissen, was er tat. Er mußte wissen, daß eine derartige Sprücheklopferei unfair war.

Sondra ließ den Blick durch den Raum schweifen. Die Männer und Frauen, die so intelligent waren, daß sie einen Teilchenbeschleuniger mit den Ausmaßen eines Kleinplaneten betrieben, mußten doch wenigstens ahnen, daß sie manipuliert wurden, auch wenn sie es geschehen ließen. Raphael war sich sicher darüber im klaren, daß sie es wußten, und mit der gleichen Gewißheit war auch den meisten Mitarbeitern klar, daß Raphael *wußte*, daß sie es wußten; man hätte die Spirale endlos verlängern können.

Dennoch brachte dieses Bewußtsein Raphael anscheinend nicht aus dem Konzept. Weshalb auch? Die Mitarbeiter fügten sich und ließen sich von Raphael manipulieren. Dr. Simon Raphael hatte diese Station schon seit dem ersten Tag auf diese Art und Weise geleitet, und es hatte immer funktioniert. Ohne Zweifel war diese Methode bei den anderen Projekten, die er geleitet hatte, genauso erfolgreich gewesen. Raphael verfügte über eine jahrzehntelange Praxis in Unterdrückung und Manipulation.

Doch die Frage blieb: weshalb ließen die Leute sich das gefallen? Vielleicht kooperierten manche lieber, als sich gegen schlüpfrige Anspielungen zu wehren. Andere hatten auf die harte Art gelernt, daß es einfacher war, sich zu fügen, als sich mit einer in wehleidigem Ton vorgetragenen Bitte auseinanderzusetzen oder einen sinnlosen Befehl zu diskutieren, der im Bewußtsein absoluter Autorität erteilt worden war.

Wahrscheinlich reagierten die meisten von ihnen schlicht mit dem Schuldgefühl eines kleinen Kindes, das von den Eltern irgendwelcher, nicht näher bezeichneter Sünden bezichtigt wurde. Es liegt in der Natur der Menschen, daß sie sich eine gerechte Autorität wünschen. Es ist leichter, sich selbst imaginäre Fehler zu bescheinigen, als wirkliche Schwächen bei Leuten zu akzeptieren, auf die man angewiesen ist. Wie viele Kinder sich wohl selbst die Schuld an der Scheidung ihrer Eltern geben? Doch nur die wenigsten Erwachsenen versuchen, diese Schuldgefühle als Instrument der Machtausübung zu nutzen – wie eben Raphael.

»Wir müssen die Tatsache zur Kenntnis nehmen, daß

wir uns in einer Sackgasse befinden. Und deshalb«, sprach Raphael, »ist es an der Zeit, einen geordneten Rückzug anzutreten und sich mit anderen Dingen zu beschäftigen.«

»Äh … Sir, vielleicht doch nicht«, meldete sich da jemand zu Wort. »Ich glaube, ich habe eine Lösung gefunden.« Überrascht schaute Sondra sich um und machte den Sprecher am anderen Ende des Tischs aus. Es war der Neue, Larry Chao.

Sämtliche Köpfe schwenkten zu der Person herum, die es gewagt hatte, sich zu äußern. Dr. Raphael quollen schier die Augen aus den Höhlen, und er wurde bleich vor Zorn.

»Nun, das heißt, bisher habe ich nur eine Teillösung, aber vergangene Nacht habe ich ein Experiment durchgeführt – und nun, vielleicht …« Der arme Junge spürte alle Blicke auf sich ruhen. Es war ihm schrecklich peinlich, und er verlor die Courage. »Ich dachte nur, vielleicht sind die Ergebnisse so gut, daß der Vorstand davon beeindruckt ist und uns weitermachen läßt …« Dann verstummte Larry und schaute Raphael hilflos an.

»Chao, nicht wahr?« fragte Raphael im verärgerten Tonfall eines Schulmeisters, der von einem ungezogenen Bengel unterbrochen wurde. »Ich weiß nichts von einem für vergangene Nacht geplanten Experiment.«

»Es … es war auch nicht *geplant*, Sir«, sagte Larry. »Mitten in der Nacht hatte ich eine Idee. Ich habe es ausprobiert, und es hat funktioniert.«

»Chao, sind Ihnen die Bestimmungen bezüglich der unerlaubten Nutzung der Einrichtung der Station bekannt? Nein? Dachte ich mir. Sie werden mir eine vollständige Liste der benutzten Ausrüstung und des Materials vorlegen sowie die genaue Nutzungsdauer dieser Ausrüstung. Die Kosten Ihres Experiments werden auf der Standardbasis kalkuliert, und der Gesamtbetrag wird Ihnen vom Gehalt abgezogen. Falls diese

Summe die Höhe Ihres Gehalts übersteigt – was mich nicht wundern sollte –, wird ein angemessener Ratenplan für die Rückzahlung erstellt.«

Larry errötete und gestikulierte hilflos. »Aber Sir, die Ergebnisse! Sie werden ausreichen, um sie zu überzeugen.«

»Ich hege ernsthafte Zweifel daran, daß die Sponsoren, die sich aus wirtschaftlichen Erwägungen zur Schließung dieser Einrichtung entschlossen haben, ihre Meinung ändern werden, nur weil ein Nachwuchsforscher es für angezeigt hielt, noch mehr Geld zu verschwenden. Ich will jetzt nichts mehr von Ihnen hören, *Mr*. Chao.«

Weißt du, was er dir damit sagen will, Larry? sagte Sondra sich. *Du bist nur ein* Mister. *Wußtest du denn nicht, daß man erst dann in der Lage ist, richtig zu denken, wenn man mindestens einen Doktortitel besitzt?*

Mit wildem Blick schaute Raphael in die Runde. »Sofern nicht noch jemand mit einem derart fundierten Beitrag aufzuwarten hat, müssen wir uns nun mit den logistischen Vorbereitungen für die Schließung befassen. Das Evakuierungsschiff wird spätestens in einem Monat starten. Ich schlage vor, daß die Abteilungsleiter mir in drei Tagen Bericht erstatten und in der Zwischenzeit die Prioritäten für die Arbeit setzen. Der Vorstand hat uns angewiesen, die Station, den Ring und die anderen Einrichtungen im Bereitschaftszustand zu belassen. Wir sollen die Station ›einmotten‹, wie es im Lasergramm heißt, für den Fall, daß sie eines Tages wieder in Betrieb genommen wird. Weil wir sehr viel zu tun haben und unsere Zeit äußerst knapp bemessen ist, sollten wir diese Besprechung nun beenden und die Arbeiten planen.« Raphael zögerte für einen Moment, als ob auch nur die geringste Wahrscheinlichkeit eines Widerspruchs bestanden hätte. »Nun gut. Die Abteilungsleiter treffen sich hier in drei Tagen um 09:00 und legen mir die vorläufigen Ablaufpläne vor.«

Die Versammlung löste sich auf, doch Sondra Berghoff blieb sitzen und beobachtete den Auszug der Leute, die sich in der niedrigen Schwerkraft vorsichtig bewegten.

Niemand hatte sich zu Wort gemeldet.

Das ganze Projekt stand kurz vor dem Scheitern, und sie hatten nicht einmal protestiert. Was hatten sie denn zu verlieren, wenn die Station ohnehin verloren war? Und wie konnte man nur so verrückt sein, die Einlassungen des jungen Chao zu ignorieren? Sicher, es war weit hergeholt, aber man hätte ihm wenigstens einmal zuhören können.

Wahrscheinlich hätten Chaos Verbesserungsvorschläge die Situation auch nicht mehr gerettet. Es war ihm gelungen, die Stärke des Schwerefelds geringfügig auf zwei oder drei Gravitäten zu erhöhen und das Feld etwas länger als die bisherigen zehn Sekunden zu stabilisieren. Nun, wenn das stimmte, dann war das eine schöne persönliche Leistung und würde ihm als Ansporn dienen. Die Einstellung der Sponsoren hätte sich dadurch zwar auch nicht geändert, aber weshalb hatte niemand für ihn Partei ergriffen und verlangt, daß er zumindest angehört wurde?

Sondra trommelte mit den Fingern auf der Tischplatte. Nur um ein Beispiel zu nennen, weshalb hatte sie sich nicht selbst zu Wort gemeldet?

Kapitel Zwei

Offene Rechnungen

Verschwunden. Die helle Boje in der Dunkelheit war nach kurzer Zeit wieder verschwunden. Der Beobachter spähte nach dem Signal, doch es war nicht mehr da.

Wie war das möglich? Er fühlte Trauer und Einsamkeit. Allein. Nach dieser langen Zeit wieder allein. Er zwang sich zur Ruhe und versuchte, wieder in den äonenlangen Schlaf zurückzufallen.

Doch ein Teil von ihm wollte nicht zur Ruhe kommen. Ein Teil von ihm beobachtete weiter.

Und hoffte.

Sondra stand vor dem Spiegel. Pummelige Figur, pausbäckiges Gesicht und einen roten Lockenkopf. Sie war wie immer gekleidet: eine zerknitterte Bluse von undefinierbarer Farbe, eine ausgebeulte Hose und Slipper mit Velcro-Sohle. Doch sie stand nicht vorm Spiegel, um ihr Aussehen zu überprüfen. Sie machte einen uralten Test. Was die meisten Leute im übertragenen Sinn verstanden, hatte man in ihrer Familie wörtlich genommen. Sie versuchte, sich in die Augen zu sehen.

Und scheiterte.

Sie erinnerte sich an das erste Mal, als sie das versucht hatte. Damals war sie fünf gewesen und hatte geleugnet, sich aus der Keksdose bedient zu haben. Ihr Vater hatte sie ins Bad geschleppt und sie gezwungen, die Lüge vor dem Spiegel zu wiederholen. Weder damals noch heute war sie dazu imstande. Natürlich hatte sie diesmal nicht *gelogen*. Aber sie hatte etwas unterlassen, das sie als notwendig erkannt hatte – und das kam auf dasselbe heraus.

Sie drehte sich um und verließ die Kabine, entschlossen, das Versäumnis wiedergutzumachen.

Fünf Minuten später klopfte Sondra an Larrys Tür; sie war mehr als nur leicht verlegen und wußte nicht so recht, weshalb sie überhaupt hier war. Sie hatte ein schlechtes Gewissen, und sie war so erzogen worden, ihr Gewissen zu erleichtern. Jeder Versuch der Wiedergutmachung, und sei er auch noch so vergebens, war besser, als unter Schuldgefühlen zu leiden.

Sie hätte sich bei der Besprechung zu Wort melden sollen, und sie hatte es nicht getan. Sie mußte das irgendwie wiedergutmachen, auch wenn sie nicht wußte, wie sie das anstellen sollte.

»Herein«, drang eine Stimme durch die dünne Tür. Sie stieß die Tür auf und betrat den kleinen Raum. Larry saß auf dem Bett und hatte ein Notebook auf dem Schoß. Überrascht blickte er auf. »Äh, hallo, Dr. Berghoff.«

»Hallo, Larry.«

Er legte den Computer beiseite und stand auf, wobei er sich nicht sicher war, wie er seinen Gast begrüßen sollte. »Hm, ich beschaffe Ihnen eine Sitzgelegenheit«, sagte er und klappte einen Sitz aus der Wand. Dann setzte Larry sich wieder auf das Bett, und Sondra nahm ihm gegenüber Platz. Sie hatte ihn sich immer als Kind mit großen Augen vorgestellt. Vielleicht traf das auch zu; fair war es jedenfalls nicht. Sondra war selbst erst sechsundzwanzig, und Larry war höchstens ein, zwei Jahre jünger. Sondra hatte ihn für siebzehn gehalten. Das war völlig unmöglich, sagte sie sich nun.

Die Station war eine Domäne hochspezialisierter Forscher. Im Fachbereich der Hochenergie-Physik tummelten sich lauter Wunderkinder – doch selbst hier mußte ein Wunderkind mindestens vierundzwanzig sein. Und dann mußte man immer noch ein wahres Genie sein, ein Überflieger, um schon in diesem Alter hierher versetzt zu werden. Sondra war die jüngste Nachwuchskraft in der Station gewesen, als sie vor zwei Jahren hier eintraf. Und nun erkannte sie, daß Larry ungefähr genauso alt war wie sie, als sie hier angefangen hatte.

War sie damals auch noch so unschuldig gewesen?

Sie unterzog ihn einer eingehenden Betrachtung. Er wirkte jünger, als er eigentlich war. Die großen Augen, das im auf der Station üblichen Schüsselschnitt frisierte schwarze Haar, die glatte Haut und der zu weite Overall verstärkten diesen Eindruck noch. Sondra hätte gewettet, daß er sich nur einmal pro Woche rasieren mußte.

Doch das war noch nicht alles. Das Leben hatte bisher keine Spuren in seinem Gesicht hinterlassen, und in seinen Augen spiegelten sich keine Anzeichen irgendwelcher Tragödien oder schmerzlicher Erfahrungen wider. Seine Seele war noch rein.

Sie hatte keine Ahnung, wo er herkam. Er sprach mit starkem amerikanischen Akzent, aber das mußte nichts bedeuten. War er dort geboren oder hatte er lediglich bei einem amerikanischen Dozenten Englisch gelernt? Sie wußte es nicht.

Außerdem gehörte er zu den nur 120 Menschen in einem Umkreis von Milliarden Kilometern! Er war einer von nur zwanzig Wissenschaftlern, die bei diesen verdammten wöchentlichen Besprechungen am Tisch saßen. Wie war es möglich, daß sie schon so lange in dieser kleinen Gemeinschaft lebte und so wenig von den anderen wußte? Für einen Moment rief Sondra sich ein paar andere Kollegen in der Station in Erinnerung und wurde sich bewußt, daß ihr zu einigen Gesichtern die Namen fehlten.

Dabei war sie früher ein so geselliger Mensch gewesen. Pluto hatte sie in eine Eigenbrötlerin verwandelt, genauso wie er auch Raphael verkorkst hatte. Doch

Larry Chao schien davon überhaupt nicht betroffen zu sein. Sie sah ihn an und suchte nach Worten.

»Ich versuche gerade, die Kosten für die Benutzung des Rings zu ermitteln«, sagte Larry, um das Schweigen zu brechen. Er klang unglücklich. »Es sieht so aus, als ob ich seit letzter Nacht genauso hoch verschuldet wäre wie die ganze Erde. Ich weiß nicht, was ich tun soll.«

»Das kann ich mir vorstellen. Darf ich mir die Zahlen einmal ansehen?« fragte Sondra. Sie war dankbar für die Vorlage, die Larry ihr geliefert hatte.

Larry zuckte die Achseln. »Sicher. Schlimmer kann es gar nicht kommen.«

Sondra hob eine Braue und sah ihn fragend an. »Wie meinen Sie das?«

»Nun, der Direktor hat Sie doch geschickt, oder? Um mich zu kontrollieren.«

Überrascht öffnete Sondra den Mund und schloß ihn wieder. Erst dann war sie imstande, etwas zu sagen. »Er soll *mich* geschickt haben? Raphael soll *mich* geschickt haben? Wenn er *mich* irgendwohin schicken würde, dann nach draußen, und zwar ohne Schutzanzug.«

Nun war es an Larry, überrascht dreinzuschauen. »Ich dachte, Sie seien seine Favoritin. Schließlich sitzen Sie bei den Besprechungen immer neben ihm.«

Sondra grinste schelmisch. »Neben ihm sind so viele Plätze frei, daß immer jemand ›neben‹ ihm sitzt. Außerdem habe ich ihn so besser im Blick. Ich habe nämlich ein Hobby daraus gemacht, ihn dabei zu beobachten, wie er seinen Job erledigt.«

»Mich hat er auch erledigt«, sagte Larry deprimiert. »Und nun weiß ich nicht, was ich tun soll. Ich werde die Schulden nie zurückzahlen können. Soviel werde ich in meinem ganzen Leben nicht verdienen. Teufel, ich habe noch nicht einmal das Darlehen an das MIT zurückgezahlt.«

»Lassen Sie mich mal sehen, wieviel es ist«, sagte Sondra. Larry gab ihr den Computer. Sie warf einen Blick auf die Zahlen und schnappte nach Luft. »Fünf Millionen Britische Pfund! Wie, zum Teufel, haben Sie das nur geschafft? Das übersteigt ja das Monatsbudget für die ganze Station.«

Larry war ein Häufchen Elend. »Ich weiß. Es ist alles aufgeführt.«

Nachdem Sondra die Aufstellung durchgegangen war, fühlte sie sich etwas besser. Dieser Junge mochte auf seinem Gebiet ein Genie sein, aber von Kostenrechnung hatte er keine Ahnung. Die einzelnen Posten waren astronomisch hoch angesetzt, selbst für eine korrekte Abrechnung – obwohl Sondra nicht vorhatte, Raphael eine korrekte Abrechnung vorzulegen. »Das stimmt nicht. Nach dem, was hier steht, haben Sie den Ring für volle sechs Stunden benutzt.«

»So lange habe ich letzte Nacht daran gearbeitet. Die Ring-Zeit macht den größten Teil der Kosten aus. Ich habe die Tarife im Großrechner abgefragt. Eine Stunde Ring-Zeit schlägt mit siebenhunderttausend Pfund zu Buche.«

»Zunächst einmal ist das der Stundensatz, den wir einem externen Benutzer in Rechnung stellen. Lassen Sie mich den Satz für Mitarbeiter berechnen.« Sondra schaltete eine drahtlose Fernübertragung vom Notebook zum Hauptrechner und rief die Daten ab. »Wußte ich's doch. Der interne Tarif beträgt fünfhunderttausend. Außerdem handelt es sich um einen kalkulatorischen Verrechnungssatz, der mit den realen Kosten nichts zu tun hat.«

»Super. Das vermindert die Zeche um eins komma zwei Millionen«, sagte Larry. Er warf sich aufs Bett und seufzte. »Und die anderen vier komma acht Millionen werde ich schon irgendwo auftreiben. Ha, ha. Was haben wir gelacht.«

Lächelnd schaute Sondra vom Computer auf. Der

Witz war zwar nicht lustig, aber allein der Versuch war schon ein gutes Zeichen. »Zweitens«, sagte sie, »haben Sie sich Strom und Material in Rechnung gestellt, die eigentlich schon im Stundensatz enthalten sind. Das macht zwar nicht viel aus, aber immerhin. Drittens beziehen die sechs Stunden sich laut Logbucheintrag nicht auf die Betriebsdauer des Rings, sondern auf die Verweildauer im Leitstand. Zumal es unmöglich gewesen wäre, den Ring ununterbrochen für sechs Stunden zu betreiben. Das hätte nämlich den Energiebedarf für einen Monat erfordert. Ich wette, daß fünfundneunzig Prozent der Zeit für die Benutzung des Rechners und die Vorbereitung des Experiments in Anspruch genommen wurden, stimmt's?«

»Ja, das glaube ich auch.«

»Gut, wie lang war der Ring also effektiv in Betrieb und nicht nur im Bereitschaftsmodus?«

Larry überlegte kurz. »Sieben, vielleicht auch acht Minuten. Ich müßte das Protokoll einsehen.«

»Das werden wir gleich tun, aber gehen wir zunächst einmal von acht Minuten aus. Beim internen Stundensatz von fünfhunderttausend Pfund wären das 66 666 Britische Pfund.«

»Das sind immer noch zwei Jahresgehälter!« rief Larry.

»Dann reichen wir eben einen Ratenplan mit einer Laufzeit von zehn Jahren ein«, sagte Sondra. »Sie zahlen brav die erste Monatsrate – und im zweiten Monat wird das Institut ohnehin geschlossen. Wenn die Station dichtmacht, wie soll sie dann noch Forderungen an Sie richten, zumal Sie von ihr auch kein Gehalt mehr bekommen. Und wo wir schon dabei sind, erfolgt die Rückzahlung in israelischen Schekel. Das ist momentan die Währung mit der höchsten Inflationsrate. Die Schuld wird in einem Jahr nur noch halb so hoch sein.«

Larry ließ sich das durch den Kopf gehen und runzelte dann die Stirn. »Das ist aber Betrug.«

Sondra fluchte leise. »Es ist schon schlimm genug, daß Raphael Sie dafür bestraft, daß Sie Initiative gezeigt und mitgedacht haben. Sie schulden ihm wirklich keine Loyalität.«

»Aber er hat recht. Ich habe den Test ohne Erlaubnis durchgeführt. Ich habe ihn nicht angemeldet.«

Die Leute wollen eine gerechte Autorität, sagte Sondra sich. »Drei Viertel der Experimente werden nicht angemeldet. Diese Vorschrift soll lediglich verhindern, daß die Leute Nebentätigkeiten für kommerzielle Labors ausüben. Wir sind eine öffentliche Einrichtung und stellen die Daten der Allgemeinheit zur Verfügung. Ohne eine entsprechende Vorschrift würden Privatunternehmen Forscher für geheime Tests anheuern. Diese Bestimmung soll die Leute aber nicht fürs Nachdenken bestrafen, und Raphael hat kein Recht, sie gegen Sie anzuwenden. Also müssen wir die Vorschrift irgendwie umgehen. Ich bin sicher, daß ich die Belastung noch weiter vermindern kann, wenn Sie damit einverstanden sind.«

»Teufel, ich werde demnächst eh zahlungsunfähig sein«, sagte Larry schließlich. »In Ordnung. Tun wir es auf Ihre Art.«

»Großartig. Schön zu hören.« Sondra legte den Computer beiseite. »Eigentlich bin ich gekommen, weil ich mich dafür entschuldigen wollte, daß ich Sie heute nicht unterstützt habe. Lassen Sie mich als Wiedergutmachung die Zahlen schönen.«

»Weshalb hätten Sie mich heute denn unterstützen sollen? Sie kennen mich doch kaum.«

»Ja, aber ich *müßte* Sie kennen. Ich als alter Hase sollte mich um den Neuling kümmern. Außerdem hätte jeder am Tisch sich zu Wort melden müssen, aber niemand hat sich geäußert. Wir lassen uns alle von Raphael einschüchtern.«

Larry setzte sich auf. »Das glaube ich Ihnen. Er erinnert mich an meinen Onkel Tal. Tal hat mir immer vorgehalten, wie undankbar ich gegenüber meinen Eltern wäre. Ich habe es ihm nie recht machen können. Ich weiß nicht, wie oft ich ihm schon Kontra geben wollte, doch ich hatte mich nie getraut. Und Dr. Raphael ist noch *viel* schlimmer.«

Erneut spürte Sondra ein Schuldgefühl, nur daß es diesmal berechtigt war. So sehr es ihr auch mißfiel, ein Teil von ihr bewunderte Raphaels Chuzpe und hegte Sympathie für ihn. »Gehen Sie nicht so hart mit ihm ins Gericht. Er hat es auch nicht leicht. Er hat praktisch sein ganzes Leben damit verbracht, als alter Mann an einem Spiel teilzunehmen, das von jungen Leuten gespielt wird. Aus irgendeinem Grund hatte die Promotion bei ihm ein paar Jahre länger gedauert. Er hat den Anschluß an die Entwicklung in der Forschung verloren und diesen Rückstand nie wieder aufgeholt. Das war vor fünfundzwanzig Jahren. Und seitdem mußte er mitansehen, wie solche Wunderkinder wie wir Karriere gemacht haben.

Stellen Sie sich vor, was für ein Leben das gewesen sein muß – immer eine Länge zurück und als fähiger Mann zur Arbeit in einer Branche verdammt, wo selbst der durchschnittliche Arbeiter ein Genie ist. Kein Wunder, daß er frustriert ist.« Sie verstummte und zuckte die Achseln. »Dennoch sollte er seinen Frust nicht an uns auslassen.«

»Und wir sollten ihm das auch nicht durchgehen lassen«, sagte Larry mit erstaunlichem Nachdruck. »Er wird uns immer herumschubsen, wenn wir uns nicht dagegen wehren.«

»Das habe ich mir auch schon gesagt«, pflichtete Sondra ihm bei. »Doch wenn wir den Laden schon in einem Monat schließen, ist es etwas zu spät für eine Rebellion.«

Ein scheues Lächeln spielte um Larrys Lippen. »Wir haben immer noch meine Ergebnisse. Damit müßte sich doch etwas machen lassen.«

Sondra lächelte milde. Es bedurfte schon magischer Zahlen, um etwas zu bewirken. Bloße Kosmetik würde da nicht helfen. Doch das würde sie Larry nicht sagen. Welchen Sinn hätte es, all seine Hoffnungen zunichte zu machen? »Ja, Sie haben recht. Damit müßte sich etwas machen lassen.«

»Wollen Sie sie sehen?« fragte Larry. Ohne Sondras Antwort abzuwarten, stieß er sich vom Bett ab, schoß zu ihrer Verblüffung über ihren Kopf hinweg und stieß sich an der Decke ab. Vor dem Schreibtisch legte er eine perfekte Landung hin und schlang die Beine um die Stuhlbeine. Offensichtlich hatte er in der niedrigen Gravitation von Pluto intensiv trainiert. Er wühlte in den am Schreibtisch befestigten Unterlagen und zog schließlich ein Blatt aus dem Stapel. »Das ist der vorläufige Bericht«, sagte er. »Der Computer führt noch ein paar Berechnungen durch.«

Sondra nahm das Blatt, ohne einen Blick darauf zu werfen. »Weshalb dauert die Berechnung so lange?« fragte sie.

Larry zuckte die Achseln. »Ich bin erst nach der Besprechung dazu gekommen, die Zahlen einzugeben, und es ist ein komplexes Problem, das viel Rechenzeit benötigt. Zu viel für eine Nebenstelle. Zwischen der offiziellen Arbeit füttere ich den Ring-Computer häppchenweise mit meinen Daten; die Mengen sind so gering, daß es nicht auffällt. Ich will nämlich nicht, daß Raphael mich auch noch wegen der Inanspruchnahme von Rechenzeit drankriegt.« Er grinste verstohlen.

Sondra lachte. »Sie lernen schnell«, sagte sie und warf einen flüchtigen Blick auf das Blatt. Sie mußte zweimal hinsehen, ehe sie sicher war, daß sie die Zahlen auch richtig erfaßt hatte. Sie konnten nicht stimmen. Sie *konnten* nicht stimmen. »Das muß falsch sein«, sagte sie. »Es ist unmöglich, daß Sie ein derart starkes Schwerefeld erzeugt haben. Selbst wenn wir wüßten, wie es geht, hätten wir gar nicht soviel Energie, um auch nur ein Zehntel dieser Feldstärke zu produzieren.«

»Die Zahlen sind richtig«, sagte Larry. »Und ich habe dieses Schwerefeld auch nicht erzeugt – ich habe ein bereits existierendes Schwerefeld gebündelt und *verstärkt*. Das Schwerefeld von Charon.«

Sondra musterte ihn. Seine Stimme war ruhig und fest. Er erweckte nicht den Anschein, sich rechtfertigen zu müssen, sondern sah ihr offen ins Gesicht. Er glaubte an die Richtigkeit der Zahlen. Erneut überflog sie das Blatt und überprüfte die Zeitsignatur des Experiments. Stunden, bevor Raphael die Bombe hatte platzen lassen. Nein, Larry konnte die Zahlen nicht frisiert haben, um die Schließung mit einer spektakulären Aktion zu verhindern. Außerdem waren diese Zahlen *zu* spektakulär. Sie waren zu gut, als daß jemand versucht haben könnte, sie zu fälschen. Niemand würde das glauben. Sie mußten authentisch sein.

Schließlich wurde ihr bewußt, daß sie die ganze Zeit auf das Blatt gestarrt hatte. Sie legte es weg und unterzog Larry einer gründlichen Musterung. Er war kein guter Lügner. Wenn es sich um eine Fälschung gehandelt hätte, dann wäre er errötet, hätte herumgestottert und wäre sicher nicht in der Lage gewesen, ihr in die Augen zu sehen. Entweder waren die Daten korrekt, oder Larry war ein gravierender Fehler unterlaufen.

Er glaubte an das Ergebnis. Aber damit stand er allein.

»Hat Raphael das schon gesehen?« fragte sie und tippte auf das Blatt.

»Ich habe mich noch nicht getraut, die Daten an seinen Rechner zu schicken. Ich wollte sie bei der Besprechung präsentieren, aber dann habe ich es doch nicht getan«, gestand Larry kleinlaut.

»Verdammt.« Wenn Larry die Zahlen vor der Besprechung vorgelegt hätte, würden sie nun glaubwürdiger wirken. »Schicken Sie sie sofort ab. Nicht nur an seinen Computer, sondern an alle Forscher in der Station. Sofort.«

»Aber …«

»Kein ›aber‹, Larry. Wenn diese Zahlen erst veröffentlicht werden, nachdem die Schließung der Station angekündigt wurde, wird jeder glauben, Sie hätten sie fingiert, um die Schließung zu verhindern. Wenn wir sie jetzt präsentieren, wird zumindest dieses Argument hinfällig. Je länger Sie warten, desto größer wird die Gefahr, daß man Ihnen eine Fälschung unterstellt.«

»Die Zahlen *stimmen* aber«, wand Larry ein. »Sie sind nicht fingiert.«

»Ich weiß das, und Sie wissen das – aber wird es Ihnen sonst jemand abnehmen? Diese Zahlen übertreffen die Sollwerte um den Faktor fünfhunderttausend. Was wäre wohl die plausibelste Erklärung – Durchbruch in letzter Minute oder Betrug?«

Larry ließ sich das durch den Kopf gehen; dann nahm er das Notebook und gab ein paar Befehle ein. Für einen langen Moment hörte man nichts im Raum außer dem leisen Klicken der Tastatur. Sondra sah Larry an und spürte plötzlich, daß sie Herzrasen hatte und der Schweiß ihr auf der Stirn stand.

Ich habe Angst, sagte sie sich, wobei sie sich gleichzeitig fragte, wovor, in aller Welt, sie sich überhaupt fürchtete.

Und dann wußte sie die Antwort. Sie fürchtete sich vor den Urgewalten, die Larry entfesselt hatte. Zwar nur in einem mikroskopisch kleinen Bereich und für wenige Sekunden. Aber innerhalb dieser winzigen Raumzeit hatte er ein Schwerefeld erzeugt, das tausendmal stärker war als das der Sonne. Er hatte eine Kraft erschaffen, die imstande war, ganze Welten zu zertrümmern.

Da mußte wohl jeder Angst bekommen.

Ich komme nach Hause, Jesse. Nach Hause. Simon Raphael griff zum altmodischen Füllfederhalter und spürte, wie die Augen für einen Moment feucht wurden. Die Tränen eines närrischen alten Mannes. Er hatte aber keinen Grund, sich zu schämen. Das war schließlich Sinn und Zweck eines Tagebuchs. Ihm konnte er seine Gefühle diskret anvertrauen und der einzigen Frau, die er je geliebt hatte, alles erzählen.

Mehr als einmal hatte er sich gefragt, ob es nicht verrückt sei, ein Tagebuch in Form von Briefen an seine verstorbene Frau zu führen. Doch auf Pluto lauerte der Wahnsinn eh an jeder Ecke. Da war es sinnvoller, den letzten Rest von Verstand nicht für persönliche Probleme zu vergeuden, sondern ihn für den Umgang mit den Mitarbeitern zu reservieren.

Der Räumungsbefehl kam gestern abend per Lasergramm, schrieb er. *Bald, sehr bald werde ich wieder unter einem blauen Himmel spazierengehen. Bald, sehr bald werde ich dich besuchen.* Ihr Grab befand sich an der Flanke eines stillen Hügels mit Blick auf die grünen Felder des Shenandoah-Tals und die Hochebenen der Blue Ridge Mountains. *Ich werde diesen Ort verlassen und zu dir nach Hause kommen.* Seufzend legte er den Füllfederhalter nieder und schloß die Augen. Er stellte sich vor, den Duft des Waldes zu riechen, der das Tal durchzog. Für ihn war es unfaßbar, daß es Leute gab, die hierbleiben *wollten.* Sie suchten allen Ernstes nach *Gründen* zu bleiben und konstruierten sogar welche. Vielleicht war dieser Chao wirklich der Ansicht, eine wichtige Entdeckung gemacht zu haben. Vielleicht lag gar keine vorsätzliche Fälschung vor.

Zu dumm. Er hatte leider keine Zeit mehr, sich mit hanebüchenen Theorien zu befassen.

Raphael *wußte,* daß Chao sich irrte. Chao konnte nichts gefunden haben, weil es nämlich nichts zu finden gab. Die Gravitationsforschung war eine Sackgasse. Simon Raphael gab auf, weil nun alles gesagt und getan war.

Ein resigniertes Lächeln spielte um seine Lippen, und dann nahm er den Füllfederhalter wieder auf. *Ich scheide ohne Bedauern von diesem Ort*, schrieb er. *Ich habe alles getan, was in meiner Macht stand. Nun gibt es nichts mehr zu tun, als des berühmten Ausspruchs von W. C. Fields zu gedenken.* Jesse hatte die alten Komödien geliebt, im Gegensatz zu Raphael. ›*Wenn du beim erstenmal keinen Erfolg hast, versuch es ein zweitesmal. Und ein drittesmal. Dann gib auf. Es hat nämlich keinen Sinn, sich zum Narren zu machen.*‹

Kapitel Drei

Von der Reservebank zum Feldspieler

Der Jahrtausende währende Schlaf des Beobachters wurde nun endgültig unterbrochen. Schlaf und Ruhe waren ihm nicht mehr vergönnt. Der Hoffnungsschimmer verblaßte. Der Beobachter bewegte sich rastlos. Er war nicht länger in der Lage, die quälenden Energien zu ignorieren, die er spürte.

Etwas *ging in den Tiefen des Alls vor. Nun, da er durch das nicht-ganz-korrekte-Signal geweckt worden war, hatte seine Sensibilität sich erhöht. Er entdeckte viele schwache Signale und vernahm ein Wispern aus dem weit entfernten Sonnensystem, von einer Quelle, die sich langsam in einem weiten Orbit bewegte.*

Er formte eine erste Theorie, obwohl der zugrundeliegende Prozeß nicht unbedingt als Denken *bezeichnet werden konnte. Vielmehr handelte es sich um eine Speicherabfrage, einen Versuch, neue Daten mit früheren Erfahrungswerten abzugleichen.*

Er überprüfte die Speicherinhalte, wobei er nicht nur die eigenen umfangreichen, wenn auch ziemlich belanglosen Erfahrungswerte abfragte, sondern auch die Erinnerungen all seiner Vorfahren. Dann stieß er im Leben eines seiner Ahnen auf einen Vorgang, der eine beträchtliche Ähnlichkeit mit dem aktuellen Ereignis aufwies. Vielleicht dienten die Parameter dieses alten Vorgangs als Erklärungsansatz für die gegenwärtige unklare Lage.

Mit einem Anflug von Enttäuschung ließ er das alte Ereignis ablaufen. Wenn es sich hierbei wirklich um einen Präzedenzfall handelte, dann hatte dieser Strom von Gravi-

tations-Signalen keine größere Bedeutung als die Streusignale, die er selbst abstrahlte.

Wenn man seine Schlußfolgerungen in zwei menschliche Analogien überführen wollte, die zwar nicht völlig präzise, dafür aber anschaulich waren, vermutete er, daß ein identischer Phänotyp seines Genotyps entartet war. Oder daß ein entferntes Subsystem, eine andere Komponente derselben Maschine, zu der auch er gehörte, einen Defekt hatte.

Befand sich vielleicht einer seiner Art in diesem Raumsektor? Er führte eine Abfrage bezüglich dieses Raumabschnitts durch.

Er hatte eigentlich erwartet, dort einen kleinen Körper von der Größe eines Asteroiden zu finden, einen weiteren im Orbit stationierten Subtyp seiner Art. Schockiert mußte er feststellen, daß er statt dessen auf Daten über einen natürlichen *Körper gestoßen war, einen gefrorenen Planeten mit einem übergroßen Mond.*

Ein planetarischer Körper, der modulierte Gravitationswellen aussandte? Das konnte nicht sein. Dieses Phänomen lag nicht nur außerhalb seiner eigenen Erfahrung, sondern es war auch noch nie in den Berichten seiner Artgenossen erwähnt worden. Seine Verdrängungskunst überstieg jede menschliche Fähigkeit, Fakten nicht zur Kenntnis zu nehmen. Was im Universum des Beobachters bisher nicht stattgefunden hatte, würde sich auch jetzt nicht ereignen. Das war physikalisch unmöglich.

Diese Anomalie mußte untersucht werden. Er fokussierte die Sinne so präzise wie möglich und überprüfte den Zielplaneten.

Der nächste Schock. Unglaublich. Der Satellit des Planeten wurde nun von einem Ring umgeben, der im Speicher nicht enthalten war. Ein Ring, der in allen möglichen Energiezuständen flimmerte.

Ein Ring, der ein Zwilling des Beobachters hätte sein können.

Larry wartete schweißgebadet vor Raphaels Büro. Die ›Einladung‹ zu einem Treffen mit dem Stationsleiter war bereits vor einer halben Stunde ergangen, doch anscheinend wollte Raphael seinem renitenten Untergebenen noch etwas Zeit zum Abregen geben, bevor er ihm eine Audienz gewährte.

Nervös knetete Larry die Finger. Er hatte durchaus gewußt, was er tat, als er das Millionen-Gravo-Experiment durchführte. Es handelte sich um eine Naturwissenschaft, um angewandte Physik in einem kontrollierten und nachprüfbaren Rahmen. Er mußte nur auf die Inspiration warten, sich das Ergebnis vorstellen und den Versuchsaufbau korrekt arrangieren – dann würde es auf jeden Fall funktionieren. Daran führte kein Weg vorbei. Das Experiment mußte mit der gleichen Zwangsläufigkeit glücken, wie allmorgendlich die Sonne aufging.

Was er indes überhaupt nicht verstand, war der emotionale Aufruhr, den sein Experiment bei den Menschen verursacht hatte. Vier Stunden, nachdem er den Bericht ins Datennetz eingespeist hatte, stand die ganze Station Kopf.

Er hatte den Ring benutzt, um gigantische Kräfte zu entfesseln, doch diese Kräfte waren unter Kontrolle. Er brauchte nur den Stecker zu ziehen, und der Spuk hätte ein Ende. Nicht so dieser Aufruhr. Er glich einem Geist, den er nicht wieder in die Flasche zwängen konnte.

Jeder in der Station war aufgeregt oder erzürnt oder beides. Jeder bezog Stellung, und niemand hatte Bedenken, Larry seine oder ihre Gefühle direkt mitzuteilen. Er war ein Held. Er war ein Schwindler. Er war ein Genie. Er war ein Narr. Der Nobelpreis war nicht gut genug für ihn. Man sollte das Gefängnis auf Tycho wiedereröffnen, denn lebenslänglich in einem anderen Knast wäre eine zu milde Strafe gewesen. Sowohl die Lobhudelei als auch die Verunglimpfungen empfand Larry als überaus irritierend.

Die ganze Station befand sich in Aufruhr und vernachlässigte vor lauter Aufregung das Tagesgeschäft. Larrys komplette Analyse des Experiments lief noch immer, doch sie wurde nun von anderen Forschern aus der Warteschlange des Hauptrechners verdrängt, die unter Berufung auf ihren Übergangsstatus eigene Simulationen durchführten.

Raphael genehmigte persönlich eine von zwei altgedienten Forschern beantragte Computer-Simulation. Larry war nicht im geringsten überrascht, als er erfuhr, daß Raphaels Simulation ›bewiesen‹ hatte, daß Larrys Ergebnisse falsch waren. Eine parallel durchgeführte Simulation jüngerer Wissenschaftler (wobei Sondra durch Abwesenheit glänzte) dokumentierte hingegen die Echtheit des *Chao-Effekts*. (Larry wußte zwar nicht genau, wer diesen Begriff geprägt hatte, aber er hatte Sondra in Verdacht.)

Larry enthielt sich jeglichen Kommentars, erkannte aber, daß beide Simulationen auf falschen Annahmen beruhten.

Doch die Frage, wessen Daten richtig waren, war lange nicht ausschlaggebend. Fronten wurden abgesteckt. Die Leute wurden aufgefordert, Stellung zu beziehen – und nicht nur mit Blick auf die objektive Frage, ob Larry recht hatte oder nicht. Andere Fragen wurden aufgeworfen. Bist du für oder gegen Raphael? Bist du für oder gegen die Schließung der Station? Bist du auf unserer Seite oder auf ihrer? Binnen weniger Stunden waren die Ergebnisse eines wissenschaftlichen Experiments zu einer politischen Angelegenheit geworden, und all die komplexen Antagonismen und persönlichen Konflikte, all die moralischen Probleme der Station hatten sich zu einer einzigen Frage verdichtet: *Glaubst du?* Ein wissenschaftliches Problem war auf eine Glaubensfrage reduziert worden, wobei man nur noch die Wahl zwischen Orthodoxie und Häresie hatte.

Womit auch der wissenschaftliche Aspekt hinfällig

geworden war, sagte Larry sich. Das alles hatte nur noch sehr wenig mit Erkenntnisgewinnung zu tun.

Der Interkom klickte. »Reinkommen«, sagte Raphael mit überheblicher Attitüde. Larry erhob sich unsicher. Der Mann hatte nicht einmal nachgesehen, ob er überhaupt da war. Larry schaute nach oben und suchte nach einer Kamera. Wenn es eine gab, dann war sie versteckt. Oder wollte Raphael mit dieser Übung die Überzeugung demonstrieren, daß seine Befehle unbedingt befolgt würden? Raphaels Wort war Gesetz, und deshalb war Larry hier.

Auch wenn er nicht gekommen wäre, sagte Larry sich, hätte Raphael dieses Machtspielchen nicht verloren, weil es nämlich keine Zeugen gab. Fast war er versucht, sitzen zu bleiben und zu sehen, was Raphael dann tun würde. Doch das wäre keine gute Strategie.

Also stand er auf, öffnete die Tür und betrat Raphaels Büro.

Raphael saß am Schreibtisch und war scheinbar in einen Bericht auf dem Computerbildschirm vertieft. Er schaute nicht auf und nahm auch sonst nicht die geringste Notiz von Larry. Larry blieb vor dem Schreibtisch stehen und zögerte für einen Moment.

Doch nun hatte Larry genug. Wenn Raphael ein Spiel mit ihm trieb, dann würde er lieber aktiv eingreifen, als nur zu reagieren. Mit einem theatralischen Seufzer setzte er sich und packte sein Notebook aus. Er hatte auch noch Arbeit zu erledigen. Oder zumindest würde er so tun.

Er klappte das Notebook auf, schaltete es ein und rief eine Datei auf. Äußerlich wirkte er ruhig, aber das Herz schlug ihm bis zum Hals. Sein Verhalten war an Dreistigkeit kaum zu überbieten. Noch nie in seinem Leben hatte Larry einen Vorgesetzten derart mißachtet. Sein Vater hätte wohl gesagt, daß nun einer der seltenen Anlässe war, wo das irische Temperament seiner

Mutter durchbrach, und vielleicht hätte er damit gar nicht so falsch gelegen.

Es gab einen Augenblick, wo Raphael das Spiel zu seinen Gunsten hätte entscheiden können, wenn er von der Arbeit aufgesehen und den Besucher mit einer ätzenden Bemerkung zur Schnecke gemacht hätte.

Doch dieser Augenblick verstrich, und der Direktor erweckte weiterhin den Anschein, sich mit seinen Dateien zu beschäftigen, während Larry auf dem Besucherstuhl saß und seinerseits den Anschein erweckte, in seine Arbeit vertieft zu sein.

Mit jeder Sekunde, die verstrich, wurde es schwieriger für Raphael, das Spiel in der ursprünglich geplanten Version weiterzuführen.

Larry glaubte wahrzunehmen, wie Raphael ihn aus dem Augenwinkel musterte, doch er wagte es nicht, vom Notebook aufzuschauen, um sich davon zu überzeugen. Er fragte sich, welche Vergeltung der alte Mann wohl üben würde. Schließlich erhob Raphael sich, ergriff ein Buch und ging damit zum Bücherregal hinüber. Er stellte das Buch ins Regal. Zweifellos gehörte das Buch gar nicht dorthin, aber zumindest wurde durch diese Geste die Pattsituation durchbrochen. Dann ging er zum Schreibtisch zurück und setzte sich auf die Ecke, was eine höchst informelle Pose für Raphael war. Larry war sich durchaus bewußt, daß Raphael sich damit in eine Position gebracht hatte, in der er auf ihn herabblickte. »Mr. Chao?« sagte er mit ruhiger, wenn auch metallischer Stimme.

Larry klappte das Notebook zu und schaute zu Raphael auf, der ihn mit finsterem Blick musterte.

Der ältere Mann nickte, erhob sich und setzte sich wieder auf seinen alten Platz. Nachdem er nun Larrys Aufmerksamkeit errungen hatte, war es egal, wo er saß. »Ich wüßte nicht, weshalb wir mit irgendwelchen Höflichkeitsfloskeln Zeit vergeuden sollten«, sagte Raphael. »Seit vierundzwanzig Stunden legen Sie diese

Station lahm. Ich kann keine weitere Unterbrechung mehr zulassen. Anhand einer Computersimulation haben wir Ihr sogenanntes Experiment als Betrug entlarvt, womit wir unserer Verpflichtung, Ihre absurden Behauptungen zu überprüfen, in vollem Umfang nachgekommen sind.

Ich habe keine Veranlassung, weitere Arbeitszeit in die Jagd nach dieser Schimäre zu investieren, ganz zu schweigen von der Genehmigung von Ring-Zeit oder Zugang zu experimentellen Einrichtungen. Ich habe angeordnet, alle Arbeiten, die dem Nachweis Ihrer Behauptungen dienen, unverzüglich einzustellen, damit diese Station wieder zur Tagesordnung übergeht. Ich möchte hinzufügen, daß ich noch nicht weiß, welche Behörden für die Verfolgung solcher Betrugsfälle zuständig sind, aber ich beabsichtige es herauszufinden und die zuständigen Stellen von Ihrer Handlungsweise in Kenntnis zu setzen.«

Larry wollte etwas sagen. Doch ihm fehlten die Worte. Sein Chef, sein eigener Chef, bezichtigte ihn der Lüge und drohte damit, ihn wegen des Kapitalverbrechens eines wissenschaftlichen Durchbruchs ins Gefängnis zu bringen.

»Sie wollen also, daß diese Station wieder zur Tagesordnung übergeht?« fragte Larry. »Und was heißt das konkret? Daß die Schließung vorbereitet wird?« Konsterniert schüttelte Larry den Kopf. »Weshalb fällt Ihnen die Vorstellung leichter, daß ein Mitarbeiter, den Sie selbst eingestellt haben, ein Lügner und Betrüger ist, als zu akzeptieren, daß ich *wirklich* etwas entdeckt habe? Haben Sie sich die Daten überhaupt schon einmal angesehen, und zwar die Originaldaten und nicht die Ergebnisse Ihrer Simulationen?«

Raphael lächelte verächtlich. »Die einzige Entdeckung, die Sie gemacht haben, Mr. Chao, ist das Ende Ihrer Karriere. Unsere Simulationen haben bestätigt, daß Ihre Ergebnisse völlig unmöglich sind.

Zumal die Energiequelle des *Rings* überhaupt nicht in der Lage gewesen wäre, die benötigte Leistung zu erzeugen.«

»Ich habe Ihre Simulations-Gleichungen gesehen«, erwiderte Larry in scharfem Ton. Er stand auf und beugte sich über Raphaels Schreibtisch. »Sie berücksichtigen nicht einmal ansatzweise den Effekt der Verstärkung und Bündelung externer Schwerefelder. *Natürlich* stammte diese Energie nicht von der internen Energiequelle des Rings – ich hatte nämlich das Gravitationsfeld von Charon angezapft! Ich habe einen Ausschnitt des Schwerefelds von Charon komprimiert. Die Gravitationsgleichungen stimmen nach wie vor. Das war doch der Witz bei dem Test. Da könnte man genauso gut ein Funkgerät simulieren, ohne das Funksignal zu berücksichtigen. Zu einem Test gehört offensichtlich auch ein Test*gegenstand*. Die Ergebnisse meines Tests werden jeder Prüfung standhalten. *Sie* haben schlampig gearbeitet, Doktor.«

Larry sah in die vor Zorn flammenden Augen des alten Manns. Dann drehte er sich um und verließ wortlos das Büro des Direktors, ohne Raphaels Reaktion abzuwarten. Zum erstenmal in seinem Leben hatte ihn Zorn gepackt, wirklicher Zorn, der kalte Zorn eines *Erwachsenen*.

Ihm wurde bewußt, daß er sich nicht über Raphaels grundlose Anschuldigungen ärgerte, sondern über die Borniertheit des Manns.

Es war die Mißachtung der *Wahrheit* und der Entdeckungen, deretwegen sie alle hier waren, die Larry so erzürnte. Larry hatte die Daten und Prüfprotokolle, die seine Angaben belegten. Doch davon würde er auf der Milliarden Kilometer vom Ring entfernten Erde nichts mehr haben. Es wäre alles umsonst gewesen, wenn der Ring für eine Generation eingemottet würde, zumal es keine andere Einrichtung gab, wo er auf den Ergebnissen hätte aufbauen können.

Das war es, was Larry ärgerte – die sinnlose Verschwendung, die vertane Chance.

Wenn Larrys Testergebnisse bestätigt würden, wäre es unmöglich, den Ring zu deaktivieren. Selbst angesichts der irdischen Rezession *müßte* das Komitee ein Budget bereitstellen. Vielleicht würden auch die Siedlungen auf dem Mars und den äußeren Satelliten etwas beisteuern. Teufel, wie kleinmütig. *Jeder* würde für den Ring spenden, in der Hoffnung, ein Stück vom Kuchen abzubekommen. Ungeahnte Möglichkeiten würden sich ergeben, wenn man die Künstliche Schwerkraft zur Anwendungsreife brachte. Wo nun die Initialzündung erfolgt war, würden Larry sich völlig neue Forschungsgebiete und Perspektiven eröffnen.

Und alles, was zwischen ihm und dieser verheißungsvollen Zukunft stand, war das gekränkte Ego eines alten Sonderlings.

Er hatte das Bedürfnis, Sondra zu suchen und sie um Rat zu fragen. Doch wenn er sie vorschickte, wäre das genauso schlecht, als wenn er sich von Raphael überrollen ließ. Er mußte die Entscheidung selbst treffen. Erst nachdem er diese Entscheidung getroffen hatte, würde er sie um Unterstützung bitten. Doch Larry wußte, daß er selbständig handeln mußte, wenn er die Selbstachtung nicht verlieren wollte.

Ohne den Weg bewußt eingeschlagen zu haben, stand er plötzlich vor seiner Kabinentür. Er stieß die Tür auf, ging hinein und schloß die Tür ab. Er brauchte jetzt etwas Ruhe. Zeit zum Nachdenken. Zeit, um das weitere Vorgehen zu planen.

Larry brauchte ein weiteres Experiment, ein Blitzexperiment, und zwar nicht nur aus akademischen Gründen, sondern um sich Publizität zu verschaffen und seiner Karriere auf die Sprünge zu helfen. Eine spektakuläre Aktion, welche die Schließung der Station verhinderte.

Und wenn sich das doch nicht verhindern ließ,

mußte er an seine eigene Karriere denken. So spektakulär der Millionen-Gravo-Ring auch war, die Astrophysikalische Stiftung der UN würde ihn auch nicht mehr zu schätzen wissen als Raphael. Auf der Erde hätte Raphael mehr Einfluß als Larry.

Wenn die Dinge sich zu seinen Ungunsten entwickelten, wenn Raphael ihm wirklich Schwierigkeiten machte, mußte Larry mehr als ein einmaliges Experiment vorweisen. Er benötigte etwas, das er zur Erde mitnehmen und worauf zukünftige Forschung aufbauen konnte. Teufel, er mußte ein Experiment durchführen, das ihm einen *Job* verschaffte. Er schaute mißmutig drein. *Politik.*

Wenn er sich als naiver kleiner Wissenschaftler präsentierte, der nur an der Wahrheitsfindung interessiert war, würde seine Entdeckung mit Sicherheit im Müll landen. Nur in der Politik konnte er seine Interessen durchsetzen. In dieser Situation war Raffinesse gefragt, kein Idealismus.

Irgendwann gelangt jeder zu der Erkenntnis, daß der Zweck die Mittel heiligt, sagte Larry sich mit leichtem Unbehagen.

Nun gut. Er hatte ein taktisches und ein strategisches Ziel: die Rettung der Station und/oder seiner Karriere. Nun mußte er diese Ziele nur noch verwirklichen.

Zunächst mußte er sich eine Lageübersicht verschaffen. War der Test vollständig gelöscht worden? Er glaubte nicht, daß alle Forscher der Aufforderung gefolgt waren, die Arbeit einzustellen. Andererseits rechnete Raphael zweifellos damit, daß einige seiner Mitarbeiter gegen die Anordnung verstießen. Um den Test zu wiederholen, mußte man ihn also unter einer Tarnbezeichnung laufen lassen.

Mit Hilfe des Notebooks fragte Larry den Zeitplan für die Experimente ab. Es fanden rund um die Uhr Versuche statt, was die Lage erschwerte. Wahrscheinlich lag es daran, daß die Leute angesichts der bevorstehenden Schließung noch schnell ihre Versuche durchführen wollten – doch vielleicht war ein Teil der Zeit wirklich dafür vorgesehen, Larrys Theorie zu überprüfen.

Die mit dem *Chao-Effekt* beschäftigten Leute würden wohl darauf achten, daß Raphael nichts davon erfuhr. Und es waren sicher viele Leute damit beschäftigt. Aber wer?

Es gab nur eine Person, von der er das mit Sicherheit wußte. Einer von diesen konspirativen Forschern mußte Sondra Berghoff sein. Vielleicht gab es noch andere Unzufriedene, die sich nicht nur mit stummem Protest begnügten, sondern auch zu Regelverstößen bereit waren. Doch Sondra war die einzige, von der Larry wußte, daß sie die damit verbundenen Chancen nutzen würde.

Larry überflog den Dienstplan und suchte nach Experimenten, an denen Sondra teilnahm.

Sie war an drei Versuchen beteiligt, an einem davon als Primärforscher. Dieses Experiment war gleichzeitig das einzige, das angesetzt worden war, nachdem Larry ihr die Testergebnisse gezeigt hatte. Er verwarf das als zu offensichtlich. Raphael würde sicher ein Auge auf dieses Experiment haben. Außerdem würde es erst in einer Woche stattfinden. So viel Zeit hatte er nicht.

Dafür erschien ihm ein anderes für seine Zwecke geeignet. Es war schon vor Wochen angemeldet worden und sollte während der ›Friedhofs‹-Schicht stattfinden, morgen früh um 02:00 GMT. Sondra war als Operator aufgeführt und würde nicht selbst am Versuch teilnehmen.

Und was noch besser war, Larry stellte fest, daß Dr. Jane Webling als Schichtführerin eingeteilt war. Webling, die nominell Wissenschaftliche Leiterin der Station war, befand sich bereits im fortgeschrittenen Alter, um es wohlwollend auszudrücken. Vielleicht würde sie noch vor dem Experiment zu Bett gehen und sich am nächsten Morgen nur mit ihrer ›Assistentin‹ besprechen. Deshalb würde aller Wahrscheinlichkeit nach doch Sondra das Experiment durchführen.

Wenn sie also etwas deichseln wollte, wäre das ihre große Chance. Gut, aber unter welcher Rubrik firmierte der Versuch? ›Versuch einer Revidierten Prozedur für Gravitations-Kollimation‹, las Larry. *Eine dieser hochtrabenden Bezeichnungen, mit denen die Leute die Experimente immer titulieren, wenn Raphael involviert ist,* sagte Larry sich.

Gravitations-Kollimation. Er hatte bereits eine Abhandlung von Webling zu diesem Thema gesehen und sogar einige Anregungen daraus bezogen. Webling arbeitete schon seit einiger Zeit an der Entwicklung eines Strahls von gerichteten Gravitationswellen – einem ›Graser‹. Wie Licht war auch die Schwerkraft im Normalzustand ungerichtet. Doch wie Licht konnte sie auch manipuliert und zu einem Strahl gebündelt werden. Larrys Methode der Schwerkraft-Bündelung basierte auf ähnlichen Techniken.

Ein Laser war ein fast mathematisch genau gebündelter Lichtstrahl. Bei Weblings Graser-Projekt ging es um die Erzeugung eines gebündelten Gravitationsstrahls (wenn auch mit extrem geringer Leistung), der zu Detektoren auf anderen Planeten abgestrahlt werden sollte. *Merkwürdige Vorstellung,* sagte Larry sich, *denn Gravitation wurde eigentlich als eine Kurve im Raum definiert. Ein Strahl gekrümmten Raums.*

Streng genommen wurden *zwei* Strahlen mit einem Winkel von hundertachtzig Grad erzeugt, wobei der eine aufs Ziel gerichtet und der andere exakt in Gegenrichtung abgestrahlt wurde. Weblings größter Erfolg bestand in der Erzeugung eines ›Zug-Druck-Strahls‹. Hierzu wurde eine Phasenumkehr vorgenommen, so daß die Fortpflanzungsrichtung sich änderte und der rückwärtsgerichtete Strahl eine abstoßende Wirkung entwickelte. Die Resultierende hatte eine Anziehungskraft von Null, weil die beiden Strahlen sich gegenseitig aufhoben. Der Strahl konnte zwar aufgefangen werden, hatte aber keine Leistung.

Angenommen, sagte Larry sich, man erhöhte die Energie ein wenig? Zum Beispiel um den Faktor eine Million? Der Strahl würde sich nach wie vor selbst aufheben und folglich keine Auswirkungen auf die Zielwelten haben – aber er wäre ein Beweis dafür, daß Larry etwas entdeckt hatte. Teufel, er würde die Anzeigen der Gravitations-Detektoren zum Schmelzen bringen.

Das müßte ihm die gewünschte Publizität verschaffen.

Kapitel Vier

Den Finger am Abzug

Dem Beobachter war der fremde Ring am Rand des Sonnensystems ein Rätsel. Der Ring und seine Aktionen hätten ihm so vertraut sein müssen wie er selbst. Und doch schien der Fremde alle Gesetze zu brechen und jeden Kontrollmechanismus zu überwinden, der elementarer Bestandteil seiner Existenz war.

Weshalb verhielt er sich so seltsam? Weshalb umkreiste er eine gefrorene, nutzlose Welt am Rande dieses Systems? Weshalb versteckte er sich nicht? Weshalb verriet *er sich auch noch durch die* Abstrahlung *von Energie? Der Fremde strahlte stündlich mehr Energie ab, als der Beobachter sich in den letzten Millionen Jahren gestattet hatte.*

Und dabei handelte es sich trotz der hohen Streustrahlung bloß um verschwindend geringe Beträge von Gravitationsenergie. Was bezweckte er nur mit diesem stümperhaften Vorgehen?

Er hatte kaum etwas mit einem richtigen Ring gemeinsam. Nur hinsichtlich der Form, der Größe und des Versuchs, Schwerkraft nutzbar zu machen, ähnelte er dem Beobachter.

Doch zu dem offensichtlichen Schluß, daß es sich hierbei um ein neues Objekt handelte, das nicht in seinem Speicher enthalten war, kam der Beobachter nicht.

Der Beobachter war von Natur aus nicht imstande, die entscheidende Frage zu stellen: Woher kam er? *Für ihn existierte nur eine mögliche Quelle für einen Gravitationsring.*

Der Beobachter wußte, daß der mysteriöse Ring in einem gewissen Verwandtschaftsverhältnis zu ihm stand.

Das war der Irrtum, der sein ganzes Gedankengebäude zum Einsturz brachte.

Er nahm an, diese fremdartige Struktur sei von seiner Art. Doch weshalb war dieser geheimnisvolle Ring dann so fremdartig? Weshalb wich sein Verhalten derart vom bekannten Schema ab?

Plötzlich wußte er die Antwort, die ihm von der Erinnerung eines Urahnen zugespielt worden war.

Der Fremde war ein modifiziertes Derivat, ein Mutant. Er war vor Urzeiten von einem verwandten Sphärensystem oder von einem Vorgänger gebaut worden.

Das war der nächste Irrtum des Beobachters.

Und darauf basierte auch der dritte Irrtum, der irgendwann ein ganzes Universum in Aufruhr versetzen und eine Millionen Jahre alte Lebensform bedrohen würde.

Doch noch war die Katastrophe in weiter Ferne.

Die Erde indes hatte nicht so viel Glück.

»Nun, Dr. Berghoff, leider muß das Experiment mitten in der Nacht stattfinden, aber ich glaube, daß Sie die Sache im Griff haben«, sagte Dr. Webling. »Es handelt sich um ein reines Routineexperiment. Da kann ich wohl zu Bett gehen. Ich werde mir die Ergebnisse morgen früh ansehen. Die letzten Antwortsignale von der Erde werden sicher erst gegen Mittag eingehen.«

»Ja, Ma'am«, sagte Sondra abwesend. Sie war mit den Gedanken woanders.

»Genehmigen Sie sich eine Extratasse Kaffee«, sagte Webling launig. »Sie werden sie brauchen. Gute Nacht dann, Dr. Berghoff.«

»Gute Nacht, Dr. Webling.«

Vorsichtig verließ Dr. Webling das Labor, als ob sie Angst hätte, zu stürzen. Viele der älteren Wissenschaftler kannten nicht die Tricks, sich in der niedrigen Schwerkraft zu bewegen.

Webling schloß die Tür hinter sich, und Sondra seufzte erleichtert. Sie hatte schon befürchtet, das alte Mädchen würde nie verschwinden. Sie stand auf und verschloß die Tür, weil sie nun auf keinen Fall gestört werden wollte.

Dann warf sie einen Blick auf die Anzeigetafel. Noch vier Stunden bis zum Start von Weblings Experiment. Verdammt! Kaum genug Zeit, die Einstellungen für Weblings Experiment vorzunehmen und die Leitstandkontrollen zurückzusetzen, um Larry Chaos Versuch zu wiederholen. Zumal das System in dieser Nacht ausgelastet war. Die anderen drei Leitstände waren voll besetzt. Leitstand Eins führte gerade einen Versuch durch, und Zwei und Drei warteten darauf, ihrerseits Zugang zum Ring zu bekommen. Leitstand Vier, der von Sondra besetzt war, kam nach Drei an die Reihe – und für 03:00 Uhr hatte sich schon wieder Leitstand Eins angemeldet.

Ihr stand also nur eine Stunde zur Verfügung. Wenn sie einen Fehler machte, wäre eine Wiederholung ausgeschlossen.

Natürlich würde Webling die Manipulation entdecken und dafür sorgen, daß Raphael Sondra am nächsten Morgen zur Minna machte, aber das war nun auch nicht mehr zu ändern. Überhaupt kam es nicht darauf an. Die Station wurde sowieso geschlossen. Was sollten sie wohl tun? Sie feuern?

Dieses Experiment war ihre einzige Chance, Larrys Ergebnisse zu rekonstruieren. Nur das zählte.

Vielleicht würden auch andere noch versuchen, sein Experiment nachzuvollziehen, aber dennoch mußte sie es versuchen. Sie glaubte nämlich nicht, daß die feigen Wissenschaftler in dieser Station das Risiko eingingen, in dieser Richtung weiterzuforschen.

Selbst wenn sie mit Sicherheit gewußt hätte, daß noch andere Versuche stattfanden, hätte sie sich selbst davon überzeugen müssen, ob es wirklich möglich war, ein Millionen-Gravo-Feld zu erzeugen. Das würde sie nur erfahren, wenn sie den Versuch selbst durchführte.

Sie nahm vor den Kontrollen Platz und programmierte das System nach Larrys Angaben um. Larrys Anweisungen waren präzise und vollständig, doch es handelte sich um eine höchst komplexe Einstellung. Bald ging sie völlig in der Arbeit auf, und vor den Kontrollen, Meßgeräten und Skalen entwickelte sie ein *Verständnis* für Larrys Denkweise. Theorie war nie ihre Stärke gewesen, doch mit der praktischen Anwendung hatte sie keine Probleme.

Sie war derart in die Arbeit versunken, daß sie fast an die Decke sprang, als der Türsummer ertönte. Irdische Reflexe waren in dieser niedrigen Schwerkraft gefährlich.

Sie schlug auf den Interkom-Schalter. »Wer … wer spricht?« fragte sie, wobei sie sich bemühte, mit fester Stimme zu sprechen. Sie warf einen Blick auf die Schalttafel. Nur ein Experte würde erkennen, daß sie das System neu programmierte. Es war alles in Ordnung. Kein Grund zur Sorge.

»Ich bin's, Larry«, ertönte eine gedämpfte Stimme. Er sprach durch die Tür, anstatt den Interkom zu benutzen. Befürchtete er etwa, daß Raphael Wanzen im Büro hatte anbringen lassen?

Sondra stieß die Luft aus; sie hatte nicht einmal bemerkt, daß sie den Atem angehalten hatte. Sondra wurde sich bewußt, daß die ganze Aufregung völlig unnötig gewesen war. Sie stand auf und schloß die Tür auf.

Im Grunde wunderte Sondra sich auch nicht über Larrys Erscheinen. Schließlich war er nicht dumm. Er hatte nur den Dienstplan studieren müssen, um zu wissen, daß sie hier war. Zumal sie sich ihm als Verbündete angedient hatte – auch wenn er das Angebot nicht sofort angenommen hatte.

Larry betrat den Raum und schaute sich nachdenklich um. Irritiert wich Sondra vor ihm zurück. Larry verströmte eine Entschlossenheit, Härte und Selbstbewußtsein, das sie vor wenigen Stunden an ihm noch nicht wahrgenommen hatte.

Larry ging zur Schalttafel und überflog die Einstellungen. »Sie haben die Hälfte von Weblings Einstellungen gelöscht«, stellte er fest.

»Äh ... nun ja«, sagte Sondra und knetete nervös die Hände. Hier hatte sie ihren Experten.

»Wir müssen sie wiederherstellen«, sagte Larry.

»Aber ich muß Ihre Ergebnisse bestätigen«, wandte Sondra ein. »Das ist im Moment viel wichtiger als der Graser.«

»Wo sind die Gravitationswellen-Detektoren, die Sie ansteuern?« fragte Larry.

Es schwang etwas in seiner Stimme mit, das sie veranlaßte, ihm direkt zu antworten. »Äh ... Titan, Ganymed, VISOR – das ist die große Venus-Orbitalstation – und der Teilchenbeschleuniger auf der Erde. Übertragungsdauer jeweils zehn Minuten. Ein Millisekunden-Puls pro Sekunde.«

»Mit welcher Leistung?« fragte Larry.

»Nun, die Leistung versuchen wir gerade zu ermitteln. Ausgangspunkt ist ein sphärisches Ein-Gravo-Feld mit einem Durchmesser von einem Kilometer, das wir für ungefähr eine Millisekunde stabilisieren. Wenn wir es verdichtet und gebündelt haben und den Puls abschicken, haben wir den größten Teil der Leistung schon verloren. Durch die Ausbreitung der Wellenfront nimmt die Feldstärke weiter ab. Wir wären schon zufrieden, wenn an der Gegenstelle vielleicht ein zehnmillionstel Gravo ankäme, aber bisher wissen wir überhaupt nichts. Das Experiment heute nacht soll Aufschluß darüber geben, welche Leistung überhaupt an der Gegenstelle ankommt. Der Strahl ist von vornherein nicht sehr scharf gebündelt, zumal enorme Streuverluste auftreten. Theoretisch müßten wir ein Bündel aus exakt parallel verlaufenden Gravitationswellen abschicken. Statt dessen senden wir einen konischen Strahl, der sich mit zunehmender Entfernung auffächert. Und die Gravitationswellen verlaufen auch nicht parallel. Wir *schätzen*, daß wir eine Leistung von einem zehnmillionstel Gravo erzielen, aber wir würden uns auch schon mit einem Zehntel dessen begnügen.«

»Können so schwache Gravitationspulse überhaupt registriert werden?«

»Wir schicken sie an diese Stationen, weil sie die besten Detektoren haben; die gleichen, die auch wir benutzen. Die Stationen auf Titan und Ganymed erforschen die Wechselwirkungen der Schwerefelder der Saturn- und Jupitermonde. Die Venus-Station vermißt das dortige Gravitationsfeld und versucht, aus dem Gezeiteneffekt der Sonne Aufschluß über die innere Struktur des Planeten zu erhalten. Und im Teilchenbeschleuniger auf der Erde sind die Sensoren entwickelt worden. Die Ausrüstung ist gut und verfügt über drei Empfindlichkeitsstufen: niedrig, mittel und hoch«, beendete Sondra ihre Ausführungen.

»Bisher haben wir ihnen Zug-Druck-Gravitationsstöße mit einer Dauer von einer Millisekunde und einer Leistung von einem *Zehntel Gravo* geschickt. Könnten sie auch einen Puls empfangen, der eine Million mal stärker ist?«

Plötzlich begriff Sondra. »Sie wollen das Gravitationsfeld verstärken und *dann* abschicken!«

Larry grinste spitzbübisch. »Das wird ihre Aufmerksamkeit erregen, was?«

Je länger Sondra darüber nachdachte, desto besser gefiel ihr dieser Vorschlag. Das Experiment an sich würde die Aufmerksamkeit schon auf Larrys Verstärkungseffekt lenken. Ach was, Aufmerksamkeit! Es würde sämtliche Schwerkraft-Detektoren im Sonnensystem zerlegen. Binnen weniger Stunden würde jeder Gravitationsforscher zwischen hier und der Sonne davon erfahren haben und nach mehr Informationen und Beweisen verlangen.

Larry war offensichtlich daran gelegen, die Nachricht vom *Chao-Effekt* so weit wie möglich zu verbreiten.

»Es müßte funktionieren, Larry«, sagte sie. »Keine Frage, es müßte funktionieren. *Wenn* es uns gelingt, das Gravitationsfeld durch den Ring zu verstärken, zu modulieren und die Gravitationswellen zu bündeln.«

»Das ist kein Problem. Ich frage mich nur, ob die Gegenstellen überhaupt in der Lage sind, das Signal zu empfangen und zu messen.«

»Machen Sie sich deshalb keine Sorgen. In den Labors sind die Detektoren rund um die Uhr aktiv und zeichnen alle Daten auf. Die Detektoren sind auf Automatikbetrieb ausgelegt, um zu vermeiden, daß ein unachtsamer Operator etwas verpaßt. Wenn wir imstande sind, das Signal zu senden, werden sie es auch empfangen.«

»Dann wollen wir sie einmal überraschen«, sagte Larry und setzte sich an die Konsole.

Lange bevor der *Ring von Charon* in Betrieb genommen wurde, hatte die Astrophysik den Status einer nur beobachtenden Wissenschaft überwunden und Hochenergie-Experimente durchgeführt. Nicht nur im Ring, sondern in über das System verteilten Anlagen aller Größenordnungen wurden mächtige Energiequellen angezapft.

Allerdings gab es auch viele irdische und weltraumgestützte Observatorien, die den Auftrag hatten, extrem schwache Signale aus den Tiefen des Alls aufzuspüren. Sie liefen Gefahr, durch zu starke Signale zerstört zu werden. Man hatte den Hochenergie-Forschern eingebleut, ihre Vorhaben rechtzeitig bekanntzugeben, damit die empfindlichen Geräte deaktiviert werden konnten. Andernfalls bestand das Risiko, daß die Kollegen in der Hälfte der Stationen im Sonnensystem nur noch vor Schrotthaufen standen.

Außerdem gab es noch einen komplexeren Grund für ein solches Warnsystem. Damals, als es nur auf der Erde und in der Mondumlaufbahn Observatorien gab, bestand die Möglichkeit, telefonisch eine zweite Beobachtung des fraglichen Phänomens zu veranlassen. Die Koordinierung von zwei oder mehr Observatorien war durchaus sinnvoll. Selbst Fälle, wo die Beobachtungen bis auf die Nanosekunde synchronisiert werden mußten, waren so lange unproblematisch, wie die Beobachtungspunkte Bruchteile von Lichtsekunden voneinander entfernt waren. Mit zunehmender Entfernung änderten die Modalitäten sich jedoch: nun war es mit Telefonaten nicht mehr getan, und die Synchronisierung wurde ebenfalls deutlich erschwert, wo die Observatorien im Orbit der Planeten Merkur bis Saturn standen. Ein von Saturn ausgesandter Lichtstrahl würde die Erde erst in vier Stunden erreichen. Ein Zwei-Wege-Kontakt, bestehend aus Frage und Antwort, würde folglich acht Stunden dauern.

Kommunikationswissenschaftler schufen den Terminus ›Ereignisradius‹, um dieses Problem zu lösen, und die Astronomen griffen ihn begierig auf.

Ein paar Worte zur Ausbreitung elektromagnetischer Signale: Sie pflanzen sich mit Lichtgeschwindigkeit fort, und solange sie nicht gebündelt werden, breiten alle Arten der elektromagnetischen Strahlung (zum Beispiel Lichtwellen oder Radiosignale) sich von einem gegebenen Punkt auf der Oberfläche einer mit Lichtgeschwindigkeit expandierenden Kugel aus. Man stelle sich einen Punkt auf der Oberfläche eines Ballons vor, der gerade aufgeblasen wird. Der Punkt, die Analogie zum Signal, bewegt sich auf der Haut des Ballons nach außen.

Die Entfernung zwischen diesem Punkt und dem Mittelpunkt des Ballons, respektive zwischen der Oberfläche der strahlenden Sphäre und dem Strahlungszentrum, wird als Ereignisradius bezeichnet.

Es liegen so lange keine Informationen über ein gegebenes Ereignis vor, bis der Punkt beziehungsweise die Information der sich mit Lichtgeschwindigkeit ausdehnenden Informationssphäre den Beobachter durchdringt. Ereignisradien können zwar auch mit konventionellen Längenmaßen gemessen werden, aber im allgemeinen ist es bequemer, sie in Licht-Zeit zu messen. Also entspricht die Entfernung von der Erde zur Sonne mit hundertfünfzig Millionen Kilometern einem Ereignisradius von ungefähr acht Lichtminuten. Wenn die Sonne explodierte, würde die Erde es erst nach acht Minuten wissen.

Doch die Kenntnis der Lichtzeit-Entfernung war nicht das einzige Problem. Manchmal wurde die Lage noch unübersichtlicher, wenn die Bewegung und Gravitationsquellen der Planeten nämlich zu einer leichten Rotverschiebung und mikroskopischen Zeitdilatations-Effekten führten. Mehr als nur eine Karriere hing von der Entdeckung eines durch solche Effekte verursachten Fehlers ab.

Webling hatte ihr Experiment schon vor Stunden bekanntgegeben. Larry und Sondra wußten, daß sie auch eine Warnung bezüglich der Modifikationen des Experiments herausgeben mußten, aber sie hatten Bedenken. Ohne eine solche Warnung würden sie jedoch ungezählte Wissenschaftler schädigen. Das wäre kein guter Auftakt eines Experiments gewesen, das zur Hälfte PR-Zwecken dienen sollte.

Also verfaßte Sondra eine Nachricht an den Teilchenbeschleuniger auf der Erde:

MITTEILUNG AN DAS JPL-SCHWERKRAFT-LABOR: DURCHFÜHRUNGSANKÜNDIGUNG EINER MODIFIZIERTEN GEBÜNDELTEN GRAVITATIONSWELLEN-PROZEDUR. SENDEZEITEN AN SIE UND DIE ANDEREN SENSOR-LABORS UNVERÄNDERT, DOCH WEGEN NEUARTIGER TECHNIK IST MIT ZEHN HOCH SECHSFACHER SENDE-

LEISTUNG ZU RECHNEN. BITTE UM ENTSPRECHENDE SICHERHEITSMASSNAHMEN UND BENACHRICHTIGUNG DER BETROFFENEN LABORS.

Ähnliche Nachrichten gingen an die anderen beteiligten Labors. Sie wurden auf den bevorstehenden Empfang eines Hochenergie-Pulses hingewiesen und gebeten, die anderen Einrichtungen zu informieren, die vielleicht davon betroffen waren.

Es erschien reichlich absurd, ein geheimes Experiment durchzuführen und gleichzeitig mit einer allgemeinen Warnung darauf hinzuweisen. Allerdings hatten sie die Lichtgeschwindigkeit auf ihrer Seite. Sondra achtete darauf, daß die Warnungen ohne menschlichen Eingriff vom automatischen Signalsystem der Station abgesetzt wurden. Viele Leute auf vielen Welten würden die Botschaft erhalten, doch auf Pluto würde man erst dann davon erfahren, wenn Anfragen und Bestätigungen von den jeweiligen Labors eingingen. Und dann wäre es natürlich viel zu spät, um das Experiment noch zu stoppen.

Wenn man die Laufzeiten der Signale berücksichtigte, würden zwischen dem Eintreffen der Warnung im nächsten Labor auf Saturn und dem frühestmöglichen Eintreffen der Antwort auf Pluto fast acht Stunden liegen.

Das müßte als Sicherheitsmarge genügen, solange ihnen niemand in der Station in Echtzeit auf die Schliche kam. Um dieses Risiko zu vermeiden, beschlossen Sondra und Larry, so wenig wie möglich von Weblings ursprünglichen experimentellen Parametern abzuweichen, damit sie nicht vorzeitig enttarnt wurden.

Angesichts der Schwierigkeiten, das bisher ungetestete Graser-System auszurichten, hatte Webling den Originalversuch so konzipiert, daß das am nächsten gelegene Ziel zuerst angepeilt wurde. Dann wollte sie sich etappenweise vorarbeiten. Die Planetenkonstellation verlangte, Saturn zuerst anzupeilen. Sondra bediente sich dazu der originalen Zieldaten.

Es war eine komplizierte Aufgabe. Nach der Hälfte der Arbeit sah sie wieder auf das Chronometer. Noch drei Stunden, bis ihr Leitstand Zugriff zum Ring bekam. Sie seufzte und widmete sich wieder der komplexen Aufgabe, die Einstellungen zu verändern.

Mit einem Piepston und einem grünen Blinklicht wies die Steuerkonsole sie darauf hin, daß der Ring für das Graser-Experiment bereit war.

Mit einem Vorlauf von zehn Minuten wurden die Myriaden Magneten, Kühlpumpen, Massetreiber, Teilchenbeschleuniger und anderen Komponenten des Rings so konfiguriert, daß sie eine nach dem *Chao-Effekt* verstärkte Gravitationsquelle simulierten, die entstehenden Gravitationswellen modulierten und bündelten und dann Pulse gebündelter Schwerkraft nach Titan schickten.

Zumindest nahm Sondra an, daß es so ablaufen würde. Erneut warf sie einen Blick auf das Kontrollsystem. Das war definitiv eine verwegene Einstellung. Kein Wunder, daß die alten Säcke in der Station es nicht für möglich gehalten hatten.

Der Countdown begann. Noch acht Minuten.

Larry seufzte und rieb sich die müden Augen. Nun mußte noch ein letzter Abgleich erfolgen und ein letzter Knopf gedrückt werden.

Ein letzter Knopf.

Sie hätten diese letzten Überprüfungen auch der Automatik überlassen und sogar den Computer mit der Zündung beauftragen können. Wenn es beim Experiment auf Sekundenbruchteile angekommen wäre, hätten sie das auch getan.

Aber Zeit war nicht das Problem. Zumal es nicht

richtig gewesen wäre, den Computer die Arbeit tun zu lassen. Dies war die Stunde der Menschen, wobei menschliche Intelligenz über ein technisch-wissenschaftliches Problem und menschlicher Einfallsreichtum über bornierte Vorschriften triumphierten. Es war ein Durchbruch für die ganze Menschheit – und, was für Larry genauso wichtig war, er hatte sich gegen Raphael behauptet. Kein Computer wäre dazu imstande gewesen.

Noch sieben Minuten.

Dennoch hatte dieser Moment eine Bedeutung, die sogar Larrys dringendes Bedürfnis transzendierte, dem Direktor eins auszuwischen. Es dämmerte Larry, daß es sich hier nicht nur um ein simples Experiment und ein öffentlichkeitswirksames Instrument zur Rettung ihrer Karriere handelte. Sie schrieben Geschichte. Noch nie zuvor hatte jemand etwas Vergleichbares unternommen. Sie betrieben Gravitationskontrolle im großen Maßstab. Sicher, sie standen erst am Anfang. Aber dieser Moment würde das Leben der Menschen verändern.

Sechs Minuten.

Stellte sich nur die Frage, ob er auch bereit war, die Geschichte zu verändern. Larry leckte sich die Lippen und warf Sondra einen nervösen Blick zu. Sie nickte, ohne von den Anzeigen aufzuschauen. Die letzten Minuten verrannen in nervösem Schweigen. Und dann war der Augenblick gekommen.

Streiflichtartig wurde Larry von einer ängstlichen inneren Stimme aufgefordert, es nicht zu tun. Er verdrängte die Bedenken und drückte energisch auf den Knopf.

Tausende von Kilometern über ihm setzte der Ring die Gravitationsenergie frei und schickte die erste Schwerkraft-Welle zum Saturn. Larry zog die Hand vom Knopf zurück und sah sich mit leerem Blick um. Der Moment war nicht so erhebend gewesen, wie er geglaubt hatte. Es hätte irgendein dramatischer Effekt im Labor eintreten müssen, um sie darauf hinzuweisen, daß es geschehen war. Vielleicht hätte ich den Computer so programmieren sollen, daß gleichzeitig das Licht gedämpft wurde oder etwas in der Art, sagte er sich sarkastisch.

Im Leitstand tat sich natürlich überhaupt nichts. Das eigentliche Geschehen fand weit über ihnen statt, an der Achse, im Brennpunkt des *Rings von Charon*.

Der erste Puls war inzwischen Millionen von Kilometern entfernt und raste auf Saturn zu.

Nun übernahm die Automatik die Regie. Der Ring feuerte erneut und stieß den zweiten Millisekunden-Puls aus. Der dritte und vierte folgten. Für eine Umkehr war es zu spät. Sie mußten nun die Flucht nach vorn antreten. Sie hatten die Pforten der Hölle geöffnet und konnten sie nicht mehr schließen.

Dem Beobachter war das Konzept der Wahlfreiheit unbekannt. All seine Handlungen, Gedanken und Entscheidungen waren konditioniert *und unterlagen dem Prinzip von Reiz und Reaktion. Es gab keine unvorhergesehene Situation,* konnte *sie nicht geben. In der weit vor seine eigene Erschaffung zurückreichenden Erinnerung und Erfahrung war alles katalogisiert und verzeichnet. Es hätte nichts Neues geben dürfen unter diesem oder einem anderen Stern.*

Er empfand keine Furcht vor dem Unbekannten, denn auch ein solches Konzept war ihm fremd. Für ihn war das Unbekannte unvorstellbar.

Deshalb versuchte er, neue Phänomene in alte Schablonen zu pressen – so betrachtete er zum Beispiel den fremden Ring als Mutation, als Modifikation seiner eigenen Gestalt.

Nachdem diese fehlerhafte Identifikation erfolgt war, fragte er die im Speicher enthaltenen Begriffe ›Veränderung‹ und ›Mutation‹ ab. Er untersuchte die möglichen Ausprägungen und die Resultate dieser Veränderungen und kam zu dem Schluß, daß das Alien mit den Standardparametern kompatibel war. Das genügte, um den Beobachter zufriedenzustellen.

Nun mußte er nur noch ermitteln, womit sein entfernter Verwandter sich beschäftigte. Doch plötzlich gab der Erinnerungs-Speicher die Antwort preis.

Es war ein Relais. Er übermittelte eine Botschaft aus der Heimat und verkündete, daß es an der Zeit sei. Vielleicht hatte die Kontaktaufnahme auf normale Weise nicht funktioniert, und dieser neue Ring war durch das Universum geflogen, um ihm die Nachricht zu überbringen.

Natürlich. Was sollte es sonst sein? Der Beobachter durchforstete den Speicher, ohne eine alternative Antwort zu finden.

Für jemanden von der Art des Beobachters war die Erinnerung alles. Wenn die Erinnerung keine andere Antwort parat hatte, bedeutete das, daß es keine andere Antwort gab.

So war es immer schon gewesen.

Nun war Jupiter beziehungsweise Ganymed an der Reihe. Larry sagte sich, daß er die bewohnten Monde nicht als bloße Anhängsel der Planeten betrachten dürfe. Die Siedler auf den Monden des Gasriesen reagierten darauf immer verärgert. Schließlich betrachtete auch niemand den Mond als Teil der Erde. Titan, Ganymed und die anderen besiedelten Monde waren autonome Welten. Larry wußte, daß er das besser nicht vergessen sollte – wenn die Dinge sich so entwickelten, wie er es hoffte, würde er nämlich öfter mit den Gravitations-Experten auf Titan und Ganymed zu tun haben.

Ja, das sind wichtige Aspekte, sagte Larry sich sarkastisch. Er suchte nämlich nach anderen Dingen, mit denen er sich befassen konnte, damit er nicht ständig an das eigentliche Problem denken mußte. Dabei hatte er sich schon die ganze Nacht ertappt. Er war unfähig, die Bedeutung und die Folgen seiner Handlungen abzuschätzen. Er wollte nicht die Welt verändern. Zum

Teufel damit! Erneut drückte Larry den Knopf. Der Strahl regenerierte sich und schoß auf den Jupitermond zu.

Zumindest hofften sie, daß er Ganymed erreichte. Sondra hatte zwar zuvor schon Graser-Experimente durchgeführt, jedoch nur mit einem Zehnmillionstel der aktuellen Leistung. Trotz der Unterstützung durch den Computer und Larrys Hilfe hatte sie Schwierigkeiten, den gebündelten Gravitationsstrahl zu kontrollieren.

Zumal, wie sie sich selbst eingestand, der Umgang mit solchen Energien sie in nicht unbeträchtlicher Weise beunruhigte. Trotz der Streuverluste des primitiven Richtsystems sandten sie noch immer Pulse mit einer Stärke von dreihunderttausend Gravitäten von einer Punktquelle aus – wenn diese Punktquelle auch mikroskopisch klein war und bereits nach wenigen Sekunden instabil wurde. Eine Million Kilometer vom Pluto-Charon-System entfernt hatte der Puls schon die Hälfte der Leistung verloren und nach einer weiteren Million wiederum die Hälfte.

Schon beim Erreichen des nächstgelegenen Ziels hatte der Strahl praktisch keinen Energiegehalt mehr und war zu einem Wispern mit einer Dauer von einer Millisekunde und einem Zehntel Gravo reduziert. Und weil er die gleiche Frequenz hatte wie der Zug-Strahl, war der ins Ziel gehende Netto-Energiebetrag exakt Null. Die Zug- und Druckkräfte des Strahls hoben sich gegenseitig auf, so daß keine Gefahr von ihm ausging. Zudem hatte jeder ›Schuß‹ nur eine Dauer von einer Millisekunde und wirkte auf den gesamten Körper. Es handelte sich um einen Zug-Druck-Strahl, sagte sie sich erneut. Deshalb mußte die Resultierende Null sein, es sei denn, das ganze System war fehlerhaft. Es war ausgeschlossen, daß von diesem Strahl eine Gefährdung für Mensch oder Technik ausging.

Dennoch wurde sie von Nervosität ergriffen. »Wie läuft's, Larry?« fragte sie wohl schon zum hundertsten Mal.

»Alles klar«, erwiderte Larry abwesend. Die verstärkte Gravitationsquelle kollabierte alle dreißig Sekunden, und Larry mußte die Punktquelle jedesmal regenerieren. Er stand sichtlich unter Stress. Er hatte gehofft, den Prozeß automatisch zu steuern, aber er merkte schnell, daß er kaum Zeit hatte, von den Hauptkontrollen aufzuschauen, bevor die Quelle erneut instabil wurde.

Erst nachdem die Laufzeit zum Jupiter zur Hälfte verstrichen war, fand er die Zeit, die Automatik zu programmieren. Er wies den Computer an, ihm bildlich gesprochen über die Schulter zu blicken und die Regenerations-Prozedur zu überwachen.

Bald hatte der Computer die meisten Permutationen der Regenerations-Prozedur ›erlernt‹ und war nun imstande, selbständig zu handeln. Mit einem Seufzer der Erleichterung lehnte Larry sich zurück. Alles lief nach Plan.

Er fragte sich, wie die Stationen reagieren würden – vor allem der irdische Teilchenbeschleuniger.

Nun wurden ihnen nur noch durch die Geschwindigkeit des Lichts Grenzen gesetzt. Wie alle anderen Strahlungsarten breiteten sich auch Gravitationswellen mit Lichtgeschwindigkeit aus. Im Moment standen Pluto, Saturn und Jupiter in 180-Grad-Opposition zur Erde und Venus in Konjunktion, wobei die Erde sich nur ein paar Grad von der Sonne entfernt befand. Von den fraglichen Planeten stand Saturn zur Zeit am nächsten zu Pluto, und die Erde war am weitesten entfernt.

Stirnrunzelnd kritzelte Larry eine Tabelle auf einen Notizblock, um die Übersicht zu behalten. Nach einigen kurzen Berechnungen addierte er die Laufzeiten des Signals in Stunden für jeden Planeten.

Planetenposition	Erde	Venus	Sonne	Jupiter	Saturn	Pluto
Station	JPL*	VISOR		Ganymed	Titan	GRS
Laufzeit des Signals in Stunden von und zum Pluto	11,2	11,1		9,4	8,27	0

Hierbei handelte es sich um die Laufzeiten für den Hin- und Rückweg. Also würde die im Saturn-Orbit befindliche Titan-Station ihre Dosis an Gravitationswellen in etwas über vier Stunden erhalten. Selbst wenn Titan sofort nach Ankunft der Gravitationswellen eine Meldung an Pluto absetzte, würde Pluto die Nachricht erst vier Stunden später erhalten.

Die entsprechende Frist zwischen dem Eintreffen des Strahls auf der Erde und einer Antwort vom JPL betrug sogar über elf Stunden.

JPL war der Schlüssel. Vor 450 Jahren hatte JPL die erste Raumsonde losgeschickt und hatte sich seitdem seine Vorrangstellung auf dem Gebiet der Weltraumforschung bewahrt. Als das maßgebliche irdische Forschungsinstitut war JPL in der Lage, Einfluß auf die Astrophysikalische Stiftung der UN zu nehmen. Denn die hatte das Scheckbuch.

Sechs Milliarden Kilometer bis zur Erde. Zwölf Milliarden hin und zurück.

Ein verdammt weiter Weg, um Geld aufzutreiben, sagte Larry sich.

Ein Piepen verkündete das Ende der an Ganymed gerichteten Strahlensequenz. Nun mußte der Strahl auf die Venus justiert werden. Larry beobachtete seine Konsole, während Sondra die neuen Zieldaten eingab.

»Fertig, Larry«, sagte sie.

Larry nickte und drückte auf den Knopf. Venus. Die Menschen träumten davon, den Planeten einem

* Jet Propulsion Laboratory, Pasadena

Terraformen zu unterziehen – das war auch der Grund, weshalb VISOR überhaupt eingerichtet worden war.

Es gab also ein Projekt, das von der großmaßstäblichen Anwendung künstlicher Schwerkraft profitiert hätte. Man positionierte ein Virtuelles Schwarzes Loch im Orbit des Planeten und sorgte dafür, daß neunzig Prozent der Atmosphäre abgesaugt wurden. Mit Hilfe der Lateral-Zug-Gravitationskontrolle wurde die Rotation des Planeten erhöht. Luftschlösser. Wunderschöne Luftschlösser.

Das war noch Zukunftsmusik. Im Moment war schon ein Puls mit einer Dauer von einer Millisekunde und einer Stärke von einem Zehntel Gravo ein großer Erfolg. Inzwischen hatte der Computer die Graser-Kontrolle übernommen und war anscheinend auch in der Lage, die Punktquellen-Regeneration eigenständig zu handhaben. Die zehn Minuten für die Venus verstrichen schnell.

Dann kam die Erde an die Reihe. Nicht nur das JPL, sondern die Hälfte der größeren Wissenschaftlichen Zentren des Systems war hier präsent.

Aufgeregt sah Larry zu, wie Sondra die neuen Zieldaten eingab. Dreißig Sekunden vor der Zeit, bedeutete sie ihm mit einem Kopfnicken. Die neuen Koordinaten wurden abgespeichert. Der Ring justierte sich von selbst, wobei er eine Linse ausbildete, um die Punktquelle auf die Erde, den Heimatplaneten, zu fokussieren.

Larry grinste freudig und drückte auf den Knopf.

Elf Stunden, sagte er sich. *Fünfeinhalb, bis der Strahl dort eintrifft und weitere fünfeinhalb, bis wir das Ergebnis haben. Dann werden wir wissen, wie die Erde diese kleine Überraschung aufgenommen hat.*

Elf Stunden.

Statt mit einem Tusch endete der Lauf mit einem Wimmern; Larry fühlte sich so matt, wie es morgens um drei die Regel ist. Es war vorbei; dabei hatte es noch nicht einmal angefangen. Lächelnd drehte er sich zu Sondra um. »Es dürfte Ihnen wohl klar sein, daß es nachher ordentlich Terz geben wird.«

Sie schüttelte den Kopf und streckte sich gähnend. »Darüber habe ich noch gar nicht nachgedacht. Wenn Raphael sieht, was wir getan haben, ist der Teufel los.«

Larry zuckte zusammen. »Ja. Das wird hart werden. Er haßt mich doch jetzt schon; dann wird er mich nachher ohne Schutzanzug aus der nächsten Schleuse werfen wollen.«

Sondra schaute Larry ins Gesicht und erkannte dort ein Wechselspiel von Angst, Besorgnis – und Schuldgefühlen. *Wie ein Sohn, der weiß, daß er seinen Vater schon wieder enttäuscht hat.*

»Es ist wohl am besten, wenn ich mit Raphael rede«, sagte sie schließlich mit sanfter Stimme.

Überrascht schaute Larry zu ihr auf. »Nein«, sagte er. »Das ist eine Sache zwischen ihm und mir.«

»Das stimmt eben nicht«, sagte Sondra. Sie klopfte auf die Kontrollkonsole und machte eine ausladende Geste. »Es geht hier um Wissenschaft *und* Politik. Und nicht nur um eine Auseinandersetzung zwischen zwei Leuten. Wenn wir die Angelegenheit nur unter diesem Aspekt betrachten und so tun, als ob ihr bloß einen persönlichen Streit hättet, verlieren wir die eigentliche Sache aus dem Blick. Wir verwässern das, was Sie und ich heute nacht *getan* haben.«

Er schloß die Augen und lehnte sich zurück. Ein Junge, nein, ein Mann, der versuchte, trotz seiner Erschöpfung einen klaren Gedanken zu fassen. »Na schön. Ich weiß, was Sie sagen wollen. Aber das wirft eine weitere Frage auf. Es geht nicht nur darum, welche Knöpfe wir gedrückt haben, sondern um die Konsequenzen unseres Handelns. Es hat nämlich den Anschein, als ob wir die *Kontrolle über die Schwerkraft* erlangt hätten.« Larry öffnete die Augen und beugte sich nach vorn. Trotz der schlaflosen Nacht spürte Sondra, wie die Spannung, von der er gepackt war, auf sie übersprang.

»Denken Sie an die Zukunft«, sagte er. »Und daran, was wir entfesselt haben.«

Kapitel Fünf

Ergebnisse

Gewißheit. Dieses seltsame Signal kam von einem Relais, einem mutierten oder modifizierten Relais, das eine entfernte Ähnlichkeit mit der Konstruktion des Beobachters aufwies. Eine Kontaktaufnahme auf normalem Wege war unmöglich gewesen. Das Relais war auf der Suche nach einem Beobachter durch die Tiefen des Normalraums gereist, um ihm mitzuteilen, daß die Zeit zur Verknüpfung gekommen sei.

Gewißheit. Es war eine bloße Hypothese, und obendrein stand sie noch auf wackligen Beinen. Alle bisherigen Beobachtungen widersprachen der Erklärung des Beobachters. Doch der Beobachter war sicher, daß er die Antwort, die Lösung gefunden hatte.

Im Grunde war es auch unerheblich, daß der Beobachter sich irrte. Er mußte nämlich auf jeden Stimulus reagieren, egal von welcher Quelle er kam. Zu welchem Schluß auch immer er gelangte, er würde auf den Stimulus aus kraftvoll modulierten Gravitationswellen reagieren müssen.

Und nun strahlte der fremde Ring, das falsche Relais, starke Energien ab, die offensichtlich auf die anderen Welten dieses Sternsystems gerichtet waren, wobei der Ring eine Welt nach der anderen abarbeitete. Obwohl der Strahl nicht auf den Beobachter gerichtet war, streute er fürchterlich. Außerdem wurde der Strahl durch die Gravitationsmuster der Zielwelten unmerklich gebrochen. Deshalb war es für den Beobachter ein leichtes, die Strahlen und ihre Ziele zu orten.

Nach einer Extrapolation des Zielmusters erkannte der Beobachter, daß der Fremde sich ins Innere System vorarbeitete, wobei er von einem Planeten zum andern sprang.

Der fremde Ring suchte *nach etwas.*

Und dieses Etwas konnte *nur der Beobachter sein. Er würde den Beobachter finden und stimulieren – ihn zwingen, zu reagieren, sich zu enttarnen und den Auftrag auszuführen, auf dessen Ausführung er seit Millionen von Jahren wartete.*

Der Beobachter wußte, daß er keine andere Wahl hatte als zu reagieren, auf diesen Strahl zu reagieren, wenn er von ihm getroffen wurde.

So etwas wie Aufregung und Angst durchströmten ihn.

Die über den Mond verteilten Seismographen registrierten diese Gefühlsaufwallung.

Doch er wollte es glauben. Er wollte *antworten. Er war einsam und wollte den Kontakt mit dem äußeren Universum erneuern und in eine neue Phase seiner Existenz eintreten. Er bereitete sich auf den Strahl vor und aktivierte lang schlummernde Subsysteme. Er zapfte die Energiereserven an und wartete auf das Eintreffen des Strahls.*

Wolf Bernhardt sog die kühle kalifornische Luft ein und sagte sich, daß zu Recht ein Berliner involviert war. Schließlich war Berlin die Wiege der Physik. Diese großartige Arbeit wäre nie gelungen, hätte es nicht die großen Geister gegeben, die vor langer Zeit in dieser Stadt gewirkt hatten.

Und es war zumindest ein agiler Verstand erforderlich, um angemessen auf diese Situation zu reagieren. Er hatte die Experimental-Botschaft von Pluto aufgefangen, und das hatte ihm schon genügt. Andere hätten in dieser Lage gezögert, sagte er sich. Aber nicht *Herr Doktor* Bernhardt.

Die erste Bestätigung, daß der Effekt real war, daß man eine starke künstliche Schwerkraft entdeckt hatte und beherrschte, war erst vor einer Viertelstunde von Titan eingetroffen. Wolf sah auf die Uhr. In fünf Minuten mußte er auf Sendung gehen. Er hatte also noch reichlich Zeit. Zum Glück lag sein Quartier in der Nähe des zentralen Leitstands.

Er strich das Hemd glatt und begutachtete sich im Badspiegel. *Herr Doktor* Wolf Bernhardt, Alter Dreißig, ambitioniert und zielstrebig, schaute ihn mit strahlenden blauen Augen an; das blonde Haar war zurückgekämmt, so daß die hohe Stirn freilag, und der massive Kiefer war leicht nach vorne geschoben. Der makellose Anzug bestand aus einem pastellblauen Stoff, der leicht mit seinem rötlichen Teint kontrastierte. Die glatte Haut war rosig von der Dusche, aus der er gerade gestiegen war. Er strich sich übers Kinn. Ja, eine perfekte Rasur. Niemand würde ahnen, daß er noch vor einer Viertelstunde in zerknitterter Kleidung im Bereitschaftsraum geschlafen hatte. Nun war er bereit für die Welt.

Erneut schaute er in den Spiegel. Ja, sein Äußeres war der historischen Bedeutung angemessen. Es war 01:25 nachts, Ortszeit, doch er war frisch und ausgeruht. Und das war wichtig. Er würde gleich mit den Wissenschaftlern auf Pluto sprechen und vielleicht noch eine Konferenzschaltung zu den anderen Raumstationen herstellen. Doch morgen und übermorgen würde die Erde die Aufzeichnungen in den Nachrichtennetzen sehen. Und dann würden die Reporter einen Sprecher brauchen, jemanden, der ihre Fragen direkt vor Ort beantwortete und nicht von der entgegengesetzten Seite eines nach Lichtstunden messenden Ereignisradius.

Und er, Wolf Bernhardt, würde zur Verfügung stehen, um ihnen alle verfügbaren Informationen, Zahlen und Fakten aus erster Hand zu präsentieren.

Das war wörtlich zu verstehen, denn er würde die aktuellen Daten zur Gravitations-Forschung direkt vom Computer abrufen. Er würde die Datenbanken schnell abfragen müssen, um auf dem laufenden zu bleiben.

Doch er würde es schaffen. Auf diesen Moment hatte er gewartet. Seine Sternstunde.

Er drehte sich um und verließ seine Unterkunft mit einer gewissen Hast, um den Ruhm und den historischen Augenblick nicht zu verpassen.

Sondra wankte am nächsten Morgen durch die Cafeteria. Nachdem sie gerade einmal vier Stunden geschlafen hatte, war sie mental nicht so präsent, wie es hätte sein sollen. Sie ließ den Blick durch den Raum schweifen und machte schließlich Webling aus, die sich penetrant wach und gutgelaunt an ihrem Fruchtsalat delektierte.

Webling, sagte Sondra sich. *Wo der Schaden nun angerichtet war, empfahl es sich vielleicht, einen potentiellen Feind umzudrehen. Es war an der Zeit, ein Schuldbekenntnis abzulegen.* Webling war eine Frau, die leicht zu begeistern war. Falls es Sondra gelang, sie für den verstärkten Graser zu interessieren, *bevor* die Sache publik wurde, würde sie sie vielleicht vor Raphael in Schutz nehmen. Sondra beschloß, daß der nächste Schritt darin bestehen mußte, Webling in das Spiel zu integrieren.

Sie holte sich Frühstück und eine große Tasse Kaffee und schlurfte dann zum Tisch der Wissenschaftlerin hinüber, wobei sie mit Mühe einen Zeitplan berechnete. Die Bestätigung von Titan müßte in etwa zwanzig Minuten auf Pluto eintreffen. Larry befand sich wahrscheinlich schon in der Beobachtungskuppel, in der Nachrichten vom Inneren System normalerweise entgegengenommen wurden.

Der Zentral-Interkom war so geschaltet, daß alle in der Station eingehenden Nachrichten, sofern sie nicht privat waren, in die Hauptkuppel durchgestellt wurden. Die Frühschicht im Rechenzentrum hatte die Protokolle der nachts durchgeführten Forschungsarbeiten und Experimente sicher schon eingesehen. Diese Protokolle galten zwar als vertraulich, aber die Mitglieder des Rechenzentrums waren als Plappermäuler verschrien, als Meister der Anspielung. Die Gerüchteküche war womöglich schon am Kochen, zumindest beim ›Fußvolk‹ der Station, wenn auch noch nicht in den Kreisen, in denen Webling und Raphael verkehrten. Sondra glaubte, ein paar Gesichter gesehen zu haben, die sich ihr zuwandten, und sie fragte sich, ob es nur Einbildung gewesen war.

In dem Moment, wo die Nachricht von Titan eintraf, würden die Gerüchte sich natürlich zu Tatsachen verdichten, und dann wäre der Teufel los. Jeder würde erfahren, was sie und Larry angestellt hatten. Und dann wäre es zu spät, Webling auf ihre Seite zu ziehen.

Sie mußte Webling also von dem modifizierten Experiment erzählen und sie für die mutmaßlichen Ergebnisse begeistern, bevor die Nachricht eintraf – und bevor Raphael davon erfuhr.

Auf jeden Fall war es einen Versuch wert. Sondra ging zum Tisch, an dem die Frau saß. »Guten Morgen, Dr. Webling!« sagte sie mit gespielter Freude.

»Guten Morgen, Sondra. Ich hätte nicht erwartet, Sie so früh wieder zu sehen«, erwiderte Webling mit schnarrender Stimme. »Wie ist das Experiment heute nacht verlaufen?«

»Sehr gut. Wirklich sehr gut«, sagte Sondra. »Aber ich befürchte, ich muß Ihnen etwas gestehen.«

Webling vergaß die Scheibe Grapefruit, auf die sie sich bis eben konzentriert hatte und sah Sondra scharf an. »Reden Sie«, sagte sie prononciert.

Sondra biß sich auf die Lippe und erstattete ihr Bericht, wobei sie hoffte, Larry würde Verständnis dafür haben, daß sie seine Beteiligung am Experiment für den Augenblick herunterspielte. Die Wahrheit mußte etwas entstellt werden. »Heute nacht hatte ich eine Idee. Ich habe die Graser-Einstellungen *verändert*. Natürlich nicht so, daß das Primär-Experiment gefährdet worden wäre. Trotzdem hätte ich Sie vorher wohl davon unterrichten müssen. Aber die Idee kam so plötzlich, daß ich kaum Zeit hatte, die Einstellungen vorzunehmen. Und wegen der kurzen Ring-Zeit wollte ich es nicht riskieren, das Experiment abzubrechen. Und es *scheint*, als ob Ihr Experiment ein Riesenerfolg geworden sei.« Ostentativ sah sie auf die Uhr. »Bald müßte die Bestätigung vom Titan eintreffen.«

»Weshalb ein ›Riesenerfolg‹?« fragte Webling. »Es handelte sich doch nur um einen Routine-Versuch.« Nun schaute sie ihrerseits auf die Uhr. »Wenn wir jetzt eine Nachricht erhalten, dann hätten sie sie gleich nach dem Empfang unseres Graser-Strahls abschicken müssen. Weshalb hätten sie das tun sollen?«

»Weil Titan, wenn unsere – *meine* – Zahlen stimmen, eine Folge von Zug-Druck-Gravitationspulsen mit einer Dauer von einer Millisekunde und einer Sendeleistung von einem Zehntel Gravo erhalten haben muß.«

Webling machte große Augen. »Ein *Zehntel* Gravo ...«

Sondra stand vom Tisch auf, und Webling erhob sich auch; automatisch überließ sie der jüngeren Frau die Führung. »In der Beobachtungskuppel befindet sich ein Protokoll mit den Leistungsdaten Ihres Experiments, Dr. Webling. Vielleicht möchten Sie einen Blick darauf werfen, während wir auf die Nachricht von Titan warten?«

Der Strahl wanderte wieder.

Zuerst war er auf den sechsten Planeten gerichtet, dann verlagerte er sich zum fünften, und nun griff er nach dem zweiten Planeten. Bald würde er sich in diese Richtung bewegen und auf die dritte Welt und den Beobachter in seinem Versteck zuhalten.

Der Augenblick stand kurz bevor. Nach all den endlosen Jahrtausenden würde das Warten in wenigen Minuten, wenn nicht Sekunden, ein Ende haben.

Der Beobachter zitterte vor Erregung.

Als Larry die Kuppel betrat, fielen ihm sofort zwei Dinge auf: zum einen hatte die Anzahl der Leute, die hier anstatt in der Cafeteria frühstückten, sich plötzlich deutlich erhöht, wobei viele sich nur an einem Kaffee ›festhielten‹. Zum zweiten hob ein Gemurmel an, als er den Raum betrat – wobei indes niemand den Mut hatte, ihn direkt anzusprechen. Als Sondra und Webling wenig später die Kuppel betraten, verstärkte das Gemurmel sich zu einem aufgeregten Raunen. Offenbar verbreiteten Neuigkeiten sich schnell in der Station, und Gerüchte noch schneller. Erwartungsgemäß war das Rechenzentrum mit den Ergebnissen des Webling-Experiments überall hausieren gegangen. Irgend jemand dort unten hatte die Bedeutung der Resultate erkannt – und die Tatsache, daß jemand ein loses Mundwerk hatte.

Sondra durchquerte den Raum und setzte sich an den Tisch neben Larry. Webling nahm neben ihr Platz. »Larry«, sagte sie mit forcierter Lässigkeit, »erzählen Sie Dr. Webling von diesen Modifikationen, die wir am Experiment vorgenommen haben.«

Webling starrte Larry an. »Sie!« rief sie. »Sie sind derjenige, der die Schwerefeld-Ergebnisse gefälscht hat!«

Sondra zuckte zusammen. Autsch. So war das nicht geplant gewesen. »Nein, Dr. Webling«, sagte sie sanft. »Er ist derjenige, der *bezichtigt* wird, die Ergebnisse gefälscht zu haben. Aber das ändert nichts daran, daß die Zahlen stimmen. Reden Sie, Larry. Sagen Sie der Frau Doktor, wie Sie es gemacht haben. Überzeugen Sie sie davon, daß die Daten echt sind.«

Larry schluckte schwer und brachte sein Notebook zum Vorschein. »Nun«, sagte er skeptisch, »die eigentliche Idee war die, mit Hilfe der Schwerkraft des Rings ein bereits existierendes Schwerefeld zu bündeln und zu verstärken.«

Webling machte große Augen. »Die Verstärkung

eines bestehenden Felds. Wie in aller Welt haben Sie ...« Als sie die auf Larrys Monitor erscheinenden Berechnungen sah, verschlug es ihr die Sprache.

Binnen einer halben Minute waren die alte Frau und der junge Mann in eine mathematische Diskussion vertieft und sprachen komplizierte Formeln ins Mikrofon des Computers.

Sondra versuchte, ihr Gespräch auf dem Monitor des Rechners nachzuvollziehen; Gravitationsrechnung und die entsprechende Notation waren ihr an sich auch vertraut, aber die beiden waren einfach zu schnell für sie. Immer, wenn sie glaubte, etwas verstanden zu haben, waren sie schon beim nächsten Punkt, ohne daß sie den vorigen Aspekt verdaut hätte.

Ihre Aufmerksamkeit schweifte ab, und sie schaute auf. Jemand mußte eine ganze Reihe von Interkom-Gesprächen getätigt haben. Nicht nur alle Wissenschaftler, sondern praktisch die gesamte Belegschaft der Station war hier versammelt. Auch die Techniker sowie das Verwaltung- und Wartungspersonal hatten sich eingefunden. Die Leute machten sich nicht einmal die Mühe, ihre Anwesenheit zu begründen. Sie waren Zuschauer eines Schauspiels, das gleich eröffnet werden würde.

Wenn sie auf Raphael als Hauptperson warteten, so wurde ihre Geduld nicht auf eine schwere Probe gestellt. Zehn Minuten, nachdem Sondra und Webling eingetroffen waren, platzte Raphael herein.

Er pirschte zu Larry hinüber, beugte sich über ihn und sah ihn bösartig an. »Ich möchte wissen, was das zu bedeuten hat«, sagte er, wobei er sich offensichtlich bemühte, nicht die Contenance zu verlieren.

Larry und Webling schauten überrascht auf. »Was was zu bedeuten hat?« fragte Larry nervös und verschüchtert.

»Halten Sie mich nicht zum Narren«, entgegnete der Direktor schroff und fuchtelte mit einem Versuchsprotokoll vor Larrys Gesicht herum. »Dies ist ein Standard-Protokoll, das der Rechner nach jedem Experiment erstellt und in dem der Versuchsaufbau sowie der Zweck des Experiments festgehalten werden. Es dokumentiert die Arbeit, die diese beiden …« – echauffiert wies er auf Webling und Sondra – »vergangene Nacht gemacht haben. Diese absurde ›Modifikation‹ von Weblings ursprünglichem Experiment ist doch nur ein Vorwand. Das ist *Ihr* Werk. Sie haben in bewußter Mißachtung meiner Anweisungen gehandelt!« ereiferte er sich. »Sie haben sich der Befehlsverweigerung schuldig gemacht. Jeder Dollar und jeder Cent, den dieses lächerliche ›Experiment‹ gekostet hat, wird Ihnen vom Gehalt abgezogen. Bis auf den letzten Cent.«

Larry warf Sondra einen verstohlenen Blick zu. Nun war es an der Zeit, ihren vergangene Nacht entwickelten Plan umzusetzen. Die Vorstellung, sich hinter Sondra zu verstecken, hatte ihm nicht behagt, so sinnvoll sie auch war. Nun kam es ihm durchaus gelegen, daß Sondra für ihn sprach. Raphael kochte förmlich vor Wut. Larry freute sich über jeden, der ihm die Konfrontation mit Raphael abnahm. Larry schaute auf Webling und erkannte, daß auch ihr der Angstschweiß auf der Stirn stand. Sie würde ihm keine große Hilfe sein. Nein, wenn überhaupt jemand dem Direktor Kontra geben würde, dann war es Sondra.

»Befehlsverweigerung? Aber das stimmt doch überhaupt nicht, Dr. Raphael«, wandte Sondra ein, wobei sie sich des sinnlichen Akzents einer Südstaaten-Lady bediente, den sie irgendwo aufgeschnappt hatte. Larry erinnerte sich zwar vage, daß sie aus dem amerikanischen Süden stammte, doch diesen Ton hatte er mit Sicherheit noch nie von ihr gehört. »Ich bin sicher, daß hier ein *kleines* Mißverständnis vorliegen muß.« Larry schaute sich um. Sondra versuchte offensichtlich, die Sympathie der Menge zu gewinnen und die Versammlung als Wellenbrecher gegen Raphaels Zorn einzusetzen.

»Mr. Chao hat Dr. Webling und mich bei den Tests des Graser-Systems nur *unterstützt*. Es ist durchaus möglich, daß er die Leistung der Signale verstärkt hat, aber ich vermag hier keine Zuwiderhandlung gegen irgendwelche Anweisungen zu erkennen. Zumal ich auch nicht wüßte, welche Anweisungen Sie ihm überhaupt hätten erteilen wollen. Sie sind wohl der Verwaltungsdirektor, aber deshalb haben Sie noch lange keine Weisungsbefugnis, was die Forschungsoperationen betrifft. Und Mr. Chao ist ein vollwertiger Wissenschaftler.

Den Stationsvorschriften ist zu entnehmen, daß Wissenschaftler unbeschränkten Zutritt zu allen Einrichtungen der Station haben. Überdies steht es gemäß den Stationsvorschriften nicht einmal *im Ermessen* des Verwaltungsdirektors, Versuche zu genehmigen. Das ist der Chef-Wissenschaftlerin Dr. Webling vorbehalten.«

Weblings Gesichtsausdruck nach zu urteilen hatte sogar *sie* vergessen, daß sie Chef-Wissenschaftlerin war. Raphael hatte sich eine solche Machtposition angemaßt, daß niemand sich mehr an die offiziellen Bestimmungen erinnerte. Sondra sah, daß Raphael Webling flüchtig musterte. Dieser kurze, nervöse Blick sagte ihr, daß sie gewonnen hatte. Sie hatte Raphaels Achillesferse gefunden. Sobald ein Regelverletzer des Verstoßes überführt ist, hat er ausgespielt. »Ich kann mich natürlich auch irren. Auf der Grundlage welcher Bestimmungen kontrollieren Sie Mr. Chaos Arbeit? Hat Dr. Webling Ihnen vielleicht ihre Dienstvollmacht übertragen?«

Raphael öffnete den Mund und schloß ihn wieder, ohne etwas gesagt zu haben. Bevor er mit substantielleren Einlassungen aufwarten konnte, meldete Webling sich zu Wort. »Ich habe meine Dienstvollmacht durchaus nicht abgetreten«, flötete sie. »Weder an Dr.

Raphael noch an sonst jemanden. Aber das ist auch keine Entschuldigung für Ihre Impertinenz, Dr. Berghoff.« Webling drehte sich zu Raphael um. »Egal was das Protokoll sagt, Simon, die Zahlen von Mr. Chao scheinen zu stimmen. Es wäre geradezu kriminell, solch ein vielversprechendes Ergebnis nur deshalb zu verwerfen, weil es einen Bruch der wissenschaftlichen *Etikette* darstellt. Die Antwort von Titan müßte jeden Moment eintreffen. Entweder erhalten wir eine Bestätigung oder Widerlegung der Theorie. Sollte nicht *das* die Basis für unsere Reaktion auf Mr. Chaos Arbeit darstellen?«

Volltreffer, sagte Sandra sich erfreut. *Die alte Ziege hat gerade vor versammelter Mannschaft ihrem engsten Verbündeten den Wind aus den Segeln genommen*. Larry wollte anscheinend etwas sagen, aber sie trat ihm unter dem Tisch gegen das Bein. Jetzt war nicht der Zeitpunkt, Raphael vom Haken zu lassen. Sollte er ruhig noch etwas zappeln. Doch Sondra bekam Raphaels Reaktion nicht mehr mit. Ein leises Piepen ertönte scheinbar aus allen Richtungen. Erst nach einem Moment begriff Sondra, daß ihr Notebook sie auf den Empfang einer Nachricht hinwies. Larrys Computer piepste auch – genauso wie die Geräte von Webling und Raphael.

Titan! Sie zog den Computer aus der Gürteltasche und aktivierte ihn.

Die Nachricht erschien auf dem Bildschirm. Webling erhob sich und las sie laut vor:

»VON: TISTAT COMMCENT PERSÖNLICH UND DRINGEND.
AN: RAPHAEL, WEBLING, BERGHOFF, CHAO.
TEXT: PHYSIKALISCHES INSTITUT ›SACHAROV‹ DER TITAN-STATION AN DIE SCHWERKRAFT-FORSCHUNGSSTATION AUF PLUTO. DIE BESTEN GLÜCKWÜNSCHE AN RAPHAEL UND DAS GESAMTE TEAM. UNGLAUBLICH! GRAVITATIONSMESSER HABEN GEPULSTE UND MODU-

LIERTE GRAVITATIONSWELLEN MIT EXTREMER LEISTUNG REGISTRIERT, WIE ZUVOR VON IHNEN ANGEKÜNDIGT. WIR FREUEN UNS, IHNEN ALS ERSTE ZU DIESEM GROSSARTIGEN ERFOLG ZU GRATULIEREN. WIR FÜHREN ZUR ZEIT EINE DETAILANALYSE DURCH UND WERDEN IHNEN DIE ERGEBNISSE SO BALD WIE MÖGLICH ÜBERMITTELN. DIES IST EIN DURCHBRUCH VON EMINENTER BEDEUTUNG. WIR STOSSEN HIER MIT DEM BESTEN WODKA AUF SIE AN. GUT GEMACHT, SIMON. BESTE GRÜSSE, M. K. POPOLOV, DIREKTOR. ENDE DER NACHRICHT.«

Tobender Applaus folgte, und ein Dutzend Leute schüttelte Larry die Hand. Sondra konnte ein ironisches Grinsen nicht unterdrücken. *Gut gemacht, Simon.* Das hatte er wirklich. Direktor Popolov war der Ansicht gewesen, daß Dr. Raphael für die Durchführung des Experiments verantwortlich gewesen wäre, anstatt es nach Kräften zu sabotieren. Sei's drum. Sie sah die Menschen, die Larry umlagerten. Sie wußten, wem das Lob wirklich gebührte. Und die Wahrheit würde sich durchsetzen.

Gut gemacht, Simon. Sondra hielt Ausschau nach Raphael und sah, wie er gerade den Raum verließ. Er hatte die Gelegenheit genutzt, sich der Erniedrigung zu entziehen. Für einen kurzen Moment verspürte sie Mitleid mit dem Mann.

Doch dann wurde auch sie von einer Menschenmenge umringt.

Errötend und mit einem verlegenen Lächeln nahm Larry die Glückwünsche der Kollegen entgegen, selbst von denen, die ihn noch vor wenigen Stunden als Lügner bezeichnet hatten. Er wurde von allen Seiten mit Fragen bestürmt. Alle holten ihre Computer heraus und versuchten, Larrys Dateien aus dem Zentralrechner zu kopieren. Allerdings waren die fraglichen Dateien paßwortgeschützt, und der Server schaltete sich aufgrund der Überlastung für eine Minute ab. Dann hob Larry mit seinem Computer die Paßwortsperre auf.

Die ganze Sache wurde ihm zuviel. Stolz, Aufregung, seine Scheu, sich öffentlich zu exponieren und die Angst vor Raphaels Vergeltungsmaßnahmen sowie ein Wust anderer Gefühle wurden durch die pausenlose Befragung durch Webling und die anderen führenden Wissenschaftler verdrängt. Nun zählte nur der Augenblick.

Jemand – Larry glaubte, es war Hernandez, der Mikrogravitations-Experte – hielt ihm ein Notebook vors Gesicht und bat ihn, ein Flußdiagramm zu erklären. Mit einem Achselzucken nahm Larry den Computer und versuchte, die Grafik zu interpretieren. Wenn er kooperierte, würde die ganze Aufregung sich vielleicht um so eher wieder legen.

Doch seine Antwort zog nur eine weitere Frage von jemand anderem nach sich und löste eine erneute Diskussion aus. Es gab zu viele Möglichkeiten, zu viele Theorien. Die Kuppel war ungeeignet, um alle Fragen zu beantworten.

Weil die Beobachtungskuppel schlicht überfüllt war und weil Larry die Dinge vor einer Schalttafel besser erklären konnte, wanderte die Menge von der Kuppel in den zentralen Ring-Leitstand.

Angesichts der Instrumente im Leitstand erinnerten die Leute sich wieder an ihre Funktion als Wissenschaftler. Die Stimmen wurden leiser und verstummten schließlich ganz.

Der kleine Raum war überfüllt. Die Luftumwälzungsanlage war überlastet, und bald wurde die Luft stickig. Doch schien das niemanden zu kümmern. Eher gewann der Augenblick durch den engen Raum noch an Bedeutung. Die Leute konzentrierten sich und verhielten sich wieder wie Wissenschaftler. Larry hockte sich auf eine Stuhllehne und improvisierte ein Seminar.

Gerade als die Lage sich anscheinend wieder normalisiert hatte, traf die nächste Meldung von der Station auf Ganymed ein. Sie war nüchterner formuliert als die Botschaft von Titan. Doch dann ging eine erneute Bestätigung von Titan ein, wobei die Begeisterung sich noch einmal verdoppelt zu haben schien, falls eine solche Steigerung überhaupt möglich war.

Nachdem Ganymed einen vollständigen Bericht vorgelegt hatte, verfügte die Pluto-Station zum erstenmal über eine Arbeitsgrundlage. Man kannte die Ausgangsleistung des Gravitations-Strahls und verfügte nun von zwei Stationen über Daten bezüglich Leistung, Modulation und Frequenz – damit wußten die Wissenschaftler, wie der Strahl sich bei der Fortpflanzung durchs All verändert hatte.

Die Daten bestätigten nicht nur die Authentizität von Larrys Gravitationsstrahl, sondern gaben auch Aufschluß über das Wesen der Schwerkraft selbst – über die Wechselwirkung mit der Struktur der Raumzeit, über die Beschaffenheit der Gravitationsfelder, die der Strahl durchdrungen hatte und wie er die auf seinem Weg liegenden Objekte beeinflußt hatte und durch sie beeinflußt worden war. Hernandez erbrachte den Nachweis, daß die Schwerkraft dem Doppler-Effekt unterlag. Das war keine große Überraschung, denn die Theorie hatte das bereits postuliert. Doch nun hatte man die Bestätigung und war nicht mehr auf bloße Vermutungen angewiesen.

Inmitten des Tumults, der an diesem Tag herrschte, lernte Larry eine grundlegende Lektion: bevor man eine Naturkraft völlig verstand, mußte man zuerst in der Lage sein, sie zu manipulieren. Nie zuvor war es einem Wissenschaftler gelungen, mit der Schwerkraft zu spielen und sie nach Belieben ein- und auszuschalten. Nun hatten sie es geschafft und die Schleusen geöffnet. In diesen vier Stunden lernten sie mehr über die Gravitation, als die Menschheit bisher in Erfahrung gebracht hatte.

Zumal ihnen reichlich Energie zur Verfügung stand. Das war günstig, denn die Wissenschaft fragte mit immer mehr Energie nach, als die Natur bereitstellte. Wie weit hätte das Studium des Magnetismus sich wohl entwickelt, wenn die Menschen nur mit dem natürlichen Magnetfeld der Erde und zuweilen mit Magnetit gearbeitet hätten?

Im Grunde genommen hatten die Generatoren der Naturkräfte keinen sehr hohen Wirkungsgrad. Es bedarf eines Gewitters, um einen Blitz zu erzeugen, eines Körpers von der Masse der Erde, um ein natürliches Ein-Gravo-Feld zu erschaffen und einer Masse wie der Sonne, um die Kernfusion einzuleiten. Nun waren die Menschen in der Lage, eine vergleichbare Leistung mit viel kleineren Geräten zu erzeugen.

Aber für solche Betrachtungen war jetzt keine Zeit. Von Ganymed und Titan gingen weitere Meldungen mit dem Inhalt ein, daß VISOR und JPL bereits informiert worden wären. Die Ereignisse entwickelten eine bedenkliche Eigendynamik.

Larry stellte sich das Chaos aus Funk- und Lasersignalen vor, das nun im Inneren System herrschen mußte. Die beim Senden noch aktuellen Informationen waren beim Empfang bereits veraltet. Während Pluto nun von Titan die Meldung erhielt, daß Titan die Erde informiert habe, hatte die Erde den Gravitations-Strahl schon empfangen.

Ehe man sich versah, würde JPL eine Nachricht schicken. Auf dieses Signal mußten sie achten. Larry führte einen Uhrenvergleich durch und berechnete immer wieder die Signalverzögerung. Zwanzig Minuten vor der voraussichtlichen Ankunft des Signals von der Erde stand er auf und streckte sich. »Es gäbe zwar noch viel mehr zu besprechen, aber wir müßten bald von JPL hören, und ich möchte in der Kuppel sein, wenn die Nachricht eingeht.«

Mit lautem Palaver brach die Gruppe wieder zur

Kuppel auf. Schließlich wollte jeder beim Eintreffen der Nachricht dabei sein. Diese Entdeckung würde nämlich auch ihre Arbeitsplätze sichern. Larry setzte sich zu seiner Unterkunft ab und machte sich ein wenig frisch. Dies war der zweite Tag ohne nennenswerten Schlaf. Wenn er schon nicht ruhen konnte, wollte er wenigstens duschen und sich rasieren.

Als er in der Kuppel eintraf, wenige Minuten vor der Meldung von der Erde, hatte die Show bereits angefangen. Das Licht in der Kuppel war gedämpft worden, so daß das Funkeln der Sterne zu sehen war. Charon und das mächtige Rad des *Rings* beherrschten den Himmel.

Beim Blick nach oben wurde Larry von einer seltsamen Stimmung ergriffen. Dort hing einer der größten Generatoren aller Zeiten, und er hatte ihn nutzbar gemacht und einen Durchbruch geschafft.

Langsam ging Larry durch den abgedunkelten Raum. Er wartete, bis die Augen sich an die Dunkelheit gewöhnt hatten, und dann schaute er sich um. Die Kommunikationstechniker hatten eine Reihe von Großbildschirmen an einer Seite der Kuppel installiert und die Stühle in Reihen vor den Monitoren angeordnet. Auf einem Bildschirm war eine Uhr abgebildet, welche die restliche Zeit bis zum Eintreffen des Signals von der Erde anzeigte. Auf dem zweiten Monitor erschien eine Abfolge von Resultaten und Berichten zum Experiment, die auf den von Titan, Ganymed und VISOR gelieferten Daten basierten.

Larry erkannte, daß das Signal von der Venus eingetroffen sein mußte, als er gerade unter der Dusche stand. Der dritte Bildschirm zeigte eine Ansicht des Erde-Mond-Systems aus der Perspektive des Kuppel-Teleskops, wobei die beiden Planeten wie große Sterne am Firmament glühten. Der vierte Bildschirm indes erstaunte Larry. Er zeigte einen stattlichen und schick gekleideten jungen Mann, der in die Kamera sprach.

Ausweislich des eingeblendeten Namens handelte es sich um eine Live-Schaltung mit Wolf Bernhardt, den Sprecher des JPL. Angesichts der Kosten und Schwierigkeiten einer Fernsehübertragung zum Pluto gelangte Larry zu dem Schluß, daß die Leute zu Hause ihn ernst nahmen.

Larry schlich durch die Reihen und nahm neben Sondra Platz. »Sie haben nicht viel verpaßt«, sagte sie ihm mit dem Flüstern einer Souffleuse, das durch den halben Raum trug. »Der Kollege trägt gerade die Ergebnisse von der Venus vor.«

Larry nickte knapp und sah auf die Countdown-Uhr. Noch drei Minuten. Auf der anderen Seite der Kuppel kam leichte Unruhe auf. Larry schaute hinüber und sah, daß Dr. Simon Raphael eintrat. Raphael blieb im Eingang stehen und ließ den Blick in die Runde schweifen. Ihre Blicke trafen sich kurz.

Larrys Mut sank, wie damals in der Schule, wenn die Falkenaugen des Rektors sich auf ihn gerichtet hatten. Ob zu Recht oder zu Unrecht, Larry das Kind und Larry der Erwachsene wußten, was dieser Blick bedeutete. Er hatte Ärger. Wieder einmal. Immer noch. Für immer. Raphael würde einen Weg finden, ihn zu bestrafen.

Erneut rief Larry sich Raphaels Drohung in Erinnerung, ihn ›bis auf den letzten Cent‹ für das Experiment regreßpflichtig zu machen. Und sein Blick sagte Larry, daß diese Drohung nach wie vor Gültigkeit hatte. Raphael würde einen Weg finden, sie wahrzumachen. Wenn nicht zur Strafe, dann aus Rache.

Raphael brach den Blickkontakt ab und betrat den Raum, wobei er an der Wand entlangging, um die Vorgänge aus größtmöglicher Distanz zu beobachten.

Larry stieß einen Seufzer der Erleichterung aus. Raphael würde ihm keine Szene machen. Jetzt nicht. Dieser Augenblick gehörte voll und ganz Larry. Das war doch was.

Der Strahl wanderte vom zweiten Planeten weg und richtete sich auf den dritten. Der Beobachter wurde in Streustrahlung gebadet. Der Gravitations-Strahl bohrte sich durch die Masse des Monds, als ob Licht durch eine Glasscheibe gedrungen wäre. Der Mond mochte durchlässig sein für Gravitationswellen, der Beobachter indes nicht. Der Beobachter, der in Gestalt eines den Kern des Trabanten umspannenden Torus tief unter der Mondoberfläche verharrte, schauderte, als der Strahl ihn bestrich.

Und dann kam das Signal, der Befehl, für dessen Empfang er gebaut worden war und gelebt hatte.

Er reagierte mit der Schnelligkeit, mit der ein Mensch vor einer elektrischen Spannungsquelle zurückzuckt. Es bestand keine Möglichkeit, die Reaktion zu kontrollieren. Der Strahl löste eine Ereigniskette aus, die sich der Kontrolle dessen, was als ›Über-Ich‹ des Beobachters fungierte, entzog.

Lange gespeicherte Energien wurden angezapft, kanalisiert und gebündelt. Doch die Energie genügte nicht, um den Auftrag auszuführen, sondern sie reichte gerade aus, um die Verbindung hochzufahren. Mit einem Gefühl der Lust verfolgte der Beobachter, wie die fast vergessenen Energien durch das neu geschaffene Loch ins All strömten. Die lange schlummernde Verbindung erwachte wieder zum Leben.

Macht. Nun hatte er die Macht. Ein überwältigendes Bewußtsein der Stärke, der Mission *und des* Ziels *durchdrang seine ganze Existenz. Jetzt. Jetzt würde sein Schicksal sich erfüllen. Nun konnte er die Aufmerksamkeit auf die Erde richten.*

Der Beobachter saugte pulsierende Energie durch die Verbindung an und griff zu.

Larry richtete die Aufmerksamkeit wieder auf die Countdown-Uhr und erkannte, daß die Nachricht in wenigen Sekunden eingehen würde. »Wir haben eine weitere Bestätigung eines starken Signals von der Venus erhalten«, ertönte die Ansage. »Der Strahl ist vor neunzig Sekunden Echtzeit an der Venus vorbeigelaufen, und wir warten nun auf sein Eintreffen auf der Erde.« Ein Raunen ging durch den Raum.

Wenn JPL zufrieden war, würde auch die Astrophysikalische Stiftung der UN zufrieden sein. Und in diesem Fall würden sie die Schwerkraft-Forschungsstation weiterbetreiben müssen. Zumindest hoffte Larry das.

Der Sprecher wandte den Blick von der Kamera ab und sah auf eine auf dem Schreibtisch stehende Uhr. »Noch zwanzig Sekunden«, sagte er mit offensichtlichem Wohlbehagen.

Larry schluckte schwer und beugte sich vor. Es bestand überhaupt kein Grund zur Aufregung. Er *wußte*, daß es funktioniert hatte. Die Sekunden verrannen.

»T minus fünf, vier, drei, zwei, eins, null. Wir erhalten das erste ...«

Die Verbindung zur Erde wurde unterbrochen.

Die Erde verschwand von Bildschirm Drei.

Der Mond war noch durch das Teleskop zu sehen.

Allein.

Vor Schreck erstarrt betrachtete Larry den Monitor. Die Kommunikationstechniker überprüften bereits die Ausrüstung. »Alle Verbindungen zur Erde sind unterbrochen«, sagte jemand.

»Das gibt's doch gar nicht. Fragt bei der Zentrale nach.«

Alle Verbindungen. Larry saß reglos da. Das Herz schlug ihm bis zum Hals. Die Ausrüstung wurde auf eine Fehlfunktion überprüft.

Aber Larry wußte es besser. Er wußte es, ohne daß ihm ein Beweis oder eine Erklärung vorgelegen hätten. Irgendwie hatte der Strahl, der harmlose Gravitationswellen-Strahl, der sich über diese Distanz so abgeschwächt hatte, daß er nicht einmal imstande gewesen wäre, einer Fliege etwas zuleide zu tun ...

Irgendwie hatte er die Erde verdampft.

Blicke richteten sich auf Larry. Und diese Blicke waren nun nicht mehr freundlich oder aufgeregt. *Ja,* sagte er sich, *nun wird jeder sagen, es sei mein Experiment gewesen.*

Die Blicke bohrten sich in seinen Kopf. Insbesondere ein Augenpaar. Der zu Tode erschrockene Raphael kochte vor Wut. Larry spürte nachgerade, wie die bösartigen Blicke des Direktors ihn durchbohrten.

Zwei Überlegungen manifestierten sich in seinem Bewußtsein. Die eine war schier unglaublich, die andere schlichtweg verrückt.

Larry Chao hatte die Erde zerstört.

Und irgendwie würde Simon Raphael schon dafür sorgen, daß Larry auch diese Kosten vom Gehalt abgezogen wurden.

Teil Zwei

Der Bernstein der Zeit

Gerald Macdougall streckte den Arm aus und stellte den Wecker ab. Zwei Uhr nachts. Vancouver, British Columbia, war eine reizvolle Stadt, aber sie hatte einen Schönheitsfehler: sie lag in der falschen Zeitzone. Wie der Mond, die Raumkolonien und praktisch alle raumgestützten Einrichtungen arbeitete auch VISOR mit UT, Universal Time. Oder mit GMT, Greenwich Mean Time, wie man hier zu sagen pflegte.

02:00. Das entsprach zehn Uhr vormittags bei VISOR, wenn man die relativistische Abweichung unberücksichtigt ließ. Jeden Dienstag und Samstag um zehn Uhr vormittags übertrug Marcia eine Bildnachricht nach Hause. Falls sie die Gelegenheit dazu hatte. Erst in der Nacht, bevor die Warnung vor einem Gravitationsexperiment auf Pluto herausgegeben wurde, hatte sie ihm einen aus zwanzig Worten bestehenden Text geschickt. Das war kurz nach 10:00 UT gewesen.

Gerald streckte sich gähnend. Die Venus stand zur Zeit in Neunzig-Grad-Konjunktion, was eine zehnminütige Laufzeit für ein Funksignal bedeutete, zuzüglich der wenigen Sekunden, die der in der Erdumlaufbahn stehende Kommunikationssatellit für den Empfang und die Verstärkung benötigte. Er hatte noch etwas Zeit, bis Marcias wöchentliche Nachricht eintraf. Er hätte sie natürlich auch aufzeichnen lassen und später abhören können, doch er zog es vor, die Botschaft sofort zu empfangen. Dann *wußte* er nämlich, was Marcia noch vor zehn Minuten gesagt und getan hatte. Das war die einzige Gelegenheit. Er vermißte sie sehr.

Er stand auf, ging zum Fenster und schaute auf die

zu seinen Füßen liegende Stadt hinab. Seine Heimatstadt. Von der Zeitzone abgesehen war das der schönste Platz auf Erden für ihn. Was seine Arbeit betraf, sollte er sich jedoch überhaupt nicht auf der Erde aufhalten. Gerald war ein großer und muskulöser Mann, mit braunem, lockigem Haar und einem kräftigen Kinn. Er verlor schnell die Geduld und mußte sich nur zu oft in Erinnerung rufen, daß Geduld eine Tugend war.

Bald bin ich wieder im Raum, sagte er sich, wobei er indes selbst nicht so recht daran glaubte. Aber es bestand durchaus noch Hoffnung, wieder zur Venus und VISOR zurückzukehren. Zu seiner Frau und seiner Arbeit.

Streng genommen existierte der Hauptgegenstand von Gerald MacDougals Arbeit überhaupt nicht. Eines seiner Ziele bestand nämlich darin, alles zu vernichten, was diesem auch nur entfernt ähnelte.

Gerald war ein Exobiologe, der außerirdische Lebensformen studierte. Nur daß es keine außerirdische Lebensform gab, von solchem Leben abgesehen, das auf der Erde entstanden war und sich im Weltraum weiterentwickelt hatte. Jeder Mensch, jede Pflanze und jedes Tier, das die Kolonien bevölkerte, war Träger von Milliarden mikroskopisch kleiner Lebensformen.

Überall, wo Menschen hingingen, folgten ihnen Viren, Bakterien und andere Mikroorganismen, Krankheitserreger und harmlose Mikroben. In der Regel beschränkte die Medizin sich darauf, die schlimmsten Erreger in den hermetisch abgedichteten Kolonien zu isolieren, doch manch eine Mikrobe entkam aus den Kuppeln, Tunneln, Schiffen und Habitaten in die Außenwelt. Das bedeutete fast immer ihr sofortiges Ende. Doch einige wenige überlebten. Und von diesen Überlebenden gelang es einer geringen Anzahl, sich zu reproduzieren, oftmals in einem erschreckenden Tempo.

Derivate irdischer Mikroben tummelten sich im Boden an der Peripherie der Mars-Städte. Sie lebten vom Sauerstoff, der aus den Kuppeln entwich, von Feuchtigkeit und organischen Stoffen. Sie existierten im Gestein von Bergbau-Asteroiden und nährten sich von einem Hexengebräu aus komplexen Kohlenwasserstoffen, und sie lebten im ganzen Sonnensystem als Mehltau-Flecken in Luftschleusen. Wenn die Schleusen unter Druck standen, absorbierten sie Sauerstoff, Feuchtigkeit und Fragmente organischer Materie, und wenn ein Vakuum herrschte, kapselten sie sich ein.

Selbst für Gerald, für den das inzwischen kein Geheimnis mehr hätte sein dürfen, war es noch immer rätselhaft, wie Leben sich unter solchen Bedingungen behaupten konnte. Das war für Gerald ein Beweis für die Existenz Gottes. Keine zufällige Ereigniskette hätte Lebewesen hervorgebracht, die zu solchen Anpassungsleistungen fähig waren. Nicht daß Gerald die Evolution in Frage stellte; er war kein Kreationist. Aber es gab eine göttliche Hand, welche die Evolution lenkte.

Eine göttliche Hand, die auf geheimnisvolle und manchmal erschreckende Art und Weise tätig wurde. Denn eine verschwindend geringe Anzahl dieser Organismen kehrte wieder in die Kuppeln und Schiffe *zurück*. Die meisten dieser *Rückkehrer* gingen zwar in der für sie lebensfeindlichen Umwelt zugrunde, doch einige paßten sich erneut an das Leben im Innern an. Das machte sie so gefährlich. Die durch die extremen Lebensbedingungen gehärteten Organismen vermehrten sich auf Teufel komm raus und trugen in ihren Genen die Fähigkeit, die unmöglichsten Substanzen zu verzehren. Kunststoffe, Metalle, Gummi, halborganische Supraleiter. Und manche von ihnen, die Nachfahren von Krankheitserregern, hatten sich die Fähigkeit bewahrt, den menschlichen Körper zu infizieren.

Es gab auch Mikroorganismen, die Krankheiten bei Menschen verursachten und sich gleichzeitig von innen nach außen durch Schutzanzüge und Sauerstoffkuppeln fraßen. Oder die supraleitenden Drähte von Stromnetzen zerfraßen. Oder die Ventile in Fusionsreaktoren verstopften.

Aus menschlicher Sicht waren die Rückkehrer ein Alptraum. Doch wie Gerald schon lange wußte, sah Gott die Dinge eben nicht aus menschlicher Sicht. Der Gütige Gott wollte ein Lebensrecht für alle. Menschen und Mikroben waren gleichermaßen Seine Kinder, gleichermaßen wertvoll. Er wollte das Lebensrecht für alle Seine Kinder, vom geringsten bis zum höchsten. Und wenn einige Individuen einer Spezies sterben mußten, um einer anderen Spezies das Überleben zu ermöglichen, dann war das nur natürlich. Weshalb sollte die Menschheit bevorzugt werden?

Es stellte indes keinen Widerspruch für ihn dar, die Überlebensfähigkeit der Rückkehrer zu bewundern und sie gleichzeitig kaltblütig zu vernichten. Der Wolf reißt das Reh, und der Rehbock tötet den Wolf, um seine Nachkommen zu verteidigen. Moralische Kategorien griffen hier nicht.

Selbst das Lamm lebt auf Kosten der Pflanzen, die es frißt – und wenn ein Lamm so unvorsichtig ist, sich an die falsche Pflanze heranzuwagen, wird es eben von Dornen gestochen. Das Leben ist untrennbar mit dem Tod verbunden, und jede Spezies muß sich gegen die Angriffe anderer Arten verteidigen. Und der Mensch ist Teil dieses Schemas.

Geralds Ziel bestand darin, alle fremden Mikroben aus den menschlichen Habitaten zu vertreiben. Er wußte aber auch, daß er dieses Ziel nie erreichen würde, und dieses Wissen war irgendwie tröstlich. Doch das genügte ihm nicht. Die Vernichtung von Leben, und war sie auch noch so notwendig, füllte Gerald nicht aus.

Er wollte Leben *schaffen* und sich Gott als Werkzeug bei der Erschaffung einer neuen Welt voller Leben zur

Verfügung stellen – doch nun verblaßte dieser Traum angesichts der widrigen Umstände.

Daß es technisch möglich war, auf der Venus ein Terraformen durchzuführen, stand mittlerweile außer Frage.

Gerald hätte mit seiner Arbeit ein Stück dazu beitragen können. Die Isolierte Exobiologische Einrichtung wäre eine ideale Brutstätte für Terraformungs-Mikroben gewesen. Mit dem Einsatz der Gentechnik hätte man Mikroben produziert, um die Atmosphäre aufzubrechen, den Boden mit Stickstoff anzureichern, aus Kohlendioxid Wasser zu erzeugen und den sauren Boden in fruchtbares Land zu verwandeln.

Doch die großen Projekte waren schon gescheitert, bevor man sie überhaupt in Angriff genommen hatte. Das *Terra Nova*-Projekt war bereits gestrichen worden, und nun sollte auch der *Ring von Charon* deaktiviert werden. Wie wäre es dann erst um das Vorhaben bestellt, eine ganze Welt neu zu erschaffen? Mit größter Wahrscheinlichkeit würden die in Geralds Institut gespeicherten Mikroben nie eine Chance bekommen, Leben auf die Venus zu tragen.

Er richtete den Blick vom Tal zum nächtlichen Himmel. Die Venus würde erst in einigen Stunden zu sehen sein, doch er wußte auch so, daß sie existierte. Und Marcia war an Bord der VISOR, die diese Höllenwelt umkreiste. Den größten Teil des vergangenen Jahres hatte er Vorbereitungen getroffen, sich ihr dort oben anzuschließen, doch nun hielten die beiden es für möglich, daß Marcia wieder auf die Erde zurückkehrte, nachdem die Menschheit vor der Venus kapituliert hatte.

Der Interkom piepte, und Gerald lief zu ihm hinüber, setzte sich und schaltete den Bildschirm ein. Nach wenigen Sekunden erschien Marcias schönes Gesicht auf dem Monitor.

»Hallo, Gerald«, sagte sie mit warmer und liebevoller Stimme. »Zum Glück bin ich durchgekommen. Wir haben nämlich gerade von einem großen Experiment erfahren, für das wir alle Kanäle brauchen. Ab zehn Uhr sollten zwar keine privaten Nachrichten mehr gesendet werden, aber Lonny wußte, daß ich dran war und hat eine Ausnahme gemacht. Er wird die Verbindung so lange wie möglich aufrechterhalten, aber es kann durchaus sein, daß sie abrupt unterbrochen wird. Kein Grund zur Sorge – sie brauchen nur diesen Videokanal. Lonny sendet gerade auf einem Seitenband einen Text von mir. Daraus ersiehst du, worum es bei diesem Experiment geht; also verschwende ich jetzt keine Zeit damit, darüber zu sprechen. Der Text ist nicht sehr informativ – nur ein paar Daten, die wir erhalten haben. Ich hatte bisher noch keine Zeit, einen richtigen Brief zu schreiben. Aber ich arbeite daran. Du müßtest ihn heute abend bekommen.«

Der Drucker summte und stieß einen dünnen Stapel Papier aus. Gerald ignorierte das Dokument und legte die Hand auf den Monitor. Dieser kurze Moment mit ihrem Bild war alles, was er hatte, und nun wurde sogar dieser Kontakt noch eingeschränkt. Nie wieder, sagte er sich. Entweder er ging zu ihr, oder sie kam zu ihm; auf jeden Fall würden sie nie wieder getrennt sein.

»Außer diesem Experiment ist nicht viel los«, sagte Marcia. »McGillicutty treibt uns noch zum Wahnsinn, aber ich müßte das eigentlich schon gewöhnt sein. Die Arbeiten machen gute Fortschritte, obwohl wir alle die Nachrichten sehen und hoffen, daß wir nichts damit zu tun haben.« Eine gedämpfte Stimme ertönte hinter der Kamera, und Marcia drehte sich um. »Verdammt!« sagte sie mit einer Ernsthaftigkeit, der man anmerkte, daß sie nicht oft fluchte. »Lonny sagt, ich hätte noch zehn Sekunden. Ich liebe dich, Gerald. Ich kann es kaum erwarten, deine nächste Nachricht zu bekommen. Erledige deinen Kram und sieh zu, daß du herkommst. Ich liebe dich. Auf Wiedersehen ...«

Der Bildschirm wurde dunkel, und Gerald hatte einen Kloß im Hals. Die Trennung war schier unerträglich. Gott sei Dank würde sie bald vorbei sein, so oder so.

An Bord der VISOR bedankte Marcia MacDougal sich mit einem gezwungenen Lächeln bei Lonny und huschte auf den Korridor. Doch sie fragte sich, wohin sie gehen sollte. Sie fühlte sich leer und einsam. Sie war von Gerald getrennt, und das Projekt stand auch vor dem Aus. Es war eh alles egal. Spontan beschloß sie, in die Offiziersmesse zu gehen. Vielleicht waren dort ein paar Leute, mit denen sie sich unterhalten konnte und die sie auf andere Gedanken bringen würden.

Sie ging das kurze Stück. Doch die Messe war leer. McGillicutty mußte das gesamte Personal zur Beobachtung des Gravitations-Experiments abgezogen haben. Zweifellos würde sie selbst früher oder später auch noch drankommen.

Also machte Marcia MacDougal das Beste aus der Lage. Sie ging zum Panoramafenster der Messe und schaute auf die dichte Wolkendecke des Planeten hinunter.

Sie war eine beeindruckende Frau und wirkte aufgrund ihres entschlossenen Wesens größer, als sie eigentlich war. Sie hatte eine makellose, mahagonifarbene Haut und ein rundes, ausdrucksvolles Gesicht, in dem klare, braune Augen standen, Augen, die alles zu sehen schienen. Doch beim Blick aus dem Fenster sah sie überhaupt nichts.

Für das bloße Auge war die Tagseite der Venus eine grelle, konturenlose Wolkenwand. Sie hätte sich technischer Hilfsmittel bedienen und Kontrast und Helligkeit verändern sowie eine Falschfarbendarstellung wählen können. Mit den richtigen Einstellungen wiesen die Wolken durchaus eine Struktur auf.

Doch im Moment schien Marcia eine nichtssagende Kugel gerade angemessen. Sie wurde vom gleißenden Licht geblendet. Der Informationsfluß war überwältigend. Diese Feststellung hätte auch auf die Ära des *Wissens-Crashs* angewandt werden können. Und VISOR war wohl das nächste Opfer.

Die Venus-Initial-Station für Operationale Forschung – VISOR – sollte der Stoff sein, aus dem die Träume sind. Das Hauptquartier für die Erschaffung einer schönen neuen Welt – einer neuen Venus, auf der irdische Temperaturen herrschten, auf der es Wasser gab und auf der Leben sich entwickeln würde.

Niemand wußte genau, wie so etwas zu bewerkstelligen war, wie man eine Welt zum Leben erweckte. Es war Aufgabe von VISOR, die Antworten zu finden. Es kursierten bizarre Ideen: es wurde vorgeschlagen, daß VISOR riesige Sonden und Saat-Schiffe auf dem Planeten landete und bemannte Eis-Asteroiden sowie gigantische Maschinen zum Abschöpfen der Atmosphäre einsetzte. Andere meinten, man solle den Planeten von der Sonne abschirmen und fliegende Chemiewerke in der oberen Atmosphäre stationieren, um sie aufzulösen.

Manche Bergleute im Asteroidengürtel hatten eigene Ideen. Sie hatten allen Ernstes angeboten, den Planeten Merkur mit einer Vorrichtung namens *Kern-Knacker* zu sprengen. Wenn dann ein zweiter Asteroidengürtel in geringer Entfernung um die Sonne kreiste, würden sie wenigstens die Solarenergie nutzen können. Die Venus war im Grunde der falsche Ansprechpartner für dieses Vorhaben, aber die Gürtel-Gemeinschaft ging mit diesem Plan bei VISOR hausieren und wies darauf hin, daß der Merkur-Gürtel ein idealer Standort für den Bau dieser großen Sonnenschirme beziehungsweise Rotationsbeschleuniger sei.

Es gab auch noch andere Optionen, die nicht ganz so verrückt erschienen, und VISOR hätte sie alle oder zumindest einen Teil davon auch ausprobiert, nur daß im

Augenblick niemand den blassesten Schimmer hatte, wie man diese Konzepte in die Praxis umsetzen sollte. Und das war das eigentliche Problem. VISOR war aufgrund einer Langfristplanung erbaut worden und sollte im Lauf der Jahrhunderte expandieren und sich entwickeln. Die Konstrukteure hatten unterstellt, daß die Station mit Techniken operieren würde, deren Erfinder noch nicht einmal geboren waren.

VISOR. Die letzten beiden Wörter des Akronyms waren der Schlüssel. *Operationale Forschung*. Bevor auf der Venus ein Terraformen durchgeführt wurde, mußten die Wissenschaftler und Techniker erst einmal ein entsprechendes Konzept entwickeln. Computermodelle und Simulationen waren zwar ganz hilfreich, aber für die Umformung eines ganzen Planeten bedurfte es doch etwas mehr. Die Ingenieure und Forscher brauchten einen ganzen Planeten als Versuchsobjekt, bei dem sie auch einmal einen Fehler machen durften. Terraformen erforderte sozusagen ›Training on the job‹.

Begriffen die Vereinten Nationen das denn nicht? Erkannten sie nicht die Bedeutung der Station? Wußten sie nicht, daß eine Schließung oder auch nur ein Einmotten der Station eine Katastrophe wäre? Die Venus war eine Aufgabe für ganze Generationen. Man durfte dieses Projekt nicht von irgendwelchen Launen abhängig machen. Plötzlich quäkte der Interkom, und eine hohe, quengelnde Stimme, die Marcia zu fürchten gelernt hatte, ertönte. »MacDougal! Kommen Sie in die Zentrale!« sagte McGillicutty. »Sie sollen einige Funkfrequenzen für mich überwachen.«

Marcia schloß die Augen und zählte bis zehn. Dann drehte sie sich um und machte sich auf den Weg zum Labor. Sie hätte gewettet, daß Hiram McGillicutty selbst ihrem Mann den letzten Nerv geraubt hätte. Sie mußte das Experiment durchführen, sobald Gerald hier war.

Hiram McGillicutty war der Chef-Physiker der Venus-Initial-Station für Operationale Forschung. Deshalb war McGillicutty die meiste Zeit so überflüssig wie ein Kropf.

Niemand bezweifelte, daß VISOR einen Physiker brauchte, aber nur in dem Sinne, wie ein Dorf eine Feuerwehr brauchte. Man leistete sich eben eine, nur für den Fall, daß etwas passierte.

McGillicutty hatte keine hohe Meinung von seinen Kollegen in der Station. Es handelte sich in seinen Augen um simple Ingenieure, die schon zufrieden waren, wenn sie irgendwelche Zahlen bekamen, um Gleichungen aufzustellen. Wobei es auch nicht darauf ankam, was diese Zahlen besagten oder woher sie stammten. In neunundneunzig Prozent der Fälle war es ihnen egal, wie diese Zahlen zustande kamen, und sie sträubten sich beharrlich, ihre Zeit mit solchen Marginalien zu vertrödeln.

Hiram McGillicutty hingegen hielt sich zugute, daß er sein Schicksal mit philosophischer Gelassenheit akzeptierte – obwohl niemand in der Station ihm eine solche geistige Größe bescheinigt hätte. Statt dessen kursierten Charakterisierungen wie *arrogant* und *egozentrisch*.

Doch heute war das anders. Heute gehörte die Station *ihm*, und das verdankten sie den bösen Buben auf Pluto. McGillicutty lachte glucksend, schüttelte den Lockenkopf und grinste spitzbübisch, wobei er die schlechten Zähne bleckte. Er hatte die vorläufigen Daten von Ganymed und Titan gesehen. Da hatten die Schwerkraft-Jungs vielleicht ein Ding abgezogen!

Er nahm einen Uhrenvergleich vor und ermittelte die relativistische Verzögerung. Nach dem von Pluto übermittelten Zeitplan war der Gravitations-Strahl vor gut fünfeinhalb Stunden zur Venus abgeschickt worden. Wenn das Experiment planmäßig ablief, müßte der Gravitations-Strahl also jede …

»Herrgottsakra, schaut euch das mal an!« rief er. Hiram McGillicutty war ein leicht erregbarer Zeitgenosse, aber in diesem Fall war seine Aufregung anscheinend berechtigt. Die Nadel des Schwerkraft-Detektors, eines extrem empfindlichen Geräts, die bisher kaum einmal gezuckt hatte, schlug nun bis zum Anschlag aus. McGillicutty vergröberte den Meßbereich um einen Faktor Hundert.

Verblüfft schüttelte Marcia MacDougall den Kopf. Kein Zweifel. Nachdem sie hundert Jahre lang ein Schattendasein in der Welt der Hochenergie-Physik geführt hatte, erwachte die Gravitationsforschung plötzlich vor ihren Augen zum Leben.

»Das ist ein Gravitations-Strahl«, sagte jemand. »Müßten wir uns nun nicht schwerer oder leichter fühlen oder was? Ich spüre jedenfalls nichts.«

»Welche Leistung hat dieser Strahl?« fragte einer der Biologen nervös. »Er wird uns doch nicht in Richtung Pluto ziehen, oder?«

»Das funktioniert anders«, sagte McGillicutty schnippisch. »Es ist uns gelungen – Gott allein weiß, wie wir das geschafft haben –, eine Phasenumkehr vorzunehmen, so daß die Hälfte der Welle nun eine Abstoßungs- statt einer Anziehungskraft ausübt. Die Kräfte heben sich überall auf. Und der Strahl ist verdammt schwach.«

McGillicutty leckte sich die Lippen. »Ich wüßte zu gern, wie sie das machen. Und wenn sie schon so erfolgreich bei der Manipulation von Schwerefeldern sind, ist es sicher nur noch ein kurzer Weg bis zur Schwerkraft-Kontrolle. Wenn es ihnen gelänge, ein Feld zu harmonisieren und eine stehende Wellenfront zu schaffen, könnten sie nach Belieben Schwerefelder erzeugen.«

»Das ist noch Zukunftsmusik«, sagte Marcia. »Ich wette, Gravitationswellen werden noch für sehr lange Zeit nicht mehr als ein Taschenspielertrick sein.«

»Vielleicht«, sagte McGillicutty. »Dann ist das aber ein neuer Trick. Gravitationswellen würden das Bild des Universums revolutionieren. Sie durchdringen Materie praktisch ungehindert! Man müßte die Gravitationswellen nur richtig modulieren, und wir würden *durch* die Sonne und die Planeten in die Tiefe des Raums schauen. Um in Echtzeit die innere Struktur der Venus zu untersuchen, müßte man nur einen G-Wellen-Sender auf der einen und einen Detektor auf der anderen Seite des Planeten positionieren. Wie bei einem Röntgengerät. Es stehen große Zeiten bevor. Große Zeiten.«

»Aber nur für die Schwerkraft-Forscher«, sagte Chenlaw betrübt. »Die Ausgaben für die Forschung werden ständig gekürzt. Wie wird unser Budget wohl aussehen, wenn alle Mittel in den Ring fließen? Wir müssen uns irgendwie an die Gravitationsforschung anhängen, wenn wir noch einen Stich machen wollen.«

Marcia warf einen Blick auf die Uhr. »Wir haben noch acht Minuten. Dann wird der Strahl zur Erde umgelenkt.« Sie studierte die Anzeigen und fragte sich, wie die neue Welt wohl aussehen würde.

McGillicutty war froh, als der Strahl schließlich von der Venus umgelenkt wurde.

Es waren phantastische zehn Minuten, in denen der Strahl auf VISOR gerichtet war. Doch war es auch fast schon zuviel des Guten gewesen. Das Signal war so stark, daß er befürchtete, die Instrumente würden überlastet werden. Nun richtete er die Geräte auf ein entferntes Ziel aus, auf die Erde. Eine solche Messung war noch nie zuvor durchgeführt worden. Es war eine Herausforderung, eine nie dagewesene Gelegenheit.

Man mußte eine neue Entwicklung aus einem gewissen *Abstand* betrachten. Zumal man die ganzen Sekundäreffekte ohnehin nur aus größerer Distanz erkannte. Wie beeinflußten zum Beispiel Gravitationswellen

Radio- und Lichtwellen? In der Theorie müßten modulierte Gravitationswellen abwechselnd eine Rot- und Blauverschiebung bei elektromagnetischer Strahlung hervorrufen. Was würde aber wirklich geschehen? Und welche Auswirkungen würde der Strahl auf bereits existierende, wechselwirkende Gravitationsquellen haben? Würden Resonanzschwingungen in den Gravitationsmustern des Erde-Mond-Systems auftreten?

McGillicutty wollte es wissen. Sein Wissensdurst an sich war nichts Neues – sein ganzes Leben war er auf der Jagd nach Antworten gewesen. Nur daß sich ihm nun die Chance bot, auch welche zu bekommen.

Dennoch würde er sich beeilen müssen. Der Gravitationswellen-Strahl war bereits vor einigen Minuten von der Venus abgelenkt worden. Es blieben ihm noch etwa fünf Minuten, die Sensoren der Station auf die Erde auszurichten und sie für Langstreckenbetrieb zu konfigurieren. Zum Glück würde das Personal ihn unterstützen.

Erneut überprüfte er die Hauptschalttafel. Einige Instrumente waren noch immer nicht in Position. »Marcia, richten Sie die verdammte Verstärker-Antenne aus. Wir brauchen die Einundzwanzig-Zentimeter-Frequenz. Ich will sehen, ob im neutralen Wasserstoff-Band Störungen auftreten.«

»Jawohl, Chef. Wird sofort erledigt, Chef. Können sich drauf verlassen, Chef.« Grummelnd aktivierte Marcia das Antennen-System. Sie persönlich konnte sich keine sinnlosere Aufgabe vorstellen als die Beobachtung des Einundzwanzig-Zentimeter-Bandes. Sie hatte den Eindruck, daß das Einundzwanzig-Zentimeter-Band völlig tot sei.

McGillicutty wollte überprüfen, ob die Gravitation die Raumzeit so stark verzerrte, daß die Trägerfrequenz gestört wurde. Sei's drum. Sie sah, wie die Antenne sich auf die Erde ausrichtete. Dann schaltete sie den Monitor in den Oszilloskop-Modus. Ja, da war es. Das Einundzwanzig-Zentimeter-Band wurde wie immer als flache Trägerwelle abgebildet. Sie betätigte den Lautstärkeregler und wurde mit einem leisen Zischen belohnt. »Bin soweit, Chef«, meldete sie. »Ich bin *wirklich* gespannt.«

»Gut«, sagte McGillicutty, ohne den Sarkasmus in ihrer Stimme zu hören. »Chenlaw, was ist mit dem Mikrowellen-Empfänger? Ich brauche ihn sofort und nicht erst nächste Woche!«

»Meine Güte, Hiram, geben Sie mir noch ein paar Minuten.«

»Wieso?« fragte McGillicutty. »*So* lange wird es doch nicht dauern, ihn um zwanzig Grad zu drehen.«

»Ich muß ihn in Gegenrichtung drehen, um dreihundertvierzig Grad; sonst würde er direkt auf die Generatoren zeigen«, erwiderte Chenlaw mit zusammengebissenen Zähnen. »Wollen Sie vielleicht einen Defekt riskieren?«

Aber McGillicutty hörte schon gar nicht mehr zu. Er konferierte bereits per Interkom mit einem der anderen Labors und ließ sich über Neutrino-Rückstrahlung aus. Chenlaw drehte sich um und sah Marcia kopfschüttelnd an. Marcia zuckte ihrerseits die Achseln. Da fiel einem nichts mehr ein. Der Mann war einfach unmöglich.

»In Ordnung, Jungens und Mädels«, sagte McGillicutty mit lauter, fröhlicher Stimme und ignorierte dabei souverän, daß viele seiner Mitarbeiter ihn am liebsten erwürgt hätten. Er überprüfte die Chronometer. »Die Erde wird schon seit sieben Minuten vom Strahl bestrichen. Der Ereignisradius bewegt sich auf uns zu. Bereiten Sie sich darauf vor, daß in drei Minuten die ersten Ergebnisse eingehen werden – ab jetzt! Alle Instrumente und Aufzeichnungsgeräte müßten nun im Bereitschaftsstatus sein.«

Dann überprüfte McGillicutty seine Schalttafel,

wobei er während dieser Zeit sogar den Mund hielt. »Zwei Minuten«, verkündete er schließlich.

Seit sieben Minuten im Erfassungsbereich des Strahls. Marcia dachte plötzlich an ihren Mann, Gerald MacDougal, der auf der Erde im Labor in Vancouver weilte. Selbst mit Lichtgeschwindigkeit war er noch zehn Minuten entfernt. Doch hier ging es nicht um Zahlen und Sekunden. Gerald befand sich in der Vergangenheit, wobei die Wand der Zeit zwischen seiner und ihrer Realität stand. Was auch immer er tat, was auch immer mit ihm geschah, sie würde es erst dann erfahren, nachdem die langsamen Lichtstrahlen die Leere zwischen den Welten durchkreuzt hatten.

Und wenn er mitten in einer Übertragung starb, würde sie es auch erst nach zehn Minuten wissen.

Wenn Gerald aus Marcias Sicht in der Vergangenheit gefangen war, dann galt das auch umgekehrt. Jeder war in der Vergangenheit des andern gefangen. Diese Vorstellung hatte etwas Beunruhigendes, als ob sie beide erstarrt wären, wie ein Insekt, das am Harz eines urweltlichen Baums festklebte und darin gefangen wurde, während das Harz kristallisierte und das Opfer im Bernstein der Zeit eingeschlossen und konserviert wurde.

»Zwanzig Sekunden«, verkündete McGillicutty. Diese seltsame Pulsation und Manipulation der Schwerkraft überstieg ihren Horizont. Die Vorstellung machte ihr sogar angst. Irgendwie kam ihr die ganze Sache wie Magie vor. Wie konnte man einen Strahl aus Gravitationswellen erschaffen? Das erschien ihr völlig widersinnig.

Sie blinzelte und konzentrierte sich auf den Bildschirm. »Zehn Sekunden.« Vor neun Minuten und fünfzig Sekunden hatte der Strahl die Welt ihres Mannes getroffen, doch erst in zehn, neun, acht Sekunden würde das Zeitfenster sich öffnen – sie fummelte am Kontrastregler herum – vier, drei, zwei, eins, null …

Die Darstellung auf dem Monitor explodierte, und aus dem Lautsprecher drang ein infernalischer Lärm. Sie stellte den Ton ab und starrte verblüfft auf das Oszilloskop. *Etwas* dort draußen erzeugte ein starkes und komplexes Signal. Sie glaubte ein Muster zu erkennen, als ob das Signal laufend wiederholt würde.

Nach einem Moment schaute sie auf und erkannte, daß die übrige Besatzung des Labors noch konsternierter war als sie. Sogar McGillicutty wirkte schockiert. Erst nach geraumer Zeit begriff sie, daß das Rauschen im Einundzwanzig-Zentimeter-Band alles schien, was von der Erde noch übrig war.

Rumpelnd legte die *Pack Rat* vom Frachthafen des Habitats der *Nackten Purpurnen* ab. Dianne Steiger schaute auf das Chronometer: 10:01 GMT, kurz nach zehn Uhr vormittags. Der Abflug erfolgte rechtzeitig, obwohl es ihr noch zu spät vorkam. Wenn es einen Ort im Sonnensystem gab, der noch bizarrer war als *NaPurHab*, dann wollte sie ihn gar nicht erst kennenlernen. Mit stotternden Triebwerken legte die *Rat* ab, aktivierte die Kreiselstabilisatoren und ging auf Kurs. Die große, helle Erdkugel wanderte ins Steuerbordfenster.

Mit gefalteten Händen saß Dianne Steiger an der Steuerkonsole und ließ die Dinge auf sich zukommen.

Die irgendwie improvisiert wirkende Masse von *NaPurHab* dräute vor dem Bugfenster. *NaPurHab* umkreiste Erde und Mond in einer Acht. Im Augenblick befand das Habitat sich im Erdorbit. Von diesem Punkt hatte auch die *Rat* abgelegt. Die Triebwerke feuerten, um sie in den Orbit und dann auf Kurs zum nächsten Hafen zu bringen, zu dem sie bestellt worden war. Dianne ging zum Funkgerät und rief die Leitstelle von *NaPurHab*. »*NaPurHab*, hier ist Foxtrott Tango Vierunddreißig, Rufzeichen *Pack Rat*, mit Kurs auf High New York Habitat. Bin auf Autopilot und sende nun Daten für Abflugvektoren auf Seitenband. Bitte bestätigen.«

»Wir kopieren Sie, *Pack Rat*. Flugplan erhalten, aufgezeichnet und genehmigt. Guten Flug nach HNY. Melkt die Fettkatzen, bis sie muhen oder miauen. Bis zum nächstenmal.« Chelated ›Extremer Verzerrer‹, auch bekannt als Frank Barlow, war ein guter Kerl, selbst wenn er hin und wieder in das gestelzte Idiom der *Nackten Purpurnen* verfiel.

»Danke, Frank«, erwiderte Dianne. »Ich freue mich drauf.« Das entsprach zwar nicht ganz der Wahrheit, aber egal. Gemäß der Stellenbeschreibung trug Dianne Steiger die Berufsbezeichnung Pilot-Astronaut. Aber sie wußte es besser. Dianne war nur ein Sicherheitssystem. Die Roboter, der Autopilot, die KI-Routinen – sie waren die eigentlichen Astronauten. Sie erledigten die ganze Arbeit. Sie war nur hier, weil dieser Frachter in die Nähe bewohnter Abschnitte des überfüllten Erdorbits flog und weil die Astronauten-Gewerkschaft trotz rückläufiger Mitgliederzahlen noch immer viel Einfluß hatte.

Die Statuten der Gewerkschaft und die Sicherheitsbestimmungen verlangten die Anwesenheit eines Piloten an Bord, für den höchst unwahrscheinlichen Fall, daß die Automatik ausfiel und das Schiff manuell gesteuert werden mußte. Die Sache hatte nur einen Haken: wenn die Automatik ausfiel, war das Schiff längst ein Wrack, und dann wären auch alle Versuche, es manuell zu steuern, erfolglos.

Sogar die wenigen Aufgaben, die Dianne noch auszuführen hatte, hätte man ebensogut einer Maschine übertragen können. Doch man hielt Arbeitsbeschaffungsmaßnahmen für die Piloten für angezeigt, auch wenn die Arbeit durchaus vom Bordcomputer und der automatischen Hydraulik hätte erledigt werden können. Ein Pilot in der Rolle eines Statisten, dessen Reflexe durch Langeweile abgestumpft waren, wäre im Notfall nutzlos gewesen. Das war zumindest die herrschende Meinung. Dianne hatte aber auch so schon mit der Müdigkeit zu kämpfen.

Das Fliegen von Raumschiffen galt als romantisch, aufregend und gefährlich. Dianne hatte eine achtjährige Ausbildung absolviert und war dann als Pilotin bei einer Frachtfluggesellschaft gelandet.

Sie war dreiunddreißig Jahre, wirkte jedoch älter. Sie hatte langes braunes Haar, das bereits grau wurde. Zur Zeit hatte sie es hochgesteckt. Wenn sie es offen trug, wirkte es wie ein Mop. Sie hatte ein schmales, faltiges Gesicht und große, klare Augen. Leute, die sie nicht kannten, hielten sie auf den ersten Blick für magersüchtig. Ihr Gesichtsausdruck deckte alle Extreme ab. Schon das kleinste Lächeln erhellte den Raum, und das leichteste Stirnrunzeln war furchterregend.

Sie litt unter dem Rauchverbot an Bord. Eines Tages würde man Schiffe mit einem Belüftungssystem bauen, das auch mit Tabakrauch fertig wurde. Den Entzug glich sie am Boden jedoch wieder aus. Zwischen den Flügen war sie Kettenraucherin, und das Nikotin hatte die Finger schon gelb gefärbt. Sie war klein und von schlanker Statur, dafür aber erstaunlich kräftig. Sie hatte einen herzhaften Händedruck und einen muskulösen Körper. Ihr Äußeres hatte ihr bei der Stellensuche geholfen. Die Fluggesellschaften bevorzugen kleine und gelenkige Piloten.

Sie hatte im wahrsten Sinne des Wortes höher hinausgewollt, als nur einen Orbital-Gleiter zu fliegen und hatte sich für das Sternenschiff-Projekt beworben, bis es dann gestrichen wurde. Ihr hatte nur noch ein Test gefehlt, um in die Einstellungsreserve als Pilot der *Terra Nova* aufgenommen zu werden. Sie hätte Pilotin der dritten Generation werden sollen, nachdem die Piloten der ersten Generation in den Ruhestand gegangen waren und die Piloten der zweiten Generation das Ruder übernommen hatten. Und wenn ein Pilot der zweiten Generation gestorben oder pensioniert worden wäre – dann wäre *sie* Kommandantin eines Raumschiffs geworden.

Dann war das gesamte Sternenschiff-Projekt eingestellt worden; es war der durch den *Wissens-Crash* bedingten Rezession zum Opfer gefallen, von der die Erde und der Rest des Sonnensystems betroffen waren. Es war eine Ära des Rückzugs in ›sichere Stellungen‹ gewesen. Also driftete die eingemottete *Terra Nova* nun im niedrigen Erdorbit.

Während der Rezession hatte man als ehemaliger Raumschiff-Pilot einen schweren Stand. Die Passagiergesellschaften stellten keine neuen Leute ein, und nicht einmal die Frachtgesellschaften, welche die größeren Planeten bedienten. Also mußte Dianne sich damit bescheiden, Fracht zwischen *NaPurHab*, dem niedrigen Erdorbit und den schmuddeligen Raumhäfen hin und her zu schippern. Und dabei durfte sie sich noch glücklich schätzen, diesen Job bekommen zu haben. Alle anderen Piloten der *Terra Nova* waren schon lange ausgewandert und versuchten ihr Glück auf den Siedlungswelten. Doch dort waren die Stellen für Piloten auch nicht dichter gesät.

Aber das war ihr nun auch egal. Sie spielte mit dem Gedanken, sich ganz von der Raumfahrt zu verabschieden und auf einer der Siedlungswelten oder Habitate ansässig zu werden. Sie würde zwar keine neuen Sternsysteme erforschen, aber zumindest wäre das auch eine Art von Pionierarbeit.

Sie verstand die Menschen auf der Erde und dem Mond nicht mehr. Der Irrsinn feierte fröhliche Urständ. Den Beweis hatte sie direkt vor Augen. Sie musterte das in der Dunkelheit treibende Habitat. Die *Purps* waren von der Erde gekommen und hatten diesen Ort und die alte Tycho-Strafkolonie übernommen – und die Vereinten Nationen hatten die *Purps* tatsächlich als legitime Regierung anerkannt.

Dianne hatte einen Entschluß gefaßt. Wenn sie schon nicht nach den Sternen greifen konnte, dann würde sie wenigstens an einen Ort oder zu einer Welt gehen, die ihr neu war. Aber war sie überhaupt in der Lage, in einem Habitat leben, in einer Blechbüchse mitten im All? Dann also zu einer der Siedlungswelten. Mars oder Titan. Vielleicht auch zum Asteroidengürtel. Falls sie mitten in der Rezession überhaupt so weit kam.

Seufzend überprüfte Dianne Steiger die Steuerkonsole der *Pack Rat*. Alles lief gut. Es gab nichts für sie zu tun. Transorbitaler Nachbrenner in zehn Minuten. Die *Rat* wußte das viel besser als sie.

Mit unnachahmlicher Präzision zündete das Schiff die Nachbrenner und schaltete die Triebwerke wieder ab, währenddessen Dianne im eigenen Saft schmorte. *Nicht mehr lange*, sagte sie sich. *Nicht mehr lange.*

Chelated ›Extremer Verzerrer‹ schaute auf den Außenmonitor. Und tschüss, *Pack Rat*. Dort flog sie, ein kleiner Lichtpunkt, der zehn Grad neben der leuchtenden Masse des fast vollen Mondes stand. Am Himmel dazwischen leuchteten die vertrauten, alten Sterne in warmem, hellem Licht. Er blickte nach unten und überprüfte den Kommunikationscomputer. Alles grün. Alle Kanäle zum Mond waren frei. Er würde etwas dagegen unternehmen müssen oder Zoff mit seinem Chef bekommen.

Aber nicht gerade jetzt. Die Aussicht war einfach zu schön. Die blinkenden Positionslampen der *Pack Rat* ermöglichten Frank eine optische Erkennung. Gut für Dianne. Viele Astros machten sich nämlich nicht mehr die Mühe, Positionslichter zu setzen, vor allem dann nicht, wenn sie sich im Raumsektor der *Purpurnen* befanden. Seufzend schüttelte er den Kopf. Etwas stimmte nicht mit einer Welt, wo die Menschen mit maximaler Anstrengung einen minimalen Ertrag erwirtschafteten. Nicht daß die *Purps* eine große Hilfe gewesen wären.

Chelated arbeitete zwar viel als Raumflug-Lotse, doch hauptberuflich war er Funktechniker und als solcher damit beauftragt, den Kontakt des Habitats der *Nackten Purpurnen* mit der Außenwelt mehr oder weniger aufrechtzuerhalten. Dieses ›mehr oder weniger‹ war ein Merkmal seiner Stellenbeschreibung. Wenn die Verbindung zu schlecht war, mußte er den Sollwert wiederherstellen. Wenn die Kommunikation indes zu *gut* funktionierte, war es seine Aufgabe, die Verbindung zu verschlechtern. Und natürlich wurde von ihm erwartet, die Qualität der Verbindungen zuweilen nach dem Zufallsprinzip zu gestalten. Die Bewahrung einer gewissen Entropie war ein substantieller Aspekt der Philosophie der *Purpurnen*.

Auch wenn das Anforderungsprofil etwas seltsam war, so war Chelated – der in seinem Leben als Prä-*Purpurner* den Namen Frank Barlow getragen hatte – doch ein Meister seines Fachs. Deshalb war er auch ein *extremer Verzerrer*, was ihn in den Augen der Fundamentalisten unter den *Purpurnen* verdächtig machte, denen ohnehin jedes Talent verdächtig war.

Doch darauf kam es nicht an. Chelated (oder Frank, wie er sich insgeheim noch nannte) verband eine zweckfreie Liebe mit der Funktechnik, Elektronik und Kommunikationsanlagen. In der Welt nach dem *Wissens-Crash* gab es nur wenige Positionen für einen Mann mit seinen Fähigkeiten. Er mußte schon allein deshalb zum Habitat der *Nackten Purpurnen* kommen, weil es keinen anderen Ort gab, an dem er sich seinem Handwerk hätte widmen können. Er betrachtete es als Vergünstigung, daß man ihm gestattete – und ihn sogar darum bat –, all die verrückten Dinge zu tun, die in keinem anderen Kommunikationszentrum toleriert wurden.

Dennoch fühlte er sich hier etwas unwohl. Aber er hätte sich auch ernsthafte Sorgen um sich machen müssen, wenn er sich jemals an diese Leute gewöhnt hätte.

Er verspürte das Bedürfnis zu kommunizieren und

schaltete wieder eine Verbindung. »He, Dianne, bist du noch dran?«

»Bin noch dran, Frank«, ertönte ihre Stimme im Kopfhörer. »Was gibt's?« Chelated wollte schon antworten, doch dann wurde er vom Bildschirm abgelenkt.

Ein Blitz wurde von der Kamera übertragen, und dann normalisierte das Bild sich wieder. Die Sonne mußte sich in einer polierten Oberfläche gespiegelt haben, kein Zweifel. Das Bild war sofort wieder da. Doch etwas stimmte nicht. Chelated runzelte die Stirn und schaute genauer hin.

Nein, es war alles in Ordnung. Diannes Schiff war noch immer da und hob sich gegen den Sternenhimmel ab. *Sterne?* So ein Quatsch. Der Mond mußte hinter der *Pack Rat* stehen. Ein Alarmsignal ertönte, und er überprüfte das System. Die Verbindungen zur Erde standen noch, doch alle Verbindungen zum Mond waren unterbrochen.

Erneut betrachtete Frank die Außenaufnahmen. Lähmendes Entsetzen machte sich in ihm breit.

Der Himmel hatte sich verändert. Der Mond war nicht mehr da. Und die Sterne waren auch nicht die richtigen.

Kapitel Sieben

Schockwellen

Lucian Dreyfuss war einer der wenigen ständigen Bewohner des Mondes, die Zeuge des Verschwindens der Erde wurden.

Beim Großteil der Beobachter handelte es sich um Touristen. In jedem Augenblick befanden sich Tausende von Touristen in Schutzanzügen oder Aussichtskuppeln auf der Oberfläche und betrachteten die Sehenswürdigkeiten des Mondes, so es denn welche gab. Die Einheimischen gingen nie nach oben.

Lucian arbeitete hauptberuflich als Raumflug-Lotse und nebenberuflich als Fremdenführer, wenn das Geld knapp wurde – was bei Lucian die Regel war. Wenigstens handelte es sich heute um eine Führung durch die Kuppeln. Der Umgang mit einem Rudel hemdsärmliger Touristen, die vom Innern einer Kuppel aus die graue Landschaft bewunderten, war unvergleichlich angenehmer als eine Horde Grünschnäbel, die über die Oberfläche hopsten und sich nach Kräften bemühten, sich durch das Auffinden von Schwachstellen in den als narrensicher geltenden Druckanzügen umzubringen.

Nicht einmal die Sonne stellte hier eine Gefahr dar. Außerhalb der Kuppel folgte eine große, auf einem speziellen Ausleger montierte Scheibe dem Lauf der Sonne am Himmel und beschirmte die Kuppel. Wo diese in ewigem Schatten lag, war die Mondlandschaft hell beleuchtet. Am Rand des Kuppelbodens glühende Lichter hielten die *turistas* davon ab, übereinander zu stolpern.

Aber ob Kuppel oder Oberfläche, mit den Morgenveranstaltungen war Lucian immer etwas überfordert. Er war eine Nachteule und an die Nachtschicht in der Orbitalen Flugsicherung gewöhnt – und an das Nachtleben in den Kasinos. Er schaute auf die Uhr. Kurz vor 10:00, Universalzeit. Natürlich kam diese Horde frisch vom Schiff. Die innere Uhr vieler dieser Erdlinge war wohl noch auf ihre Zeitzone eingestellt. Gott mochte wissen, welche Tageszeit gerade für sie herrschte.

Lucian war von kleinem Wuchs und hatte einen drahtigen, athletischen Körper. Im Bestreben, die Neigung der Conners zum Fettansatz zu bekämpfen, verbrachte er viel Zeit im Fitnessraum. Er hatte ein schmales, blasses Gesicht und einen rotbraunen Bürstenhaarschnitt. Die schiefergrauen Augen waren durchdringend und drückten Ernsthaftigkeit und Leidenschaft aus.

Er überflog die Landschaft. Im Moment indes verrieten seine Augen nichts Leidenschaftlicheres als Langeweile. Vielleicht *war* die Landschaft grandios, doch die Einheimischen – die Conners, wie sie sich selbst nannten –, kannten das alles schon. Keiner von ihnen machte sich die Mühe, ohne einen guten Grund an die Oberfläche zu gehen. Schließlich veränderte die Mondoberfläche sich kaum beziehungsweise überhaupt nicht. Aber die Touristen verstanden das anscheinend nicht.

Lucian machte eine dickliche Matrone aus, die jeden Anwesenden in der Kuppel einer Musterung unterzog und die Leute nach Akzent und Kleidung einordnete. Sie runzelte die Stirn, ortete ihrerseits Lucian und kam zu ihm herüber. Eine Mrs. Chester, erinnerte er sich. Er wußte schon, was sie von ihm wollte, bevor sie noch den Mund geöffnet hatte.

»Sagen Sie, Mr. Dreyfuss«, sagte sie, »weshalb sehen so wenige *Einheimische* sich die Sehenswürdigkeiten an? Ich bin nun schon seit einer Woche hier, und die einzigen Einheimischen, die ich hier oben gesehen habe, waren die Reiseführer. Die Sehenswürdigkeiten sind so *wundervoll*. Weshalb kommen Sie nicht alle herauf und sehen sie sich an?«

»Es genügt, wenn man die Felsen einmal gesehen hat«, erwiderte Lucian mit müder Stimme. Er ersparte sich indes den Hinweis, daß diese Weisheit bei den Conners den Stellenwert eines Sprichworts hatte. Man brachte damit zum Ausdruck, daß etwas seinen Reiz verlor, langweilig wurde und nicht mehr gebraucht wurde.

Im Augenblick spürte Lucian all diese Empfindungen. *Er* mußte die Felsen gewiß nicht noch einmal sehen. In Gedanken war er woanders. Er fragte sich, wann er die Führung endlich beenden konnte, wie lange er das Spiel noch mitmachen mußte und wieviele Rudel von Erdlingen er noch herumführen mußte, bis er die Spielschulden beglichen hatte.

Er sah auf die Uhr. Nun waren sie lange genug in der Kuppel umhergewandert und hatten genug gegafft. Lucian klatschte in die Hände und trat auf ein niedriges Podest, das in den Kuppelboden integriert war. »In Ordnung, Leute, in Ordnung. Wenn Sie bitte herkommen würden. Ich werde einige der von hier aus sichtbaren Landmarken erklären. An erster Stelle steht natürlich die Erde direkt über meinem Kopf.«

Als ob sie alle ferngesteuert wären, legten die um Lucian versammelten Leute synchron den Kopf in den Nacken. Ein Wald aus Armen erhob sich, als die Erdlinge sich gegenseitig den Weg nach Hause wiesen. Lucian hatte es aufgegeben, sich nach dem Grund für dieses Verhalten zu fragen. Glaubten sie denn wirklich, ihre Nachbarn wären nicht in der Lage, die Erde am Himmel zu identifizieren?

Nun schaute Lucian selbst nach oben, weil er wissen wollte, welcher Kontinent gerade zu sehen war und wie das Wetter war. Die Erde war abnehmend, die Tag- und Nachtgrenze würde gleich die Küste von Nordamerika erreichen, und es herrschte gutes Wetter über dem vom Sonnenlicht beschienenen Quadranten. Gut. Das rückte Afrika in den Mittelpunkt. Ein markanter Kontinent, der auch von keiner Wolkendecke verhüllt wurde. Das war viel besser, als wenn der Pazifik im Blickpunkt lag und er den Leuten erzählen mußte, wo Hawaii lag, wenn die Inseln groß genug wären, um sie zu sehen und wenn die Wolken nicht wären. Er versuchte, seiner Stimme etwas Enthusiasmus zu verleihen, nur der Form halber.

»Wie Sie sehen, geht die Sonne gerade über der Küste von Nord- und Südamerika auf, und es herrscht klares Wetter über dem größten Teil des Atlantik. Sieht jemand die Küste von Afrika?«

Das Gemurmel schwoll zu einem Crescendo an, als die Erdlinge sich gegenseitig auf das Offensichtliche aufmerksam machten. Nächster Schritt. Er könnte erklären, daß die südamerikanische Küste das Gegenstück zur afrikanischen war. Er schaute auf die Erde und legte los.

»Sehr gut. Und wenn Sie nun die Nachtseite des Planeten betrachten, sehen Sie …«

Er sah es. Er sah, wie es geschah. Im einen Moment war die Erde noch da, und im nächsten nicht mehr. Sie verging in einem bizarren blauen Blitz. Er blinzelte ungläubig.

Die Erde war verschwunden.

Um ihn herum erhob sich wieder das Stimmengewirr der Touristen. »Ist das eine Erdfinsternis?« fragte jemand.

»He, Mann, soll das ein Witz sein?«

»Ist das Licht falsch polarisiert?«

»Nee, du Hirni, diese Kuppel ist gar nicht polarisiert. Sie hat doch diesen Sonnenblocker-Gimmick auf dem Ausleger.«

»Es muß sich um einen Stromausfall handeln. Auf der Erde sind die Lichter ausgegangen.«

»Ja, natürlich, und die *Sonne* ist wohl auch ausgegangen?«

»He, Mister, haben Sie so was schon mal gesehen?«

»Junger Mann, was, um *Gottes* willen, geht hier vor?« fragte Mrs. Chester in strengem Tonfall, als ob Lucian für den Katastrophenschutz zuständig wäre.

Lucian ignorierte das Stimmengewirr und starrte auf den Himmel, wobei die Gedanken sich auf der Suche nach einer Erklärung überschlugen. Womit, in aller Welt, erzeugte man die Illusion, daß ein *Planet* verschwand? Er ersann ein halbes Dutzend Theorien. Eine schwarze Staubwolke, die durch das Sonnensystem zog, ein böser Streich von ein paar Studenten auf einem der Raum-Habitate, die eine gigantische Scheibe vor die Erde geschoben hatten, ein Defekt im Glas der Kuppel, durch den die irdischen Spektralfarben ausgefiltert wurden. Doch keine dieser Erklärungen war plausibel, geschweige denn physikalisch fundiert.

Wenn es nicht möglich war, das Verschwinden der Erde *vorzutäuschen*, dann mußte sie also …

Lucian hatte keine Gelegenheit mehr, den schrecklichen Gedanken zu Ende zu spinnen. Das erste Mondbeben schlug zu.

Die Existenz des Mondes hatte bisher auf der Gezeitenwirkung beruht, die durch die massive Gravitationsquelle der Erde verursacht wurde. Spannungen in der Mondkruste, Spannungen, die schon bestanden hatten, bevor die ersten Organismen die Urmeere der Erde bevölkerten, existierten plötzlich nicht mehr. Wo die Millionen Jahre alten Spannungsmuster plötzlich fehlten, *schnellte* die Mondkruste *zurück*, wie ein Gummiband, das zuerst gedehnt und dann losgelassen wird. Die Schockwellen, die durch die Oberfläche liefen, waren so stark, daß die Menschen in der Kuppel hinfielen.

Der auf dem Podest stehende Lucian wurde in die

Luft geschleudert und driftete kopfüber in der niedrigen Schwerkraft des Mondes.

Das Beben überzeugte Lucian von der unglaublichen Wahrheit. Daß ihm plötzlich der Boden unter den Füßen weggezogen wurde, machte die Katastrophe erst real. Er prallte auf den Kuppelboden und grub die Finger in die Gummimatte.

Plötzlich stand es klar vor seinem geistigen Auge. Eine Legende sprach zu ihm und sagte ihm, was er tun solle.

›Nimm die Situation zur Kenntnis, denke nach und handle‹, flüsterte die Stimme seines Vaters ihm zu. Sein Vater, Bernard Dreyfuss, Held der Katastrophe der *SonnenBlase Drei*. Es hätte tausend – nein, zehntausend weiterer Opfer gegeben, wenn Bernard Dreyfuss nicht kühlen Kopf bewahrt hätte. ›Die meisten Menschen geraten in Panik, wenn sie in Gefahr sind. Nicht aber unsere Familie.‹ Das war der Familiengrundsatz, das Familien*gesetz*, sagte Lucian sich. ›Wir *denken* in einer Krise, Junge‹, hatte sein Vater immer wieder zu ihm gesagt. ›Das ist unsere Überlebensstrategie. Wenn das Schreckliche, das Unglaubliche eintritt, nimm es zur Kenntnis und *handle*, während die anderen noch vor Schreck wie gelähmt sind. Das liegt dir im Blut. Vertraue darauf und *handle*.‹

Er schaute zum Himmel empor. Sein ganzes Leben lang, all die Jahrhunderte, während derer Menschen auf dem Mond gelebt hatten, all die Millionen Jahre zuvor, hatte die Erde unverrückbar am lunaren Himmel gehangen, umkreist von der Sonne und den Sternen. Sie hatte immer dort gehangen.

Und nun war sie nicht mehr da. Nimm das zur Kenntnis, verdammt. Auch wenn niemand es glauben wird, nimm es zur Kenntnis. *Es ist geschehen*. Aber wie? Wie war sie vernichtet worden? War sie explodiert?

Hör auf damit. *Akzeptiere das Unglaubliche*. Das *wie* war im Moment unerheblich. Der Boden unter seinen

Füßen bebte erneut, und er hörte das ängstliche Wimmern eines kleinen Mädchens. Das brachte ihn wieder zur Besinnung. Für die Menschen auf der Erde konnte er nichts tun, doch der Verlust des Planeten wirkte sich auch hier aus.

Und er trug Verantwortung. Zunächst einmal für die Leute in der Kuppel. Ihm wurde gar nicht bewußt, daß er sie nicht mehr als Touristen oder Erdlinge bezeichnete.

Sie brauchten Hilfe. Wenn die Kuppel beim nächsten Beben einen Riß bekam … Er mußte sie sicher nach unten bringen, in den hektischen Ameisenhaufen, dem die Stadt inzwischen sicher glich.

Er sagte sich, daß man unten noch nichts vom Schicksal der Erde wissen würde.

Die Erde. Gütiger Gott, die *Erde*. Erneut schaute er auf die verängstigten Menschen. Menschen von der *Erde*. Sie brauchten Hilfe. Er mußte sie nach unten in Sicherheit bringen und dafür sorgen, daß sie nicht in Panik gerieten. Sie mußten davon abgelenkt werden, was gerade mit ihrer Welt geschehen war. *Ihnen* durfte er keine Zeit zum Nachdenken lassen.

Lucian stand auf und stellte sich breitbeinig hin, wie jemand, der damit rechnet, daß der Boden unter ihm nachgibt. »Hören Sie bitte gut zu.« Ein Unterton von Autorität mußte in seiner Stimme mitschwingen, denn die Leute verstummten und sahen ihn an. *Beruhige sie. Bagatellisiere die Lage.* »Sie sind nicht unmittelbar gefährdet, aber die Sicherheitsbestimmungen verlangen, daß die Kuppeln auch nach einem leichten Beben geräumt werden.« Das Beben, das sie gerade erlebt hatten, war zwar alles andere als ›leicht‹ gewesen, doch Lucian war entschlossen, die Gefahr zu verharmlosen, wenn er die Leute dadurch beruhigte und sie sicher von hier wegbrachte.

»Bitte formieren Sie sich zu einer Reihe und gehen Sie geordnet die Eingangsrampe hinunter.« *Weise sie auf das Chaos unten hin.* »Bitte bedenken Sie, daß die Bewohner der Stadt unter uns das Beben auch gespürt haben und daß die Verhältnisse deshalb vielleicht etwas chaotisch sind.«

Gut, auf diese Art werden sie keinen Schock erleiden – aber werden sie nicht völlig durchdrehen, wenn sie die verdammten Einheimischen *in Aufruhr sehen? Panik ist ansteckend. Wie soll ich verhindern, daß sie auch davon ergriffen werden – oder sie verursachen? Natürlich. Appelliere an ihren Stolz.* »Die Leute dort unten werden Angst haben, und *wir* haben Angst – aber lassen wir uns nicht von der Angst anderer Leute anstecken. Zeigen wir ihnen, daß wir eine Krise genauso gut meistern wie die Conners. Und nun müssen wir uns *beeilen*.«

Er sprang vom Podest und bahnte sich durch die Menge einen Weg zur Ausgangsrampe. Er schleuste die Leute durch und war angenehm überrascht, wie kooperativ alle waren. Er machte eine junge Frau aus, die besonnen die Schlange überblickte und faßte sie am Arm. Wie war noch ihr Name? Deborah. »Hören Sie, Deborah«, sagte er. »Wir müssen die Leute zusammenhalten, bis wir wieder im Hotel sind. Übernehmen Sie die Führung bis zum Hauptkorridor, und ich übernehme die Nachhut.«

Falls wir überhaupt so weit kommen. Lucian wußte sehr gut, welche Auswirkungen ein Beben auf das unterirdische System aus Tunnels und Kuppeln hatte, aus denen Central City bestand. Ein Einsturz, ein Druckabfall, eine blockierte Schleuse, und sie saßen in der Falle. Er verdrängte den Gedanken. *Bring sie einfach nach unten.*

Ihm wurde überhaupt nicht bewußt, daß er das eigentliche Problem auch verdrängt hatte:

Die Erde war verschwunden.

Dianne Steiger kämpfte gegen den Wahnsinn an. Der Himmel verwandelte sich in eine grelle weiße Fläche, die sie einhüllte, gleich wieder verschwand und den Himmel mitnahm. Das Schiff schlingerte, gierte und rollte. Die Instrumente spielten verrückt, doch schließlich gelang es ihr, die *Rat* wieder zu stabilisieren. Schockiert betrachtete sie die Außenaufnahmen. Die Sterne und der Halbmond waren von diesem Weiß verschluckt worden. Sterne, jedoch nicht die Sterne der Erde, standen wieder am Himmel. Nur die Erde und der häßliche Klotz von *NaPurHab*, der nun einige Kilometer entfernt stand, waren vom vertrauten Universum geblieben.

Bis die blauweiße Fläche wieder erschien und sie erneut einhüllte.

Aber nein, das Phänomen war nicht weiß, sondern ein *Nichts*. Für einen Sekundenbruchteil definierten ihre Augen es als pechschwarz, doch das stimmte auch nicht. Es war nicht einmal *schwarz*. Es sei denn, es handelte sich um ein blendendes Weiß oder um Nebel, der durch das Bullauge in ihr Bewußtsein kroch. Was auch immer es war, es waberte erneut um das Schiff. Diesmal blieb das Schiff jedoch stabil. Das Universum, oder zumindest *ein* Universum, entfaltete sich vor ihr. Aber es war wieder ein fremder Himmel. Kein Mond, kein High New York, keines der bekannten Sternenbilder.

Immerhin gab es Sterne und einen richtigen Himmel. Sie überprüfte die Bugkameras. Wo zuvor unter und hinter ihr die Tagseite der Erde gestanden hatte, war auf einmal Nacht, die nur durch das Sternenlicht aufgehellt wurde. War die *Sonne* verschwunden? Bevor sie noch Zeit fand, sich zu fragen, wie so etwas wohl möglich war, verschwand der neue Himmel und wich wieder dem schwarz-weißen Nichts. Eine unsichtbare Faust hämmerte gegen das Schiff, worauf die *Pack Rat* erneut durch den Raum taumelte. Als sie das Schiff wieder stabilisiert hatte, erschien ein neuer Himmel. Und wieder das Weiß. Das Schiff schlingerte. Dann wieder ein richtiger Himmel. Der alptraumhafte Kreislauf nahm kein Ende.

Wieder.

Und wieder.

Und immer wieder.

Der Himmel vor dem Schiff donnerte lautlos, explodierte, verschwand, zerstörte sich selbst und erneuerte sich ein ums andere Mal. Aus der hintersten Ecke des Bewußtseins kam Dianne die Erkenntnis, daß solche Gewalten eigentlich einen ohrenbetäubenden Lärm hätten verursachen müssen, bei dem das Schiff auseinandergebrochen wäre – doch das Vakuum des Raums leitete den Schall nicht, und deshalb spielte der Alptraum außerhalb des Schiffs sich in völliger Stille ab.

Nein, nicht in völliger Stille. Bei jedem Wechsel zwischen Nichts und Himmel, bei jedem Eintauchen in ein reales Universum glaubte sie, einen leisen Schlag zu hören und zu spüren, dessen Frequenz fast unterhalb der Hörschwelle lag.

Daraus zog sie den Schluß, daß sie wahnsinnig geworden war. Denn im Weltraum gab es keine Geräusche. Wirklich nicht? Doch befand sie sich überhaupt noch in einem normalen Universum?

Mit Verspätung erkannte sie, daß alle roten Lampen auf der Steuerkonsole der *Pack Rat* leuchteten und sämtliche Alarmsirenen quäkten. Dianne wagte es nicht, die Hände vom Steuerknüppel zu nehmen, um den Alarm abzustellen. Hinter dem Bullauge rotierte ein groteskes Kaleidoskop aus weißen, roten und blauweißen Sternen. Nein, das waren keine Sterne: *Sonnen*, die so nahe standen, daß sie sich als Scheiben von blendender Helligkeit abzeichneten. Bei der Überprüfung des Heckmonitors sah sie eine Falschfarbendarstellung der von fremden Sternen beschienenen Erde.

Mehr vom Instinkt als vom Verstand getrieben, ließ Dianne die Bugdüsen der *Pack Rat* feuern und zog sich vom irrsinnigen Treiben am Himmel ein paar hundert Meter in die imaginäre Sicherheit der Erde zurück.

Verdammt! Die Bugdüsen funktionierten nicht mehr richtig. Anscheinend waren sie gleich am Anfang beschädigt worden und drückten das Schiff nun nach Backbord. Dianne korrigierte den Kurs mit Stößen aus den Backborddüsen und zog sich in einer mehr oder weniger geraden Linie zurück. Die *Rat* gierte leicht, doch diesmal führte sie keine Korrektur durch. Sie würde den Brennstoff vielleicht noch brauchen. Die weiße Wand tauchte wieder auf. Aufgrund des Gierens der *Rat* erkannte sie diesmal die Kante des *Nichts*, eine messerscharfe Grenze zwischen dem Nichts und dem Normalraum. Plötzlich kam ihr in den Sinn, daß das Nichts womöglich stationär war und daß sie es war, die sich bewegte und in eine Reihe von Löchern fiel, die sich im Raum vor ihr öffneten.

Sie, *NaPurHab* und die *Erde* stürzten in Löcher. Gütiger Gott. Die *Erde*.

Ein neues Loch klaffte vor ihr. Neue Sterne manifestierten sich am Himmel. Und dann erschien wieder ein Loch. Auf der anderen Seite dieses Lochs schwebten die Erde, das Habitat und die *Pack Rat* unter einer unwirklichen roten Ebene, einer zuckenden scharlachroten Landschaft, die sich in alle Richtungen in die Unendlichkeit erstreckte. Regelmäßige Markierungen, die Breiten- und Längengraden glichen, überzogen die Oberfläche. Diane *spürte* die Wärme des Sterns im Gesicht. Aber das konnte kein Stern sein. Seine Oberfläche war nicht gasförmig und turbulent, sondern strukturiert und fest.

Doch dann tat sich ein weiteres Loch auf, und auch diese Vision verschwand wieder.

Dianne umklammerte den Steuerknüppel und betete, daß nur sie wahnsinnig geworden war. Wenn nur sie verrückt war, wäre das bei weitem nicht so schlimm, als wenn ein ganzes *Universum* dem Wahnsinn verfiel.

Der Himmel stürzte herab. Gerald MacDougal lag rücklings auf dem Boden, hatte die Hände in die Erde gegraben und sah, wie der Himmel ihm auf den Kopf fiel.

Der Himmel war strahlend blau, und das mitten in der Nacht. Und dabei handelte es sich gar nicht um richtiges Tageslicht, sondern um eine tiefblaue Färbung des Himmels, wie er sie noch nie gesehen hatte. Wie war das möglich?

Eine weiße/nicht-weiße Scheibe erschien am Himmel, verdeckte den blauen Himmel über Vancouver und breitete sich in alle Richtungen aus, bis die ganze Welt ausgeblendet war. Sie wurde immer größer und kam auf ihn zu – und dann ging sie *durch ihn hindurch,* und wo zuvor Tageslicht gewesen war, herrschte nun Dunkelheit. Sterne, die noch nie von der Erde aus zu sehen gewesen waren, leuchteten in einer Nacht, die nicht hätte sein dürfen und verströmten ein kaltes Licht, bei dem Gerald schier verzagen wollte.

Der Boden erzitterte erneut. *Erdbeben.* Gerald schloß die Augen und betete. Er hatte einige Zeit in Mexiko verbracht und dort ein gutes Gespür für Erdbeben entwickelt. Es war die erste Erschütterung und nicht die merkwürdige Veränderung der Lichtverhältnisse gewesen, die ihn geweckt und nach draußen getrieben hatte.

Erneut stürzte der Himmel herab, und die Wolke aus Nichts blähte sich auf. Das Loch im Himmel verschluckte Gerald, verschluckte das Land, auf dem er stand und hinterließ einen anderen Himmel. Von einem Horizont zum andern stand der Himmel in hellroten Flammen, im Norden am intensivsten. Die üppige Vegetation von Vancouver vermittelte den Eindruck, als ob sie mit Blut übergossen worden wäre.

In diesem Moment erkannte Gerald, daß der Tag des Jüngsten Gerichts angebrochen war. Gott hatte in Seiner Unendlichen Weisheit das seit Jahrtausenden angekündigte Ende der Welt beschlossen. Die Trompeten von Jericho ertönten. Erneut schloß er die Augen und betete mit Inbrunst. Denn wer konnte sich der Erlösung sicher sein? Er dachte an seine Frau Marcia, die sich weit entfernt auf dieser Station im Venus-Orbit befand, und spürte einen Anflug von Zuversicht. Im Himmel würden lange getrennte Familien wieder vereint. Er betete auch für sie, was ihm einen gewissen Trost spendete. Sie war zwar nicht gläubig, aber eine gute Frau, eine liebe und fürsorgliche Frau, die der Stimme ihres Herzens folgte und das ihr von Gott gegebene Talent nutzte. Wie sollte Gott ihr da die Aufnahme ins Paradies verweigern?

Falls überhaupt jemand den Tag des Jüngsten Gerichts überlebte. Unter dem Ansturm der Furcht schwankte er im Glauben.

Mit schierer Willenskraft zwang er sich dazu, die Augen zu öffnen. Er betete noch immer und pries den Herrn aus vollem Herzen. Er war entschlossen, das Ende aller Dinge sehenden Auges mitzuerleben. Nur wenigen wäre ein solcher Anblick vergönnt. Er würde ein Zeuge des Weltuntergangs sein. Er wollte Gott nicht verärgern, indem er die Augen vor diesem Anblick verschloß.

Dennoch hätte er gern auf die Ehre verzichtet, Zeuge solcher Ereignisse zu sein.

Wolf Bernhardt, Astronom, saß im dunklen Korridor, ohne einen Gedanken an den Himmel zu verschwenden. Dann erhob er sich und ging vorsichtig durch die Dunkelheit. Die Lichter waren schon während des ersten Bebens erloschen. Er wußte bereits, daß ein Zusammenhang zwischen dem Beben und der Gravitationswelle bestehen mußte. Er verfügte zwar über keinerlei Beweise – aber er *wußte* es. Irgendwie hatte der Gravitationsstrahl die San-Andreas-Spalte angeregt – und die San-Andreas-Spalte verlief praktisch mitten durch den Parkplatz des Teilchenbeschleunigers. Kein Wunder, daß das Beben so heftig gewesen war.

Doch wie war es möglich, daß die mikroskopisch geringe Energie einer Gravitationswelle eine planetarische Bruchstelle aktivierte? Das ergab keinen Sinn. Zumal die Seismologen auch kein Beben vorhergesagt hatten. Die Kalifornier am Teilchenbeschleuniger pflegten sich gegenüber Gastwissenschaftlern damit zu brüsten, daß die Erdbebenvorhersagen in den letzten fünfzig Jahren immer richtig gewesen waren.

Bis heute.

Doch war ein Gravitationsstrahl überhaupt imstande, so etwas auszulösen? Es *mußte* mehr dahinterstecken. Die Schwerkraftforscher auf Pluto hatten etwas viel Größeres entdeckt, als sie ahnten.

Die Lichter gingen wieder an, und Wolf setzte sich auf seinen Stuhl. Die Kamera richtete sich auf ihn. »Hallo, da bin ich wieder«, begrüßte er die Pluto-Station. »Ihr habt uns hier unten vielleicht eine Bescherung angerichtet«, sagte er. »In Kalifornien hat es ein Erdbeben gegeben, obwohl wir nicht wissen, wodurch es verursacht wurde.«

Die Notstromanlage erhöhte die Leistung. Beim Blick auf die Statusanzeige des Kommunikationsanschlusses sah er, daß die Verbindung zu Pluto unterbrochen war. *Verdammt!* Alle Verbindungen waren unterbrochen, und die Reserveleitungen ebenfalls. »Pluto, der Empfang ist unterbrochen. Ich werde aber weitersenden, in der Hoffnung, daß ihr mich hört.« Er warf einen Blick auf ein paar andere Instrumente, welche die Daten anzeigten, die von den Gravitationswellen-Sensoren übermittelt wurden.

Und dann *starrte* er regelrecht auf die Anzeigen. Unmöglich. Völlig unmöglich. Der *Ring von Charon* sollte eigentlich ein gerichtetes, stetig pulsierendes Signal senden. Die Meßinstrumente zeigten jedoch einen Schwall ungerichteter Gravitationssignale aller Leistungsklassen an. Plötzlich fielen die Anzeigen alle auf einmal aus. Eine Warnung erschien auf dem Bildschirm:

SYSTEMÜBERLASTUNG,
SICHERHEITSSCHALTUNG UNTERBRICHT SYSTEM.

Er spürte eine leichte Erschütterung unter den Füßen, die das ganze Gebäude erzittern ließ. Ein Nachbeben? Diesen Eindruck hatte er nicht. Dazu war es zu abrupt gewesen. Es schien vielmehr aus der Richtung des Schwerkraftsensoren-Labors zu kommen, das in einem mehrere hundert Meter entfernten Gebäude untergebracht war. Eine neue Warnung erschien:

SYSTEMAUSFALL.
TOTALAUSFALL ALLER GRAVITATIONSSENSOREN.

Gott im Himmel, schlimmer konnte es wirklich nicht kommen. »Pluto, wir erhalten ziemlich bizarre Daten. Ich glaube, das Beben hat die Ausrüstung beschädigt. Bleibt dran. Der Trägerstrahl bleibt aktiviert, während ich die Lage kläre.«

Wolf stand auf und schüttelte den Kopf. Soviel zu den Träumen von Ruhm und Ehre. Die Pflicht erforderte eine Überprüfung des Systems. Doch das Experiment war irgendwie fehlgeschlagen. Damit war kein Blumentopf zu gewinnen.

Er machte sich auf den Weg zum Gravitations-Labor, während der Sender beharrlich versuchte, einen Trägerstrahl zu einem Planeten zu schicken, der nicht mehr vorhanden war.

An der Stelle, wo das Gravitations-Labor sich hätte befinden sollen, stieß Wolf auf einen Krater von beachtlicher Größe, in dem noch Flammen züngelten.

Lucian stieß einen Seufzer der Erleichterung aus, als die Luftschleuse aufschwang. Er hatte sich nämlich schon gefragt, ob es wirklich eine so gute Idee war, während eines Bebens nach unten zu gehen – doch nun sah er sich bestätigt. Das gelbe Blinklicht an der Schleusen-Schalttafel signalisierte, daß irgendwo im Bereich der Beobachtungskuppel ein Leck aufgetreten war; allerdings behielt er das für sich. Wären sie oben geblieben, wäre ihnen über kurz oder lang die Luft ausgegangen. Und wenn das Beben den Schließmechanismus des Schleusenschotts blockiert hätte, wären sie bereits alle tot. Die Tür wurde in geöffnetem Zustand arretiert.

Er bemerkte, daß einige seiner Schützlinge zurückblieben; sie sträubten sich, die enge Luftschleuse zu betreten. Bei einem Erdbeben war Klaustrophobie eine ganz normale Reaktion. »Kommt schon, Leute«, sagte er, wobei er versuchte, die Attitüde eines gelangweilten Reiseführers anzunehmen, der es leid war, seine Schäfchen zusammenzuhalten. Wenn er sie wie Schafe behandelte, würden sie vielleicht auch wie Schafe *reagieren*. »Kommt rein! Je früher wir die Schleuse betreten, desto früher kommen wir auf der anderen Seite wieder raus. Gehen wir in die Schleuse.«

Sie blieben noch immer zurück. Schließlich straffte Deborah, die resolute junge Frau, sich und marschierte zielstrebig in die Schleuse. Das genügte, damit der größte Teil der anderen sich auch in Bewegung setzte.

Lucian pferchte sie alle in die Schleusenkammer. Er hatte achtundzwanzig Leute zu betreuen. Normalerweise hätte er die Führung in zwei Etappen absolviert, doch bei einem weiteren Beben würde die Schleuse vielleicht blockieren. Also würde er sie alle auf einmal durchbringen, solange es noch möglich war. Nachdem der letzte Tourist die Kammer betreten hatte, zwängte Lucian sich auch noch hinein und bahnte sich einen Weg zur Schalttafel. Er brach das Siegel über dem Notschalter und hieb auf den Knopf. Eine Sirene ertönte, und die Beleuchtung wurde durch eine rote Notbeleuchtung ersetzt. Das zur Kuppel führende Schott schwang mit doppelter Geschwindigkeit zu und verriegelte sich selbsttätig. Die Touristen wichen zurück.

Die Hydraulik gab knarrende Geräusche von sich, die Lucians geschultem Ohr verdächtig vorkamen. Hatte das Beben die Mechanik der Schleuse in Mitleidenschaft gezogen? Was, wenn sie nun blockierte? Wie groß war der Luftvorrat? Durch die vielen Leute, die in diesem engen Raum zusammengedrängt waren, erhöhte die Temperatur sich bereits. Dann vernahm er das erlösende Zischen der Pumpen, die den Druckausgleich mit der Stadt herstellten.

Das Schott zur Stadt öffnete sich. Mit einem kollektiven Seufzer der Erleichterung strömte die Schar in den Korridor.

Central City war völlig unter der Oberfläche angelegt und bestand aus einer Anzahl linsenförmiger Kavernen mit einem Durchmesser von jeweils mehreren Kilometern, die als Sub-Blasen bezeichnet wurden. Die Touristen-Kuppel befand sich an der Oberfläche, fünfzig Meter über einer Linse, und wurde über eine lange Rampe, die von der Oberfläche zur Luftschleuse verlief, mit dieser Linse verbunden. Bei der Konzeption der der Stadt zugewandten Seite des Schleusenkomplexes hatte man die Belange der Touristen bereits berücksichtigt. Eine Wand bestand aus schrägen Panoramascheiben, durch die man eine schöne Aussicht auf die Stadt und die SubBlase ›Amundsen‹ hatte.

Nur daß die Scheiben nun als Scherbenhaufen auf dem Boden lagen und nur noch gezackte Splitter aus den Rahmen ragten. Ein rußiger Wind wehte durch die Kammer.

Die unter ihnen liegende Stadt hatte Ähnlichkeit mit einem Kriegsgebiet. Rauch von mindestens drei Bränden stieg auf und wurde von einem stürmischen

Wind an der himmelblauen Decke der Blase verweht. *Wind.*

Vor nichts hatte ein Conner mehr Angst als vor einem Leck. Lucian verdrängte die Befürchtungen. Entweder bekamen die Reparaturtrupps es in den Griff oder nicht. Lucian wandte den Blick von der Decke ab und betrachtete die Stadt. Die üppige Vegetation, auf die die Stadt so stolz war, existierte zwar noch, doch ganze Abschnitte waren umgepflügt worden. Erdrutsche hatten die Bäume mitgerissen.

Menschenmassen wuselten umher, wobei Lucian nicht zu sagen vermochte, ob sie nun in Panik durcheinanderliefen oder versuchten, die Brände zu bekämpfen. Die Beleuchtung der Stadt war ungewöhnlich düster. Stellenweise war die Beleuchtung ausgefallen und die Notbeleuchtung aktiviert worden. Viele der großen, eleganten Türme, die das Wahrzeichen der Stadt darstellten, waren entweder umgestürzt oder schwer beschädigt worden. Nach dem, was Lucian erkannte, waren die teuren, weil beliebten, Wohnbezirke an den Kuppelhängen besonders stark in Mitleidenschaft gezogen worden.

Perfekt, sagte Lucian sich und drehte sich zu seinen Schützlingen um. *Genau der richtige Anblick für diese Leute.* »Kommt schon, Leute. Nach links und dann die Rampe hinunter in die Stadt. Gehen wir zurück zum Hotel.« *›Gib ihnen keine Zeit zum Nachdenken‹*, flüsterte die Stimme seines Vaters. *›Nicht wenn die Gefahr besteht, daß sie dadurch in Panik geraten. Bring sie nach Hause.‹* Er zählte die Köpfe. Es waren noch immer achtundzwanzig. Gut. Wenigstens mußte er nicht noch einmal durch die Schleuse gehen, um Nachzügler aufzusammeln.

Lucian führte die Gruppe die Rampe hinunter, die sich spiralförmig von der Aussichtskammer nach unten zog. Wie die Kammer bestand auch die Trennwand zur Stadt vollständig aus Glas. Das war von doppeltem Vorteil, denn zum einen erfreute es die Touristen und zum anderen war Glas auf dem silikatreichen Mond der billigste Werkstoff. Wie dem auch sei, Lucian führte nun achtundzwanzig Leute, von denen die meisten in der niedrigen Schwerkraft kaum richtig gehen konnten, eine mit rasiermesserscharfen Glassplittern übersäte Piste hinunter, wobei er versuchte, einem heulenden Wind auszuweichen, der dort blies, wo ursprünglich die Glaswand verlaufen war. Irgendwie brachte er sie alle nach unten, ohne daß jemand sich verletzt hätte.

Der Weg zum Aldrin Inn war dann nur noch ein Katzensprung. Vom Bus, der sie eigentlich abholen sollte, war indes nichts zu sehen. Die Erklärung lag auf der Hand. Die Peripherie der Stadt war mit Felsbrocken und Schutt von den Gebäuden übersät, die der Erdrutsch mitgerissen hatte. Die Straßen waren mit Trümmern bedeckt. Er forderte die Leute auf, das Tempo zu erhöhen.

Selbst auf dieser kurzen Distanz sah Lucian genug, um sich ernsthaft Sorgen zu machen. Zumindest die SubBlase Amundsen war schwer angeschlagen. Es gab kein Gebäude, das unbeschädigt war. Alle paar hundert Meter war die Straße blockiert. Überall waren verlassene Fahrzeuge, Trümmer und umgestürzte Bäume verstreut.

Schließlich erreichten sie das Aldrin Inn. Das große Gebäude wirkte unbeschädigt. Eine kleine, vor dem Eingang versammelte Menschenmenge war das einzige Indiz für die veränderte Lage. Allem Anschein nach war das Hotel evakuiert worden, und die Gäste durften nun zurückkehren.

Lucian, der mitten auf der mit Schutt übersäten Straße stand und das Treiben vor dem Hotel beobachtete, spürte, wie etwas in seine Hand geschoben wurde. Er sah nach und stellte fest, daß es sich um einen britischen Zwanzig-Pfund-Schein handelte. Dann erkannte er Mrs. Chester neben sich.

»Danke vielmals, junger Mann«, sagte sie. »Ich bin so froh, daß wir wieder in Sicherheit sind.«

Lucian schaute sie ausdruckslos an. Ein Trinkgeld. Er hatte der Frau das Leben gerettet, und sie honorierte das mit einem Trinkgeld. Ohne ihn würden sie noch immer kopflos in einer undichten Kuppel herumirren.

Immerhin wußte er nun, daß er seine Pflicht und Schuldigkeit getan hatte. Ein Trinkgeld gab es nämlich erst dann, wenn die Arbeit erledigt war. Er ließ den Zwanzig-Pfund-Schein fallen und wandte sich wortlos ab.

Und er hatte Touristen doch wirklich für Menschen gehalten.

Zum Teufel mit dem Job als Reiseführer, sagte er sich. Zum Glück hatte er noch die andere Stelle. Er fiel in einen Trott. Er mußte zur Flugsicherung.

Vom Aldrin Inn zum Gebäude der Flugsicherung wäre es normalerweise ein Spaziergang von fünf Minuten gewesen. Doch bei dem Chaos, das durch das Beben verursacht worden war, brauchte Lucian selbst im Laufschritt fast eine halbe Stunde, bis er sich über die blockierten Kreuzungen, abgeschalteten Laufbänder und Luftschleusen gekämpft hatte.

Großer Gott, die Erde. Lucian stoppte abrupt. Sein Blick war leer. *Die Erde.* Angesichts der durch das Beben hervorgerufenen Panik hatte er den Planeten ganz vergessen. *Hier unten wußte man es noch nicht. Selbst wenn jemand zufällig auf einen Monitor sah, würde er es nicht glauben. Niemand weiß es. Niemand in der Flugsicherung wird begreifen, was geschehen ist.*

Die Flugsicherung war ein Tollhaus. Soviel erkannte er schon beim ersten Blick durch die Rauchglasfenster, die den eigentlichen Leitstand vom Verwaltungsbereich abtrennten. Ungewöhnlich viele Menschen standen gestikulierend herum und sprachen hinter schalldichten Scheiben in Mikrofone. Die meisten Kontrollampen zeigten Rot.

Lucian identifizierte sich am Eingang des Leitstands. Als er vom automatischen Überwachungssystem die Freigabe bekam, hatte Vespasian ihn bereits ausgemacht und kam winkend auf ihn zu. Lucian ignorierte ihn, holte einen Kopfhörer aus dem Regal und suchte eine freie Konsole. Dort, in der Ecke. Zunächst mußte er einige Dinge überprüfen.

Doch Vespasian fing ihn ab, bevor er den Raum noch zur Hälfte durchquert hatte. »Gottverdammte Hölle, Lucian«, kam er direkt zum Thema. »Wir sitzen in der Scheiße. Alle Navigationssysteme sind ausgefallen. Einschließlich der beiden Redundanzsysteme. *Alle*. Jedes verdammte Schiff dort draußen hat die Orientierung verloren – sofern es nicht vom Radar verschwunden ist. Unsere Kurskorrekturen sind ausgefallen. Wir wissen nicht, was ...«

»Das System funktioniert, Vespy«, fiel Lucian ihm ins Wort. »Es versucht nur, eine Gravitationsquelle einzurechnen, die nicht mehr existiert. Die Erde ist verschwunden.«

Tyrone Vespasian war ein untersetzter Mann mitteleuropäischer Abstammung und pflegte eine klare Sprache. »Wovon, zum Teufel, redest du überhaupt?« fragte er barsch. »Das ist doch lächerlich!«

»Ich will damit sagen, daß der Planet nicht mehr da ist!« Lucian ging zur Konsole, dicht gefolgt von Vespasian. Er ignorierte den älteren Mann, setzte sich an die Konsole und aktivierte sie. Er starrte geradeaus und konzentrierte sich auf die vor ihm liegende Aufgabe, wobei er alle anderen Gedanken verbannte. Er mußte unbedingt eine Verbindung herstellen.

»Die Erde kann nicht einfach verschwinden«, wandte Vespasian ein. »Ich meine, manchmal wünschte ich mir schon, die verdammten Erdschweine *würden* verschwinden, aber ...«

Lucian sprang vom Stuhl auf, packte seinen Chef an den Schultern und schaute ihm halb wahnsinnig vor Angst in die Augen. »Die Erde ist verschwunden, verdammt. *Ich habe es mit eigenen Augen gesehen.* Ich war an der Oberfläche, in der Beobachtungskuppel und habe *gesehen*, wie es passierte. Dadurch ist auch das Beben ausgelöst worden. Durch den Wegfall der Gezeitenkräfte verzog sich die Oberfläche. Es wird wahrscheinlich noch starke Nachbeben geben.«

Vespasian sah ihn an und schluckte. Schweißperlen standen auf seinem Gesicht, und nun sah Lucian auch in seinen Augen den Ausdruck von Angst. »Planeten verschwinden nicht so ohne weiteres, Lucian«, sagte er in bemüht ruhigem Ton.

»Dieser ist aber verschwunden!« schrie Lucian. Er verstärkte den Griff um die Schultern des älteren Mannes, und dann ließ er ihn plötzlich los und sackte auf dem Stuhl zusammen. Er schloß die Augen und zwang sich zur Ruhe. *Ein Planet. Ja, ein Planet. Und alles, was zu ihm gehörte. Acht Milliarden Menschen. Die Ozeane, die Eiskappen und Wälder und Tiere, die Vulkane und Wüsten und Bäume. Der Kern, der Meeresboden, die Prärien und Berge. Alles fort.*

Nein. Nein. Er verdrängte diese Gedanken und kämpfte die Panik nieder. *Denk nicht an die Erde. Überleg dir lieber, wie wir die Situation in den Griff bekommen.*

Er öffnete die Augen und aktivierte die Außenkamera, die ständig auf die Erde gerichtet war. »Schau«, sagte er, wobei er nicht annahm, daß man ihm glaubte. »Das ist die Erdbeobachtungs-Kamera. Nichts zu sehen außer Sternen.«

»Dann hat die Kamera durch das Beben eben die Position verändert«, sagte Vespasian in beruhigendem Tonfall. »Dreyfuss, hör zu, ich brauche jetzt jeden Mann, den ich bekommen kann. Ich weiß zwar, daß du gerade ein Beben erlebt hast, aber ich habe keine Zeit für solche ...«

»Sieh dir doch die Sterne an!« rief Lucian ungehalten. »Dort sind die Zwillinge. Die Erde müßte jetzt *in* diesem Sternbild stehen. Sieh in den Ephemeriden nach, wenn du es nicht mehr auswendig weißt.« Vespasian runzelte die Stirn und warf einen zweiten Blick auf die Außenaufnahme. Lucian ignorierte ihn und ließ die Kameraaufzeichnung laufen. »Da haben wir's. Das ist ein Schnelldurchlauf der Aufnahmen, die diese Kamera während der letzten Stunde gemacht hat.«

Die Erde beziehungsweise die Aufnahme der Erde tauchte wieder auf dem Bildschirm auf. Wolken jagten über die Oberfläche, und der Terminator rückte im Schnellgang über den Globus vor – und dann verschwand der Planet in einem weißblauen Blitz.

»Heilige Mutter Gottes«, flüsterte Vespasian. »Das ist nicht wahr. Die Kamera muß einen Defekt haben.«

»Verdammt, Tyrone, ich habe es mit eigenen Augen *gesehen*, und achtundzwanzig Leute mit mir.«

»Das gibt's nicht. Das gibt's nicht. Das muß eine optische Täuschung sein.«

»Beweise es. Ich würde mich freuen, wenn du mir das Gegenteil beweist«, sagte Lucian.

»Das werde ich«, versprach Vespasian. »Verbinde diese Konsole mit dem Hauptradar.« Er aktivierte sein Funkgerät. »Radar, hier spricht Vespasian. Janie, stellen Sie Ihre Arbeit für einen Augenblick ein und feuern Sie einen Hochenergie-Puls in Richtung Erde. Ja, *sofort*. Es ist mir *scheißegal*, womit Sie sonst noch beschäftigt sind. Tun Sie es einfach.« Lucian hatte nun Zugriff zu den akustischen und optischen Daten der Radar-Operatorin.

»... gut, um Himmels willen, hier haben Sie Ihren verdammten Puls, Vespasian«, sagte die Operatorin verärgert. Die Darstellung von Dutzenden im Orbit befindlicher Schiffe, die bisher auf dem Bildschirm zu sehen war, wich folgender Nachricht aus der Radarzentrale: MESSPULS ABGESCHICKT. Meßdaten wurden indes nicht übermittelt.

Und daran änderte sich auch nichts. Nach zehn Sekunden erschien eine neue Nachricht auf dem Monitor. KEIN RÜCKLAUF. »Mein Gott, liegt hier ein Defekt vor?« fragte die Radar-Operatorin. »Das Echo hätte nach zwei komma sechs Sekunden eintreffen müssen«, sagte die Frau mit einem ängstlichen Unterton. »Aber wir haben kein Signal empfangen.«

»Wir wissen es nicht, Janie«, sagte Vespasian mit rauher Stimme. »Lucian sagt, die Erde würde nicht mehr existieren. Tun Sie mir einen Gefallen: überprüfen Sie Ihre Instrumente und beweisen Sie, daß er verrückt ist.«

Er beendete die Verbindung und aktivierte einen anderen Kanal. »Hier ist Vespasian. Welchen Status haben die Verbindungen zur Erde?«

»Tot, jede einzelne von ihnen«, drang eine andere körperlose Stimme aus dem Lautsprecher. »Muß am Beben liegen. Wir lassen bereits Diagnoseprogramme laufen.«

Vespasian schob Lucian vom Stuhl und schaltete eine optische Verbindung. Die Kamera übertrug die Oberflächendarstellung auf das eine Bildschirmfenster, während Vespasian im anderen Fenster die Jahrbücher durchging. Er fragte beim Computer die aktuelle Himmelsposition der Erde ab und gab die Daten an die Kamera weiter. Die Kamera wurde nachgeführt, wobei die Soll- und Ist-Werte im unteren Bildschirmrand eingeblendet wurden. Als die beiden Werte miteinander übereinstimmten, stoppte die Kamera – und zeigte das gleiche leere Sternenfeld, das Lucian vor drei Minuten von einer anderen Außenkamera überspielt worden war.

Lucian beugte sich zu Vespasian hinüber und sagte mit harter Stimme: »Ich glaube es selbst nicht. Ich weiß nur, daß ich es gesehen habe. Weshalb und wie es passiert ist oder wer oder was es getan hat, weiß ich auch nicht. *Was* ich weiß, ist, daß ohne die Verankerung in der irdischen Schwerkraft jeder Orbit und jede Flugbahn in einem Umkreis von einer Million Kilometern stark verzerrt wird. Wir müssen den Orbit *jedes* Schiffs, Satelliten und Habitats neu berechnen, bevor es zu einer Massenkarambolage kommt. Gehen Sie wieder an Ihre Konsole und überzeugen Sie sich selbst. Ich werde derweil daran arbeiten, was wir tun, wenn Sie überzeugt *sind*.«

Vespasian schien beim Aufstehen explodieren zu wollen – aber dann hielt er inne. Er wußte, daß er ein Tyrann war und seine Leute manchmal hart anfaßte – doch hielt er sich auch zugute, daß er in der Lage war, die Wahrheit zu erkennen, wenn er sie hörte und daß er selbst einen Tritt in den Hintern vertrug, wenn es erforderlich war.

Die Erde war verschwunden. Vespasian wäre voll damit ausgelastet, den Leuten diesen Sachverhalt beizubringen. Zumal es ihm schon schwer genug fiel, ihn selbst zur Kenntnis zu nehmen.

Kapitel Acht

Tränen für die Erde

Im Zeitlupentempo verschwand die Erde wieder. Die blauweiße Wolke erschien, blähte sich auf und verschluckte die Erde. Immer wieder ließ Hiram die Aufzeichnungen ablaufen. Es war bei dieser Auflösung und bei diesem Winkel schwer zu sagen, doch es hatte nicht den Anschein, daß diese Wolke die Erde *einhüllte*, sondern es schien sich um einen scheibenförmigen Körper zu handeln, der *hinter* dem Planeten entstand, zwischen Erde und Mond. Hiram verfolgte auf dem Monitor, wie die Wolke sich in Richtung der Kamera bewegte, sich vom Mond entfernte, über die Erde hinwegzog und schließlich mitsamt der Erde verschwand.

Was, zum Teufel, *war* diese Wolke?

Hiram saß allein im Hauptleitstand am Computer und genoß die Ruhe und den Frieden. Er wußte nicht, was mit dem Rest der Besatzung los war, und es interessierte ihn auch nicht. Für einen begabten Wissenschaftler wie Hiram McGillicutty gab es viele Dinge, die er nicht zur Kenntnis nahm oder verstand. Andere Menschen zum Beispiel.

Das lag gewissermaßen in der Familie. Er war in eine der alten Pionierfamilien auf dem Mars hineingeboren worden, und sein Urgroßvater war damals einer der ersten – und eigensinnigsten – Führer der Siedlungswelt gewesen. Hiram hatte zwar weder das politische Talent seines Vorfahren noch dessen rudimentäre Menschenkenntnis geerbt, aber die Sturheit hatte der Alte ihm gewiß vermacht. Außerdem hatte er die volle Dosis eines anderen unerfreulichen Familiencharakteristikums abbekommen – die Unfähigkeit, eine Sache vom Standpunkt einer anderen Person aus zu betrachten.

Die Besatzung der Station war schockiert und versuchte, sich irgendwie mit dem Verlust der Erde zu arrangieren. Doch Hiram stammte vom Mars. Er war nie auf der Erde gewesen.

Wo der Rest der Menschheit vor Schreck wie gelähmt war, war Hiram McGillicutty bloß fasziniert. Mit keinem der bekannten Mechanismen konnte man einen Planeten verschwinden lassen. Offensichtlich war hier ein neues Prinzip am Werk. Und er würde derjenige sein, der es enträtselte. Dazu war er fest entschlossen.

Der einzige Schluß, den er aus der in der Station herrschenden Stille zog, war, daß er einen Wettbewerbsvorteil besaß. Es galt, das größte wissenschaftliche Rätsel aller Zeiten zu lösen, und er war der Masse eine Nasenlänge voraus. Schließlich war er der einzige in der Station, der arbeitete.

Er saß also im Hauptleitstand und freute sich, daß jedes Instrument und jedes Aufzeichnungsgerät zumindest für den Augenblick ihm allein gehörte. Erneut ließ er die Aufzeichnungen im rechten Bildschirmfenster ablaufen und bearbeitete im linken einen neuen Datensatz.

Er sah, wie das Infrarot-Bild mit dem normaloptischen Bild der Erde abgeglichen wurde. Im Normalspektrum erschien die Wolke wie aus dem Nichts, doch im Infrarotbereich war überhaupt nichts zu sehen. Dort existierte die Wolke nicht. Es wurden keine IR-Aktivitäten registriert – außer dem Infrarotabdruck der verschwundenen Erde natürlich.

Vielleicht lag es aber auch nur an den mangelhaften Daten, daß er die IR-Abbildung von hier aus nicht sah. Er rief die Ultraviolett-Darstellung im Nahbereich auf und führte erneut einen Abgleich mit der normaloptischen Darstellung durch. Zu hell. Das Ereignis, worum auch immer es sich handelte, war ein UV-Strahler. Doch VISOR verfügte über sehr empfindliche UV-Detektoren, die viel besser waren als die IR-Geräte. Vielleicht handelte es sich bei den Signalen, die er empfing, um Echos seiner eigenen Instrumente. Er würde das neutralisieren müssen. Aber nicht jetzt. Später. Im Moment mußte er sich mit den Rohdaten befassen.

Er betrachtete die normaloptische Darstellung. VISOR war natürlich nicht als Observatorium konzipiert, und die Teleskope mit der großen Brennweite, mit denen die letzten Bilder von der Erde aufgefangen worden waren, hatten keine sehr hohe Auflösung. Das war zwar ärgerlich, tat der Sache aber keinen Abbruch. Auf dem Mond mußten auch irgendwelche Kameras gelaufen sein. Früher oder später würde er einen Blick auf diese Bilder werfen.

Dann rief er die Fernbereichs-UV auf und erhielt ein helles, verschwommenes Bild, auf dem nichts zu erkennen war. Verdammt, er brauchte bessere Bilder von der Erde! Fürs erste würde er sich jedoch damit zufriedengeben müssen, von VISOR aus eine leicht verwaschene, eine Armlänge entfernte Erde von der Größe eines Golfballs zu betrachten. Immer wieder sah er sich die Aufzeichnungen an und führte einen Abgleich der gespeicherten Daten durch. Er hatte den gesamten Datensatz bereits zum drittenmal abgearbeitet.

Rechts wanderten die Amplituden und UV-Falschfarbendarstellungen, Daten zum Normalspektrum, Infrarotbereich, Magnetismus und Radiowellen über den Bildschirm – zuerst sequentiell, dann in diversen Kombinationen –, während im linken Bildschirmfenster die normaloptisch abgebildete Erde im Wechsel auftauchte und wieder verschwand. Es war eine primitive Vorgehensweise, und ohne Zweifel wäre der Rechner imstande gewesen, in wenigen Millisekunden alle Verknüpfungen zwischen den Datensätzen herzustellen. Später würde er dem Computer auch eine entsprechende Anweisung erteilen. Doch Schnelligkeit war hier nicht das einzige Kriterium. Hiram wollte gleichsam in die Daten *eintauchen* und alles bis ins kleinste Detail verstehen. Und wenn er die Daten dann durch den Computer laufen ließ, würde er vielleicht verstehen, was die Ergebnisse besagten.

Sogar ohne Computer hatte er bereits ein paar faszinierende Dinge in Erfahrung gebracht, die auf den ersten Blick nicht ersichtlich waren.

Zum einen war die Erde nicht in dem Augenblick verschwunden, in dem sie vom Gravitationsstrahl getroffen wurde, sondern 2,6 Sekunden später – was interessanterweise der Zeit entsprach, die das Licht benötigte, um von der Erde zum Mond und zurück zu reisen.

Zum zweiten erfolgte simultan mit dem Verschwinden der Erde der erste Stoß einer Reihe starker Gravitationswellen-Pulse, die viel stärker waren als der Pluto-Strahl und noch lange nach dem Verschwinden der Erde anhielten. Und wirklich registrierten die Geräte von VISOR noch immer Gravitationswellen in der Nähe des ehemaligen Erdorbits. Diese Wellen mußten einen Ursprung haben – vermutlich einen Generator von der Größe des *Rings von Charon.*

Zum dritten hatte dieses Quieken auf dem Einundzwanzig-Zentimeter-Band gleichzeitig mit dem Verschwinden der Erde eingesetzt und hielt auch lange danach noch an. Nach dem, was die Ortungsgeräte meldeten, kam dieses Signal vom Mond, obwohl ihm kein lunarer Sender bekannt war, der auf dieser Frequenz arbeitete.

All das deutete darauf hin, daß der Mond irgend etwas mit den Ereignissen zu tun hatte.

Zum vierten war er imstande, eine ziemlich offensichtliche Vorhersage zu machen. Die Orbits aller Planeten im Sonnensystem würden sich minimal verändern. Nichts Dramatisches. Die Orbits von Venus und

Mars würden sich leicht verändern, mit der Folge, daß die Navigation etwas erschwert wurde. Das war aber auch schon alles.

Was vielleicht mehr war, als man auf dem Mond bisher erkannt hatte, sagte McGillicutty sich stolz.

McGillicutty stieß ein leises keckerndes Lachen aus. Schön, der Masse voraus zu sein. Doch in der Wissenschaft genügte es nicht, bloß einen Vorsprung zu haben, sondern man mußte es der Welt auch *beweisen*.

Er befahl dem Computer, die Ergebnisse zusammenzufassen und den Text und die Bilder in alle öffentlichen Kanäle auf dem Mond, Pluto, Mars und den größeren Satelliten einzuspeisen.

Das würde ihnen zu denken geben. Er las sich das vom Computer erstellte Resümee durch, nahm ein paar Änderungen vor, korrigierte einige Graphiken und wies den Rechner schließlich an, das Dokument abzuschicken. Grinsend widmete er sich wieder den Aufzeichnungen. Er fühlte sich wie im siebten Himmel.

Die Flugsicherung war über ein eigenes System aus Tunneln und Schleusen mit der Mondoberfläche verbunden. Sie hatten viele Instrumente auf der Oberfläche, und deshalb war es sinnvoll, direkten Zugang zu ihnen zu haben und nicht erst die städtischen Schleusen durchlaufen zu müssen.

Doch Tyrone Vespasian hatte nicht vor, seine Instrumente zu überprüfen, höchstens im übertragenen Sinn. Schließlich handelte es sich bei allen wissenschaftlichen Instrumenten bloß um Verlängerungen der menschlichen Sinne. Die Instrumente, die Vespasian überprüfen mußte, waren seine Augen. Er mußte es mit eigenen Augen sehen.

Es bestand immer die vage Möglichkeit, die schwache Hoffnung, daß eine Kamera, eine Linse oder ein elektronisches Aufzeichnungsgerät einen Defekt hatten. Er mußte diese Möglichkeit ausschließen. Er mußte sich vergewissern, daß nichts außer dem bloßen Auge zwischen ihm und dem Objekt stand. Er mußte sich an die Oberfläche begeben, den Himmel betrachten und sich selbst davon überzeugen.

Er wußte, daß die Erde verschwunden war. Doch hier ging es nicht um Wissen. Er mußte es auch glauben.

Das äußere Schleusenschott öffnete sich, und der in einem unförmigen Schutzanzug steckende Vespasian trat unbeholfen auf die Mondoberfläche.

Betrachte den Himmel! sagte er sich, doch irgendwie blieb der Blick auf den Boden geheftet. Seltsame Gedanken gingen ihm durch den Kopf. Welche Folgen würde das Verschwinden der Erde für den Mond haben? Vespasian wurde sich bewußt, daß er den Horizont absuchte und nicht den Zenit. Es gelang ihm nicht, den Blick gen Himmel zu richten. Aus Lucians Computermodellen ging hervor, daß der Mond sich nach anfänglichen Abweichungen wieder im früheren Baryzentrum, dem alten Gravitationszentrum des Erde-Mond-Systems stabilisieren würde.

Betrachte den Himmel! Wie würde die Rotation des Mondes beeinflußt werden? Würde sie den alten Monatstakt beibehalten? Noch immer gelang es ihm nicht, den Blick nach oben zum Sternbild der Zwillinge zu richten, wo die Erde hätte stehen sollen. Würde die Umdrehung des Mondes sich beschleunigen? Verlangsamen?

Betrachte den Himmel! Schließlich schaute er doch nach oben und sah – nichts. Eine leere Stelle, wo die Erde sich befunden hatte. Er spürte, daß er weiche Knie bekam und beugte sich gerade rechtzeitig zurück, so daß er auf dem breiten Hinterteil landete anstatt auf die Nase zu fallen.

Da saß er nun mit gespreizten Beinen, den Kopf in den Nacken gelegt, und starrte in den Himmel, für

Stunden, für Tage, oder auch nur für Sekunden. Die toten Hügel des Monds und die graue kraterübersäte Landschaft wurden nicht mehr von der blauweißen Kugel am Himmel verziert. Er spürte eine Träne im Auge und war aus unerfindlichen Gründen froh, daß er nicht durch den Helm fassen und sie wegwischen konnte. Dann flossen weitere Tränen. Es waren Tränen für die Erde.

Dr. Simon Raphael ging im Büro auf und ab, ohne Notiz von seinen Besuchern zu nehmen. Keiner der im Raum Anwesenden hatte ein Wort gesprochen, seit Raphael sie vor fünf Minuten hereingeholt hatte.

Schließlich schien Raphael genug Dampf abgelassen zu haben. Er wurde langsamer, drehte sich um, ging an seinen Schreibtisch und setzte sich. »Na schön. Sie ist verschwunden. Vor achteinhalb Stunden Echtzeit und drei Stunden Relativzeit ist der Planet verschwunden. Sämtliche Instrumente bestätigen das, genauso wie die Kontakte mit anderen Stationen.

Und es geschah, als Mr. Chaos Zauberstrahl den Planeten berührte. Soweit richtig?« fragte er mit beängstigend ruhiger Stimme.

Sondra, Larry und Webling sagten nichts.

Raphael erhob sich erneut, ging um den Schreibtisch und baute sich vor Larry auf. Dann hob er den Arm, als ob er den jungen Mann schlagen wollte und trat wieder zurück. Schwer atmend und mit erhobenem Arm verharrte er für eine Weile in dieser Haltung. »Ich muß mich wirklich *zurückhalten*, wissen Sie, um Sie nicht des Mordes zu bezichtigen und insbesondere Mr. Chao für diese Katrastrophe verantwortlich zu machen. Ich vermute, daß jeder in dieser Station – einschließlich Ihnen – ähnliche Gefühle hegt. Wenn schon nicht Zorn, dann zumindest Angst und Entsetzen.

Doch meine *rationale* Seite, meine wissenschaftliche Seite, hält mich zurück.« Raphael beugte sich über

Larry, umklammerte die Armlehnen von Larrys Stuhl und brachte sein Gesicht so nahe an das von Larry heran, daß der Raphaels warmen Atem im Gesicht spürte. »Ich *möchte* Ihnen die Schuld geben, Chao. Sie ahnen gar nicht, wie sehr. Ich kann Sie nicht leiden. Ich würde sogar so weit gehen, zu sagen, daß ich Sie hasse. Meine Heimat ist verschwunden, Chao. Meine Familie, meine Enkelkinder, das Grab meiner Frau. Acht Milliarden Seelen sind weg, verschwunden, vernichtet. Wegen dieses saublöden Gravitations-Strahls, den Sie zur Erde schicken mußten.« Larry zwang sich, dem Direktor in die Augen zu sehen. Das Gesicht des Patriarchen war kreidebleich vor Angst und unterdrückter Wut.

Raphael richtete sich auf und ging wieder im Büro umher. Er war anscheinend nicht in der Lage, stillzusitzen, sondern er brauchte Bewegung. Alle waren entsetzt. Niemand wußte, wie er reagieren sollte. Raphael war es, der schließlich reagierte und nach vorne anstatt gen Himmel blickte. »Ich möchte Ihnen die Schuld geben«, wiederholte er. »Allerdings kenne ich mich mit der Schwerkraft und Gravitationswellen aus.

Nichts hiervon ergibt einen Sinn. Aber ich erkenne eine offensichtliche Tatsache: daß Ihr Strahl das nicht verursacht hat. Ich kenne die Leistung – oder vielmehr die nicht vorhandene Leistung –, die der Strahl auf diese Entfernung hat. Da haben vorbeifliegende Asteroiden und Kometen weit stärkere Schwerefelder. Überhaupt *kann* die Gravitation so etwas nicht bewirkt haben. Ein hinreichend starker und richtig vektorierter Strahl hätte die Erde möglicherweise leicht versetzt, aber nicht mehr. Weshalb hat Ihr Strahl dann einen Planeten zerstört, wenn viele andere, stärkere Gravitationsquellen das nicht vermochten?«

Raphael drehte sich zu den dreien um. »Wir wissen es nicht und müssen es herausfinden. Die Ironie dabei ist nur, daß ich mich dazu an die Leute wenden muß, die den Schaden verursacht haben. Ihr drei werdet die Antwort am ehesten finden, aus dem einfachen Grund, weil Sie so viel von Gravitationswellen verstehen wie niemand sonst. Ich will, daß Sie herausfinden, was geschehen ist. Wurde die Erde zerstört? Weshalb gibt es dann keine Trümmer? Wurde der Planet bewegt? Aber wie und wohin? Wurde nur die *Illusion* erzeugt, die Erde sei verschwunden? Auch das muß geklärt werden.«

Raphael unterbrach die Wanderung und setzte sich mit einem tiefen Seufzer auf die Schreibtischkante. »Finden Sie es heraus. Ich bitte um Verzeihung, daß ich gegen die Vorschriften verstoße, Dr. Berghoff, aber ich *befehle* Ihnen, diese Dinge herauszufinden.« Er strich sich über den Bart und sank in sich zusammen, ein müder alter Mann, der nicht mehr imstande war, etwas zu empfinden. Plötzlich war aus dem zornigen Direktor ein einsamer, ängstlicher und müder alter Mann geworden. »Die ganze Station und ihre Einrichtungen stehen zu Ihrer Verfügung«, sagte er mit schwacher Stimme.

Die Fassade aus Stärke und Kontrolle stürzte vor ihren Augen ein. Dieser Mann hatte einen genauso großen Verlust wie sie alle erlitten. Er hatte sich lange genug beherrscht, um seine Arbeit zu erledigen – doch nun war er, wie Sondra erkannte, am Ende seiner Kräfte. »Wenn Sie mich nun entschuldigen wollen«, sagte Simon Raphael, »ich werde mich etwas hinlegen.«

Ohne ein weiteres Wort stand Raphael auf, straffte sich demonstrativ und verließ den Raum. Sondra sah ihm nach und wurde sich bewußt, daß sie den Mann stark unterschätzt hatte. Hinter dem bräsigen Auftreten verbargen sich ungeahnter Mut, Selbstbeherrschung und kühler Verstand. Ihr bisheriges Bild von Raphael war eine bloße Karikatur des eigentlichen Menschen gewesen – allerdings sagte sie sich auch, daß Raphael sich wie eine Karikatur seiner selbst *verhalten* hatte. Sie hatte einen affektierten Egozentriker gesehen, weil Raphael sich der Welt so präsentieren wollte. Sie schloß die Augen und strich sich über die Stirn. Als ob es nun noch darauf ankäme.

Sie drehte sich zu Larry um. Noch jemand, den sie kaum kannte. Hier war noch jemand, der in Entsetzen und Trauer gefangen war. Raphael war es gelungen, seinen Schock mit Rationalität und Logik zu kaschieren. Wie würde Larry reagieren? »Nun, Larry«, sagte sie sanft. »Die Erde ist verschwunden. Was sollen wir jetzt tun?«

»Es ist nicht geschehen«, sagte Larry und starrte Löcher in den Teppich. »Es ist nicht geschehen?«

Verdrängung, sagte Sondra sich. »Larry, ich wünschte, es wäre so, aber das ist es nicht. Die Erde gibt es nicht mehr.«

Larry schaute sie mit blitzenden Augen an. »Das weiß ich«, sagte er schroff. »Aber die Erde wurde nicht zerstört.«

Hilflos blickte Sondra auf Dr. Webling. Doch sie war überhaupt nicht ansprechbar. Mit ihr war bestimmt für lange Zeit nichts anzufangen. Sie hatte mit der ganzen Sache so gut wie nichts zu tun. Man hatte ihr unschuldiges Experiment mißbraucht und damit die Heimatwelt vernichtet. Den beiden hatte sie es zu verdanken, daß der Name *Webling* als der einer Irren, die die Erde zerstört hatte, in die Geschichte einging. Sondras Gedanken überschlugen sich. Geschichte? Weshalb machte sie sich ausgerechnet jetzt Gedanken über Geschichte?

Sofern es nach diesem Vorfall noch eine Geschichte gab. Waren die überlebenden menschlichen Siedlungen auf dem Mars, dem Mond und andernorts überhaupt lebensfähig ohne die Erde? Und was, wenn das, was der Erde zugestoßen war, auch ihnen widerfuhr?

Bingo. Das wollte die innere Stimme ihr sagen. *Das*

verlieh der Krise Dringlichkeit, und deshalb hatte Raphael sie an die Arbeit geschickt. Es war noch nicht vorbei. Sie mußten dieses Problem schnell lösen, um die Reste der menschlichen Zivilisation zu schützen. Deshalb mußte Larry sich *jetzt* der Wahrheit stellen. Wenn jemand die Antwort fand, dann er. Sie konnten nicht abwarten, bis er sich wieder erholt hatte. »Larry, die Erde ist *verschwunden*. Verloren. Vernichtet. Wir müssen die Ursache herausfinden, bevor der Rest des Sonnensystems auch noch ausgelöscht wird. Die Erde ist weg. Nimm das zur Kenntnis.«

»Ohne Trümmer? Ohne Restwärme?« sagte er. »Man kann keine Welt zerstören, ohne daß etwas zurückbliebe. Materie und Energie sind unzerstörbar. Wenn die Erde sofort in Energie umgewandelt worden wäre, dann wäre durch den Überschlagsblitz zumindest der Mond geschmolzen worden. Von hier hätte es wie eine zweite Sonne ausgesehen. Die harte Strahlung würde uns wahrscheinlich umbringen. Und wenn die Erde einfach zertrümmert worden wäre, würde es Trümmer geben. Die Masse der Erde war – *ist* – größer als die von hundert Asteroidengürteln, und wir sind sicher imstande, den Gürtel zu orten. Wo sind also die Trümmer der Erde? Es müßte Brocken von der Größe des Mondes über asteroidengroße Stücke bis zu Fragmenten von der Größe eines Moleküls geben. Es ist unmöglich, eine ganze Welt zu zerstören, ohne Spuren zu hinterlassen. Selbst wenn der Planet in eine aus einzelnen Molekülen bestehende Gaswolke verwandelt worden wäre, würden wir sie entdecken. Sie würde die Sonne ausblenden und den Himmel verdüstern. Nichts von alledem ist geschehen. Folglich wurde die Erde nicht zerstört.«

Sondra erhob sich und durchquerte den Raum. Es *klang* völlig logisch, aber sie sah sich außerstande, das zu beurteilen. Genausowenig wie Larry in der Lage war, sich stringent zu artikulieren. Sondra wußte, daß sie momentan nicht in der Verfassung war, die Plausibilität von anderer Leute Aussagen zu beurteilen. Immerhin hatte sie den Eindruck, daß Larry ihr Hoffnung machen wollte, und die konnte sie gewiß gebrauchen.

»Was ist dann passiert?« fragte sie. »Wir haben sie nirgends gesehen. Sie ... ist einfach *verschwunden.*«

»Wurmloch«, sagte Webling.

Erschrocken drehte Sondra sich um. Sie hatte fast ganz vergessen, daß Webling auch noch da war.

Die alte Frau schaute mit düsterem Blick auf und wiederholte das Wort: »Wurmloch.«

Larry nickte abwesend, und Sondra runzelte die Stirn. »Hä? Wie zum Teufel kommen Sie auf die Idee, daß hier Wurmlöcher im Spiel seien?« fragte sie. »Das ist doch nur Theorie. Ihre Existenz ist bisher von niemandem nachgewiesen worden.«

Larry rieb sich die Augen und legte die Hände in den Schoß. Dann knetete er mit starrem Blick die Finger. »Ich habe an der Gravitation als Vorstufe zu etwas anderem gearbeitet«, sagte er gleichmütig. »Als Vorstufe zur Einrichtung einer Wurmloch-Transitstrecke. Ich wollte ein stabiles Virtuelles Schwarzes Loch erzeugen, ein künstliches Schwerefeld, das so stark war, daß die Raumzeit sich in sich selbst krümmte.

Die Theorie besagt folgendes: Wenn man zwei aufeinander abgestimmte VSL mit identischer Masse, Ladung, Drehrichtung und Geschwindigkeit erzeugt, wäre es möglich, sie miteinander zu verbinden und somit ein Schwarzes Loch zu erschaffen, das an zwei verschiedenen Orten gleichzeitig existiert. Wenn das Schwarze Loch so manipuliert wird, daß es an beiden Enden vom normalen Raum abgeschlossen wird, berühren diese beiden Normalraum-Begrenzungsflächen einander – und man hat eine Wurmloch-Verbindung. Die beiden Virtuellen Schwarzen Löcher können zehn Meter voneinander entfernt sein oder tausend Lichtjahre. Das ist egal. Die beiden Normalraum-Ebenen berühren sich immer. Man kann sich von einer Ebene zur anderen bewegen, ohne durch den dazwischen liegenden Normalraum zu reisen. Eine Wurmloch-Transitstrecke. Vielleicht habe ich ein natürliches Wurmloch stimuliert. Gott weiß, wie.«

Webling regte sich wieder. Sie schien sich aus ihrer Erstarrung zu lösen. »Aber das ist doch unmöglich, oder? Ich habe es zwar gesagt – aber deshalb ergibt es noch keinen Sinn. Ich erinnere mich an eine Berechnung, welche die Wahrscheinlichkeit für die Existenz natürlicher Wurmlöcher genauso hoch ansetzte wie für das Eintreten des Ereignisses, daß jedes Luftmolekül in einem gegebenen Raum gleichzeitig aus dem Fenster flöge und im Raum ein Vakuum zurückließe. In der Quantentheorie wäre beides möglich. Die Wahrscheinlichkeit beider Ereignisse ist genauso groß – und die beiden Bedingungen wären genauso stabil. Aber wie wäre die Entstehung eines Wurmlochs mit der Größe eines *Planeten* zu erklären? Ich vermag nicht zu glauben, daß die Erde einem derart unwahrscheinlichen Ereignis zum Opfer gefallen sein soll.«

Larry nickte, wobei er nun etwas zugänglicher wirkte. »Ich weiß, Sie haben recht. Doch meine innere Stimme sagt *Wurmloch* zu mir. Schließlich wurde das alles durch eine Gravitationswelle ausgelöst.«

Sondra blinzelte und sah Larry an. »Eine Sekunde. Gravitations*welle*. Die Schwerkraft steht seit vier Milliarden Jahren mit der Erde in Wechselwirkung – doch dies war das erste Mal, daß eine starke, modulierte Gravitations*welle* auf den Planeten gerichtet wurde. Vielleicht ist die Tatsache, daß es sich um eine modulierte Gravitations*welle* handelte, entscheidend. Wäre es möglich, daß eine Gravitationswelle diese Verbindung zwischen den Schwarzen Löchern irgendwie stimuliert hat?«

Larry zuckte die Achseln. »Ich glaube schon. Fragen Sie mich noch einmal, wenn ich ein paar Schwarze

Löcher zum Spielen habe. Man braucht zwei davon. Eins hier und eins dort. Wo auch immer ›dort‹ ist.«

Sondra gestikulierte verwirrt. »Dann ist vielleicht seit vier Milliarden Jahren ein Schwarzes Loch im Erdkern verborgen, und unsere Gravitationswelle hat es irgendwie aktiviert.«

Larry runzelte die Stirn. »Zumindest wäre die Bedingung erfüllt, daß ein Schwarzes Loch existiert, welches für die Induktion eines Wurmlochs erforderlich ist. Vielleicht. Solange der Hauptkörper der Erde weit genug vom Loch entfernt ist, damit es keine Masse ansaugt. Ein Schwarzes Loch ist Masse wie jede andere auch. Wenn die Erde eine Schale mit einem Schwarzen Loch im Mittelpunkt wäre, würde an der Erdoberfläche noch immer eine Schwerkraft von einem Gravo herrschen. Obwohl jedem Geologen der Hut hochgehen würde, wenn man ihm eine solche Geschichte präsentierte. Um ein Schwarzes Loch im Erdkern unterzubringen, bräuchte man im Erdinnern eine Vakuum-Schicht.«

Sondra war zwar keine Koryphäe in Geologie, aber das kam ihr dann doch spanisch vor. »Wäre das überhaupt möglich?«

»Nein!« sagte Webling dezidiert. »Es sei denn, jede geologische Theorie der letzten vierhundert Jahre wäre falsch. Bei jedem Erdbeben analysieren die Geologen die Schockwellen und erstellen damit eine ›Karte‹ des Erdinnern. Als ob man Radarsignale auswertete. Meinen Sie denn nicht, sie hätten während dieser Zeit etwas so Offensichtliches wie eine hohle Erde und ein *Schwarzes Loch* entdeckt? Überhaupt haben Sie nicht mehr getan, als Ihre erste unglaubliche Hypothese mit einer zweiten zu krönen. Ein Schwarzes Loch in der Erde *und* ein natürliches Wurmloch. Anstatt etwas zu erklären, werfen Sie ständig neue lächerliche Fragen auf. Woher kommt das Schwarze Loch? Weshalb hat es die Erde nicht verschluckt? Wie hat unser Gravitationsstrahl es zur Bildung eines Wurmlochs angeregt? Das ist doch alles Unfug.«

Sondra durchquerte den Raum und nahm neben der älteren Frau Platz. »Das Problem, Dr. Webling, ist, daß wir es mit einer konkreten Frage zu tun haben, die noch lächerlicher ist – wie schafft man es, einen Planeten verschwinden zu lassen? Beantworten Sie mir diese Frage, und ich werde Sie nicht mehr belästigen.«

Kapitel Neun

Der Fall von Luzifer

Der Beobachter fühlte sich gut.

Nach den endlosen Jahren des Wartens wurde er nun seiner Bestimmung gerecht. Das trug ihm auch das Recht ein, einen erhabeneren Namen als Beobachter *zu führen. Wo die Arbeit nun begonnen hatte, war er ein wahrer Rufer.*

Dieser neue Name gefiel ihm.

Ein Gefühl des Stolzes erfüllte seine mächtige Gestalt. Doch Stolz hin oder her, das Rufen und Verbinden war eine gefährliche und anstrengende Angelegenheit gewesen. Obwohl der Rufer gewaltige Energien durch die Verbindung ansaugte, hatte die bloße Einrichtung dieser Verbindung seine eigenen Energiereserven erschöpft. Die Energie, die zur Erzeugung der masselosen Gravitationsquelle erforderlich gewesen war, hatte seinen Energiepegel auf ein paar Prozent des Ausgangsniveaus reduziert. Zudem waren die Beben höchst unangenehm, sogar schmerzhaft. Sie würden erst dann aufhören, wenn das alte gravitationale Gleichgewicht wiederhergestellt war. Masselose Schwerefelder waren inhärent instabil. Der Rufer brauchte einen Anker, eine wirkliche Gravitationsquelle, um die Verbindung zu stabilisieren.

Wenn Hilfe kam, dann mußte *sie durch die Verbindung kommen. Es mußte eine beträchtliche Anzahl seiner Verwandten geben, die in den Randzonen dieses Systems überlebt hatten, und sie würden ihn nach Kräften unterstützen; doch der Rufer wußte, daß die Erfolgsaussichten viel größer waren, wenn Hilfe – und Verstärkung – durch die Verbindung kamen.*

Zunächst benötigte er eine richtige Gravitationsquelle, deren Energien er anzapfen konnte. Wenn er keine fand, wäre alles vergebens gewesen. Er hätte seinen Wirtsplaneten unwiderruflich und völlig umsonst aufgegeben. Ein Scheitern würde den Rufer zu einem langsamen, elenden Tod verurteilen; er würde hilflos mit ansehen, wie seine Energiereserven sich verflüchtigten.

Hilfe mußte *kommen, sagte der Rufer sich.*

Und er wurde erhört.

KOLLISIONSALARM KOLLISIONSALARM KOLLISIONSALARM KOLLISIONS …

Vespasian wäre fast aus der Haut gefahren. Dann beugte er sich nach vorn und schaltete den Alarm aus. Bei Gott, nicht schon wieder.

In Anbetracht des überfüllten erdnahen Raums hatte es bisher nicht allzu viele Zusammenstöße gegeben. Doch jede Kollision war eine Katastrophe.

Wer, zum Teufel, verursachte *diesmal* einen Zusammenstoß? Die Daten wurden eingeblendet. O nein. Großer Gott. Nicht schon wieder.

Luzifer. Der Asteroid Luzifer, der früher im Erdorbit gestanden hatte, war wieder auf Kollisionskurs. Erst vor wenigen Stunden war Luzifer in das High Dublin-Habitat gekracht. Es hatte Tausende von Toten gegeben, und die Überlebenden beneideten die Toten. An jedem anderen Tag wäre das ein Super-GAU gewesen. An dem Tag, als die Erde verschwand, war es jedoch eine bloße Randerscheinung. Die Trümmer der Station und des Asteroiden drifteten spiralförmig durch den Raum und verursachten Dutzende von Sekundärkollisionen. Auch nach dem Zusammenstoß mit Dublin stellte Luzifer die größte Bedrohung für den Mond und die im Orbit befindlichen Habitate dar. Der Körper, der vor über hundert Jahren von den Menschen gezähmt und in eine stabile Bahn um die Erde gebracht worden war, war nun wieder frei, raste unkontrolliert durch den Raum und bedrohte andere

Habitate. Was würde Luzifer als nächstes zertrümmern?

Der Computer entwarf eine Simulation, und Vespasian wurde leichenblaß, als ob er ein Gespenst gesehen hätte.

Was in gewisser Weise auch zutraf. Die Computer hatten ermittelt, daß Luzifer sich auf Kollisionskurs mit der *Erde* befand. Luzifers spiralförmiger Kurs wurde in die blauweiße Computeranimation des verschwundenen Planeten eingeblendet. Niemand hatte bisher die Zeit gehabt, das Warnsystem umzuprogrammieren und ihm mitzuteilen, daß die Erde verschwunden war. Der Computer meldete, daß Luzifer mit der Erde zusammenstoßen würde – wenn die Erde noch da gewesen wäre.

Wenn es nur so wäre, sagte Vespasian sich. Er würde auch einen Asteroidenaufprall in Kauf nehmen, wenn er den Planeten dadurch nur zurückbekam. Er wollte die Warnung schon deaktivieren und hielt dann inne.

Vespasian runzelte die Stirn. Dieses spezielle Kollisionswarnungs-Programm war ein Trendprojektions-System für Systeme mit konstanter Beschleunigung. Es setzte voraus, daß die Beschleunigungswerte konstant blieben und ermittelte auf dieser Grundlage zeitliche Trends. Dieses Programm berücksichtigte indes weder die Erdgravitation noch sonstige Schwerefelder als Konstanten. Es verfolgte lediglich Radarechos, berechnete die Kräfte, die für die Bahnkrümmung verantwortlich waren und unterstellte im übrigen eine konstante Wirkung dieser Kräfte.

Weshalb hatte es diesen Zusammenstoß dann nicht schon viel früher gemeldet? Dazu hätte das Programm in der Lage sein müssen, wenn Luzifers Orbit sich nicht verändert hatte.

Vespasian hatte Luzifers Kurs vor einer Stunde zum letzenmal überprüft. Auch wenn der Pfad des Felsens noch nicht präzise ermittelt worden war, so hatte er sich zu diesem Zeitpunkt zumindest nicht in der Nähe der alten Position der Erde befunden. Was, zum Teufel, war geschehen? Er rief die bisherige Flugbahn von Luzifer auf.

Hundesohn. Das Ding hatte einen scharfen Linksschwenk vollzogen, in Richtung der alten Koordinaten der Erde. Doch das war unmöglich. Er überprüfte die Flugbahn gründlicher und ermittelte diesmal nicht nur die Richtung, sondern auch die Geschwindigkeit.

Das Teufelsding beschleunigte schnell in Richtung der Stelle, an der die Erde hätte stehen sollen. Nein, *›beschleunigte‹* stimmte nicht ganz. Beschleunigung implizierte Aktivität, und Luzifer verhielt sich passiv. Der Felsen verfügte schließlich nicht über Raketen. Er wurde von einer fremden Kraft beschleunigt. Er verhielt sich wie ein Körper, der einer Gravitationsquelle entgegenstürzte.

Vespasian aktivierte die Erd-Kamera und sah, daß die Hoffnung getrogen hatte. Die Erde war nicht da.

Vespasian lehnte sich zurück und versuchte nachzudenken.

Und wurde vom Stuhl geschleudert, als der Mond erneut von einem heftigen Beben erschüttert wurde.

Die zweite Bebenwelle war genauso wuchtig wie die erste und wirkte sich genauso zerstörerisch aus. Es hatte den Anschein, als ob jede Struktur, die durch das erste Beben schon angeschlagen war, nun zusammenstürzte. Überall splitterte Glas, und Feuer brach aus. Irgendwie überstanden alle SubBlasen auch die zweite Bebenwelle, ohne zu platzen. Die meisten Leute hatten mit Nachbeben gerechnet, so daß die folgenden Stöße zumindest das Überraschungselement verloren.

Zumal die Mondbevölkerung mit dem weitaus schrecklicheren Verlust der Erde beschäftigt war. Erst jetzt, Stunden später, wurde ihnen das ganze Ausmaß der Katastrophe bewußt. Wo die Heimatwelt verschwunden war, hatte ein triviales Erdbeben seinen Schrecken verloren. Die zweite Bebenwelle hätte nicht präziser geplant sein können, um Lucians Arbeit zunichte zu machen. Er hatte das Problem der orbitalen Überwachung gerade in den Griff bekommen, als bei der Flugsicherung der Strom ausfiel. Das batteriebetriebene Notstromsystem hätte den Betrieb der Flugverkehrskontrolle zwar aufrechterhalten müssen, war aber durch die ersten Beben schon stark beansprucht worden und zeigte nun einen Leistungsabfall. Das Energie-Management-System griff sofort ein und ging in den Stromspar-Modus, wobei es alle unwichtigen Verbraucher abschaltete.

Leider ordnete die Energie-Management-Software auch die Erstellung hypothetischer orbitaler Projektionen in die Kategorie ›unwichtiger Verbraucher‹ ein. Lucians Konsole wurde abgeschaltet und blieb in diesem Zustand. Er konnte nicht einmal eine Überrangroutine für das Energie-Management-System programmieren, solange die Konsole tot war.

Im ganzen mondnahen Raum waren Raumschiffe und stationäre Einrichtungen gleichermaßen außer Kontrolle und bewegten sich auf erratischen Bahnen durch das All.

Seit vor Jahrhunderten die ersten bemannten Stationen eingerichtet worden waren, hatten die Ingenieure mit Hilfe der Computer für jede neue Einrichtung, die im überfüllten Erde-Mond-System stationiert wurde, in mühsamer und langwieriger Arbeit einen sicheren Pfad gesucht, um sie von den Orbits der vielen tausend anderen Schiffe und Stationen fernzuhalten.

Doch dieses ganze fragile Gerüst aus zeitlicher und räumlicher Koordinierung war mit dem plötzlichen Verschwinden der Erde eingestürzt. Der Reigen der Orbits war von der Erde choreographiert worden – und wo der Choreograph nun verschwunden war, waren die Tänzer sich selbst überlassen und wirbelten unkoordiniert herum.

Lucian versuchte herauszufinden, wie schlimm die Lage war – ein schwieriges Unterfangen ohne Computer. Da saß er nun vor dem dunklen Bildschirm und dachte nach.

Er hatte das Problem zumindest schon so weit durchdrungen, daß seine anfänglichen Befürchtungen bestätigt wurden. Das Verschwinden der Erde war keine Illusion. Er hatte von Hand die voraussichtlichen orbitalen Flugbahnen für einige größere Habitate berechnet und das Verschwinden der Erde in die im Computer gespeicherten Jahrbücher eingestellt. Anschließend hatte er die Ergebnisse an die Radarbesatzung weitergeleitet, und diese hatte die Bahn für das jeweilige Habitat gemeldet.

Die Botschaft war klar: ohne die als Anker dienende Erde taumelten die Erdsatelliten haltlos umher. Um die Mondsatelliten war es nicht viel besser bestellt – die Gravitation der Erde hatte auch ihre Orbits maßgeblich beeinflußt. Mehrere Satelliten und Habitate waren bereits auf dem Mond eingeschlagen, einschließlich aller an den Lagrange-Punkten stationierten Satelliten. Die durch die gleich starke terrestrische und lunare Gravitation im stationären Orbit gehaltenen Lagrange-Stationen waren zum Teil in den Raum abgedriftet, und andere waren nach dem Wegfall der irdischen Schwerkraft einfach abgestürzt.

Andere Einrichtungen waren noch nicht abgestürzt – aber das war nur noch eine Frage der Zeit, wobei die Aufschlagpunkte genauso eindeutig definiert waren wie die Schwerkraft selbst. Sie befanden sich bereits im freien Fall, und nichts konnte sie aufhalten. Die paar stationären Einrichtungen mit autarker Energieversorgung würden es vielleicht schaffen. Doch die meisten Stationen verfügten eben nicht über interne Energiequellen oder bestenfalls über schwache. Es bestand keine Möglichkeit einer Kurskorrektur, selbst wenn Lucian imstande gewesen wäre, ihren *aktuellen* Kurs rechtzeitig zu bestimmen.

All die von Lucian überwachten Objekte befanden sich natürlich noch im Orbit um die Sonne, doch die Geschwindigkeit und Richtung, die sie zum Zeitpunkt des Verschwindens der Erde gehabt hatten, wirkten sich als Störgrößen aus. Manche nahmen Orbits mit höherer Inklination ein, und andere verringerten beziehungsweise erhöhten den Abstand zur Sonne.

Doch was Lucian am meisten beunruhigte, war der Umstand, daß die Lage nicht so schlimm war, wie sie eigentlich hätte sein müssen. Viele der prognostizierten Katastrophen traten überhaupt nicht ein. Das Radar war von vornherein nicht imstande, viele der gefährdeten Schiffe zu orten. Den Computermodellen zufolge hätte es viel mehr Abstürze, Zusammenstöße und Meldungen von Schiffen geben müssen, die vom Kurs abgekommen waren. Satelliten, Habitate und Raumschiffe *fehlten* einfach, und zwar in großer Zahl.

Plötzlich erwachte die Stromversorgung mit einem Aufflackern der Lichter und dem Summen der Ventilatoren wieder zum Leben. Lucians Konsole wurde wieder aktiviert. Er hieb in die Tasten und führte ein paar schnelle Überprüfungen durch. Ja, die Programme waren noch intakt, wie er erleichtert feststellte. Doch was war mit den vermißten Satelliten? Lucian rief eine 3-D-Projektion der Koordinaten der vermißten Schiffe und Stationen zum Zeitpunkt des Verschwindens der Erde auf.

Die 3-D-Projektion war klar und eindeutig. Es war nicht nur die Erde, die verschwunden war, sondern alles, was sich in einem gewissen Umkreis um die Erde befunden hatte. Irgendwie wurde die ganze Sache dadurch erst real. Es war nämlich leichter, sich das Verschwinden einer Raumstation als eines ganzen Planeten vorzustellen. Es war plötzlich so real, daß er Angst bekam.

Der Interkom piepte, und Lucian hieb auf die Sendetaste. Es war Janie von der Radarbesatzung. »Lucian, hätten Sie eine Sekunde Zeit?«

Lucian blickte über die Schulter und erkannte Janie an der anderen Seite des großen Raums; sie schaute aber nicht ihn an, sondern den Radarschirm. Es war ein komisches Gefühl, den ganzen Tag zu körperlosen Stimmen zu sprechen, wenn man die dazugehörigen Körper außer Hörweite sah. Lucian richtete den Kopfhörer und sprach ins Kehlkopfmikrofon. »Aber nicht länger, Janie. Was liegt an?«

»Ich lege es auf Ihren Bildschirm. Es ist irgendwie schwer zu erklären. Sie hatten eine Überprüfung von Mendar-4 in Auftrag gegeben, nicht?«

»Richtig«, sagte Lucian.

»Gut«, sagte Janies Stimme. »Hier ist es. So *hat* Mendars Orbit ausgesehen.« Eine Standard-Orbitaldarstellung erschien auf Lucians Monitor. Die Erde stand im Mittelpunkt des Monitors, und die Bahn von Mendar-4 zeichnete sich als weißer Kreis darum ab. »Dieser Orbit basiert auf den Radardaten, die wir seit dem ersten Beben erhalten haben.« Das Symbol der Erde verschwand vom Schirm, und Mendar wanderte tangential zum vorherigen Orbit aus. »Ich markiere den voraussichtlichen Orbit blau.«

Lucian sah, wie die blaue Gerade sich ins Sonnensystem erstreckte. »Na und?« fragte Lucian.

»Und nun kommt das, was vor wenigen Minuten nach dem *zweiten* Beben geschah. Dies ist Mendars tatsächlicher Kurs, wie er vom Radar verfolgt wurde. Ich markiere ihn gelb.« Eine dritte Linie erschien auf dem Bildschirm und zweigte von der blauen Linie des voraussichtlichen Kurses ab.

»Mein Gott«, sagte Lucian.

Auch ohne eine Analyse des Orbits wußte er, was

das bedeutete. Mendars Pfad wurde von einer großen *Masse* abgelenkt, einer großen Masse, wo die Erde sich befunden hatte. Eine planetengroße Masse.

»Ist das bei den anderen Orbitalbahnen auch passiert?« fragte Lucian, wobei er eifrig die Tastatur bearbeitete. Ein Stein fiel ihm vom Herzen. Es mußte so sein. Die Erde war von dem unglaublichen Ort, an dem sie sich befunden hatte, zurückgekehrt. Es *mußte* so sein.

»Sicher ist das auch passiert«, sagte Janie. »Ähnliche Orbitalverschiebungen gleich zu Beginn des letzten Bebens.«

»Das bedeutet, daß die Erde wieder da ist«, sagte er aufgeregt. »Dadurch wurde die zweite Bebenwelle also verursacht. Das Schwerefeld der Erde hat am Mond gezerrt.« Er rief das Bild der noch immer auf die Erdposition ausgerichteten Oberflächenkamera ab.

Aber dort war nichts. Rein gar nichts. Nur ein paar Trümmer.

»Das habe ich gleich als erstes überprüft, Lucian.« Janies Stimme war sanft und klang so, als ob sie sich entschuldigen wollte. »Dort ist nichts.«

»Geben Sie mir ein Echtzeit-Radarbild der Stelle, wo die Erde sein müßte«, sagte Lucian. Vielleicht war sie aufgrund eines seltsamen optischen Phänomens irgendwie abgeschirmt. Janie richtete das Radar neu aus, und Lucian teilte den Bildschirm, um denselben Himmelsausschnitt sowohl im normaloptischen Spektrum als auch auf den Radarfrequenzen zu sehen.

»Nichts, Lucian«, sagte Janie. »Absolut nichts ...«

Plötzlich erschien ein blauweißer Blitz im Mittelpunkt des normaloptischen Fensters und ein trübes Flackern auf dem Radar. Und dann erschien ein Ziel auf dem Radarschirm. Ein großes Ziel, wie Lucian erkannte. Es hatte einen Durchmesser von vielleicht zwei Kilometern und bewegte sich schnell. Es hatte ungefähr die Größe der anderen vom Radar erfaßten

Brocken. Nur daß die Trümmer sich von der neuen Gravitationsquelle *fort*bewegten. Es hatte fast den Anschein, als ob sie über einen eigenen Antrieb verfügten ...

»Haben Sie davon eine Aufzeichnung?« fragte Lucian.

»Logisch«, sagte Janie.

»Überspielen Sie mir die letzte Viertelstunde.« Lucian wandte sich von der normaloptischen Darstellung ab und ließ die Aufzeichnung von dem Augenblick an laufen, als das Beben einsetzte.

Ein neuer Blitz und ein neues Ziel, eine ständige Abfolge. Einige schlugen sofort einen direkten Kurs ein. Andere wirbelten erst in engen Parabeln herum, bevor sie davonstoben. Sie mußten höllisch schnell sein, daß die Bewegung auf diese Distanz zu sehen war, selbst im schnellen Vorlauf. Larry nahm eine Überprüfung vor und stellte fest, daß die Ziele in regelmäßigen Abständen den bläulichen Blitzen entsprangen, und zwar alle 128 Sekunden.

Dieses Bild erinnerte ihn an etwas, und es dauerte einen Moment, bis er die Assoziation hergestellt hatte. *Wie Rettungsboote, die von einem sinkenden Schiff ablegen,* sagte Lucian sich. Für einen Augenblick fragte er sich, ob das wirklich der Fall war – daß die Erdbevölkerung vom verwüsteten Planeten floh.

Aber in Schiffen mit einem Durchmesser von zwei Grad? Schiffe von einer solchen Größe existierten überhaupt nicht. Die Vorstellung war absurd.

Dann galt das aber auch für die Vorstellung, daß asteroidengroße Körper an der Stelle im Leerraum materialisierten, wo sich vor kurzem noch die Erde befunden hatte.

Lucian starrte auf den Bildschirm und betete, daß die Erkenntnis ihm zuteil werden möge. Doch vergebens.

Der Rufer sah, wie der Eindringling dem Anker entgegenstürzte. Dies war keinesfalls eine überraschende Entwicklung. Natürlich zog die massive Gravitationsquelle des Ankers Trümmer an. Der Rufer schickte unverzüglich eine Nachricht durch die Verbindung und verlangte eine vorübergehende Einstellung der Operation. Natürlich wäre nichts Materielles imstande, den Anker selbst zu beschädigen, aber ein zerbröselnder Asteroid wäre durchaus fähig, die durch das Wurmloch strömenden Ankömmlinge zu beschädigen. Aber das war unerheblich. Schließlich hatte der Rufer nun den Anker als Energiequelle. Nun standen ihm so viel Zeit und Energie zur Verfügung, wie er brauchte – und dieser Asteroid würde in wenigen Minuten aus dem Weg geräumt sein.

Verwirrt registrierte Lucian, daß die mysteriösen blauen Blitze aufhörten, und seine Verwirrung steigerte sich noch, als er sah, wie ein asteroidengroßes Fragment sich anschickte, die Position der Erde einzunehmen. Die neue Bahn, die nun vom Radar verfolgt wurde, trug eine Kennung. Sie konnte vom Computer identifiziert werden. Luzifer. Gütiger Gott, *Luzifer!*

Lucian sprang auf, nahm den Kopfhörer ab und lief zu Vespasians Konsole hinüber. »Vespy, verfolgst du die Bahn von Luzifer?« fragte er.

Tyrone Vespasian wandte den Blick von der Konsole und rieb sich nervös das Kinn. Lucian stand hinter ihm und beobachtete stumm, wie das Radar die durch den Raum taumelnden Trümmer von Luzifer verfolgte. Der Kleinplanet war außer Kontrolle. Was ging dort vor? Die Erde war nicht mehr da. Aber Luzifer fiel auf *etwas* zu. Und er fiel schnell. Vespasian überprüfte die Echtzeit-Bahn.

Alle Teufel. Er bewegte sich mit zehn Grad pro Sekunde auf diese Gravitationsquelle zu, mit steigender Geschwindigkeit. Er forderte vom Computer eine Aufschlag-Projektion an. Zwanzig Minuten. Die Fallgeschwindigkeit war zu hoch. Tyrone Vespasian arbeitete schon lange in der Flugsicherung und kannte den Raum um Erde und Mond wie seine Westentasche. Er wußte instinktiv, welche Kräfte von Erde und Mond auf einen Körper in einer gegebenen Position wirkten. Und Luzifer beschleunigte eine Idee zu schnell.

Weil Luzifers Beschleunigung in Richtung dieser Gravitation bekannt war, war es ein leichtes, die Masse der Gravitationsquelle zu bestimmen – beziehungsweise die Gesamtmasse der Gravitationsquelle und Luzifer, von der dann die bekannte Masse von Luzifer subtrahiert wurde. Wahrscheinlich hatte er durch den Zusammenprall mit Dublin etwas an Masse verloren, aber das Ergebnis wäre auch so exakt genug.

Das Resultat der Berechnung: 1,053 Erdmassen. Es *konnte* aber nicht die Erde sein. Es sei denn, der Planet wäre in den letzten Stunden ein paar Gigatonnen schwerer geworden. Außerdem war diese Gravitationsquelle *unsichtbar*.

Gütiger Gott. Eine unsichtbare Gravitationsquelle. Plötzlich wußte Vespasian, was dort draußen war. Aber er glaubte es nicht. Er wollte es nicht glauben.

Er sah auf die Uhr, welche die bis zum Aufschlag verbleibende Zeit anzeigte. Die nächsten achtzehn Minuten würde er es auch nicht glauben *müssen*. Er aktivierte die Hochleistungs-Teleskopkamera und richtete sie auf den Lichtpunkt, der Luzifer darstellte. Die elektronischen Verstärker der Kamera vergrößerten das Bild, bis die typische Kartoffelform eines Asteroiden im Mittelpunkt des Bildschirms stand und Informationen zu Kurs und Geschwindigkeit in einem Datenfenster in der rechten unteren Ecke des Bildschirms eingeblendet wurden. Vespasian beobachtete den Sturz von Luzifer, wobei er sich dazu zwang, seinen Augen nicht zu trauen.

Der ramponierte Asteroid lag im Todeskampf. Durch die Fliehkräfte wurden große Brocken und Schutzkuppeln vom Körper des Asteroiden abgeschert. Bald war die Hauptmasse des Asteroiden in eine Wolke aus schnell auseinanderstrebenden Fragmenten jeder Größe gehüllt, die in den Raumsektor stürzten, in dem die Erde sich hätte befinden müssen.

Die Trümmer näherten sich nicht in einer geraden Linie der Position der Erde, sondern in einer engen Parabel, die sich schließlich in eine Spirale verwandelte. Die Beschleunigung nahm ständig zu.

An dem Punkt, wo die Erdoberfläche sich hätte befinden müssen, machten sich trotz der relativ geringen Entfernung die Gezeitenkräfte bemerkbar. Der Gravitationsgradient zerbröselte nun größere Brocken des Asteroiden. Luzifers Taumeln verstärkte sich, was in Verbindung mit den Gezeitenkräften die Auflösung nur noch beschleunigte. Die Zusammenstöße zwischen den einzelnen Fragmenten wurden immer häufiger und trugen ihrerseits zur Zertrümmerung des Asteroiden bei. Schließlich hatte Luzifer sich völlig aufgelöst, wobei keiner der Brocken mehr Aufschluß über die ursprüngliche Form des Asteroiden gab.

Die Trümmerwolke, die einst Luzifer gewesen war, driftete spiralförmig in die Gravitationsquelle und beschleunigte in einer immer enger werdenden Abwärtsspirale, bis sie schließlich einen signifikanten Bruchteil der Lichtgeschwindigkeit erreichte. Grelle Blitze eruptierten in den Tiefen der Gravitationsquelle, während massive Trümmer mit unglaublicher Geschwindigkeit zusammenstießen.

Die Blitze steigerten sich zu einem Crescendo und verliehen dem Begriff ›Naturgewalten‹ eine völlig neue Dimension. Das ganze elektromagnetische Spektrum war in Aufruhr. Gammastrahlen, ultraviolette, sichtbare und infrarote Strahlung sowie Radiowellen wurden von der Gravitationsquelle emittiert. Und dann, so plötzlich, wie es angefangen hatte, war es auch wieder zu Ende. Ein Blitz, eine Flamme und zuletzt ein rotes

Flackern, das wie eine Kerze im Wind ausgeblasen wurde.

Und dann war nichts mehr zu sehen.

»Radar, gebt mir eine Abtastung des irdischen Raumsektors«, sagte Vespasian.

»Läuft schon«, erwiderte Janies Stimme. »Kein Echo. Ich wiederhole, kein wie auch immer geartetes Signal.«

Lucian beugte sich näher zum Bildschirm. »Mein Gott, Vespy, wie war das möglich? Was, zum Teufel, ist mit dem Asteroiden geschehen? Müßte es nicht wenigstens Trümmer geben?«

»Er ist verschwunden«, sagte Vespasian. »Denk drüber nach. Erinnere dich an deine Astronomie-Vorlesungen. Welche Art von Gravitationsquelle ist imstande, einen ganzen Asteroiden zu verschlucken, ohne etwas zu hinterlassen? Keine Trümmer, kein Signal, keine Strahlung, nichts. Luzifer ist soeben in einem Schwarzen Loch verschwunden.« Und nun wußte Vespasian auch, wie die Erdmasse um fünf Prozent zugenommen hatte. Er hatte die Vorführung gerade miterlebt. Wo auch immer die Erde sich in den letzten Stunden befunden hatte, sie war ebenso gründlich zerstört worden wie Luzifer. Vielleicht war die Erde von einem Schwarzen Loch mit fünf Prozent der Erdmasse eingefangen worden. Wie dem auch sei, es war unerheblich. Es bestand kein Zweifel mehr. Er wußte, was mit der Erde geschehen war. Nicht wie oder wo, aber was. »Ein Schwarzes Loch mit der Masse des Planeten Erde«, flüsterte er. »Ein Schwarzes Loch, das die Erde *war.*«

Teil Drei

Kapitel Zehn

Die Logik der Nackten Purpurnen

In Sondras Augen war die Besprechung ein Mißerfolg.

Larry weigerte sich beharrlich, die Vernichtung der Erde zur Kenntnis zu nehmen, Webling schien zu nichts anderem imstande, als irgendwelche Theorien herunterzuleiern – wobei sie nicht einmal mit einer eigenen aufzuwarten hatte –, und Sondra lieferte auch keinen konstruktiven Beitrag. Wenn wir drei glorreichen Gravitationsexperten die Erde retten sollen, dann befinden wir uns in großen Schwierigkeiten, sagte Sondra sich.

Larry gebärdete sich noch immer als Trotzkopf, und Webling wollte gerade wieder eine ihrer Theorien zum besten geben, als plötzlich die Tür aufgerissen wurde. Der mit einem Datenblock und einem Stapel Ausdrucke bewaffnete Dr. Raphael stürmte in den Raum. »Der Funkoffizier hat mich geweckt«, eröffnete er ihnen ohne weitere Einleitung. »Das ist gerade von der VISOR-Station im Venus-Orbit eingetroffen«, sagte er atemlos und mit brüchiger Stimme. »Der Funkoffizier hatte allen Grund, mich zu wecken.«

Sondra war überrascht. Normalerweise war Raphael sein Schlaf nämlich heilig. Sie sah in Raphaels leichenblasses Gesicht. Irgend etwas hatte ihm eine Heidenangst eingejagt. Doch was hätte es noch Schlimmeres geben können als das Verschwinden der Erde?

»Ein gewisser McGillicutty auf VISOR hat ein paar Zahlen über … über die Erde übermittelt. Kennen Sie ihn? Ist er zuverlässig?« fragte Raphael mit einem Unterton, dem man anmerkte, daß er ein ›Nein‹ hören wollte.

»Ich habe schon von ihm gehört«, erwiderte Webling. »Er gehört zu der Sorte, die sich jahrelang im Labor verkriecht. Er hat keine Menschenkenntnis und neigt dazu, sich in Details zu verlieren. Er schweift oft vom Thema ab – aber seine Beobachtungen und Messungen sind immer erstklassig.«

»Nun, in diesem Fall scheint er das Thema völlig verfehlt zu haben«, sagte Raphael düster. Wo er zuvor zornig gewesen war, hatte er jetzt nur noch Angst. Er legte die Unterlagen auf den Schreibtisch. »Schauen Sie sich das mal an, während ich eine Computerabfrage laufen lasse. Auf Papier kann ich mich nicht so gut konzentrieren«, murmelte er. Sondra und Larry wechselten Blicke. Murmeln? Bei Raphael bedeutete das den völligen Verlust an Selbstbeherrschung. Der Mann *fürchtete sich.*

»Sie sollen mir sagen, wie Sie diesen Bericht beurteilen«, fuhr Raphael fort. »Ich will nicht glauben, was ich ihm entnommen habe.«

Larry und Sondra vertieften sich in den Ausdruck von McGillicuttys Bericht, während Webling dem am Rechner sitzenden Raphael über die Schulter blickte.

Larry hatte als erster den Überblick. »Die Gravitationswellen pflanzen sich weiter fort, doch nach dem Verschwinden der Erde existiert keine Quelle mehr. Und diese Einundzwanzig-Zentimeter-Radioquelle strahlt in einem komplexen und regelmäßigen Muster, das ständig wiederkehrt. McGillicutty geht jedoch mit keinem Wort auf das Muster ein. Er erwähnt nur die Signalstärke und die von den Gravitationswellen verursachten Verzerrungen. Er hat die Tatsache unterschlagen, daß das Signal komplex und repetitiv ist. Aber das ist unmöglich. Natürliche Signale können nicht …«

Er schaute für einen Moment nach draußen in den

Weltraum, bis die Erkenntnis ihn überkam. »Aber das bedeutet doch, daß diese Signale nicht natürlich sind«, sagte Larry im Flüsterton. »So interpretiere ich jedenfalls die Daten.«

Raphael nickte. »Zu diesem Schluß bin ich auch gekommen«, sagte er. »Wobei ich aber gehofft hatte, daß ich mich irre. Die Signale sind nicht natürlichen Ursprungs. Hat vielleicht eine der radikalen Gruppen auf dem Mond ...«

Sondra bekam eine Gänsehaut. »Sie sind also nicht natürlich. Wartet mal eine Sekunde ...«

Doch Larry hörte gar nicht mehr hin. Er kannte die Technik, die für die Erzeugung von Gravitationswellen erforderlich war. Der *Ring von Charon* war ein, wenn auch schwacher, Generator für Gravitationswellen. Es war ausgeschlossen, daß eine andere Gruppe auch nur etwas annähernd Vergleichbares gebaut hatte, zumal es unmöglich gewesen wäre, ein solches Projekt geheimzuhalten.

Zumindest galt das für Menschen.

»Die Signale und die Gravitationswellen sind künstlich, Sondra. Das heißt, daß die Erde nicht einfach verschwunden ist«, sagte er. »Jemand hat sie *entführt*.«

»Wir wissen, daß noch immer gepulste Gravitationswellen und dieses Radiosignal gesendet werden.« Tyrone Vespasian saß in seinem Büro am Schreibtisch und zwang sich zur Ruhe. Er wußte, daß er irgendwie verkrampft wirkte. Versuchte er, rational zu wirken, wo der Verstand an seine Grenzen stieß? »Das Signal ist der Beweis. Es handelt sich um ein Signal mit einer Botschaft und nicht nur um natürliches Rauschen. Auch wenn wir den Sinn nicht verstehen.«

»Und woher kommt dieses Signal?« fragte Lucian.

Vespasian rutschte unbehaglich auf dem Stuhl herum. »Von hier. Irgendwo vom Mond. Es hat fast den Anschein, als ob es gleichzeitig aus allen Richtungen käme und von einer Reihe überall verstreuter Sender abgestrahlt würde. Es gelingt uns nicht, die Quelle zu orten.«

»Meinst du nicht auch, daß das eine Überlegung wert ist?« fragte Lucian. »Die Erde ist zwei komma sechs Sekunden nach dem Kontakt mit dem Strahl verschwunden – das ist genau die Zeit, die ein mit Lichtgeschwindigkeit laufendes Signal für den Weg vom Mond zur Erde und zurück benötigt. Wenn der Mars und die Gürtel-Gemeinschaft auf die Idee kommen, uns dafür verantwortlich zu machen, dann können wir uns vielleicht auf etwas gefaßt machen.«

Vespasian nickte, lehnte sich zu Lucian hinüber und senkte die Stimme: »Daran habe ich auch schon gedacht. Erinnerst du dich noch an den Vorschlag, den sie vor zehn Jahren gemacht hatten? Sie wollten den Merkur sprengen, um an das Kernmetall zu gelangen, und einen zweiten Asteroidengürtel in der Nähe der Sonne erschaffen, um sich die Sonnenenergie zunutze zu machen. Offiziell hat die Gemeinschaft die *Kernknacker*-Bombe nie gebaut – aber angenommen, sie haben es heimlich getan? Der Mond ist ungefähr genauso groß wie Merkur, nur daß er eine geringere Masse hat. Die Gürtel-Gemeinschaft kommt womöglich noch auf die Idee, daß es nun ›sie oder wir‹ heißt.«

»Aber wir sind es doch gar nicht gewesen«, protestierte Lucian.

»Erst vor fünf Minuten haben nicht weniger als *sechs* Gruppen die Verantwortung für die Beben, das Verschwinden der Erde beziehungsweise für beides übernommen. Drei auf dem Mond, zwei auf den überlebenden Habitaten und eine auf dem Mars. Radikale Gruppierungen, Irre, von denen die meisten nicht einmal in der Lage sind, einen Schraubendreher richtig in die Hand zu nehmen. Keine dieser Gruppen wäre dazu imstande gewesen. Sie lassen nur Dampf ab und versuchen, die Katastrophe für ihre Ideologie zu verwerten. Das *Letzte-Clan-Habitat* hat überlebt, und ich habe den Unsinn gelesen, den diese Deppen verzapft haben. Sie behaupten, sie hätten die Erde vernichtet, den Hort der Degeneration und des Untermenschentums. Nun können sie ungestört ihre Übermenschen züchten. Niemand hat diese Gruppierungen bisher ernst genommen. Sie haben die Verantwortung für *alle* Katastrophen übernommen. Doch angenommen, die Leute sind so durcheinander, daß sie ihnen nun glauben – und wir in die Schußlinie geraten?« sagte Vespasian.

»Dank der öffentlichen Nachricht, die dieser verdammte Narr McGillicutty von der Venus abgeschickt hat, weiß nun jeder – einschließlich dieser Wirrköpfe – vom Signal im Einundzwanzig-Zentimeter-Band, der Lichtgeschwindigkeits-Verzögerung und den Gravitationswellen. Sie werden sich nun damit wichtig machen und sich als Urheber ausgeben. Aber *niemand weiß etwas über das Schwarze Loch* – es sei denn, sie hätten es *selbst* erschaffen.

Wenn wir also den Mund halten, kommen wir vielleicht dem wahren Schuldigen auf die Spur«, sagte Vespasian.

»Oder zumindest beweisen wir, daß keiner von unseren Verrückten darin verwickelt ist«, sagte Lucian.

»Aber wer hat es *dann* getan?« fragte Vespasian.

Lucian runzelte die Stirn. »Mein Gott, Vespy. Du sprichst vom schrecklichsten Verbrechen der Geschichte. Ich kann mir nicht vorstellen, daß ein Mensch dazu imstande gewesen wäre. Weder emotional noch mental. Ich wüßte auch gar keinen Grund.« Lucian legte eine kurze Pause ein. »Diese Wissenschaftler auf Pluto haben den Gravitationsstrahl abgefeuert. Aber wenn sie die Erde zerstören wollten, weshalb hatten sie dann noch eine Warnung vor dem Experiment herausgegeben? Die meisten von ihnen stammen von der Erde, und die Erde war ihr Geldgeber. Außerdem hat der Strahl auch die Venus und die äußeren Planeten berührt – nicht zu vergessen den Mond –, und wir leben immer noch. Woraus folgt, daß der Strahl mit einem anderen Strahl zusammenfiel oder ein verborgenes, fremdes System aktivierte. Oder die eigentlichen Übeltäter haben den zeitlichen Ablauf so geplant, um die Sache Pluto anzuhängen. Pluto hatte aber kein Motiv.«

»Wenn jemand ein Motiv hatte – was ich aber nicht glaube –, dann vielleicht der Mars oder die Gürtel-Gemeinschaft. Sie haben merkwürdige Sachen im Leerraum stationiert, von denen niemand weiß, worum es sich handelt. Wo die Erde nun verschwunden ist, sind der Mars und die G.G. plötzlich die dominierenden Kräfte im Sonnensystem. Und sie werden uns für die Katastrophe verantwortlich machen – oder ein Rudel irrer Wissenschaftler auf Pluto.«

»Aber die Erde ist doch ihr größter Markt!« rief Vespasian. »Jeder auf dem Mars und im Gürtel hat irgendwelche Angehörigen auf der Erde! Und verdammt, es sind doch *Menschen*. Kein Mensch würde ein solches Verbrechen verüben.«

»Da gäbe es noch eine andere Möglichkeit«, sagte Lucian.

»O nein. Spar dir das.« Vespasian erhob sich ruckartig und ging hinter dem Schreibtisch auf und ab. »Komm schon, Lucian. Laß die Aliens aus dem Spiel. Es gibt *nichts dort draußen*. Ansonsten hätten wir längst etwas gefunden.« Die bloße Vorstellung verursachte Vespasian schon Beklemmungen.

Lucian ignorierte das Unbehagen seines Freundes und schlug die Hände vors Gesicht. Er war müde und fühlte sich ausgebrannt. »Entweder Menschen oder Aliens, Vespy. Du hast die Wahl. Entweder Leute, die dazu eigentlich nicht imstande sind oder Wesen von einem anderen Planeten, der nicht existiert. Glupschäugige Aliens, durchgeknallte menschliche

Terroristen, der Weihnachtsmann oder der Osterhase. Jemand *muß* es gewesen sein. Und wir werden den Schuldigen nicht ermitteln, wenn wir hier Däumchen drehen. Mach bloß das Schwarze Loch an der Position der Erde nicht publik«, sagte Lucian. »Es würde die Sache nur noch schlimmer machen und die Leute in Panik versetzen. Sende codierte Nachrichten an die wissenschaftlichen Arbeitsgruppen. Sollen sie sich damit befassen.«

Vespasian grunzte. »Wirst wohl recht haben.« Er schüttelte den Kopf und sah auf die Wanduhr. »O je, die armen Schweine auf Pluto.«

»Was meinst du damit?« fragte Lucian.

»Ich meine die Lichtgeschwindigkeit. Überleg doch mal. Die Erde ist vor zehn Stunden verpufft. Sie haben den Gravitationsstrahl mit einer Laufzeit von fünf Stunden abgeschickt und sind dann zu Bett gegangen. Was sie angerichtet haben, erfahren sie fünfeinhalb Stunden später als wir. Und wenn wir die Nachricht vom Schwarzen Loch *jetzt* abschicken, werden sie es erst am späten Abend wissen. Das alles muß ihnen doch wie ein Traum auf der anderen Seite des Universums vorkommen.«

Vespasian starrte in den Weltraum. »Man verursacht aus Versehen einen schrecklichen Unfall und erfährt erst nach elf Stunden davon. Und man hat keine Möglichkeit, etwas dagegen zu unternehmen. Wenn *du* das arme Schwein wärst, das auf den Knopf gedrückt hat, wie würdest du dich nun fühlen?«

So gut wie an dem Tag, als die Feuerwehr des *Purpurnen Straflagers Tycho* ihr Elternhaus niederbrannte, hatte Marcia sich noch nie gefühlt. Plötzlich stand das Bild wieder vor ihrem geistigen Auge, ohne daß sie eine Erklärung dafür gehabt hätte. Dann begriff sie. Das Unterbewußtsein erinnerte sie daran, was sie schon alles überstanden hatte.

Erinnere dich, sagte Marcia sich. *Erinnere dich an den Aufruhr und das Chaos, das du verursacht hast, um hierher zu kommen. Du wirst auch das überleben. Erinnere dich an die Flucht und die Freude, die du an jenem Tag empfunden hattest.*

Das Ereignis spielte sich vor ihrem geistigen Auge ab. Die dunkle Wolke, die das Innere der Kuppel durchzog, die Asche, die lachenden Feuerwehrmänner, die die Flammenwerfer weglegten. Und Marcia hatte alles beobachtet, mit Freudentränen in den Augen.

Es war wenige Tage vor ihrem achtzehnten Geburtstag gewesen, und das Feuer hatte sie nach den Statuten der Mond-Republik zu einem minderjährigen heimatlosen Flüchtling gemacht. Dieses Schicksal verdankte sie einem Verwaltungsakt, für den sie eindeutig nicht verantwortlich war. Die Feuerwehr hatte ihr auch eine entsprechende Bescheinigung ausgestellt.

Das Feuer war ihre Fahrkarte aus der *Purpurnen Strafstation Tycho,* denn legale Flüchtlinge gehörten zu den wenigen Personen, die berechtigt waren, die Kontrollpunkte der Mond-Republik zu passieren und in der weniger verrückten Außenwelt ins Asyl zu gehen.

Nicht daß das Leben danach einfacher geworden wäre. Es gab nur zwei Nationen auf dem Mond: Die *Purpurne Strafstation Tycho* und die Mond-Republik. Das Überleben in der Republik, in der man allenthalben mit der legendären Mischung aus Frohsinn und Verdrießlichkeit konfrontiert wurde, die charakteristisch war für die Bewohner des Monds, hatte eine Herausforderung für sie dargestellt. Erstaunt wurde ihr bewußt, daß sie die Eltern vermißte, die sie nie wieder von Angesicht zu Angesicht sehen würde. Sie gab viel zu viel für Videogespräche nach Tycho aus. Doch wenn das Leben unter den *Nackten Purpurnen* überhaupt einen Sinn hatte, dann den, daß man sich hinterher in jeder Lage behauptete.

Gerald. *Gerald.* Die Erde war verschwunden, und

Gerald, ihr geliebter Ehemann war mit dem Planeten verschwunden. Würde sie auch *das* verkraften?

Es *mußte* eine Erklärung geben. Sie mußten etwas übersehen haben, das alles erklärte. Marcia wußte das. Sie *mußten* etwas übersehen haben. Obwohl sie wie ein Fötus zusammengerollt auf dem Bett lag und versuchte, die Welt auszublenden, verlangte das Bewußtsein, daß sie die Antwort suchte und eine Erklärung für den Wahnsinn fand.

Der Drang, Erklärungen zu finden, um in einer verrückten Umwelt zu überleben, war ein tief in Marcia verwurzelter Reflex, nachdem sie in der Szene der *Nackten Purpurnen* aufgewachsen war und sich bemüht hatte, das normale Kind außergewöhnlicher – wenn nicht verrückter – Eltern zu werden. Immer wenn sie als Kind und Jugendliche mit dem Irrsinn konfrontiert wurde, hatte sie sich an die Hoffnung, den überlebensnotwendigen *Glauben* geklammert, daß der Wahnsinn der *Purpurnen* nur eine Facette einer größeren, normalen Welt war. Einer Welt der Vernunft und der Moral, die Gerald immer verkörpert hatte. *Nein, denk jetzt nicht an ihn,* sagte sie sich. *Beruhige dich.* Der Irrsinn war nicht überall. Sie glaubte das, *mußte* es glauben, wie sie es immer getan hatte.

Sie war in die Bewegung der *Nackten Purpurnen* geboren worden, kurz nachdem sie aus dem Orbitalhabitat in die frühere Tycho-Strafkolonie auf dem Mond umgesiedelt waren. Nachdem sie achtzehn Jahre lang durch die Ideologie der Purpurnen konditioniert worden war, nahm die korrekte Version der Geschichte sich seltsam für sie aus.

Die *Purpurne Strafkolonie Tycho* war vor mehreren Jahrhunderten aus der sowjetischen Mondbasis hervorgegangen und war nach dem Zusammenbruch der Sowjetunion der Kontrolle der UN unterstellt worden. In den schlechten alten Zeiten, als die UNLAC – der Mond-Verwaltungsrat der Vereinten Nationen – Betreiber des Monds gewesen war, war Tycho in eine Strafkolonie der UN umgewandelt worden und hatte sich bald zum Endlager für den Menschenmüll der Erde, des Monds und der Siedlungswelten entwickelt.

Die Tycho-Strafkolonie war bewußt nicht nur als ausbruchssichere Haftanstalt konzipiert worden, sondern auch als ›Endstation‹. Hier saßen nur Lebenslängliche ohne Aussicht auf Begnadigung ein.

Als acht Jahre vor Marcias Geburt die Mond-Republik ausgerufen wurde, verzichteten die Mondkolonisten – die Conners – wohlweislich auf die Tycho-Strafkolonie und das Umland. Sie überließen die Verwaltung des Alptraums, den sie selbst geschaffen hatten, lieber den Vereinten Nationen.

Selbst nach Gründung der Republik betrieben die Vereinten Nationen die Tycho-Strafkolonie noch für einige Zeit als Haftanstalt weiter, bis eine Resolution der Generalversammlung die Einweisung weiterer Häftlinge untersagte. UNLAC blieb nun auf den Kosten für ein Gefängnis sitzen, das mit alten Männern und Frauen belegt war, die sich vor lauter Bosheit weigerten, zu sterben. Die Betriebskosten für die Einrichtung explodierten bald – bis UNLAC schließlich auf den Trichter kam, daß es billiger sei, der Anlage den Status einer autonomen Republik zu verleihen und die Insassen zu Bürgern dieser Republik zu erklären.

Woraufhin die Mond-Republik unverzüglich bekanntgab, daß jeder Inhaber eines Tycho-Passes, der in der Republik aufgegriffen wurde, abgeschoben werden würde – mit oder ohne Druckanzug. Weder die Nationen der Erde noch die Siedlungswelten erlaubten den Bewohnern von Tycho die Einreise.

Also waren die Häftlinge – und deren Nachkommen – technisch frei, besaßen aber keine Reisefreiheit. In dieser Hinsicht war Tycho ein Paria. Immerhin durften die Häftlinge sich eigene Gesetze geben und Besitz erwerben. Die Mond-Republik gestattete in geringem

Umfang Handel, in dessen Dunstkreis sich eine rege Schmuggeltätigkeit entwickelte. Das eröffnete den Gefangenen ein Fenster zur Außenwelt.

Alles in allem war es ein bescheidener Anfang. Aber immerhin genügte es, denjenigen, die es richtig anstellten, zu Reichtum zu verhelfen, während die weniger Glücklichen verhungerten. Bald geschah das Unvermeidliche, und einem der schlauesten und gemeinsten Häftlinge gelang es, die Konkurrenten um die Macht zu verdrängen und sich als der König von Tycho zu etablieren: ›Rotauge‹ Sid der Erste.

Soweit die dokumentierte Geschichte. Der Rest war teils Legende, teils Lüge. Marcia hatte das nie so recht auseinanderhalten können. Es wurde kolportiert, daß ›Rotauge‹ Sid den letzten offenen Trakt von Tycho beim Pokern gewonnen hatte. Man munkelte, er hätte falsch gespielt. Aber sicher war sich niemand, weil außer ›Rotauge‹ keiner der Spieler überlebt hatte. Sofern diese Geschichte nicht von Sid in Umlauf gebracht worden war, um seine Gegner einzuschüchtern.

Und dann, im zehnten Jahr seiner Regentschaft, verschied ›Rotauge‹ Sid (oder wurde vergiftet) und hinterließ alles seinem Idioten (vielleicht auch verrücktem Genie oder politischen Dissidenten) von Sohn, Jasper, der etwas zu oft außerplanetarische Radiosender hörte. Vor allem lauschte ›Rotauge‹ Jasper der *Purpurnen Stimme,* die von *NaPurHab* ausgestrahlt wurde. Er wurde religiös. Oder ein Philosoph. Oder er entwickelte eine Paranoia. Niemand vermochte es mit letzter Gewißheit zu sagen.

Was auch immer das *Purpurne* war, es hatte einen Spitzenplatz in der Geschichte des Irrationalen verdient. Wofür die *Purps* standen, was sie ablehnten, welche Ziele sie hatten – all diese Aspekte waren bedeutungslos für die *Purps*. Abkehr von der Gesellschaft und Diffamierung der Welt, wobei sie sich dann darüber entrüsteten, daß die Welt Anstoß an diesen Diffamierungen nahm, war die Lebensart der *Purpurnen*. Die *Purpurnen* kultivierten den Zorn des Zorns wegen und erhoben die Absurdität zur Kunstform und Politik, wobei sie sich der Eliminierung aller konventionellen Strukturen verschrieben hatten. Wenn die *Purps* überhaupt ein Ziel hatten, dann dieses; es war das Ideal der *Nackten Purpurnen*.

Marcia erinnerte sich an die Allegorie, deren Namen die Bewegung trug: Zieht euch aus, malt euch purpurn an und geht so über die Straße. Wenn die Leute überrascht und schockiert reagierten oder Anstoß an dieser Vorführung nahmen, mußte man sie wegen ihrer engstirnigen, kleinbürgerlichen Mentalität schmähen. Und wenn man ihr Treiben akzeptierte, mußte man sie wegen ihrer Scheuklappenmentalität verachten und ihnen vorwerfen, daß sie aufgrund ihrer Engstirnigkeit keinen Sinn für die wunderbaren Details dieser Welt hätten. Ob die Menschen nun reagierten oder nicht, ein Anlaß, sie mit Verachtung zu strafen, fand sich immer.

Es war eine Strategie, die Geächteten anzulocken und den Rekruten das Gefühl zu vermitteln, daß die ganze Welt sich gegen sie verschworen habe. Und es vermittelte den *Purps* ein Gefühl der Überlegenheit gegenüber der banalen Alltagswelt und stärkte sie in dem Bewußtsein, daß sie nur von den anderen *Purps* akzeptiert würden.

Es war diese Art von diffusem Zorn, dessen Reiz der irrationale Thronfolger eines verrückten Königreichs sich nicht zu entziehen vermochte. Wie Jasper.

Wie alle Konvertiten der Bewegung der *Nackten Purpurnen* mußte auch ›Rotauge‹ Jasper seine weltlichen Besitztümer an die Bewegung abtreten. Solche Güter und Besitztümer umfaßten auch das Königreich Tycho. So gelangte die Bewegung der *Nackten Purpurnen* in den Besitz ihres eigenen Landes.

Als die *Purpurnen* die Macht übernahmen, war Tycho seit Jahrzehnten kein offizielles Gefängnis mehr, doch die Regierung der Mond-Republik huldigte noch immer den politischen Prinzipen, an denen sie sich schon seit Generationen orientierte: Jeder durfte nach Tycho einreisen, doch niemand durfte ausreisen. Auch nach hundert Jahren hatte diese Doktrin noch uneingeschränkt Bestand. Im Grunde war Tycho nach wie vor ein Gefängnis. Die Republik war nicht im mindesten gewillt, diese Politik zugunsten eines Habitats mit einer Horde Irrer aufzugeben.

Dennoch erklärten die *Nackten Purpurnen* sich als Befreier. Nachdem sie die Herrschaft übernommen hatten, benannten sie den Ort offiziell in *Purpurne Strafstation Tycho* um. Auf die Widersprüche und Spannungen, von denen dieser Name – und die Stadt selbst – geprägt waren, legten sie großen Wert.

Weil die *Nackten Purpurnen* und ein Mob aus ehemaligen Häftlingen auf engstem Raum in einem ehemaligen Hochsicherheitsgefängnis zusammenlebten, waren Auseinandersetzungen vorprogrammiert. In diesem ersten Jahr schlug die Mordrate alle Rekorde, selbst nach den Maßstäben von Tycho. Doch erstaunlicherweise starben die meisten Gefangenen eines natürlichen Todes. Daraufhin demonstrierten die *Purpurnen* ihre Überlebens- und Führungsqualitäten, und die Lage entspannte sich ein wenig.

Marcias Eltern hatten sich im *Purpurnen Straflager Tycho* kennengelernt, wobei ihr Vater ein Häftling der zweiten Generation und ihre Mutter eine militante Anführerin des gewaltfreien Arms gewesen war. In Marcias Erinnerung bestand die Ehe ihrer Eltern nur aus lautstarken Auseinandersetzungen, andauernden Verdächtigungen und wilden Beschuldigungen. Solche Verhaltensweisen wurden von den *Nackten Purpurnen* zur Kunstform stilisiert. Und doch hatte sie wie jedes Kind ihre Lage für normal gehalten.

Ihre Jugend war zumindest abwechslungsreich, wobei ihre Eltern die Philosophie der *Nackten Purpur-*

nen befolgte, die da lautete: Erziehung durch Extreme. Wechselbäder aus Überdosen an Liebe und unberechenbaren Wutanfällen, überwältigender Zuneigung und seelischer Grausamkeit. Weil sie gezwungen war, mit der Schock-Philosophie der *Nackten Purpurnen* zu leben, bekam die heranwachsende Marcia von allem etwas ab.

Einen Sommer (oder was ein Sommer gewesen wäre, wenn die Klimaingenieure die Jahreszeiten nicht als bourgeois abgetan und die Temperatur auf zwanzig Grad Celsius festgesetzt hätten) verbrachte sie unter der grauen Steinkuppel des aufgelassenen Haupt-Straflagers und streute Samen, der, wie sie wußte, tot war, in einen Boden, der, wie sie wußte, steril war.

Sie erinnerte sich nicht mehr an die Nuancen dieser speziellen nihilistisch-dialektischen Theorie, die diese Tätigkeit ihr vermitteln sollte, sondern nur noch an die Nutzlosigkeit allen Strebens, die ein zentrales Paradigma der Ideologie der *Nackten Purpurnen* darstellte. Alles hatte mit dem Studium der Nutzlosigkeit zu tun. Die *Purpurnen* bemühten sich nach Kräften, sich von der Nutzlosigkeit der Arbeit zu überzeugen. Das *Weshalb* interessierte sie dabei nicht. Es ging nur darum, daß Arbeit bedeutungslos war.

Alles, woran sie sich in jenem Sommer erinnerte, war das allgegenwärtige Grau und die Tatsache, daß sie sich ergeben in ihr Schicksal gefügt hatte. Der triste, graue Steinhimmel der Kuppel. Das kalte, graue Licht der Glühlampen, die wie tote Quallen in der Luftströmung über ihr hingen. Der graue Mondboden, auf dem beim leisesten Lufthauch Staubwolken aufwallten. Der graue, würgende Durst, von dem die Schüler gepeinigt wurden, während sie die schnurgeraden Furchen abschritten und sorgfältig das leblose Saatgut ausbrachten.

Und der graue, pulsierende Schmerz zwischen den

Schultern, der nie weichen wollte und der das Resultat der langen Tage gebückter Arbeit gewesen war.

Sie wuchs inmitten der angeblichen Vorzüge der Lebensweise der *Purpurnen* auf. Angefangen mit der Wahrheitssuche mittels Lüge, der Mäßigung durch Extreme und der kreativen Spannung des permanenten gewaltfreien Aufstands. Die ständige Konfrontation mit den Häftlingen schien nur ein weiterer Aspekt des *purpurnen* Ideals der mürrischen Absurdität zu sein. Auf eine Phase verordneter hedonistischer Völlerei folgte eine Periode des Hungerns. Jeder Künstler, der heute gefeiert wurde, mußte damit rechnen, morgen als abartig verteufelt zu werden. Die Polizei wurde angewiesen, zuweilen das Recht zu brechen, und die Standardstrafe für die meisten Verbrechen bestand darin, im Polizeirevier Dienst zu schieben. Wer ohne Erlaubnis eine defekte Maschine reparierte, das Eigentum des Nachbarn stahl, ohne dafür sein eigenes zu hinterlassen oder sich konventionell kleidete, mußte bei der Truppe dienen.

Als Marcia in die Pubertät kam, lebte sie ständig in der Angst, daß wieder ein Orgien-Tag ausgerufen wurde und betete, daß der Zölibat-Monat verlängert wurde.

Und doch, trotz allem, was sie durchgemacht hatte, aus Gründen, die sie nicht zu erklären vermochte, hoffte Marcia MacDougal nicht nur auf eine Sinnhaftigkeit in der Welt, sondern sie *erwartete* sie geradezu.

Ohne Zweifel war das der Hauptgrund gewesen, weshalb sie sich in Gerald verliebt und ihn geheiratet hatte. Obwohl sie seinen Glauben nicht teilte, war der Umstand, daß er überhaupt einen Glauben *hatte*, schon ein Trost.

Doch Gerald war verschwunden, zusammen mit dem Rest der Erde. Mit einer Willensanstrengung riß sie sich von diesen Gedanken los und versuchte sich auf die aktuellen Probleme zu konzentrieren.

Sie hatten etwas übersehen, sagte sie sich erneut. All die Leute, die nach einer Antwort suchten. *Sie* hatte etwas übersehen. Ihr Unterbewußtsein hielt hartnäckig daran fest, daß es einen Schlüsselfaktor gab, den sie alle übersehen hatten, etwas, das Licht ins Dunkel bringen würde. Das war die Botschaft aus den Tiefen ihres Ich.

Einen Moment. *Botschaft*. Das war es. Die Quelle im Einundzwanzig-Zentimeter-Band. McGillicutty hatte überhaupt nicht berücksichtigt, daß sie künstlich war; es handelte sich nicht nur um eine Quelle, sondern um ein Signal, eine *Botschaft*. Sie gab die embryonale Körperhaltung auf und setzte sich auf.

Selbst wenn McGillicutty übersehen hatte, daß es ein künstliches Signal war – die meisten anderen hatten es vermutlich als solches erkannt.

Doch hatte einer von ihnen auch daran gedacht, die Botschaft zu entschlüsseln? Wären sie überhaupt dazu imstande? Kannten sie den Code? Sie erinnerte sich an ihre Zeit als Doktorandin am Lunaren Institut für Technologie, wo sie auch Gerald kennengelernt hatte. Sie waren sich in einer Xeno-Bio-Vorlesung begegnet, in der gerade die Botschafts-Theorie behandelt wurde. Hierbei ging es um die Vermittlung von Techniken der Kontaktaufnahme mit Aliens. Auf diese Art war der Kurs in der Lage, selbst Schleimwesen ohne Aversion zu analysieren.

Botschafts-Theorie. Sie beruhte auf der Annahme, daß es bestimmte fundamentale Konzepte gab, die allen technischen Zivilisationen gemeinsam waren. Eine Form der Kommunikation, die auf diese Ideen Bezug nahm, müßte für jede Zivilisation verständlich sein. Sie erhob sich, ging zur Konsole und rief Referenzdateien auf. Vielleicht war es an der Zeit, diese alten unsinnigen Theorien einer Prüfung zu unterziehen.

Marcia wußte, daß die vor ihr liegende Aufgabe so

komplex war, daß es schon ans Absurde grenzte. Wenn die Radioquelle wirklich ein Signal war, dann war die Botschaft vermutlich in einer fremden Sprache abgefaßt.

Es sei denn, diese Botschaft stammte gar nicht von Außerirdischen, sondern von ein paar ganz normalen Menschen, die in den Besitz einer fremden Technik gelangt waren. Angenommen, die *Oktal-Millenialisten* hatten die Prognosen überprüft, neu berechnet und dabei festgestellt, daß ihre Voraussagen über den Tag des Jüngsten Gerichts fehlerhaft waren. Angenommen, dieser Tag war in ihren Augen gekommen und sie hatten etwas nachhelfen wollen. Oder eine andere Techno-Bande hatte eine Möglichkeit gefunden, die Erde als Geisel zu nehmen. Das erschien zwar unmöglich – aber das galt auch für die Katastrophe an sich. Falls es sich um eine menschliche Verschwörung handelte, dann war dieses Signal im Einundzwanzig-Zentimeter-Band vermutlich codiert. Und wenn es ein *nicht*-menschlicher Code war, wäre er mindestens genauso kompliziert.

Sich einfach an den Computer zu setzen und unvorbereitet an die Arbeit zu gehen wäre genauso sinnlos gewesen, als wenn sie beschlossen hätte, den Stein von Rosette an einem Nachmittag zu entziffern.

Doch war sie gegenüber Champollion und den anderen Gelehrten deutlich im Vorteil: sie verfügte über Computer. Im Hauptrechner von VISOR hatte sie Zugriff auf leistungsfähige Suchprogramme. Das Signal im Einundzwanzig-Zentimeter-Band schien binärer Natur zu sein, eine Abfolge von Nullen und Einsen und bot somit ideale Voraussetzungen für eine Bearbeitung im Computer. Der Rechner würde schon mit der schieren Zahlenfülle genug zu tun haben. Und trotzdem hätte die Aufgabe eine Bearbeitungszeit von Monaten, vielleicht Jahren erfordert. Wenn Marcia wirklich zu rationalen Erwägungen imstande gewesen wäre und nicht nur versucht hätte, ihre Panik und Verzweiflung mit Rationalität zu kaschieren, hätte sie das vielleicht auch erkannt und den Versuch von vornherein unterlassen.

Schon der bloße Versuch war lächerlich.

Und es war nachgerade absurd, daß sie binnen einer Viertelstunde den ersten Teil der Botschaft entschlüsselt hatte.

Kapitel Elf

Tanz der Teufel

Coyote Westland erwachte mit hämmernden Kopfschmerzen in einer Ecke ihrer Habitat-Hütte. Was, zum Teufel, hatte sie am vergangenen Abend getrunken? Sie lag reglos da und ließ den Abend Revue passieren. *Einen Moment*, sagte sie sich. *Ich habe überhaupt nichts getrunken. Ich habe schon seit Wochen nichts mehr getrunken*. Und dafür gab es auch einen guten Grund: Weder in der Hütte noch im Schiff gab es einen Tropfen Alkohol.

Etwas stimmte nicht. Sie mußte der Sache auf den Grund gehen. Doch die Reflexe einer routinierten Trinkerin hatten sie gelehrt, die Augen zu schließen, wenn sie sich in einer solchen Position befand und reglos dazuliegen, während sie ihre Lage analysierte. Wenn sie aufgestanden wäre und sich bewegt hätte, wäre ihr nur schwindlig geworden – zumal unter den Bedingungen der Schwerelosigkeit. Also lag sie starr und mit geschlossenen Augen da und versuchte sich zu erinnern.

Wenn sie nichts getrunken hatte, dann hatte sie auch keinen Kater. Vor dem Schlafengehen war sie stocknüchtern und obendrein noch guter Dinge gewesen. Was, zum Teufel, hatte sich dann ereignet? Sie brauchte mehr Daten.

Vorsichtig öffnete sie erst ein Auge, dann das andere, und dann sah sie etwas, das anscheinend das vordere Schott der Habitats-Hütte darstellte, das sich von ihrer Koje aus gesehen an der entgegengesetzten Seite der Hütte befand. Sie lag mit dem Gesicht an der Wand der Hütte. Sie spürte, daß die Nase sowohl taub als auch wund war, und der Schmerz im Kopf zog sich über die ganze Stirn. Sie mußte irgendwie gegen die Wand geprallt sein. Das würde zumindest die Kopfschmerzen erklären – aber, wie zum Teufel, hatte sie den Sprung durch die Hütte geschafft? Selbst unter den Bedingungen der Schwerelosigkeit war das ein höllischer Stunt. War sie während eines Alptraums aus dem Bett gesprungen?

Vorsichtig, damit ihr nicht übel wurde, streckte sie beide Arme aus und stieß sich vom Schott ab. Sie entfernte sich von der Wand – und driftete zu ihrer Verblüffung wieder *auf sie zu*. Nein, sie driftete nicht – sie *fiel*.

Sie zappelte in der Luft, und mit etlicher Mühe gelang es ihr schließlich, auf dem Po anstatt auf der Nase zu landen. Fallen? In der Schwerelosigkeit? Es herrschte keine Schwerelosigkeit mehr. Sie schätzte die Gravitation auf ein zwanzigstel Gravo.

Da saß sie nun und schaute sich verdutzt in der Hütte um. Die Koje war an der Rückwand der Hütte verschraubt, die nun die Decke war. Wenn das Bettlaken nicht mit einer Klammer befestigt gewesen wäre, wäre es schon heruntergesegelt. Statt dessen baumelte es grotesk herab. Sie betrachtete das Vorderschott, auf dem sie saß und stellte fest, daß es mit Ausrüstungsgegenständen übersät war, die zusammen mit ihr hinuntergefallen waren. Sie griff sich an den Kopf und ertastete eine Beule. Etwas mußte sie getroffen haben.

Sie stand vorsichtig auf und versuchte einen klaren Gedanken zu fassen. Während sie geschlafen hatte, war die Hütte auf dem Asteroiden AC125DN1RA45 umgekippt. Nur daß der kleine Brocken mit einem Durchmesser von nicht einmal einem halben Kilometer viel zu klein war, um ein nennenswertes Schwerefeld zu erzeugen. Bestenfalls ein zehntausendstel Gravo. Nun befand sie sich auf einmal in einem hundertmal stärkeren Schwerefeld. Was ging hier vor? Hatte jemand ihre Hab-Hütte aus irgendeinem Grund bewegt?

Die Hütte war ein Zylinder mit einer Länge von etwa fünfzehn Metern respektive einer Höhe von fünfzehn Metern, wobei Coyote auf der Bodenfläche stand und nach oben schaute. Auf halber Höhe befand sich ein Schleusensystem. Außerdem gab es dort zwei Bullaugen, von denen das eine in die Schleuse eingelassen war und das andere ins gegenüberliegende Schott, so daß man sowohl einen Blick auf die Oberfläche des Asteroiden als auch in den Weltraum hatte. Und was sie durch die Bullaugen nicht sah, wurde ihr von der ferngesteuerten Außenkamera übermittelt. Die Bedienungselemente der Kamera waren in die Wand neben der Schleuse eingelassen.

Nach ein paar Sprüngen und ebenso vielen Zusammenstößen mit der Wand gelang es ihr endlich, den an der Schleuse montierten Handlauf zu ergreifen und sich mit den dort angebrachten Gurten zu sichern, mit denen normalerweise Lasten befestigt wurden. Sie schaute zuerst durch das dem Asteroiden zugewandte Bullauge und stieß einen erleichterten Seufzer aus. Die dunkle Masse von RA45 war noch da. Sie erkannte nicht nur die zerklüftete Landschaft, sondern auch ihre Bergbauausrüstung. Und da war auch das Bohrloch.

Dann schaute sie durch das raumseitige Bullauge und stellte fest, daß doch etwas fehlte. Nicht auf dem Felsen, sondern am Himmel.

Schreckerfüllt erkannte sie, was fehlte. Ihr Schiff. Die *Vegas Girl* war verschwunden.

Nein, doch nicht. Weitab standen als winzige Lichtpunkte die Positionslampen der *Girl*.

Wie, zum Teufel, war das möglich? Sie hatte die *Vegas Girl* in einem perfekt abgestimmten Orbit relativ zu RA45 geparkt. Es war ausgeschlossen, daß sie so weit abgetrieben war, während Coyote schlief.

Es sei denn, sie hatte eine halbe Ewigkeit geschlafen. Sie sah auf die Uhr und verglich sie mit der Anzeige des Hütten-Chronometers. Sie verglich sogar das

Datum, nur um sich zu vergewissern, daß sie nicht rund um die Uhr geschlafen hatte. Aber nein, sie hatte nur ein paar Stunden geschlafen. Wie weit war das Schiff abgetrieben?

Coyote nahm den Radar-Entfernungsmesser vom Regal und peilte durch das Bullauge die *Girl* an. Das tragbare Gerät hatte nur eine geringe Leistung und war eigentlich nicht für lange Distanzen ausgelegt. Normalerweise benutzte sie es, um die Entfernung und die Annäherungsgeschwindigkeit zu einem Asteroiden zu ermitteln, doch sie konnte damit auch den Kurs ihres Schiffes bestimmen. Sie nahm die Positionslampen ins Visier und betätigte den Abzug.

Mit zwei akustischen Signalen meldete das Gerät, daß es die Werte für die Entfernung und Geschwindigkeit erfaßt hatte. Coyote las die Daten auf dem Display ab.

Und ihr blieb fast das Herz stehen. Die *Vegas Girl* war über einhundert Kilometer entfernt, und das Schiff bewegte sich mit einer Geschwindigkeit von über dreihundert Metern pro Sekunde von ihr weg.

Einen Augenblick. Das Gerät zeigte nur die Relativgeschwindigkeit an, gab aber keine Auskunft darüber, von welchem Objekt die Bewegung verursacht wurde. Erneut schaute sie aus dem Bullauge und machte die Leuchtboje aus, die sie auf RA46, dem letzten von ihr bearbeiteten Felsen, stationiert hatte. Sie fluchte stumm. RA46 stand im falschen Himmelssektor. Sie feuerte einen Meßpuls ab und erhielt praktisch den gleichen Wert für die Geschwindigkeit. Die *Girl* war stationär relativ zu RA46. Das Schiff bewegte sich also nicht. Es war dieser Felsen. Er bewegte sich mit einer Geschwindigkeit von fast zwölfhundert Stundenkilometern relativ zum Schiff! Aber wie, zum Teufel ...?

Gütiger Gott. Sie befand sich in keinem Schwerefeld – sie unterlag einer *Beschleunigung* von einem zwanzigstel Gravo. Doch wie lange schon? Coyote wußte, daß die Geschwindigkeit selbst bei so geringer Beschleunigung höllisch zunehmen konnte. Dennoch war das Ergebnis der Berechnungen erschütternd. Wenn sie ein zwanzigstel Gravo zugrunde legte, dann bedeutete das, daß der Felsen erst seit zehn Minuten beschleunigt wurde. Die Zahlen jagten ihr irgendwie Angst ein.

Doch wie war es überhaupt möglich, daß ein Felsen beschleunigte? Coyote wäre es sicher nicht entgangen, wenn jemand auf RA45 gelandet wäre und den Asteroiden mit Triebwerken bestückt hätte. Die dazu erforderlichen Fusionstriebwerke hätten nämlich die doppelte Größe ihrer Hütte haben müssen. Selbst wenn das hinter dem lokalen Horizont geschehen wäre, der technische Aufwand wäre enorm gewesen, und sie hätte die dadurch verursachten Vibrationen gespürt. Doch selbst die Mineure, die ihre Felsen immer in günstigere Orbits manövrierten, arbeiteten mit einem Schub von einem hundertstel, höchstens einem fünfzigstel Gravo. Bessere Werte waren mit den massiven Asteroiden nicht zu erzielen. Und selbst dann waren die Vibrationen so heftig, daß der Felsen fast auseinanderbrach.

Dieses Baby indes raste mit der dreihundertfachen Geschwindigkeit durchs All, ohne daß die geringste Erschütterung zu spüren war. Sie hing in den Gurten und starrte konsterniert auf die kleine Anzeige des Meßgeräts.

Und sie bekam es mit der Angst zu tun. Dies war eine Standard-Hütte. Das Funkgerät hatte nicht genug Leistung, um Hilfe anzufordern. Eine Rettungskapsel gab es auch nicht. Und ohne Schiff saß sie auf diesem Felsen fest.

Wohin, zum Teufel, war dieser Felsen unterwegs?

Und wer dirigierte ihn?

Larry saß allein im Leitstand und starrte mit leerem Blick vor sich hin.

Die Nachricht vom Mond war eindeutig: Die Erde war zurückgekehrt, und zwar in Gestalt eines Schwarzen Lochs.

Ein Schwarzes Loch. Die Hiobsbotschaften nahmen kein Ende.

Larry fühlte sich wie eine Zimperliese, die keine schlechten Nachrichten vertrug. Wie war es möglich, daß die Erde ohne das Hinterlassen von Trümmern verschwunden war, hatte er gefragt. Nun, hier hatte er die Antwort. Sie war ganz einfach. Man mußte den Planeten nur in ein Schwarzes Loch verwandeln. Und auf irgendeine Art und Weise hatte sein verfluchter Gravitationsstrahl genau das getan.

Larry umklammerte die Armlehnen seines Stuhls. Er hätte die Antwort *wissen* müssen, hätte sie vorhersehen müssen. Statt dessen hatten er und Webling Sondra quasi niedergebrüllt, als diese sie auf die Möglichkeit eines Schwarzen Lochs hingewiesen hatte. Weil sie der Wahrheit nicht ins Auge sehen wollten.

Die Erde war nicht nur verschwunden, sondern vernichtet worden. Und da hatte er sich die ganze Zeit an den Strohhalm geklammert, daß der Planet vielleicht nur auf eine geheimnisvolle Art und Weise versetzt worden sei.

Doch seine Argumente waren so *logisch* und stringent erschienen. Hatte er sich wirklich so getäuscht?

Aber darauf kam es nun auch nicht mehr an. Wie gut oder wie schlecht seine Theorien auch immer gewesen waren, sie stimmten nicht mit den Tatsachen überein – sie waren falsch. Der Gravitationsstrahl hatte bewirkt, daß die Erde in ein Schwarzes Loch stürzte. Fertig. Der Heimatplanet war zerstört. Wenn die Details auch noch unbekannt waren, die Tatsache selbst war unzweifelhaft.

Jeder in der Station schien unter Schock zu stehen. Larry war davon nicht ausgenommen – er hockte wie erstarrt auf dem Stuhl. Aber was hätten sie auch tun sollen? Bestand überhaupt eine Möglichkeit, etwas zu unternehmen? Alle waren völlig ratlos.

Larry zuckte zusammen, als er die tiefere Wahrheit erkannte. Seine Situation unterschied sich etwas von Sondras oder Dr. Weblings Lage. *Er* hatte den Knopf gedrückt. Er hatte den Versuch konzipiert und initiiert. Wenn jemand dafür verantwortlich war, dann *er*. Ob es sich um Vorsatz oder einen Unfall gehandelt hatte, war unerheblich. Es waren seine Handlungen gewesen, die den Untergang der Erde herbeigeführt, sie in eine bodenlose Schwerkraftgrube gestürzt und zu einem Punkt im Raum komprimiert hatten, der von einem Ereignishorizont umgeben wurde, der nicht größer war als ein Kieselstein.

Aber *wie*, verdammt? Larry sträubte sich gegen diese Vorstellung. Wie hätte sein Gravitationsstrahl das bewirken sollen? Das war völlig ausgeschlossen. Er schloß die Augen und stellte sich das System des Gravitationsstrahls vor, verfolgte seine Entstehung im *Ring von Charon* und überprüfte jeden Schritt der Prozedur. Nein, das war unmöglich. Der Strahl hatte keine Verhaltensauffälligkeiten gezeigt, und es hatten auch keine unerklärlichen Daten vorgelegen, die ein Indiz dafür gewesen wären, daß der Strahl einen Gravitationskollaps in einem Schwarzen Loch auslösen würde.

Und weshalb war den anderen Planeten nichts geschehen, als der Strahl sie berührt hatte? Wie war es möglich, daß sein Strahl die Erde vernichtete und der Venus kein Härchen krümmte?

Und wo hatte das Schwerefeld der Erde sich in den acht Stunden zwischen ihrem Verschwinden und Luzifers Zerstörung befunden? Natürliche Gravitation war eine Funktion der Masse, ganz einfach. Auf die Ausprägung der Masse kam es dabei nicht an. Die Erde, ein Schwarzes Loch mit der Masse der Erde – oder auch ein Schweizer Käse mit der Masse der Erde – würden alle das gleiche Schwerefeld erzeugen. Es würde sich nicht einfach ein- und ausschalten, während die Materie von einem Zustand in den anderen überging oder für acht Stunden verschwand.

Und wieso wurden noch immer Gravitationswellen und dieses verdammte Radiosignal im Einundzwanzig-Zentimeter-Band vom Mond abgestrahlt?

Und wie, um alles in der Welt, hatte die Erdmasse sich in diesen acht Stunden um fünf Prozent erhöht? Larry hätte gewettet, daß ein Schwarzes Loch mit der Masse der Erde nicht imstande gewesen wäre, Materie mit einer solchen Geschwindigkeit anzusaugen. Die Masse würde nämlich nicht einfach eintauchen. Sie würde sich zuerst in eine Akkretionsscheibe verwandeln und dann spiralförmig vom Schwarzen Loch angesaugt werden. Luzifers Trümmer hatten sich schon vorher zu einer Scheibe angeordnet. Larry überprüfte die Daten. Das Schwarze Loch hatte Luzifers Masse mit gleichbleibender Geschwindigkeit angezogen – und zwar hundertmal langsamer, als es für den ›Verzehr‹ von fünf Prozent der Erdmasse in acht Stunden gebraucht hätte.

Und was bedeuteten diese blauen Blitze und die großen Massen, die von ihnen ausgestoßen wurden? Diese Massen schienen aus dem *Innern* des Schwarzen Lochs zu kommen, doch das war unmöglich. Nichts entwich aus einem Schwarzen Loch, nicht einmal Licht; höchstens die eigenen Zerfallsprodukte des Lochs. Was hatten die Blitze also zu bedeuten?

Larry erhob sich und verließ den Raum.

Wodurch sollten die blauen Blitze sonst verursacht werden, wenn nicht durch das Öffnen und Schließen einer Wurmloch-Pforte?

Der *Ring* war nicht nur ein Beschleuniger. Theoretisch konnte man ihn auch als Gravitations-Abbildungs-System konfigurieren, als Gravitationsteleskop mit enormer Empfindlichkeit. Solch ein Teleskop leistete mehr, als nur Gravitationswellen zu sammeln. Es formte sie zu Bildern. Allerdings hatte das bisher noch niemand versucht. Larry befand, es sei an der Zeit, die Theorie in die Praxis umzusetzen.

Dazu brauchte er eine Bildsequenz des Monds und des ihn umgebenden Raums. Die Einrichtungen auf der Venus, Ganymed und Titan empfingen starke Gravitationswellen vom Mond, aber die Geräte waren weder leistungsfähig noch empfindlich genug, um diese Daten in ein deutliches Bild zu überführen. Die Schwerkraftsensoren auf dem Mond waren wegen der mysteriösen Gravitationswellen ohnehin blind. Kurz gesagt, keine der anderen mit Gravitationssensoren bestückten Stationen war in der Lage, ein brauchbares Bild zu erzeugen.

Zumal sie keinen Larry hatten, der die entsprechenden Programme schrieb. Larry war nicht eitel – zumindest nicht übermäßig –, aber er wußte, was er konnte.

Etwas mußte diese starken Gravitationswellen erzeugen, die vom Mond ausgingen. Larry mußte den Ursprung dieser Wellen und die Gravitationsfelder um dieses verfluchte Schwarze Loch ausfindig machen. Noch besser wäre es, wenn er alle Merkmale des Lochs ermitteln würde. Solcherart müßte er in der Lage sein, den Nachweis zu führen, daß es sich bei diesem Loch eben nicht um die Erde handelte.

Man wußte bereits, daß das Schwarze Loch nicht die richtige Masse hatte. Das genügte zwar, um Larry zu überzeugen, nicht aber den Rest der Welt. Wenn Larry den Nachweis erbrachte, daß die restlichen Eigenschaften des Lochs – Spin, elektrische Ladung, Winkelgeschwindigkeit, Rotationsachse und Magnetfelder – nicht der Charakteristik eines aus der Erde hervorgegangenen Schwarzen Lochs entsprachen, dann würde er über hinreichende Beweise verfügen, daß die Erde nicht zerstört worden war.

Zumindest würde er dann beweisen, daß das

Schwarze Loch, das der Mond nun umkreiste, nicht der Leichnam der Erde war.

Er schickte sich an, den Ring zu rekonfigurieren. Erst nachdem er eine mehrstündige Simulation durchgeführt hatte, hatte er die Bestätigung, daß sein Plan realistisch war. Es war eine harte Arbeit, die Berechnungen mit Dutzenden von Variablen umfaßte. Schockiert wurde Larry sich bewußt, daß er *Spaß* bei der Lösung des Problems hatte.

Aber Problemlösungen hatten ihm schon immer Freude bereitet. Vielleicht würde es der menschlichen Rasse jetzt besser gehen, wenn er sich damit begnügt hätte, Puzzles zusammenzufügen.

Die Simulationen bestätigten, daß die Sache durchführbar war – doch dann beschloß Larry, diesmal lieber um eine Genehmigung nachzusuchen. Der Direktor hatte ihm zwar Zugang zu allen Einrichtungen gewährt, aber trotzdem ... Er wählte die Nummer des Büros des Direktors.

»Raphael hier«, dröhnte die Stimme des Chefs aus dem Lautsprecher.

»Sir, hier spricht Larry Chao aus Leitstand Vier. Ich möchte den *Ring* gern als Gravitationsdetektor nutzen. Vielleicht finden wir etwas. Zumal es den Anschein hat, als ob alle anderen Experimente abgesetzt worden ...«

»Machen Sie, was Sie wollen, Chao. Tun Sie in Gottes Namen, was Sie wollen. Darauf kommt es nun auch nicht mehr an.«

Raphael unterbrach die Verbindung. Larry schauderte, als er die Resignation in der Stimme des alten Mannes gehört hatte. Raphael hatte aufgegeben, die Zerstörung der Erde als gegeben akzeptiert und war in Selbstmitleid versunken. Aber vielleicht war er auch nur realistisch. Welchen Sinn hatte es noch, an diesem Tag zu arbeiten?

Aber nein. Larry war aus einem anderen Holz geschnitzt. Auch wenn es verrückt war, er mußte es weiter versuchen. Es war besser, man war verrückt und kämpfte, als bei klarem Verstand eine Niederlage zu erleiden.

Er führte die Berechnungen durch.

Der *Autokrat* von Ceres saß auf einem schlichten Schemel in seinem schlichten Zimmer und sah die beiden Leute, die nervös vor ihm standen, bedauernd an. Er würde sie töten lassen müssen.

»Es tut mir sehr leid«, sagte er, »aber ich habe in dieser Sache kaum einen Spielraum. Es wurde von euch erwartet, Gründe anzuführen, weshalb ich euch nicht vom Leben zum Tod befördern sollte. Solche Gründe habe ich nicht gehört. Statt dessen habe ich zwei Leute gesehen, die einen Streit über Schürfrechte zum Anlaß genommen haben, einen neuen sinnlosen *Felsenkrieg* auszulösen. Es sind nicht die Bergbaubestimmungen, die verhindern, daß in diesem Fall der Gerechtigkeit Genüge getan wird, sondern es ist euer Ego. Und das *Gesetz des Autokraten* verlangt von mir, daß ich alle Hindernisse beseitige, die der Gerechtigkeit im Wege stehen. Der Fall ist abgeschlossen.« Mit einem Kopfnicken bedeutete der *Autokrat* den beiden Bütteln, vorzutreten.

Der Kläger schrie auf, und der Beklagte fiel in Ohnmacht. Die Büttel beherrschten ihr Handwerk. Binnen weniger Sekunden waren die Kontrahenten gefesselt und ruhiggestellt und wurden weggeschafft: zur schlichten, berühmten und tödlichen Schleuse des *Autokraten*. Dorthin, wo Druckanzüge nicht erlaubt waren. Zu dem Ort, wo menschliche Hindernisse für die Gerechtigkeit buchstäblich entsorgt wurden.

Gerechtigkeit war wie viele andere Dinge ein knappes Gut im Gürtel und im Falle ihrer Verfügbarkeit nicht von bester Qualität. Für die Mimosen des Inneren Systems, die zuweilen zu Besuch kamen, war das

Gesetz des Autokraten barbarisch, brutal und unnachsichtig. Doch für die Bewohner des Gürtels war das die einzige Form der Justiz, wobei das *Gesetz des Autokraten* zugleich auch die Zivilisation an sich repräsentierte. In den Weiten des unwirtlichen Asteroidengürtels gab es einen Ort, einen Namen, ein Gesetz, dem alle vertrauten. Nur das *Gesetz des Autokraten* schützte sie vor sich selbst. Trotz seiner Härte war es zumindest unparteiisch.

Die Bewohner des Gürtels wußten nämlich, daß der Gürtel zu weitläufig war, um regiert werden zu können. Es konnte kein Gesetz geben, wenn keine Möglichkeit bestand, dem Gesetz auch Geltung zu verschaffen, was bei einer Bevölkerungsdichte von einem misanthropischen Sonderling pro einer Million Kubikkilometer wirklich ein Ding der Unmöglichkeit war. Und es war nicht nur das Gesetz, das in diesen Weiten leicht abhanden kam.

Zum Beispiel Dinge wie gesunder Menschenverstand, Ordnung, Vertrauen, Mäßigung. Wenn ein Mann oder eine Frau die Gelegenheit hatte, eine – wenn auch kleine Welt – in Besitz zu nehmen, war Größenwahn eine logische Konsequenz. Wenn man schon eine eigene Welt hatte, weshalb dann nicht auch gleich ein eigenes Gesetz und ein eigenes Reich? Was sprach dagegen, sich die göttlichen Rechte eines Königs zuzuerkennen, zu expandieren und die Nachbarn zu unterwerfen?

Im Gürtel hatten schon tausend *Felsenkriege* zwischen unabhängigen Staaten stattgefunden, wobei in den meisten Fällen zwei Mineure sich beschossen, indem sie Felsbrocken auf Kollisionskurs brachten. Wenn ein paar Irre sich gegenseitig umbringen wollten, dann war das grundsätzlich ihre Sache. In der Praxis durfte man das dennoch nicht tolerieren. Es war nämlich möglich, daß andere Leute in die Auseinandersetzung verwickelt wurden oder ins Kreuzfeuer gerieten. Aller Wahrscheinlichkeit nach hatte der *Autokrat* durch die Eliminierung der Anführer dieser sinnlosen Fehde etliche Dutzend Menschenleben gerettet.

Obwohl der Fall im Grunde klar war, hatte der *Autokrat* die Entscheidung dennoch nicht leichtfertig getroffen. Der jetzige *Autokrat* von Ceres war nämlich ein bedächtiger Mann. Was indes auch auf seine Vorgänger zugetroffen hatte. Personen mit anderen Charaktereigenschaften würden gar nicht erst in diese Position gelangen.

Nicht nur Ceres, sondern die ganze Gürtel-Gemeinschaft war darauf angewiesen, daß der *Autokrat* zumindest auf Ceres und den umliegenden Satelliten und Stationen für Recht und Ordnung sorgte. Wenn Ceres auch an allen Fronten von Anarchie bedroht war, so wußten selbst die überzeugtesten Anarchisten des Gürtels, daß sie ein stabiles und sicheres Ceres brauchten, wo man in Ruhe Handel treiben konnte.

Andernorts änderten die Regeln sich von Tag zu Tag, doch das *Gesetz* auf Ceres hatte Bestand. Die Verfügungen des *Autokraten* wurden überall respektiert – denn ihnen wurde nicht nur durch das *Gesetz* und die *Rechtsprechung* des *Autokraten* Geltung verschafft, sondern auch durch seine *Vergeltung*.

In den Warenhäusern von Ceres wurden nur reelle Geschäfte getätigt, und es wurden nur angemessene Preise verlangt. Niemand verklagte mutwillig einen andern. Denn der *Autokrat* wachte über allem.

Der *Autokrat* war per *Gesetz* gehalten, in allen Fällen, von verbotenem Glücksspiel bis hin zu Claim-Raub und Mord, nach mildernden Umständen zu suchen und gegebenenfalls von der Verhängung der Todesstrafe gegen eine oder beide Parteien abzusehen. Wenn der *Autokrat* jedoch keinen solchen Grund fand – oder finden wollte –, dann mußten sowohl Kläger als auch Beklagter sterben.

Das *Gesetz des Autokraten* hatte einen langen Arm.

Viele Beklagte, die es vorgezogen hatten, sich der Verhandlung durch die Flucht zu entziehen, wurden *in absentia* verurteilt. Doch wie der Volksmund sagte: Wenn der *Autokrat* jemanden für schuldig befunden hat, wird er ihn überall finden. Seine Kopfgeldjäger fanden den Schuldigen überall, und das hohe Kopfgeld bedeutete einen zusätzlichen Anreiz. Es gab kaum einen Ort, an dem ein Flüchtiger nicht ausgeliefert wurde, zumal es sich dabei um Orte handelte, an denen kein vernünftiger Mensch Zuflucht suchen würde.

Und wirklich trug die *Rechtsprechung des Autokraten* dazu bei, daß ihm nur Streitfälle von besonderer Bedeutung vorgelegt wurden. Der Ruf nach Gerechtigkeit ertönte nur vereinzelt, wenn das Schwert so scharf wie zweischneidig war.

Nun geriet der *Autokrat* indes in Bedrängnis. Aus dem ganzen Gürtel gingen Funksprüche mit Betrugsvorwürfen ein. Bojen, mit denen die Claims abgesteckt waren, wurden versetzt und sogar entwendet. Eingetragene Asteroiden, wobei auf manchen die Minen sogar noch in Betrieb waren, wurden hinter dem Rücken des Eigentümers *entführt*. Nachdem er den letzten Fall für heute abgeschlossen hatte, verließ der *Autokrat* den Gerichtssaal und eilte zu seiner privaten Operationszentrale.

Einige seiner primadonnenhaften Vorgänger hätten angesichts der Mißachtung der vom *Autokraten* daselbst genehmigten Claims einen Wutausbruch bekommen. Vielleicht hätten sie bereits die Büttel mobilisiert, Angriffsbefehle erteilt und Kopfgelder ausgesetzt.

Der *Autokrat* war versucht, das zu tun, doch dann zögerte er. Es war die Pflicht des *Autokraten*, erst zu denken und dann zu handeln. Wer würde es wagen, solche Unruhe im Gürtel zu stiften? Wer hatte die schiere Kraft, ganze Flotten von Asteroiden in Bewegung zu setzen? Wer verfügte über die dazu erforderliche Anzahl an Fusionstriebwerken? Wie hatte man die umfangreichen Vorbereitungen getroffen, ohne daß jemand etwas bemerkt hatte?

Nachdem er die Operationszentrale erreicht hatte, entspannte er sich etwas. Der *Autokrat* war ein einsamer Mann. In Krisenzeiten zog er es vor, allein zu arbeiten, allein mit sich und seinen Gedanken. Er setzte sich an den Schreibtisch.

Eine Warnleuchte blinkte auf dem Schreibtisch. Es lag eine wichtige Mitteilung vor. Der *Autokrat* drückte auf den Wiedergabeknopf. Ein Bildschirm erhellte sich, und mit zunehmendem Erstaunen las er den Text, der eingeblendet wurde. Die eingehenden Meldungen waren wirr, bizarr und widersprüchlich. Das meiste davon kam ihm unglaubwürdig vor. Es bestand jedoch kein Zweifel daran, daß im Erde-Mond-System etwas Gravierendes vorgefallen war.

Der *Autokrat* hatte indes eigene Sorgen. Er aktivierte die holographische Darstellung und rief eine schematische Abbildung des gesamten Gürtels auf, wobei er die verschiedenen Konfliktherde markierte. Er lehnte sich im Sessel zurück und studierte das Bild.

Es gab Dutzende von Beschwerden, vielleicht zwei- oder dreihundert, und es leuchteten immer mehr Lämpchen auf. Das Muster erinnerte ihn an eine andere Darstellung des Gürtels. Instinktiv fragte er die Bevölkerungsdichte des Gürtels ab. Das Muster war fast deckungsgleich mit der Abbildung der Beschwerden wegen Claim-Diebstahls. Je höher die Bevölkerungsdichte in einem gegebenen Raumabschnitt, desto größer war auch die Anzahl der Diebstahlsmeldungen. Wodurch erklärte sich aber die große Zahl? Es war noch zu früh für eine Erklärung; er mußte warten, bis die ersten Vektoren vorlagen. Doch der *Autokrat* hatte einen Blick für solche Dinge und erkannte sofort, daß die Felsen nicht alle in dieselbe Richtung flogen.

Einen Moment. Die Diebstahlsrate entsprach also

der Bevölkerungsdichte. Weshalb sollte jemand sich die Mühe machen, nur eingetragene Felsen zu entführen, wo es doch Millionen nicht registrierter Asteroiden gab? Er hatte keinen Überblick über die Gesamtheit der bewegten Felsen, sondern nur über diejenigen, die von Menschen in Besitz genommen waren.

Was war mit den anderen Asteroiden?

Er aktivierte den Interkom. »Geben Sie mir ein Radarbild des gesamten Ceres-Sektors«, sagte er. »Ich will eine Darstellung aller registrierten und nicht registrierten Asteroiden, die sich ohne Genehmigung bewegen. Überspielen Sie die Ergebnisse auf meinen Rechner.«

Er beugte sich nach vorn und betrachtete das Gebiet um den Punkt, der Ceres darstellte. Ein ganzer Lichterwald leuchtete auf. »Korrelieren Sie diese Daten mit den Berichten über nicht genehmigte Bewegungen, rechnen Sie diese Zahl auf die Gesamtheit der im Gürtel kreuzenden Asteroiden hoch, unter Berücksichtigung der Bevölkerungsdichte, der Verteilung der Asteroiden im Gürtel und sonstiger Parameter und stellen Sie die Ergebnisse dar.«

Plötzlich erstrahlte der ganze Gürtel im Lichterglanz.

»Mein Gott«, sagte der *Autokrat*. »So viele? Ist das Ihre Schätzung?«

Die Antwort erschien in fetten Ziffern auf dem Bildschirm:

10 462

Der *Autokrat* sank in sich zusammen. Zehntausend. Über zehntausend Asteroiden hatten ihre übliche Bahn verlassen und waren auf illegaler Wanderschaft.

Niemand, *niemand* war dazu imstande.

Und niemand, der dazu imstande war, mußte die *Rechtsprechung des Autokraten* fürchten.

Wann habe ich zum letztenmal geschlafen? fragte Larry sich. Er mußte nun schon seit zwanzig Stunden auf den Beinen sein, sagte er sich. Es war schwer, sich an diesem Ort mit dem künstlichen Tag-Nacht-Rhythmus das Zeitgefühl zu bewahren, auch wenn man einen geregelten ›Tagesablauf‹ hatte.

Er rieb sich die müden Augen. Es hatte eine Ewigkeit gedauert, die Detektor-Einstellungen manuell vorzunehmen. Wenn es funktionierte, würde die Einstellung beim nächstenmal jedoch automatisch erfolgen. Trotzdem würde es noch eine Weile dauern, bis der *Ring* sich im neuen Modus etabliert hatte.

Er verfolgte auf den Monitoren die Umstellung des *Rings* in den Teleskop-Modus, wobei die Gedanken vom spezifischen technischen Problem zum größeren Bild abschweiften.

Es war an der Zeit, den Tatsachen ins Auge zu sehen. Jahrhundertelange Forschung und jahrhundertelanges Schweigen hatten jedermann davon überzeugt, daß die Erde der einzige Ort war, der Leben hervorgebracht hatte. Das wurde als Tatsache angesehen. Doch wenn die Existenz außerirdischen Lebens auch noch so sehr in Frage gestellt wurde, so gab es doch nur eine plausible Erklärung dafür, was der Erde zugestoßen war. Eine Invasion von Außerirdischen.

Die Vorstellung erschien ihm selbst absurd. Er mußte mit den Nerven schon ziemlich am Ende sein, wenn er auf solche Gedanken kam.

Und wenn er doch recht hatte, wie hatte sein Experiment diese verdammten Invasoren auf den Plan gerufen?

Der Monitor zeigte an, daß die Rekonfiguration abgeschlossen war. Larry aktivierte den Computer, wobei er sich mehr auf die mutmaßlichen Außerirdischen als auf seine Arbeit konzentrierte.

Als ob Galilei mit den Gedanken woanders gewesen wäre, als er zum erstenmal den Mond durch ein Teleskop betrachtet hatte. Larry wurde sich nie bewußt, daß er rein zufällig eine neue Betrachtungsweise des Universums entdeckt hatte. Dabei hatte er nur versucht, das Schicksal der Erde aufzuklären.

Eine fremde Entität materialisierte auf dem 3-D-Bildschirm. Ein gespenstischer, schemenhafter Reigen wurde vor seinen Augen eröffnet, wobei schwarze Ranken und Bänder in einem weißen Himmel flatterten, wie schwarze Luftschlangen, die von einem schwarzen Zentrum ausgestoßen wurden und durch einen milchigen Himmel wirbelten.

Was, zum Teufel, sollte das darstellen? Larry blickte auf die Instrumente und vergewisserte sich, daß das Gerät auch auf den Mond ausgerichtet war. Es war alles in Ordnung – aber was sah er da?

Er kam sich vor wie der erste Mensch, der ein Röntgenbild betrachtete und nicht wußte, daß die Haut transparent geworden ist und er das Innenleben des Körpers vor Augen hat. Larry rief sich in Erinnerung, daß er keine feste, körperliche Substanz sah, sondern die von der Grafikkarte des Computers dargestellten unsichtbaren Muster von Gravitationswellen.

Er griff zum Regler und erhöhte die Auflösung der Abbildung. Die Luftschlangen verschwanden, und der dunkle Fleck im Zentrum teilte sich: in einen pulsierenden dunklen Punkt und einen tiefschwarzen rotierenden Rand. Der Punkt war leicht zu identifizieren – es handelte sich um das Schwarze Loch, das durch das Gravitationspotential pulsierte. Vor seinen Augen zuckte ein schwarzer Blitz aus dem Loch und stieß einen winzigen schwarzen Punkt aus. In Richtung der Sonne. *Jesus Christus*. Das einzige, was das Gerät abbildete, war ein Gravitationswellen-Generator. Ein Schwerefeld würde überhaupt nicht abgebildet werden. Was bedeutete, daß es sich bei diesem winzigen Punkt um eine Schwerkraftmaschine handelte.

Doch was war mit dem wirbelnden Rad, das neben dem Schwarzen Loch im Raum hing? Was, zum Teufel, war *das*?

Larry spürte, wie sich ihm die Nackenhaare sträubten. Der Mond, gütiger Gott, der Mond! Nein, etwas innerhalb des Mondes, das sich der Betrachtung entzog! Plötzlich erkannte er, worum es sich bei dem merkwürdigen Gebilde handelte. Er überprüfte den Maßstab der Darstellung und die Koordinaten.

Er wurde von Entsetzen gepackt. Der *Ring von Charon* hatte einen Zwilling, ein großes Rad, das tief unter der Mondoberfläche verborgen war, unter den Kratern und Bergen des Mondes, und den Mondkern umspannte.

Er justierte das Gerät so, daß der geisterhafte Schemen bis an die Auflösungsgrenze vergrößert wurde und unterzog das Gebilde einer gründlichen Musterung. Die tiefschwarze und etwas körnige Form vibrierte leicht, als der *Ring von Charon* sich selbst justierte, und korrigierte seine eigene Kreisbahn. Das im Innern des Mondes rotierende Ding hob sich groß und dunkel gegen den milchig weißen Hintergrund der 3-D-Projektion ab.

Das Objekt im Mond war kein perfektes Rad, sondern eine kantige, offene Struktur, die offenen Spannbändern glich. Es erinnerte Larry an ein Riesenrad ohne Nabe beziehungsweise an das Skelett einer der alten radförmigen Raumstationen. *Rad* war die richtige Bezeichnung für das Ding. Zumindest dadurch unterschied das Mond-Objekt sich vom *Ring von Charon*. Also das Mond-Rad. Irgendwie half es ihm, daß er dem Ding einen Namen gegeben hatte.

Doch dieses Rad war weder massiv noch real und auch keine Abbildung einer materiellen Struktur. Larry sah die Gravitationsenergie selbst, die im Innern des Monds umherwirbelte.

Doch es mußte sich auch noch eine physikalische,

stationäre radförmige Struktur im Mond verbergen, eine Struktur, die diese Energien erzeugte.

Kopfschüttelnd verkleinerte Larry das Bild. Nun hing das Schwarze Loch im Raum neben dem Rad. Nach einer gewaltigen energetischen Eruption, der Larry nicht zu folgen vermochte, hüpfte erneut ein winziger Punkt aus dem Loch. Verdammt, was war das? Er war bisher der einzige, dem diese Objekte aufgefallen waren.

Sie waren selbst schon ein Mysterium: Objekte in der Größe von Bergen, die aus dem Innern eines Schwarzen Lochs sprangen. Wie? Weshalb? Woher? Wie viele von ihnen waren bereits aus dem Schwarzen Loch gehüpft? Nach dem Verschwinden der Erde regierte das Chaos.

Was hatten diese Ranken zu bedeuten, die vom Mond ausgestoßen wurden? Nach kurzem Nachdenken verkleinerte er das Bild weiter. Er erhöhte geringfügig die Detektorleistung, und die aus dem Erde-Mond-System wachsenden Ranken erschienen wieder.

Er stellte die Detektorleistung gerade so hoch ein, daß die Strahlen aus Gravitationsenergie sichtbar blieben. Je geringer die Leistung war, desto deutlicher war nämlich die Abbildung. Die Energiestrahlen gingen vom Mittelpunkt des Mondes aus, der natürlichen Nabe des Mond-Rads. Eine der Ranken verlängerte sich und dockte an dem schwarzen Punkt an, der soeben aus dem Schwarzen Loch gekommen war. Larry verkleinerte die Darstellung noch mehr und sah, daß auch die anderen Ranken aus Gravitationsenergie sich mit den schwarzen Punkten verbanden, die sich noch in der Nähe des Mondes befanden. Er sah, wie die an der Position der Erde befindliche Gravitationsquelle plötzlich anschwoll und ein weiterer schwarzer Punkt aus dem Schwarzen Loch auftauchte – und dann wurde das Mond-Rad von einem wuchtigen, vom Schwarzen Loch ausgeschickten Gravitationsstoß getroffen.

Das Loch setzt die Gravitationsenergie in Intervallen von 128 Sekunden frei, sagte Larry sich. *Das Rad absorbiert sie, speichert sie und strahlt sie dann an die vom Schwarzen Loch ausgestoßenen Objekte ab.*

Also verwandelten diese Objekte sich ihrerseits in Gravitations-Punktquellen. Was theoretisch zwar unmöglich war, aber sei's drum. Er bezeichnete sie als G-Punkte. Welche Funktion erfüllten sie? Wie viele gab es von ihnen? Er setzte das Gravitationsteleskop auf maximale Weitwinkeldarstellung zurück und wies es an, lediglich die Punktquellen-Schwerkraftgeneratoren abzubilden.

Während das Programm lief, stellte er einige Überlegungen an. Wie viele mochten es sein? Innerhalb der letzten vierzehn Stunden war alle zwei Minuten ein solches Objekt ausgestoßen worden. Folglich mußten mittlerweile über vierhundert G-Punkte existieren. Wohin flogen die alle?

Der Bildschirm wurde dunkel. Larry keuchte. Er sah ein Muster, das Ähnlichkeit mit dem aufwies, das der *Autokrat* gesehen hatte – aber die zehntausend im Gürtel vagabundierenden Asteroiden waren erst der Anfang.

Der Ring von Charon war nach innen gerichtet, aufs Innere System und die Sonne. Doch er überschaute auch den Bereich hinter der Sonne und den Raumsektor jenseits des Aphels von Pluto. Am entgegengesetzten Rand des Sonnensystems, im Grenzbereich der Auflösung, überblickte er einen Ausschnitt der Oort'schen Wolke. Die Oort'sche Wolke, die hohle Sphäre aus ungeborenen Kometen, die das Sonnensystem einhüllt und sich über die Hälfte der Entfernung bis zum nächsten Stern erstreckt.

In der Oort'schen Wolke wimmelte es von schwarzen Punkten, die in gewaltiger Zahl ins Innere System eintauchten.

Dr. Simon Raphael saß allein in seinem Büro.

Privatsphäre.

Ruhe.

Er brauchte das jetzt. Er beugte sich über das Tagebuch und brachte in gestochener Schrift Worte zu Papier. Wenn die Hand vielleicht auch langsam war, der Verstand war noch immer rege. Er wußte schon seit langem, daß das Tagebuch ihm Trost spendete, wenn er sich in einer solchen Verfassung befand – müde und doch wach, weil er sich um etwas sorgte. Er hatte gelernt, bei dieser Gelegenheit die rigide Selbstbeherrschung etwas zu lockern und es dem Füllfederhalter zu überlassen, die richtigen Worte zu finden.

›*Allerliebste Jesse*‹, schrieb er.

›*Es ist alles verloren. Die Erde ist verschwunden, und ich bin dafür verantwortlich.*‹ Die Worte flossen direkt aus der Seele aufs Papier. Er hielt inne, legte den Füllfederhalter nieder und betrachtete erstaunt die Worte. ›*Ich bin dafür verantwortlich.*‹ Weshalb in aller Welt hatte er das geschrieben? Weshalb sollte *er* dafür verantwortlich sein?

Er betrachtete das kleine, jahrzehntealte Hologramm von Jesse, das auf dem Schreibtisch stand. Als ob sie ihm die Antwort hätte geben können.

Doch er kannte sie ohnehin schon. Die Selbstbezichtigung war aus den Tiefen seines Herzens gekommen, dem Teil, der bei Jesses Tod fast auch gestorben wäre. Es war der Teil, den er mit Zorn und Bitterkeit abgeschirmt hatte.

Es lag daran, daß er die Verantwortung dafür trug, daß Larrys erste Experimente nicht stattgefunden hatten. Auf der intellektuellen Ebene war Simon sich durchaus bewußt, daß er genauso wenig wie Larry Chao für das Verschwinden der Erde verantwortlich war. Die Bürde, die Simon Raphael nun trug, bestand darin, daß er Larry einen Schuldkomplex eingepflanzt hatte und die Sache durch sein rüdes Verhalten nur noch verschlimmert hatte.

Larry trug ebensowenig die Schuld am Verschwinden der Erde, wie man den ersten Höhlenmenschen, der mit Feuer hantiert hatte, dafür zur Rechenschaft ziehen konnte, daß das erste aus Schilfhütten bestehende Dorf abgebrannt war. Die Entdeckung einer neuen Kraft bedeutete immer, daß der Geist aus der Flasche gelassen wurde. Nach der Fertigstellung des *Rings von Charon* wäre das ohnehin nur noch eine Frage der Zeit gewesen.

Als der Junge schon am Boden war, hatte Raphael noch einmal nachgetreten. Wenn er ein fähiger Führer gewesen wäre, ein guter Wissenschaftlicher Leiter, hätte er Larrys Entdeckung zur Kenntnis genommen und darauf aufgebaut. Das ganze Team hätte sich darauf konzentrieren müssen. Selbst wenn am Ende nichts dabei herausgekommen wäre, was hätten sie schon zu verlieren gehabt?

Wenn die gesamte Belegschaft in das Projekt involviert gewesen wäre und sich mit der Entwicklung eines Millionen-Gravo-Beschleunigers befaßt hätte, wüßten sie nun vielleicht mehr. Vielleicht hätten sie die Konsequenzen erkannt und das Experiment eingestellt.

Es wäre allerdings wahrscheinlicher gewesen, daß sie einen Graser-Strahl abgeschickt hätten und die Erde auch verschwunden wäre – immerhin wäre die Schuld dann gleichmäßig verteilt gewesen, und die Belegschaft würde nach der Katastrophe die Bedeutung von Larrys Arbeit erkannt und auf dieser Basis die Forschung vorangetrieben haben, um diese unglaubliche Situation zu verstehen. Ein Schwarzes Loch, das den Platz der Erde eingenommen hatte! Phantastisch.

Für einen Sekundenbruchteil reizte diese Vorstellung ihn, anstatt ihn zu erschrecken. In den alten Zeiten wäre dieses Gefühl noch stärker gewesen. Er hätte wissen wollen, was geschehen war, anstatt sich in seinem Büro zu verschanzen und den Kopf in den Sand zu stecken. Simon Raphael beugte sich über das Blatt und fuhr fort.

›Dieser Ort hat mir arg zugesetzt, Jesse. Den verbitterten alten Mann, in den ich mich verwandelt habe, hättest du nie geheiratet. Du warst immer meine bessere Hälfte, auch wenn das ein noch so abgedroschenes Klischee ist. Du hast die Jungen, die Schwachen, die Kleinen ermuntert und ihnen Raum zur Entfaltung gegeben. Mich hast du das auch gelehrt. Nur daß ich es vergessen habe und erst wieder lernen muß.‹

Während er schrieb, ging eine Verwandlung mit ihm vor. Er spürte es selbst. Er spürte, wie die Bitterkeit und der Zorn von ihm abfielen und sanftere Wesenszüge sich Bahn brachen. In dem Moment, wo er beschrieb, wie sie ihm abhanden gekommen waren, erinnerte er sich wieder an die verschütteten Gefühle.

Er hatte eine Abneigung gegen Larry gehegt, weil dieser all das verkörperte, was Simon Raphael gern erreicht hätte, aber nie erreicht hatte. Er hatte nicht die Intelligenz, den Mut und die Unbefangenheit besessen, sich zum Traum-Simon zu entwickeln.

Aber wünschte denn nicht jeder gute Vater seinem Sohn, daß er mehr erreichte als er selbst?

Vater? Wieder so ein seltsamer Gedanke. Ja, *Vater*. So, wie er seine Kinder verloren hatte, hatte auch Larry Chao seine Familie verloren. Der junge Mann brauchte Anleitung und Güte. Einen Vater.

Und die Menschheit brauchte Larry Chao. Sein Genie hatte sie in diese Lage gebracht. Und es war sehr gut möglich, daß er als einziger imstande war, einen Ausweg zu finden. *Wenn du den Jungen nicht mehr mit deinem Haß verfolgst*, sagte Simon sich, *wirst du ihm vielleicht dabei helfen können, uns alle zu retten*. Zumal er überhaupt keinen Grund hatte, ihn zu hassen.

›Ich wünschte, du hättest Larry kennengelernt‹, schrieb

er an seine tote Frau. *›Ich glaube, er hätte dir gefallen.‹*

Doch dann legte er den Füllfederhalter nieder.

Er hatte Arbeit zu erledigen. Mit einem Knopfdruck aktivierte er den Interkom.

Larry saß einsam im Leitstand und verfolgte die Flugbahnen der G-Punkte, wobei er versuchte, Prognosen bezüglich der weiteren Entwicklung in dieser Sache zu erstellen. Aber das war zu viel für ihn. Er war damit überfordert; kein Mensch wäre dazu imstande gewesen.

Raphael mußte ihn zweimal über den Interkom anrufen, bevor Larry auch nur seinen Namen hörte. Er schreckte auf. »Äh, ja, Dr. Raphael.«

»Mr. Chao, ich wollte mich dafür entschuldigen, daß ich Ihren Antrag auf *Ring*-Zeit abgelehnt hatte. Wir alle stehen ... im Moment stark unter Stress.«

»Das ist schon in Ordnung, Sir.«

Dann herrschte verlegenes Schweigen, als ob Raphael eine ausführlichere Bemerkung von Larry erwartet hätte und nun nach Worten suchte, um das Schweigen zu brechen. »Ich ... äh ... glaube, daß es vielleicht noch zu früh ist, um danach zu fragen – aber haben Sie schon etwas gefunden, das uns weiterhelfen würde?«

Erneut blickte Larry auf die 3-D-Projektion. Dreißigtausend asteroidengroße Invasoren näherten sich vom Asteroidengürtel und der Oort'schen Wolke. Er hatte ein flaues Gefühl im Magen. »Ja, ich habe etwas herausgefunden, Sir, aber ich weiß nicht, ob es uns *weiterhelfen* wird. Sie sollten vielleicht herkommen und es sich selbst ansehen.«

»Ich bin schon unterwegs. Danke.«

Der Interkom verstummte. Für einen Moment stand Larry unschlüssig da, bis ihm plötzlich bewußt wurde, daß er dem Direktor der Station gleich offiziell Bericht erstatten würde. Was sollte er tun? Dokumente. Aufzeichnungen. Das wäre immerhin etwas. Er wies den Computer an, die Ergebnisse auszudrucken und eine audiovisuelle Aufzeichnung zu erstellen. Das war Standard bei einer längeren Präsentation. Er aktivierte den Recorder sowie die Mikros und Kameras. Auf einem Display auf der Konsole erschienen in roten Leuchtbuchstaben die Worte AUFZEICHNUNG LÄUFT. Der Computer hatte gerade die letzte Seite ausgedruckt, als die Tür aufging. Raphael betrat den Raum.

Der Direktor machte einen niedergeschlagenen und in sich gekehrten Eindruck, als ob er etwas verloren hätte, das er nie wiederfinden würde. Was leider auch stimmte, sagte Larry sich. Die Menschheit war in Trauer. Doch da spiegelte sich noch mehr in Raphaels Gesicht. Larry hatte zwar keine überragende Menschenkenntnis, doch in diesem Fall genügte es. Mit einem Ausmaß an Einsicht, die, wie Larry wußte, nur selten eintrat, spürte er, daß eine Veränderung mit dem alten Mann vorgegangen war. Er strahlte einen Anflug von Hoffnung aus, als ob er auch etwas *gefunden* hätte, das er für lange Zeit vermißt hatte.

Raphael ging zielstrebig auf den 3-D-Projektor zu und blieb für längere Zeit vor dem Bild stehen. Er schaute auf die Maßstabsangabe und sog geräuschvoll die Luft ein, als er das Volumen des abgebildeten Raumsektors erkannte. »Was ist das?« fragte er.

»Eine Darstellung aller Gravitationsquellen des Sonnensystems, Sir. Aus der Perspektive des *Rings* im Gravitationsteleskop-Modus.«

»Der Ring hat doch gar keinen …«, sagte Raphael schroff und wechselte plötzlich die Tonart, als ob er sich dazu zwingen mußte, sich einer verbindlicheren Ausdrucksweise zu befleißigen. »Ach, ich verstehe. Nun *hat* er eben einen solchen Modus. Gute Arbeit, Mr. Chao.«

Larry errötete vor Verlegenheit. »Äh … danke, Sir.

Aber ich habe diese Quellen noch nicht identifiziert. Sie sind relativ schwach und klein. Ihr Durchmesser beträgt nicht mehr als ein paar Kilometer. Sie sind so klein, daß ich nicht weiß, wie die Gravitationswellen überhaupt erzeugt werden. Wir brauchen immerhin ein Objekt von der Größe des *Rings*, um das zu bewerkstelligen.«

Nach kurzem Zögern ging Larry zu den Kontrollen und justierte sie. »Ich habe auch eine Darstellung des Schwarzen Lochs. Und es ist … es ist etwas im *Innern* des Mondes.«

»Im *Innern?*«

»Ich habe die Daten ausdrucken lassen, Sir«, sagte Larry und überreichte Raphael den Stapel Papier.

Raphael nahm den Computerausdruck und blätterte ihn durch. Larry vergrößerte die Darstellung des Mond-Rads. Er stellte eine Verbindung mit dem Teleskop der Beobachtungskuppel her und überlagerte die Abbildung des im Mond stationierten Rads mit einer transparenten Echtzeit-Darstellung des sichtbaren Mondes. Der Projektor lieferte eine räumliche Darstellung des Mondes, so daß das sich im Mond drehende Rad perspektivisch abgebildet wurde.

Raphael starrte auf den Projektor. »Etwas im Mond«, sagte er. »Das ist es also«, sagte er abwesend. »Es hat eine große Ähnlichkeit mit unserem Spielzeug.«

»Ja, Sir. Der Rotationseffekt wird durch die Gravitationsenergie verursacht und nicht durch das physikalische Objekt selbst. Das Rad an sich ist offensichtlich stationär.«

»Offensichtlich«, sagte Raphael im gleichen abwesenden Ton. Er nahm auf dem Stuhl vor der Kontrollkonsole Platz und schaute zu Larry auf. »Sie haben heute abend eine Reihe bemerkenswerter Entdeckungen gemacht. Ich müßte eigentlich erstaunt sein oder Angst haben – aber ich verspüre nur eine … völlige Leere in mir. Ich habe keine Kraft mehr. Gott ist mein

Zeuge; ich weiß nicht, worum es sich bei diesem Ding im Mond handelt oder was wir dagegen unternehmen können. *Sie* haben es gefunden. Was sagen *Sie*?« Seine Stimme war unnatürlich ruhig, als ob Raphael selbst wußte, daß seine Ruhe nur vorgetäuscht war.

Larry betrachtete zuerst den alten Mann und dann die fremdartigen, erschreckenden Bilder im 3-D-Projektor. Er stellte sich vor, wie die Asteroiden vor den Augen der Gürtel-Bewohner aus ihren Orbits ausscherten und blickte erneut auf das Rad aus Energie, das im Mond herumwirbelte.

»Ich glaube, daß meine ganze Arbeit bedeutungslos ist. Sie wird uns kein bißchen weiterhelfen«, sagte er schließlich mit einem seltsam anmutenden Nachdruck. Er stand vor dem alten Mann und spürte Müdigkeit, Zorn und Trotz. Doch so schnell, wie diese Gefühlsregung ihn überkommen hatte, verschwand sie auch wieder. Verdammt, wo Larry endlich das Gefühl hatte, Raphael Paroli bieten zu können, verhielt dieser sich plötzlich so vernünftig.

Er nahm Raphael den nutzlosen Computerausdruck aus der Hand und blätterte ihn durch. Nutzlos. Völlig nutzlos. Achtlos warf er den Stapel weg, und langsam sanken die Blätter im schwachen Schwerefeld von Pluto dem Boden entgegen. Raphael sah ihn nur feierlich an; entweder war er nicht in der Lage oder nicht gewillt, darauf zu reagieren. »Diese Daten bedeuten überhaupt nichts«, sagte Larry. »In den letzten vierundzwanzig Stunden habe ich mehr über die Gravitation gelernt als jeder Mensch zuvor – aber es ist noch nicht genug! Es ist alles irrelevant.

Die Gravitation ist bestenfalls der *Aufhänger* für die aktuellen Ereignisse. Hier geht es um wesentlich mehr als nur um ein verunglücktes Experiment oder eine seltsame Naturerscheinung. Nehmen wir es zur Kenntnis: auf die eine oder andere Art haben wir – nein, *ich* – eine Invasion von Außerirdischen provoziert.«

Larry verstummte, trat von der Konsole zurück und ließ den Blick durch den Raum schweifen. »Hab ich's doch gesagt. Es hört sich weiß Gott absurd und melodramatisch an, aber sagen Sie mir: *wie sollen wir es sonst bezeichnen*? Wir haben lange genug die Augen vor dieser Wahrheit verschlossen. Irgendwie habe ich dieses ... dieses im Mond versteckte *Ding* aktiviert, wie der Zauberlehrling, der aus Versehen die Geister gerufen hat. Ich habe es geweckt. Ich weiß weder, was es ist, noch wie es funktioniert oder wer es dort stationiert hat. Ich weiß nur, daß ein Zusammenhang mit der plötzlichen Wanderung der Asteroiden und den Objekten in der Oort'schen Wolke bestehen *muß*. Und ich glaube, sie bewegen sich auf *uns* zu, auf alle überlebenden Planeten.

Mindestens dreißigtausend asteroidengroße Objekte haben Kurs auf die überlebenden Planeten des Sonnensystems genommen. Meinen Sie im Ernst, das bedeutet keine *Gefahr* für uns? Ich weiß es nicht. Ich glaube, sie haben die Erde rechtzeitig aus der Schußlinie geholt. Vielleicht ist es gar nicht die Erde, die sich in Gefahr befindet. Vielleicht ist die Erde sogar in Sicherheit gebracht worden.«

Er setzte sich und machte eine resignierende Geste, das Eingeständnis des Scheiterns. »Oder vielleicht ist das auch nur Unsinn.« Er zwang sich zur Ruhe. »Wir haben Nachrichten aus dem ganzen Sonnensystem empfangen, von Wissenschaftlern aller Disziplinen, und wir haben unsererseits Nachrichten gesendet. Doch *Gespräche* mit Leuten, die Lichtstunden entfernt sind, haben auch keinen Zweck. Ich glaube, wir müssen uns an einem Ort versammeln und die Kräfte bündeln.«

»Wollen Sie damit sagen, daß die anderen Arbeitsgruppen herkommen sollen?« fragte Raphael. »Wollen Sie, daß sie zum *Ring* kommen und uns bei der Planung der Experimente helfen?«

Larry schüttelte den Kopf. »Nein, Sir, das würde auch nichts nützen. Wir würden uns bloß auf die Gravitation konzentrieren. Aber es geht hier gar nicht um die Gravitation! Die Gravitation ist nur insofern relevant, als daß diese … diese *Dinger* sie nutzen wie unsereins die Elektrizität. Wir haben es mit etwas zu tun, das tausendmal komplexer ist als ein Gravitationswellen-Experiment.

Zumal wir uns hier nur an der Peripherie befinden. Das Erde-Mond-System ist Brennpunkt der Ereignisse. Wir müssen alle Experten von *überallher* auf dem Mond versammeln und das Mond-*Rad* unter die Lupe nehmen. Und das Schwarze Loch.

Jemand hat dieses *Rad* im Mond installiert. Wer? Wie? Wieso? Woher kam dieser Jemand? Von hier aus werden wir das nie herausfinden. Wir müssen in das *Rad* gelangen, falls das möglich ist. Wir müssen es untersuchen und herausfinden, woher es seine Energie bezieht und welchen Zweck es erfüllt.«

Larry erhob sich und betrachtete das unwirkliche Bild eines *Rads* im Mond.

»Und wir müssen es zerstören«, flüsterte er.

Kapitel Zwölf

Nach dem Fall

Die Sphäre mußte intelligenter sein als die Rufer, die Anker, die Weltenfresser und die anderen Formen. Die Sphäre trug eine weitaus größere Verantwortung und mußte deshalb viel vorsichtiger sein als die anderen.

Außerdem hatte die Sphäre so viele Daten *zu verarbeiten. Die Gravitationskontrolle eines Multi-Stern-Systems, die Betreuung der vielen Beobachter und Wartenden, die in ihren weit verstreuten Verstecken ausharrten, bauten und brüteten und auf die nächste Generation von Saatschiffen hofften. Tausend, eine Million Details. Es bedurfte einer enormen Rechenleistung, bemerkenswerter Flexibilität und Anpassungsfähigkeit, das alles zu handhaben.*

Doch die Sphäre war nicht immun gegen Erschütterungen oder gegen Überraschungen gefeit – und viele ihrer Reflexe waren genauso starr wie die eines Rufers. Wenn die Botschaft eines Rufers in ihrem Bewußtsein explodierte und eine Verbindung angefordert wurde, dann hatte die Sphäre keine andere Wahl, als dem Anliegen zu entsprechen.

Im Normalfall signalisierte die Sphäre, daß sie bereit war für eine neue Welt und wartete dann auf eine Antwort. Es geschah nur selten, daß ein Rufer eine Verbindung initiierte, zumal entsprechende Vorkehrungen getroffen waren, um das zu verhindern, doch es war schon vorgekommen, wenn zum Beispiel ein Defekt aufgetreten oder ein Streusignal eingegangen war oder wenn die lebenstragende Welt einer unmittelbaren Bedrohung ausgesetzt war – zum Beispiel durch einen Asteroideneinschlag.

Wenn sie einmal initiiert war, wäre durch eine unvollständige Verbindung nicht nur die im Transit befindliche wertvolle, lebenstragende Welt von der Vernichtung be-

droht, sondern die energetischen Instabilitäten einer gestörten Verbindung konnten sogar die Sphäre und ihr Sternsystem zerstören.

Ein in der Transitstrecke blockierter Planet – das galt auch für jede beliebige Masse – würde seine Masse in Energie umwandeln. Es würde ein unkontrollierter Energieausbruch stattfinden, der einer Supernova entsprach, und diese Energien würden direkt in die Sphäre geleitet werden. Und die Zerstörung der Sphäre würde gleichzeitig auch die Zerstörung des Sternsystems der Sphäre bedeuten, weil die Sterne und Planeten dann unkontrolliert durcheinanderwirbelten. Dann spielte es auch keine Rolle mehr, ob für die Welt ein Platz bereitstand oder ob ausreichend Energie für die Abwicklung des Transfers zur Verfügung stand. Die Sphäre mußte die Verbindung herstellen und die neue Welt aufnehmen – oder ihren eigenen Untergang riskieren.

So schlimm wie jetzt war die Lage wohl noch nie gewesen. Die Sphäre wurde von allen Seiten bedrängt, und die für die Eingliederung einer neuen Welt erforderliche Energie konnte kaum bereitgestellt werden. Noch schlimmer, die Strahlung dieser gerichteten Energie vergrößerte die Gefahr nur noch.

Aber sie hatte keine Wahl. Nicht die geringste. Wenigstens hatte der Rufer die neue Welt mit einem Datensatz versehen. Mit äußerster Anstrengung brachte die Sphäre die neue Welt in eine Warteschleife und verschob sie von einem temporären Stabilitätspunkt zum anderen, während die Sphäre einen Platz für sie vorbereitete.

Aber die Gefahr. Nicht nur die Domäne der Sphäre war gefährdet, sondern auch das Planetensystem des Rufers. Aber es bestand auch Hoffnung. Wenn der Rufer sich beeilte, würde er vielleicht einen neuen Hafen, einen Zufluchtsort in seiner Domäne erschaffen. Aber dazu mußte er schnell *bauen und sich möglichst unauffällig verhalten.*

Der Rufer brauchte die Hilfe der Sphäre. Je mehr Hilfe die Sphäre schickte, desto größer waren die Erfolgsaussichten des Rufers. Das Risiko und der Ressourcenverbrauch waren den potentiellen Erfolg wert.

Die Sphäre bereitete einen Portal-Anker vor, mit dessen Hilfe auch ein Rufer die Verbindung herzustellen vermochte und veranlaßte, daß frisch ausgebrütete Weltenfresser in die neue Domäne geschickt wurden.

Außerdem schickte die Sphäre eine Botschaft. Einen dringenden Bericht, der im Grunde nur eins besagte:

Gefahr.

Dianne betrachtete den Himmel. Die Lage schien sich zumindest für den Augenblick beruhigt zu haben, obwohl das nicht der Himmel der Erde war. Ein halbes Dutzend weißer, gelbweißer und roter Sterne strahlten heller, als Sirius jemals geleuchtet hatte. Eine monströse, dunkelrote Scheibe von der Größe des Mondes glühte *hinter* einem der Sterne. Doch war dieser Stern zu weit entfernt, um sich als Scheibe abzuzeichnen. War er ein Roter Riese? Dianne hatte von solchen Dingen gelesen – von großen Sternen mit einer dünnen Atmosphäre, die im Grunde nur ein rotglühendes Vakuum darstellten und deren Durchmesser der Erdbahn um die Sonne entsprach. Doch ein Roter Riese müßte mit zunehmender Entfernung vom Mittelpunkt eigentlich dunkler werden. Dieser Stern hingegen hatte einen hellen, klar definierten Rand.

Ein neuer Stern – Dianne war sich sicher, daß es nicht die Sonne war – hing groß und hell am Himmel und badete die Erde in einem Licht, das nicht ganz dem Sonnenlicht entsprach. Der Terminator hingegen hatte die richtige Position.

Das machte Dianne stutzig. Ein fremder Stern, wo die *Sonne* hätte sein sollen. Sie wurde von einer Woge irrationalen Zorns überspült. Die Sonne, die die Erde seit vier Milliarden Jahren genährt hatte, war verschwunden und durch einen anderen Stern ersetzt worden. Keine Imitation durfte den Namen der irdischen Sonne tragen. Sie beschloß, den Stern *Sonnenstern* zu nennen, um ihn so von der richtigen Sonne und den anderen Sternen abzugrenzen.

Sie überflog den Himmel und richtete die Aufmerksamkeit dann wieder auf die Erde. Wenn das Licht des *Sonnensterns* nicht ganz dem Licht der richtigen Sonne entsprach, dann war es auch nicht so dunkel auf der Erde, wie es sonst üblich war – nicht bei dem halben Dutzend Sterne und dieser massiven Scheibe, die ihr Licht verstrahlten.

Auf der dem *Sonnenstern* entgegengesetzten Seite des Himmels, wo der Mond sich hätte befinden müssen, hing in unbestimmter Entfernung eine annähernd toroide Struktur unbestimmter Größe in der Dunkelheit. Aus ihrer Perspektive erschien sie etwas größer als ein Fingerring. Die Struktur hing im All und reflektierte das Licht des *Sonnensterns*. Intuitiv schickte sie einen Radar-Meßstrahl ab und erhielt nach 2,5 Sekunden ein Echo. Der Entfernungsmesser war zwar nicht für solche Entfernungen ausgelegt, doch seine Berechnungen ergaben einen Wert von ungefähr 300 000 Kilometern. Der Toroid war also genauso weit von der Erde entfernt wie der Mond. Gott im Himmel. Er war auch genauso groß wie der Mond.

Von all den schrecklichen Wundern, die sie bisher gesehen hatte, war es ausgerechnet das unspektakulärste, der Toroid, der ihr am meisten Angst machte. Die neuen Sterne, die Ersatz-Sonne und sogar dieses große, weit entfernte rotglühende Ding am Himmel konnte sie akzeptieren. Es war zumindest *möglich*, wenn auch höchst unwahrscheinlich, daß es sich bei ihnen um natürliche und begreifbare Objekte handelte. Doch der Toroid war offensichtlich künstlich. Jemand hatte ein Rad am Himmel gebaut, das so groß war wie der Erdmond.

Genug der Sterndeutung. Wenn Dianne überleben wollte, dann mußte sie etwas dafür tun. Sie schnallte sich auf dem Sitz an und kontrollierte die Systeme des Schiffs.

Einen Augenblick. *NaPurHab*. Wo war …? Dort war es. Das Habitat war nicht mehr als ein Punkt, der die Erde ansteuerte, bevor er auf seinem Doppelschleifen-Kurs wieder dem Mond entgegenstrebte. Das half ihr aber auch nicht weiter. Es bestand keine Möglichkeit, *NaPurHab* zu erreichen, und wo der Mond nun fehlte, war der Orbit der *Purps* ziemlich gestört. Dort ging es sicherlich drunter und drüber.

Aber egal. Sie mußte ihr Überleben sichern. Zuerst mußte sie das Schiff in Bewegung setzen, und dann konnte sie sich immer noch Gedanken um andere Leute machen. Sie ging die Checklisten durch.

Doch die routinemäßigen Systemkontrollen verhinderten nicht, daß ihre Gedanken abschweiften. Jemand hatte sie hergebracht. Die Erde war entführt worden. Das war kein Unfall. Sie hatten es mit Absicht getan.

Wer auch immer ›sie‹ waren.

Wegen mangelnden Interesses wurde das Ende der Welt vertagt. Gerald wußte nicht, welcher Ecke des Bewußtseins dieser Gedanke entsprungen war, aber es stimmte. Er existierte noch immer, und das Universum auch. Er kam wieder zu sich und blieb erst einmal liegen. Langsam hob er den Arm und spürte die Beule am Kopf. Blut klebte an der Hand. Was war geschehen? Vielleicht war er durch einen umherfliegenden Stein bewußtlos geschlagen worden.

Aber das spielte keine Rolle. Die Welt existierte noch. Er hatte Boden unter den Füßen, die nächtliche Brise wehte und die Sterne schickten ihr Licht durch die dünne Wolkendecke, die über den Pazifik herangedriftet war. Der Himmel war zuvor klar gewesen. Es mußte einige Zeit verstrichen sein. Ihm war kalt.

Die Sterne. Trotz des Dunsts kamen die Sterne Gerald etwas seltsam vor, obwohl er noch nie ein Faible für

Astronomie gehabt hatte. Es standen zu viele Sterne am Himmel. Und der Mond hatte sich entweder stark verändert, oder er war durch etwas ersetzt worden, das er im Dunst nicht klar erkannte.

Was war geschehen? *Das Experiment.* Marcia hatte ein Experiment erwähnt, einen Strahl, der kurz nach zehn Uhr ihrer Zeit die Erde treffen sollte.

Im Licht der gleißenden Sterne sah Gerald auf die Uhr und berechnete die Zeit, wobei er die Zeitzonen und die Verzögerung durch die Lichtgeschwindigkeit berücksichtigte.

Dieser Strahl hätte genau in dem Moment eintreffen sollen, in dem die Erde verrückt spielte.

Ein Zufall. Ein unglaublicher Zufall.

Er stand auf und eilte zum Haus zurück. Dann ging er zum Drucker und grub das Dokument aus, das sie ihm geschickt hatte. Er wollte es sofort durchlesen – aber der Gedanke, sich unmittelbar nach einem Erdbeben im Haus aufzuhalten, behagte ihm nicht. Also ging er in die Küche, holte eine Taschenlampe aus der Schublade und nahm die Unterlagen mit nach draußen.

Ring von Charon. Gravitationswellen. Hochenergie. Irdisches Ziel-Labor: Teilchenbeschleuniger. *Aber wie hätte ein Gravitationsstrahl das anrichten sollen?* fragte Gerald sich.

Doch dann stellte er sich eine grundsätzlichere Frage.

Was anrichten? Was genau war geschehen? Gerald rief sich zur Ordnung. Er mußte sich den Tatsachen stellen und die Beweise auswerten. Dann mußte er daraus Schlüsse ziehen und nicht auf der Grundlage seiner Wunschvorstellungen. Seine atheistischen Freunde wunderten sich, daß ein Mann des Glaubens auf diese Art und Weise handelte. Doch sein Glauben resultierte paradoxerweise daraus, daß er sich den Tatsachen stellte. Im Grunde war Gott nämlich die einzig mögliche Erklärung für die Schöpfung.

Doch das war im Moment unerheblich.

Neue Sterne standen am Himmel. Einige davon waren unglaublich hell. Sie strahlten so hell, daß er die Unterlagen fast ohne Kunstlicht lesen konnte. Die große Sphäre, die er zuvor gesehen hatte, mußte nun auf der anderen Seite der Erde stehen. Erneut schaute er zu dem *Ding* auf, das die Stelle des Mondes eingenommen hatte. Es hatte aufgeklart, und nun sah er deutlich das ringförmige Gebilde.

Stell dich den Tatsachen und akzeptiere die offensichtliche Antwort auf diese Frage. Die Erde, der ganze Planet, war an einen anderen Ort gebracht worden.

Durch einen Gravitationsstrahl? Das schien absurd. Vielleicht war das Gravitations-Experiment nur gleichzeitig mit der Entführung der Erde erfolgt. Wenn nicht …

Er schaute wieder auf die Unterlagen. JPL. Falls doch ein Zusammenhang zwischen dem Experiment und dem Verschwinden der Erde bestand, dann war der Teilchenbeschleuniger der Ort, an dem er mit der Fehlersuche beginnen mußte.

Und JPL war auch der Ort, an dem man die Sache wieder rückgängig machen mußte.

Bewegung ist in beiden Richtungen möglich. Gerald lächelte mit einem Anflug von Galgenhumor. *Wenn der Glaube Berge versetzt, dann versetzten Glaube und Entschlossenheit vielleicht einen ganzen Planeten.*

Gerald wußte, wohin er sich wenden mußte.

Er stand auf und blickte ins Tal hinab. Alles war ruhig und still. In einigen Häusern brannte noch Licht, und er hörte eine Stimme in der Entfernung. Nur wenige Leute waren aufgewacht, vielleicht solche, die früher in Erdbebengebieten gelebt hatten.

Ihm wurde bewußt, daß die meisten Leute die ganze Sache verschlafen hatten und erst morgen in den Nachrichten davon hören würden. Es würde noch Tage dauern, bis sie erkannten, daß das Universum sich verändert hatte. Schaudernd sah er zum fremden Himmel empor.

Er beneidete die anderen Menschen.

Allmählich begriffen die Bewohner des irdischen Raumsektors, was geschehen war – oder zumindest, *daß* etwas geschehen war. Regierungen, Nachrichtenagenturen, private Kommunikationsgesellschaften und die Gerüchteküche – überall kursierten Spekulationen, wilde Gerüchte, sachliche Diskussionen und panische Tiraden.

Einige der instabileren Regierungen brachen zusammen. Rattenfänger erschienen auf Dorfplätzen, auf obskuren Video-Kanälen und in den wenigen größeren Nachrichtenagenturen, die nach dem Verschwinden der Satelliten noch existierten. Die *Finalen Clanners*, die *Nackten Purpurnen* und anderen Kultur-Radikalen gingen auf die Straße.

Generäle mobilisierten ihre Armeen, Kriegsschiffe liefen aus und die Reste der Luft- und Raumflotten, die im Orbit überlebt hatten, wurden in Alarmbereitschaft versetzt. Doch das alles war sinnlos. Was hätte eine Armee gegen eine Macht ausrichten wollen, die ganze Welten versetzte?

Binnen weniger Stunden fanden überall auf der Erde Aufstände, Demonstrationen und Notsitzungen der globalen Körperschaften statt. Das war genauso sinnlos. Nichts von alledem ergab einen Sinn, solange die Menschen nicht wußten, was überhaupt vorgefallen war.

Die Welt nach dem *Wissens-Crash* brauchte Informationen und wandte sich an die Leute, die in der Lage waren, sie zu beschaffen.

Doch diese Leute hatten im Moment selbst mehr als genug zu tun.

Zeit war vergangen. Soviel wußte Wolf immerhin. Wieviel Zeit vergangen war, vermochte er jedoch nicht zu sagen, ohne sich zu konzentrieren. Er befand sich in einem traumgleichen Zustand, in dem die Stunden wie Sekunden verstrichen. Wolf Bernhardt schaute mit verquollenen Augen von der Konsole auf und sah auf die Wanduhr. Zwei Uhr nachmittags Ortszeit. Also zirka zwölf Stunden.

Die Stille, die nachts im Teilchenbeschleuniger herrschte, wich tagsüber einem Chaos, wenn alle Wissenschaftler, die auch nur im entferntesten mit JPL in Verbindung standen, hier einfielen, nach Antworten suchten und wie aufgescheuchte Hühner umherliefen. Alle paar Sekunden druckte der Hauptrechner von JPL ein Fax der Internationalen Astronomen-Vereinigung aus und speicherte neue Daten. Im IAV-Büro in Massachusetts wurden alle astronomischen Entdeckungen zusammengetragen.

Der schiere Umfang der Daten war erdrückend. Obwohl die Erde einen Wissens-Crash erlitten, den größten Teil der Kommunikations- und Energieversorgungssatelliten verloren hatte, strömten die Informationen nach wie vor aus zahllosen Quellen herein. Nicht einmal zwölf Stunden nach dem Großen Sprung meldeten die erdgestützten Observatorien und die überlebenden Orbitalstationen mehr Entdeckungen, als JPL abspeichern konnte.

Wolf hielt sich viel auf seine Flexibilität zugute. Diese Flexibilität wurde an jenem Morgen auf die Probe gestellt. Es oblag ihm, die Fakten zu einem Bild zusammenzusetzen, aus dem ganz einfachen Grund, weil er anscheinend der einzige war, der an diese Fakten glaubte. Nicht einmal die Leute, die sie ermittelten, glaubten daran.

Die Observatorien wurden als erste und unmittelbar mit der Lage konfrontiert. Alle astronomischen Beobachtungen, die bisher im Sonnensystem gemacht wurden, waren nun wertlos – die beobachteten Objekte waren nämlich verschwunden. Und was noch schwerer wog, sämtliche astronomischen Bezugspunkte waren verschwunden. Die Hintergrundsterne, deren Koordinaten am Himmel nun auch nicht mehr stimmten, waren für die Positionsbestimmung unbrauchbar.

Ohne Bezugspunkte in einem fremden Sternsystem war eine Positionsbestimmung schwierig. Schließlich meldete die IAV, daß sie die Orbitalebene der Erde willkürlich als Null-Bezugsebene für das System bestimmt hätte. Sie legte fest, daß die Orbital-Bewegung der Erde von West nach Ost verliefe, was ungefähr den Bedingungen des alten Erdorbits entsprach.

Diese Form der Organisation war schon ganz hilfreich, doch die Astronomen standen vor einem grundlegenden Problem: verständlicherweise trauten sie ihren Augen nicht. Doch Wolf fand schnell heraus, daß die elektronischen Helfer imstande waren, selbständig auf die veränderte Lage zu reagieren. Die meisten IAV-Grafiken kamen von robotischen Beobachtungsstationen. Ein Roboter machte sich keine Gedanken über das, was er sah: Entdeckungen, zumal größere, erfolgten buchstäblich automatisch.

Durch den Verlust aller raumgestützten Instrumente war die moderne Astronomie praktisch blind. Sie wurde in die Mitte des zwanzigsten Jahrhunderts zurückkatapultiert und mußte sich nun mit veralteten Instrumenten und unzulänglichen menschlichen Beobachtern behelfen, die auf einsamen Berggipfeln über die ganze Welt verstreut waren.

Nun bewährten sich die modernen Geräte. Die aussagekräftigsten Daten wurden von den bodengestützten Weitwinkel-Teleskopen geliefert. Diese Instrumente verfolgten Objekte, die sich vor dem stationären Hintergrund des Erdhimmels bewegten. Sie dienten dem Zweck, nicht katalogisierte und potentiell ergiebige Asteroiden oder anfliegende Kometen zu orten und nach Raumschiffen Ausschau zu halten, die sich auf Kollisionskurs befanden. Die Himmels-Scanner hatten im Lauf der Jahre eine Anzahl von Kometen und Asteroiden ausgemacht und sich einen Platz in der Geschichte der Astronomie gesichert, doch plötzlich orteten sie Dutzende ausgewachsener Planeten, sowohl um die neue Sonne der Erde als auch um die anderen Sterne.

Es war noch zu früh, etwas über die Eigenschaften der neuen Planeten zu sagen, außer daß sie existierten. Von den meisten lagen noch nicht einmal verwertbare Aufnahmen vor. Sie waren nur Lichtpunkte, die sich um die Sterne bewegten. Binnen kurzem bestimmten die Rechner von JPL die Positionen und vorläufigen Orbits der meisten Planeten.

Wolf sah auf den ersten Blick, daß diese Orbits verdammt bizarr waren. Viele der Planeten hatten eine hohe Inklination, und einige liefen auf gegenläufigen Bahnen. Die abweichenden Orbitalebenen gaben Wolf indes keine Rätsel auf. Das mochte natürliche Ursachen haben. Wenn zwei Planeten sich einander annäherten, änderten sich aufgrund der Wechselwirkung der Gravitationsfelder und der gegenseitigen Abstoßung manchmal die Orbitalebenen. Etwas Vergleichbares war vor Milliarden Jahren auch Pluto zugestoßen. Doch die geringen Entfernungen und die retrograden Orbits irritierten Wolf. Er hatte keine Erklärung dafür, daß Planeten solche Positionen einnahmen und sich auf gegenläufigen Bahnen bewegten.

Eine überschlägige Berechnung des Erdorbits ergab, daß der Planet 370 Tage für die Umkreisung seiner neuen Sonne benötigte. Die Kalender wiesen von nun an eine jährliche Abweichung von vier Tagen auf.

Das hätte an sich noch kein Problem dargestellt, aber die Erde hatte eine äußerst merkwürdige Nachbarschaft. Ihr nächster planetarischer Nachbar war nur drei Millionen Kilometer entfernt und stand zwischen Erde und Sonne; sein Orbit war um fünfundvierzig Grad gegenüber dem Erdorbit geneigt, und der Planet bewegte sich von Osten nach Westen. Er befand sich in einem retrograden Orbit, lief also in Gegenrichtung zur Erde und stand ihr im Moment am nächsten. Die Teleskope der Erde übermittelten das Bild einer lieblichen blaugrünen Welt.

Zwei Stunden nachdem die irdischen Teleskope diese Bilder übermittelt hatten, präsentierten die Observatorien eine neue Überraschung. Die Erde schaute auf die *Polar*region der neuen Sonne. Es dauerte geraume Zeit, bis Wolf das verdaut hatte. Nun, wenn alle Orbits eine unterschiedliche Inklination hatten, *mußte* jemand in einem polaren Orbit stehen.

Und noch etwas war merkwürdig: so weit das auf den ersten Blick ersichtlich war, wiesen *alle* Welten terrestrische Merkmale auf. Es gab weder Gasriesen noch Eiswelten.

Und sie befanden sich in Orbits, die anscheinend alle innerhalb der Biosphäre ihrer Primärsterne verliefen, in dem schmalen Kreisring um einen Stern, in dem auf einem Planeten annähernd irdische Temperaturen herrschten.

Sicher befand sich auch die Erde in dieser Biosphäre. Zu den wenigen Dingen, die sich nicht verändert hatten, gehörte die durchschnittliche Solarkonstante – der Durchschnittsbetrag an Sonnenenergie, der auf eine gegebene Fläche der Erde einwirkte. Dieser Betrag war bis auf mehrere Dezimalstellen unverändert.

Und das legte einen Schluß nahe, den er nicht ziehen wollte. Vielleicht war Wolf doch nicht so flexibel, wie er glaubte.

Dianne Steiger spürte einen Augenblick des Triumphs. Sie vergaß die Robots, die Bordautomatik und die Künstliche-Intelligenz-Programme der *Pack Rat*. Dies war ein Moment, wo die *Pack Rat* einen gottesfürchtigen *Menschen* aus Fleisch und Blut brauchte. Das arme alte Schiff wäre von sich aus nicht imstande gewesen, die Situation zu bewältigen. Es brauchte einen menschlichen Piloten – und einen Mechaniker.

Zuerst die Reparaturen. Dianne warf einen Blick auf die Video-Darstellung. Soweit sie es erkannte, hatte die *Rat* Anbauteile des Bugs verloren, als … als was auch immer geschehen war. Dianne blinzelte und wurde sich bewußt, daß sie nach wie vor nicht begriff, was passiert war.

Nun, was war passiert? Was *genau* war geschehen? Dianne spürte ein flaues Gefühl im Magen, als sie sich das fragte.

Doch es gab noch genug kleinere Probleme, auf die sie sich konzentrieren mußte. Worum auch immer es sich handelte, es hatte ihr Schiff ziemlich mitgenommen. Es hatte den Anschein, als ob dieses irreale weißblaue Phänomen fünf Zentimeter vom Bug der *Rat* abgetrennt hätte. Die weißblaue Ebene mußte wie ein Messer durch Butter gegangen sein. Vielleicht trieb die Spitze noch irgendwo im Sonnensystem.

Sie konzentrierte sich auf das Machbare und inspizierte erneut den Schaden am Bug. Die ersten fünf Zentimeter des Bugs der *Rat* existierten nicht mehr, und die versenkten Bugdüsen waren auch in Mitleidenschaft gezogen worden. Die Schubcharakteristik stimmte nicht mehr. Sie konnte von Glück sagen, daß die Düsen überhaupt noch feuerten, anstatt gleich explodiert zu sein. Sie sah Schmauchspuren auf der Hülle; die Feuerstrahlen der Reaktionsraketen waren zum Teil an der falschen Stelle ausgetreten. Es war eine knappe Sache gewesen.

Die Bugdüsen waren also Schrott. Sie wagte es nicht, das Glück noch einmal herauszufordern und sie wieder zu aktivieren. Das Schiff ließ sich auch ohne Bugdüsen steuern. Es war zwar schwierig, aber möglich.

Dennoch mußte der beschädigte Bug irgendwie repariert werden. Mit einer deformierten Spitze, der noch dazu die Wärmeschutzschicht fehlte, würde das Schiff den Wiedereintritt in die Atmosphäre nicht schaffen. Auch wenn sie das Schiff nicht nach Hause brachte, sondern eine raumgestützte Werft anflog, wollte sie nicht mit beschädigtem Bug herumfliegen. Die darin enthaltenen empfindlichen Bauteile waren für die extremen Temperaturen des Weltraums nicht ausgelegt. Sie mußte selbst eine Reparatur durchführen.

Sprühschaum. Greifarm Nummer Zwei war mit einer Düse bestückt, die genau für dieses Problem vorgesehen war. Sie aktivierte den Arm und führte ihn so dicht wie möglich an den Bug heran.

Vorsichtig trug sie mehrere Schichten wärmeabsorbierenden Schaums auf. Wenige Sekunden, nachdem der Schaum Kontakt mit dem Vakuum bekommen hatte, war er vollständig ausgehärtet. Sie hoffte, daß die Schicht einen Wiedereintritt aushalten würde. Sie würde beim Schmelzen abblättern und die überschüssige Wärme abführen.

Es war eine diffizile Tätigkeit. Die Schaumschicht mußte eine ausreichende Stärke haben, gut haften und die Konturen des Bugs so authentisch wie möglich nachbilden. Dianne wollte so schnell wie möglich den Raumsektor verlassen, in dem aus heiterem Himmel weißblaue Felder erschienen und Raumschiffe tranchierten. Doch sie wußte auch, daß Hast vielleicht tödlich gewesen wäre. Also arbeitete sie gründlich und unterdrückte die Angst.

Schließlich hatte sie es geschafft. Sie holte die Greifarme ein und begutachtete die Arbeit durch die auf dem Arm Nummer Drei montierte Außenkamera. Es sah gut aus. Sie hatte gute Arbeit geleistet.

Die Greifarme Eins und Zwei wurden eingefahren. Der Schaum *müßte* den Wiedereintritt in die Atmosphäre überstehen. Wiedereintritt. Sollte sie das Risiko wirklich eingehen? Sie lehnte sich zurück und dachte darüber nach. Ein Wiedereintritt wäre sicher gefährlicher als der Versuch einer Notlandung auf einer der Orbital-Stationen. *NaPurHab* befand sich außerhalb ihrer Reichweite – zumal der Ort nach wie vor ziemlich ungesund war. Und die anderen Stationen? Von diesem Orbit aus hatte sie keinen Sichtkontakt mit den größeren Stationen, und die Kommunikationskanäle waren hoffnungslos überlastet. Der Großteil der Kommunikationssatelliten war wahrscheinlich verschwunden. Sie hatte keine Ahnung, ob die Orbital-Stationen noch existierten, ob sie ihre Position beibehalten würden oder ob sie überhaupt in der Lage waren, ein Raumschiff abzufertigen und Flüchtlinge aufzunehmen.

Andererseits war die Erde *da*. Sie *sah* sie. Was auch immer geschehen war, es war mit der Erde geschehen. Manche orbitalen Einrichtungen hatten überlebt, andere nicht – sie hatte es mit eigenen Augen gesehen. Sie hatte das unbestimmte Gefühl, daß die *Rat* jetzt nicht hier wäre, wenn sie hundert Meter weiter von *NaPurHab* entfernt gewesen wäre.

Und wo, zum Teufel, wäre die *Rat* dann? Wo war der Mond? Noch immer im Sonnensystem?

Gütiger Gott. Wo war die Sonne?

Sie betrachtete das Universum. Die Frage müßte eher lauten, wo *sie* war? Wo *war* dieser Ort? Sie verdrängte den Gedanken und fuhr den letzten Greifarm ein. Es hatte keinen Sinn, sich solche Fragen zu stellen; das würde ihr auch nicht zu einer Rückkehr ins Sonnensystem verhelfen. Sie setzte sich vor die Konsole und aktivierte das Navigationssystem. Manuell, nur mit bloßem Auge, leitete sie den Wiedereintritt in die Erdatmosphäre ein.

Sie befand sich in einer völlig fremden Umgebung. Es würde der gefährlichste Flug ihres Lebens werden.

Doch sie wußte bereits, daß das nur ein taktischer Rückzug war. Bald würde sie wieder ins All fliegen, um herauszufinden, was geschehen war und weshalb.

Schweißüberströmt und benommen durch die Erschöpfung und den Schrecken bereitete sie das angeschlagene Raumschiff auf den Rückflug vor. Gleichzeitig schmiedete sie schon Rachepläne für den Tag, an dem sie der Macht gegenüberstand, die ganze Welten bewegte.

So glücklich wie in diesem Augenblick war sie noch nie gewesen.

Kapitel Dreizehn

Wurmloch

Der Rufer war entzückt. Er hatte Hilfe in Gestalt eines Ankers erwartet – oder zumindest erhofft. Er hätte sich jedoch nie träumen lassen, daß die Sphäre einen hochwertigen Portal-Anker schicken würde, ganz zu schweigen von neuen Weltenfressern. Genauso wenig hatte er gehofft, daß diese Hilfe so schnell eintreffen würde.

Anker wurden in der Regel schnell geliefert, doch Portal-Anker wurden nur selten bereitgestellt, und es war schon vorgekommen, daß Jahrzehnte und Jahrhunderte in irdischer Zeitrechnung verstrichen, bevor materielle Hilfe durch einen Portal-Anker geschickt wurde.

Doch auch ein Standard-Anker war natürlich von vitaler Bedeutung. Ein Standard-Anker schuf ebenfalls ein Loch im Raum, wenn auch ein kleineres als ein Portal-Anker. Alles, was durch den Normalraum befördert werden konnte, konnte auch durch ein solches Loch geschickt werden. Zum Beispiel Funksignale. Der Rufer hatte immer wieder seinen Identcode abgestrahlt, um einen präzisen Empfang zu gewährleisten. Im Gegenzug empfing er Signale und die Daten, ohne die nach äonenlangem Schweigen kein Kontakt möglich war. Im Grunde erlernten die Sphäre und der Rufer den archaischen Dialekt des jeweils anderen neu.

Doch nun empfing der Rufer ein Signal mit Bedeutungsinhalten, nicht mehr bloßen Sprachunterricht. In Übereinstimmung mit der Standard-Prozedur reflektierte der Rufer das Signal zur Empfangsbestätigung.

Das erforderte keine Überlegung. Die Auswertung des Signals hingegen schon. Der Rufer sichtete die Botschaft.

Und bekam einen fürchterlichen Schreck.

Es war ein langer Flug vom Pluto zum Mond, unabhängig von der Geschwindigkeit des Schiffs. Wenigstens war er fast vorbei. Sie würden in ungefähr einer Stunde landen. Sondra schaute vom Bildschirm mit den Mond-Nachrichten auf und betrachtete Larry und Raphael. Es war kein Vergnügen gewesen, in der engen Kabine mit diesen beiden und Collier, dem schweigsamen Piloten der *Nenya*, eingepfercht zu sein.

Sondra dachte über sich, Raphael und Larry nach. Der eilige Flug der *Nenya* zeigte, wie wichtig die drei plötzlich waren, und nicht nur auf Pluto. Daß der *Ring* nun auch eine über Pluto hinausgehende Bedeutung erlangt hatte, war daraus zu ersehen, daß die Reparatur der *Nenya* höchste Priorität nach der Landung auf dem Mond besaß. Wo die halbe Infrastruktur des Satelliten zerstört war, wollte das schon etwas heißen. Sondra hatte aus den im Sonnensystem kursierenden Nachrichten folgende unterschwellige Botschaft herausgehört: wenn Larry Chao und der *Ring* die Menschen in diese Lage gebracht hatten, dann wären auch nur Larry Chao und der *Ring* imstande, sie daraus wieder zu befreien.

»Sind Sie sicher, daß die Ladungswerte stimmen?« drang Larrys gedämpfte Stimme aus seiner Schlafkabine. Er erledigte den größten Teil der Arbeit dort, in dem Bemühen, den anderen etwas Privatsphäre zu ermöglichen – aber seine Stimme war dennoch nicht zu überhören. Er sprach wohl ins Funkmikro, mit dem er dieser Tage schier verwachsen schien. Die meiste Zeit des Flugs hatte er mit einem Mann namens Lucian Dreyfuss die Daten des Schwarzen Lochs an der Position der Erde diskutiert. Wenigstens befanden sie sich nun so nahe am Mond, daß eine passable Funkverbindung bestand. Die relativistischen Verzögerungen waren nicht mehr ganz so extrem.

Sondra spürte das dringende Bedürfnis nach Privatsphäre; sie wollte einmal allein sein. Zu dumm, daß das übrige Schiff abgesperrt und in ein Treibstofflager verwandelt worden war. Nur sieben Kabinen waren noch zugänglich – die Zentrale, die Messe, vier sarggroße Schlafkabinen und eine Naßzelle mit einer völlig unbefriedigenden Null-Gravo-Dusche.

Sechzehn Tage. Ein sechzehntägiger Flug vom Pluto zum Mond. Larry hatte wenigstens seine Arbeit und beschäftigte sich mit mathematischen und physikalischen Problemen.

Auf diese Art kompensierte er *seine* Schuld. Und wie bewältigte sie ihre? Ohne ihre Ermutigung und Unterstützung hätte Larry sich gar nicht getraut, das Experiment durchzuführen. Oder vielleicht doch? Inwieweit war sie überhaupt verantwortlich für die völlig unvorhersehbaren Handlungen einer anderen Person und die dadurch erfolgte Katastrophe?

Seufzend widmete sie sich wieder ihrer Lektüre. Sie befaßte sich gerade mit dem Kommuniqué der *Nackten Purpurnen*. Es war zwar unglaublicher Schwachsinn, aber zumindest wurde sie dadurch von Larrys gravitationsphysikalischer Diskussion abgelenkt.

Wir haben einen großen Sieg errungen und das Sonnengebiet von der Geißel namens ›Erde‹ befreit. Sondra runzelte die Stirn. Dummes Geschwätz. »Was ist das ›Sonnengebiet‹?« fragte sie Dr. Raphael. »Ich meine, in der Terminologie der *Purpurnen*.«

Raphael legte sein Buch nieder und dachte kurz nach. Er machte einen ruhigen und gelösten Eindruck, als ob er auf diesem Flug einen Teil von sich wiedergefunden hätte, den er seit langem vermißt hatte. »Ich wußte es einmal. O ja. Die *Purpurnen* lehnen die Bezeichnung Sonnen*system* ab, weil sie eine zweckgerichtete Organisation impliziert. Chaos ist in ihren Augen der Naturzustand, und alle Versuche der Menschen, Ordnung zu schaffen, sind Angriffe wider die Natur. So oder so ähnlich lautet ihre Logik. Solche bizarren semantischen und grammatikalischen Konstrukte sind typisch für die Ausdrucksweise der *Purps*, der *Oktaler* und der anderen Splittergruppen. Ich glaube, die der Sprache zugrundeliegende Mentalität ist mindestens genauso verworren wie diese Ergüsse. Würden Sie mir etwas davon vorlesen? Ich habe es schon seit Jahren nicht mehr gehört.«

Sondra räusperte sich. »Ich werde es versuchen, aber die Hälfte von diesem Kram besteht aus Wortspielen und verfälschter Rechtschreibung. Vielleicht ergibt es noch weniger einen Sinn, wenn ich es vorlese. Schau'n wir mal: ›Seit Milliarden Jahren wurde dem Sonnengebiet eine unnatürliche Existenzform aufgezwungen, weil die Entropieumkehrende Perversion des Lebens und der Evolution das Recht und den natürlichen Ablauf des universalen Verfalls behindert hat. Nun ist dank der *Bewegung der Nackten Purpurnen* das Sonnengebiet von diesem Infektionsherd befreit und der angemessene Naturzustand wiederhergestellt worden.‹

Wieder einmal demonstriert dieser *Purpurne* Techno-Wissens-Durchbruch die Überlegenheit der *Weisheit der Nackten Purpurnen* im Vergleich zu den IgnorantInnen. Wenn alle gelernt haben, das ameisengleiche menschliche Streben nach Ordnung und Stabilität zu ignorieren, dann werden alle Kulturen zu solchen großen Taten imstande sein.

Doch nun können die Menschen allen Geschlechts auf allen Welten ein neues Leben beginnen, befreit vom bedrückenden Joch des Kulturimperialismus der Erde. Die *Bewegung der Nackten Purpurnen* verlangt kein Geld für diese große Leistung, doch Spenden und Beitritte zur *Sinnlosen Sache* sind immer willkommen ...«

»Quatsch«, sagte Sondra. »Absoluter Quatsch.«

»Aber auf eine gewisse Art und Weise auch poetisch«, erwiderte Raphael milde. »Erstaunlicherweise gibt es Leute, wenn auch nur sehr wenige, die sich davon beeindrucken lassen. Sie werden es durchaus für möglich halten, daß eine Horde Exzentriker imstande ist, von einem ehemaligen Gefängniskrater aus ganze Planeten zu vernichten. Und ein paar Leute werden sich ihnen anschließen oder etwas spenden. Es genügt schon ein Gläubiger unter einer Million, um die *Sinnlose Sache* am Leben zu erhalten.

Zumindest traf das zu, als die *Purpurnen* noch ein Publikum von acht Milliarden Erdbewohnern gehabt hatten. Nun leben weniger als eine Milliarde Menschen im Sonnensystem, und diese sind noch dazu weit verstreut. Wie soll eine Massenorganisation von Wirrköpfen sich in einem Sonnensystem mit kleinen, überall verstreuten Populationen behaupten?«

»Das ergibt sicherlich keinen Sinn. Aber zumindest haben die *Purpurnen* ihr Stück in eine Form von Prosa gekleidet.«

»Sie haben noch eine Probe?« fragte Raphael mit glucksendem Lachen.

Sondra hatte den Mann noch nie so entspannt und locker gesehen. Unter all diesem Zorn hatte sich eine faszinierende Persönlichkeit verborgen. Die Abreise vom Pluto war anscheinend eine befreiende Erfahrung für ihn. »Die *Oktalen Millenialisten*. Sie haben eine konkurrierende Verlautbarung herausgegeben – im Oktalcode. Der Computer wird wohl in der Lage sein, das zu übersetzen.«

»Ich glaube nicht, daß es der Mühe wert wäre. Auch als Übersetzung würde es keinen Sinn ergeben. Die *Oktalen* orientieren sich bei ihrer Semantik nämlich an der Ästhetik der oktalen Zahlenfolgen.«

»Woher wissen Sie eigentlich so viel über diese Gruppen?«

Raphael lächelte. »Jessie, meine Frau. Sie hatte ein großes Faible für Skurriles. Und damals gab es an den Universitäten allerhand Skurrilitäten. Sie hatte eine besondere Vorliebe für die Splittergruppen und spielte sogar mit dem Gedanken, sich den *Glibsters* anzuschließen, als wir beide gerade habilitierten. Diese

Gruppen existieren heute nicht mehr, aber sowohl die *Glibs* als auch die *Higginisten* waren eine Gegenreaktion auf die politisch korrekte Attitüde der anderen Gruppen. Den *Glib-Higs* war es egal, was sie sagten oder taten, solange es nur unterhaltsam oder amüsant war.

Aber die *Purpurnen* sind etwas Besonderes. Zumindest waren sie es. Die Tragik liegt darin, daß sie vergessen haben, woher sie kommen. Die ganze Struktur der *Nackten Purpurnen* basierte auf der Suche nach utopischen Zielen – zum Beispiel der gewaltfreien Herbeiführung des Zusammenbruchs der menschlichen Zivilisation. Die Ziele, die sie sich setzten, waren nicht nur utopisch, sie waren *bewußt* utopisch. Anfangs nannten sie sich wohl *La Manchas* oder *Don Q's*, nach Don Quichotte und seinen Windmühlen. Diese unrealistischen Ziele setzten sie sich deshalb, um niemals mit der Suche aufzuhören. Die Verfolgung eines absoluten Ziels, eines Ideals, bedeutete, daß der Weg das Ziel war. Man gelangte zwangsläufig zu der Einsicht, daß die hochfliegenden Träume des Lebens meistens Schäume blieben; sie verlangten von den Menschen, daß sie sich statt dessen an den *kleinen Dingen* des Lebens erfreuten.

Die *Purpurnen* hatten früher ein ernsthaftes Anliegen vertreten. Sie erschreckten die Bürger nicht aus Spaß an der Freud, sondern ihre Aktionen hatten einen ganz bestimmten Grund. Sie wollten die Leute aus ihrer Selbstzufriedenheit reißen und sie daran erinnern, daß sie ihr Entwicklungspotential noch nicht ausgereizt hatten – und um die Menschen wenigstens aus ihrer geistigen Erstarrung zu lösen, wollten sie sie auf ein höheres Ziel verpflichten. Wenn die Gesellschaft selbständiges Denken achtete, dann mußte man sich eben auf die inneren Ziele konzentrieren und seinen Charakter festigen.

Jesse zeigte mir, daß das ein Widerspruch war und

daß die Notwendigkeit, auf dem einmal eingeschlagenen Weg weiterzugehen, der wahre, *verborgene* Sinn der *Sinnlosen Sache* war. Heute besteht die Philosophie der *Purpurnen* nur noch aus Geschwätz«, sagte Raphael mit entrücktem Gesichtsausdruck. »Es geht ihnen nur noch darum, ihre Individualität auszudrücken und sich als Nonkonformisten zu präsentieren. Der Kontakt mit den Strafgefangenen von Tycho hat sie verdorben. Jessie hatte das vor ihrem Tod noch vorausgesehen.« Raphael schüttelte den Kopf. »Sie würde sich im Grab umdrehen, wenn sie das wüßte. Die Botschaft der *Purpurnen* von Tycho lautet nur noch ›Zorn‹. Zorn und das Gefühl, daß das Universum es ihnen schuldig sei, ihr Überleben zu sichern. Ihre Philosophie besteht aus dümmlichen Wortspielen, mit denen sie rechtfertigen, was sie ohnehin getan hätten.

Die *Purpurnen* waren immer schon zornig gewesen – doch früher hatten sie zumindest noch Hoffnung gehabt. Heute ist von der Hoffnung der *Purpurnen* nur noch Phlegma übrig.«

Sondra war perplex. Nicht nur wegen der Worte an sich, sondern aufgrund der Tatsache, daß sie aus dem Mund eines Mannes gekommen waren, der bis vor kurzem noch so verbittert gewesen war. »Jessie muß eine bemerkenswerte Frau gewesen sein«, sagte Sondra schließlich.

»Ja, das war sie«, sagte Simon Raphael versonnen. »Das war sie wirklich. Mir ist eben erst wieder eingefallen, wie bemerkenswert.«

Ein akustisches Signal ertönte, und dann meldete Collier, der Pilot, sich per Interkom. »Noch dreißig Minuten bis zur Landung auf dem Mond«, sagte er mit ruhiger und zuversichtlicher Stimme. »Wenn Sie Ihren Bildschirm auf die Außenkameras schalten, bietet sich Ihnen ein interessantes Schauspiel.«

Sondra stieß einen Seufzer der Erleichterung aus. Der endlose Flug war fast vorbei. Sie blickte auf den

Monitor; nicht um die vorbeiziehende Landschaft zu betrachten, sondern um nach eventuellen Triebwerksproblemen beim Landeanflug Ausschau zu halten. Sie blickte kurz auf, als Larry aus seiner Kabine kam und sich auf dem Sitz anschnallte. Er wirkte genauso nervös wie sie. Beide hatten befürchtet, daß die Triebwerke der *Nenya* nach dem Flug nur noch Schrott wären. Die *Nenya* war seit dem Abflug von Pluto mit konstantem Schub geflogen, aber der Antrieb war für eine solche Dauerbelastung nicht ausgelegt. Die Technik hatte sie in sechzehn Tagen ans Ziel gebracht; das war aber auch schon alles, was Sondra zugunsten des Schiffs zu sagen hatte. Der Flug war unbequem – und grauenhaft – gewesen.

Konstante Beschleunigung bedeutete, daß die erste Hälfte des Flugs mit einer Beschleunigung von eineinviertel Gravo erfolgte und die zweite Hälfte mit einer *Verzögerung* von eineinviertel Gravo. Sondra wollte nicht einmal an die höllische Höchstgeschwindigkeit denken, die sie bei der Schubumkehr erreicht hatten. Andererseits, sagte Sondra sich, würde ihr nach der Landung der *Nenya* die Mondgravitation mit einem Sechstel der irdischen Schwerkraft als purer Luxus erscheinen.

Larry sah die vernarbte und kraterübersäte Mondoberfläche auf sich zurasen, und plötzlich verloren die Überlegungen bezüglich der Natur von Schwarzen Löchern drastisch an Bedeutung. Er umklammerte die Armlehnen des Sitzes und schloß die Augen. Vor seinem geistigen Auge zerschellte die *Nenya* bereits auf der Mondoberfläche. Ihm wurde übel. Er öffnete die Augen wieder. Die leise summenden Triebwerke vermittelten nicht den Eindruck, den Sturz auf den Planeten zu verhindern. Als sie dann aussetzten, bekam er erst richtig Angst. Er heftete die Augen auf den Bildschirm und sah, daß die kraterübersäte Oberfläche immer schneller vorüberzog und gleichzeitig immer näher kam.

Dann erwachten die Triebwerke wieder zum Leben, und das Schiff ging in den Landeanflug. Schließlich verstummten die Triebwerke endgültig, und das Raumschiff setzte mit einem leichten Stoß auf dem Landefeld auf.

Larry hatte kaum Zeit zum Aufatmen, als unten im Schiff Lärm ertönte. Ein junger Mann steckte den Kopf durch die Luke und schaute sich um, bis er Larry entdeckte. »Larry O'Shawnessy Chao?« fragte er.

Larry erhob sich. In der Gravitation mit einem Sechstel des normalen Werts war er etwas wacklig auf den Beinen. »Genau«, sagte er; die Stimme hatte er schon über Funk gehört. »Und Sie sind Lucian Dreyfuss.«

Lucian schlüpfte durch die Decksluke und schlug einen Salto. Dann reichte er Larry grinsend die Hand, und Larry schüttelte sie kräftig. Larry unterzog Lucian einer Musterung. Er war ein kleiner, drahtiger und energisch wirkender Mann und entsprach überhaupt nicht dem Klischee vom unbekümmerten Mondbewohner, der einfach so in den Tag hineinlebte. Er hatte ein schmales, blasses Gesicht. Sein rotbraunes Haar stand senkrecht vom Kopf ab. Sein Händedruck war etwas zu fest. Das kurzärmlige Hemd enthüllte muskulöse Arme. Er war ein paar Jahre älter als Larry, und mit seinem Grinsen schien er sagen zu wollen, daß er nach Punkten vorne lag, als ob die beiden sich in einem Wettkampf befänden.

Lucian ließ den Blick durch die Kabine schweifen. »Dr. Berghoff, Dr. Raphael, ich heiße Sie ebenfalls willkommen. Folgen Sie mir nach unten durch die Eingangsschleuse. Auf der anderen Seite wartet ein Fahrzeug. Die Konferenz beginnt, sobald Sie eingetroffen sind. Das Hafenpersonal wird sich um Ihr Gepäck kümmern. Unten im Konferenzraum sind alle etwas aus dem Häuschen, um es vorsichtig auszudrücken. Es kursieren wilde Gerüchte über die Daten, die von VISOR übermittelt wurden …« Er verstummte abrupt, als ob eine Diskussion der Gerüchte nur die Wahrheitsfindung verzögert hätte. »Sobald Sie eingetroffen sind, beginnt die Besprechung.« Er ließ den dreien den Vortritt, was auf Larry einen professionellen Eindruck machte; anscheinend war Lucian mit der Rolle des Fremdenführers vertraut.

»*Sofort?*« fragte Dr. Raphael.

»Äh … ja, Sir.«

»Verstehe«, sagte Dr. Raphael mit einem besorgten Blick auf Sondra und Larry.

Sie steckten noch immer in der Reisekleidung, die nach dem Kriterium der Bequemlichkeit auf einem Schiff und nicht nach modischen Gesichtspunkten ausgewählt worden war. Larry trug eines seiner schrillsten Hemden, zu dem die purpurnen Shorts gewiß nicht paßten; sie harmonierten nämlich mit gar keinem Kleidungsstück. *Dem historischen Anlaß entsprechend angezogen*, sagte Larry sich. Sondra sah in der zerknitterten schwarzen Kombi zumindest etwas besser aus, doch es hatte den Anschein, als ob sie seit Tagen in der Kluft geschlafen hätte, zumal das Revers mit Resten vom Frühstück befleckt war. Raphaels lange Hose und der Pullover waren dagegen ein Ausbund an formeller Kleidung.

»Äh … nun, sie dürften sich mehr für unsere wissenschaftlichen Ausführungen als für unsere modische Stilsicherheit interessieren«, sagte Raphael.

»Ja, Sir«, sagte Lucian und sah auf die Uhr. Er interessierte sich anscheinend nur für die Zeit, die verstrich. »Können wir gehen?«

Etwas unsicher folgten die drei Besucher ihm. Er führte sie durch das Decksluk, durch die Schiffsschleuse und dann eine lange und abschüssige Rampe hinunter, die sie zu einem weitläufigen Schleusenkomplex brachte. Mehrere Arbeiter in Druckanzügen kontrollierten gegenseitig ihre Ausrüstung. »Reparaturtrupp«, sagte Lucian. »Sie werden sich um Ihr Schiff kümmern – es ist wohl nicht das letztemal, daß es einen schnellen Flug absolvieren muß.« Larry fiel der besorgte Ausdruck in Dr. Raphaels Gesicht auf und spürte einen Anflug von Sympathie für den Mann. Er war der Direktor der Station, und die *Nenya* war ihre Lebensversicherung gewesen, ein Talisman.

Die Ereignisse überstürzten sich. Lucian führte sie aus dem Schleusenkomplex in einen Stadt-Tunnel, wo ein offener Elektrowagen wartete. Lucian setzte sich auf den Fahrersitz, und die anderen stiegen ein.

Larry hatte kaum Platz genommen, als Lucian Vollgas gab. Mit quietschenden Reifen raste der Wagen durch den engen, im Dämmerlicht liegenden Tunnel. Vor zehn Minuten hatte Larry sich noch vor der Landung in einem Raumschiff gefürchtet. Bald erkannte er, daß eine ballistische Landung mit der *Nenya* eine sichere Sache war im Vergleich zu einer Fahrt mit Lucian.

»Sie sind die letzten Teilnehmer!« Lucian mußte schreien, um das Heulen des Fahrtwinds zu übertönen. »Die Dinge haben sich seit meinem letzten Signal an Sie fast überstürzt. Marcia MacDougal von VISOR soll ein paar richtig heiße Daten haben.«

»Sind unsere Zahlen noch aktuell?« rief Larry, wobei er sich nun genauso fest an den Rahmen des Sitzes klammerte wie zuvor an die Armlehnen des Sitzes auf dem Schiff.

»Die Zahlen sind sehr gut. Es sind nur Ihre Schlußfolgerungen, die mir nicht gefallen.«

»Um die Schlußfolgerungen geht es doch gar nicht.«

»Sie gehen mir aber nicht aus dem Kopf«, rief Lucian, um den heulenden Fahrtwind zu übertönen. »Doch zurück zu den Zahlen. Kurz bevor ihr gelandet seid, hatte ich die Daten noch einmal aktualisiert. Das Schwarze Loch an der Position der Erde hat eine Masse von 1,054 Erdmassen. Es hat bisher keine erkennbare Akkretionsscheibe ausgebildet; dafür entsteht nun ein Trümmerfeld. Mit der optischen Skalar-Technik haben wir die Spin-Rate ermittelt. Der magnetische Nordpol und die Spin-Pole weisen eindeutig in *Süd*richtung. Aber wissen Sie überhaupt, was die Zahlen *aussagen?* Ich habe noch Bedenken, sie zu veröffentlichen.«

»Wenn die Zahlen stimmen, dann machen wir weiter«, rief Larry leicht ungehalten. »Wenn eine Dringlichkeitssitzung anberaumt wurde, können wir keine Zeit mit Vierfach-Überprüfungen verschwenden, nur weil die Antworten Ihnen nicht gefallen. Geben Sie mir eine alternative Erklärung, und ich halte mich zurück.«

»Schon gut. Sie haben mich überzeugt, aber nicht völlig. Die anderen Forscher werden sich eben eine eigene Meinung bilden müssen.«

Sondra auf dem Rücksitz verstand nicht einmal die Hälfte der Unterhaltung, aber das war ihr auch egal. Die beiden hatten das schon seit Wochen diskutiert. Schließlich verließ der Wagen den Tunnel und raste in ein Habitat, bei dem es sich laut Ortsschild um die SubBlase ›Amundsen‹ handelte. Plötzlich gab es viel mehr zu sehen als nur die Felswand. Sie erhaschte einen kurzen Blick auf die leicht in Mitleidenschaft gezogene Stadt; hier und da waren Leute mit Aufräumungsarbeiten beschäftigt. Viel mehr sah sie nicht, bevor Lucian so fest auf die Bremse stieg, daß sie fast aus dem Wagen geschleudert worden wären. Sie mußten die Armstrong-Universität erreicht haben, auch wenn Sondra keinen entsprechenden Hinweis gesehen hatte. »Da wären wir«, sagte Lucian und sprang aus dem Wagen. Dann führte er sie in ein weitläufiges, flaches Gebäude mit akademischem Ambiente. Eilig gingen sie durch einen langen Korridor. Die Tür am Ende des Gangs stand offen, und Lucian sagte ihnen, sie sollten durchgehen.

Larry betrat den Raum als letzter; zuerst kam es ihm

so vor, als ob der Raum mit lauter Augen angefüllt wäre, die sich um einen rechteckigen Tisch gruppiert hatten. Alle Anwesenden starrten ihn an, um sich den Mann einzuprägen, der die Erde vernichtet hatte. Larry hatte den Eindruck, mit einem Affenzahn gegen eine Mauer geprallt zu sein.

Daß die Tür sich hinter ihm schloß, stimmte ihn auch nicht gerade fröhlicher.

Larry spürte eine Hand auf dem Arm. Er drehte sich um und sah einen gnomenhaften Mann in einem limonengrünen Frack, der charakteristisch war für die extravagante Mode der Mondbewohner. »Ich heiße Sie alle willkommen«, sagte er. »Ich bin Pierre Daltry, Kanzler der Universität und de facto Leiter dieser Gruppe, zumindest zur Zeit. Wenn Sie bitte Platz nehmen würden, damit wir anfangen können. Mr. Chao, Dr. Berghoff, Dr. Raphael?« Sie nahmen auf den Stühlen Platz, die am Kopfende des langen Tischs für sie reserviert waren, wobei Larry sich indes einen weniger exponierten Sitzplatz gewünscht hätte.

Kanzler Daltry ging an seinen Platz an der Mitte des Tischs, blieb aber stehen. »Ich will keine Zeit mit Formalitäten vergeuden«, sagte er, »doch lassen Sie mich noch die anderen Redner des heutigen Tages ankündigen. Es handelt sich dabei um die Leute, die die Lage am gründlichsten studiert haben. Lucian Dreyfuss kennen Sie bereits. Tyrone Vespasian, ebenfalls von der Orbitalen Flugsicherung. Marcia MacDougal und Hiram McGillicutty von VISOR.« Er wies auf jeden einzelnen von ihnen und machte dann eine den ganzen Tisch umfassende Geste.

»Jede bedeutende Regierung des Sonnensystems ist hier vertreten – einschließlich der Erde, wie ich betonen möchte. Nancy Stanton, die UN-Botschafterin bei der Mond-Republik, ist hier anwesend. Und wir sind hier, um Entscheidungen zu treffen. Simon Raphael und Larry Chao haben diese Konferenz vor einigen

Tagen vorgeschlagen, und die Ereignisse der letzten Tage haben die Bedeutung – und die Verantwortung – dieser Konferenz noch erhöht. Aufgrund der knappen Zeit und der Dringlichkeit der Lage haben die jeweiligen Regierungen dieses gemeinsame Komitee ermächtigt, mit einer Stimme zu sprechen *und* zu handeln. Die Entscheidungen, die an diesem Tisch getroffen werden, sind nicht nur Empfehlungen, sondern gelten als Tagesbefehl. Wir sollten uns deshalb gut überlegen, was wir tun.«

Daltry verstummte und blickte in die Runde.

»Da fällt mir gerade eine Episode aus der Geschichte des Mondes ein. Vor ungefähr einem Jahrhundert hatte das Verhältnis zwischen Erde und Mond einerseits und dem Rest des Sonnensystems andererseits sich derart verschlechtert, daß die Gefahr eines interplanetarischen Kriegs bestand. Auf dem Höhepunkt dieser Krise ging ein Asteroid, der im Erdorbit stationiert werden sollte, auf Kollisionskurs mit der Erde. Im Falle eines Zusammenstoßes hätte sich eine Katastrophe ereignet, gegen die ein nuklearer Krieg harmlos wäre. Der Mond trug die Hauptlast dieser Krise, und der Morrow-Krater im Mittelpunkt der Rückseite – und die Unabhängigkeit von der Erde – erinnern uns an jene Tage.

Bis vor wenigen Tagen waren wir alle noch der Ansicht, ein solcher Asteroidenaufprall wäre die schlimmste Katastrophe, von der die Menschheit oder Erde heimgesucht werden könne. Nun wissen wir es besser.

Wir als Spezies haben nach einer Katastrophe immer schon geglaubt, schlimmer könne es nicht mehr kommen – und dann haben wir festgestellt, daß es doch noch schlimmer kam. Hungersnöte, Flutkatastrophen, Umweltkatastrophen, nuklearer Winter, Asteroiden-Kollision. Jedesmal wurde das alte Katastrophenszenario durch ein neues ersetzt. Können wir uns *nun* sicher sein, daß es nicht mehr schlimmer kommt?«

Es herrschte Schweigen am Tisch.

»Ich bitte Mr. Chao, die wissenschaftliche Diskussion zu eröffnen.«

Larry Chao fragte sich, ob er aufstehen solle oder nicht und entschied sich dann dafür, sitzen zu bleiben. Er war noch nie zuvor auf dem Mond gewesen. Was sollte er hier vor all diesen Koryphäen? War es die ganzen Kosten und den Aufwand wirklich wert gewesen, ihn per Express hierher zu bringen, nur damit er einen Vortrag hielt?

Zum Teufel damit. Larry straffte sich und faßte den Vorsatz, sich so kurz wie möglich zu fassen. »Äh ... ich danke Ihnen nochmals, Kanzler, und auch Ihnen, den Mitgliedern des Gemeinsamen Komitees.« Er wußte nicht einmal, ob das die korrekte Bezeichnung für das Gremium war.

Er holte einige Notizen aus der Tasche und blätterte sie durch, um Zeit zu gewinnen und die Gedanken zu ordnen. »Gleich zu Beginn möchte ich den entscheidenden Punkt klären: Befindet das Schwarze Loch sich wirklich an der Stelle, an der sich zuvor die Erde befunden hatte? Ist die Erde durch unser – *mein* – Experiment vernichtet worden?« *Nun ist es heraus,* sagte er sich. Das Herz schlug ihm bis zum Hals. Ein Raunen ertönte am Tisch, als Larry seine Mitschuld an der Katastrophe einräumte.

Ja, ich bin derjenige, der es getan hat, sagte er sich. *Ich gebe es zu.* Er wußte, daß er keine andere Wahl hatte, als sich den Fakten zu stellen. Was geschehen war, was er getan hatte, würde ihn für immer verfolgen. Er wäre für den Rest seiner Tage gezeichnet. Und wenn er das verdrängte, würde es an der Situation auch nichts ändern.

Sondra sah ihren Freund an. Trotz seiner Nervosität erkannte sie, daß er sich in den letzten Tagen verändert hatte. Er war erwachsener und reifer geworden. Er setzte sich gerade hin und erwiderte die Blicke der Anwesenden mit größerer Zuversicht. Obwohl das scheue Halb-Kind noch nicht verschwunden war, hatte er nun viel mehr von einem Erwachsenen an sich.

»Während des Flugs vom Pluto hierher«, fuhr Larry fort, »stand ich in ständigem Kontakt mit dem Zentrum der Orbitalen Flugsicherung. Wie Sie alle sicher wissen, verfügt diese Einrichtung über exakte Daten über die Lage im Erde-Mond-System – wobei die Bezeichnung ›Mondsektor‹ nun vielleicht sinnvoller wäre.« Erneut war ein Raunen zu vernehmen. »Lucian Dreyfuss von der OFS hat die Informationen über das Schwarze Loch zusammengefaßt. Wir haben die Daten analysiert und sind zu dem gleichen Schluß gekommen.«

Larry erkannte Lucian am anderen Ende des Tischs. Der erwiderte Larrys Blick gleichmütig, ohne Zustimmung oder Ablehnung zu signalisieren. Lucians Gelassenheit nötigte Larry Bewunderung ab.

»Wir haben die Erde rechnerisch in ein Schwarzes Loch verwandelt und das Modell mit den Daten des Schwarzen Lochs verglichen, das die Position der Erde eingenommen hat.«

Weil Larry sich nun auf vertrautem Terrain befand, legte er seine Scheu ab. »Das Problem ist, daß nur sehr wenige Eigenschaften eines Schwarzen Lochs gemessen werden *können*. In vielerlei Hinsicht existiert ein Schwarzes Loch überhaupt nicht. Es hat keine Größe, keine Farbe und kein Spektrum. Seine Dichte ist unendlich. Aber gewisse Dinge können wir *doch* messen. Zunächst einmal die Masse des Lochs. Das erste, was wir von dem Loch wußten, war seine Masse.

Sie werden sich auch erinnern, daß es fünf Prozent *mehr* wog als die Erde. Das ist scheinbar wenig, aber bedenken Sie, daß die Masse des Mondes gerade eins komma zwei Prozent der Erdmasse beträgt. Außerdem wurde die Masse des Schwarzen Lochs acht Stunden nach dem Verschwinden der Erde gemessen. In diesem

Zeitraum *kann* ihre Masse sich nicht um diesen Betrag erhöht haben. Wenn es sich bei dem Schwarzen Loch wirklich um die Erde handeln sollte, dann müßte die Erde entführt, zu einer Singularität verdichtet, mit dem Äquivalent von vier Mondmassen angereichert und wieder an ihre Ausgangsposition gebracht worden sein. Und das alles in acht Stunden. Meiner Ansicht nach handelt es sich bei diesem Schwarzen Loch auf keinen Fall um die Erde.«

Larry erinnerte sich an die Zeit als Wissenschaftlicher Assistent. Er hatte gern Vorlesungen gehalten. »Nun wird es etwas komplizierter. Ich werde trotzdem auf die Fachterminologie verzichten. Verzeihen Sie mir, wenn ich die Dinge etwas vereinfache, aber ich gebe Ihnen keine falschen Daten, sondern ich möchte es Ihnen nur etwas leichter machen.

Es gibt durchaus einige Dinge in einem Schwarzen Loch, die wir messen können: die elektrische Ladung, das Magnetfeld, sofern eines existiert, den Ereignishorizont, die Masse und natürlich die Stärke des Schwerefelds selbst. Ob zum Beispiel ein Magnetfeld vorhanden ist oder nicht, hängt sowohl von der elektrischen Ladung des Lochs als auch von seinem Spin ab.

Wir können den Spin messen, die Ladung und die Effekte des Magnetfelds – und diese Daten sind sehr aufschlußreich. Zuerst der Spin. Aus der Bewegungsrichtung des Magnetfelds und mit Hilfe der sogenannten Optischen Skalar-Technik ermitteln wir die Rotation des Lochs. Die Rotationsachse des Schwarzen Lochs steht exakt im rechten Winkel zur Ebene des Orbits. Wie Sie wissen, ist die Erdachse um 23,5 Grad gegenüber der Orbitalebene geneigt. Es würde einen *gigantischen* Energieaufwand erfordern, die Erdachse in die Vertikale zu bringen und sie dort zu stabilisieren. Der Planet würde eine Gegenkraft ausüben, genauso wie ein Kreisel sich einer Veränderung der Drehachse widersetzt. Ich bezweifle, daß man die Erde in die Vertikale bringen könnte, ohne daß die Erdkruste aufbricht und Trümmer im Raum verteilt werden. Solche Trümmer haben wir nicht gesehen.

Doch das ist nur der erste Aspekt des Spins. Wenn ein Objekt kleiner wird, *muß* es *schneller* rotieren, um sein Drehmoment zu erhalten; wie auch ein Eiskunstläufer immer schneller wird, wenn er die Arme anlegt.

Wenn die Erde in ein Schwarzes Loch verwandelt worden wäre, hätte das resultierende Loch mit einem beträchtlichen Bruchteil der Lichtgeschwindigkeit rotieren müssen. Dieses Loch rotiert aber viel zu langsam – mit einem Prozent der Geschwindigkeit, mit der ein von der Erde abgeleitetes Loch sich drehen würde.

Obendrein weist dieses Schwarze Loch eine starke negative elektrische Ladung auf. Die Erde war – ist – elektrisch neutral. Noch etwas: Der magnetische Nord- und Südpol des Lochs ist vertauscht.

Hinsichtlich der Masse, der Spin-Daten, der elektrischen Ladung und der magnetischen Eigenschaften – soweit wir entsprechende Messungen durchführen konnten – unterscheidet dieses Schwarze Loch sich deutlich von einem Schwarzen Loch, das aus der Erde hervorgehen würde.

Deshalb behaupte ich, daß dieses Schwarze Loch *nicht* die kollabierte Erde ist.«

Ein erleichtertes Murmeln erfüllte den Raum. Larry wartete ab, bis es sich gelegt hatte. »Was ist *dann* mit der Erde geschehen? Entweder befindet sie sich an einem anderen Ort, oder sie ist zerstört worden. Und wenn sie zerstört wurde, wo sind dann die Trümmer, die sie hätte hinterlassen müssen? Wo war der Energiepuls? Wenn die Erde zertrümmert worden wäre, wenn sie explodiert wäre, in ihre Elementarteilchen zerlegt oder in Energie umgewandelt worden wäre, hätten wir es bemerkt – falls wir es überlebt hätten. Die Auswirkungen wären nämlich nicht zu übersehen gewesen. Der Mond wäre mit Trümmern bombardiert oder durch die freigesetzte Energie geröstet worden oder beides.

Ich glaube, daß die Erde an einen anderen Ort versetzt und *nicht* vernichtet wurde!«

»Nun halten Sie mal die Luft an!« ertönte plötzlich eine schneidende Stimme. »Die Daten unterstützen diese Behauptung nicht im geringsten. Ich muß es wissen. Schließlich habe ich selbst den größten Teil der Daten zusammengetragen.« Es war McGillicutty. Er konnte kaum noch an sich halten. »Ich habe die Entstehung Ihres Schwarzen Lochs nicht mitverfolgt. Aber Sie haben soeben das bestechende Argument vorgebracht, daß keine Technik imstande sei, einen Planeten zu zerstören, ohne Spuren zu hinterlassen – doch dann behaupten Sie leichthin, es sei möglich, einen Planeten einfach so zu *entführen?* Welche Technik macht denn das möglich?«

»Das Wurmloch, verdammt!« schaltete Sondra sich ein. »*Das* ist der Zweck des Schwarzen Lochs. Es ist das Tor zum Wurmloch, durch das die Erde verschwunden ist.«

»Wurmloch, das ist doch lächerlich!« schnaubte McGillicutty. »Sie existieren nicht. Sie können nicht existieren. Und ich wette mein ganzes Vermögen, daß es auch keine Schwarzen Löcher gibt. Jedenfalls keine Schwarzen Löcher, die so klein sind.«

Sondra spürte, wie das Temperament mit ihr durchging. »Um Gottes willen. Sie haben doch selbst gesehen, wie asteroidengroße Körper von diesen blauen Blitzen ausgestoßen wurden, und *Sie* haben die Aufnahmen von diesem blauen Blitz gemacht, der hinter der Erde auftauchte und sie einhüllte.«

»Ich habe dieses Bild zwar aufgenommen«, sagte McGillicutty schroff, »aber dieser Interpretation schließe ich mich nicht an. Es befindet sich wohl eine kompakte Masse an der alten Position der Erde, aber Sie vermuten bloß, daß es sich bei dieser Masse um ein

Schwarzes Loch handelt. Angenommen, es ist nur eine sehr dichte Masse *ohne* Ereignishorizont, deren Oberflächengravitation so niedrig ist, daß physikalische Materie entweichen kann? Ich habe die Zahlen zwar noch nicht, aber ich glaube, daß eine Erdmasse mit einem Tausendstel der Dichte eines Schwarzen Lochs einen Durchmesser von ein paar Metern aufweisen könnte. Ein solcher Körper wäre aus dieser Entfernung überhaupt nicht zu sehen. Es wäre durchaus möglich, daß der Strahl die Materie der Erde in *strange*-Quark-Materie umgewandelt hat. Ein solcher Körper hätte nur einen Durchmesser von ein paar Kilometern und eine extrem dunkle Färbung. Ich glaube, daß es sich *so* verhält und daß die asteroidengroßen Körper irgendwie von der Oberfläche dieses kompakten Körpers abgestoßen werden. Es findet eine Rückumwandlung in Normalmaterie statt, wobei Energie freigesetzt wird.«

»Und die blauen Blitze?« fragte Sondra.

»Energieentladungen, die mit der Abstoßung der G-Punkte von der Oberfläche aus *strange*-Materie zusammenhängen.«

»Aber wie erfolgt diese Abstoßung?« fragte Larry. »Wie sieht der Mechanismus aus?«

»Das weiß ich noch nicht, Jungchen«, erwiderte McGillicutty barsch. »Aber das ist auch das einzige Fragezeichen in meiner Theorie. Ihre Hypothese mit dem Schwarzen Loch besteht hingegen aus *lauter* Fragezeichen. Meine Theorie ist plausibel. Ihre nicht.«

Das war der Startschuß. Ein Dutzend Stimmen ertönte, von denen jede eine eigene Theorie vortrug.

Bedrückt lauschte Larry diesem Geschrei. Sie hatten geradezu auf Beweise dafür gewartet, daß die Erde nicht zerstört worden war. Doch plötzlich war die Stimmung umgeschlagen. McGillicuttys Theorie wies zwar ein Dutzend Schwachpunkte auf und stand zudem in Widerspruch zu den vorliegenden Beweisen. Doch vielleicht war das immer noch akzeptabler als die erschreckende Vorstellung einer Macht, die imstande war, die Erde in einem Wurmloch verschwinden zu lassen.

Larry befand sich im Auge eines verbalen Orkans. Die Leute waren auf seiner Seite gewesen, bis McGillicutty ihn unterbrochen hatte. Doch verloren hatte er ihre Unterstützung erst in dem Moment, als McGillicutty ihnen erzählt hatte, was sie hören wollten.

Larry sank auf dem Stuhl in sich zusammen und fühlte sich wie ein kleines Kind inmitten einer Schar streitender Erwachsener. Er erinnerte sich an die letzte Besprechung der Wissenschaftlichen Mitarbeiter in der Gravitations-Forschungsstation. Wie lange war das schon her? Erst siebzehn Tage? Achtzehn? Er hatte eine lange Reise gemacht, nur um sich hier auch verloren zu fühlen. Da saß er nun wie ein Häufchen Elend.

Doch dann übertönte eine andere, energische Stimme das Stimmengewirr. »Das sind alles nur Nebensächlichkeiten«, sagte Simon Raphael. »Schwarzes Loch, Wurmloch, kompakte Masse – vor dem Abflug vom Pluto hatte Mr. Chao mich daran erinnert, daß es darauf im Grunde nicht ankommt. Worauf es ankommt, ist, daß unsere Heimatwelt entführt wurde und Außerirdische ins Sonnensystem eingefallen sind.« Raphael erhob sich, stützte sich mit den Händen auf dem Tisch ab und schaute in die Runde. Plötzlich herrschte Ruhe.

»Die Frage nach dem ›wie‹ ist unerheblich. Seltsamerweise ist es fast schon ein *Trost*, sich in technischen Diskussionen zu ergehen, weil man sich nämlich derart in Details verliert, daß man sich den größeren Zusammenhängen mit ihren schrecklichen Weiterungen nicht mehr stellen muß. *Es findet eine Invasion des Sonnensystems statt*. Unser Gravitationswellen-Experiment scheint der Auslöser für diese Invasion gewesen zu sein.

Ich weiß durchaus, wie absurd das klingt – ein Angriff aus dem Weltraum –, aber welche Erklärung gäbe es sonst? Hätten Sie vielleicht einen Vorschlag, Dr. McGillicutty? Eine Interpretation, die nicht mit den Fakten konkurriert?« Raphael sah in die Runde. »Die Stille in diesem Raum sagt mir, daß es keine andere Erklärung *gibt*. Aber wir dürfen die einzige Antwort nicht ablehnen, nur weil sie uns nicht gefällt. Ich weiß, wovon ich spreche. Die Weigerung, sich einer Herausforderung zu stellen, ist ein Fehler, den ich in der letzten Zeit selbst häufig gemacht habe.

Wir werden angegriffen, das ist offensichtlich. Aber niemand stellt die Frage, *von wem* wir angegriffen werden. Wir sträuben uns derart, diese Katastrophe zur Kenntnis zu nehmen, daß wir nicht einmal in der Lage sind, den nächsten Schritt zu tun und uns zu fragen, *wer* das getan hat und aus welchem Grund. Diese Überlegungen sind in meinen Augen viel wichtiger als die Frage, *wie* sie es getan haben oder ob ihre Technik mit dieser oder jener Theorie in Konflikt gerät. Ich kenne ihre Motive nicht, aber ich kann mir nicht vorstellen, daß eine Flotte von dreißigtausend asteroidengroßen Raumschiffen in friedlicher Absicht Kurs auf unsere Welten nimmt.

Wie sie es tun ist dennoch von Bedeutung, denn wir müssen sie bekämpfen, um wen auch immer es sich handelt. Und bevor wir *das* tun, müssen wir mehr von ihnen wissen. Wenn die Erde entführt wurde, wer hat sie entführt? Welche Ziele verfolgen die Aliens im Sonnensystem? Sind auch die anderen Planeten gefährdet? Und weshalb?

Den letzten Berichten zufolge handelt es sich um zweiunddreißigtausend große Objekte, die wir als G-Punkte bezeichnen. Sie nehmen mit konstanter Beschleunigung Kurs auf sämtliche Planeten – aber nicht auf den Mond. Wir sollten uns nach den Gründen hierfür fragen.«

»Äh ... vielleicht kann ich Ihnen weiterhelfen«, meldete sich ein kahlköpfiger, vierschrötiger Mann, der neben Lucian saß. »Ich bin Tyrone Vespasian und befasse mich mit den G-Punkten.«

Raphael nickte und setzte sich. »Schießen Sie los!«

»Okay, die beiden wesentlichen Fragen im Zusammenhang mit den G-Punkten lauten: was sind sie und weshalb lassen sie den Mond links liegen? Zu Frage Eins. Die schnellsten G-Punkte sind bereits bis zur Venus und zum Merkur vorgestoßen. Mehr wissen wir leider nicht. Die ›Quecksilber‹-Station auf Merkur hat nur große Radarechos hinter dem Horizont verschwinden sehen, und VISOR hat ebenfalls den Kontakt zu den anfliegenden G-Punkten verloren. Auf keiner von beiden Welten wurden seismische Erschütterungen registriert, was darauf hindeutet, daß die G-Punkte eine weiche Landung hingelegt haben.

Ich weiß nicht, ob das nun eine gute oder schlechte Nachricht ist, aber wir müssen uns darauf einstellen, daß der Mars in wenigen Tagen Besuch erhält. Dann müßten wir bessere Informationen bekommen. Die G-Punkte, die Venus und Merkur angeflogen hatten, waren aus dem Schwarzen Loch an der Position der Erde gekommen.« Vespasian sah McGillicutty durchdringend an. »Oder aus der kompakten Masse, wenn Ihnen diese Bezeichnung lieber ist. Auf jeden Fall bewegen sich ein paar G-Punkte aus dem irdischen Raumsektor in Richtung der äußeren Planeten, aber sie haben den weitesten Weg. Die G-Punkte, die vom Asteroidengürtel und der Oort'schen Wolke aus starten, bewegen sich mit geringerer Geschwindigkeit und müssen gleichzeitig die größten Distanzen bewältigen.

Ein paar der G-Punkte halten auf die Gasriesen zu. Was sie nach ihrer Ankunft dort tun werden, wissen wir nicht. Wir haben keine Ahnung, ob sie sich für die Planeten, die Monde oder beides interessieren.

Wenn Sie den Asteroidengürtel durch ein leistungsstarkes Teleskop betrachten, wirken die G-Punkte wie gewöhnliche Asteroiden. Und wirklich wurde auf einigen von ihnen für eine gewisse Zeit auch Bergbau betrieben. Nur daß Asteroiden in der Regel keine Punktquellen-Gravitationswellensysteme enthalten.

Die Objekte, die aus dem an der Position der Erde befindlichen Schwarzen Loch austreten, sehen nach vorliegenden Informationen ganz anders aus. Wir haben Schwierigkeiten, sie deutlich ins Bild zu bekommen. Sie sind etwas kleiner und wirken eher wie künstliche Objekte. Diese G-Punkte haben eine reflektierende Oberfläche und besitzen anscheinend eine regelmäßige Form. Sie sind schneller als unsere Schiffe; trotzdem haben wir ein paar Abfangjäger losgeschickt. Ansonsten verhalten sie sich wie die asteroidenförmigen G-Punkte. Ich glaube, im Grunde handelt es sich um ein und dieselbe Ausführung.«

»Ausführung wovon?« fragte Kanzler Daltry mit sanfter Stimme.

Vespasians Miene verdüsterte sich, und es dauerte eine Weile, bis er antwortete. »Das habe ich mich auch schon gefragt«, sagte er. »Ich glaube, es handelt sich um Raumschiffe. Riesige Raumschiffe. Die Schiffe, die aus dem Äußeren System kommen, hatten sich versteckt, wobei sie sich als Asteroiden und Kometen tarnten. Wovor sie sich versteckten, weiß ich nicht. Sobald diese Objekte Fahrt aufnehmen, fliegt die Tarnung natürlich auf. Weil die Objekte, die durch das Schwarze Loch kommen, sofort beschleunigen, verzichten sie von vornherein auf eine Tarnung. Diese Raumschiffe beschleunigen bereits auf der anderen Seite des Wurmlochs auf eine hohe Austrittsgeschwindigkeit. Zudem ist ihre Beschleunigung geringfügig höher. Dadurch unterscheiden sie sich *scheinbar* von den Schiffen im Äußeren System, aber meines Erachtens handelt es sich um denselben Schiffstyp.«

Er zögerte und sprach es dann aus: »Invasions-Schiffe. Ich habe nach einer anderen Erklärung gesucht, aber keine gefunden. Es handelt sich um Raumschiffe. Wie die Besatzung aussieht, weiß ich nicht.

Aber wir werden es herausfinden, wenn das erste Schiff auf dem Mars landet.«

Kapitel Vierzehn

Reich der Sonnen

Vielleicht war die Welt nicht untergegangen, doch Gerald MacDougal wähnte sich dennoch im Paradies. Oder zumindest in Kalifornien.

Doch dann hatten Kalifornien, Vancouver und die ganze Erde sich plötzlich in ein Paradies für Exobiologen verwandelt. Die neue Heimat der Erde war nicht das Leben danach, sondern ein Himmelsreich, ein Königreich der Sterne, ein *Reich der Sonnen*.

Und es war ein Reich, in dem es vor Leben wimmelte. Davon war Gerald überzeugt – und sicherlich rangierte das für einen Exobiologen gleich an zweiter Stelle nach dem Himmel. Die meisten Planeten waren zu weit entfernt, als daß mit erdgestützten Teleskopen eine ausreichende Vergrößerung zu erzielen gewesen wäre, doch wenigstens lieferten die Instrumente brauchbare spektroskopische Daten. Erneut sah Gerald auf das Dokument, das er in der Hand hielt und hätte vor Freude fast einen Luftsprung gemacht. Es handelte sich um eine Zusammenfassung der ersten Planeten-Spektrographien von allen Sternwarten der Welt.

Und diese Zusammenfassung ließ nicht den geringsten Zweifel daran aufkommen, daß es hier Welten mit Leben gab. Jede Spektrographie zeichnete sich durch den Nachweis von freiem Sauerstoff, Wasserdampf und Stickstoff aus.

Zumal die Welten gerade den richtigen Abstand von den jeweiligen Sternen hatten, um Leben hervorzubringen. Der Radius der sogenannten Biosphäre hing von der Größe und Temperatur des jeweiligen Sterns ab. Auf einem Planeten innerhalb dieser imaginären

Kugelschale herrschten die richtigen Temperaturen vor, um erdähnliches Leben hervorzubringen; es war weder zu heiß noch zu kalt. Allerdings unterstützten nur bestimmte Sterntypen die Entstehung von Leben. Doch *jeder* Stern innerhalb der Sphäre wies die richtige Größe und Temperatur sowie das spezifische Spektrum auf, um die Entwicklung von Leben zu begünstigen – und *jeder* Planet im Multisystem befand sich auf einer stabilen Umlaufbahn innerhalb der Biosphäre seines Sterns.

Er mußte diese Welten erreichen. Irgendwie.

Aber daß sie überhaupt hier waren, war schon einmal ein guter Anfang. Er hatte recht gehabt. Das Labor von JPL hatte den offiziellen Auftrag erhalten, die wissenschaftlichen Arbeiten zur Aufklärung des Transfers der Erde zu koordinieren. Gerald hatte kaum Zeit gehabt, seine Referenzen als Exobiologe zusammenzutragen, als man ihn dienstverpflichtet hatte. Die Mitarbeiter von JPL waren ebenso wie Gerald in der Lage, eine Spektrographie zu interpretieren; allerdings wußten sie auch, daß sie früher oder später auf die Expertise eines Exobiologen angewiesen sein würden. Und bis es soweit war, konnte er sich auf seinem Fachgebiet betätigen; Arbeit gab es nämlich mehr als genug. Unter Umständen hing die Existenz der Erde von der Aufklärung des Vorgangs ab. Die wissenschaftliche Gemeinschaft im allgemeinen und JPL im besonderen war mit dem umfangreichsten und dringlichsten Forschungsprogramm der Geschichte beauftragt, und schnelles Handeln war das Gebot der Stunde. Gerald war ein guter Organisator und half gerne aus.

Doch unter all dieser Aufregung verbarg sich ein Kern aus Schmerz. Seine Marcia war verschollen, irgendwo dort draußen im Sternenmeer.

Und so wundervoll dieser Ort auch war, er war nicht die Heimat der Erde. Ohne Zweifel wäre ein Abstecher sehr aufschlußreich, aber die Erde gehörte nun einmal ins Sonnensystem. Gerald würde dafür sorgen, daß sie wieder dorthin zurückkehrte.

Seit Dianne Steiger vor zehn Tagen auf dem Raumhafen von Los Angeles aus dem Wrack der *Pack Rat* gezogen worden war, hatte sie etwas gelernt: Der Mensch gewöhnt sich an alles.

Sie hatte sich inzwischen an die geisterhaften Wahrnehmungen gewöhnt, die von ihrer neuen linken Hand übermittelt wurden. Vielleicht hatte die Astronauten-Gewerkschaft den Zenit ihrer politischen Macht bereits überschritten, doch die medizinische Versorgung, die sie gewährleistete, war nach wie vor vom Feinsten. Sie saß in Wolf Bernhardts Vorzimmer und wartete. Ab und zu hastete jemand mit einem Stapel Datenblöcke und betrübter Miene an ihr vorbei. Es herrschte eine hektische Atmosphäre an diesem Ort. Mit der rechten Hand zog sie umständlich eine Zigarette aus der Tasche und zündete sie an.

Hektisch, ja, gleichzeitig aber auch seltsam normal und ruhig.

So sah es nun auf der Welt aus. Starke und unsichtbare Mächte hatten die Erde entführt – und dennoch ging das Leben weiter. Wenn Arbeit auf einen wartete, spielte es kaum keine Rolle, in welchem Sonnensystem die Erde sich befand. Man stand jeden Morgen auf – und trat in eine Welt hinaus, wo das Tageslicht nicht ganz die richtige Farbe hatte und wo die Sonne am Himmel nicht die Sonne war. Man verrichtete sein Tagewerk und kam abends nach Hause, unter einem zu hellen Himmel, an dem anstelle des Mondes und der vertrauten Sternbilder ein halbes Dutzend gleißender Sterne standen, die einen großen Teil des Himmels ausblendeten und dem Rest eine blaue Tönung verliehen. Es gab zu wenig Fixsterne und zu viele Planeten, die zu groß waren und zu nahe standen. Und viel mehr Meteore als sonst. Der Himmel hatte sich völlig verändert, und dennoch ging auf der Erde alles seinen gewohnten Gang.

Selbst wenn man etwas unternehmen *wollte*, gab es nichts, was man hätte tun können. Was sollte man auch gegen den veränderten Himmel unternehmen? Zumal sein Aussehen in der Praxis ohnehin keine Rolle spielte, wenn man kein Raumfahrer war.

Sie stieß eine Rauchwolke aus und versuchte sich einzureden, welches Glück sie doch gehabt hätte. Als Raumfahrer hatte man natürlich mehr Probleme. Nicht daß Dianne meinte, sich beklagen zu müssen. Sie war zu Hause und lebte noch. Für viele Raumfahrer – von denen viele ihre Freunde gewesen waren – traf das nicht mehr zu.

Sie hob den linken Arm und inspizierte die neue Hand. Die Haut war zu rosig, die Fingernägel waren nicht richtig eingewachsen, und es war kein nennenswerter Muskeltonus vorhanden. Die Extremität glich einer Babyhand im Format einer Frauenhand, ohne jedoch die geringste Spur von Reife zu zeigen. Sie schloß die Augen und ballte die Hand mit einer Willensanstrengung zur Faust. Mit geschlossenen Augen konzentrierte sie sich auf die Wahrnehmungen in der Hand. Sie spürte, wie die Finger sich krümmten, den Druck der Fingerspitzen auf der Handfläche und den um den Zeigefinger geschlungenen Daumen. Die Wahrnehmungen waren so deutlich, daß sie die Hand quasi mit geschlossenen Augen sah.

Sie schlug die Augen wieder auf und starrte auf die offene Hand mit den gespreizten Fingern. Erneut ballte sie die Hand mit einer Willensanstrengung zur Faust, nur daß sie die Augen diesmal nicht schloß. Nun spürte sie gar nichts außer einem Gefühl der Lähmung und der Wärme. Das durch widersprüchliche Signale irritierte Nervensystem versagte.

Sachte legte sie die Hand in den Schoß und fluchte stumm. Diese Funktionsstörungen traten immer wieder auf, selbst nach dieser langen Zeit. Es war, als ob sie eine linke Hand hätte, die sie nur sah und eine andere, die sie nur spürte.

Die Ärzte indes beruhigten sie und versicherten ihr, das würde sich mit der Zeit geben. Früher, als es noch keine Prothesen gab, berichteten Amputierte zuweilen von Phantom-Schmerzen – ein Zwicken im Bein, das überhaupt nicht mehr existierte und solche Sachen. Ihr Verstand sagte ihr, daß die beunruhigenden Wahrnehmungen im Grunde nur ein Echo des gleichen Phänomens waren. Ihre neue linke Hand schickte wirklich Signale an das Nervensystem, aber eine Prothese, selbst wenn sie aus den körpereigenen Zellen des Patienten geklont war, war nie völlig mit dem Original kompatibel. Mit der Zeit würde die neue Hand auch einen Muskeltonus und eine Motorik entwickeln, doch im Augenblick reagierte sie noch nicht so wie die alte Hand.

Solange sie nicht gelernt hatte, die Hand zu benutzen, würden die körperlichen Wahrnehmungen ... beunruhigend sein. Sie würde lernen müssen, die Hand zu tolerieren, sich an sie zu gewöhnen und zu akzeptieren, bis sie ein integraler Bestandteil ihres Körpers geworden war.

Und in der Zwischenzeit, so sagten die Ärzte, würde das Leben weitergehen. Sie mußte nur Geduld haben.

Das war die zweite Lektion, die sie gelernt hatte. Das Leben ging auf jeden Fall weiter.

Abrupt wird der ganze Planet in ein anderes Sonnensystem entführt, ohne daß es eine Erklärung dafür gäbe. Niemand wußte, weshalb oder wie es geschehen war. Nichtsdestoweniger gab es viele Krisen, welche die Menschen *verstanden*, und darauf konzentrierten sie sich. Vielleicht war die Bewältigung der kleineren Krisen eine Strategie, die größere Katastrophe zu verdrängen.

Ob es sich nun um einen Verdrängungsmechanismus handelte oder nicht, die Erde sah sich mit einigen gravierenden Problemen konfrontiert, mit denen die Menschen sich befassen *mußten*. Der Verlust der Raumstationen machte sich schmerzlich bemerkbar und verursachte Energieknappheit, Kommunikationsstörungen, Transport- und Versorgungsprobleme. Die Menschen litten Not. Ständig wurden neue Katastrophen gemeldet, und die Anzahl der Verwundeten und Toten sowie die Verlustziffern der Raumstationen wurden laufend nach oben korrigiert. Wenn die Entführung einer ganzen Welt auch den Horizont der Menschen überstieg, den Tod von Zehntausenden beim Absturz eines Habitats verstanden sie sehr wohl.

Und doch, auf einer höheren Ebene, war der Schaden nur gering. Der Planet Erde als soziales System war noch stark und widerstandsfähig genug, um dieses Trauma zu überleben. Die Gesellschaft zeigte keinerlei Zerfallserscheinungen.

Oder zumindest versuchten die Leute sich mit dieser Nachricht zu trösten. Ob sie nun stimmte oder nicht, die Menschheit mußte einfach daran glauben.

Vielleicht schauten die Leute ab und zu zum Himmel empor, doch ansonsten verlief das Alltagsleben in den gewohnten Bahnen. Wenn es sich dabei auch um einen Verdrängungsmechanismus handelte, dann zumindest um einen positiven.

Bars und Kirchen waren gleichermaßen überfüllt. Die diversen Vereinigungen von Verrückten erfreuten sich regen Zulaufs. *Jede* Gruppe, die mit einer Erklärung aufwartete oder einen Ausweg aus der Krise wies, war populär. Und weil die Leute nach Sündenböcken suchten, häuften sich die Attacken gegen die Verrückten.

Dennoch behielten die Menschen im großen und ganzen, zumindest was Los Angeles betraf, einen kühlen Kopf im Angesicht der Katastrophe. Dianne betrachtete die in ihrem Schoß ruhende geklonte, fremdartige Hand. Sie bewahrte angesichts *dieser* Katastrophe auch einen kühlen Kopf, und zwar aus den gleichen Gründen. Schließlich hatte sie keine andere Wahl. Sie hatte wohl einen Teil von sich verloren, aber sie war am Leben und mußte dafür sorgen, daß dieser Zustand auch anhielt. Die Welt konnte nicht alle Aktivitäten einstellen, nur um angemessen auf die veränderte Lage zu reagieren.

Und die Leute, die doch reagierten, und zwar in Gestalt von Protestmärschen (wobei Dianne nicht wußte, wofür, beziehungsweise wogegen sie überhaupt protestierten), erreichten nichts. Die alten, müden Führer der Nationen und Städte der Erde, die noch immer unter den Nachwirkungen der *Wissens-Crash*-Aufstände und der globalen Rezession litten, hatten auf die harte Art gelernt, daß emotionale Appelle nur zu weiteren Aufständen sowie zu noch größerer Zerstörung und Panik führten. Regierungen und Institutionen bemühten sich nach Kräften, für Ruhe zu sorgen und zu einem Zustand der Normalität zurückzukehren, worin auch immer dieser bestehen mochte.

Das Leben ging weiter, trotz allem. Das war nicht nur eine Tatsache: es war Staatsraison.

Dianne hatte Grund zu der Annahme, daß diese Politik funktionierte. Schließlich gewöhnte der Mensch sich an alles.

Selbst an eine am Himmel hängende *Dyson-Sphäre*. Die Leute verhielten sich so, als ob die bloße Bezeichnung des Phänomens auch schon die Erklärung wäre. Dianne lachte freudlos. Sie war eine der wenigen Personen, die die Sphäre unverhüllt von einer Atmosphäre sah und die Überladungsblitze, die sie im Maximum des Energiepulses erzeugte. *Sie* wußte genug, um sich davor zu fürchten. Nicht so die Durchschnittsbürger auf der Straße. Die wußten nämlich nur, daß die Sphäre viele Milliarden Kilometer entfernt war und glaubten deshalb, daß von einem so weit entfernten Objekt keine Gefahr ausginge. Und schon gar nicht kamen sie auf die Idee, daß dieses Objekt womöglich einen Bezug zu der Macht aufwies, welche die Erde entführt hatte. Zumal die Sphäre auch nicht mehr am Himmel zu sehen war. Das ursprünglich tiefrote Glühen hatte sich in ein trübes Glimmen verwandelt und war schließlich ganz erloschen. Nun zeichnete die Sphäre sich nur noch als schwarzer Punkt am nächtlichen Himmel ab und blendete die Fixsterne aus. Im Infrarotbereich sah die Sache natürlich anders aus. Dort loderte das verdammte Ding so hell wie die Hölle.

Aber *war* es überhaupt eine Dyson-Sphäre? Die Dyson-Sphären waren nach Freeman Dyson benannt, einem Wissenschaftler des zwanzigsten Jahrhunderts, der ihre Existenz postuliert hatte. Es handelte sich bei ihnen um Schalen, die sich in einem Radius von mehreren hundert Millionen Kilometern um einen Stern erstreckten. Dieses Ding sah ganz danach aus – es hatte zumindest die richtige Größe –, doch hatte es nun den Anschein, als ob jeder Ingenieur des Planeten den Nachweis führen wollte, daß keine bekannte Substanz den Kräften widerstehen könne, die auf eine Dyson-Sphäre wirkten.

Es gab zwei Gründe für die Erschaffung einer Dyson-Sphäre: zum einen die Erschließung riesiger Lebensräume, und zum anderen die Erzeugung gewaltiger Energien. Weil eine Dyson-Sphäre einen Stern lückenlos umspannte, speicherte sie die gesamte Energie, die von diesem Stern abgestrahlt wurde.

Falls es sich hierbei um eine Dyson-Sphäre handelte, war sie natürlich künstlich. Sie war konstruiert worden. Was wiederum die Frage nach der Identität der Erbauer aufwarf. Vermutlich handelte es sich um die gleichen Wesen, die auch die Erde entführt hatten.

Wo steckten sie also?

Die Bürotür glitt auf, und ein großer, gutaussehender Mann in Freizeitkleidung erschien. »Dianne Steiger?«

Dianne ließ die Zigarette auf den Betonboden fallen und trat sie beim Aufstehen aus. »Ja. Sind Sie Dr. Bernhardt?«

»Äh … nein. Ich bin Gerald McDougal, Leitender Exobiologe und Stabschef des Direktorats für Weltraumforschung.«

»Stabschef?« fragte Dianne in bemüht fröhlichem Tonfall. »Das klingt aber etwas ungewöhnlich für einen Exobiologen.«

Gerald lächelte melancholisch. »Hier hat niemand die Zeit, sich über solche Dinge Gedanken zu machen. Wir müssen eben improvisieren. Kommen Sie mit.« Gerald führte sie in den Bürotrakt, in einen kleinen, kahlen und fensterlosen Raum. Er vermittelte den Eindruck einer Abstellkammer, die ausgefegt worden war und nun als provisorisches Büro diente. Gerald setzte sich an einen Tapeziertisch und bedeutete Dianne, ihm gegenüber Platz zu nehmen. »Dr. Bernhardt ist noch anderweitig beschäftigt. Er wird sich Ihnen aber gleich widmen. Ich hielt es für sinnvoll, Zeit zu sparen und Ihnen vorher noch ein paar Hintergrundinformationen zu geben«, sagte Gerald.

»Welche Hintergrundinformationen?« fragte Dianne. »Weshalb bin ich überhaupt hier?«

»Nach unserem Vorgespräch werden Sie sicher wissen, worum es geht. Dann kann Dr. Bernhardt gleich zur Sache kommen«, sagte Gerald.

»Wer ist eigentlich dieser Dr. Bernhardt?«

»Etwas vereinfacht ausgedrückt, hatte Dr. Bernhardt in seiner Eigenschaft als diensthabender Wissenschaftler hier am JPL die Gravitationswellen entdeckt, die die Versetzung der Erde verursachten. Der UN-Sicherheitsrat brauchte jemanden, um den Vorgang zu untersuchen, und beschloß, die Gravitations-Technik mit der Aufklärung zu beauftragen. Die Angelegenheit war dringend, und so fiel die Wahl auf Wolf. Die UN gründeten das Direktorat für Weltraumforschung und ernannten Dr. Bernhardt zum Ersten Direktor und Chef-Ermittler. Man erteilte ihm den Auftrag, Zitat: ›Ermitteln Sie die Ursachen und Konsequenzen der Versetzung der Erde an ihren gegenwärtigen Standort‹ – Zitatende. Die UN haben dem DWF uneingeschränkten Zugang zum JPL und allen anderen Forschungseinrichtungen auf der Erde sowie die Nutzung aller Ressourcen gewährt. Davon machen wir auch reichlich Gebrauch.«

Dianne zog die Augenbrauen hoch. »Eine Sekunde. Sie sagten etwas von Gravitationswellen im Zusammenhang mit der Versetzung der Erde. Sie meinen, jemand wüßte, wie es *passiert* ist? Mit Gravitationswellen? *Das* wird bisher aber unter Verschluß gehalten.«

»Stimmt; mehr wissen wir nämlich auch nicht. Und wir wollen der Sache auf den Grund gehen, ohne daß uns jeder Amateur ins Handwerk pfuscht. Die Daten aller Gravitationswellen-Detektoren zeigen, daß zum Zeitpunkt des *Großen Sprungs* komplexe Gravitationswellen-Transmissionen stattgefunden haben. Unmittelbar danach, innerhalb von fünf Sekunden, sind bei sämtlichen G-Wellen-Detektoren auf der Erde die Sicherungen rausgeflogen. Anhand der Daten, die wir innerhalb dieser fünf Sekunden gewonnen haben, vermuten wir, daß es Tausende von Gravitationsmodulations-Quellen im Multisystem gibt.«

»Multisystem?«

»Das multiple Sternsystem, in dem die Erde sich nun befindet. Mußte ihm schließlich irgendeinen Namen geben.«

»Und diese Gravitationswellen-Quellen waren so stark, daß die Detektoren versagt haben.«

Gerald nickte. »Es sieht so aus, aber sicher sind wir uns nicht. Wir wissen nicht, ob sie es mit Absicht getan haben oder nicht.«

»Sie haben es mit Absicht getan«, sagte Dianne. »Dann glauben Sie also nicht, daß es uns aus Zufall hierher verschlagen hat. Es war keine bizarre Naturkatastrophe.«

Geralds sanfte Gesichtszüge verhärteten sich. »Nein. Ein Wesen aus Fleisch und Blut hat das getan. Soviel wissen wir. Das ganze Multisystem wird künstlich zusammengehalten. Anders wäre es überhaupt nicht möglich. Die Umlaufbahnen der Sterne, Planeten, Monde und so weiter sind dermaßen komplex, daß sie keinen natürlichen Ursprung haben können. Sie wären nicht einmal für einen kurzen Zeitraum stabil. Unsere ersten orbitalen Projektionen haben eine Vielzahl von Kollisionen und Beinahe-Zusammenstößen prognostiziert, des weiteren Drehmoment-Übertragungen aus kürzester Distanz. Einige Planeten hätten zusammenstoßen, andere aus dem Multisystem katapultiert werden müssen. Nur daß nichts von alledem geschieht. Irgendwie werden die Umlaufbahnen der Sterne und Planeten ständig korrigiert, wobei diese Umlaufbahnen deutlich von den eigentlichen Orbits abweichen. Das Multisystem ist so komplex und empfindlich wie eine Schweizer Uhr. Der geringste Fehler bei der Kontrolle der Umlaufbahnen könnte sich verheerend auswirken.

Wir glauben, daß sie sich Gravitationswellen zunutze machen und mit ihrer Hilfe die stellaren und planetaren Orbits korrigieren und regeln. Obendrein fangen sie damit andere Planeten ein. Wir sind uns ziemlich sicher, daß sämtliche Objekte des Multisystems auf die gleiche Art und Weise wie die Erde hierher gebracht wurden. Nicht nur die Planeten, sondern auch die Sterne. Sie haben sich ein Reich der Sonnen errichtet.«

Dianne fand die Terminologie eindrucksvoll, die Weiterungen hingegen beunruhigend. »Dann manipulieren sie also – wer auch immer sie sind – die Umlaufbahnen und verhindern, daß die Planeten zusammenstoßen?«

Gerald runzelte die Stirn. »Zumindest die meiste Zeit. Zuweilen hat es den Anschein, als ob sie die Sache nicht ganz im Griff hätten. Es gibt einige geordnete und eindeutig künstliche Asteroidengürtel – aber auch viele asteroidengroße Körper auf erratischen Umlaufbahnen. Wir haben bereits zwei Kollisionen zwischen Asteroiden registriert.« Er beugte sich nach vorne und unterstrich seine Ausführungen mit einer Geste. »Nicht zuletzt aus diesem Grund halten wir die Dinge unter Verschluß, bis wir mehr wissen. Die Leute müssen nicht erfahren, daß die Erde womöglich von einem Asteroiden gerammt wird. Sonst würde erst recht Panik ausbrechen.«

Dianne lief es kalt den Rücken hinunter. Der Tonfall, in dem MacDougal über diese Dinge sprach, war absolut geschäftsmäßig. »Ich verstehe«, sagte sie.

»Doch was uns an diesen Kollisionen am meisten beunruhigt, ist, daß keinerlei Anstrengungen unternommen wurden, um sie zu verhindern. Zumal die Anzahl der Meteore und Meteoriten sich weltweit deutlich erhöht hat. Einige sind ziemlich dicke Brocken. All das bedeutet, daß die Kontrolle über die Körper in diesem System nicht vollkommen ist. Aus diesem Grund braucht der Mann auf der Straße auch noch nichts davon zu erfahren. Sollen die Gemüter sich erst ein wenig beruhigen.«

Dianne nickte abwesend. »Sonst noch etwas, das ich wissen sollte, bevor Sie mir sagen, weshalb ich hier bin?«

»Da wäre noch etwas«, sagte Gerald mit einstudierter Beiläufigkeit. »Die Bewegung der Sterne und Planeten wird durch die Anwesenheit unsichtbarer Begleiter beeinflußt. Praktisch alle Sterne und Planeten weisen periodische Störungen ihrer Umlaufbahnen auf, die sich deutlich von den durch die Gravitationswellen verursachten Orbitalverschiebungen unterscheiden. Wir sind sicher, daß diese Störungen durch die Gravitationseffekte unsichtbarer Trabanten verursacht werden. Und weil es sich um gravierende Störungen handelt, müssen diese Begleiter massereich sein.«

»Und weiter?« fragte Dianne. Sie wußte nicht, wie viele Hiobsbotschaften sie noch ertragen würde.

»Wir müßten die Trabanten eigentlich sehen. Obwohl viele dieser taumelnden Planeten nahe genug stehen, sehen wir ihre Begleiter nicht. Folglich müssen die Trabanten nicht nur sehr massiv sein, sondern auch extrem klein. Außerdem haben wir diskusförmige Trümmerfelder an der mutmaßlichen Position der Begleiter geortet und seltsame Energieentladungen registriert, die auf den Aufprall von Trümmern auf Gravitations-Singularitäten schließen lassen.«

Dianne lechzte nach einer Zigarette. »In anderen Worten, das Multisystem steckt voller Schwarzer Löcher.«

Gerald nickte. »Wobei eins davon sich in geringer Entfernung befindet. Es hat den Anschein, als ob es den Mittelpunkt des großen ringförmigen Objekts bildet, das an der Stelle am Himmel hängt, wo sich eigentlich der Mond befinden müßte. Ein Schwarzes Loch mit der Masse des Mondes würde die gravitationale Gezeitenwirkung aufrechterhalten, an die die Erde gewöhnt ist. Wenn da nicht *etwas* wäre, das uns stabilisiert, hätten wir noch immer Erdbeben wie nach dem *Großen Sprung*.

Noch eine letzte Bemerkung«, sagte Gerald. »Es ist kein Geheimnis, denn mit ein wenig Überlegung könnte jeder zu dem Schluß kommen, zu dem wir gelangt sind. Es ist zumindest eine plausible Arbeitshypothese, daß die Dyson-Sphäre im Mittelpunkt des Multisystems nicht nur die Energiequelle, sondern auch das Kontrollzentrum für das ganze System darstellt. Deshalb sind wir bestrebt, die Sphäre unter die

Lupe zu nehmen. Das Problem ist nur, daß die Dyson-Sphäre ungefähr vierhundertmillionenmal so groß wie die Erde ist. Das erschwert die Lokalisierung des Kontrollzentrums. Um so mehr, wenn man noch die Innenfläche und das Volumen der Sphäre berücksichtigt.«

Dianne ließ das auf sich wirken und merkte, daß Geralds gezwungene Ruhe sich auch auf sie übertrug. Und plötzlich verstand sie sein Verhalten. Er hatte genausoviel Angst wie sie. Seine scheinbare Ruhe glich der künstlichen Nonchalance eines Testpiloten und hatte lediglich eine Schutzfunktion, damit die Furcht ihn nicht überwältigte.

»Na gut«, sagte sie mit überraschend fester Stimme. »Nun zur eigentlichen Frage. *Wer?* Haben Sie auch dazu eine Theorie? Wer ist dafür verantwortlich und was wollen sie von uns?«

»Keine Ahnung. Nicht die leiseste Ahnung. Von den Urhebern selbst gibt es bisher keine Spur. Wolf hält es für möglich, daß sie genausowenig von unserer Existenz wissen, wie wir bis vor einigen Tagen von ihnen gewußt haben. Und was das Motiv betrifft, so ist Ihre Vermutung genausogut wie meine. Vielleicht interessieren sie sich gar nicht für die Menschheit, sondern nur für die Erde; möglicherweise zu Zwecken der Kolonisierung. Entweder glauben sie, die Erde sei unbewohnt, oder sie halten es für unwahrscheinlich, daß wir im Falle einer Invasion Widerstand leisten.« Gerald sah beiläufig auf die Uhr, als ob er etwas so Banales wie einen Besuch in der Bibliothek erörtert hätte. »Kommen Sie, er wird Sie bereits erwarten.«

Er stand auf, und sie erhob sich auch. »Das DSI hat weitreichende Vollmachten erhalten«, sagte Dianne. »Und wenn Wolf Bernhardt der Leiter ist, dann verfügt *er* über diese Vollmachten. Und Sie sagten, die UN hätten dem DSI uneingeschränkten Zugang zu allen Ressourcen und Einrichtungen gewährt. Sie haben diesen

Bernhardt mit einer großen Machtfülle ausgestattet. Er hat also Zugriff auf jedes Labor der Erde.«

»Ja, ich glaube schon – aber nur ein Narr würde riskieren, eingesperrt zu werden oder mit einer Kugel im Kopf aufzuwachen. Die Leute sind in Panik, und es würde mich nicht wundern, wenn rauhe Sitten herrschen. Was die UN geben, können sie auch wieder nehmen – Wolf weiß das. Sie hoffen, daß er seine Ambitionen konstruktiver verwirklicht. Sie wollen, daß er – wir – mit Antworten aufwarten. Deshalb sind Sie hier.«

Gerald führte sie hinaus in die Halle und geleitete sie zu einem Büro, das diese Bezeichnung auch verdiente. Ohne anzuklopfen, öffnete Gerald die Tür und trat ein.

Herr Doktor Wolf Bernhardt saß in seine Arbeit vertieft am Schreibtisch. Gerald lehnte sich gegen den Türrahmen, und Dianne nahm auf dem Besucherstuhl Platz. Allem Anschein nach hatte Bernhardt schon seit vielen Stunden intensiv gearbeitet.

Der Raum war chaotisch – aber das Chaos hatte System und diente sozusagen als Rückversicherung gegen Unordnung. Überall türmten sich Unterlagen und Datenblöcke – doch die Blätter waren penibel gestapelt, und die Datenblöcke waren fein säuberlich beschriftet. Der Mittelpunkt des Schreibtischs glich einem Tal, um das Berge von Papier aufragten. Dort befand sich nichts außer einem Notebook und einem einzelnen Blatt Papier, das wie eine Checkliste aussah, auf der die Hälfte der Punkte bereits abgehakt war. Auf der einen Seite des Blatts befanden sich ein Stift und eine halbvolle Kaffeetasse.

Wolf hatte den Blick auf den Bildschirm gerichtet, und seine Finger bearbeiteten das Touchpad. Dianne Steiger musterte ihn für einen Moment. Sein Erscheinungsbild entsprach dem des Büros: ein akkurater Mann, der versuchte, die von allen Seiten auf ihn einstürmende Arbeit zu bewältigen. Er war glattrasiert, ordentlich gekämmt, hatte einen klaren Blick und trug ein frisches Hemd – und doch schien die Erschöpfung hinter der Fassade durch. Er arbeitete nicht kontinuierlich, sondern in intervallartigen Energieschüben, die fast schon wieder verpufft waren, bevor sie überhaupt wirksam wurden. Dann blinzelte er, schüttelte den Kopf und zwang sich erneut zur Konzentration. Er nahm einen Schluck Kaffee und verzog das Gesicht. Schließlich schaute er auf, und erst jetzt registrierte er Diannes und Geralds Anwesenheit. »Mein Gott. Ich habe euch gar nicht kommen hören. Ich bitte um Verzeihung; ich war ganz in die Arbeit vertieft. Sie sind die Astronautin Dianne Steiger, nicht wahr?«

Astronautin. Dafür interessierte er sich also. Bei Dianne fiel der Groschen. Plötzlich wußte sie, weshalb sie hier war. Bisher hatte sie geglaubt, daß Bernhardt vielleicht einen Augenzeugenbericht von jemandem haben wollte, der den *Großen Sprung* aus dem Weltraum mitverfolgt hatte. Aber dem war nicht so. Hier ging es um viel mehr. Sie sah Gerald mit vor Aufregung pochendem Herzen an. Irgend etwas in seinem Gesichtsausdruck schien ihre Vermutung zu bestätigen. Dann richtete sie den Blick wieder auf Wolf Bernhardt.

»Ja, die bin ich.« Sie zögerte kurz, und dann platzte sie heraus: »Sie wollen die *Terra Nova*.« Ihr Herz hämmerte, und sie spürte einen dumpfen Kopfschmerz. *Terra Nova*. Das war schon so lange her. Dianne verschwendete kaum noch einen Gedanken an das ad acta gelegte Sternenschiff-Projekt. Sie war nur noch ein paar Schritte davon entfernt gewesen, zur Reservepilotin ernannt zu werden, als das Programm auf Eis gelegt wurde.

Doch nun waren die Aussichten unvergleichlich besser. Dort draußen gab es Dutzende von Welten, acht Sternsysteme in einem, die der Erforschung harrten …

»Ich *habe* die *Terra Nova* bereits«, unterbrach Bernhardt ihren Tagtraum. »Sie wird bereits für eine Blitzmission zur Dyson-Sphäre klargemacht. Was ich will – was ich brauche – sind *Sie.*«

Vorsichtig hob Dianne die linke Hand und versuchte sie mit einem Anflug von Grazie zu bewegen. Doch es gelang ihr kaum, auch nur die Finger zu krümmen. »Äh … Sir, natürlich möchte ich mitfliegen – aber nicht als Pilotin. Vorerst nicht. Nicht mit dieser Hand.«

»*Piloten* habe ich auch schon«, sagte Wolf. »Ich brauche Sie als *Captain*. Niemand sonst auf der Erde kennt dieses Schiff so gut wie Sie.«

Das Rauschen in ihren Ohren wurde lauter, und Dianne blinzelte. Träume werden in der Regel keine Wirklichkeit, schon gar nicht, wenn es sich um einen Alptraum handelt. Die Erde war entführt worden, und deshalb mußte sie ein Sternenschiff fliegen. Mitten in eine Dyson-Sphäre. Plötzlich verließ sie der Mut. Dieser Plan konnte nur in einer Katastrophe enden. Doch Wolf Bernhardt schwadronierte unentwegt weiter. Dianne riß sich aus ihren Überlegungen.

»… die *Terra Nova* ist außerordentlich komplex. Die Pilotenausbildung ist noch intensiver als das Training für ein interplanetarisches Großraumschiff. Wir brauchen jemanden, der den Überblick über das gesamte Schiff hat. Mein Büro hat zwar genügend Raumfahrer für die spezialisierten Tätigkeiten an Bord gefunden – Gleiter-Piloten, Wissenschaftler, Mediziner, Astronomen und so weiter. Gerald wird als Chef-Wissenschaftler mitfliegen. Aber es sind nur noch verdammt wenige von den ursprünglichen Offiziers- und Mannschaftsanwärtern der *Terra Nova* übrig, Leute, die das Schiff wirklich kennen und wissen, was es leisten kann und was nicht. Die meisten der damaligen Kandidaten haben die Erde verlassen, um irgendwo im Sonnensystem Arbeit zu suchen. Und nun sind sie unerreichbar für uns. Was die anderen betrifft – nun … äh … beim *Großen Sprung* sind sehr viele Astronauten ums Leben gekommen.«

Bernhardt zögerte, als ob er zu diesem Punkt noch mehr zu sagen hätte. Dianne wurde sich bewußt, daß sie die genaue Zahl der Todesopfer noch gar nicht kannte. Das DWF hielt im Rahmen dieser Operation viele heikle Daten unter Verschluß. »Worauf es im Endeffekt hinausläuft«, fuhr Bernhardt fort, »ist, daß Sie weit und breit die einzige Person sind, die für diese Aufgabe qualifiziert ist.«

Dianne versuchte, die Angelegenheit unter so vielen Blickwinkeln wie möglich zu betrachten. Sie war versucht, einzuwilligen und sich mit heldenhaftem Gestus ins Abenteuer zu stürzen. Aber nein. Falscher Mut und Heldentum stärkten vielleicht ihr Ego, aber der Preis für die Erde wäre zu hoch. Wenn sie ihre Träume aufgeben mußte, dann sollte es eben so sein. Abrupt beugte sie sich nach vorne. »Ja, ich bin hier und am Leben. Und so soll es auch noch für eine Weile bleiben.« Sie mußte *jetzt* die Initiative ergreifen oder überhaupt nicht.

Wolf schaute sie überrascht an. »Sie melden sich nicht freiwillig für diese Mission? Ich versichere Ihnen, daß ich die Macht habe, Leute zur Arbeit zu verpflichten ...«

»Für ein Himmelfahrtskommando?« fragte sie. »Für eine Mission, bei der einer der wenigen Trümpfe vergeudet wird, die die Erde in diesem Spiel noch hat? Ich werde die *Terra Nova* fliegen – aber nicht in den Rachen eines Monsters mit der vierhundertmillionenfachen Größe der Erde! Nicht, solange ich nicht mehr über dieses Monster weiß.«

Wolf schaute Dianne an. Zum erstenmal schien er sie nicht nur als Schachfigur zu betrachten. »Und was schlagen Sie nun vor?« fragte er.

»Die Konstruktion der *Terra Nova* hat Jahre gedauert, und es würde genausolange dauern, sie zu ersetzen. Falls wir überhaupt in der Lage wären, ein zweites Schiff zu bauen, wo wir den größten Teil der außerplanetarischen Ressourcen und Infrastruktur verloren haben. Deshalb ist sie zumindest im Moment unersetzbar. Dieses Multisystem, wie Sie es nennen, ist vermutlich auch so schon gefährlich genug; da muß man das Schiff nicht noch unnötig aufs Spiel setzen. Wäre es nicht sinnvoller, das Schiff zunächst als Aufklärer einzusetzen, bevor es vom Feind verdampft wird? Vielleicht mit dem Ziel, die Identität des Feindes zu ermitteln?«

»Meine Rede, Wolf«, ließ Gerald MacDougal sich vernehmen. »Wir sollten erst das restliche System erforschen und dann eine vorsichtige Annäherung an die Sphäre *in Betracht ziehen*. Bedenke nur, wie groß die Sphäre ist. Selbst wenn man von der Annahme ausgeht, daß ein Kontrollsystem existiert, und wenn man weiterhin davon ausgeht, daß es sich auf der Oberfläche und nicht an der Innenseite der Sphäre befindet, ergibt sich ein riesiges Suchgebiet. Stell dir vor, du müßtest alle neun Planeten unseres alten Sonnensystems einschließlich der Sonne absuchen, und dann hättest du erst ein Prozent *dieses* Suchgebiets abgedeckt.«

»Ich bin ganz Ihrer Meinung«, sagte Dianne. »Selbst wenn die Ausdehnung Ihres imaginären Kontrollzentrums der Erdoberfläche entsprechen würde, wäre es dennoch wie Fliegendreck auf einer Landkarte. Und wie sieht es überhaupt aus? Wonach sollten wir denn suchen? Und wie würden die Bewohner der Sphäre reagieren, wenn wir sie absuchen?«

Der Anflug eines Lächelns erschien in Wolfs Gesicht. »Wie ich sehe, verhalten Sie sich schon ganz wie ein Captain. Sie schützen Ihr Kommando. Sehr gut. Wie würden Sie denn die *Terra Nova* einsetzen?«

Nach gründlicher Überlegung, wobei sie die Worte sorgfältig wählte, sagte Dianne: »Ich würde ein paar Welten und Sterne im Multisystem erforschen und mich dabei vielleicht in Richtung der Dyson-Sphäre selbst vortasten – falls wir es für vertretbar halten, aufgrund der bisherigen Erfahrungen und der prognostizierten Erfolgsaussichten für die Sphären-Mission das Risiko einzugehen. Ich würde alles vermeiden, was das Schiff und die Besatzung gefährdet. Mit einer Landung wäre ich äußerst vorsichtig – und beim geringsten Anzeichen von Gefahr würde ich sofort Fersengeld geben.«

»Und was würden Sie tun, wenn ich Ihnen befehlen würde, es auf meine Art zu machen?« fragte Wolf. »Was, wenn ich Sie für das DWF dienstverpflichten und Ihnen die Anweisung geben würde, Kurs auf die Sphäre zu nehmen?«

Dianne zuckte die Achseln. Wenn der Mann unbedingt hypothetische Fragen stellen wollte ... »Ein Captain ist die höchste Instanz an Bord, insbesondere mit Blick auf die Sicherheit des Schiffs und der Besatzung. Ich würde es auf meine Art tun. Ich kenne zwar nicht die Rechtslage. Aber was die Praxis betrifft, so ist die *Terra Nova* als Fernraumschiff konzipiert, das autonom von der Erde aus operiert. Sie hätten keine Möglichkeit, mich zu stoppen.«

Bernhardt grinste und schaute zuerst Gerald an, dann Dianne. »Das gefällt mir. Ich schätze komplexe Lagen, weil sie meiner Ansicht nach die Leute zu Höchstleistungen motivieren. Ich bin sicher, daß das auch auf Gerald zutrifft. Ich habe soeben beschlossen, ihn nicht nur zum Leitenden Wissenschaftler, sondern auch zum Ersten Offizier zu ernennen.«

Gerald blinzelte und straffte sich. »Was?«

»Das ist nur logisch«, sagte Wolf ungerührt. »Schließlich geht es bei dieser Mission hauptsächlich um die Erforschung außerirdischen Lebens und vor allem um die Identifikation der Kreaturen, die der Erde das angetan haben. Und du bist Exobiologe. Du beschäftigst dich von Berufs wegen mit diesen Dingen. Zumal ihr beide, wie wir gerade gesehen haben, die gleiche Mentalität habt.«

»Aber ich habe keine Kenntnisse in Raumfahrttechnik, Navigation und den sonstigen Dingen, die für die Raumfahrt erforderlich sind. Wenn Dianne etwas zustößt …«

»Dann schlage ich vor, daß du gut auf Dianne aufpaßt, bis du dir all diese Kenntnisse angeeignet hast. Wir haben keine Zeit für die Sicherheitsmaßnahmen, die eigentlich getroffen werden müßten. Wir brauchen die Daten *sofort*. Und was Dianne Steiger von dir braucht, ist dein Rat.«

Wolf wandte sich wieder Dianne zu. »Also, Captain Steiger. Hiermit erhebe ich Sie in den Status einer Angestellten des Direktorats für Weltraumforschung und ernenne Sie zum Captain des Sternenschiffs *Terra Nova*. Gleichzeitig erteile ich Ihnen die Order, direkt auf die Dyson-Sphäre vorzurücken. Ich wünsche Ihnen einen guten Flug. Unsere Anwälte werden sich einen schönen Kampf liefern, wenn Sie zurück sind.«

Mit diesen Worten entließ er Dianne und Gerald, beugte sich über den Schreibtisch und hakte weitere Punkte auf der Checkliste ab.

Auf *NaPurHab*, dem Habitat der *Nackten Purpurnen*, ging es drunter und drüber, aber das war nichts Neues. Es herrschte eben das übliche Chaos. Ohio Template ›Windbeutel‹ hatte die Vermutung, daß viele der Brüderundschwestern (dieser Terminus, abgekürzt ›Brüstern‹, galt seit dem letzten Palaver, obwohl viele statt dessen die Bezeichnung ›Schwesstern‹ beziehungsweise ›Schwebstern‹ favorisierten), nicht einmal wußten, daß sich im Leerraum etwas ereignet hatte.

Ohio saß im mit Graffiti verzierten Leitstand, hinter Chelated ›Extremer Verzerrer‹. Ohios Augen waren auf den Hauptbildschirm gerichtet. Er starrte auf die Abbildung des *Großen Rings*, wobei er sich mit beiden Händen den Schmerbauch hielt.

Schon bevor die Erde mitsamt *NaPurHab* entführt

worden war, hatte *NaPurHab* sich auf einer exzentrischen Umlaufbahn bewegt, die in einer Schleife zwischen der Erde und dem Mond verlief. Das Habitat umlief den jeweiligen Himmelskörper in einer engen Kreisbahn und schwenkte dann auf den anderen ein. Das war ein ziemlich instabiler Orbit für ein Habitat, weshalb *NaPurHab* immer wieder Kurskorrekturen durchführen mußte. Allerdings war das der einzige freie Orbit im Erde-Mond-System gewesen, als die alten Eigentümer das Ding erbaut hatten, lange bevor die *Purpurnen* es übernahmen.

NaPurHab hatte in der Nähe der Erde gestanden und gerade zur Umkreisung des Planeten mit anschließender Passage zum Mond angesetzt, als der *Große Sprung* stattfand. Der erste Transfer über den *Großen Ring* war gar nicht so schlimm gewesen. Sie waren beängstigend tief über dieses merkwürdige Ding hinweggeflogen, doch alles in allem war es ein superaffengeiler Vorgang gewesen. Dennoch war es schön, den fremdartigen *Großen Ring* hinter sich zu lassen und wieder Kurs auf die vertraute Erde – auch wenn sie ein Sündenpfuhl war – zu nehmen.

Doch alles Schöne hat einmal ein Ende, und das Rendezvous mit der Erde war nun vorbei. *NaPurHab* nahm wieder Kurs auf die Position, an welcher der Mond sich hätte befinden müssen, zurück zum *Großen Ring*. Und das war der Haken an der Sache. Der Orbit von *NaPurHab* war stärker gestört worden, als man erwartet hatte. Beim zweiten Anflug würde *NaPurHab* in den *Großen Ring* einfliegen.

Und was noch schlimmer war, *NaPurHab* würde beim Rückflug mit der Erde kollidieren, und zwar auf der Höhe von Johannesburg. Und die Erde konnte kaum etwas dagegen tun. Der Mutterplanet hatte im Moment eigene Sorgen, um es vorsichtig auszudrücken – zumal *NaPurHab* sich nie sonderlich um Popularität bei den Erdschweinen bemüht hatte. Schließlich waren alle Irren-Bewegungen der Erde von *NaPur-Hab* inspiriert worden, und die Verrückten trachteten nun danach, den Normalos das Licht auszublasen.

Nein, auf Hilfe brauchten sie nicht zu hoffen: im Grunde würde Ohio es den Erdlingen nicht einmal verübeln, wenn sie *NaPurHab* im Notfall mit Atomwaffen vernichteten. *NaPurHab* war sowieso erledigt. Weshalb sollten sie dann noch zulassen, daß ein Teil von Südafrika plattgemacht wurde? Wenn die Menschen sich zwischen Jo-Berg und *NaPurHab* entscheiden mußten, dann würden sie als Antwort eine Zwanzig-Kilotonnen-Rakete auf die Kommune der *Purpurnen* abfeuern. In seiner öffentlichen Funktion als ›Größter Windbeutel‹ mußte Ohio natürlich für eine deftige Kollision mit der Erde plädieren. Dann war es schon besser, es gleich zu erledigen, denn sie hatten ohnehin keine Chance mehr, wieder in die reguläre Umlaufbahn zu gelangen. Vielleicht würde Chelated eine Lösung finden.

»Also, Chelated, sprich mit mir«, sagte Ohio. »Haben wir den Tiger im Tank?« Sie hätten sich auch vernünftig unterhalten können, doch der vormalige Frank Barlow mußte sich im *Purpsprech* üben. Eine Maxime der Philosophie der *Purpurnen* lautete: der Sprecher und nicht das Gesprochene sollte die Kommunikation prägen. Doch selbst für einen Mitarbeiter, der nur einen Zeitvertrag hatte, war die sprachliche Kompetenz des Mannes erbärmlich. Er war wohl mental zu logisch strukturiert oder so.

Ohio sah den Mann geradezu vor sich, wie er die Antwort erst stumm mit den Lippen formte, bevor er sie laut artikulierte. »Nicht annähernd, Bossmeister. Nichts wie der Treibstoff kühl und steigt bis zur Erde auf halbem Weg.« Nicht schlecht, sagte Ohio sich. Für *Purpsprech* war das recht ordentlich, auch wenn die Ausdrucksweise ruhig etwas verworrener hätte sein dürfen.

»Dann wir tot, Ned?« fragte Ohio.

»Nur die Ruhe, Teddy«, erwiderte Chelated nach einiger Überlegung. »Wir haben noch einen Satz Würfel. Der Brennstoff genügt noch, um *innerhalb* des *Großen Rings* in eine Umlaufbahn zu gehen.«

»*Im Ring?* Wir wisse nit mal, was im Zentrum des Rings *is.*«

»Teufel, Bossmann, *etwas* im Zentrum hat Masse, da kannst du sicher sein. Auch wenn wir es nicht sehen. Uhh... da sind schon wieder diese unweißblauen Blitze, die alle hundertachtundzwanzig Sekunden auftreten. Und da is' so 'ne große Ansammlung von Dingern, *große* Dinger, fast so groß wie das Habitat, in einem *verdammt* nahen Orbit um den Blaublitzer im Zentrum. Sie bewegen sich *verdammt* besorgniserregend schnell. Und nach jedem Blaublitz gibt es ein großes Ding weniger um den Blaublitzer.«

»Was sagst du da? Oh, zum Teufel, Frank, rede Klartext. Ich krieg sonst noch Kopfschmerzen.«

Chelated/Frank stieß einen erleichterten Seufzer aus. »Danke, Walter. Mir brummt schon der Schädel. Was ich sagen *wollte*, ist, daß sich definitiv etwas im Zentrum befindet.«

»Wie groß ist die Masse?«

»Nun, ich habe sie anhand unserer Eigenbewegung extrapoliert. Der Blaublitzer wiegt ungefähr genauso viel wie der Mond. Er ist ziemlich aktiv für ein Objekt, das so klein ist, daß wir es nicht einmal durch die großen Teleskope sehen.«

»Und die ›großen Dinger‹? Was soll das bedeuten?«

Frank zuckte die Achseln. »Diese Bezeichnung ist im Grunde so gut wie jede andere. Es handelt sich um große Objekte, die ungefähr die Größe dieses Habitats haben. Es sind mehrere hundert, die sich sehr schnell in einem sehr engen Orbit um den Blaublitzer bewegen. Ich weiß beim besten Willen nicht, was sie darstellen sollen. Aber nach jedem Blitz meldet der Computer, daß ihre Anzahl sich um eins verringert hat. Als ob die großen Objekte in den Blaublitzer einfliegen. Oder ihn durchqueren.«

Ohio/Walter seufzte und sehnte sich nach den alten Zeiten zurück, als er Lehrer an der Highschool in Columbus gewesen war und noch nicht versucht hatte, zehntausend Ausgeflippte in einer Blechbüchse im All am Leben zu erhalten. Die Dinge mußten schlecht stehen, wenn die *Lösung* für ein Problem darin bestand, eine enge Umlaufbahn um ein Schwarzes Loch einzuschlagen. Da war es schon besser, die Realität zu verdrängen. Lieber machte er sich etwas vor, als verrückt zu werden. »Frank, ich bin ein vernünftiger Mensch und weiß deshalb, daß du mir im Grunde etwas ganz anderes sagen willst. Ich weigere mich, an Wurmlöcher zu glauben. Aber bring uns trotzdem in eine Umlaufbahn um den Mittelpunkt, wenn du das für die beste Lösung hältst.«

»Mit dem Brennstoff, den wir noch haben, ist das die einzige Lösung«, sagte Frank leicht beunruhigt. »Ich wüßte nicht, wie wir sonst in einen sicheren Orbit gelangen sollten.«

»›Sicher‹? Du willst uns also in einen Orbit um das Wurmloch oder Schwarze Loch bringen oder was auch immer es ist, an dessen Existenz ich nicht glauben will – das Ding, das sich dort befindet, wo eigentlich der Mond sein müßte. Du willst uns in einen Orbit *innerhalb* des Umfangs des *Großen Rings* bringen. Und das nennst du ›sicher‹?« Ohio Template ›Windbeutel‹ schüttelte betrübt den Kopf. »Ich nehme alles zurück, was ich jemals über deine *Purpsprech*-Kenntnisse gesagt habe. Offensichtlich bist du ein Meister im Jonglieren mit Worten.«

Kapitel Fünfzehn

Die zerschmetterte Sphäre

Coyote Westlake erinnerte sich an eine Lektion, die sie während ihrer Kindheit in Nevada gelernt hatte: Arrangiere dich mit den Verhältnissen, wenn du sie nicht ändern kannst. Mit der mißlichen Lage, in der sie sich befand, hatte sie sich inzwischen abgefunden. Sie saß ohne Schiff und Funkgerät auf einem Asteroiden fest, der mittels einer Technik, die sie nicht verstand, auf eine aberwitzige Geschwindigkeit beschleunigte. So unglaublich der Vorgang auch war, sie hatte sich damit arrangiert.

Bis vor wenigen Tagen war ihre Welt noch in Ordnung gewesen. Sie hatte die Spielregeln gekannt. Sie war eine Asteroiden-Mineurin. Sie hielt nach kleineren Asteroiden Ausschau, die wegen ihrer geringen Größe für die Bergbaugesellschaften unrentabel waren. Sie führte Bohrungen durch, veredelte die Metalle und Gase, die sie fand, und verkaufte die Rohstoffe dann. Sie amüsierte sich ein wenig auf Ceres oder in einem der großen Habitate und ging dann wieder ihrem Gewerbe nach. Ihr Leben war in geordneten Bahnen verlaufen.

Ihre Umwelt war gleichermaßen geordnet gewesen. Die Asteroiden bewegten sich auf berechenbaren Bahnen, sie beherrschte ihr Schiff und machte gute Geschäfte. Es war unkompliziert.

Als sie noch auf der Erde lebte, konnte sie das nicht gerade behaupten. Teufel, sie hatte nicht einmal gewußt, wer oder *was* sie war. Sie war sich nicht sicher, ob sie ein richtiger, wenn auch häßlicher Mensch war oder ob sie ein gentechnisches Experiment darstellte, das nicht hundertprozentig gelungen war. Sie war ein grobknochiges langes Elend und hatte ein kalkweißes, kantiges Gesicht.

Vielleicht waren ihre Eltern Penner gewesen, die sie auf den Stufen des Waisenhauses abgelegt hatten – oder vielleicht hatte sie gar keine Eltern, sondern die Gentechniker hatten sie ausgesetzt, nachdem sie erkannt hatten, daß der Gen-Mix nicht stimmte. Sie hatte alle Jobs gemacht, die für Nevada typisch waren und als Prostituierte, Spielerin und Scheidungsanwältin gearbeitet. Glücklich war sie dabei nicht gewesen. Die Verrückten der Erde, insbesondere die in Las Vegas, verursachten ihr Unbehagen. Der Freistaat L. V. zog sie alle an: Cyborgs, *Purpurne*, Scientologen, Schizos. Vertreter aller Gruppierungen versuchten sie anzuwerben, weil sie spürten, daß die Frau sich ihrer Identität nicht sicher war.

Hier draußen war sie sich ihrer Identität zwar auch nicht sicher, aber in diesem Fall war es unerheblich. Sie war einfach sie selbst. Sie kam allein zurecht. Auch wenn das unter den gegebenen Umständen nur bedingt der Fall war.

Sie hatte die technischen Einrichtungen an Bord des Tanks – wie sie den Schutzbehälter nun bezeichnete – bis an die Grenze des Möglichen ausgereizt. Sie verbrachte die Zeit auf dem Boden eines Zylinders mit einem Durchmesser von fünf Metern und einer Höhe von fünfzehn Metern, wobei sie entschlossen war, das Beste aus der Situation zu machen. Sie hatte die Koje von der Decke abmontiert und auf dem Boden befestigt. Dann hatte sie eine Art Takelage gespannt, um zur Steuerkonsole zu gelangen und alle Gurte und Griffe versetzt, um sich die Fortbewegung zu erleichtern.

Am schwierigsten war es gewesen, den Navigationscomputer des Habitats so umzuprogrammieren, daß er sie mit Zieldaten versorgte. Sie hatte das Bedürfnis, wenigstens die ungefähre Richtung zu kennen, in der sie sich bewegte. Wenn die Zieldaten halbwegs stimmten und wenn sie eine konstante Beschleunigung mit Schubumkehr auf halber Strecke voraussetzte, dann nahm RA45 Kurs auf den Mars.

Sie hatte noch immer keine Ahnung, was das ganze eigentlich sollte. Wer war dafür verantwortlich? Welches Ziel verfolgte er damit? Und wie ging das vor sich? Sie hatte die Außenbordkamera mit dem längsten verfügbaren Kabel verbunden und es so weit abgewickelt, daß die Kamera ihr ein Bild der Rückseite des Asteroiden übermittelte. Sie versuchte, einen Blick auf die Triebwerke zu werfen, die für den Vortrieb des Asteroiden sorgten.

Doch da waren keine Triebwerke; da war überhaupt nichts. Nur Fels. Verdammt, *irgend etwas* beschleunigte diesen Felsen. Wenn es nicht an der Oberfläche des Felsens war, dann mußte es sich *im Innern* des Asteroiden befinden. Aber wodurch wurde die Beschleunigung dann verursacht? Eine Rakete im Fels würde nicht funktionieren. Also handelte es sich um einen reaktionsfreien Antrieb.

Der Materialismus des Freistaats Las Vegas hatte schon so weit auf sie abgefärbt, daß sie sich selbst in ihrer momentan ungünstigen Lage sagte, ein reaktionsfreier Antrieb müsse einen gewissen Wert besitzen.

Dieser Aspekt und das Risiko, vor lauter Langeweile noch verrückt zu werden, veranlaßten sie, der Sache auf den Grund zu gehen. Sie setzte sich hin und dachte nach. Anscheinend handelte es sich bei diesem Antrieb um eine Mischform aus Rakete und Gravitationsfeld. Er funktionierte wie eine Rakete, weil er nach Belieben aktiviert und vermutlich auch deaktiviert werden konnte. Und er funktionierte wie Gravitation, weil es keine Masse gab, die eine andere in Bewegung setzte.

Aber Gravitation *konnte* nicht gerichtet sein – sie strahlte sphärisch vom Schwerpunkt einer Masse aus.

Doch wenn der Asteroid sich bloß unter dem Einfluß eines externen Schwerefelds vorwärtsbewegte, würde auch ihr Körper der Wirkung dieses Schwerefelds unterliegen. Die Relativbeschleunigung zwischen ihr und dem Asteroiden wäre exakt Null – in anderen Worten, sie hätte sich aufgrund der Schwerelosigkeit im freien Fall befinden müssen.

Doch sie befand sich definitiv in einem 0,05-G-Feld. Aber *war* es überhaupt so stark? Bisher handelte es sich nur um eine Vermutung. Es mußte eine Möglichkeit geben, das Feld zu messen.

Wodurch erfolgte die Beschleunigung? Durch eine Zauberrakete ohne Brennstoff und Düsen oder durch magische Schwerkraft, die man bündeln konnte?

Da saß sie nun auf dem Boden des Tanks und versuchte das Rätsel zu lösen, wobei sie sich indes bewußt war, worum es wirklich ging: sie wollte sich von einem anderen Problem ablenken. Wie auch immer der Antrieb funktionierte, wenn dieser Felsen auf dem Mars einschlug, wäre sie in echten Schwierigkeiten.

Kanzler Daltry demonstrierte in Larrys Augen seine Kompetenz, unter Zeitdruck stattfindende Konferenzen zu leiten. Es lief alles wie am Schnürchen.

Außerdem hatte Larry den Eindruck, daß Daltry derjenige war, der hier die Entscheidungen traf.

»Ich rufe nun Dr. Marcia MacDougal auf«, sagte der Kanzler. »Wir haben einige verblüffende Tatsachen vernommen, aber ich glaube, daß Dr. MacDougal eine Erklärung dafür hat. Ich hatte nämlich die Gelegenheit, schon vor der Konferenz mit ihr zu sprechen und muß sagen, daß sie mit erstaunlichen Ergebnissen aufzuwarten hat. Dr. MacDougal.«

Larry sah, wie die drahtige Frau mit dem ebenholzfarbenen Teint sich erhob und zu der audiovisuellen Anlage am anderen Ende des Raums ging. Sie war sichtlich nervös. »Ich danke Ihnen, Kanzler. Ich glaube, einen Durchbruch geschafft zu haben – aber dennoch kann ich mir keinen Reim darauf machen. Das hört sich sicher komisch an, aber ich halte es für das beste, mit dem Schluß anzufangen und dann zum Anfang zu springen und sich vorzuarbeiten.«

Sie legte einen Datenblock ein und drückte ein paar Knöpfe. Das Licht wurde gedämpft, und eine Darstellung erschien über dem Tisch. Eine massive Sphäre von der Farbe eingetrockneten Bluts hing in der Luft und drehte sich langsam. Stirnrunzelnd betrachtete Larry die Projektion. Ein roter Zwerg? Aber weshalb so trübe? Und weshalb waren die Konturen so gut definiert?

Dann bemerkte er dünne Linien, die in die Oberfläche des Objekts geätzt waren. Sie hoben sich kaum gegen den dunklen Hintergrund ab. »Könnten Sie diese Linien auf der Oberfläche etwas verstärken?« fragte er. Marcia betätigte die Kontrollen, und die Linien wurden heller.

»Längen- und Breitengrade«, ertönte eine Stimme aus der Dunkelheit.

»Das war auch mein erster Gedanke«, sagte Marcia. »Diese Erklärung ist wohl so gut wie jede andere.«

»Was, zum Teufel, sehen wir da?« fragte Lucian.

»Einen Film«, erwiderte MacDougal. »Einen alten 3-D-Streifen. Wovon er handelt, weiß ich aber nicht. Warten Sie einen Moment.«

Plötzlich taumelte die Sphäre, und die Rotation wurde immer erratischer. Dann erschienen zwei rotglühende Punkte auf der Oberfläche, und schließlich schossen weiße Stichflammen empor. Das Lodern war so schnell vorbei, wie es begonnen hatte. Zwei grellweiße Lichtpunkte wurden aus dem Innern der Sphäre ausgestoßen und verschwanden aus dem Erfassungsbereich der Projektion. Die mit zwei großen geschwärzten Löchern perforierte Sphäre taumelte wild.

Die Projektion erlosch, und dann erschien wieder die

unversehrte Sphäre. »Die Sequenz hat an dieser Stelle eine Schleife«, sagte Marcia. »Sie wurde mindestens hundertmal wiederholt, viel öfter als die anderen Nachrichten-Einheiten. Daraus schließe ich, daß diese Darstellung, was auch immer sie bedeutet, von großer Bedeutung für die Charonier war.«

»Für wen?« fragte Larry.

Marcia zuckte die Achseln. »Die Außerirdischen. Ich mußte ihnen schließlich irgendeinen Namen geben. Weil der Ring von Charon sie auf den Plan gerufen hat, habe ich mich eben für ›Charonier‹ entschieden.«

»Woher stammen diese Bilder?« fragte Raphael.

»Aus dem Wurmloch«, erwiderte Marcia. »Sie wurden als binäres Signal von den Wesenheiten auf der anderen Seite des Wurmlochs gesendet. Es tut mir leid, Hiram, aber ich bin davon überzeugt, daß es sich hierbei um die Erdmasse handelt. Auch wenn ich nicht weiß, für wen oder was die Bilder bestimmt waren.«

»Und wie wurden sie übermittelt?« fragte Lucian.

»Als komprimierte Zweiundvierzig-Zentimeter-Radiosignale. Sie waren eine Reaktion auf das Einundzwanzig-Zentimeter-Signal, das vom Mond abgestrahlt wird.«

»Wie ist es überhaupt möglich, daß Radiowellen ein Wurmloch durchqueren?« fragte Lucian.

»Vermutlich deshalb, weil sie sich ungehindert fortpflanzen können«, sagte Marcia. »Ein Wurmloch ist im Grunde weniger ein Loch als vielmehr eine Tür, die zwei Ebenen im Normalraum miteinander verbindet. Wenn diese Tür erst einmal geöffnet ist, durchquert alles, was sich auch durch den Normalraum bewegt – Materie, Energie, Strahlung und so weiter – das Wurmloch.«

»Alle Teufel, wenn man einen ganzen Planeten durch das Loch schickt, was sind dann schon ein paar lausige Radiowellen?« sagte jemand.

Radiowellen. Plötzlich entstand ein Bild vor Larrys

geistigem Auge, doch das Gespräch wurde fortgesetzt, und die Gedankenkette riß ab.

McGillicutty erhob sich und beugte sich zum Hologramm hinüber, um es genauer in Augenschein zu nehmen. Das blutrote Glühen der Sphäre verlieh seinem Gesicht etwas Dämonisches. »Ich wußte, daß Sie an der Entschlüsselung ihrer Signale arbeiteten, Marcia, aber ich hatte keine Ahnung, daß Sie schon so weit waren. Sie hätten mich um Hilfe bitten sollen. Angesichts dieser komplexen Darstellung mußten Sie zwangsläufig zu falschen Interpretationen gelangen. Wie fundiert ist das? Ich meine, wie verläßlich ist diese Darstellung?«

»Sie entspricht weitestgehend den übermittelten Signalen«, entgegnete Marcia kühl. »Was zum Beispiel die Farben betrifft, so dürfte die Abweichung nur wenige Ångström betragen. Abgesehen von der Einfügung der Längen- und Breitengrade habe ich keine weiteren Manipulationen vorgenommen. Zum zeitlichen Rahmen und dem physikalischen Maßstab kann ich keine Angaben machen. Es könnte sich um die Aufnahme eines Objekts von der Größe eines Fußballs handeln, das sich gerade entfaltet – oder aber um die Dokumentation der Zerstörung eines Planeten oder Sterns. Ich weiß nur, daß es anscheinend von Bedeutung für die Charonier ist.«

»Was in Gottes Namen ist das?« drang Raphaels Stimme aus der Dunkelheit.

Für lange Zeit war es still im Raum. »Das ist eine verdammt komplexe 4-D-Darstellung«, sagte McGillicutty schließlich mit unnötig lauter Stimme. »Wie, zum Teufel, ist es Ihnen gelungen, die Botschaft zu entschlüsseln?«

Marcia stieß ein glucksendes Lachen aus und ließ die Zähne blitzen. »Ich sagte Ihnen doch, es sei sinnvoll, mit dem Ende zu beginnen«, erwiderte sie. »Ich wollte Ihnen beweisen, daß ich wirklich etwas *habe*, bevor ich erkläre, wie ich dazu gekommen bin. Ich wußte, daß Sie sich fragen würden, wie ich in so kurzer Zeit an die Bilder und Daten gelangt bin – zumal ich nicht einmal weiß, was die Daten überhaupt besagen. Ich wollte, ich hätte den feindlichen Code geknackt – aber das ist nicht der Fall. Diese Botschaften *sollten* entschlüsselt werden.

Und das bereitet mir die größte Sorge. Ihre Invasoren, Dr. Raphael, ignorieren uns nicht nur. *Ich* habe nicht den Eindruck, daß sie uns als Bedrohung betrachten, geschweige denn als intelligente Wesen. Ich glaube, sie müßten sich sogar anstrengen, um auch nur unsere Existenz zur Kenntnis zu nehmen. Sie tauschen mit der gleichen Unbefangenheit vor unserer Nase Nachrichten aus, mit der wir uns mit dem Tierarzt in Anwesenheit des Hundes über besagtes Tier unterhalten. Wir unterstellen, daß Hunde die Menschen nicht verstehen, und vielleicht glauben sie, daß Menschen die Charonier nicht verstehen. Vielleicht stimmt das sogar. *Ich* verstehe sie jedenfalls nicht.«

Erneut herrschte Schweigen im Raum. Diesmal war es fast eine Erleichterung für die Leute, als McGillicuttys heisere Stimme ertönte. »Verdammt, MacDougal, wie haben Sie diese Nachricht entschlüsselt?« Er wollte diese Frage geklärt haben.

»Arecibo-Verfahren«, erwiderte Marcia. »Ein großes altes Radioteleskop, das im zwanzigsten Jahrhundert eingesetzt wurde. Auf den Bermudas oder Kuba oder sonstwo. Die Menschen kamen vor langer Zeit auf die Idee, elementare Sachverhalte und Bilder im Binärcode abzustrahlen, so daß sie für außerirdische Kulturen verständlich wären. Man konnte die Daten graphisch darstellen – ein ausgefülltes Kästchen für ein binäres *Ein* und ein leeres Kästchen für ein binäres *Aus*. Auf diese Art ließen sich Bilder erzeugen.

Der Großteil der ersten Botschaft würde die schematische Erläuterung des Zahlenbegriffs, der Größe, die

Atomstruktur und dergleichen umfassen. Zum Beispiel die Darstellung der Zahlen von eins bis zehn, die ersten Primzahlen und vielleicht noch die Demonstration des Satzes des Pythagoras anhand der Abbildung eines rechtwinkligen Dreiecks. Wenn man ihnen erst einmal die grundlegenden Aspekte vermittelt hat, schiebt man vielleicht eine stilisierte Darstellung der Spezies und eine Karte des Planeten oder des Sonnensystems nach. Durch die Frequenz der Radiowellen könnte man ihnen einen Maßstab für die Größe der Darstellungen vermitteln.

Man glaubte, daß eine echte Verständigung zustande kommen würde, sobald die andere Seite grundlegende Informationen über das Zahlensystem, die Geometrie, Maßstäbe und den Aufbau der Atome besaß. Nur daß die Signale an Rassen abgestrahlt wurden, die vielleicht Lichtjahre entfernt lebten.

Wenn man imstande war, eine Schwarz-Weiß-Skala und ein Farbspektrum zu übermitteln, konnte man auch detaillierte Bilder senden. Ich glaube nicht, daß man damals erwogen hatte, 3-D-Videos abzustrahlen, aber das Prinzip ist das gleiche. Die erste Tranche der Nachrichten, die zwischen dem Mond und der wie auch immer gearteten Gegenstelle des Wurmlochs ausgetauscht wurden, hatte eine große Ähnlichkeit mit den Zahlenreihen, die ich gerade beschrieben habe.«

»Einen Moment«, sagte Larry. »Besagtes Verfahren dient der Übermittlung von Nachrichten an einen Empfänger, der unsere Sprache nicht versteht.«

»Richtig. Der erste Schritt besteht sozusagen darin, dem Empfänger eine Grammatik zu schicken, damit er alles weitere versteht.«

»Aber sie tauschen untereinander Nachrichten aus«, wandte Larry ein. »Das ist doch Unsinn.«

»Ich weiß nur, was sich mir bei der Dechiffrierung der Nachrichten erschlossen hat. Der Computer war in der Lage, die Inhalte in Echtzeit in eine zweidimensionale Matrix zu überführen. Um das Programm laufen zu lassen, mußte ich eine Interpretation der ersten Daten-Matrix durchführen – welche mathematischen Strukturen existierten und welche Symbole sie für das Zahlensystem und den Atomaufbau verwenden. Als der Computer erst einmal mit den Basisparametern vertraut war, lernte er die Fremdsprache von selbst. Ich habe nur dagesessen und zugesehen. Es war ein klassisches Beispiel der Matrix-Botschaften, die wir schon tausendmal in meinen Xenobiologie-Vorlesungen konzipiert hatten – nur umfangreicher und komplexer.

Sie wissen, daß irgendwo im Mond ein Einundzwanzig-Zentimeter-Signal abgestrahlt wird. Der Sender ist noch nicht gefunden worden. Dieses Signal wird anscheinend von den Charoniern auf der anderen Seite empfangen. Zuerst schicken sie auf der doppelten Wellenlänge eine Kopie der Nachricht zurück und senden anschließend eine eigene Botschaft. Dann wiederholt der Sender im Mond die Nachricht von der Gegenstelle. Der Mondsender sendet erst ein identisches Echo und dann ein leicht verfremdetes. Das ist mir erst bei einem Vergleich der beiden Kopien aufgefallen. Er hat die Sprachfehler der Charonier hinter dem Wurmloch korrigiert.

Meiner Meinung nach sind zwei Punkte völlig klar: daß der Mond-Charonier die Gegenstelle im Gebrauch der charonischen Sprache unterweisen mußte. Und daß die Gegenstelle den Sprachunterricht *erwartete*. Sie hat oft die Inhalte nicht erfaßt und zu schnell geantwortet. Woraus ich schließe, daß der Adressat auf den Empfang der Nachricht vorbereitet werden mußte – obwohl er die Sprache nicht beherrschte. Das hat er durch die Fehler während des Lernprozesses bewiesen.«

»Nur daß wir hier nicht von einer Sprache reden«, sagte Larry. »Jedenfalls bin ich dieser Ansicht. Hat es einen Code gegeben, den Sie nicht entschlüsseln konnten und der vielleicht einen Kommentar, Anweisungen oder abstrakte Gedankensymbole darstellte?«

Zunächst hatte es den Anschein, als ob Marcia aufbrausen wollte, doch dann besann sie sich eines anderen. »Nein, gab es nicht. Kein unbekannter Code. Nur der Datenfluß. Ich habe ihn in mehr oder weniger scharfe Bilder zerlegt. Wenn Sie unbedingt Haarspalterei betreiben wollen, nein, es handelt sich nicht um eine natürliche Sprache.«

»Stop«, sagte McGillicutty. »Die Hundesöhne schicken Nachrichten hierher. Dann muß es sich doch um eine Sprache handeln.«

»Wenn man *wirklich* Haarspalterei betreiben will, handelt es sich auch nicht um Nachrichten«, sagte Larry. »Es sind Bilder. Sender und Empfänger haben sich auf ein Sendeverfahren verständigt, auf eine Prozedur zur Datenübertragung.«

»Na und?«

»Sie senden nur Daten – keine konkreten oder abstrakten Inhalte.«

»Und wo liegt da der Unterschied?«

»Zwischen einem Bild Ihrer Tante Emma und einem Brief, in dem Sie mir mitteilen, was Sie von dem alten Mädchen halten«, sagte Larry. »Dr. MacDougal sagt, es gäbe kein zusätzliches Signal, das als Zeichensatz für einen Diskurs gewertet werden könne. Als ob ich nur Bilder und Daten vorgelegt, aber keinen Kommentar dazu abgegeben hätte.«

»Wenn das, was Sie sagen, stimmt«, sagte Sondra, »dann brauchen sie vielleicht gar keine Sprache. Weil sie nämlich keine Interpretation brauchen.«

Larry schaute sie für eine Sekunde an. »Sprechen Sie weiter. Worauf wollen Sie hinaus?«

»Sie benötigen keine Sprache, die zur Artikulation von Interpretationen, Meinungen und Theorien geeignet ist, weil es keine Meinungsverschiedenheiten gibt. Sie reagieren nach dem Pawlow'schen Prinzip. Wenn *alle* Mitglieder ihrer Spezies *immer* auf die gleiche Art auf den gleichen Stimulus reagieren, wäre Sprache redundant.«

»Also ein Kollektivbewußtsein, das ohne Kommunikation auskommt«, sagte Daltry. »Die Einzelbewußtseine sind zwar durch Zeit und Raum voneinander getrennt, sind sich aber so ähnlich, daß sie immer zum gleichen Schluß kommen.«

»Das klingt plausibel«, sagte Sondra, »aber wozu dann der Sprachunterricht?«

»Sprachverschiebung«, sagte Lucian. »Seit dem letzten Kontakt ist so viel Zeit vergangen, daß die beiden Parteien sich gegenseitig Verständnisschwierigkeiten unterstellen. Ihre Logik mag vielleicht noch identisch sein, aber es hat dennoch eine Verschiebung stattgefunden, entweder in der Mentalität oder auch nur in der Notation.«

»Wieviel Zeit müßte Ihrer Meinung nach verstreichen, bis so etwas eintritt?« fragte Larry.

»Ich bin kein Experte«, sagte Lucian, »aber wir lesen und verstehen Shakespeare, und der lebte vor achthundert Jahren – und seitdem ist sicher eine Verschiebung eingetreten. Durch systematische Archivierung und Speicherung wird der Prozeß verlangsamt. Weil wir es hier aber mit Computern zu tun haben, sind seit ihrem letzten Kontakt mehrere tausend Jahre vergangen. Vielleicht sogar Millionen.«

»Millionen Jahre?« fragte Daltry fassungslos.

Larry räusperte sich. »Das ist gar nicht so unglaublich, wie es sich anhört. Wir haben Anhaltspunkte, wonach die Charonier schon seit sehr langer Zeit existieren. Es hat sich eine völlig neue Situation ergeben, die unsere Gruppe auf Pluto bis zur Ankunft auf dem Mond unter Verschluß halten wollte. Es erschien uns zu riskant, die Sache per Funk oder Nachrichten-Laser zu verbreiten. Davon abgesehen hat das Team von Pluto sich darauf verständigt, diese Daten dem Komitee erst dann vorzulegen, wenn wir die Garantie haben, daß sie nicht veröffentlicht werden. Wir wollen eine Panik verhindern.«

»Ich weiß nicht, ob die Panik nach dem Verschwinden der Erde überhaupt noch steigerungsfähig ist«, sagte Daltry.

»Doch. Wenn die Leute glauben, daß *Sie* dafür verantwortlich sind«, sagte Sondra. »Die *Nackten Purpurnen* in Tycho haben doch schon die Verantwortung dafür übernommen.«

»Aber das ist völlig unmöglich! Niemand wird ihnen glauben«, wandte Marcia ein. Die Köpfe drehten sich nach der Sprecherin um. »*Niemand* wird es für möglich halten, daß die *Purpurnen* dazu in der Lage waren. Ich würde das wissen.«

»Aber angenommen, die Leute hätten Grund zu genau dieser Annahme?« fragte Sondra mit sanfter Stimme. »Angenommen, es gäbe eindeutige Beweise dafür, daß der Mond hinter der ganzen Sache steckt? Das wäre noch schlimmer als mysteriöse Radiowellen. Meinen Sie nicht auch, daß dann eine Panik ausbrechen oder ein Angriff auf den Mond erfolgen würde, um weitere Katastrophen dieser Art zu verhindern?«

»Niemand würde so etwas tun«, widersprach Marcia.

Sondra machte eine umfassende Geste, die alle Anwesenden einschloß. »Wir sind Vertreter der besiedelten Planeten und größeren Habitate. Wollen Sie wirklich von vornherein ausschließen, daß Ihre Regierungen nicht vielleicht doch eine Rakete auf die *Purps* – oder den Mond – abfeuern, wenn sie auch nur den Hauch einer Chance sehen, daß sie damit etwas bewirken? Ohne Rücksicht auf Verluste? Und ich frage die Vertreter des Monds, was Ihre Leute wohl tun würden, wenn *sie* glaubten, eine der anderen Welten plante einen Präventivschlag? Was würde Ihre Regierung unternehmen?«

Erneut herrschte Schweigen.

Schließlich räusperte Kanzler Daltry sich. »Als Sprecher der Mond-Abordnung garantiere ich, daß meine Gruppe Stillschweigen bewahren wird. Wie Sie aus der fehlenden Aufmerksamkeit der Medien ersehen, haben wir alles in unserer Macht Stehende getan, um diese Konferenz geheimzuhalten, und ich habe nicht vor, mich ausgerechnet jetzt ins Rampenlicht der Öffentlichkeit zu stellen. Was ist mit den anderen Delegationen? Werden Sie über die neuen Erkenntnisse Stillschweigen bewahren?«

Zögernd taten die Anwesenden ihre Zustimmung kund, und Larry nickte zufrieden. »Ich danke Ihnen«, sagte er. »Sie werden gleich verstehen, weshalb das erforderlich war. Doch ich möchte noch betonen, daß niemand von *uns* glaubt, Menschen seien in die Sache verwickelt. Und wir wollen, daß auch sonst niemand auf diese Idee kommt.« Er erhob sich und ging zur Videoanlage am anderen Ende des Raums. »Ich möchte Ihnen vom *Mond-Rad* erzählen ...«

Das gespenstische Schwarzweiß-Bild des in einem transparenten Mond hängenden *Rads* schwebte neben dem blutroten Bild der zerschmetterten Sphäre über dem Konferenztisch. Larry sah, wie mehr als nur ein Delegierter im Bewußtsein, daß das monströse Gerät sich unter seinen Füßen befand, auf den Boden schaute. Daß ein weltenumspannendes Monster in der Tiefe lauerte, war ein verdammt unangenehmer Gedanke.

»Kurz gesagt«, sagte er, »handelt es sich beim *Rad* um ein toroidales Objekt tief unter der Mondoberfläche. Seine Positionierung ist identisch mit der Grenze zwischen der Vorder- und Rückseite des Mondes, so daß es ständig auf die Erde ausgerichtet war – als die Erde noch hier war. Es hat große Ähnlichkeit mit dem *Ring von Charon* und wurde deshalb entdeckt, weil es auch ein Gravitationswellen-Generator ist. Es ist jedoch viel leistungsfähiger als der *Ring von Charon*. Es ist der Ursprung des Radiosignals, das wir seit dem Verschwinden der Erde auffangen. Offensichtlich besteht ein direkter Zusammenhang zwischen dem *Rad* und dem Verschwinden der Erde sowie der aktuellen Entwicklung im Sonnensystem. Es existiert schon seit langer Zeit. Dies ist im Grunde alles, was wir über das *Rad* wissen. Das größte Problem, vor dem wir im Moment stehen, ist, daß das einzige Instrument, mit dem wir das *Rad* sehen, sich auf Pluto befindet. Vielleicht werden wir eines Tages ein kompaktes Gravitationsteleskop in Betrieb nehmen, aber das wird noch eine Weile dauern. Wenn wir näher ans *Rad* herankämen, würden wir sicher viel bessere Bilder bekommen – doch werden wir uns zunächst mit dem vorliegenden Material zufriedengeben müssen. Wir haben die Bilder vom Computer bearbeiten lassen und ein interessantes zusätzliches Detail gewonnen. Computer, zeige Grafikprogramm.«

Zwei schemenhafte graue Nadeln drifteten am Bildrand, wobei die eine aus dem Nordpol des *Rads* ragte und die andere aus dem Südpol. Beide schienen bis hinauf zur Mondoberfläche zu reichen. »Computer, erhöhe den Kontrast für die Details.« Die Nadeln wurden von hellroten Linien eingefaßt.

»Und was soll das darstellen?« fragte McGillicutty.

»Zugangstunnels«, spekulierte Daltry. »Die Konstrukteure des Dings brauchten einen Weg hinein und wieder heraus.«

»Das habe ich mir auch schon gesagt«, pflichtete Larry ihm bei.

»Dann müssen wir reingehen und einen Blick auf dieses Ding werfen«, sagte Lucian.

Dieser Vorschlag wurde mit Totenstille quittiert. »Zu diesem Schluß sind wir auch gelangt«, sagte Raphael schließlich. Er schien nicht sehr begeistert. »Wir müssen etwas über die Natur des *Mond-Rads* herausfinden. Durch die Untersuchung des *Rads* müßten wir gleichzeitig auch eine Menge über die Aliens – die Charonier – erfahren. Wer sind sie? Wo sind sie? Befinden einige von ihnen sich noch im Mond? Wir müssen irgendwie zu diesem Rad vordringen.«

»Wir müssen noch mehr tun«, sagte Daltry. »Wir müssen die G-Punkt-Objekte unter die Lupe nehmen und sehen, was passiert, wenn sie auf einem Planeten landen. Der Mars ist hierfür am geeignetsten.«

»Können wir einen Spähtrupp zum Mars schicken, bevor die ersten G-Punkt-Asteroiden auftauchen?« fragte Sondra.

Vespasian befragte sein Notebook. »Mit einem Schiff, das eine konstante Beschleunigung von einem G hat, auf jeden Fall. Es wird Sie in weniger als vier Tagen hinbringen.«

»Wenn wir schon einen Gravitations-Spezialisten als Beobachter zum Mars schicken, möchte ich auch, daß zumindest ein Teil von euch Gravitations-Leuten so bald wie möglich zum Pluto zurückkehrt«, sagte Daltry. »In der Zwischenzeit: Dr. Berghoff, Dr. McGillicutty, Dr. MacDougal. Eine Gravitationsexpertin, ein Physiker und die Person, die den größten Fortschritt in der Kommunikation mit den … äh … Charoniern, erzielt hat. Ein Schiff steht für den Abflug zum Mars bereit. Ich möchte, daß ihr drei morgen an Bord geht.«

Sondra, die gerade erst einen zermürbenden Langstreckenflug absolviert hatte, fluchte leise, doch Daltry schien sie nicht zu hören.

Daltry wandte sich Larry und Dr. Raphael zu. »Mir wurde gesagt, daß Ihr Schiff, die *Nenya,* modernisiert und in sieben Tagen wieder einsatzbereit ist. Mr. Chao, Dr. Raphael. Sie werden dann zum Pluto zurückkehren.« Daltry lächelte säuerlich und vermittelte nun den Eindruck einer gewissen Härte. Offensichtlich wollte er sich nicht auf eine Diskussion einlassen. Er hielt sich für weisungsbefugt – und die Anwesenden waren anscheinend auch bereit, seinen Anweisungen Folge zu leisten. Larry behagte die Vorstellung eines Rückflugs zum Pluto überhaupt nicht. Wieder sechzehn Tage in der *Nenya* … Allerdings würde *keine* der anstehenden Aufgaben erfreulich sein.

»Aber wir haben noch eine Woche, um Sie hier einzusetzen, Mr. Chao«, sagte Daltry. »Sie sollten sich hauptsächlich mit den hiesigen Wissenschaftlern austauschen. Da wäre aber noch die Frage des *Rads* und wie wir dorthin gelangen. Das hat auch hohe Priorität.«

Kanzler Daltry, der an der Mitte des Tischs saß, beugte sich vor und überblickte den Tisch in beiden Richtungen. Larry saß an einem Ende, Lucian am anderen. »Mr. Chao, Mr. Dreyfuss. Der eine von Ihnen kennt sich mit Gravitationswellen-Detektoren aus, und der andere ist über die Abläufe auf dem Mond orientiert. Sie beide müßten in der Lage sein, das *Rad* zu erreichen. Sie haben eine Woche.«

Lucian machte einen unzufriedenen Eindruck, schwieg jedoch. Er wollte nämlich nicht mit Larry zusammenarbeiten. Das traf Larry ziemlich, überraschte ihn andererseits aber nicht. Auch ohne eine entsprechende Äußerung wußte er, daß das Verhältnis zwischen Lucian und ihm verkorkst war.

»Sehr gut. Ich schlage vor, daß wir unseren Neuzugängen Gelegenheit geben, sich frisch zu machen. In einer Stunde treffen wir uns wieder hier.« Die Versammlung löste sich mit einem Stimmengewirr auf. Offensichtlich wollten etliche Leute mit Larry reden, doch der war jetzt nicht in der Stimmung dafür. Er ging auf den im Mittelpunkt des Raums stehenden Daltry zu, wo die holografischen Darstellungen des *Mond-Rads* und der zerschmetterten Sphäre noch immer in der Luft hingen. Das *Mond-Rad*. Böses Blut zwischen Lucian und ihm war kein gutes Omen. Nicht, wenn sie gemeinsam ein so großes Objekt wie das *Mond-Rad* erforschen sollten.

»Wie lange ist dieses *Rad* schon dort unten?« fragte Daltry und schaute sie an. »Wie lange hatte es auf das Signal gewartet, das wir zufällig gesendet haben?« Er deutete mit einem Nicken in Richtung der Schleifendarstellung der Sphäre. »Und was, bei allen Teufeln der Hölle, ist das?«

»Darauf haben wir keine Antwort, Dr. Daltry«, sagte Lucian und plazierte sich an der anderen Seite des Kanzlers. »Weshalb schicken wir ihnen nicht einen kleinen Funkspruch und fragen *sie?*«

Larry schaute Lucian überrascht an. »Das ist es!« rief er. »Das ging mir die ganze Zeit im Kopf herum.«

»Was?« Lucian grinste Larry spöttisch an. »Sie wollten mit ihnen sprechen? Ich sage Ihnen, mein Freund, sie würden überhaupt nicht zuhören.«

»Nein! Wir müssen versuchen, mit der *Erde* Kontakt aufzunehmen! Sie befindet sich auf der anderen Seite dieses Lochs. Wenn *sie* imstande sind, Funksignale durch das Wurmloch zu schicken, wieso sollten wir dann nicht auch dazu in der Lage sein?«

Teil Vier

Die Namen der Heiligen

»Ich bin entbehrlich. Er nicht. Der erste Abstieg ist zu gefährlich, als daß zwei Leute gehen sollten. Ich sollte gehen. Er nicht.« Lucian Dreyfuss unterdrückte den Impuls, sich über Kanzler Daltrys Schreibtisch zu beugen und dem Mann Verstand einzubleuen. »Das ist doch ganz einfach.«

»Er erweist mir zuviel der Ehre«, sagte Larry, wobei er ein Zittern in der Stimme unterdrücken mußte. »Weil die Reparatur der *Nenya* sich verzögert, muß ich ohnehin noch eine Woche hierbleiben. Ich habe den hiesigen Wissenschaftlern alles erzählt, was ich weiß. Sie kommen nun ohne mich zurecht. Und wenn ich schon so viel über Gravitations-Generatoren weiß, wäre es dann nicht sinnvoll, wenn ich nach unten ginge und einen Blick auf das Ding würfe?«

Kanzler Daltry sagte nichts, sondern schaute die beiden jungen Männer nur an. Das Schweigen dauerte an. »Möchte einer von Ihnen noch etwas vorbringen, oder darf ich nun etwas sagen?« Weder Lucian noch Larry wollten nach dem Köder schnappen, und so fuhr Daltry fort. »Es geht hier nicht um Logik oder vernünftige Argumente. Es geht um Ihr Ego, um Zorn und Schuld. Und offen gesagt, wenn ich euch *beide* im Kampf gegen diesen Feind nicht für unverzichtbar hielte, würde ich meine Zeit nicht mit euren Händeln vergeuden.

Schließlich habe ich noch etwas anderes zu tun. Es war ohnehin schon ein Wunder, daß die Marsianer sich damit einverstanden erklärten, mit euch an einem Tisch zu sitzen. Sie haben nur deswegen mit mir gesprochen, weil ich kein Regierungsmitglied bin und deshalb nichts mit diesem imaginären Angriff zu tun habe. Sie wollten Sie in Eisen schlagen, Mr. Chao, und wegen Verbrechen gegen die Menschlichkeit anklagen. Es bedurfte großer Anstrengungen, sie von dieser Forderung abzubringen.«

»Vielleicht hatten sie diesmal recht«, murmelte Lucian.

Daltry riß den Kopf herum und sah Lucian mit seinen Luchsaugen an. »Wirklich, Mr. Dreyfuss? Dieser Meinung war ich zuerst auch. Ich verstehe, daß Sie wütend und verängstigt sind. Nach einer Untersuchung der Sache bin ich jedoch zu dem Schluß gekommen, daß Mr. Chao nur in eine Falle gegangen ist, die schon lange aufgestellt wurde, bevor die Menschheit das Licht der Welt erblickte. Daß er der Auslöser war, geschah nur durch Zufall. Ich ziehe es nun vor, meine Wut und Angst gegen diejenigen zu richten, die diesen Stolperdraht gespannt haben, der die Falle ausgelöst hat.«

»Sie leben doch auch in Central City«, sagte Lucian. »Wissen Sie, wie viele Todesopfer das Beben gefordert hat? Wie viele Gebäude zerstört wurden?«

»Das weiß ich. Und es tut mir auch leid. Aber Mr. Chao ist für diese Todesfälle nicht verantwortlich. Wenn er die Verantwortung dafür tragen würde, dann auch alle Leute, die mit dem Entwurf und der Konstruktion des *Rings von Charon* sowie seinem Einsatz für Forschungszwecke während der letzten fünfzehn Jahre zu tun hatten. Seine Verstärkungstechnik wäre ohne ihre Arbeit nicht möglich gewesen.«

Daltry wandte sich wieder Larry zu. »Nun zu Ihnen, Mr. Chao. Ich weiß einiges über Sie. Wie ich schon sagte, habe ich alle über Sie vorliegenden Daten ausgewertet. Einschließlich Ihres Psychogramms. Nachdem ich es gelesen und Sie persönlich gesprochen habe, glaube ich zu wissen, weshalb Sie sich freiwillig für diese Mission melden. Sie werden von Schuldgefühlen geplagt. Und Sie spüren das dringende Bedürfnis, Leuten wie Lucian Dreyfuss zu beweisen, daß Sie doch kein Ungeheuer sind. Sie wollen Ihre Unschuld und guten Absichten beweisen und sich gleichzeitig als Held darstellen.«

Larry wurde rot und hob abwehrend die Hand. »Natürlich fühle ich mich schuldig. Natürlich will ich helfen. Was ist daran falsch?«

»Nichts. Das ist ja das Problem. Ich habe es mit zwei bewundernswerten jungen Männern zu tun, die sich viel ähnlicher sind, als sie ahnen, und von denen jeder logische Gründe dafür anführt, um sein Leben zu opfern.

Sie haben recht, Mr. Dreyfuss. Obwohl wir Ihre Fertigkeiten brauchen, können wir eher darauf verzichten als auf Mr. Chaos intuitives Verständnis der Gravitation. Sie *sind* entbehrlich. Genausowenig sollten wir in dieser Sache das Leben von mehr als einer Person aufs Spiel setzen.

Und Sie haben auch recht, Mr. Chao. Es wäre sicher sinnvoll, einen Schwerkraft-Experten nach unten zu schicken.« Daltry warf einen Blick auf den Computer. »Da fällt mir noch etwas auf. Sie haben Erfahrung in der Bedienung von Teleoperatoren?«

Larry zögerte für einen Moment. »Nun ja. Das stimmt. Wir benutzen sie in der Gravitations-Station für Wartungsarbeiten am Ring.«

»Eine Sekunde«, sagte Lucian. »Ein Teleoperator. Ein ferngesteuerter Robot? Diese Geräte verfügen nicht über die Feinmotorik, die für diese Aufgabe erforderlich ist.«

»Ich stimme Ihnen zu«, sagte Daltry. »Wir können keinen T.O. nach unten schicken. Aber sie haben durchaus ihre Vorteile. Sie besitzen eine hohe Tragkraft und können für telemetrische Zwecke eingesetzt werden. Und sie sind entbehrlich. Natürlich haben wir den

Zugang zu diesem sogenannten *Kaninchenbau* noch nicht gefunden. Vielleicht finden wir ihn auch erst so spät, daß Mr. Chao keine Zeit mehr hat, den T.O. von der Oberfläche aus zu dirigieren. Vielleicht werden wir ihn nie finden. Doch wenn wir ihn finden, Mr. Dreyfuss, meine ich, daß wir einen T.O. mit *Ihnen* hinunterschicken sollten.«

Lucian sah den Kanzler düster an. Ein Kerl wie Daltry machte einem immer einen Strich durch die Rechnung.

Wie ging das gleich noch mal? Coyote Westlake versuchte sich an den Physikunterricht der Pilotenausbildung zu erinnern, in dem der Unterschied zwischen Raketen und Gravitation behandelt worden war.

An welchem Punkt im System man die Messung auch durchführt, ein raketenbetriebenes System beschleunigt in dieselbe Richtung und mit demselbem Schub. Nicht so bei der Gravitation. Die Gravitation wirkt aus allen Richtungen, also radial, auf einen Punkt. Je weiter man sich von der Quelle entfernt, desto schwächer wird die Wirkung. Folglich müßten Messungen an verschiedenen Punkten eines Schwerefelds unterschiedliche Werte sowohl für die Richtung als auch für die Beschleunigung ergeben.

Nachdem sie das verinnerlicht hatte, begann Coyote mit dem Experiment. Sie ließ Gewichte von der Decke fallen und leitete aus der Fallzeit die Beschleunigung ab. Dann hängte sie Gewichte an Schnüren auf, um die Richtung zu ermitteln. Das war eine primitive Vorgehensweise, die ihr zudem verwirrende Ergebnisse bescherte. Die Gegenstände, die an der am weitesten vom Asteroiden entfernten Zylinderseite hinabfielen, hatten praktisch die gleiche Fallgeschwindigkeit wie die Objekte, die in geringerem Abstand zum Asteroiden fielen. Kein Gegenstand stürzte indes in einer geraden Linie dem Asteroiden entgegen, sondern auf einer gekrümmten Bahn, wobei die Krümmung sich noch verstärkte, während die Objekte sich der dem Felsen zugewandten Seite des Containers näherten. Die mit Gewichten beschwerten Schnüre hingen nicht durch, wie man das eigentlich hätte erwarten sollen. Statt dessen krümmten sie sich, als ob sie mitten in der Luft der Wirkung von G-Feldlinien unterliegen würden. Es war, als ob sie sich in einem Hybridfeld befände, einer Kombination aus linearer Beschleunigung und Schwerefeld.

Gerichtete Gravitation. Angenommen, irgend jemand hatte irgendwie eine Gravitationsquelle – und zwar eine starke Gravitationsquelle – unmittelbar vor dem Asteroiden positioniert und die G-Quelle dann beschleunigt? Weiterhin angenommen, irgend jemand hätte das Schwerefeld der Quelle irgendwie gebündelt, so daß seine gesamte Kraft den Asteroiden durchdrang und gleichzeitig auf ihren Schutzcontainer einwirkte. *Du mußt ihn dir als Traktionsstrahl vorstellen*, sagte sie sich. Durch den Fall des Asteroiden erfuhr ihr Container, der zwar nicht vom Strahl erfaßt wurde, aber physikalisch mit dem Asteroiden verbunden war, durch diesen Zug eine lineare Beschleunigung, mit dem Ergebnis, daß das Inventar des Containers in Gegenrichtung fiel. Wobei noch die minimale Streustrahlung des auf den Asteroiden wirkenden Traktionsstrahls berücksichtigt werden mußte. Es paßte alles ins Bild. Vielleicht entsprach es sogar den Tatsachen. Der Schutzheilige aller Ingenieure, der Heilige Ruben von Goldberg, hätte seine Freude daran gehabt.

Allerdings war die ganze Theorie nur dann plausibel, wenn es etwas gab, das direkt vor dem Asteroiden ein Schwerefeld erzeugte. Nur daß die Außenkamera nichts Derartiges zeigte.

Nun gut. Sie überprüfte die Sachlage. Es gab keine Rakete, die den Asteroiden anschob. Und es war auch kein Generator zu sehen, der einen Traktorstrahl erzeugte. Was blieb dann noch übrig?

Vielleicht befand sich etwas *im Innern* des Felsens, ein Projektor oder sonst ein Gerät, welches das Schwerefeld erzeugte und bündelte, das den Asteroiden beschleunigte. Ein Apparillo, der den Asteroiden wie mit einem Gummizug vorwärtsschnellte.

Plötzlich piepte wieder der seismische Alarm. Nicht daß sie ihn gebraucht hätte. Sie *spürte* die Vibrationen des Asteroiden. Zuerst hatte sie geglaubt – oder zumindest gehofft –, die Mikrobeben wären ein Indiz dafür, daß der Asteroid ein neues Gleichgewicht erreichte und daß es sich um eine normale Reaktion auf eine höchst abnormale Beschleunigungsquelle handelte. Wenn das wirklich der Fall gewesen wäre, hätten die Beben sich nach einer Weile wieder legen müssen. Sie überprüfte den Seismographen. Dieses Beben hatte exakt die Stärke des ersten – außerdem traten die Beben in regelmäßigen Intervallen auf: alle 128 Sekunden ein Beben. Irgendwie erinnerten die Beben sie an die Erschütterungen, die sie gespürt hatte, wenn eine U-Bahn unter der Straße entlanggefahren war.

Also bewegte sich vielleicht etwas im Innern des Asteroiden. Coyote wollte der Sache endlich auf den Grund gehen. Sie wollte einen Blick auf diesen Apparillo werfen. Obwohl sie viel lieber in der Kabine geblieben wäre, mußte sie nach draußen, einen Schacht in den Felsen bohren und das geheimnisvolle Objekt unter die Lupe nehmen. Doch zuerst mußte sie seine Position ermitteln.

Der Seismograph. Sie würde in der Kabine eine Dreieckspeilung vornehmen und so das Epizentrum im Innern des Felsens bestimmen. Sie machte sich an die Arbeit.

Die nächsten Stunden verbrachte sie damit, mittels einer umfangreichen Meßreihe das Epizentrum des Bebens zu ermitteln. Es war ein gutes Gefühl, etwas zu tun.

Erst als sie die Position bestimmt und die Chance hatte, diesem unbekannten Ding gegenüberzutreten, bekam sie es mit der Angst zu tun. Sie verdrängte diese Gedanken, gab die Position der G-Quelle in den Speicher des Trägheitsnavigationssystems ein und bereitete sich auf den Einstieg in den Felsen vor. Sie stieg in den Druckanzug, ging zur Luftschleuse und schwebte in einer spiralförmigen Bahn zur Oberfläche des Asteroiden hinab.

Die 0,05-G-Beschleunigung stellte eine echte Gefahr dar. Sie brauchte nur eine falsche Bewegung zu machen oder gar vom Asteroiden fallen, und sie wäre verloren. *Wenn du aufpaßt, kann nichts passieren,* sagte Coyote sich und versuchte, auch daran zu glauben. Damals, als es sich noch um einen schlichten Bergbau-Asteroiden handelte, hatte Coyote eine Anzahl von Halterungen in den Fels geschlagen. Nun benutzte sie eine Sicherungsleine und sorgte dafür, daß die Leine immer durch mindestens zwei Halterungen verlief. Wenigstens befand der Bohrer sich noch dort, wo sie ihn zurückgelassen hatte. Er war sorgfältig gesichert.

Allerdings war der Tunnelbohrer zu schwer für eine Person. Es war ein hartes Stück Arbeit, ihn mit Brennstoff zu beschicken und gleichzeitig das dicke Abgasrohr festzuhalten, damit es nicht völlig außer Kontrolle geriet.

Als sie den Bohrer schließlich betankt und aktiviert hatte, bohrte sie den Felsen aufs Geratewohl an, damit sie erst einmal ins Innere des Asteroiden gelangte. Es war eine richtige Schinderei. Der Bohrer, bei dem es sich im Grunde nur um ein kompaktes Fusionsgerät handelte, verdampfte und ionisierte einen Bruchteil des Gesteins. Dadurch zerfielen die chemischen Bindungen, die den Stein zusammenhielten, und er wurde pulverisiert. Obwohl das Abgassystem des Bohrers den Gesteinsstaub durch elektrische Aufladung absaugte und gleichzeitig die Wärme abführte, war es noch immer eine heiße und staubige Angelegenheit. Weil Coyotes Anzug die Wärme nicht schnell genug abführte, war sie bald in Schweiß gebadet. Das Helmvisier wurde sofort mit einer Staubschicht überzogen, und Coyote bedankte sich mit einem geflüsterten Gebet beim Heiligen Ruben oder wer auch immer den Einfall gehabt hatte, die Anzughelme mit Scheibenwischern zu bestücken.

Als sie erst einmal in den Asteroiden vorgedrungen war, wurden die Hitze und der Staub etwas erträglicher. Dennoch wäre nur ein Mineur imstande gewesen, das auszuhalten. Das Tosen des Fusionsantriebs übertrug sich über die Griffe des Bohrers in den Anzug. Sie hörte ein ohrenbetäubendes Brüllen, und aus dem angeblich abgeschirmten Fusionsantrieb züngelte öfters eine Flamme. Die Helmlampe und das gelegentliche Aufflackern des Bohrers waren die einzige Lichtquelle. Die Dunkelheit umfing sie wie ein Lebewesen, das direkt über ihrer Schulter schwebte.

Doch sie kam voran. Auf dem winzigen Monitor des auf den Bohrer aufgesetzten Ortungsgeräts verfolgte sie, wie sie sich im Schneckentempo dem Ziel näherte. Es dauerte zwei volle Tage, bis sie das Zielgebiet erreicht hatte. Nun setzte sie den Resonator ein, eine Kombination aus Sender und Empfänger, der Hohlräume im Fels aufspürte. Schon beim zweiten Versuch bekam sie ein positives Ergebnis. Das Echolot des Hohlraumresonators zeigte eine große Unterdruckblase in einer Entfernung von nur einem Meter.

Weil sie den Hohlraum nicht mit einem Desintegrator bestreichen wollte, zog Coyote sich samt Bohrer durch den Tunnel zurück und freute sich über das Ergebnis.

Dann kehrte sie mit einem Null-G-Preßlufthammer in den Tunnel zurück. Dieses Werkzeug war bei weitem nicht so schnell und leistungsfähig wie der Bohrer, aber andererseits würde er ihren Schatz auch nicht verdampfen. Coyote wollte kein Risiko eingehen; schließlich wußte sie nicht, welche Atmosphäre sich hinter diesem letzten Meter Fels verbarg – falls überhaupt eine Atmosphäre existierte. Nun gelangte die Blasenschleuse zur Anwendung.

Die Schleuse war eine einfache Vorrichtung, ein aufblasbarer doppelwandiger Kunststoffzylinder mit drei Öffnungen. Sie hatte den Zweck, einen Tunnel hermetisch abzudichten, so daß ein Mineur den Schutzanzug ablegen und unter Atmosphärendruck arbeiten konnte. Die Schleuse würde Coyotes Anforderungen genügen. Sie zog sie in den Tunnel und pumpte das Mittelstück zwischen dem inneren und äußeren Zylinder auf. Der Kunststoff schmiegte sich an die Tunnelwand. Dann kletterte Coyote durch die Öffnungen und pumpte beide Kammern hinter sich auf. Das müßte den Luftdruck halten – falls es überhaupt einen Luftdruck zu halten gab.

Sie setzte den Preßlufthammer an, klappte die Sicherheitsschürze herunter und aktivierte das Gerät. Der Nachteil bei einem Null-G-Preßlufthammer war, daß man eine Sicherheitsblende benötigte, um zu verhindern, daß die aufgewirbelten Gesteinssplitter den Schutzanzug perforierten. Die teureren Ausführungen verfügten über Videokameras hinter der Schürze, doch Coyotes Budget ließ eine solche Anschaffung nicht zu. Sie mußte nach Gefühl arbeiten und öfter pausieren, um den Abraum aus dem Tunnel zu entfernen.

Als der Preßlufthammer ihr fast aus den Händen hüpfte, wußte sie, daß sie durch war. Eine grüne Rauchwolke stob an ihr vorbei und erfüllte den Tunnel bis hinauf zur Luftschleuse. Es herrschte also Gasdruck in dieser Höhle. Sie schaltete den Hammer ab, stellte ihn beiseite und entfernte den restlichen Schutt. Im

Schein der Helmlampe erkannte sie ein kleines Loch von der Größe ihrer Faust, das in die Rückwand des Tunnels gebrochen worden war. Der Druckausgleich war inzwischen erfolgt. Kein Lüftchen regte sich. Sie bezweifelte indes, daß es sich bei diesem Gas um Luft im üblichen Sinn handelte. Das Licht der Helmlampe stieß durch den giftgrünen Rauch.

Mit gemischten Gefühlen entfernte die erschöpfte Coyote die letzten Gesteinssplitter und vergrößerte das Loch anschließend mit einem Hochleistungslaser. Nach wenigen Minuten hatte sie es so weit vergrößert, daß sie den Kopf hindurchstecken konnte.

Sie nahm ihren ganzen Mut zusammen und schob den Kopf durch das Loch.

Doch im Schein der Lampe sah sie, daß die große Höhle leer war. Sie schätzte die Länge auf achtzig Meter und die Breite auf vierzig. Jemand hatte eine Höhle mit den Ausmaßen eines Fußballfelds in den Asteroiden gefräst. Coyotes Bohrloch mündete ungefähr auf halber Länge der Längsachse in die Kaverne, vielleicht etwas nach hinten versetzt. Wenn Coyote zuerst angenommen hatte, die Höhle sei leer, so sah sie nun eine schemenhafte Bewegung durch das Gas. Ein großes *Etwas* saß zusammengesunken im rückwärtigen Bereich der Kaverne.

Und dieses Etwas bewegte sich.

Augen sind im Grunde nur Linsen und Lichtrezeptoren: das eigentliche Sehen findet im Gehirn statt, wo Bilder entwickelt und analysiert werden. Doch das menschliche Gehirn sieht nur das, was es auch versteht. Es versucht, das Unbekannte in vorgefertigte Schablonen zu pressen oder mit ähnlichen Objekten zu vergleichen. Sobald das fremde Objekt auf die eine oder andere Art klassifiziert wurde, wird es neben den alten und bekannten Eindrücken abgespeichert. Diese Taktik ist in neunundneunzig Prozent aller Fälle erfolgreich, doch sie versagt völlig, wenn das Gehirn mit etwas konfrontiert wird, das nicht einmal annähernd in die vorhandenen Kategorien paßt.

Coyote erkannte eine fließende Bewegung, eine große, dunkle Form mit glänzender Oberfläche – und hielt die Entität für einen Wal. Streiflichtartig fragte sie sich, wie wohl ein Blauwal hierher gekommen sein mochte und regte sich für einen Moment absurderweise darüber auf, daß jemand ein unter Artenschutz stehendes Tier derart quälte.

Doch dann fiel der Schein der Helmlampe auf das metallisch glitzernde Kabel, das von der Braue des schemenhaften Objekts wegführte. Sie folgte dem Verlauf des Kabels bis zur Vorderseite der Höhle und stellte fest, daß es mit einem massiven sphärischen Objekt verbunden war, das dort hing. Die Sphäre wurde auf allen Seiten von starken Verstrebungen abgestützt. Sie mußte der Gravitationsantrieb sein. Doch sie war mit der walförmigen Entität verbunden. Weshalb implantierte man ein Kabel in ein Lebewesen? Handelte es sich überhaupt um ein Lebewesen? Kontrollierte es den Gravitationsantrieb?

Erneut schwenkte sie das Helmlicht herum und fragte sich, wie sie überhaupt auf die Idee gekommen war, daß es sich um einen Wal handeln könnte. Auf den zweiten Blick, wobei sie sich diesmal kein Lebewesen, sondern eine Maschine vorstellte, erkannte sie die glatten Konturen einer kompakten Maschine. Weitere Kabel schlängelten sich von ihr zu anderen in der Höhle verteilten Geräten. Und dort wuchs ein offensichtlich mechanischer Greifarm aus dem Ding. *Er* hatte die Bewegung ausgeführt, die sie gesehen hatte. Sie vergrößerte den Erfassungsbereich der Helmlampe und erkannte nun einen ganzen Wald von mit unergründlichen Verrichtungen beschäftigten Greifarmen, die aus der amorphen graublauen Oberfläche des großen Objekts auf dem Boden der Kaverne ragten. Der Boden war mit fremdartigen Objekten übersät, welche die Greifarme dort abgelegt hatten. Die Oberfläche selbst schien leicht zu vibrieren, als ob weitere Maschinen darunter arbeiten würden. Hier gab es nur Maschinen, keine Lebewesen. Dessen war sie sich sicher.

Bis ein Greifarm eine Klinge ausfuhr und die Oberfläche des Wirtskörpers aufschlitzte. Rotes Blut sprudelte aus der Wunde, und nach einer Sekunde versiegte der Blutstrom wieder. Rosig schimmerndes Fleisch teilte sich unter dem Messer, und dann tauchte ein Tentakel mit einer knollenartigen Verdickung am Ende aus der Masse auf. Bevor der Tentakel noch ausgefahren war, versiegelten zwei andere Arme die Wunde, die der erste Arm verursacht hatte.

Starr vor Schreck sah Coyote, wie der Tentakel sich schwungvoll auf sie zu bewegte. Aber sie schrie nicht auf, ergriff nicht die Flucht und geriet auch nicht in Panik. Dann zog die Haut der knollenartigen Verdickung sich zurück und enthüllte ein großes Auge, das in der Dunkelheit schwebte und sie mit offensichtlicher Neugier ansah.

Larry schaute aus dem Bullauge des Gleiters auf die kalten Gefilde um den Nordpol des Mondes. Verdammt, er war doch nicht Milliarden von Kilometern geflogen, nur um sich auf einer anderen Eiswelt wiederzufinden.

Schichten von gefrorenem Wasser entzogen sich an den Polen des Mondes dem Zugriff der gleißenden Sonne. Auf einer Mondkarte erscheinen die Eisfelder nur als punktgroße Objekte und werden aus dem Orbit leicht übersehen. Doch von seiner Position direkt am Nordpol hatte Larry den Eindruck, das Eis würde sich endlos in alle Richtungen erstrecken. Die Krater, Hügel und Felsbrocken waren alle mit einer glitzernden Eisschicht überzogen, die das Licht der Sterne reflektierte. An dieser durch hohe Kraterwände und Berge geschützten Stelle schien nie die Sonne.

Das Polareis war erst entdeckt worden, als die Besiedlung des Mondes schon weit fortgeschritten war. Manche hielten es für das Resultat menschlicher Aktivitäten: Wasserdampf, der aus den Lebenserhaltungs-Systemen auf dem Mond und den nahegelegenen Habitaten entwichen war. Die Theorie besagte, das Wasser sei zu den Mondpolen transportiert worden und hätte sich dort niedergeschlagen. Andere Theorien besagten, das Eis sei natürlichen Ursprungs und würde in einem langen Zyklus, der nichts mit den Menschen zu tun hatte, entstehen und wieder vergehen.

Niemand wußte, wer den noch immer hypothetischen Zugang zum *Mond-Rad* als *Kaninchenbau* bezeichnet hatte, aber der Name war zutreffend. Die von den Gravitationsteleskopen gelieferten Daten waren für eine präzise Lokalisierung ungeeignet; sie gaben nicht einmal Aufschluß darüber, in welcher Tiefe der Einstieg sich befand. Vielleicht handelte es sich auch gar nicht um ein Loch. Larry waren mindestens vier Zwecke eingefallen, denen die aus den Naben des *Mond-Rads* ragenden Stachel vielleicht dienten. Doch das war im Grunde eine müßige Überlegung. Jede Komponente des *Rads* würde ihnen eine Menge über die Charonier erzählen.

Larry seufzte. Zumindest stand er nicht mehr unter solchem Zeitdruck: die Ingenieure, die die *Nenya* warteten, hatten einen gravierenden Defekt an der Haupt-Treibstoffpumpe entdeckt. Die Reparaturdauer verlängerte sich dadurch um drei Tage. Eine gute Nachricht indes war, daß sie Zusatztanks montiert hatten, so daß das Schiff selbst nicht mehr als Tank zweckentfremdet werden mußte. Für den Rückflug zum Pluto würde ihnen nun viel mehr Platz zur Verfügung stehen.

Die Stille, die über dem Nordpol des Mondes lag, erinnerte ihn an Pluto. Er sehnte sich nach Gesellschaft. Selbst in den paar Tagen, die er in den geschäftigen

Mond-Städten verbracht hatte, war er sich bewußt geworden, wie sehr er die Menschen vermißt hatte.

Allerdings gab es zumindest eine Person, die er sicher nicht vermißte. Larry war zutiefst dankbar für den Umstand, daß Lucian Dreyfuss nach Central City gefahren war, um weitere Ausrüstung zu besorgen.

Er sah, daß eines der kleinen Robotfahrzeuge am Horizont erschien. Die mit allen möglichen Sensoren bestückten Roboroller waren in der Lage, praktisch jede Anomalie unter der Oberfläche zu orten: magnetische und gravitationale Merkmale, thermische Energie, die Dielektrizitäts-Konstante, Seismik und das Farbspektrum. Alles, was irgendwie von Nutzen für die Sucher war. Sicherlich würde einer von ihnen den verborgenen Eingang zum *Kaninchenbau* aufspüren. Er überflog die Suchkarte, aus der hervorging, welche Abschnitte bereits abgesucht worden waren. Der schattierte Bereich wurde langsam größer.

Aber es wäre schon hilfreich, wenn sie wüßten, wonach sie suchten.

Der Computer hatte die Konstruktionsdaten der Signalsonde gerade gespeichert, als Tyrone Vespasian das Gerät auch schon taufte.

Lucian Dreyfuss hingegen kannte sich mit seinen Heiligen nicht aus. Er, Vespasian und Raphael beobachteten durch das Sichtfenster den Stapellauf. »Ich verstehe nicht«, sagte Lucian, während die Sonde herausgerollt wurde. »Die *Heiliger Antonius?* Müßte sie nicht eher *Heiliger Judas* heißen? War sie denn nicht die Schutzheilige der Leute, die etwas verloren hatten?«

Simon Raphael beobachtete, wie der massive Zylinder aus der Wärmeschleuse geschleppt und auf der Abschußrampe des Linear-Beschleunigers positioniert wurde. »Wenn ich mich an die Hagiographie erinnere«, sagte er, »war Judas ein Mann und keine Frau. Und er war der Schutzheilige der verlorenen *Sache.*

Den Heiligen Antonius ruft man dann an, wenn man einen Gegenstand verloren hat. Als was würden Sie die Erde nun bezeichnen? Als verlorene Sache oder als verlorenen Gegenstand?«

Darauf hatte Lucian keine Antwort. Und wenn doch, dann äußerte er sie nicht.

»Indem er die Sonde nach Antonius benannte«, fuhr Raphael fort, »wollte Mr. Vespasian uns offensichtlich vor Judas *warnen* – und uns gleichzeitig daran erinnern, daß Judas hier unpassend ist, daß es Hoffnung *gibt*. Ich finde, daß *Heiliger Antonius* ein subtiler und passender Name für unseren kleinen Gesandten ist.«

Tyrone freute sich über die Ehre, die ihm von solch einem Gelehrten wie Dr. Raphael zuteil wurde. Er knuffte lachend den jüngeren Mann. »Vom Glauben abgefallen, Lucian?« fragte er.

»Ich bin sowieso kein Katholik«, erwiderte Lucian leicht gereizt. »Aber ich werde noch früh genug wieder zum Glauben zurückfinden, Tyrone. Vielleicht wird der Heilige Judas mich begleiten, sofern er nicht anderweitig beschäftigt ist.«

Unbehaglich traten die beiden älteren Männer von einem Fuß auf den andern. Bei der Suche nach dem *Kaninchenbau* hatte Lucian mehr als nur ein paar Ecken und Kanten gezeigt.

Sie mußten über vierzig Kilometer tief ins Mondinnere vordringen, um dem dort unten lauernden *Ding* zu begegnen. Tyrone Vespasian schauderte. Selbst ein *Conner*, der an das Leben unter Tage gewöhnt war, bekam bei *dieser* Vorstellung Platzangst. Da war es kein Wunder, daß Lucian nervös war, sagte Tyrone sich. Schließlich würde er geradewegs zur Hölle fahren.

Wenn Vespasian seinen alten Freund richtig verstand, dann betrachtete Lucian Daltrys Entscheidung als Remis in der seltsamen Rivalität zwischen Larry und Lucian. Niemand gab vor, diesen lautlosen Kampf zu begreifen – Vespasian vermutete, daß nicht einmal

Lucian und Larry selbst wußten, worum es dabei überhaupt ging. Doch damit war Lucians merkwürdiges Verhalten noch lange nicht erklärt. In Vespasians Augen mußte ein anderer Charakterzug von Lucian ausschlaggebend sein.

Jeder wußte, daß jemand oder etwas die Erde entführt hatte. Jeder hatte Angst, und nur wenige hatten den Mut, gegen den unsichtbaren Feind anzutreten und ihre schwachen menschlichen Kräfte gegen diese überlegene Macht in die Waagschale zu werfen. Lucian gehörte zu diesen Leuten – doch sein Motiv war ein anderes.

Bei ihm handelte es sich um eine persönliche Angelegenheit. Plötzlich wußte Vespasian, weshalb Lucian sich über Larry ärgerte. Er machte Larry für die Ereignisse verantwortlich. Larry hatte auf den Knopf gedrückt. Und weil er das getan hatte, war Lucians Stadt zur Hälfte zerstört. Lucians Vater hatte vor Jahren quasi im Alleingang die Stadt gerettet. In der Familie Dreyfuss wurde Verantwortung vererbt. Lucian fühlte sich persönlich für die Sicherheit von Central City verantwortlich.

Was natürlich absurd war. Und völlig verständlich. Verdammt. Vespasian zuckte die Achseln. Oder vielleicht hatte er auch nur alles falsch verstanden. Wäre nicht das erste Mal gewesen.

»Sag mir noch mal, weshalb wir nicht einfach einen Funksender am Eingang des Wurmlochs aufstellen und eine Sendung hindurchschicken können«, sagte Lucian. »Ich dachte, so wäre es zuerst geplant gewesen.«

»Das stimmt auch. Wir haben es nur etwas verfeinert«, sagte Vespasian, der froh war über den Themenwechsel. »Das größte Problem war, daß das Wurmloch sich nur alle hundertachtundzwanzig Sekunden öffnet und nur für drei Sekunden geöffnet bleibt. Das wäre nicht viel Sendezeit. Außerdem wissen wir nicht, wo die Erde sich auf der anderen Seite befindet. Es besteht keine Möglichkeit, eine Antenne auszurichten. Und angenommen, die Charonier schließen das Loch, um die Verbindung zu unterbrechen? Wenn die *Heiliger Antonius* durchkommt, müßte sie imstande sein, die Erde auszumachen und eine dauerhafte Funkbrücke einzurichten. Die Sonde verfügt über einen umfangreichen Datenbestand, in dem alles enthalten ist, was wir über die Charonier wissen. Mit etwas Glück müßte sie den Datensatz abstrahlen, bevor sie zum Schweigen gebracht wird. Vielleicht sendet sie im Falle eines Angriffs noch die von der Erde benötigten Daten.

Und wegen des eingebauten Trägheitsnavigationssystems kennt die Sonde auch unsere Position auf dieser Seite des Wurmlochs. Sie müßte in der Lage sein, alle hundertachtundzwanzig Sekunden eine Lasergramm-Nachricht an uns zu übermitteln.«

Vespasian sah auf die Uhr. »Start in fünf Minuten. Dann wird es noch zwei Tage dauern, bis die *Heiliger Antonius* ihre Position erreicht hat.«

»In zwei Tagen und hundertachtundzwanzig Sekunden werden wir mit Sicherheit wissen, ob die Erde noch existiert«, sagte Raphael.

»Bis dahin wird es aber noch spannend werden«, sagte Vespasian.

Lucian warf ihm einen Blick zu. »Was willst du damit sagen?«

»Teufel, ihr Jungs am Nordpol seid wirklich weit vom Schuß«, sagte Vespasian. »Morgen landet der erste G-Punkt-Asteroid aus dem Gürtel auf dem Mars. McGillicutty, MacDougal und Berghoff müßten sich schon in der Station befinden und ihn erwarten.«

Lucian grinste freudig. »Dann kommt endlich Bewegung in die Sache.«

Vespasian hob eine Augenbraue. Er hatte den Eindruck, daß bisher schon mehr als genug geschehen war. Er verzichtete auf eine Erwiderung, drehte sich zum Sichtfenster um und aktivierte die Bildschirme. Die *Heiliger Antonius* war mit Bordkameras ausgerüstet, die während der Beschleunigungsphase spektakuläre Bilder liefern würden.

Die robuste, stark gepanzerte Sonde lag nun auf der Abschußrampe der Startautomatik. Aus Gründen, für die er selbst keine Erklärung fand, verzichtete Vespasian auf einen Blick auf die Countdown-Uhr. Statt dessen starrte er unverwandt auf die Sonde. So viel hing davon ab – mehr, als die Leute sich eingestanden. Larry Chaos Arbeit schien die These zu stützen, daß die Erde nur entführt und nicht zerstört worden war. Doch Vespasian tat sich schwer, das zu glauben.

Ja, er wollte glauben, daß die Erde überlebt hatte. Vielleicht würde die *Heiliger Antonius* ihm den Beweis liefern.

Natürlich nur dann, wenn die Sonde nicht im Wurmloch zerstört wurde, die Erde auch fand und kein Defekt am Funksender auftrat. Es kam auf das Zusammenwirken aller Komponenten an. Es nützte überhaupt nichts, wenn die Sonde zwar einwandfrei funktionierte, aber die Erde nicht fand. Sie nahmen nur an, daß dieses Wurmloch – falls es denn ein Wurmloch war – am anderen Ende mit dem Raumsektor verbunden war, in dem die Erde sich befand. Es war durchaus möglich, daß die *Antonius* Lichtjahre von der Erde entfernt in den Normalraum eintrat.

Solange die Sonde keine Trümmerwolke fand, die als Überreste der Erde identifiziert wurden, konnte die Erde nicht für tot erklärt werden. Und diese Wahrscheinlichkeit war sehr gering. Der Weltraum war riesig.

Zumal die *Antonius* wahrscheinlich ihre einzige Chance war. Wer auch immer das Wurmloch kontrollierte, würde die Sonde orten und versuchen, sie zu zerstören. Sie würden sicher eine Möglichkeit finden, weitere Sonden an der Durchquerung des Wurmlochs zu hindern.

Plötzlich schien die Sonde auf dem Gestell zu zittern, während der Linearbeschleuniger hochgefahren wurde. Der Rechner aktivierte das System, und die *Heiliger Antonius* verschwand mit irrwitziger Geschwindigkeit.

Vespasian wandte sich dem Monitor zu, der die Darstellung aus der Perspektive der Bordkameras zeigte. Die *Antonius* war am unteren Bildschirmrand zu sehen. Auf beiden Seiten raste die Mondlandschaft mit unglaublicher Geschwindigkeit vorbei. Sie war nur noch als verschwommene Fläche aus Grautönen zu erkennen. Die Sonde war so schnell, daß Vespasian kaum das Ende der Startschiene erkannte, bevor die Sonde sich vom Startgestell löste und in einer eleganten Kurve in den Weltraum emporstieg.

»Auf dem *Heiligen Antonius* ruhen all unsere Hoffnungen«, flüsterte Vespasian.

Wenn die beiden anderen Männer ihn gehört hatten, so sagten sie nichts. Jeder hing seinen eigenen Gedanken nach.

Kapitel Siebzehn

Das Auge im Stein

Sie hatten einen verdammt weiten Weg zurückgelegt, nur um einen Felsen zu betrachten, sagte Sondra sich. Im Bugfenster hing dräuend der Mars, eine narbige Kugel in den Farben Orange, Rot und Braun. So spektakulär der Anblick des Mars auch war, die Passagiere hatten nur Augen für den Asteroiden, der sich schnell näherte.

Als ob er diesen Sachverhalt noch bestätigen wollte, drängte Hiram McGillicutty sich vor die beiden Frauen, um einen besseren Blick auf den Felsen zu bekommen. »Wir müßten mittlerweile Einzelheiten erkennen«, nörgelte er.

»Noch nicht, Doktor. Schließlich ist er nicht sehr *groß*«, sagte Sondra in höflichem Ton, wobei sie der Versuchung widerstand, das kleine Männchen aus dem Weg zu schubsen. Sondra sah zu Marcia hinüber, die sich bemühte, ein Grinsen zu unterdrücken. Auf dem Expreß-Flug vom Mond zum Mars hatte Sondra ein paar Dinge gelernt. Zum einen, daß Marcia MacDougal eine sehr belastbare Frau war. Zum zweiten, daß McGillicutty eine große Belastung darstellte. Und zum dritten, daß sie genug von Expreß-Raumflügen hatte. Auch ohne die Anwesenheit des ätzenden McGillicutty war der Flug wegen der vibrierenden Triebwerke und engen Kabinen schon unangenehm genug.

Nun, wenigstens näherte der Flug sich dem Ende. »Wissen Sie, um welchen Asteroiden es sich handelt?« fragte Sondra.

»Nein, und ich will es auch nicht wissen«, erwiderte

Kapitän Mtombe gereizt. Offensichtlich ging die ständige Fragerei ihm auf die Nerven. »Es könnten Hunderte sein, die sich zur gleichen Zeit in Bewegung gesetzt haben. Die Zielverfolgung war nicht sehr präzise. Wir empfangen zwar das Signal einer *Autokraten*-Boje – aber die Boje ist verschlüsselt, und der *Autokrat* weigert sich, uns den Schlüssel bereitzustellen. Wir wissen, daß der Felsen registriert wurde, aber mehr wissen wir nicht. Außerdem spielt es überhaupt keine Rolle. Ein Felsen ist wie der andere.«

Captain Mtombe, ein verdrießlicher Mann mit Pokergesicht und dunklem Teint, der mit westafrikanischem Akzent sprach, überprüfte die Anzeigen. Er schien die Abbildung des Asteroiden geflissentlich zu ignorieren und sich krampfhaft auf die Instrumente zu konzentrieren. »In zwanzig Minuten müßte der Asteroid sich unserer Geschwindigkeit angeglichen haben. Er holt mit hohem Tempo auf, wird aber langsamer. Ich habe unseren Kurs so programmiert, daß er auf unsere Geschwindigkeit abgebremst hat, wenn er längsseits kommt.

Sobald der Felsen längsseits kommt, lasse ich die Triebwerke feuern, um synchron mit ihm zu verzögern. Wir müßten imstande sein, wenigstens für ein paar Stunden neben ihm herzufliegen.«

»Wieviel Zeit werden wir *exakt* für die Beobachtung haben, wenn wir so lange wie möglich auf gleicher Höhe bleiben?« fragte McGillicutty.

Mtombe zuckte die Achseln. »Fragen Sie mich was Leichteres. Wenn dieser verdammte Felsen das tut, was die auf Venus und Merkur gerichteten Objekte getan haben, dann wird er weich auf dem Mars landen. Irgendwie. Bisher hat noch niemand gesehen, wie sie das anstellen. Muß sich wohl um Magie handeln. Mein Schiff ist aber nicht für magische Landungen ausgelegt, nur für Flüge mit konstanter Beschleunigung von Orbit zu Orbit. Sie wollen dem Felsen bis in die Atmosphäre folgen und dann in letzter Minute in den Orbit abdrehen? Das könnte klappen. Sofern wir nicht eine kleine Bruchlandung machen und tot sind. Oder wir gleiten in den Orbit und bleiben am Leben. Dann sehen wir uns Asteroid Nummer Zwei an, der in acht Stunden vorbeikommen wird, und den nächsten, der vier Stunden danach ankommt und dann die ganze Flotte, die am nächsten Tag über uns hereinbrechen wird. Und wir werden nicht einmal getötet, nicht ein kleines bißchen. Was ist Ihnen lieber?«

Diesmal begriff McGillicutty, daß er auf den Arm genommen wurde und hielt den Mund.

»Zu dumm, daß wir die verdammten Dinger nicht vom Himmel putzen können«, murmelte Mtombe. »Ich weiß, daß wir nicht genug Kernwaffen haben und daß wir sie nicht herausfordern wollen. Ich habe Ihre Gespräche mit angehört. Aber welche sinnvollere Anwendung könnte es für Atomwaffen geben, als Aliens wegzuputzen?«

Sondra schüttelte den Kopf. »Das ist ein verlockender Gedanke. Aber dann haben wir vielleicht nur eine Horde wütender radioaktiver Charonier. Zumal keine Atomwaffen verfügbar sind. Jedenfalls nicht auf dem Mars. Ich bin sicher, die Marsianer könnten ein paar Fusionstriebwerke zu Atomraketen umrüsten, wenn sonst nichts vorhanden ist. Aber wir müssen uns eine bessere Taktik einfallen lassen, als diese Dinger in die Luft zu jagen – und dazu brauchen wir mehr Daten.«

Sondra ging an einen kleineren Monitor und beschäftigte sich mit den Bildbearbeitungs-Routinen. »Verdammt, wir haben praktisch schon eine Auflösung von *Zentimetern* erreicht«, sagte sie. »Wenn es etwas zu sehen gäbe, dann hätten wir es bereits gesehen. Es *gibt* aber nichts zu sehen, das ist alles. Das ist ein schlichter Felsen. Sonst nichts.«

»Es sei denn, das, wonach wir suchen, befindet sich auf der anderen Seite …«, sagte Marcia.

Mtombe schaltete sofort. »Moment«, sagte er. Er brachte das Schiff in eine langsame Kurve, wobei er sich in respektvollem Abstand zum Asteroiden hielt.

»Dort!« rief McGillicutty und beugte sich in der Erwartung, einen Blick auf eine völlig fremde Technik zu werfen, nach vorne.

Ein winziges weißes, tablettenförmiges Gebilde tauchte über dem gekrümmten Horizont des Felsens auf. Sondra betätigte den Verstärker, und das Bild wurde größer, bis das weiße Gebilde schließlich den gesamten Bildschirm ausfüllte. McGillicutty kicherte nervös und machte sich unverzüglich an die Identifikation des Gebildes. »Das ist offensichtlich ein Treibstofftank«, sagte er. »Ich würde sagen, er enthält zumindest noch einen Rest des Brennstoffs, der zur Beschleunigung des Asteroiden verwendet wurde. Beachten Sie die Ballung von kleineren Strukturen um den Tank. Ich erkenne bestimmte Muster auf dem Tank. Könnten Sie vielleicht den Kontrast etwas erhöhen, damit wir sie besser sehen.«

Ein Blitz leuchtete auf. Ein Stroboskoplicht? Sondra hatte eine Ahnung. Sie ging an die Kontrollen und schaltete auf Ausschnittsvergrößerung.

Ziffern. Es handelte sich um Ziffern; auf dieser Seite des Zylinders befand sich eine Art Seriennummer. Und das Stroboskoplicht blitzte erneut auf. Eine Standard-Leuchtboje, die an einer Schutzkabine befestigt war.

»Das stammt von *uns*, McGillicutty«, sagte Sondra. Sie freute sich über die Gelegenheit, seinem Ego einen ordentlichen Dämpfer zu verpassen. »Eine Mineur-Schutzhütte, ein altes Modell, das seit mindestens zwanzig Jahren nicht mehr produziert wird. Das ist seine Seriennummer. Captain Mtombe, können Sie uns irgendwelche Hinweise zu dieser Nummer geben, oder ist das auch ein Geheimnis des Autokraten?«

»Eine Sekunde. Ich muß den Kurs stabilisieren.«

Mtombe ging einen halben Kilometer neben dem Asteroiden längsseits. Nachdem die Computer den Kurs akzeptiert hatten, ließ er sich vom Kommunikationssystem zum Mars durchstellen, um die aktuelle Version der Claim-Liste der *Gürtel-Gemeinschaft* abzurufen. »Das ist eine aktuelle Nummer«, meldete er. »Gehört zum Asteroiden AC125DN1RA45, im Besitz einer Coyote Westlake. Solo-Mineurin. Vollständige Spezifikationen zu Ausrüstung und Claims werden gleich geliefert.«

»Einen Augenblick«, sagte Sondra. »Eine aktuelle Nummer? Auf dem Ding wird noch Bergbau betrieben? Dieser Coyote befindet sich noch dort?«

»Sie. Es handelt sich um eine Frau. Ja, sie ist noch dort.«

»Verdammt, weshalb hat sie nicht per Funk einen Notruf abgesetzt?«

»Womit denn?« fragte Marcia. »Ich sehe dort keine Hochfrequenzantennen. Sie müssen nur einen Blick auf die Inventarliste werfen. Das einzige Hochleistungs-Funkgerät hat sich an Bord ihres Schiffs, der *Vegas Girl*, befunden – und ich glaube nicht, daß das Schiff diesen Flug mitgemacht hat. Irgend etwas von der Boje der *Vegas Girl* zu sehen, Captain Mtombe?«

»Nein, sonst hätten wir sie schon vor Stunden ausgemacht. Westlake müßte aber über den Kurzwellenempfänger zu erreichen sein. Falls sie noch am Leben ist.«

»Aber sollten wir überhaupt versuchen, sie zu erreichen?« fragte McGillicutty. »Wenn sie nun zu den Verschwörern gehört? Angenommen, sie kontrolliert diesen Asteroiden?«

»Und die anderen dreißigtausend Asteroiden auch, die Kurs auf unsere Welten nehmen?« fragte Sondra barsch. »Da hätte eine einzelne Frau ohne Hochleistungs-Sender aber ein höllisches Problem mit der Fernsteuerung. Wir wußten doch von vornherein, daß einige der in Bewegung gesetzten Asteroiden mit Mineuren besetzt waren. Es ist purer Zufall, daß wir einem von ihnen begegnet sind.«

Mtombe schaute von den Kontrollen auf. »Soll ich sie anrufen?«

Sondra sah McGillicutty an und nickte. Mtombe schickte eine Grußbotschaft ab.

Er erhielt keine Antwort. »Kein Lebenszeichen«, sagte Mtombe. Weder Signallampen noch sonstige Aktivitäten.

Sondra sah, wie das Gerät den Funkspruch laufend wiederholte. Wahrscheinlich waren gleich zu Beginn der Beschleunigung die Nieten der Schutzhütte geplatzt, was einen sofortigen Druckverlust zur Folge hatte. Vor Sondras geistigem Auge lag eine im Vakuum geschrumpfte Leiche in der Kabine. Sie schauderte. »Hier ist der Beweis, Dr. McGillicutty. Wie soll sie den Asteroiden kontrollieren, wenn sie tot ist?«

Das Auge. Das große Auge. Das *wirklich* große Auge. Coyote Westlake hockte in Embryohaltung auf dem Boden des Tanks und schaukelte langsam. Die Aufzeichnung der Helmkamera hatte bewiesen, daß es sich nicht um eine Halluzination handelte. Sie ertrug den Anblick kein zweitesmal, aber immerhin hatte sie den Beweis, daß sie nicht völlig verrückt war.

Was im Augenblick jedoch auch kein Trost war. Sie wäre lieber verrückt, als diesen Asteroiden mit einem stieläugigen Ungeheuer von der Größe eines Blauwals zu teilen.

Der Vorgang bewies, daß sie damals nicht verrückt gewesen war. In den Tagen, die seitdem verstrichen waren, hatte Coyote gespürt, wie sie sich von der Realität verabschiedete, so sehr sie sich auch bemühte, daran festzuhalten.

Würde das Ungeheuer ihr nachstellen? War es imstande, einen Pseudobehälter auszubilden, ihn durch den Tunnel zu schicken, den sie gebohrt hatte und sie bis zur Schutzhütte zurückzuverfolgen?

Das Funkgerät meldete sich erneut, doch Coyote rollte sich nur noch enger zusammen. Nein. Das war eine Falle. Sie wagte nicht, sich zu rühren; sonst würde dieses Ding sie holen. Sie konnte sich nur noch zusammenrollen und sterben. Ersteres hatte sie bereits getan.

Das Schicksal des Weltenfressers erfüllte sich. Die vom Rufer befehligte Zielwelt war nahe, sehr nahe. Die kleinen Mysterien, die ihn nach dem Erwachen verwirrt hatten, spielten nun keine Rolle mehr. Weder das winzige Wesen beziehungsweise die Maschine, die sich in die Reisezyste gebohrt hatte und geflohen war, noch der kleine, merkwürdige Asteroid, der sie begleitete.

Nichts von alledem spielte mehr eine Rolle. Die Zeit war gekommen.

Langsam und vorsichtig führte er die gewaltige Schale des Asteroiden in Richtung der unter ihm wartenden Welt. Der Weltenfresser wußte aber auch, daß die massive Hülle des Asteroiden nur ein illusorischer Schutz war. Asteroiden waren fragile Gebilde, die im dunklen und kalten Leerraum zu Hause waren und keine größeren Belastungen aushielten. Selbst die minimale Gravitation, die den Weltenfresser hierher geführt hatte, hatte die strukturelle Integrität des Asteroiden in Mitleidenschaft gezogen.

Er würde sich langsam und vorsichtig bewegen müssen.

Jansen Alter betrachtete den staubigen pinkfarbenen Himmel und wartete. Das Land wurde in Dämmerlicht getaucht, und der westliche Himmel verfärbte sich dunkelrot. Sie zitterte leicht, mehr in Erwartung der Kälte als vor Unbehagen. Doch sie freute sich über ihren schweren Druckanzug. Selbst am Mars-Äquator war es kein Vergnügen, in einem Standard-Anzug die Nacht im Freien zu verbringen. In den Mars-Tropen wurde es nachts empfindlich kühl. Dennoch freute sie sich darauf, eine authentische Marsnacht zu erleben, weit entfernt von den Städten und nicht durch die Kuppel von Port Viking gefiltert – das war auch der Grund, weshalb sie geologische Feldforschung betrieb.

Ihr Partner, Mercer Chavez, kroch aus der Luftschleuse des Druckzelts und trat neben sie. »Das wird mehr als nur ein geologischer Test«, sagte Mercer verschmitzt, wobei sie versuchte, durch die leise Stimme ihre Aufregung zu kaschieren. »Ich dachte, wir wären nur hierher gekommen, um Steine zu klopfen.«

»Oh, in gewisser Weise werden die ganze Nacht über Steine geklopft«, erwiderte Jansen. »Du wirst schon sehen. Falls wir es überleben.«

Mercer trat nervös von einem Fuß auf den andern, als ob sie sich umdrehen wollte. Sie war Anfang Vierzig, noch immer jugendlich und tatkräftig, doch allmählich wurde sie sich ihrer Sterblichkeit bewußt. Ihre dunkelbraune Haut bekam Falten, und in ihrem schwarzen Haar erschienen die ersten grauen Strähnen. »Hat es überhaupt einen Sinn, einen Fluchtversuch zu unternehmen?« fragte sie.

»Nein«, sagte Jansen mit fester Stimme. Sie war fünfzehn Jahre jünger, groß, geschmeidig, blond und blaß – und hatte ein ungestümes Wesen, das den meisten Leuten auf die Nerven ging. »Wir wissen nur, daß wir uns in der *Nähe* einer der möglichen Aufschlagpunkte befinden. Der Asteroid manövriert noch. Er schlägt vielleicht hier ein, hundert Meter weiter oder auf der anderen Seite des Planeten. Wer weiß. Ich habe den Helmempfänger auf die Suchfrequenz eingestellt – nichts als Geschwätz. Keine verwertbaren Daten.«

»Wenn wir von hier weglaufen, rennen wir vielleicht mitten in die Aufschlagstelle hinein«, sagte Mercer. »Nun, es wird ein spannender Teil der Geschichte werden. Wenn wir es überleben.«

»Mercer, laß dir folgendes gesagt sein«, sagte Jansen. »Es gibt dreißig*tausend* von diesen verdammten Dingern, die Kurs auf den Planeten genommen haben. Die Wahrscheinlichkeit, daß eins davon auf deinem Kopf landet, ist also ziemlich groß. Im Moment fragt sich jeder Mensch, ob er das überleben wird …«

»Schau!«

Jansens Blick folgte Mercers Hand, die auf den östlichen Himmel wies. Ein winziger weißer Punkt schimmerte im schwindenden Tageslicht. »Das ist bloß Phobos«, sagte sie.

»Phobos ist vor einer halben Stunde untergegangen, und Deimos wird erst in einer Stunde aufgehen«, erwiderte Mercer. »Das ist der Asteroid.«

»Mein Gott, du hast recht«, sagte Jansen. »Und er wird größer.« Sie betätigte den Hebel, der ihr das Helmfernglas an die Augen setzte. Das Bild des Asteroiden vergrößerte sich sprunghaft, und der glitzernde Punkt verwandelte sich in einen massiven Felsen, der am Himmel hing. »Gütiger Gott, was hält ihn nur auf?«

»Du bist nicht die erste, die diese Frage stellt«, erwiderte Mercer mit Galgenhumor. »Was sagen sie auf der Suchfrequenz?« Sie wechselte auf den entsprechenden Kanal.

»… stätigen, daß der Eindringling in die äußere Atmosphäre eingedrungen ist.«

»Jetzt kommt's«, murmelte Mercer.

»Psst, ich will das hören«, sagte Jansen schroff.

»Projektierter Aufschlag oder Landung auf oder bei Breite null Grad Länge hundertfünfundvierzig Grad …«

»Genau auf uns drauf!« sagte Mercer. Sie spürte den Drang fortzulaufen und sich in Sicherheit zu bringen – doch dann beschloß sie plötzlich, zu bleiben, wo sie war. Sie wollte das sehen.

Ein Gleiter erhob sich im Westen über den Horizont und jagte in den Himmel. Mercer schaute dem winzigen Ding nach, das den Himmel mit einem Monster teilte. Dann sah sie wieder durch das Fernglas auf das unglaubliche Bild eines am Himmel hängenden Bergs.

Abwärts, abwärts. Der Boden kam immer näher. Bald würde er aufschlagen, sich des Asteroiden entledigen und sich an die Arbeit machen.

Er würde diese Welt zuerst erreichen. Es würde als Boje für die anderen dienen und sie auch zu diesem Ort führen.

Doch Hast mußte vermieden werden. Ein Wiedereintritt mit überhöhter Geschwindigkeit würde den Asteroiden zerstören. Angesichts der präzisen und effizienten Gravitationskontrolle bestand auch keine Notwendigkeit, solche Geschwindigkeiten zu riskieren. Langsam und vorsichtig schwebte er aus dem Weltraum ein. Als der Asteroid in die Zone der Höhenwinde geriet, spürte der Weltenfresser eine kaum wahrnehmbare Erschütterung.

Sie vernahm ein pfeifendes Geräusch außerhalb der Schutzhütte.

Draußen?

Coyote fand wieder ein Stück weit in die Wirklichkeit zurück.

Der *Wind* blies *draußen*. Der *Wind?* Mit wildem Blick klammerte Coyote Westland sich an die Handläufe, während die Schutzhütte vom Wind und den sich verschiebenden Schwerefeldern durchgeschüttelt wurde. Sie schätzte, daß nun ein drittel bis halbes G auf sie einwirkte, mit Spitzen, die mehr als das Doppelte erreichten. Das ungewohnte Gewicht war eine Belastung.

Doch woher, zum Teufel, kam der Wind? Die einzige Außenbordkamera funktionierte nicht mehr. Vielleicht existierte sie nicht einmal mehr. Die einzigen Sichtfenster der Hütte befanden sich im mittleren Abschnitt, und sie hatte keine Lust, in dieser Schwerkraft dort hinaufzuklettern.

Mars. Sie mußten sich über dem Mars befinden.

Irgendwie, so unglaublich das auch war, war die Hütte beim Eintritt in die Atmosphäre nicht geschmolzen. Der Asteroid befand sich im Landeanflug.

Vielleicht fiel die Landung sogar so weich aus, daß sie überlebte.

Eine neue Überlegung, die sie bisher ausgeschlossen hatte, schlich sich in Coyotes Bewußtsein.

Vielleicht würde sie überleben.

Vielleicht. Es war ein Glücksspiel. Aber, verdammt, schließlich war sie selbst ein Vegas-Mädchen, geboren und/oder geklont im Land des Glücksspiels.

Inzwischen mußte sie ihre Chancen verbessern. So vorsichtig wie möglich kletterte sie zum Regal mit den Raumanzügen hinauf. Gott allein wußte, wie sie das unter diesen Bedingungen schaffen sollte, aber sie mußte den Druckanzug anlegen, wenn sie auf dem Mars überleben wollte.

Mercer trat auf das Gaspedal. Der Marsrover drehte sich auf der linken Kette und nahm wieder die Verfolgung des Asteroiden auf. Nun jagte bereits eine ganze Gleiterflotte durch den Himmel, wobei die ganz Verwegenen das Ungeheuer in geringem Abstand umkreisten. Niemand vermochte sich indes einen Reim auf die Schutzhütte zu machen, die an dem verdammten Ding haftete.

Nun waren sie nicht länger auf ein Fernglas angewiesen, um den Asteroiden zu betrachten. Das riesige, auf dem Kopf stehende Objekt blendete den halben Himmel aus, und der schwarzgraue Felsen hob sich deutlich gegen das rosige Dämmerlicht des Mars ab. Er hing einfach da und senkte sich langsam nieder. Ab und zu löste sich ein Fragment und stürzte zu Boden. Dann hing eine Wolke aus Asteroidenstaub am Himmel, und beim Einschlag wallte eine Wolke aus Marsstaub auf.

Mercer hatte keine Angst mehr, sondern war vom

Jagdfieber erfaßt. Sie wollte so viel wie möglich davon mitbekommen und so nahe wie möglich herankommen, um Zeugin – und Chronistin – der Landung und der darauffolgenden Ereignisse zu sein. Sie schaute zu Jansen hinüber. Die junge Frau bediente routiniert die Kamera und hielt sie trotz des über das geröllübersäte Gelände hoppelnden Marsrovers aufs Ziel gerichtet.

Nun mußten sie schon den Kopf in den Nacken legen, um den Asteroiden zu sehen. Er war so nahe, daß er direkt über ihnen zu stehen schien. Plötzlich unterbrach er den Abstieg und hing für einen Moment bewegungslos in der Luft. Dann neigte die Nase sich nach Westen, so daß sie das Licht der untergehenden Sonne reflektierte. Langsam vollführte die gewaltige Masse am Himmel einen Schwenk und blendete das Sonnenlicht aus. Ein Hagel von großen Trümmerbrocken ging auf die Marsoberfläche nieder. Einer von ihnen schlug knapp hundert Meter vom Marsrover entfernt auf, woraufhin Mercer entschied, daß sie nun nahe genug herangekommen waren. Sie bremste heftig und stellte sich in dem offenen Fahrzeug auf.

Der Asteroid flog an der untergehenden Sonne vorbei und verdeckte sie. Der massive Körper blendete den westlichen Himmel aus, wobei der zerklüftete Felsen so nahe war, daß er sich von einem Horizont zum andern zu erstrecken schien.

Schließlich setzte er zur Landung an und senkte sich ganz langsam ab. Der Vorgang fand in völliger Stille statt, die nur durch das Rauschen und Pfeifen des Windes gestört wurde, der sich an den Graten des Asteroiden brach. Staubwirbel entstanden, als die Luft unter dem Felsen weggedrückt wurde.

Dann wich die Stille einem lauten Brüllen, als der Asteroid auf der Oberfläche aufsetzte. Die Vibrationen übertrugen sich über das Fahrzeug auf Jansen.

Der Lärm wollte nicht enden, als ob er zu lange unterdrückt worden wäre und sich nun Luft machen mußte. Der Asteroid rollte auf dem Marsboden aus. Große Flächen brachen unter dem Gewicht des Asteroiden ein. Immer mehr Trümmer lösten sich und hüllten den Koloß in eine rote Staubwolke, bis der Wind sie wieder fortblies. Trotz kleinerer Erdbeben hielt die Struktur des Asteroiden stand. In eine Staubwolke gehüllt und von der untergehenden Sonne beschienen, hatte er sich bereits in die Landschaft integriert.

Fasziniert betrachtete Mercer das Ereignis. Ein Asteroid war einen Kilometer von ihrem Standort gelandet. Jansen faßte sie am Arm und wies auf den Asteroiden. »Dort oben!« rief sie. »Da ist diese Mineur-Hütte.« Mercer erspähte den weißen Punkt auf dem schwarzgrauen Berg. Streiflichtartig erinnerte Mercer sich an eines ihrer Kinderbücher, in dem eine Albinomaus auf dem Rücken eines Elefanten abgebildet war. Aber die Relation stimmte hier nicht. Wenn man den Asteroiden mit einem Elefanten vergleichen wollte, dann wäre eine Maus viel größer gewesen als die Schutzhütte.

»Siehst du?« fragte Jansen. »Dort oben bewegt sich etwas.«

»Felsrutsch«, sagte Mercer in einem Ton, den sie selbst als unglaubwürdig empfand. Sie setzte das Fernglas an die Augen und schaute erneut hin. »O Gott«, sagte sie. »Ich glaube es nicht. Der Mineur lebt noch.«

Eine winzige, dürre menschliche Gestalt schoß aus der Kabine und entkam aus dem Gefängnis, in dem sie eingesperrt gewesen war.

Coyote hielt sich an jedem Vorsprung und jeder Ritze im Fels fest. Sie betrachtete den Schatten, den das Ungetüm, auf dem sie geritten war, auf den ockerfarbenen Boden des Mars warf. Hinter ihr ging die Sonne unter und tauchte das kalte Land in blutrotes Licht. Vorsichtig setzte sie sich auf den Asteroiden und überschaute die weite, offene Ebene unter sich.

Doch nichts davon war real. Sie spürte eine Vibration im Stein. Setzte der Fels sich – oder strebte die im Asteroiden eingeschlossene Bestie in die Freiheit? Das Monster, das sich ein Auge aus dem eigenen Fleisch geschnitten hatte. Das Auge im Stein.

Das war real. Und nichts anderes.

Wieder waren die Vibrationen zu spüren. Sie kniete sich hin und klammerte sich an einen Felsvorsprung, als ob er ihr Rettungsanker gegen das Abdriften in den Wahnsinn sei.

Kapitel Achtzehn

Grover's Mill, New Jersey

McGillicutty vertraute den Libellen nicht. Die auf dem Mars gebräuchlichen Helikopter erschienen ihm zu fragil, um ihnen sein Leben anzuvertrauen. Er klammerte sich an den Haltegriff und schluckte schwer, wobei er sich wünschte, daß er wieder in Port Viking wäre, sich aus dem Druckanzug schälen und diesen Alptraum vergessen könne.

Er schaute aus der offenen Seitenluke auf die sich unter ihm erstreckende Wüstenfläche. In der zuvor offenen Ebene befand sich eine neue Landmarke, und die Libelle hielt schnell darauf zu.

Der Pilot schwebte auf die Felsbrocken auf dem Gipfel des Asteroiden zu. Die Kufen setzten auf, ein Ruck ging durch den Helikopter, und dann verharrte die Libelle auf dem Asteroiden. Es war Zeit zu gehen. McGillicutty zögerte.

Die Geologin, Jansen Alter, stach ihm die Schuhspitze ins Kreuz, und McGillicutty betrat den Asteroiden. Alter und MacDougal folgten. Doch die Libelle flog nicht sofort wieder ab. Die Sanitäter luden ihre unförmige Fracht in den Helikopter. Eine fast katatonische Frau, die im gepanzerten Druckanzug der Mineure steckte, war eine verdammt schwere Last, vor allem unter diesen Bedingungen.

Als die Passagiere Platz genommen hatten, hob die Libelle ab.

McGillicutty, Jansen und MacDougal verfolgten den Abflug. Dann näherten sie sich der kleinen Schutzhütte und dem, was Coyote Westlake um den Verstand gebracht hatte.

Schaudernd ging McGillicutty über die zerklüftete Oberfläche. Dies war zwar keine angemessene Beschreibung ihres Ziels, obwohl ihm kaum etwas anderes einfiel.

Auf manche Leute wirkte er schon gar nicht mehr wie ein Asteroid. Immerhin war er *da*, ein markanter Teil der Landschaft, und in Anbetracht seiner Größe konnte man sich kaum vorstellen, daß er nicht immer schon dagewesen war. Er wurde nun als *Lander* bezeichnet. Die Bilder des in der Mars-Landschaft ruhenden Asteroiden wurden ins ganze Sonnensystem übertragen. So etwas hatten die Leute noch nie gesehen.

Doch der zweite *Lander* näherte sich bereits, und der dritte war auch nicht mehr weit entfernt. Mercer stand wie angewurzelt da und sah, wie in der Morgendämmerung ein zweites der massiven Objekte zur Landung ansetzte. Worum handelte es sich bei diesen unglaublichen Dingern? Welche Absichten verfolgten sie?

Mercer hatte eine Heidenangst vor den Invasoren, und dennoch war Angst längst nicht die einzige Gefühlsregung, die sie spürte. Sie war Zeuge eines Wunders. So gefährlich und bedrohlich die *Lander* auch sein mochten, sie waren auch wundervoll. Der Abstand zur menschlichen Technik war so groß wie der zwischen dem alten Ägypten und der Moderne. Ein seltsamer und dennoch passender Vergleich, sagte Mercer sich, denn Berge aus behauenem Stein symbolisierten die altägyptische Zivilisation – und dies war ein neues Monument aus Stein, ein fliegendes Monument, das der Leistung der Baumeister von Tutenchamun ebenbürtig war.

Und wie die Grabstätte von Tutenchamun barg auch der *Lander* Geheimnisse. Wer oder was befand sich im Innern, der oder das diese Berge zum Fliegen brachte?

Als eine andere Person im Druckanzug an ihr vorbeiging, wurde sie aus ihrem Tagtraum gerissen. Sie beförderte einen unbekannten Ausrüstungsgegenstand zum Sicherheitsbereich des ersten *Lander*s. Sie und Jansen hatten schon in den ersten Minuten nach der Landung die Kontrolle über die Landezone verloren, doch sie spürte noch immer eine irrationale Abneigung gegen all diese Fremden, die sich ›ihrer‹ Entdeckung bemächtigten.

Am späten Abend war der erste *Lander* – in respektvollem Abstand – von Flutlichtern umstellt. Kameras und Sensoren aller Art waren auf den neuen Berg gerichtet. Hin und wieder bewegten ein Arbeiter oder eine Maschine sich vor den Lampen, wobei sie bedrohliche Schatten warfen. Die Gleiter waren verschwunden und durch ein halbes Dutzend Libellen abgelöst worden. Die von den Flutlichtern angestrahlten Helikopter mit den überdimensionierten Rotorblättern schwebten über ihren Köpfen und veränderten mit der Gewandtheit, die den Namensvettern aus dem Tierreich zu eigen war, ihre Position.

Die Suchscheinwerfer der Libellen erhellten die Oberseite des *Lander*s. Vielleicht gab es dort irgendeinen Hinweis. Eine Libelle richtete den Scheinwerfer auf die verlassene Schutzhütte. Jansen wurde ebenfalls vom Lichtkegel erfaßt.

Verdammt, ja, jemand mußte schließlich den Asteroiden erkunden, und dieser Jemand mußte ein Geologe sein – aber weshalb gerade Jansen? Mercer starrte auf den winzigen weißen Fleck auf dem Asteroiden. Sie hatte Angst um ihre Freundin.

Ist schon gut, sagte sie sich. *Schließlich hat Jansen sich freiwillig gemeldet*. Sie verdrängte die Befürchtungen. Denn irgend etwas spielte sich ab. Etwas, das so vertraut und grundlegend war, daß sie es überhaupt nicht bemerkte. Egal. Früher oder später würde sie es doch merken.

Die Sonne ging auf.

Coyote Westlake wußte, daß sie träumte, denn nichts von alledem ergab einen Sinn. Sie lag in einem warmen Bett in einem improvisierten Feldlazarett, in dem sie die einzige Patientin war.

Sie befand sich in einem aufblasbaren Vielzweck-Notfall-Gebäude. In einem Flügel des kreuzförmigen Gebäudes war ein ›Hospital‹ mit zwei Zimmern und vier Betten eingerichtet worden. Die Tür stand offen, und Coyote sah, wie eine geschäftig wirkende Person im Zentralraum herumwuselte und immer wieder in den anderen Flügeln des kleinen Gebäudes verschwand.

Die Wand hinter ihr pulsierte, während der summende Kompressor den Luftdruck konstant hielt. Vielleicht war das gar kein Traum. Vielleicht hatte sie es doch geschafft, vielleicht hatte der Helikopter sie wirklich vom Asteroiden geborgen. Vielleicht hatte sie dieses unglaubliche Auge, das sie anstarrte, doch gesehen.

Sie schauderte bei diesem Gedanken und stellte fest, daß sie sich wieder zu einer Kugel zusammengerollt und die Augen geschlossen hatte, um die Welt auszublenden. Mit einer Willensanstrengung streckte sie sich, legte sich auf den Rücken und betrachtete die beigefarbene Kunststoffdecke. Sie hörte jemanden sprechen.

»Miss Westlake?« wiederholte die freundliche Stimme. »Miss Westlake, wenn wir weitermachen könnten?«

Coyote wandte den Blick von der Decke ab und sah eine korpulente Frau mit einem teigigen Gesicht, die sie anlächelte. »Ich weiß, daß es schwer für Sie sein muß, aber jede Information ist wichtig.«

»Wer … wer sind Sie?« fragte Coyote mit heiserer, schwacher Stimme.

Die Frau runzelte besorgt die Stirn. »Ich bin Sondra Berghoff und gehöre zu den Leuten, die diesen Asteroiden untersuchen. Wir unterhalten uns nun schon seit einer halben Stunde, erinnern Sie sich?«

Coyote blinzelte und versuchte sich zu konzentrieren. Was war Traum und was war Wirklichkeit? Wie lang hatte sie sich in diesem Tank befunden, wie lang war sie ohne Schlaf, Essen und Trinken gewesen, weil sie vor Angst erstarrt war? Nun, vielleicht stimmte wirklich etwas nicht mit ihr. »Ja«, log sie und hoffte, die Erinnerung würde bald zurückkehren. Sondra Berghoff und ein freundliches Lächeln, eine Hand, die ihre Hand hielt und ihr Trost spendete. Ja, das war Wirklichkeit, das waren die Erinnerungen. Sie hatte die Wirklichkeit so lange verdrängt, daß sie nicht mehr in der Lage war, die Wirklichkeit überhaupt noch zu erkennen.

»Meine Kollegen haben einen Tunnel in der Nähe Ihrer Schutzhütte gefunden«, sagte Sondra. »Sie müssen wissen, wohin er führt und ob er sicher ist.«

Der Tunnel. Was war dort unten? War er sicher? Sicherheit? Nein! *Gefahr!* Ein Auge und eine Kreatur, die älter sein mußte als die Menschheit, ein Monster, dessen Millionen Jahre währender Schlaf nun beendet war, und sie war dabeigewesen, als es ein Auge aufgetan hatte. Coyote erstarrte erneut und fiel wieder in das Loch in ihrem Bewußtsein.

Sondra schaute sie hilflos an und betrat den Zentralraum des Gebäudes. Der Sanitäter, ein Mann mit kantigem Gesicht, dessen Ausdruck zwischen Ruhe und Zorn schwankte, erwartete sie. »Es ist unmöglich«, sagte Sondra. »Sie kann uns nichts darüber erzählen. Nicht ohne Hilfe. Aber wir brauchen diese Information *jetzt!*«

Der Sanitäter schüttelte den Kopf. »Sie befindet sich in einem Schockzustand«, sagte er. »Zumindest glaube ich das. Es wäre aber auch möglich, daß sie an einer organischen Krankheit leidet. Ich weiß es nicht. Ich kann es nicht sagen. Selbst wenn es bloß eine psychische Erscheinung ist, ich bin nur ein Sanitäter, kein Psychiater. Ich habe nicht die Ausrüstung, um eine Diagnose zu stellen ...«

In einem plötzlichen Wutausbruch schrie Sondra ihn an: »Sie haben mir schon *hundert*mal gesagt, daß Sie kein Psycho sind! *Scheiß* drauf!« Den ganzen Schrecken über den Verlust der Erde und die auf den Welten landenden Asteroiden, ihre ganze Schuld und Furcht schrie sie dem Sanitäter ins Gesicht. »*Scheiß* auf die Diagnose! Sie hat eine schlechte Nachricht und will sie mir nicht mitteilen. Menschen werden sterben, wenn Sie ihr keine gottverdammte Spritze geben.« Sondra kreischte förmlich.

Der Ausbruch erschreckte sie genauso sehr wie den Sanitäter. Hatte sie wirklich so viel Angst und so viel Emotionen aufgestaut?

Wie dem auch sei, sie hatte seine Aufmerksamkeit gewonnen. Sie mußte den Vorteil nutzen. »Diese Frau zieht sich mit jeder Sekunde weiter in ihr Schneckenhaus zurück. Ich bin auch kein verdammter Arzt – aber das erscheint mir trotzdem nicht sehr gesund. Wir haben nun drei Leute auf dem Felsen dort draußen, von denen zwei alle Rekorde gebrochen haben, um aus dem Inneren System hierher zu gelangen. Sie müssen durch einen Tunnel gehen, und je mehr sie darüber wissen, was sie am anderen Ende erwartet, desto geringer ist die Wahrscheinlichkeit, daß sie bei dem Ausflug getötet werden. Und getötet zu werden ist auch nicht sehr gesund, nicht wahr?

Die einzige Quelle, die etwas über den Tunnel weiß, befindet sich im Nebenzimmer und will sich gerade aus der Realität verabschieden.

Dann geben Sie ihr also eine Beruhigungsspritze, oder wollen wir meine Freunde sterben lassen, bevor sie herausfinden, wie dieser verstaubte Mistplanet, der mit arroganten Hundesöhnen wie Ihnen bevölkert ist, zu retten ist?«

Der Sanitäter starrte sie einen Moment lang an. Dann holte er ein Spritzbesteck aus der Tasche und betrat ohne ein Wort Coyotes Zimmer.

»Es müßte sich eine transportable Schleuse am anderen Ende des Tunnels befinden«, sagte Sondra mit pochendem Herzen. »Nicht weit von der anderen Schleusenseite entfernt mündet der Tunnel in eine große Höhle. Und in dieser Höhle – nun, dort soll sich ein Monster befinden, das von Maschinen und Robotern umgeben ist. Dann hat sie noch etwas von einem Auge erzählt, aber niemand von uns ist daraus schlau geworden. Ich weiß, das alles klingt absurd, aber Mercer Sanchez hat mit einem Hohlraumresonator die Existenz einer großen Höhle an der angegebenen Position nachgewiesen. Dann handelt es sich also nicht nur um eine Halluzination.«

»Stimmt das auch?« fragte Jansen, die mit den anderen zugehört hatte. »Gibt es hier wirklich eine Höhle?«

»Westlake behauptet es zumindest. Selbst wenn es nicht stimmen sollte, müßtet ihr wenigstens ...«

Plötzlich lief eine Erschütterung durch den Asteroiden, und sie fielen hin. »Mein Gott, was war *das?*« fragte Jansen. »Mercer, bist du noch dran? Was sagen die Seismos?«

»Ein Beben im Innern des Asteroiden. Ein großes, viel stärker als die Hundertachtundzwanzig-Sekunden-Pulse. Das Epizentrum befindet sich direkt in diesem verdammten Hohlraum. Dort muß das Zentrum der Aktivitäten sein. Übrigens – wir bekommen Gesellschaft. Der zweite *Lander* wird ungefähr in einer Viertelstunde etwa zehn Kilometer östlich von diesem Asteroiden landen. Länge null Grad, wie dieser hier. Sie haben wohl eine Vorliebe für den Äquator.«

»Im Moment haben wir andere Probleme«, sagte Marcia. »Wir werden erst dann mehr wissen, wenn wir durch diesen Tunnel gehen und uns vor Ort umsehen.«

»Aber das Beben!« rief McGillicutty. »Wenn wir unten von einem Nachbeben erwischt werden ...«

»Dann werden wir uns freuen, daß wir gepanzerte Anzüge tragen«, sagte Jansen sarkastisch. »MacDougal hat recht. Hier oben werden wir nicht fündig. Gehen wir. Mercer, wir wickeln ein Glasfaserkabel ab, das mit einem Funktransponder hier auf der Oberfläche verbunden ist. Das müßte genügen, um die Verbindung aufrechtzuerhalten.«

»Du machst das schon, Jan«, ertönte Mercers Stimme im Ohrhörer. »Du machst das schon.«

Jansen ging über die zerklüftete Oberfläche des Asteroiden zum Tunneleingang. Sie stellte den Transponder ab, zog ein Kabel heraus und stöpselte es in ihr Funkgerät ein. Routiniert trieb sie einen Haken in den Fels neben dem Tunneleingang und befestigte die Spule eines Abwickelgeräts daran. Die andere Spule befestigte sie am Gürtel. Dann drehte sie sich um und betrachtete den Tunneleingang. Schließlich ging sie zielstrebig zur Öffnung und begab sich an den Abstieg in den steilen Schacht. Marcia folgte ihr, und McGillicutty bildete in beträchtlichem Abstand die Nachhut.

Gleich zu Beginn stellten sie zwei Dinge fest: zum einen, daß der Weg sehr steil war und zum zweiten, daß Coyote Westlake eine gute Mineurin war. Der schnurgerade verlaufende Tunnel war schön glattwandig. Dennoch war das Vorankommen schwierig. Der Schacht war für eine Benutzung unter den Bedingungen der Schwerelosigkeit vorgesehen, und aufgrund der Position, die der Asteroid nach der Landung eingenommen hatte, war der Tunnel nun in einem ungünstigen Winkel geneigt. Jansen fand bald die beste Art der Fortbewegung heraus, auch wenn das etwas komisch aussah – man rutschte im Schein der Helmlampe den Tunnel hinunter. Marcia und McGillicutty folgten auf die gleiche Art. Jansen war froh über den würdelosen Abstieg – irgendwie wurde sie dadurch von den realen und vermeintlichen Gefahren abgelenkt, die unten lauerten.

Nach ungefähr fünf Minuten erreichten sie Coyotes aufblasbare Luftschleuse, die sich noch immer an der alten Position befand, obwohl Abraum nachgerutscht war und sich an der inneren Tür abgelagert hatte.

Jansen trieb einen weiteren Haken in die Tunnelwand und machte das Ende des Kletterseils fest. Es war nämlich nicht möglich, ein Seil durch eine Luftschleuse nachzuziehen. Genausowenig wie ein Glasfaserkabel. Sie zog das Kabel aus dem Funkgerät und stöpselte es in einen anderen Transponder ein. Funkwellen würde die Kunststoffschleuse wohl durchlassen. Mit etwas Glück würde Mercer sie hören. Jansen schaufelte den Schutt zur Seite, führte den Druckausgleich in der ersten Schleusenkammer herbei und öffnete die Tür.

Weil es sich um eine Ein-Mann-Schleuse handelte, betraten Jansen, Marcia und McGillicutty nacheinander eine mit schlierigem grünen Gas gefüllte kleine Kammer. Am anderen Ende der Kammer ging der glatte Tunnel abrupt in eine unbehauene Felswand über. Ein Null-G-Preßlufthammer, wie Mineure ihn verwendeten, lag halb verschüttet auf dem Boden.

Und exakt im Mittelpunkt der Stirnwand befand sich ein Loch, das groß genug war, um den Kopf hindurchzustecken.

»Schaltet die Helmlampen für eine Minute aus«, sagte Marcia. Die Lichter erloschen, und Marcia betrachtete den zerklüfteten Rand des Lochs.

Sie sah einen schwachen grünen Lichtschein. Marcia schaltete die Außenmikros des Schutzanzugs an und lauschte.

Es drangen auch Geräusche durch das Loch. Ein leises Schaben, als ob metallene Beine über Stein schlurfen würden und ein Reißen, als ob Fleisch aus einem Körper gerissen würde.

Marcia ging gerade auf das Loch zu, um einen Blick hindurchzuwerfen, als das zweite Beben einsetzte und der Druck abfiel.

Nun war die Zeit gekommen. Der Weltenfresser war mit dem Ergebnis der Systemüberprüfung zufrieden. Die Energiereserven waren zufriedenstellend, die biologischen Komponenten waren in guter Verfassung, und die mechanischen Baugruppen waren ausgezeichnet gewartet. Die anderen Weltenfresser orientierten sich an seinen Leitsignalen.

Es war an der Zeit, die Kammer zu verlassen, in der er so lange geschlafen hatte, und sich an die Arbeit zu machen. Er schob seinen Hauptkörper durch die Kammer, auf den schwächsten Abschnitt der Kammerwand zu. Selbst dort war der Fels zwischen der Kammer und der Oberfläche des Asteroiden noch viele Meter dick.

Doch das war kein Hindernis für eine Entität wie den Weltenfresser. Im Bewußtsein der erwachenden Kraft drückte er gegen den nachgebenden Stein.

Der zweite *Lander* setzte ein paar Kilometer entfernt auf, doch Mercer widmete ihm keine Aufmerksamkeit. Sollten die anderen Teams, die Gleiter und Libellen sich doch mit ihm amüsieren.

Der erste *Lander, dieser Lander*, war der Schlüssel. Daran bestand in ihren Augen kein Zweifel. Sie stand auf dem Wüstenboden, gerade einen Viertelkilometer entfernt, und betrachtete den über ihr dräuenden Asteroiden, der im Licht der aufgehenden Sonne leuchtete.

Jansens Stimme drang über eine labile Brücke aus Funkwellen, Kabeln und Transpondern an Mercers Ohr.

Plötzlich wurde der Asteroid von einem Beben erschüttert, und sie stürzte zu Boden. Der *Lander* wurde in eine Trümmerwolke gehüllt, und eine Geröllawine ging vom Asteroiden ab. Der *Lander* spie einen Strahl grünlichen Rauchs aus.

Der Asteroid erbebte erneut. Schließlich bildete sich eine Lücke im Gestein. Und dort drin *bewegte* sich etwas.

Plötzlich erkannte Mercer, was das Unterbewußtsein ihr mitteilen wollte. Sie wußte, woran dieser Alptraum sie erinnerte.

Der *Krieg der Welten*. Der gottverdammte *Krieg der Welten*. Die alten Geschichten waren sehr populär auf dem Mars, und sei es nur aus dem Grund, um die arroganten Erdschweine damit zu ärgern. Das Buch von H. G. Wells, das Hörspiel von Orson Welles und der Zwei-D-Film von George Pal – all das waren altmodische und in Ehren gehaltene Erbstücke der Marsbevölkerung.

Die alten Bilder zogen vor ihrem geistigen Auge vorbei. Die geheimnisvollen Invasoren in ihren Zylindern – außerhalb von London, in Grover's Mill, New Jersey, und im ländlichen Kalifornien – schemenhafte Objekte, aus denen sich schließlich eine Flut von Invasoren vom Mars über die ahnungslose Erde ergoß.

Ein drittes Beben wurde ausgelöst, als das im Asteroiden verborgene Ding den letzten Felsen beiseite schleuderte, der ihm den Weg verstellte. Es schien für einen Moment zu zögern, bevor es seinen steinernen Kokon verließ.

Mercer erhob sich vorsichtig und sah, wie der erste der Invasoren erschien.

Zuerst sah sie nichts außer einer schemenhaften, graublauen Gestalt. Sie wußte nicht, ob es sich um eines oder mehrere Wesen handelte, die dort zum Vorschein kamen, und genauso wenig wußte sie, ob es sich dabei um Maschinen oder Lebewesen handelte.

Jansen. War sie in Ordnung? »Jansen, bist du noch da?« fragte sie.

Das Signal war schwach, und die Stimme war leise

und verzerrt, doch zumindest war sie zu hören. Noch bevor Mercer die Worte überhaupt hörte, stieß sie einen Seufzer der Erleichterung aus. »Wir … kay … chgeschüttelt, aber er ist … unversehrt. Was … Teufel, war das?«

»Die Verbindung ist sehr schlecht, Jansen. Ich wette, deine Antenne ist abgebrochen. Anscheinend hat das, was sich dort drin befindet, gerade beschlossen, herauszukommen.«

»… und weg.« Plötzlich stabilisierte die Trägerwelle sich, und Jansen meldete sich zurück. Diesmal war das Signal viel stärker. »Ich habe mich in MacDougals Funkgerät eingestöpselt. Das Beben hat uns ordentlich durchgeschüttelt, und gleichzeitig hat ein starker Druckabfall stattgefunden. Etwas *verläßt* den Asteroiden?«

»Definitiv. Was auch immer es ist, es muß mindestens hundert Meter lang sein.«

»Verdammt, und es ist uns durch die Lappen gegangen. Hefte dich ihm an die Fersen, Mercer. Wir machen uns vom Acker, bevor noch etwas passiert.«

»Jansen, ich …«

»Um Himmels willen, Mercer, du kannst nichts für uns tun, und wegen dieses Dings sind wir doch überhaupt erst hierher gekommen! Schwing die Hufe. Jansen Ende.«

Mercer stand eine Sekunde lang wie angewurzelt da, und dann ging sie zum Loch im Asteroiden, um sich die Sache einmal anzusehen.

Es war nicht leicht, dorthin zu gelangen. Die Beben hatten viel Staub aufgewirbelt, und die starken Fallwinde trieben einen Staubschleier vor sich her. Um sie herum waren Männer und Frauen in Bewegung, manche zu Fuß, einige in Gleitern oder anderen Fahrzeugen. Jeder schien ein anderes Ziel zu verfolgen: einige flohen panikerfüllt vor dem Chaos, andere gingen näher heran, um bessere Sicht zu haben, und wieder andere brachten wertvolle Geräte in Sicherheit. Mercer kümmerte sich nicht darum, sondern bahnte sich fast blind einen Weg.

Schließlich hatte der Wind den Staub fortgeweht, und Mercer bekam wieder klare Sicht. Sie befand sich bereits unterhalb der Spitze des Asteroiden, direkt neben …

Etwas.

Groß, graublau, amorph – ja. Aber keine Augen an Stielen, die auf sie einschwenkten. Vielleicht beruhte Westlakes Bericht an dieser Stelle auf Halluzinationen. Falls dem so war, würde Mercer sich auch nicht beklagen. Es schien sich fortzubewegen, indem es den Vorderteil des Körpers nach vorne schob und den Rest dann nachzog wie eine Raupe.

Es war unmöglich, weitere Details auszumachen. Die Oberfläche – Hülle? Haut? –, was auch immer es war, schien in der Morgensonne zu glitzern. War es ein Lebewesen oder eine Maschine?

Mercer versuchte, das Helmfernglas an die Augen zu setzen. Doch der verdammte Schwenkmechanismus blockierte wieder. Der anfällige Mechanismus versagte immer zur falschen Zeit. Mercer kannte den Anzug; sie wußte, daß sie nur Druck ablassen, das Visier öffnen und in den Helm greifen mußte, um den Schwenkarm zu lösen. Sobald sie den Anzug geschlossen hatte, konnte sie in Sekundenschnelle den Druck ausgleichen. Sie kontrollierte die Außentemperatur und fluchte. Zehn Grad *unterhalb* der Sicherheitsgrenze.

Doch Mercer mußte etwas sehen. sie hob den linken Arm und öffnete die Klappe der kleinen Schalttafel für die Einstellung der Umwelt-Parameter. Sie betätigte den Absaugknopf, und mit einem gurgelnden Geräusch sog der Tornister soviel Luft aus dem Anzug, bis ein Druckausgleich mit dem Mars stattgefunden hatte. Ihre Augen tränten, und die Nebenhöhlen pulsierten. Mercer wußte aus Erfahrung, daß sie den niedrigen Druck so lange aushielt, bis sie das Fernglas repariert hatte, doch genießen würde sie es nicht. Sie klappte den Helm gerade in dem Moment auf, als eine Fahne des grünlichen Nebels aus dem Asteroiden waberte und auf sie zugetrieben wurde.

Der Brodem war so übel, daß sie fast in Ohnmacht gefallen wäre.

Trotz des niedrigen Drucks, der kalten Luft und obwohl sie die Luft anhielt, war der Gestank überwältigend. Mit tränenden Augen schob sie eine behandschuhte Hand in den Helm und löste die Sperre im Mechanismus. Das Fernglas schob sich vor die Augen, und sie schloß das Visier. Dann schob sie die Abdeckung vom Luftreinigungs-Knopf und drückte ihn, um das Gas abzupumpen. Mit einem Heulen wurden die Luftpumpen im Tornister aktiviert, als die Luftablaßventile sich öffneten. Der Reinigungszyklus dauerte so lange an, bis die restliche Luft aus dem Anzug gepumpt war, und dann schlossen die Überdruckventile sich. Mercer, der die Augen schier aus den Höhlen traten und deren Nebenhöhlen heftig pulsierten, schnappte nach Luft, während im Anzug wieder der gewohnte Druck aufgebaut wurde. Sie ließ sich zurückfallen und plumpste auf den Sand. Da saß sie nun und starrte in den klaren rosa Himmel. Eine Druckänderung war immer unangenehm, aber immer noch besser, als diesen Gestank der … der *Verwesung* einzuatmen.

Noch nie hatte sie solch einen Geruch in der Nase gehabt. Es war der Gestank von verfaulendem Fleisch, verwesenden Leichen, verfaulendem Gemüse, eiternden Wunden, gärendem Kompost, verschmutzten Windeln, ungewaschenen Körpern und faulen Eiern.

Es war der Geruch des Todes, der Mercer davon überzeugte, daß der Eindringling lebendig war. Keine Maschine, nicht einmal die größte Dreckschleuder des zwanzigsten Jahrhunderts, wäre imstande gewesen, einen solch bestialischen Gestank zu produzieren.

Lebendig. Lebendig, nachdem es für so lange Zeit im Asteroiden eingemauert gewesen war? Jahrhunderte? Jahrtausende? Millionen von Jahren? Egal, wie langsam die Stoffwechselprozesse auch abliefen, ein *Minimum* an Atmung, Verdauung – und Ausscheidung – mußte stattfinden. Möglicherweise hatte das Wesen länger als der durchschnittliche Lebenszyklus einer irdischen Spezies im pseudototen Zustand verharrt.

Und nun sah sie, wie die Kreatur aus der Gebärmutter-Gruft herauskroch. Im Grunde handelte es sich nämlich um eine Geburt. Mercer grinste verkniffen. In gewisser Weise hatte sie gerade den Gestank einer Millionen Jahre alten Windel gerochen.

Sie verdrängte diese Gedanken und zog am Außenhebel, der das Fernglas vor ihre Augen schob. Was zunächst wie glitzernde Reflexe auf der Oberfläche der Kreatur ausgesehen hatte, entpuppte sich nun als Objekte – Maschinen, die auf der Haut umherkrochen und irgendwelchen Verrichtungen nachgingen. Einige schienen aus eigener Kraft wieder an die Oberfläche des Asteroiden gelangt zu sein. Andere schienen durch Löcher in der Oberseite der Kreatur ein- und auszugehen.

Der Körper der Kreatur war einer ständigen Veränderung unterworfen und schien die benötigten Teile selbst auszuformen. Ein Felsbrocken von der Größe eines Hauses versperrte dem Wesen den Weg. Es fuhr einen kräftigen Pseudo-Arm oder ein Bein aus und schob den Felsen zur Seite.

Und da war noch etwas. Etwas, das an einen an einer Schnur befestigten Luftballon erinnerte. Ein großes sphärisches, metallisch blaues Objekt hing hinter der Kreatur in der Luft und war durch ein dickes Kabel mit ihm verbunden. Das mußte der Gravitations-Generator sein.

Mercer saß in der Sandwüste des Mars und starrte auf die sich über die Oberfläche bewegende Erscheinung. *Na schön*, sagte sie sich. *Ein amorphes graublaues Monster von der Größe eines Raumschiffs wandert über die Marsoberfläche, während eine Horde Roboter mit sich selbst beschäftigt ist. Was hat das alles zu bedeuten?*

Licht – klares Tageslicht strömte durch das Loch am Ende des Tunnels. Der charonische Eindringling hatte eine gewaltige Bresche geschlagen, als er durch die Kruste des Asteroiden gebrochen und an die Oberfläche des Planeten vorgestoßen war. Licht strömte auch in Coyote Westlakes Tunnel. Marcia schaltete die Helmlampe ab, und McGillicutty folgte ihrem Beispiel. Jansen befand sich auf dem Rückweg zur Oberfläche, doch Marcia hatte das Gefühl, daß sie nicht weit kommen würde.

»Der Rückweg ist abgeschnitten«, sagte Jansen mit tonloser Stimme, als sie die Schleuse verließ. »Beim zweiten Beben eingestürzt. Es ist mir nicht einmal gelungen, die Schleusentür auf der anderen Seite zu öffnen. Wenigstens ist der Transponder durch den Einsturz nicht zerstört worden. Wir haben also noch Kontakt zur Außenwelt.«

»Großartige Nachricht«, sagte McGillicutty mit Panik in der Stimme. »Die Außenwelt wird Zeuge unseres Erstickungstodes.«

Marcia MacDougal schaute den pummeligen Wissenschaftler besorgt an. Sie würden sich gewaltig anstrengen müssen, um diese Situation zu bewältigen – doch McGillicutty bekam den Hintern nicht hoch. »Beruhigen Sie sich, Hiram. Atmen Sie tief durch. Noch sind wir nicht tot, und es gibt durchaus einen Ausweg.«

Hiram wirbelte im Druckanzug herum und schaute sie an. »Ausweg? Sie meinen hinunter in diese … diese *Kammer?*«

»Wieso nicht?« fragte Jansen. »Der Vormieter hat die Wohnung geräumt. In meinen Augen ist das ein Schritt nach vorne. Es sei denn, Sie hätten einen anderen Vorschlag?«

McGillicutty lehnte sich gegen die Tunnelwand und schüttelte den Kopf. »Nein.«

»Dann mache ich mich mal an die Arbeit«, sagte Marcia. Sie kniete sich vor dem Loch am Tunnelende hin, zog einen Hammer aus der Anzugtasche und vergrößerte das Loch so weit, bis ein Mensch im Druckanzug hindurchpaßte. Jansen holte ihrerseits einen Hammer aus der Tasche und half ihr. McGillicutty beteiligte sich nicht an der Arbeit; entweder glaubte er, es sei dort zu eng für eine dritte Person, oder er war schlicht deprimiert.

Das spielte aber auch keine Rolle. Es war eine Arbeit von wenigen Minuten, um den Durchbruch zu vergrößern. Jansen, die nach zehnjähriger geologischer Feldforschung recht flink mit dem Hammer war, glättete die rauhen Kanten des Lochs mit ein paar geübten Hammerschwüngen. Dann steckte sie den Kopf hindurch und peilte die Lage. »Sie ist leer«, meldete sie, »zumindest sehe ich nichts. Es geht ziemlich steil abwärts, doch ungefähr zehn Meter tiefer gibt es eine Art Vorsprung. Ich werde hinunterrutschen.«

Sie zog den Kopf zurück, klopfte einen Haken in die Tunnelwand, zog eine Leine hindurch und verschwand mit den Füßen zuerst im Loch.

McGillicutty zögerte; offensichtlich schwankte er zwischen der Angst, den Vorstoß ins Unbekannte zu wagen und zurückzubleiben. Letzteres beunruhigte ihn anscheinend mehr, denn er stand abrupt auf, ging zum Loch und zwängte sich hindurch, wobei er den Eindruck eines Mannes vermittelte, der sich beeilte, bevor er es sich doch noch anders überlegte.

Marcia folgte ihm, wobei sie sich fragte, ob sie sich aus dem gleichen Grund so schnell bewegte. Sie war dankbar, daß der Abstieg zum Vorsprung ihre ganze Konzentration erforderte. Es hatte keinen Sinn, allzu gründlich darüber nachzudenken, worauf sie sich einließen.

Doch dann stand sie unten auf dem Vorsprung und schaute sich um.

Selbst ohne einen Eindringling aus dem All, selbst wenn die Kaverne auf natürliche Art und Weise entstanden wäre, wäre es ein spektakulärer Anblick gewesen. Sie standen in der Nähe eines großen, zur Seite geneigten Ovoids. Beim Vorsprung handelte es sich im eine in den Fels gefräste Rinne, die sich von einem Ende der Höhle zum andern erstreckte. Marcia erkannte weitere Rinnen, die konzentrisch in der Kammer verliefen.

Nur daß das eine Ende der Kammer nicht mehr existierte. Dort war die Kreatur, die von diesem Ort entkommen war, durchgebrochen und hatte nur gezackte Kanten hinterlassen. Warmes, rötliches Licht strömte durch den Durchbruch und tauchte die Höhle in Ocker und Pink. Marcia hatte den Eindruck, in einem riesigen Ei zu stehen, dessen Bewohner gerade geschlüpft war.

Und bei näherer Überlegung hatte sie gar nicht einmal so unrecht. Schließlich befand sich wirklich ein großes Junges dort draußen.

Doch dieses Ei war alles andere als leer. Dutzende, Hunderte von Maschinen beziehungsweise Objekten, die wie Maschinen aussahen, bewegten sich umher. Zum Glück schien sich keine für die drei Menschen zu interessieren. Marcia versuchte, einen Blick auf ein vorbeifahrendes Gerät zu werfen, aber es bewegte sich zu schnell. Sie hatte nur den vagen Eindruck von wirbelnden Armen und Beinen und von Körpern, die entfernt an Skorpione erinnerten. Jansen machte Aufnahmen von der Kammer, wobei sie die wuselnden Maschinen mit dem Teleobjektiv heranholte. Am anderen Ende der Kammer sah Marcia eine Reihe dunkler Löcher, die in den Asteroiden zu führen schienen. Weitere dieser Skorpion-Maschinen kamen aus den Löchern und verschwanden darin. Aus einigen Löchern ragte etwas heraus, das an Fließbänder erinnerte, und von einem fiel Geröll herab.

»Unten, am offenen Ende«, sagte Jansen. »Sehen Sie! Sie brechen die Kruste auf.«

Marcia drehte sich um und schaute auf die angegebene Stelle. Gruppen von Robotern – falls es sich überhaupt um Roboter handelte – versammelten sich um die Kante des Lochs, wobei einige von ihnen an den Wänden und der Decke der Kammer hingen. Mit Geräten, die wie Desintegratoren aussahen, brachen sie große Felsbrocken aus dem Asteroiden. Ab und zu krachte ein Brocken auf den Boden der Kammer. Dann eilte eine ›Tausendfüßler‹-Version der Skorpion-Maschine mit diversen Behältern auf dem Rücken zu den Opfern – und zerlegte sie, wobei sie die Einzelteile unter Zuhilfenahme der Beine in die entsprechenden Behälter auf dem Rücken einsortierte. Keiner der anderen Roboter schien von dem Vorgang Notiz zu nehmen.

Dann fiel Marcia noch etwas anderes auf. Sie erblickte eine Reihe kleinerer Roboter, bei denen es sich um ein anderes Modell handelte: kopflose zweifüßige Maschinen, die nicht größer als einen Meter waren. Sie kamen im Gänsemarsch aus einem der Löcher in der Rückwand der Kammer. Sie hatten zwei kurze Arme mit pinzettenähnlichen Händen, und jeder transportierte ein identisches braunes Bündel durch die Kammer an die Marsoberfläche.

Plötzlich verstand sie. »Ameisen«, sagte sie. »Stellen Sie sich diese Roboter dort unten als Ameisen vor. Betrachten Sie die *ganze* Szenerie und sagen Sie mir dann, was Sie davon halten.«

»Naturvideos«, sagte McGillicutty in freier Assoziation. »Auf der Schule hier auf dem Mars hatte ich mich nämlich immer gefragt, weshalb wir uns die Mühe machen mußten, uns mit seltsamen Tieren zu befassen, die auf einem fünfzig Millionen Kilometer entfernten Planeten lebten. Die Videos schienen immer Aufnahmen von Ameisen – mein Gott – von Ameisen zu zeigen, die ihre Eier in Sicherheit brachten.«

»Himmel, ja«, sagte Jansen. »Und sie müssen sie durch die Bresche an die Oberfläche bringen, weil sie diesen verdammten *Asteroiden* auseinandernehmen. Sie brechen die Vorderseite auf und durchtunneln den Rest, so daß sie ihn leichter zerlegen können.«

Marcia schlug das Herz bis zum Hals. »Trägt einer von euch eine Waffe?«

»Eigentlich nicht. Nur einen Sturmlaser und einen Granatwerfer«, sagte Jansen sarkastisch. »Sind Sie verrückt? Weshalb, zum Teufel, sollten wir eine Waffe tragen?«

»So habe ich das auch nicht gemeint; ich hatte es nur gehofft. Hören Sie. Falls Sie es schon vergessen haben sollten: wir müssen uns durch *diese* Horde dort unten durchschlagen. Ich weiß zwar nicht, wie gut unsere Chancen stehen – aber wenn wir schon dabei sind, können wir uns auch gleich einen der Träger-Roboter und ein Ei schnappen.«

»Was? Das wäre doch glatter Selbstmord!« ereiferte McGillicutty sich. »Es sind Tausende von ihnen dort unten! Wir würden nie entkommen, wenn wir sie angreifen. Sie würden sofort über uns herfallen.«

»Das glaube ich nicht«, sagte Marcia. Sie kniete sich hin und nahm die Szenerie in Augenschein. Sie konnte Jansen keine Einzelheiten über das *Mond-Rad* mitteilen. Dazu war sie nicht ermächtigt. »Diese Dinger stehen – irgendwie – in einem Bezug zu dem Objekt, das Signale vom Mond abstrahlt, die wir aufgefangen haben«, sagte sie, wobei sie die Worte sorgfältig wählte, »und ich habe ein paar aussagefähige Daten gesammelt. Die ausgetauschten Signale hatten mehr Ähnlichkeit mit einem Computerprogramm als mit sonst etwas. Zumal diese Programme nicht einmal sehr flexibel waren. Als ob die

Systeme mit bestimmten Situationen überfordert wären. Ich glaube nicht, daß diese Objekte in der Lage sind, auf unerwartete Situationen zu reagieren.«

»Dann hoffen Sie also, wir könnten eine solche Lage herbeiführen?« fragte Jansen.

»Ich würde darauf wetten«, sagte Marcia. »Ich würde auch darauf wetten, daß wir verdammt viel über diese Monster lernen, wenn wir ein paar Muster hätten, mit denen wir arbeiten können – sezieren, zerlegen oder was auch immer. Wir brauchen Daten, und das scheint mir das Risiko wert zu sein.«

»Woher wollen Sie überhaupt wissen, daß es sich bei diesen Dingern um Eier handelt?« wandte McGillicutty ein.

»Das weiß ich nicht«, erwiderte Marcia mit fester und entschlossener Stimme. Dennoch verriet ihr Gesichtsausdruck, soweit das durch den transparenten Helm zu erkennen war, Unsicherheit und Furcht. »Aber ich habe den Eindruck, daß diese Dinger zumindest *wichtig* sind. Worum auch immer es sich dabei handelt, sie werden uns sicher viel über unsere neuen Freunde erzählen.«

Jansen nickte. »Ich stimme ihr zu«, sagte sie. »Ich glaube, es ist den Versuch wert.«

McGillicutty schluckte schwer. Mit dieser Lage war er überfordert. Das war kein Labor, in dem er das Experiment unterbrechen und nach Hause gehen konnte. Er hatte immer schon gewußt, daß er nicht gerade über ein Höchstmaß an sozialer Kompetenz verfügte. Er hatte immer geglaubt, sein Intellekt würde dieses Defizit ausgleichen. Doch mit dem Intellekt allein würde er diese Situation nicht bewältigen. Diese beiden Frauen waren bereit, sich um der Erlangung eines hypothetischen Vorteils willen in Gefahr zu begeben. Die drei hatten keine Möglichkeit zu entkommen, wenn sie sich diesen Ungeheuern nicht stellten. Die Frage, ob er hierbleiben oder es allein versuchen sollte, stellte sich erst gar nicht. Er wollte nicht allein sein. Auch nicht allein sterben, falls es darauf hinausliefe. »Na gut«, flüsterte er mit angespannter, unnatürlich hoher Stimme. »Wie sollen wir vorgehen?«

»Ganz einfach«, sagte Marcia. »Der Vorsprung, auf dem wir stehen, scheint direkt zum Ende dieser Höhle zu führen. Wir sind anscheinend die einzigen, die ihn benutzen, und er bietet uns Deckung. Ich würde sagen, wir gehen bis zu seinem Ende und betreten dann die Oberfläche. Draußen schlagen wir zu. Diese Träger-Roboter sehen nicht so aus, als ob sie gute Läufer seien, und vielleicht bekommen wir noch Unterstützung von unseren Leuten. Jansen, haben Sie genug Bilder gemacht?«

»Aus dieser Perspektive, ja. Gehen wir.«

McGillicutty folgte den beiden auf dem beschwerlichen Marsch über den Vorsprung. Die ganze Sache kam ihm irgendwie irreal vor. Selbst auf die simple Verrichtung des Vorwärtsgehens mußte er sich konzentrieren. Die Situation war zu fremdartig und rätselhaft. Skurrile Maschinenwesen wuselten in der Kammer umher. Bizarre Schatten und Lichtreflexe wurden von den mit den Desintegratoren hantierenden Maschinen an die Wand geworfen.

McGillicutty stellte fest, daß der Stein unter seinen Füßen vibrierte. Er schaltete die Außenmikros ein und lauschte den Geräuschen.

Schmatzende Laute, das Knirschen schwerer Ausrüstung, das Krachen herunterstürzender Felsen und das Dröhnen der Maschinen hallten in der großen Kammer wider, wobei die Geräusche trotz der im Helm eingebauten Verstärker merkwürdig schwach und entfernt klangen in der dünnen Mars-Atmosphäre. Er hörte ein Kreischen und Flüstern, das vielleicht von Maschinen oder von einem unsichtbaren, gespenstischen Ungeheuer stammte, das irgendwo im Hinterhalt lag. Er wußte es nicht und wollte es auch nicht wissen. Zum erstenmal in seinem Leben war Hiram McGillicutty mit Geheimnissen konfrontiert, an deren Aufklärung ihm nicht im geringsten gelegen war. Er hatte Angst und sah sich schon mit einem Bein im Grab.

Der Vorsprung zog sich fast an der ganzen Länge der Kammer entlang, doch das Glück verließ sie schon, als sie noch ungefähr dreißig Meter vom Höhleneingang entfernt waren. Eine Barriere aus Felstrümmern versperrte ihnen den Weg, und sie mußten ins Freie klettern.

Die Geologenhämmer waren das einzige, was als Waffe zu gebrauchen war. Das stimmte Jansen nicht gerade zuversichtlich, aber mehr hatte sie eben nicht. Am Ausgang der Kammer herrschte ein größeres Chaos als in der übrigen Höhle. Die Skorpion-Roboter waren überall. »Zusammenbleiben«, sagte Jansen. »Wir dürfen uns nicht aus den Augen verlieren.«

Sie bewegte sich auf die Bresche im Asteroiden zu, wo das Tageslicht lockte, wobei sie versuchte, die Leute im größtmöglichen Abstand am Roboter-Rudel vorbeizuführen. Das war nicht leicht. Manche der Felsbrocken hatten die Größe ganzer Häuser und versperrten ihnen den Weg – und die Sicht. Jansen mußte immer wieder umkehren, wenn ein Weg sich als unpassierbar erwies. Das Geröll erschwerte das Vorwärtskommen, und sie mußten über Steinhaufen klettern. Wenigstens hatten sie nach *oben* freie Sicht. Ohne den klaren Marshimmel, der ihnen als Wegweiser diente, hätten sie längst die Orientierung verloren. Die drei hatten schon genug Schwierigkeiten, untereinander Sichtkontakt zu halten.

Daß sie in Schwierigkeiten steckten, war indes noch untertrieben. Wo war McGillicutty? Jansen wirbelte herum und schaute sich um. Sie sah MacDougal, die gerade über einen wackligen Felsbrocken kletterte. Doch außer ihr war niemand mehr zu sehen. McGillicutty war verschwunden.

»McGillicutty!« rief sie ins Funkgerät, in der Hoffnung, daß das Signal von den Felswänden reflektiert würde, so daß er sie auch ohne Sichtverbindung hörte. »Wo stecken Sie?«

»Hin … *hinter* Ihnen, glaube ich«, ertönte dünn und schwach seine Stimme. »Gehen Sie ein Stück zurück, aber langsam. Einer von ihnen … *sieht* mich an.«

»Gott im Himmel. Halten Sie durch.« Jansen ging auf dem Weg, den sie gekommen war, wieder zurück und bestieg den Felsen, auf dem MacDougal sich gerade befand. MacDougal machte kehrt und folgte ihr.

Die beiden Frauen kamen gleichzeitig auf der Oberseite des Felsens an, schauten hinab – und erstarrten.

Dort stand McGillicutty. Er schaute sie an und rührte sich nicht. Ein Skorpion ragte direkt vor ihm in die Höhe. Für einen Augenblick war Jansen beeindruckt, daß McGillicutty den Mut hatte, dem Gerät so unerschrocken entgegenzutreten – bis sie erkannte, daß der kleine Mann vor Angst wie erstarrt war.

Als der Skorpion einen Schritt auf McGillicutty zuging, stockte Jansen der Atem. Das Ding war doch größer, als sie angenommen hatte. Es stand auf fünf Paaren segmentierter, klauenförmiger Füße, die seinem flachen Körper eine Bodenfreiheit von zwei Metern verschafften. An der Vorderseite befand sich etwas, das Jansen als komplexe Sensoren interpretierte, jedoch nichts, das Ähnlichkeit mit einer Kameralinse oder einem Auge gehabt hätte. Das kantige, robust wirkende Gerät war mindestens drei Meter lang und hatte eine mattsilberne Oberfläche. Bei näherer Betrachtung wirkte es gar nicht wie ein Skorpion – es hatte überhaupt keine Ähnlichkeit mit einem Lebewesen. Es war kalt und fremdartig.

Die beiden kräftigen Arme griffen nach McGillicutty. Greifzangen öffneten sich am Ende der Arme. Der Robot fuhr sie aus und betastete das seltsame Objekt, das er gefunden hatte.

Jansen wollte sich in Bewegung setzen, doch MacDougal hielt sie zurück. »Dies ist das erstemal, daß eines dieser – Dinger – auf ein menschliches Wesen trifft. Wir wissen nicht, wie es reagieren wird – aber wenn wir näher herangehen, fühlt es sich vielleicht bedroht. Bleiben Sie hier. Komplizieren Sie die Lage nicht noch. McGillicutty – sind Sie in Ordnung?«

Obwohl sie sein Gesicht nur verschwommen durch den Helm sahen, erkannten sie doch, daß seine Kiefer mahlten und ihm der Angstschweiß ausbrach. Er hatte Schwierigkeiten, sich zu artikulieren. »Ich ... ich ... habe *Angst*«, sagte er schließlich.

Das waren McGillicuttys letzte Worte.

Einer der beiden Klauen-Arme schob sich vor und schnippte seinen Kopf ab, mitsamt dem Helm. Der Torso stand noch für einen Moment aufrecht da und kippte dann nach vorne, wobei der Killer-Roboter mit Blut bespritzt wurde.

Jansen schrie auf, und Marcia packte sie und zerrte sie den Felsen hinunter. Jansen sträubte sich und warf für den Bruchteil einer Sekunde einen Blick auf das Bild des Schreckens.

Doch dann hatte sie genug. Sie wandte sich ab und rannte davon, wobei sie nur noch vom Gedanken beseelt war, so weit wie möglich zu fliehen. Blindlings rannte sie auf den Eingang der Kaverne zu und durchbrach eine Reihe von Träger-Robotern, wobei sie zwei von ihnen umriß. Sie wurde sich des Vorgangs gar nicht bewußt, und wenn sie es mitbekommen hätte, dann wäre es ihr wohl auch egal gewesen. Angst und Schrecken waren die einzigen Triebfedern ihres Handelns. Dort. Dort war der Ausgang der Kaverne. Dort. Sie stürmte vorwärts, wobei sie sich vage bewußt war, daß Marcia hinter ihr war und sie mit Zurufen zu beruhigen versuchte. Doch sie ignorierte die Stimme im Kopfhörer, wie sie auch alles andere ignorierte, außer der letzten Geröllhalde, die es noch zu überwinden galt. Sie kroch über das letzte Bollwerk im Dschungel aus Stein und stand schließlich an der Abbruchkante einer senkrecht abfallenden Wand. Ohne zu zögern sprang sie und landete im sauberen Sand des Mars.

Plumps. Sie landete auf dem Bauch, wobei sie durch die Wucht des Aufpralls wieder zur Besinnung kam. Sie schaute nach oben und sah in zehn Metern Höhe Marcia im Eingang der Kaverne stehen, die zu einem professionelleren Sprung ansetzte.

Selbst in der niedrigen Schwerkraft des Mars war es ein langer Fall, und Marcia legte eine schwache Landung hin. Sie fiel auf den Rücken und blieb für einen Moment mit gespreizten Armen und Beinen liegen, bevor sie wieder auf die Füße kam.

»Gütiger Gott!« stieß Marcia die Worte wie ein Gebet aus. »Er ist tot. Tot!«

Jansen stand auf und schaute sich um, wobei sie noch immer einen Rest von Panik verspürte. »Wir befinden uns noch nicht in Sicherheit«, sagte sie. Die weite Ebene war buchstäblich mit dem Feind übersät. Die Skorpione, die Träger und andere Typen wuselten durcheinander. Im Hintergrund bewegte sich ein Gebilde von der Größe eines Berges wellenförmig über die Marsoberfläche. Weiter entfernt, viel zu weit entfernt, befanden sich Druckzelte, Halbkettenfahrzeuge und *Menschen*. Dort. Dort mußten sie hin.

»Er ist tot«, wiederholte Marcia. »Dieses Ding hat ihn getötet!«

Jansen schaute in die Richtung zurück, aus der sie gekommen waren. Der massive Klotz des zerstörten Asteroiden türmte sich vor ihnen auf. Eine Abteilung dieser verdammten Träger-Drohnen stieg ungefähr dreißig Meter von ihnen entfernt vom Felsen ab und folgte dann durch den Sand der monströsen Kreatur, welche über diese alptraumhafte Armada gebot. Der Marsch durch den feinen, geröllübersäten Sand schien ihnen gewisse Schwierigkeiten zu bereiten. Ab und zu strauchelte einer von ihnen. Sie hielt nach den Skorpion-Modellen Ausschau. Auch sie schienen durch den Sand deutlich gebremst zu werden.

Wir brauchen noch immer ein Muster, sagte Jansen sich, und eine bessere Gelegenheit würde sich wohl nicht ergeben. Jansen schaute nach unten und stellte fest, daß sie noch immer den Geologenhammer in der Hand hielt. Sie hob ihn an und wirbelte ihn herum.

»Ja, sie haben ihn getötet«, sagte sie. »Zahlen wir es ihnen heim.«

Den Hammer schwingend, nahm sie stolpernd die Verfolgung der Träger-Drohnen auf, wobei sie sich zwang, nicht weiter als für den Bruchteil einer Sekunde in die Zukunft zu denken. Sie wußte zwar, daß sie von Hysterie, Adrenalin, Wut und Angst beflügelt wurde, doch sie wußte auch, daß sie das Richtige tat. Ein Schritt vorwärts, den nächsten, wieder einen. Und dann hatte sie einen plumpen, kleinen Roboter mit seiner unheilvollen Last eingeholt. Sie erkannte die Sensoren, die sie schon bei dem Skorpion gesehen hatte, der McGillicutty getötet hatte.

Sie hob den Hammer und schlug zu.

Die kleine Maschine ließ die Last fallen, taumelte ein paar Schritte vorwärts und stürzte dann mit schlegelnden Beinen in den Sand. Seine Kameraden ignorierten den Vorgang und umgingen die Störstelle einfach. Jansen kniete sich hin, legte die Arme um die Maschine und hob sie an. Sie war erstaunlich leicht. Hinter ihr kniete Marcia sich hin, hob das Ding auf, das sie als Ei bezeichneten, und wiegte es in den Armen. Die Blicke der beiden Frauen trafen sich, und sie sahen sich für einen langen Moment an. Zu viel war geschehen.

Wortlos drehten sie sich um und gingen, so schnell sie konnten, zum entfernten Lager der Menschen.

Kapitel Neunzehn

Der ›Kaninchenbau‹

»Was muß ich denn noch tun, um Sie zu überzeugen. Es ist ein Felsbrocken«, sagte Mercer Sanchez übellaunig. »Hiram McGillicutty ist tot, Sie haben Ihr Leben für den Diebstahl eines Felsbrockens riskiert, und wir haben anderthalb Tage mit der Bestätigung dieser Tatsache vertan.«

Jansen Alter runzelte die Stirn und starrte auf das eiförmige Ding, das mitten auf dem Operationstisch lag. Sie befanden sich in dem Feldlazarett, in dem auch Coyote Westlake behandelt wurde. Weil es keine nennenswerten Verluste gab, war das Lazarett zu einem Labor umfunktioniert worden. »Sind Sie sicher?« fragte Jansen. Das reglos auf dem Tisch liegende Ding sah verdammt nach einem Felsbrocken aus. Es handelte sich um ein braunes ovoides Objekt, das ungefähr die Länge von Jansens Unterarm hatte und vielleicht halb so breit war.

Frustriert schüttelte Mercer den Kopf. »Ich bin Geologin, um Himmels willen, und Sie sind auch eine. Natürlich bin ich sicher, daß es sich um einen Felsbrocken handelt. Wir haben ihn geröntgt, Proben genommen und sie unter dem Elektronenmikroskop untersucht und Löcher hineingebohrt. Es ist eine Probe eines ganz normalen Asteroiden, ein Brocken aus gediegener anorganischer Materie, mit Spuren von organischen Substanzen. Wäre ich eine Mineurin, würde ich mich glücklich schätzen, wenn ich eine Ader von dem Zeug fände und es in Ceres verkaufen könnte. Gediegenes, wasserhaltiges Erz. Aber es weist keine innere Struktur auf.«

»Das verstehe ich nicht«, sagte Jansen. »Die Träger-Roboter haben diese Dinger wie rohe Eier behandelt.«

»Vielleicht haben die Roboter ein Faible für Felsen«, sagte Mercer. »Vielleicht wollen sie eine dekorative Mauer hochziehen.«

Die Tür schwang auf, und die mit einem Pyjama und einer Art Nachthemd bekleidete Coyote Westlake betrat den Raum. Sie sah matt und bleich aus, aber viel besser als noch am Tag zuvor.

»Weshalb liegen Sie nicht im Bett?« fragte Jansen. »Sie sollten sich noch ausruhen.«

»Da möchte ich Ihnen nicht widersprechen«, sagte Coyote mit bemüht ruhiger Stimme. »Aber mein Zimmer dient nun als Schlafraum für ein paar Arbeiter der Nachtschicht. Einer von ihnen schnarcht. Bin aufgewacht, habe das Zimmer verlassen und wandere nun durch das Gebäude.« Mit einem Kopfnicken schaute sie auf das Fels-Ei. »Irgendwelche Fortschritte?« fragte sie.

»Nichts«, sagte Jansen und unterzog Coyote einer gründlichen Musterung. Offensichtlich war sie noch immer ein Nervenbündel und stand am Rand eines Nervenzusammenbruchs. Man mußte behutsam mit ihr umgehen. »Wir geben es auf. Mercer hat beschlossen, daß es sich bei unserem wertvollen Ei um einen Felsbrocken handelt. Einen stinknormalen Felsbrocken. Gibt es sonst noch etwas?«

Coyote schüttelte den Kopf. »Dieser Roboter-Spezialist Smithers ist endlich aus Port Viking eingetroffen, und sie sezieren gerade im anderen Operationsraum den Träger-Roboter.«

»Sie *sezieren* ihn?« fragte Jansen. »Werden Roboter denn nicht zerlegt?«

»Dieser nicht«, sagte Coyote. »Sondra sagte, er hätte anscheinend auch organische Komponenten.« Coyote schlurfte durch den Raum. »Irgendwelche Neuigkeiten von draußen?« fragte sie.

»Reichlich«, sagte Jansen. »Wir haben bereits zehn Landezonen, und wahrscheinlich werden bald noch welche hinzukommen. Bisher liegen alle exakt auf dem Äquator. Zwischen fünf und vierzig *Lander*-Asteroiden pro Landezone. Und die *Lander* in den Zonen Drei und Vier haben sich zu Pyramiden aufgetürmt, genau wie unsere.«

Jansen sah, daß Coyotes Gesicht sich bei dieser Mitteilung verfärbte. Nun, wenn jemand allergisch auf Neuigkeiten von den Charoniern reagierte, dann Coyote.

Zusammen mit den anderen hatte Jansen die Vorgänge in der Landezone Eins beobachtet. Sie war perplex. Es hatte nämlich den Anschein, als ob alle Zonen nach dem gleichen Muster angelegt wurden, wenn auch mit zeitlicher Verzögerung.

Eines hatten sie bereits in Erfahrung gebracht: die *Lander*-Kreaturen variierten deutlich in Farbe, Größe und Gestalt, und die sie begleitenden Maschinen und Kreaturen waren ebenfalls von *Lander* zu *Lander* verschieden. Der erste *Lander* wurde fast ausschließlich von Robotern begleitet, und der vierte fast nur von kleineren Ausgaben seiner selbst.

Allem Anschein nach entsprachen die Kreaturen und Geräte in funktionaler Hinsicht ihren Gegenstücken an Bord der anderen Asteroiden. Die Unterschiede schienen eher in der Form als in der Funktion zu liegen.

Jeder gelandete Asteroid enthielt eine der riesigen *Lander*-Kreaturen. In jeder Landezone gingen die *Lander* auf die gleiche Art vor. Die *Lander* schlüpften aus den Asteroiden. Dann marschierten alle *Lander* der Gruppe auf eine Sammelstelle zu, wobei sie ein großes schwebendes, sphärisches Objekt hinter sich herzogen. Bei den schwebenden Sphären mußte es sich um Gravitationsgeneratoren handeln. Während die *Lander* zusammenkamen, zerlegten die Hilfskreaturen und Maschinen die Träger-Asteroiden.

Anschließend schlossen die *Lander* sich zusammen, wobei sie sich nicht nur berührten, sondern zusammenflossen und zu einem größeren Wesen verschmolzen. Dann bildeten jeweils vier bis vierzig dieser großen Objekte eine Pyramide, wobei die Gravitationsgeneratoren wie Luftballons über der Pyramidenspitze schwebten.

Jansen drehte sich um und schaute durch ein Sichtfenster in den Operationsraum. In diesem Zustand befanden die *Lander* von Zone Eins sich seit diesem Morgen. Und nun, drei Kilometer entfernt, entfaltete sich vor ihren Augen das bisher bizarrste Schauspiel. Die Hilfs-Entitäten und Roboter aller *Lander* errichteten eine große Struktur um die Pyramide der Kollektivwesen, wobei die Struktur direkten Kontakt mit den Körpern der *Lander*-Kreaturen hatte.

Die Abläufe in den anderen Zonen waren noch nicht so weit gediehen wie in Zone Eins. Niemand wußte, was geschehen würde, wenn die Hilfstruppen die Arbeit beendet hatten. Die Strukturen waren gewaltig, wobei selbst die kleinste noch größer war als die größte ägyptische Pyramide.

Coyote trat hinter sie und schaute ebenfalls aus dem Fenster.

»Schau sich einer diese Hundesöhne dort draußen an«, sagte sie. »Was, zum Teufel, bauen sie da?«

»Weiß der Geier«, sagte Jansen. Zumal es nicht sinnvoll war, daß Coyote sich mit der riesigen Kreatur beschäftigte, mit der sie einen Asteroiden geteilt hatte. Jansen wechselte das Thema. »Hat man durch die Zerlegung des Träger-Roboters schon irgendwelche Hinweise erhalten?«

»Wer weiß?« sagte Coyote müde und abwesend. Es gab schon genug Geheimnisse, mit denen sie sich befassen mußte. »Marcia und Sondra sind heute draußen und versuchen, der Sache auf den Grund zu gehen.«

Jansen sah Mercer an. »Willst du mal einen Blick darauf werfen?«

»Wieso nicht?« sagte Mercer. »Hier ist eh nichts los. Wo lagern wir den Felsbrocken? Oder sollen wir ihn einfach wegwerfen?«

Hastig drehte Coyote sich um und schaute sie an. »Laßt ihn hier und tut so, als ob ihr ihn noch untersucht«, sagte sie. »Solange der Stein sich hier befindet, verfügt ihr nämlich über diesen Raum, und niemand sonst kann ihn für ein Experiment mit Beschlag belegen. Das ganze Lager wimmelt von Leuten, die sich irgendwo ausbreiten wollen. Ich würde gern in einem Raum schlafen, in dem kein Schnarcher liegt.«

Jansen nickte grinsend. Coyote Westlake hatte wirklich gute Einfälle. »Du bist ziemlich gerissen, Coyote. Du würdest eine gute Marsianerin abgeben. Komm, Merce, sehen wir MacDougal und Berghoff beim Sezieren eines Aliens über die Schulter.«

Die beiden Geologinnen verließen den Raum, und Coyote legte sich auf den Operationstisch. Der andere Operationstisch, auf dem der eiförmige Felsbrocken lag, war gerade einen Meter entfernt. Sie war müder, als sie geglaubt hatte. Nach einer halben Minute war sie eingeschlafen.

Sonst hätte sie nämlich das leichte Zittern auf dem anderen Tisch wahrgenommen.

Der zweite Operationsraum war zum Bersten voll mit Technikern, Zuschauern und Wissenschaftlern, die einen Blick auf die Innereien des Träger-Roboters erhaschen wollten. Jansen mußte sich auf die Zehenspitzen stellen, um von der Tür aus etwas zu erkennen. Marcia MacDougal führte in ihrer Eigenschaft als qualifizierte Exobiologin die Sektion durch, und Sondra assistierte ihr. Beide trugen Chirurgenhandschuhe und Mundschutz. Jeder im Raum trug einen Mundschutz. Das beunruhigte Jansen. Sie hatte sich wohl schon gefragt, ob ein Mensch sich bei einem Außerirdischen infizieren könne – aber bei ihren Robotern? Ihr Blick fiel auf einen Mundschutzspender neben der Tür. Sie zog zwei und gab einen davon Mercer.

Sondra und Marcia hatten den größten Teil der Außenhaut des Träger-Roboters entfernt. Nun eröffnete sich ihnen der Blick auf hydraulische und mechanische Komponenten – und auf etwas, das eine frappierende Ähnlichkeit mit Lungen und einem Kreislauf aufwies. Einige dem Roboter entnommene kleinere Module lagen auf einem Beistelltisch, und ein Mann, bei dem es sich um Smithers, den Roboterexperten aus Port Viking handeln mußte, untersuchte sie mit einer Lupe.

Marcia sprach während der Arbeit in ein Kehlkopfmikrofon, wie ein Pathologe, der eine Autopsie vornimmt. »Nur die wenigsten Baugruppen des Roboters sind auf Anhieb verständlich oder auch nur als solche zu identifizieren, aber das ist auch nicht weiter verwunderlich«, sagte sie. »Aber wir werden schon dahinterkommen. Die Daten, die wir aufgrund der Funkverbindung zwischen dem Mond und den Charoniern gewonnen haben, müßten uns wertvolle Hinweise auf die dem Roboter zugrunde liegenden konstruktiven Merkmale geben. Obwohl ›Konstruktion‹ vielleicht nicht das richtige Wort ist. Aufgrund der redundant erscheinenden Subsysteme im Innern des Robots liegt der Schluß nahe, daß die Konstruktion dieser Maschine sich zum Teil ›entwickelt‹ hat und nicht nur eine Ingenieursleistung darstellt.«

Sondra Berghoff beugte sich über den Roboter und stocherte mit einer Sonde in ihm herum. »Bingo«, sagte sie triumphierend. »*Das hier* kommt mir bekannt vor.« Sie nahm ein Schneidwerkzeug und trennte ein Modul ab. Dann hob sie das Teil vorsichtig aus dem Torso des Roboters und präsentierte es den Umstehenden.

Smithers kam vom anderen Tisch herüber, um einen Blick darauf zu werfen. »Was ist das?« fragte er.

»Und woher wollen Sie überhaupt wissen, was das ist?« fragte Jansen. Die Baugruppe sah nämlich genauso aus wie all die anderen Komponenten, die dem Roboter bereits entnommen worden waren.

»Es handelt sich um einen Gravitationswellen-Empfänger«, erklärte Sondra. »Jedoch um einen sehr kleinen und sehr fremdartigen.« Mit einem behandschuhten Finger zeigte sie auf ein glitzerndes Kegelpaar, das an den Spitzen miteinander verbunden war. Das Gebilde wurde von einem Drahtgeflecht umhüllt. »Doch solche Komponenten wie Antennen müssen eine bestimmte Form und Struktur besitzen, wenn sie funktionieren sollen. Und *dieses* Ding hier ist eine miniaturisierte Gravitationswellen-Antenne. Aber sie hat keinerlei Ähnlichkeit mit den G-Wellen-Empfängern, die ich bisher gesehen habe. Wie der Unterschied zwischen einem Mittelwellen- und UKW-Radio. Ein für den Empfang von Mittelwellen konzipierter Empfänger würde ein UKW-Signal nicht einmal *auffangen*.«

Sondra drehte das Ding um und inspizierte es erneut. »Wenn sie Geräte bauen, um Signale zu empfangen, müssen sie diese Signale auch senden. Wenn wir dahinterkommen, wie dieses Ding funktioniert«, sagte sie, »sind wir imstande, selbst solche Empfänger zu bauen und Funkgespräche der Charonier abzuhören, von denen wir bisher nicht einmal wußten, daß sie geführt werden.«

Mercer beugte sich zu Jansen hinüber. »Janse, wir müssen ein paar Aufnahmen von diesem Ding machen. Ich habe einen Kumpel in Port Viking, der sich sehr dafür interessieren wird.«

»Warte eine Sekunde. Ich habe meine Kamera im anderen Operationsraum liegen lassen«, sagte Jansen. Sie verließ den Raum und ging den Korridor entlang.

Coyote Westlake schreckte aus dem Schlaf. Sie hatte ein Geräusch hinter sich gehört. Im ersten Moment fragte sie sich, wo sie überhaupt war. Das hier war nicht ihre Schutzhütte. Doch dann fiel ihr alles wieder ein. Sie befand sich im Feldlazarett und hatte auf dem Operationstisch ein Nickerchen gemacht. Doch was hatte dieses Geräusch in ihrem Rücken zu bedeuten? Sie rollte sich auf die andere Seite, um der Sache auf den Grund zu gehen.

Und erstarrte.

Dieser Felsbrocken war kein Felsbrocken mehr.

Er hatte zwei Stielaugen ausgefahren, einen Mund ausgebildet und zwei Gliedmaßen. Ansonsten sah er noch immer aus wie ein Stein, doch nun schälten sich vor ihren Augen Stücke der Oberfläche ab und enthüllten eine schimmernde Haut.

Und die Entität sah sie mit Augen an, die sie wieder in ihren schlimmsten Alptraum zurückversetzten. Das Auge im Stein.

Mit pochendem Herzen setzte Coyote sich auf dem Tisch auf und stieg vorsichtig hinunter, wobei sie darauf achtete, daß der Tisch sich zwischen ihr und dem Felsen-Monster befand.

Sie mußte dieses Ding töten. Es bewegte sich vorwärts, auf sie zu, und gab dabei ein merkwürdiges schnüffelndes Geräusch von sich. Dann verharrte es an der Tischkante und schwenkte die Stielaugen nach unten, um die Lage zu sondieren.

Coyote nutzte die Gelegenheit, um sich bis an die Wand zurückzuziehen. Sie hielt verzweifelt nach einer Waffe Ausschau. Mercers Geologenausrüstung. Ihr Laser. Sie sah ihn aus der Tasche lugen.

Coyote schlich an der Wand entlang durch den Raum zum Laser. Das Felsen-Monster hatte sich von der Tischkante zurückgezogen und beobachtete sie wieder. Noch drei Schritte. Zwei. Einer. Coyote schnappte sich den Laser; die plötzliche Bewegung beunruhigte das Felsen-Monster. Es stieß ein aggressives Knurren aus und schien sich ein wenig auf dem Tisch aufzurichten.

Coyote warf einen Blick auf den Laser und fummelte an den Reglern herum. Gebündelter Strahl, maximale Leistung. Als sie aufschaute, sah sie, daß das Ding das Maul aufriß und rasiermesserscharfe Zähne fletschte.

Plötzlich bewegte sich etwas an der Tür. Aus einem Reflex heraus brachte Coyote den Laser in Anschlag.

Jansen Alter betrat den Raum und erstarrte. Das Felsen-Monster schwenkte die Augen auf sie. »O mein Gott«, sagte sie schließlich. »Was ist …«

»Ein Felsbrocken ist es jedenfalls nicht, das ist verdammt sicher«, zischte Coyote. Erneut brachte sie den Laser in Anschlag, zielte mitten zwischen die Augen der Entität und betätigte den Auslöser. Die Kreatur stieß einen Todesschrei aus, als der rubinrote Strahl sich in ihren Kopf bohrte. Die Haut warf Blasen und platzte auf. Das Ding fiel vom Tisch, und beim Aufprall auf den Boden wurde dunkelbrauner Schleim verspritzt.

Coyote Westlake verspürte eine Aufwallung des Überschwangs. Sie hatte es getötet. Diesmal hatte sie gewonnen. Doch noch hatte sie das Trauma nicht überwunden. Mit der Liquidierung eines Felsen-Monsters war es nicht getan.

Dennoch glänzten ihre Augen, als sie über den Schleim trat und Jansen den Laser aushändigte. »Sorge dafür, daß es diesmal wirklich tot ist«, sagte sie.

Die kalten Sterne am Himmel über dem Nordpol des Mondes schienen über der geschäftigen Gruppe am Boden. Eine Gruppe von Ingenieuren wartete gespannt in der transparenten Druckkuppel und beobachtete das Längungsmeßgerät des Fusionsbohrers. Larry, der noch immer den G-Wellen-Detektor in der Hand hielt, der sie an diesen Ort geführt hatte, stand etwas abseits von den anderen und wünschte sich, daß sie alle aus ihren Druckanzügen steigen könnten. Doch es herrschte noch kein Druck in der Kuppel, und wenn sich demnächst doch welcher aufbauen würde, wäre er noch immer viel zu niedrig. Alle am Pol versammelten Personen waren über das *Rad* informiert worden – doch es hätte eines Vulkanausbruchs auf dem Mond bedurft, um die meisten zu überzeugen. Die Mehrheit der Techniker war skeptisch, um es vorsichtig zu formulieren.

Larry war müde, aber das war auch verständlich. Man hatte ihn mitten in der Nacht geweckt, gleich nachdem die Neuigkeiten vom Mars eingetroffen waren. Wenigstens Lucian durfte weiterschlafen. Der von der eiligen Fahrt nach Central City und zurück erschöpfte Lucian brauchte seinen Schlaf.

Larry betrachtete die in der Kuppel stattfindenden Aktivitäten. Vor vier Stunden war dieser Ort noch ein Stück öder Mondlandschaft gewesen. Doch dann war die Nachricht vom Mars eingetroffen, mit einer Beschreibung des modifizierten Gravitationswellen-Detektors und einer Bauanleitung. Die Bestätigung, daß er eine Art von Gravitationswellen-Signalstrahl empfing, war bald darauf erfolgt.

Der Detektor war leicht zu konstruieren und zu benutzen – und nachdem sie ihn eingeschaltet hatten, führte er sie geradewegs zu diesem Ort.

»Widerstand geht gegen Null«, rief der Maschinenführer. »Wir brechen durch ...«

Jubel ertönte, der jedoch sofort von einer Wolke aus Staub und giftgrünem Gas erstickt wurde, die aus dem Bohrloch aufwallte. Weil die Marsianer sie indes auch davor gewarnt hatten, war eigens die Kuppel errichtet worden.

»Der Tunnel steht unter Druck«, sagte der Vorarbeiter des Bohrtrupps und kam auf Larry zu. »Weiß der Geier, was für ein Siff das ist«, sagte er und wedelte mit der Hand den Nebel beiseite. »Sieht so aus wie das Zeug, das sie auch auf dem Mars hatten. Wissen Sie, was das ist?«

»Mit größter Wahrscheinlichkeit biologische Abfallprodukte.«

»Vom *Rad?* Wollen Sie damit sagen, daß wir in gasförmiger *Rad*-Scheiße herumtappen?«

Larry drehte die Handflächen nach außen, die Geste, die ein in einem Druckanzug steckender Mensch anstelle des Achselzuckens machte. »Könnte sein. Wahrscheinlich. Ihre Vermutung ist so gut wie meine. Aber sind wir durch? Sind wir in den Kaninchenbau eingedrungen?«

»Der Bohrkopf wird gerade hochgezogen. Dann lassen wir eine Kamera hinunter und schauen nach, was wir gefunden haben. Ja, wir sind durch. Wenn ich Sie wäre, würde ich Ihren Kumpel wecken und die Teleoperator-Ausrüstung in Betrieb nehmen.«

Larry sah zu, wie Lucian sich in den verstärkten Druckanzug zwängte. »Kommst du mit diesem modifizierten Gravitationswellen-Kram klar?« fragte er. »Er könnte zwischen Leben und Tod entscheiden.«

Lucian nickte mürrisch. »Ja, ja«, sagte er. »Das weiß ich selbst.« Er drehte sich um und schaute den Techniker, der ihm beim Anlegen des Anzugs half, grimmig an. »Und du paß mit dieser Klammer auf«, sagte er schroff. »Du sollst den Anzug nur anschließen und mir nicht den Arm amputieren.«

Larry sah auf die Uhr. Er würde bald aufbrechen müssen, wenn er rechtzeitig in das Steuergerät für den Teleoperator einsteigen wollte. »Schau, hier ist noch etwas, das du wissen mußt. Das Felsen-Monster hat innerhalb von wenigen Minuten Augen, ein Maul und Beine ausgebildet. Es besaß einen Kreislauf und ein Nervensystem, und dort, wo das Gehirn hätte sein müssen, befanden sich elektronische Schaltkreise. Offensichtlich war der Felsbrocken schon die ganze Zeit in der Lage gewesen, diese Verwandlung durchzuführen. Das wird als *existierender impliziter Befehl* bezeichnet, was auch immer es bedeuten soll. Der Punkt ist, daß das Felsen-Monster sich die ganze Zeit als Felsbrocken getarnt hatte. Die Nachricht vom Mars besagt, daß das Felsen-Monster bis zum Erwachen nicht von anderen Felsbrocken des Asteroiden zu unterscheiden war. Diese Dr. Mercer Sanchez glaubt, daß es sich bei einigen der Asteroiden, deren organische Materie wir ausgebeutet hatten, eigentlich um *Lander*-Kreaturen handelte, die in eine Art Kokon eingesponnen waren. Und frag mich nicht, wie eine solche Tarnung auf der molekularen Ebene überhaupt möglich ist. Darauf weiß niemand eine Antwort.«

Lucian runzelte die Stirn. »In anderen Worten, etwas, das dort unten wie ein Felsbrocken aussieht, erwacht vielleicht plötzlich zum Leben und beißt mich in den Arsch«, sagte er. »Wie ist das möglich?«

»Die Frage müßte anders lauten. Zum Beispiel ›weshalb‹? Diese Dinger sind so groß wie Berge. Sie landen auf einem Planeten und übernehmen ihn einfach. Aber sie tarnen sich als Felsbrocken und verstecken sich, vielleicht für Millionen Jahre. *Wovor* verstecken sie sich also? Was ist so gefährlich, daß *sie* Angst davor haben?«

Nun wurden Lucian und der Techniker hellhörig.

»Mein Gott«, sagte Lucian. »So hatte ich es noch gar nicht gesehen. Aber *weshalb?* Weshalb landen Asteroiden auf dem Mars und errichten Pyramiden?«

»Und auch auf der Venus, dem Merkur und den größeren Monden der äußeren Planeten«, sagte Larry. »Diese Nachrichten gehen von überallher ein: Radarechos von der Venus, Überflüge auf der Tagseite des Merkur und Augenzeugenberichte von Ganymed und Titan. Diese Objekte gehen überall nieder.«

»*Weshalb?* Und wer? Wer tut so etwas? Führen die *Lander*-Kreaturen Regie, oder ist es das *Rad* – oder sonst etwas?«

»Finde die Antwort auf diese Fragen, und du hast

den Jackpot geknackt«, sagte Larry und rang sich ein Lächeln ab. Die Spannung zwischen den beiden hatte sich gelöst, zumindest für den Augenblick.

»Etwas Neues vom Bohrtrupp?« fragte Lucian.

»Kurz bevor Sie gekommen sind, haben wir einen Funkspruch erhalten. Die Bestätigung erfolgte vor ein paar Minuten: wir sind in einen Hohlraum vorgestoßen. Sie haben eine Kamera hinuntergelassen – und in sechshundert Metern Tiefe einen Schacht mit fünfzig Metern Durchmesser entdeckt. Nun setzen sie einen Spezialbohrer ein, um das Bohrloch zu verbreitern. Der Vorarbeiter sagte, es handele sich um einen ganz normalen Arbeitsgang.«

Lucian nickte hölzern. »Nur daß der nächste Arbeitsgang darin besteht, mich in ein vierzig Kilometer tiefes Loch abzuseilen«, sagte er.

Larry schauderte bei diesem Gedanken, während der Techniker die letzten Handgriffe am Anzug erledigte. Doch was hätten sie sonst tun sollen? Mit einem Raumschiff einfliegen?

Das hatte man bereits erwogen und einen kleinen, raketengetriebenen Gleiter zum Pol geflogen, für alle Fälle – aber das Risiko war einfach zu groß. Lucian abzuseilen war schon riskant genug, aber mit einem Gleiter in eine abgeschlossene, unter Druck stehende Umgebung einzufliegen war schier selbstmörderisch.

Doch angenommen, das Kabel riß? Was, wenn einer dieser Skorpion-Roboter dort unten lauerte und das Kabel durchtrennte?

Larry war sicher, daß sie eine bessere Lösung finden würden, wenn sie mehr Zeit hätten. Doch sie hatten keine Zeit mehr. Diese verdammten Pyramiden wurden auf jeder Welt errichtet, mit Ausnahme des Mondes. Sie mußten erfahren, welchem Zweck sie dienten.

Zumal sie sich selbst eine Frist gesetzt hatten. Die *Heiliger Antonius*, die mit Schleichfahrt flog, um der

Aufmerksamkeit der Charonier zu entgehen, würde am nächsten Tag die Position der Erde erreicht haben. Es bestand keine Möglichkeit, die Sonde zu verzögern, geschweige denn zu stoppen. Das war auch nicht geplant. Verzögerung bedeutete vielleicht Entdeckung. Doch wenn die *Heiliger Antonius* erst einmal das Wurmloch durchflogen hatte, war das Spiel schon so gut wie gewonnen.

Die Anführer der Charonier – wer auch immer und was auch immer sie waren – würden weitere Kontakte aller Voraussicht nach unterbinden. Die Welten brauchten jedes Bit, das sie bekommen konnten. Jede Information, die die Forscher im Sonnensystem an die *Heiliger Antonius* übermittelten, bevor die Sonde im Wurmloch verschwand und sich auf die Suche nach der Erde begab, war wertvoll.

Und es sprach viel dafür, daß die Antworten auf dem Grund des *Kaninchenbaus* warteten. *Hinunter ins Loch.* Larry schauderte schon bei dem bloßen Gedanken.

Plötzlich blinzelte Larry und kam wieder zur Besinnung. »Die Nachrichten vom Mars besagen noch etwas anderes. Wir sind nun in der Lage, ihre Gravitationswellen-Übertragungen abzuhören. Die Werkstatt fertigt Induktionswanzen an, die wir mit hinunternehmen. Damit fangen wir alle Signale auf, die das Rad abstrahlt. Sie werden in Funksignale konvertiert und zur Oberfläche gesendet. Das Problem ist nur, daß die Induktionswanzen physikalischen Kontakt mit dem Objekt haben müssen, das abgehört werden soll.«

Lucian sah Larry düster an. »Und ich bin derjenige, der sie dort anbringt. Super.«

Der Aufzug war ein offener Gitterrohrkäfig mit einer Breite von drei Metern, der vor Ort zusammengeschweißt und anschließend durch eine Frachtschleuse in die Druckkuppel geschoben worden war. Der in einem verstärkten Druckanzug steckende Lucian stand auf der anderen Seite der Schachtöffnung und beäugte den Käfig skeptisch. Er stand direkt an der Kante der Grube.

Weil das in der transparenten Druckkuppel gefangene grünliche Gas nicht entweichen konnte, war es dort so dunstig, daß die Konturen der kalten, grauen Landschaft verschwammen. Dadurch wirkte die Mondoberfläche noch deprimierender. Der kompakte Spezialbohrer ruhte auf dem Boden außerhalb der Kuppel, und die Bulldozer waren noch immer mit der Räumung der großen Mengen pulverisierten Gesteins beschäftigt, die der Bohrer an die Oberfläche befördert hatte.

Lucian betrat den Käfig, setzte sich auf die Sitzbank und musterte seinen Begleiter bei diesem kleinen Ausflug. Er saß reglos auf einem Paket mit Funkausrüstung. Ein humanoider Teleoperator. Und ein häßlicher dazu: mit seinen Kanten, Kameras, Drähten und Stellmotoren hatte er mehr Ähnlichkeit mit einem Skelett als mit einem Menschen. Das dunkle, metallene Gestell wirkte hager und drahtig, und das Objekt auf seinen Schultern verdiente nur deshalb die Bezeichnung ›Kopf‹, weil es sich zufällig in dieser Position befand.

Zwei Kameralinsen übernahmen die Funktion der Augen, und zwei bizarr geformte Mikros nahmen den Platz der Ohren ein. Ein halbes Dutzend weiterer Linsen, Verstärker und Richtmikrofone vervollständigten die Sinne des Operators. Im Moment befand er sich im Bereitschaftsmodus, was Lucian begrüßte. Es vermittelte ihm ein Gefühl der Privatsphäre.

Die Präsenz des Teleoperators behagte ihm nicht. Die meisten Leute hätten dieses Ding als Roboter eingestuft und es dabei belassen – schließlich sah das Gerät auch aus wie ein humanoider Robot –, doch die meisten Leute mußten mit ihm auch nicht in den Mond einfahren. Lucian mußte sich den Unterschied immer bewußt machen. Ein echter Roboter ist zu eigenen Wahrnehmungen, Handlungen und *Gedanken* befähigt. Nur daß kein Roboter so intelligent war, daß man sich in einer solchen Situation auf ihn hätte verlassen können.

Lucian spürte, wie Zorn von ihm Besitz ergriff. Larry würde an der sicheren Oberfläche bleiben und den angenehmen Schauder der virtuellen Realität verspüren, während Lucian sich real in Gefahr begab. Aber das zu sagen war unfair. Eigentlich hatte Larry gehen wollen, doch Daltry hatte das verhindert und statt dessen Lucian geschickt, als der sich vorgedrängt hatte. Vielleicht war es wirklich Larry Chao, dem sie alle seiner blödsinnigen Experimente wegen diese Katastrophe zu verdanken hatten, doch Lucian wußte auch, daß Larry sicher kein Feigling war.

Der Teleoperator sollte Lucian die Arbeit erleichtern. Die gesamte Kommunikation zwischen Lucian und den Leuten an der Oberfläche würde über Larry und den T.O. laufen, so daß Lucian nur eine Kontaktperson hatte. Der T.O. würde sämtliche Kameras einschalten und alles aufzeichnen, so daß Lucian nicht selbst Aufnahmen machen mußte.

Doch was am wichtigsten war, Larry saß im Steuergerät des Teleoperators und paßte auf Lucian auf.

Der Maschinenführer schaltete die Winde ein, wickelte das Kabel auf und hob den Käfig an. Er pendelte für einen Moment, bis die Schwingungsdämpfer aktiviert wurden, und dann schwenkte der Maschinenführer den Käfig über die Schachtöffnung.

Lucian schaute nach oben. Der Käfig hing an vier dünnen Kabeln, von denen jedes einzelne imstande war, das Gewicht des Käfigs zu tragen. Die Kabel liefen über eine spezielle Winde, welche die Last automatisch auf die anderen Stränge verteilte, falls ein Kabel riß, und die Kabel so nachführte, daß der Käfig sich immer in der Waagrechten befand. Der Maschinenführer würde die Kabel alle fünfhundert Meter mit Schwingungsdämpfern versehen, um zu verhindern, daß der Käfig wie ein Pendel ausschlug. In Anbetracht der kurzen Zeit, die ihnen für die Montage zur Verfügung gestanden hatte, war das eine beeindruckende Leistung.

Lucian winkte dem Maschinenführer und der anonymen Gruppe in Schutzanzüge gehüllter Gestalten zu, die in der transparenten Kuppel standen. Es war schon merkwürdig, wenn man nicht wußte, welche Person sich in welchem Anzug verbarg. War eine von ihnen Larry? Oder saß der schon im Steuergerät des T.O.? Weshalb, so fragte Lucian sich, machte er sich gerade jetzt darüber Gedanken? Nun wickelte die Winde das Kabel ab. Der Käfig senkte sich in die Dunkelheit und verschwand im Innern des Mondes. Lucian schaltete die Beleuchtung des Käfigs ein, als kein Licht mehr von oben einfiel.

Lucian war zur Passivität verurteilt. Er hätte irgend etwas tun wollen, doch die Ingenieure hatten ihm geraten, sich so wenig wie möglich zu bewegen. Je weniger Schwankungen auftraten, desto geringer war die Wahrscheinlichkeit, daß der gleitende Bewegungsablauf gestört wurde und eine Resonanzkatastrophe eintrat. Die Kenntnis dieser Zusammenhänge erleichterte ihm das Stillsitzen indes auch nicht.

Auf den ersten dreihundert Metern tat sich überhaupt nichts. Der Schacht glich den perfekten Standardschächten, welche die *Conners* zu Tausenden in den Mond getrieben hatten. Der erste Abschnitt des Schachts war beinahe tröstlich und wirkte trotz der grünlichen Luft irgendwie vertraut.

Doch dieser Effekt hielt nicht lange an. Lucian beugte sich über die Kante der Sitzbank und schaute nach unten. Er erkannte ein dunkles Loch am Ende des von Menschenhand geschaffenen Schachts, das viel zu tief lag, als daß die Lampen des Aufzugkäfigs es ausgeleuchtet hätten. Dort. Dort befand sich der Übergang ins Unbekannte.

Plötzlich bewegte sich etwas an seiner Seite – fließende Lichtreflexe. Lucian wäre vor Angst fast aufgesprungen.

»Oh, tut mir leid«, ertönte Larrys Stimme im Helmlautsprecher. »Ich wollte dich nicht erschrecken. Ich habe nur dieses Ding eingeschaltet.«

»Verdammt, paß doch auf…« Lucian unterdrückte eine weitere Aufwallung irrationalen Zorns. »Mein Gott. Ja. Richtig. Du hast mich erschreckt. Wie fühlt dieses Ding sich an?«

»Es geht. Ich hatte schon auf Pluto damit zu tun. Außerdem ist diese Ausrüstung viel leichter. Es tritt keine relativistische Verzögerung auf.« Larrys Stimme kam Lucian merkwürdig körperlos vor, was vielleicht daran lag, daß der T.O. keine Entsprechung eines Munds hatte, die eine Stimme synthetisierte. Was er empfing, war Larrys Stimme, die von der Oberfläche über eine Funkbrücke vom T.O. zu den Anzuglautsprechern übertragen wurde. Er war durchaus an diese Art der Kommunikation gewöhnt und hatte auch schon mit körperlosen Stimmen gesprochen, die Leuten gehörten, welche er nie gesehen hatte. Aber *das*. Er sprach zu einer Maschine mit Larry Chaos Seele, einem Alien mit Larrys Bewußtsein. Er schauderte und verdrängte diese Gedanken.

Der T.O. beugte sich über den Rand des Käfigs und sah nach unten. »Wir nähern uns dem Ende des Bohrlochs«, verkündete der T.O..

»Richtig«, sagte Lucian schwach.

Der Käfig sank in die Tiefe. Das Loch im Boden des von Menschen geschaffenen Schachts wurde zusehends größer. Schwaden des grünlichen Gases waberten aus dem Loch und breiteten sich auf der Sohle des Schachts aus. Sie schienen sich schneller zu bewegen, als sie sanken. Lucian wußte, daß es sich um eine Illusion handeln mußte, die aus der Annäherung an das Loch resultierte. Der Geschwindigkeitsmesser zeigte nämlich eine konstante Sinkgeschwindigkeit an. Doch das war auch kein Trost. Er sah nach oben, in die Dunkelheit, die sie umfing, als die Lichter des Aufzugs erloschen und einem grünlichen Glühen wichen.

Er schaute wieder nach unten, gerade rechtzeitig, um den Durchgang durch das Loch mitzuerleben ...

... in eine unendliche, von grünem Nebel durchsetzte Dunkelheit. Die dünne Atmosphäre war nun nicht mehr pastellgrün, sondern sie hatte einen kräftigen Grünton angenommen, der die Sichtweite auf unter zehn Meter reduzierte. Sogar Larrys T.O., der sich in Reichweite von Lucian befand, verschwamm ein wenig.

Die Wände dieses riesigen Schachts waren überhaupt nicht zu sehen. Der glupschäugige Kopf des T.O. schwenkte, von Larry dirigiert, in alle Richtungen. Die Zusatzkameras des T.O. sondierten das Terrain. Weder Larry noch Lucian sagten etwas.

Lucian schaute nach oben und erhaschte einen letzten Blick auf die nebelumwaberte Schachtdecke. »Larry! Haben die Kameras die Decke erfaßt? Es handelt sich um blanken Fels.«

»Ja«, sagte der T.O. »Die Bergbau-Ingenieure schwören, daß die Oberfläche noch nie bearbeitet wurde. Vielleicht haben sie recht. Das würde auch erklären, weshalb wir bisher keinen Aushub auf der Oberfläche gefunden haben.«

»Wenn die Charonier das Loch nicht von der Oberfläche aus gegraben haben, wie haben sie das *Rad* dann nach unten transportiert?« fragte Lucian. »Und weshalb haben sie den Tunnel nicht durchgehend angelegt? Und wo ist der Aushub?«

Der T.O. zuckte in einer Karikatur von Larrys Motorik die Achseln. »Vielleicht hat es sich als viel kleineres Wesen an einer anderen Stelle der Oberfläche in den

Boden gegraben und das Gestein als Rohstoff verzehrt. Vielleicht hat das *Rad* diesen Schacht in Richtung der Oberfläche gegraben, um Baustoffe zu gewinnen. Vielleicht hat es den Abraum verdichtet, um die Wand des Schachts zu stabilisieren. Oder vielleicht gibt es hier unten auch ein winziges Schwarzes Loch, zu dem das fehlende Gestein verdichtet wurde.

Und was die Frage betrifft, weshalb es den Schacht nicht bis an die Oberfläche vorgetrieben hat, hätte ich eine andere Antwort. Vielleicht wird es eines Tages aus dem Innern des Monds hervorbrechen, genauso wie diese *Lander*-Wesen aus den Asteroiden gekommen sind, und bis es soweit ist, braucht es ein Versteck. Wer weiß?«

Lucian sträubten sich die Nackenhaare. Larry Chao verstand es wirklich, Schreckensszenarien zu entwerfen.

Dann setzten die beiden den Abstieg für lange Zeit schweigend fort, und während sie an den konturenlosen Wänden hinabglitten, verloren sie bald jedes Zeitgefühl. Lucian dachte an den ursprünglichen *Kaninchenbau* und daran, wie lange Alices Sturz gedauert hatte. Jedenfalls lang genug, um Langeweile zu verspüren und sich dumme Fragen zu stellen. »Fressen Fledermäuse Katzen?« murmelte er.

Der T.O. drehte sich zu ihm um. »Hast du etwas gesagt?« fragte er.

»Nein, nichts«, erwiderte er verlegen, ohne daß er einen Grund dafür gehabt hätte.

Dann herrschte wieder Schweigen. »Das ist aber seltsam«, ertönte Larrys Stimme. »Eigentlich müßte die Temperatur mit abnehmender Entfernung zum Kern hin steigen. Aber sie bleibt konstant und nimmt anscheinend sogar noch ab.«

»Vielleicht wandelt dieses verdammte *Rad* einen Teil der Wärme des Kerns in Energie für den Eigenbedarf um«, sagte Lucian. »Zwar nicht so viel, daß man es an der Oberfläche registriert, aber doch so viel, daß die Temperatur im Schacht sinkt. Vielleicht dient der Schacht als Wärmetauscher für das *Rad.*«

»Das wäre möglich.« Der Teleoperator ließ den Blick schweifen. »Ich glaube, der Nebel löst sich auf. Ich sehe die Wände des Schachts. Warte eine Sekunde; ich will einen Meßpuls nach unten schicken.« Es trat eine Pause ein. »Wir sind im Zielgebiet«, sagte Larrys Stimme. »Noch zwei Kilometer über der Sohle. Bald hast du es geschafft, Lucian. Der Maschinenführer reduziert nun die Sinkgeschwindigkeit des Käfigs.« Lucian spürte die Trägheitskräfte, als der Käfig langsamer wurde. Für eine Sekunde schwankte der Käfig, und vor Lucians geistigem Auge wurde der Aufzugkäfig in eine Schwingung versetzt, bis er schließlich an der Schachtwand zerschmettert wurde. Doch dann neutralisierten die Schwingungsdämpfer die Schwingung. Lucian stieß einen Seufzer der Erleichterung aus. Wenigstens würden sie nicht auf *diese* Weise umkommen. Obwohl es zweifellos noch eine Reihe anderer Möglichkeiten gab, mit denen sie auf der Sohle des Schachts rechnen mußten.

Der Rufer wurde sich der in sein Reich eindringenden Entitäten nur vage bewußt. Schließlich war er mit größeren Dingen beschäftigt; er leitete die Eroberung des Sonnensystems. Die minimalen Störungen am nördlichen Portal waren unwichtig. Die Instandhaltungssysteme bewältigten jedes Problem. Er zog es vor, sich auf seine Arbeit zu konzentrieren, auf die Koordination der Weltenfresser. Manchmal trieben sie einen zur Verzweiflung; seine Assistenten waren zwar zu großen Leistungen befähigt, nur daß es ihnen völlig an Flexibilität mangelte. In einem Anflug von Humor erkannte der Rufer, daß die Sphäre ihre Rufer wohl im gleichen Licht sehen mußte. Der Rufer erweiterte seine Kapazitäten in bezug auf Kontemplation, Selbstbewußtsein und Selbsterkenntnis. Diese Fähigkeiten würde er im nächsten

Stadium seiner Entwicklung brauchen. Ein Stadium, in dem sowohl der Rufer als auch das Sonnensystem sich dramatisch verändert haben würden.

Der Schweiß tropfte von Larrys Stirn. Allein das Stillsitzen in diesem Ding war schon anstrengend. Womit auch immer er Lucian beruhigen mochte, das Tragen des Steuergeräts eines Teleoperators war ein hartes Stück Arbeit. Das Exoskelett des Steuergeräts schirmte Larry fast völlig von den Blicken der Funktechniker am anderen Ende des Raums ab.

Das Steuergerät schwebte in der Luft, um einen Bodenkontakt zu vermeiden. Er konnte sich in allen Freiheitsgraden bewegen, ohne daß das Steuergerät die Position änderte. Es bewegte nur die Gliedmaßen, wobei diese Bewegungen auf den Teleoperator übertragen wurden.

Druckfühler in den Armen, Beinen und im Körper des Teleoperators selbst übermittelten ihre Wahrnehmungen an das Steuergerät, das die aus den Aktivitäten des T.O. resultierenden physikalischen Wahrnehmungen authentisch abbildete. Schon der schwächste Stromschlag löste eine Schmerzreaktion aus, die Larry davor bewahrte, den T.O. zu beschädigen.

Larrys Kopf steckte in einem großen Helm. Auf zwei Monitoren nahm er die Umgebung aus der Perspektive der Kameras des T.O. wahr. In Larrys Ohrhörer wurden die von den Außenmikros des T.O. aufgenommenen Geräusche von den Stimmen auf dem Kommunikationskanal überlagert.

Drähte und Stangen, Hebel und Sensoren: dieses Bild vermittelte das Steuergerät einem Außenstehenden.

Innen sah es allerdings anders aus. Larry war gar nicht in der Kommunikationszentrale präsent. Er fuhr zusammen mit Lucian in einem offenen Aufzug in diesen weiten Schacht ein, wobei die schwachen Lampen kaum die Dunkelheit durchdrangen und die übelriechende Luft an seinen Ohren vorbeistrich. All seine körperlichen Sinne waren auf einen Ort konzentriert, an dem er sich überhaupt nicht aufhielt.

Doch er wußte, daß diese Wahrnehmungen nicht real waren. Die Dunkelheit umfing ihn nicht, und ebensowenig strich der Wind an ihm vorbei. Der verängstigte Mann im Druckanzug, den er berühren konnte, war auch nicht da. Es war wie dieser seltsame Zustand, in dem er sich manchmal während eines Alptraums befand; er wußte wohl, daß der Traum nicht real war, und dennoch durchlebte er ihn und akzeptierte die Unwirklichkeit der Welt, während er noch gegen die Dämonen ankämpfte.

Doch diese Art der Entrücktheit war in einem Teleoperator-Steuergerät fehl am Platz. Er mußte vorbehaltlos glauben, daß er sich unten im Schacht befand. Denn diese Aktion *war* real, es ging um Leben oder Tod. Er schaute auf Lucian, der neben ihm auf der Sitzbank saß, mit dem Ausdruck nackter Angst in den Augen. Von der ordnungsgemäßen Durchführung hing ein Menschenleben ab: das von Lucian. Und vielleicht das Überleben der gesamten Menschheit.

Deshalb kam die ganze Sache ihm mitnichten wie ein Traum vor – eher wie ein Alptraum.

Lucian umklammerte die Lehnen der Sitzbank. »Fünfhundert Meter«, sagte Larry mit ruhiger Stimme. »Vierhundert. Wir verringern die Geschwindigkeit etwas. Kein Grund zur Sorge, Lucian – der Maschinenführer will den Käfig schon etwas früher anhalten, um ihn vor der Landung zu stabilisieren. Dreihundert Meter.«

Der Käfig bremste ab, und Lucian unterlag erneut der Wirkung der Trägheitskräfte. Was erwartete sie dort unten? Im Grunde wußten sie nicht mehr, als daß es sich um ein Band aus Gravitationsenergie handelte, das den Mond umspannte.

»Maschinen stop«, ertönte Larrys Stimme. »Der Entfernungsmeßpuls zeigt einen Schatten mit einer Höhe von über hundertachtzig Metern an. Alles ist stabil. Vernachlässigbare Pendelbewegung; die Kabel halten. Es sieht gut aus. Weiter geht's.«

Langsam setzte der Käfig sich wieder in Bewegung. Nun sahen sie deutlich die Schachtwände und erkannten, daß sie sich in einem schimmernden, tiefschwarzen Zylinder mit einem Durchmesser von hundert Metern befanden. »Lucian, sobald wir unten angekommen sind, nehme ich die Ausrüstung, und du springst aus dem Aufzug«, sagte Larrys Stimme. »Der Käfig wird bis zur Hundert-Meter-Marke hochgezogen und bleibt dort, bis wir ihn wieder anfordern.«

»Weshalb?«

»Um zu gewährleisten, daß wir die einzigen Passagiere sind. Schließlich wissen wir nicht, wer sich hier unten herumtreibt, stimmt's?«

»Ja, das stimmt. An dieses kleine Detail erinnere ich mich ganz sicher.«

Darauf erwiderte Larry nichts. »Fünfzig Meter«, sagte seine Stimme. »Vierzig. Dreißig. Werden langsamer. Zwanzig. Zehn. Werden langsamer. Ein Meter, Maschinen stop. Alles raus.«

Lucian erhob sich von der Sitzbank, trat vorsichtig an den Rand des Käfigs und schaute nach unten. »Das ist aber mehr als ein Meter«, wandte er ein. »Eher zwei.«

Der T.O. drehte sich um und schaute Lucian an. »Wäre es dir vielleicht lieber gewesen, sie hätten sich verschätzt und zwei Meter *unter* der Oberfläche angehalten?«

Grunzend schlurfte Lucian zur Kante der Plattform und sprang hinunter. In der geringen Schwerkraft des Monds hätte er weich aufkommen müssen, aber dennoch raubte der Aufprall ihm für eine Sekunde den

Atem, und er verlor das Gleichgewicht. Lucian stützte sich mit den Armen ab und kam mit dem Gesicht eine Handbreit über dem Boden zu liegen. »Ich habe soeben die erste Entdeckung bezüglich des Bodens hier unten gemacht«, sagte er. »Er hat eine sehr dunkle Farbe. Und er ist knackig.«

Der T.O. ließ die Ausrüstung an einem Seil hinunter und sprang dann selbst, wobei er sich noch ungeschickter anstellte als Lucian; er landete auf Händen und Knien. »Dieses Ding filtert die feintaktilen Reize aus«, sagte er. »Was meinst du mit ›knackig‹?«

Lucian erhob sich. »Eben knackig. Als ob man über Blätter gehen würde, wie in einem Park im Herbst. Der Boden ist rostfarben und trocken. Er erinnert mich an Blätterteig. Wenn man drauftritt, bricht man durch die Schichten durch bis zu dem, was sich darunter befindet.«

»Irgendwie wirkt er wie die Haut einer toten Schlange. Und überall liegt Müll herum«, sagte Larrys Stimme, wobei diese Kommentare eher für die Recorder an der Oberfläche als für Lucian bestimmt waren. »Defekte Geräte oder tote Lebewesen oder sonst etwas. Bruchstücke, die ich nicht identifizieren kann. Manche haben die gleiche rostige Farbe wie der Boden, andere sehen eher metallisch aus.«

Der T.O. stand auf und schaute sich um. »Soweit ist alles ruhig.«

Der Rufer verspürte einen Hauch von Irritation. Für eine Weile wußte er nicht, was los war. Er spürte etwas, zwei Entitäten, die sich auf seiner Haut bewegten – doch bei diesen Entitäten handelte es sich nicht um Einheiten, die seiner Kontrolle unterstanden. Zumal er die Wahrnehmungen der ferngesteuerten Einheiten auch hätte wahrnehmen müssen. Aber das war nicht der Fall.

In früheren Zeiten hätte der Rufer die unerklärlichen Daten sofort ausgeblendet und sich geweigert, ihr Vorhan-

densein zur Kenntnis zu nehmen. Doch der Rufer wuchs und entwickelte sich weiter. Das Erwachen seiner eigenen ferngesteuerten Einheiten aus dem langen Schlaf, das geschäftige Treiben der Instandhaltungs-Diener, die ihn mit externen Daten versorgten und die Wahrnehmungen von anderen Planeten hatten ihn dazu veranlaßt, genauer zu beobachten und seine Lernfähigkeit zu reaktivieren.

Es befanden sich keine hochwertigen ferngesteuerten Einheiten in diesem Sektor, höchstens ein paar kleine Teile-Verwerter, die den Schutt auf der abgestorbenen Außenhaut des Rufers nach brauchbaren Teilen und Materialien durchsuchten. Sie wären ihm in diesem Fall keine Hilfe.

Jedoch befanden sich zwei größere Arbeiter in der Nähe. Er würde sie anweisen, einmal nachzusehen. Und den Rufer im Notfall zu verteidigen.

Das Universum war nämlich ein gefährlicher Ort.

Der von den Aufzugslichtern angestrahlte Lucian erhob sich und versuchte, über seinen Schatten hinauszublicken. Auf einmal veränderte der Lichteinfall sich, und der Schatten verschwand, während der Aufzugskäfig wieder nach oben fuhr. Das Licht des Käfigs, das sie bisher im spitzen Winkel beschienen hatte, fiel nun senkrecht ein. Die Weitwinkel-Strahler des Käfigs strahlten die Wände der Kammer an.

Die beiden befanden sich in einem großen Tunnel. Plötzlich kam Lucian der Gedanke, daß es sich hierbei um den Tunnel des *Rads* handelte. Er konnte in diesem Tunnel den Mond umrunden, vom Nordpol zum Südpol und zurück. Und was noch bizarrer war, er stand *auf* dem *Rad,* auf einem weltenumspannenden *Ding* tief unter der Mondoberfläche.

»Wir bekommen Gesellschaft, Lucian«, sagte Larry mit ruhiger Stimme.

Lucians Magen verkrampfte sich, und langsam drehte er sich in die vom T.O. bezeichnete Richtung um.

Etwas von der Größe eines Kaninchens huschte über den Schutt auf dem Boden. Es glänzte silbrig und bewegte sich auf einer Vielzahl kurzer, knubbeliger Beine fort. Lucian sah, daß einige der Trümmer auf der Oberfläche die gleiche Form hatten wie dieses Ding. Vielleicht handelte es sich bei diesen Teilen um einen Panzer, vielleicht auch um interne Komponenten.

Das wuselnde Wesen untersuchte jedes gefundene Teil mit zwei langen, grazilen Tentakeln. Von manchen Objekten trennte es Stücke ab und warf sie in einen Schlitz im Rücken. Lucian wußte nicht, ob es sich um ein Maul oder um einen Behälter handelte. »Ist das ein Lebewesen oder eine Maschine?« fragte er, wobei er im Grunde gar nicht mit einer Antwort rechnete.

Der mit Larrys Stimme sprechende Teleoperator drehte sich zu ihm um, hob die mechanischen Arme, faßte sich mit einem davon an die Brust und fragte: »Was bin ich denn?«

»Mal im Ernst«, sagte Lucian. Es lag ein Unterton in Larrys Stimme, der ihm auf die Nerven ging.

»Das ist mein Ernst. Denk mal drüber nach.«

Lucian ließ sich die Frage durch den Kopf gehen. »Beides, schätze ich. Du bist ein Lebewesen, das eine Maschine kontrolliert.«

»Richtig. Und genau das sind diese Entitäten auch. Nur daß die Daten vom Mars die Vermutung nahelegten, es handele sich um Maschinen, die Lebewesen kontrollieren. Vielleicht gibt es für sie keinen Unterschied zwischen Lebewesen und Maschine.«

Das war eine beunruhigende Vorstellung. Lucian wollte gerade etwas sagen, als er ein weiteres dieser Wesen durch den Schutt schlurfen sah. Die beiden Entitäten nahmen einander wahr und bewegten sich aufeinander zu. Ihre Tentakel berührten sich, und dann griffen sie in den Rückenschlitz des jeweils anderen, wobei sie kleine Objekte herausholten und sie in ihren eigenen Schlitz warfen. Die Tentakel huschten blitzschnell über die Körper und verrichteten Dinge, die Lucian nicht erkannte. Als die beiden Kreaturen sich jedoch voneinander lösten, schien der eine ein Paar Beine gegen den linken Tentakel des anderen eingetauscht zu haben. »Mein Gott«, sagte Lucian. »Modulare Tiere, die untereinander Teile austauschen? Komm, stellen wir die G-Wellen-Sensoren auf, bevor jemand *mit uns* Teile tauschen will.«

Der T.O. hob die Tasche mit der Ausrüstung auf und hakte sie an der Vorderseite seines Körpers ein. Dann kramte er in der Tasche, bis er den Gravitationswellen-Sensor gefunden hatte, mit dem Larry den *Kaninchenbau* überhaupt erst aufgespürt hatte. Nun war er so eingestellt, daß er sie zu den Stellen führte, an denen es so starke Signale gab, welche die Induktionswanzen weiterleiten konnten. »Mein Gott«, sagte Larrys Stimme. »Eigentlich könnten wir die Wanzen auch gleich auf den Boden legen, Lucian. Die G-Wellen-Felder sind höllisch stark.«

»Meinst du?« fragte Lucian. »Würden diese kleinen Schnüffler sie nicht gleich fortschaffen?«

»Das könnten wir zur Not verschmerzen. Sie sind gut versiegelt und gepanzert. Und wie ich soeben von den Abhörspezialisten erfahre, empfangen sie bereits Signale von den Dingern. Dennoch sollten wir wirklich …«

»Hinter dir!« rief Lucian.

Der T.O. wirbelte herum.

»O mein Gott«, sagte Lucian. Es waren zwei Entitäten, an deren Identität diesmal jedoch kein Zweifel bestand. Es handelte sich um Roboter. Tiere hatten nämlich keine Räder. Die flachen Geräte hatten einen zylindrischen Körper, der auf zwei Radpaaren lief. Außerdem waren sie mit vier langen Greifarmen aus gehärtetem, unheilvoll schimmerndem Metall ausgestattet, aus deren Enden scharfe Klauen wuchsen. Etwa fünfzig Meter von Larry und Lucian entfernt verharrten die beiden.

Die Zeit schien stehenzubleiben. »Sie wissen, daß wir hier sind«, sagte Larry schließlich. Daran bestand kein Zweifel. Es lag etwas Lauerndes und Aggressives in ihrer Haltung.

Und dann setzten sie sich in Bewegung. Bevor Larry den T.O. noch zu einer Reaktion veranlassen konnte, hatten sie Lucian schon erreicht. Einer von ihnen fuhr eine Klaue aus, packte ihn am Schutzanzug und hob ihn hoch in die Luft.

Für einen schrecklichen Augenblick sah Larry durch Lucians Helm den Ausdruck des Schreckens in seinem Gesicht. Lucian streckte einen Arm aus und wollte anscheinend einen Schrei ausstoßen …

Doch dann wirbelte der Roboter herum und verschwand mit ihm im Tunnel.

Er war verschwunden.

»Lucian!« schrie Larry, und der T.O. nahm die Verfolgung auf, wobei er die Induktionswanzen fallen ließ. Doch der andere Roboter griff nach dem Teleoperator. Larry, der durch die Kameras des T.O. sah, wich dem Angriff aus und trat heftig gegen den Greifarm. Der Arm schwang zurück und schlug gegen den Körper des Roboters – und dann drang er tief in den Panzer des T.O. ein, wobei er nicht nur zugreifen, sondern ihn regelrecht zerreißen wollte.

Larry schrie auf, als das Steuergerät Schmerzwellen durch seinen Körper jagte. Die elektrische Ladung an sich war zwar harmlos, aber Larry befand sich nicht mehr nur in seinem eigenen Körper. Er befand sich auch im T.O., dessen Brust gerade aufgerissen worden war. Der Schmerz war echt; er saß dort, wo jeder Schmerz echt war, im Bewußtsein, in der Seele. Er stellte sich vor, wie ihm das Herz aus dem Brustkorb hing und die gebrochenen Rippen in grotesken Winkeln abstanden. Das linke Bein krümmte sich, als ein Regelkreis kurzgeschlossen wurde. Im verzweifelten Versuch, sich zu verteidigen, holte er mit dem rechten

Arm aus – doch die rasiermesserscharfe Klaue trennte den Arm am Ellbogen ab.

Erneut schrie Larry vor Schmerz auf, als sein Arm davonflog. Sowohl in der realen, durch die Kameras vermittelten Darstellung als auch in der imaginären, in der Seele stattfindenden Szenerie sah er den glitzernden Arm zu Boden fallen. Imaginäres rotes Blut strömte aus den Hydraulikleitungen. In seiner Halluzination sah er blutendes Fleisch unter der zerfetzten metallischen Haut. Und dann erfolgte ein weiterer brutaler Schlag, und plötzlich brach Larrys Schrei ab, als ob sein Kopf vom Körper des Teleoperators abgetrennt worden wäre. Die Sicht des T.O. wechselte automatisch zu den Brustkameras. Tote Augen, die in namenlosem Schrecken sahen, wie der Kopf des T.O. auf den schmutzigen Boden fiel und die kleinen Ausputzer sich über das Wrack des Teleoperators hermachten.

Der schreiende Larry wurde aus dem Steuergerät gezogen und mit den stärksten zur Verfügung stehenden Betäubungsmitteln ruhiggestellt. Während er schlief, stellten die Techniker fest, daß die weggeworfenen Induktionswanzen noch funktionierten und gewaltige Datenströme übermittelten. Obwohl die Analytiker damit nichts anzufangen wußten, sendeten sie die Daten an die *Heiliger Antonius* und an die Erde.

Die Zeit verstrich, und der Arbeiter brachte seine Beute ins Innere des Rufers, an einen Ort, an dem sie gründlicher untersucht werden konnte. Schon beim ersten Anblick war der Rufer irritiert, ja erstaunt über den Fund seiner Arbeiter. Auf diesem atmosphärelosen Satelliten hätte eigentlich kein organisches Leben existieren dürfen. Der Rufer wunderte sich über den primitiven künstlichen Panzer, in dem dieses Wesen lebte. Es war klar, daß der Panzer das Wesen nicht für längere Zeit am Leben erhalten würde.

Doch der Rufer hatte weder die Zeit noch die Energie, den

Fund zu untersuchen. Nicht bevor er in diesem chaotischen Sternsystem eine gewisse Ordnung geschaffen hatte.

Dennoch waren die Rufer imstande, neue Lebensformen zu analysieren und konservieren. Sie mußten über diese Fähigkeiten verfügen, denn in jeder biologischen Komponente der Lebenszyklen der Charonier befanden sich genetische Fragmente von hundert verschiedenen Spezies.

Dieses neue Wesen lieferte vielleicht weitere nützliche Daten. Der Rufer beauftragte ein kleines Subsystem des Bewußtseins damit, den fremden Organismus in den Tiefschlaf zu versetzen, bis er Zeit hatte, sich dem Problem zu widmen. Ob nach einem Tag, einem Jahr, einer Generation oder einem Jahrtausend, irgendwann würde er sich mit diesem Rätsel beschäftigen.

Marcia MacDougal warf den Datenwürfel auf den Fußboden und sah aus dem Fenster in die Marsnacht hinaus. Eine Katastrophe. Eine totale Katastrophe. Lucian Dreyfuss tot – oder vielleicht erging es ihm noch schlimmer, wenn ihre insgeheim gehegten Befürchtungen sich als wahr erweisen sollten. Niemand hatte ihn sterben sehen – und sie hatte gerade erst die Sektion eines Charoniers abgeschlossen. Was würden sie mit Lucian anstellen?

Und der unter dem Einfluß starker Beruhigungsmittel stehende Larry Chao war wie ein Sack Kartoffeln an Bord der *Nenya* gebracht worden, um zum Pluto zurückzufliegen. Auf dem Mond hatte man keine Zeit, um seine Genesung abzuwarten. Er würde sich auf dem Rückflug erholen müssen.

Ein verdammtes Desaster, und völlig unnötig dazu. Die auf dem Boden des Schachts herumliegenden Induktionswanzen funktionierten einwandfrei und strahlten ihre Signale in einer perfekten Sichtlinie nach oben ab. Man hätte die Sonden auch gleich in den Schacht werfen können und dasselbe Ergebnis erzielt.

Dennoch hatte diese Katastrophe auch ihr Gutes. Die

Intuition sagte ihr das. Irgendwo in den Transkriptionen, auf den Videobändern oder den anderen Datenträgern war eine Antwort versteckt, eine Antwort, welche die ganze Mühe, Angst und Verwirrung wert war.

Diese Antwort würde an sich vielleicht noch nicht ausreichen. Doch zusammen mit den von den Induktionswanzen übermittelten Daten, mit den Hinweisen, die sie hier auf dem Mars erhielten, würde sie vielleicht das letzte und wichtigste Teil des Puzzles darstellen.

Und sie mußte es finden.

Kapitel Zwanzig

Kontakt mit den Nackten Purpurnen

Die Triebwerke feuerten. Diesmal handelte es sich nicht um einen Probelauf, sondern um den Ernstfall. Endlich wurde die *Terra Nova* ihrer Bestimmung gerecht.

Das große Schiff erzitterte, machte einen Satz und startete durch. Auf und davon. Die *Terra Nova,* die schon viel zu lange im Erdorbit gefangen gewesen war, sprengte ihre Ketten und nahm Kurs in den offenen Raum.

Dianne Steiger – *Captain* Dianne Steiger, wie sie sich in Erinnerung rief – befand sich im Geschwindigkeitsrausch. Die Beschleunigung betrug bereits vier G, was für die *Terra Nova* eine ganz normale Belastung war. Das Schiff verfügte über *Leistung,* unglaubliche Leistung und wartete nur darauf, daß sie für einen Hochgeschwindigkeits-Langstreckenflug abgerufen wurde.

Allerdings war ein solcher Flug zunächst noch nicht geplant. Die Triebwerke der *Terra Nova* mußten einmal durchgeblasen werden, doch anschließend würde laut Flugplan die Beschleunigung auf ein G zurückgenommen werden. Dianne spürte bereits, wie die Beschleunigung reduziert wurde.

Eine Nomenklatur für das Multisystem war bisher noch nicht erstellt worden. Wie sollte man so viele Welten benennen? Bei der Vergabe der Namen mußte man systematisch vorgehen.

Bis dahin bezeichneten die Navigatoren den nächsten Planeten einfach als Ziel Eins. Der Flug zu Ziel

Eins hätte kaum lange genug gedauert, um die Maschinen eines normalen interplanetarischen Schiffs warmlaufen zu lassen, geschweige denn die eines Fernraumschiffs. Für ein Schiff mit einem Aktionsradius von einigen Lichtstunden waren ein paar Millionen Kilometer überhaupt nichts. Sie würden das Ziel in zwei Tagen erreichen. Selbst eine derart schnelle Flugbahn würde nur eine halbstündige Beschleunigungsphase von einem G erfordern. Und noch weniger, wenn man den Vier-G-Nachbrenner einschaltete.

Die auf der Brücke sitzende Dianne genoß jeden Moment der Beschleunigungsphase. Alles lief nach Plan.

Sie glaubte richtig gehandelt zu haben, als sie den Eilstart des Schiffs anordnete. Sie mußten so schnell wie möglich aufbrechen. Auch wenn ein paar Besatzungsmitglieder und ihre Ausrüstung erst in letzter Sekunde an Bord kamen. Sie waren schon unterwegs, bevor der exotische Feind oder irgendein menschlicher Bürohengst sie aufhalten konnten.

Manche Leute waren nämlich jetzt schon der Ansicht, daß die Entsendung eines Forschungsschiffs von den Konstrukteuren des Multisystems vielleicht als Provokation gewertet würde. Dianne wollte nicht so lange warten, bis dieses Argument weitere Befürworter fand. Dann riskierte sie lieber eine Panne an Bord und startete sofort.

Sie spielte ein riskantes Spiel – doch immerhin war die *Terra Nova* eine bekannte Größe für sie. Sie wußte, wie weit sie das große Schiff treiben konnte, was es zu leisten imstande war und was nicht. Das eigentliche Risiko waren die Aliens und die Menschen, die sich ihr vielleicht in den Weg stellten. Da war es schon besser, ihnen allen ein Schnippchen zu schlagen, auch wenn sie das Schiff dadurch einem vernachlässigbaren Risiko aussetzte, als ihnen die Gelegenheit zu geben, den Flug zu verhindern.

Offiziell waren sie zur Sphäre unterwegs, doch jeder

wußte, daß das nicht stimmte. Sie flogen lediglich den nächsten Planeten an. Für den Fall, daß keine Probleme auftraten, würde Dianne weiter vorstoßen – allerdings nicht in Richtung der Sphäre. Die würde sie vorerst überhaupt nicht ansteuern. Sie lächelte fröhlich und betrachtete die grün leuchtenden Kontrollinstrumente.

Der neben ihr sitzende Erste Offizier indes genoß den Flug nicht annähernd so wie sie.

Gerald MacDougal, seines Zeichens Exobiologe, der durch den Weltraum Kurs auf einen vermutlich von unbekannten Lebensformen wimmelnden Planeten nahm, fragte sich, weshalb er überhaupt so erpicht darauf gewesen war, diesen Flug zu unternehmen. In diesem Augenblick dachte er an nichts anderes als an das stöhnende Metall, von dem er umgeben war. Er *wußte*, daß das Schiff diesen Schub verkraftete, und sogar das Zehnfache, und er wußte auch, daß belastete Verbindungen hin und wieder kleine Geräusche von sich gaben. Doch seine lebhafte Phantasie ließ sich nicht von trockenen Fakten beeindrucken. Vor seinem geistigen Auge sah er bereits berstende Schotts.

Er spürte einen Anflug von Klaustrophobie. Monitore und Bildschirme und grafische Anzeigen der Flugbahn waren schön und gut, aber die Brücke hatte eben keine richtigen Fenster. Er wähnte sich in einer engen Metallkiste, einem fliegenden Sarg, der ohne Not in sein Verderben flog. Er dachte an Marcia. Er wollte nicht sterben, ohne sie vorher noch einmal gesehen zu haben.

Doch während er sich noch diesen melodramatischen Anwandlungen hingab, sagte ihm ein anderer Teil des Bewußtseins, daß das Schiff erwartungsgemäß funktionierte. Und dennoch sandte ein dritter Teil von ihm ein Stoßgebet zu Gott.

Es hatte keinen Sinn, Risiken einzugehen, sagte er sich.

Die Triebwerke der *Terra Nova* wurden abgeschaltet, und das Schiff trieb durch den Weltraum, in Richtung einer neuen, namenlosen Welt.

Die *Nenya* startete vom Mond, flog an der Sonne vorbei und nahm mit hoher Beschleunigung Kurs auf den kalten, dunklen Pluto und auf den *Ring von Charon*. Tyrone Vespasian saß an den Kontrollen.

Dr. Simon Raphael saß in Larry Chaos Kabine und sah, wie der Mond auf dem Monitor immer kleiner wurde. Er fragte sich, wie es wohl wäre, seine eigene Enthauptung mitzuerleben.

Dr. Raphael hatte zwar noch nie selbst ein Steuergerät für einen Teleoperator getragen, doch die Experten sagten, je besser die Ausrüstung, desto höher der Realitätsgrad – und umso traumatischer die Auswirkungen eines Unfalls, der dem Teleoperator zustieß.

Die Ausrüstung, die Larry getragen hatte, war eine der besten gewesen.

Der Junge bewegte sich im durch die Narkose herbeigeführten Schlaf, stöhnte und wälzte sich herum. Seine linke Hand ragte über die Bettkante, und Raphael nahm sie. Vielleicht war Larry trotz des ihn beherrschenden Schreckens doch noch in der Lage, eine Berührung zu spüren und sie als freundlich und tröstlich zu erkennen.

Raphael schaute auf den Videomonitor. Mit der am Bett angebrachten Steuerung blendete er das Bild des Mondes aus und ersetzte es durch eine dynamische Orbitalgrafik, eine abstrakte Zusammenstellung von Zahlen und Farbgrafiken. Doch für Simon Raphael gab es nichts Konkreteres im Universum. Es war die Flugbahn der *Heiligen Antonius*, die sich auf dem Flug vom Mond zum Schwarzen Loch an der ehemaligen Position der Erde befand.

Bald würde sie sie erreicht haben.

Die Sonde stürzte dem alptraumhaften, blau blitzenden Punkt entgegen, wo die Erde verschwunden war. Noch immer materialisierten aus dem Schwarzen Loch, dem Wurmloch, das sich an der Position der Erde aufgetan hatte, große, geheimnisvolle Fahrzeuge, die Kurs auf die überlebenden Planeten nahmen.

Alle Daten vom Mars, von den Induktionswanzen im Mond und den übrigen Quellen waren an das kleine Fahrzeug übermittelt worden. Sämtliche Informationen, die das Sonnensystem über die Invasoren gesammelt hatte, standen zur Übermittlung an die Erde bereit.

Falls die Erde noch existierte.

Nur daß die *Heiliger Antonius* nicht befähigt war, sich darüber Gedanken zu machen. Die Sonde wußte nur, daß sie zum festgelegten Zeitpunkt am richtigen Ort ankommen mußte, einem nur wenige Meter durchmessenden Punkt. Verfehlte sie diesen Punkt oder verpaßte sie die Nanosekunde zwischen der Ankunft eines Pseudo-Asteroiden und dem Schließen des Wurmlochs, würde die *Heiliger Antonius* zu einem weiteren submikroskopischen, infinitesimalen Teil des Schwarzen Lochs werden.

Der Augenblick rückte näher. Die *Heiliger Antonius* überprüfte ein letztesmal den Kurs.

Das Wurmloch öffnete sich pünktlich. Die Kameras der Sonde nahmen das Ereignis aus nächster Nähe auf, übermittelten es zum Mond und speicherten es für die erhoffte Übertragung an die Erde.

Ein G-Punkt-Fahrzeug erschien aus dem Nichts, sprang mit exorbitanter Geschwindigkeit aus dem Loch und wäre fast noch mit der *Heiligen Antonius* kollidiert, bevor es in der Dunkelheit verschwand.

Das Loch war offen.

Die Sonde stürzte hinein.

Feldlinien aus Raum, Zeit, Licht und Gravitation verwoben sich, wirbelten umeinander und verknoteten sich, wie man es nie für möglich gehalten hätte. Das Wurmloch durchdrang die Sonde, statt umgekehrt. Die Zeit hielt an, der Raum gefror, und dann vertauschten beide ihre Identität und verliefen rückwärts. Die Gravitation wurde negativ, und das schwarze Glühen, das von außen ins Wurmloch drang, waren die Sterne, die Photonen absorbierten und mit ihnen Helium in Wasserstoff aufspalteten. Die Zeit wirbelte in verknoteten Schleifen um die Sonde und jagte sich selbst zurück, vorwärts, zur Seite …

Und dann war es vorbei, und die *Heiliger Antonius* war durch.

Chelated ›Extremer Verzerrer‹/Frank Barlow war für den Kontakt des Habitats der *Nackten Purpurnen* mit dem übrigen Universum zuständig. Doch nun war die Erde der einzige Ansprechpartner und von hier aus ganz leicht aufzuspüren. Doch andererseits hatten die Kommunikationsmöglichkeiten der Erde sich nach dem Verlust des Comsat-Netzwerks erheblich verschlechtert.

Chelateds Chef, Overshoe ›Maximaler Verzerrer‹, war mit der Situation höchst unzufrieden. Schließlich mußten die ›Verzerrer‹ dafür sorgen, daß eine Verbindung weder zu gut noch zu schlecht geriet. Und genau darin lag das Problem. Bedeutete die Leichtigkeit, mit der sie die Erde orteten, daß die Kommunikation zu gut war und gestört werden mußte? Oder bedeuteten die Schäden am Satellitenverbund eine schlechte Verbindung, die aufgewertet werden mußte? *Und wie viele Stecknadelköpfe können auf einem Engel tanzen?* fragte Chelated/Frank sich sarkastisch. Er war der beinahe schon theologischen Betrachtungsweise unbedeutender Aspekte überdrüssig.

Überhaupt war er der ganzen Sache überdrüssig. Seines *purpurnen* Namens, des Denkens im Kreis und des Umstands, daß er seine Arbeit nicht ordentlich tun durfte. Und sein Name gefiel ihm am allerwenigsten. *Verzerrer* bedeutete einfach Funktechniker. *Extrem* war schon nicht mehr neutral, sondern stellte einen verächtlichen Kommentar dar, weil er seine Arbeit so ernst nahm. Aber *Chelated*. Er wußte, daß dies der *Purpsprech*-Begriff für ›verbissen‹ und ›fleißig‹ war. Doch am vergangenen Abend erst hatte er von einer sehr offenherzigen jungen Dame erfahren, daß dieser Name auch eine spöttische sexuelle Konnotation hatte. Und so nannte man ihn schon seit Monaten!

Zum Teufel damit! Zum Teufel mit all den Regeln! Während die *Kräfte-die-sind* schwanden, nahm Frank sich die Freiheit, seine Arbeit richtig zu machen und mit seiner Ausrüstung die seltsamen *Dinge* zu betrachten, mit denen *NaPurHab* sich nun ein Universum teilte. Die meiste Zeit verbrachte er mit der Beobachtung des Wurmlochs und verfolgte die großen Fahrzeuge, die mit unbekanntem Ziel dort eintauchten. Frank war von diesem Anblick fasziniert. Stundenlang saß er reglos da und starrte auf das Loch im Raum.

So saß er auch noch da, als die *Heiliger Antonius* aus dem Loch herauskam.

Erstaunt registrierte Frank Barlow/Chelated ›Extremer Verzerrer‹ die starken Video- und Funksignale, welche die seit Wochen dunklen Kommunikationsmonitore erhellten. Es dauerte eine Weile, bis er überhaupt begriff, was er dort sah. Und dann huschten die Finger über die Kontrolltafeln, um alles aufzuzeichnen.

Erschüttert sah Frank, wie die Nachrichten von der Heimat eintrafen. Er schaute nach unten und merkte, daß seine Hand auf dem Interkom ruhte. Sein erster und durchaus verständlicher Reflex war, seinen Vorgesetzten, Overshoe ›Maximaler Verzerrer‹ zu benachrichtigen.

Doch was, zum Teufel, würde Overshoe dann tun? Einfach nur dasitzen und über die richtige Antwort gemäß der Philosophie der *Nackten Purpurnen* nachsinnen? Erwägen, wie man diese Entwicklung zum Vorteil der *Sinnlosen Sache* nutzen konnte? Eine Versammlung aller brüderundschwestern einberufen?

Nein, sagte er sich. Frank fühlte sich einer höheren Instanz als Overshoe verpflichtet. Zumal diese Nachricht gar nicht für die *Nackten Purpurnen* bestimmt war, sondern für die Erde.

Er schaltete den stärksten Sender ein, richtete die Antenne auf die Erde aus und ging auf die Frequenz von JPL. Die Leute bei JPL sollten diese Nachricht entgegennehmen.

Die *Heiliger Antonius* war ein robustes Gerät. Der Flug durch das Loch war hart gewesen – ein menschliches Wesen hätte ihn wahrscheinlich nicht überlebt – und hatte ein paar Systeme in Mitleidenschaft gezogen. Doch die Konstrukteure der Sonde hatten mit solchen Problemen gerechnet und die *Antonius* entsprechend ausgelegt.

Nach wenigen Sekunden hatte die *Antonius* sich wieder ›gesammelt‹ und die Hauptsysteme reaktiviert. Und dann nahmen ihre Videosysteme die Suche nach dem Objekt auf, das imstande war, die meisten Fragen zu beantworten.

Die Sonde fand, wonach sie gesucht hatte, und zeichnete so viele Bilder wie möglich auf, bevor es an der Zeit war, die erste Signalfolge abzustrahlen. Die *Antonius* komprimierte die gesammelten Daten und schoß sie auf einem Strahl mit maximaler Bündelung durch das Loch.

Larry öffnete die Augen und fand sich in einem weichen Bett wieder. Er fühlte sich viel zu schwer. »Was … was ist los?« fragte er.

»Sie sind an Bord der *Nenya*«, sagte eine sanfte Stimme. »Wir fliegen zurück zum Pluto.«

Er schaute zur Seite. Dr. Raphael saß neben ihm.

Larry blinzelte und sah sich um. Er bemerkte einen Bildschirm in der Ecke des Raums. Er zeigte irgendeinen Status an.

Raphael folgte seinem Blick. »Das ist die *Heiliger Antonius*«, sagte er. »Die Sonde ist vor wenigen Sekunden durch das Loch gegangen.«

Larry setzte sich auf und blickte erneut auf den Bildschirm. Alle Werte standen auf Null. Das größte Bildschirmfenster, das die Aufnahmen von der Sonde hätte zeigen sollen, war ebenfalls dunkel. Er hatte ein flaues Gefühl im Magen. Welches Schicksal auch immer der Sonde zugedacht war, es hatte sie bereits ereilt.

Eine Uhr zeigte die seit dem Eintritt in das Schwarze Loch vergangene Zeit. Larry beugte sich nach vorn und betrachtete die Anzeige, wobei er kaum zu atmen wagte. Hundertachtundzwanzig Sekunden verstrichen.

»Es müßte jede Sekunde soweit sein«, sagte Raphael.

Dann wurde der Bildschirm wieder hell.

Und zeigte ein verschwommenes, niedrigauflösendes Videobild.

Der Erde! Es handelte sich eindeutig um die Erde! Der Planet lebte noch!

Tränen schossen Larry in die Augen. Raphael drehte sich zu ihm um, und die beiden Männer fielen sich in die Arme.

Die Erde. Die Erde war in ein fremdartiges und furchteinflößendes Universum verschlagen worden. Die Heimatwelt lebte in einer gefährlichen Umwelt.

Andererseits war das immer schon der Fall gewesen.

Eigentlich hätten die irdischen Radioastronomen sich freuen müssen: der neue Himmel der Erde war erfüllt von starken Radioquellen.

Das Problem war nur, daß diese Quellen keinerlei Bedeutung hatten. Allem Anschein nach wurde jede der Welten im Multisystem in geringem Abstand von einer Anzahl Radioquellen umlaufen, die spontan und irreführend als KERNE bezeichnet wurden. Die KERNE schienen keinem anderen Zweck zu dienen, als die Erkundung anderer Radioquellen des Systems zu stören.

Dann hatten sie ein weiteres Problem – sie hatten weder genug Radioteleskope noch Radioastronomen, um sie zu bedienen. Die irdische Astronomie arbeitete schon seit langem nicht mehr auf den Radiofrequenzen.

Dennoch waren noch einige bodengestützte Teleskope in Betrieb, und es fanden sich auch noch einige Wissenschaftler, die sie bedienten. Diese Teleskope waren rund um die Uhr in Betrieb, um das fremde Universum zu erkunden, zu dem die Erde nun gehörte. Die meisten waren auf die Dyson-Sphäre gerichtet – und keins auf das Schwarze Loch, das sich an der Position des Mondes befand.

Ohne die Meldung von *NaPurHab* hätten sie die Signale der *Heiligen Antonius* überhaupt nicht registriert.

Als der Funkspruch von Chelated/Frank einging, schlief Wolf Bernhardt zum ersten Mal seit mehreren Wochen wieder tief und fest. Sein Assistent mißachtete die Anweisung, ihn unter keinen Umständen zu wecken und holte ihn aus den Federn, kaum daß die erste Nachricht eingetroffen war. Als Wolf in der Leitzentrale von JPL eintraf und sich an seine Konsole setzte, hatten die Antennen von JPL die *Heiliger Antonius* bereits aufgefaßt und fragten sie direkt ab. Die Computer riefen die Daten ab – alles, was das Sonnensystem über die Invasoren in Erfahrung gebracht hatte. Allein schon der Name war fremdartig und kalt. *Die Charonier*. Wolf wiederholte das Wort stumm, als ob es ein Mantra gegen zukünftige Gefahren darstellte. Als ob das Wesen des Feindes durch die Namensgebung zutage treten würde, als ob er dadurch begreifbar und kontrollierbar würde.

Die Videomonitore und Textbildschirme zeigten unglaubliche Daten – Asteroiden, die Planeten angriffen, ein Schwarzes Loch an der Stelle der Erde. Phantastisch.

Doch Wolf Bernhardt, müde, derangiert und noch nicht ganz wach, war nicht in der Stimmung für Wunder. Er konzentrierte sich darauf, eine schnelle Antwort abzuschicken, bevor diese anonymen Charonier dazwischenfunkten. Ein Datenkanal enthielt die Instruktionen für eine Rückmeldung – unter anderem die Datenkapazität und das Datenformat für den Lasertransponder, der als Relais für die Funkbrücke zum Sonnensystem diente. Seitenweise liefen Informationen über die Bildschirme. Das Sonnensystem teilte der Erde sein gesamtes Wissen mit – und die Erde mußte sich revanchieren. Doch würde sie überhaupt die Gelegenheit dazu haben? Die *Heiliger Antonius* war in der Lage, die Erde auf allen Frequenzen anzufunken – das Sonnensystem konnte sie jedoch nur alle 128 Sekunden mit einem dreisekündigen Laserstrahl erreichen.

Die Sonde hatte mit Sicherheit nur eine begrenzte Lebensdauer. Deshalb mußte die Erde die wichtigsten Informationen zur Sonde schicken, und zwar schnell.

Er starrte auf die Monitore und ließ sich auf den Sitz fallen. *Denk nach! Konzentrier dich!* Ohne daß er danach verlangt hätte, wurde ihm eine Tasse Kaffee gereicht. Mit einem gemurmelten »Danke« quittierte er den Empfang. Nachdenklich nippte er am Kaffee, wobei er sich immer noch nicht ganz bewußt war, daß er ihn überhaupt bekommen hatte.

Nun gut. Angenommen, der Feind würde die Sonde innerhalb der nächsten fünf Minuten zerstören; dann hätte er nur eine Gelegenheit, das Sonnensystem über die Situation der Erde zu informieren. Welche Informationen hatten die höchste Dringlichkeit? Teufel, das war doch offensichtlich.

Die Sphäre. Die Sphäre stand buchstäblich und im übertragenen Sinn im Mittelpunkt der ganzen Angelegenheit. Doch eine Erklärung der Lage würde Zeit kosten – und dies würde die erste Nachricht verzögern. Dann also das weniger Wichtige zuerst. Während sie alles, was sie hatten, in möglichst geordneter Form abschickten, würden sie eine substantielle Nachricht konzipieren.

Er drückte eine Taste auf der Konsole. »Todd, stellen Sie alle wissenschaftlichen Exposées seit dem Großen Sprung zusammen und senden Sie sie auf den auf Statusseite Vier aufgeführten Frequenzen an die entsprechenden Koordinaten. Stufe Zwei. Ich werde in wenigen Minuten auf Stufe Eins senden.«

Er zog eine Tastatur hervor. Womit sollte er anfangen? »Die Erde hat überlebt. Wir sind entführt und in ein großes künstliches Multistern-System versetzt worden, das von einer Dyson-Sphäre beherrscht wird. Durch den Verlust der Weltraum-Infrastruktur und orbitale Turbulenzen hatten wir viele Tote und Verwundete. Von dieser Position aus sind am Nachthimmel außer dem Multisystem nur wenige Sterne zu erkennen, was anscheinend auf einen Staubmantel zurückzuführen ist. Daher hatten unsere Bemühungen, die Sonne am Himmel zu lokalisieren, bisher keinen Erfolg. Die Entfernung von der Erde ist unbekannt; weil dieses auffällige Sternsystem jedoch nie vom Sonnensystem aus entdeckt wurde, können wir die Entfernung zumindest auf der Basis schätzen, wie weit man entfernt sein muß, um das Multisystem *nicht* zu entdecken. Auf dieser Grundlage schätzen wir die Entfernung auf mehrere hundert Lichtjahre, ohne eine Obergrenze. Die Entführer der Erde sind unbekannt. Die Motive für die Entführung der Erde sind unbekannt ...«

Die Vorbereitungen waren noch nicht abgeschlossen. Die Sphäre hatte sich bisher nicht im erforderlichen Umfang um den Neuzugang gekümmert. Die eingefangene Welt war noch immer gewissen Gefahren und Risiken ausgesetzt.

Eine dieser Gefahren schien bereits eingetreten zu sein. Ein Objekt von beträchtlicher Größe war in der zum alten System des Planeten führenden Wurmloch-Öffnung erschienen. Es war zwar nicht ungewöhnlich, daß Trümmer durch ein Wurmloch fielen, aber hierbei handelte es sich um ein ungewöhnlich großes Fragment, das zudem mit beträchtlicher Geschwindigkeit auf die neuerworbene Welt zusteuerte. Obwohl keine wirkliche Gefahr bestand, ging die Sphäre niemals ein unnötiges Risiko ein.

Von einer Welt, die sich in der Nähe befand, wurde ein Hirtenmond abgezogen, um die Gefahr zu bannen. Die Sphäre kontaktierte den Wächter-Ring dieser Welt und ordnete die Beseitigung an. Sofort verließ ein Hirte seinen Orbit und nahm Kurs auf den Eindringling.

Dann bemerkte die Sphäre ein anderes, größeres Objekt, das von der Peripherie der Welt aus startete und den Planeten anflog, der den Hirten nährte.

Der große Trümmerbrocken befand sich jedoch nicht auf Kollisionskurs. Falls eine Lageänderung eintrat, waren die Hirten des Planeten imstande, das Problem zu bewältigen. Die Sphäre richtete die Aufmerksamkeit wieder auf die weit entfernte Gefahr, welche die Sphäre bedrohte.

Weit entfernt, ja. Aber sie rückte langsam näher. Die Katastrophe war noch Jahrzehnte entfernt. Doch jeder Augenblick dieser Zeitspanne wurde benötigt, um die Katastrophe abzuwenden.

Jeder *Augenblick. Die Sphäre schickte eine weitere Botschaft an den Rufer des neuen Systems, in der sie ihn zu größerer Eile aufforderte.*

Die *Terra Nova* erfuhr in dem Moment von der Ankunft der *Antonius,* als Dianne Steiger Feierabend hatte und in ihre Kabine ging. Die *Nova* konnte eigentlich nicht mehr tun, als die Daten von der Sonde zu kopieren und sie an den wissenschaftlichen Stab weiterzuleiten.

Von einem Kapitän wurde erwartet, daß er Aufgaben delegierte. Also beschloß Dianne, ihre Untergebenen mit dieser Sache zu beauftragen.

Dianne Steiger schlief am besten in der Schwerelosigkeit, und nun *brauchte* sie Schlaf. Die umfangreichen Startvorbereitungen für die *Nova* hatten sie erschöpft. Sie war eingeschlafen, kaum daß sie zwischen die Laken geschlüpft war.

Fünf Sekunden oder fünf Stunden später ertönte der Summer an ihrem Bett, und sie wurde aus dem Schlaf gerissen. Sie fummelte an den ungewohnten Reglern herum, schaltete das Licht ein und fand schließlich den Schalter für den Interkom. »Steiger hier.«

»Ma'am, LeClerc hier.« Auf einem winzigen Monitor erschien das ernste Gesicht des jungen LeClerc. »Entschuldigen Sie die Störung, aber es ist wichtig. Wir haben etwas auf dem Radarschirm. Einer der KERNE nimmt Kurs auf die Erde.«

Dianne blinzelte und richtete sich auf. »Wiederholen Sie das. Unser Fusionskern hat *was* gemacht?«

»Entschuldigung, Ma'am. Ich meinte eine der Radioquellen, die den ›Ziel Eins‹-Planeten umkreisen. Die KERNE. Einer von ihnen ist soeben aus dem Orbit ausgeschert und nimmt Kurs auf die Erde. Er hat mit unglaublichen Werten beschleunigt, mindestens dreißig G. Dann hat er den Beschleunigungsvorgang abgebrochen. Äh ... bleiben Sie dran, der Computer spuckt gerade eine präzisere Flugbahn aus. Sie führt *dicht* an der Erde vorbei. Ich interpretiere das so, daß er diese Sonde, die *Heiliger Antonius*, abfangen will. Hier ist die Grafik.« LeClercs Gesicht wurde durch eine Orbitaldarstellung ersetzt.

Dianne warf einen Blick darauf und fluchte. »Zum Teufel. Der Käse ist gegessen. Wie lange wird es dauern, bis er sie abgefangen hat?«

»Achtundvierzig Stunden und vier Minuten. Obwohl wir das noch etwas korrigieren müssen.«

»In welchem Abstand werden wir am KERN vorbeifliegen?«

»Zehntausend Kilometer, wenn er den Kurs nicht ändert.«

Dianne hatte eine Idee. »Warten Sie eine Sekunde. Ich habe doch Passiv-Ortung befohlen. Wie verfolgen Sie den KERN auf diese Entfernung?«

»Er ist nicht zu übersehen, Ma'am. Diese verdammten KERN-Dinger *glühen* förmlich auf den Radio-Frequenzen. Hell genug, daß sie die natürlichen Radioquellen überlagern.«

»Sehr gut. Benachrichtigen Sie die Erde, damit sie diese achtundvierzig Stunden sinnvoll nutzen. Haben Sie irgendeine Erklärung dafür, weshalb die Dinger uns nicht verfolgen?«

»Nein, Ma'am. Es sei denn, sie warten darauf, daß wir näher herankommen.«

»*Das* ist nicht sehr beruhigend. Danke, LeClerc. Gut, daß Sie mich geweckt haben. Halten Sie die Augen offen.«

Als ob auch nur ein Mensch imstande gewesen wäre, die Vorgänge an einem Ort wie dem Multisystem im Auge zu behalten.

Teil Fünf

Gedankenkette

Tyrone Vespasian strich zärtlich über die Kontrollen der *Nenya*. Zu lange schon hatte Vespasian nur zugesehen, wie andere ins All geflogen waren. Er war mehr als erfreut, daß er Daltry von seiner fliegerischen Kompetenz überzeugt und daß die Gravitationsforschungs-Station Verwendung für seine Kenntnisse in bezug auf das Verhalten des Wurmlochs an der Stelle der Erde hatte.

Röte überzog sein Gesicht. Der Flug zum Pluto hatte noch einen anderen, tieferen Grund. Wo Lucian nun tot war, hielt er es auf dem Mond nicht mehr aus. Er mußte vor seinen unbegründeten Schuldgefühlen und dem Gefühl des Verlusts fliehen.

Er hätte Lucians Tod nicht verhindern können. Aber er hätte es zumindest versuchen müssen. Und indem er nun dieses Schiff flog und sich um den immer noch geschwächten Larry Chao kümmerte, tat er vielleicht Buße.

Larry. Er lag in seiner Kabine. Der Junge hatte in letzter Zeit mehr durchgemacht als andere in ihrem ganzen Leben. Und er hatte mehr geleistet. Ein Fünfundzwanzigjähriger lenkt mit einem Knopfdruck die Geschichte der Menschheit in ganz andere Bahnen.

Er überprüfte die Instrumente und überzeugte sich davon, daß die Struktur der *Nenya* hielt. Wenn diese Schwerkraft-Genies den Pluto nicht erreichten, dann bedeutete dies vielleicht das Ende der Menschheitsgeschichte.

»Was ist geschehen, während ich bewußtlos war?« fragte Larry mit schwacher Stimme.

»Etliches«, sagte Simon Raphael, wobei er versuchte, sich seine Besorgnis nicht anmerken zu lassen. Der Junge hatte fast drei Tage unter dem Einfluß starker Beruhigungsmittel gestanden – doch nun wirkte er weitaus ruhiger und gefaßter als zuvor. Doch obwohl er sich soweit erholt hatte, daß er sich für eine Weile aufsetzen konnte, ging es ihm noch nicht gut. Körperlich fehlte Larry nichts, doch der seelische Schock, den er erlitten hatte, wirkte sich auch auf den Körper aus. Sein Unterbewußtsein versuchte sich von Verwundungen zu erholen, die er sich in Wirklichkeit nie zugezogen hatte.

»Es gibt keine Neuigkeiten«, sagte Raphael, in der Hoffnung, daß Larry ihn nicht durchschaute. »Nur Updates der alten Informationen. Überall dasselbe: die Strukturen werden immer größer. Augenzeugenberichte und Videodokumentationen vom Mars, Radarechos von der Venus und Überflüge der Tagseite des Merkur. Beobachtungen der größeren Jupiter- und Saturnmonde. Alle Stellen melden dasselbe – riesige Strukturen entstehen am Äquator der Welten.

Und immer mehr G-Punkt-Asteroiden und die schnelleren G-Punkte kommen aus dem Wurmloch. Sie gehen in einen Parkorbit und warten vor dem Zielplaneten. Worauf sie warten, weiß ich nicht. Außerdem gibt es anscheinend Turbulenzen in den äquatorialen Klimazonen von Jupiter und Saturn, und es sind etliche Asteroiden beim Eindringen in die Jupiteratmosphäre gesichtet worden. Gott allein weiß, wie die Charonier *das* fertigbringen und was sie damit bezwecken. Sie sind wirklich in der Lage, in einem Gasriesen zu überleben. Genauso rätselhaft ist es, wie die Charonier auf dem Merkur, der Venus und Ganymed existieren können. Die Biologen halten das für ausgeschlossen – nur daß die Charonier es uns vormachen.

Die ersten G-Punkt-Asteroiden sind gerade auf dem Uranus gelandet, und Neptun wird in wenigen Tagen Besuch bekommen. Pluto ist auch noch an der Reihe, wenn die projektierten Flugbahnen stimmen. Der Mond ist bisher verschont geblieben, vermutlich weil das *Rad* sich dort befindet.

Die großen Strukturen nehmen auf den jeweiligen Welten unterschiedliche Ausprägungen an, obwohl ich bezweifle, daß das etwas zu bedeuten hat. Die *Lander* verfügen zwar über verschiedene Hilfstruppen und Maschinen, aber sie verrichten alle die gleiche Arbeit. Auf dem Mars errichten die Charonier Pyramiden. Auf anderen Planeten massive Zylinder oder riesige Kuppeln.«

»Die Entwicklung strebt einem Höhepunkt entgegen«, sagte Larry. »Die letzten Marspyramiden werden in ein paar Tagen fertig sein. Was geschieht dann? Was passiert, wenn eine ausreichende Anzahl der großen Strukturen auf den anderen Welten zur Verfügung steht?«

Raphael lächelte. »Vielleicht stürzen *alle* im Orbit stehenden G-Punkt-Objekte ab und benutzen die Strukturen für Zielübungen.«

»Reizvoller Gedanke«, sagte Larry. Einige *Lander* hatten nämlich schon versagt und waren abgestürzt, anstatt weich zu landen. Es gab einen bestätigten Absturz auf der Venus, zwei auf Ganymed und einen auf dem Mars, auf der Port Viking entgegengesetzten Seite des Globus. Dieser Vorgang hatte sich ereignet, nachdem die *Antonius* durch das Wurmloch gegangen war. Zum Glück hatte es sich beim auf dem Mars abgestürzten G-Punkt um ein kleines Objekt gehandelt, das zudem noch ziemlich langsam geflogen war. Es hatte zwar einen tiefen Krater in die Oberfläche geschlagen, aber weder Todesopfer gefordert noch materielle Schäden verursacht. »Der Absturz der *Lander* ist die erste gute Nachricht, die wir seit der Funkverbindung mit der Erde erhalten haben«, sagte Larry. »Zumindest wissen wir nun, daß der Feind nicht allmächtig ist. Doch die Zeiten müssen wirklich schlecht sein, wenn der Aufprall eines Asteroiden auf eine Welt als *gute* Nachricht betrachtet wird.

Ich habe das Gefühl, daß die Asteroideneinschläge mir irgend etwas sagen sollten«, fuhr Larry fort. »Etwas Wichtiges. Was mich aber am meisten beunruhigt, sind die im Orbit parkenden G-Punkte. Das ist nämlich ein Signal, daß die Charonier für die nächste Phase bereit sind – worin auch immer diese nächste Phase besteht.«

Verdammt, wer oder was *waren* die Charonier? Wer kontrollierte diese Sphäre? Und von wo aus? »Tut mir leid«, sagte Larry. »Meine Gedanken sind abgeschweift. Es gibt einfach zu viele Fragen.« Larry erinnerte sich an die Aufzeichnung der zerschmetterten Sphäre, die Marcia MacDougal durch das Abhören des Mond-*Rads* gewonnen hatte. Wenigstens *das* war nun klar – und nach wie vor ein Rätsel. »Können Sie die Abbildung der Sphäre aufrufen, die Marcia uns gezeigt hat?«

Raphael bearbeitete den Computer. Der Wandbildschirm erhellte sich und zeigte eine blutrote Kugel, die in der Dunkelheit glühte. Und da war der Durchbruch der beiden Funken, die aus der Kugel stoben und davonjagten.

Raphael schaltete eine Wiederholfunktion für die holografische Darstellung und rief eine Bilderserie der Dyson-Sphäre auf, die von der Erde über die *Heiliger Antonius* übermittelt worden war.

»Sie sind identisch«, sagte Raphael. »Sie *müssen* identisch sein. Sie haben beide dieselben Oberflächenmarkierungen. Als ob jemand Längen- und Breitengrade eingeätzt hätte. Die Muster sind identisch.«

»Aber die von der *Antonius* übermittelten Bilder der Sphäre geben keinen Hinweis auf einen solchen Vorfall«, wandte Larry ein und betrachtete die beiden Abbildungen.

»Vielleicht erfolgte der Durchbruch auf der anderen Seite der Sphäre, in der Hemisphäre, die von der Erde aus nicht zu sehen ist«, sagte Raphael.

»Nein, diese Sphäre, die Sphäre der *Erde*, hat keine Präzession. Sie ist eindeutig unter Kontrolle«, sagte Larry.

Raphael nickte. »Sie haben recht. Aber was hat das Bild der zerschmetterten Sphäre dann zu *bedeuten?* Handelt es sich um eine Vorahnung? Eine Warnung? Welcher Feind wäre wohl so mächtig, um eine Dyson-Sphäre zu gefährden? Eine Entität, die in der Lage ist, Sterne und Planeten einzusammeln und sich die Energie eines Sterns nutzbar zu machen. Wer würde es wohl wagen, eine solche Macht anzugreifen?«

Larry zuckte ratlos die Achseln. »Weshalb befanden sich *zwei* Sterne in der Dyson-Sphäre?« Er schüttelte den Kopf. »Das ist nebensächlich. Sollen die Physiker sich später den Kopf darüber zerbrechen.«

»Das sind alles Nebensächlichkeiten«, sagte Raphael leicht gereizt. »Im Vergleich zur Frage, wie der nächste Zug der Charonier aussieht, ist alles andere nebensächlich. Wir sollten die Situation einmal aus einem anderen Blickwinkel betrachten. Vielleicht finden wir einen Hinweis im *zeitlichen* Ablauf der Dinge, in ihrer Reihenfolge.« Er holte den Computer hervor und rief eine Chronologie der Ereignisse ab.

»Gut, wenn die Charonier die menschlichen Aktivitäten ignorieren, sollten wir das auch tun«, sagte Larry. Er nahm Raphael den Computer aus der Hand und arbeitete selbst damit. »Zumal wir überhaupt nicht wissen, wie sie die Ereignisse gewichten. Vernachlässigen wir die menschlichen Aktivitäten und konzentrieren wir uns nur auf den zeitlichen Ablauf der Aktionen der Charonier, und wenn sie auch noch so trivial sind.« Larry projizierte eine grafische Darstellung auf den Wandbildschirm, einen roten Punkt auf weißem Hintergrund für jedes einzelne Ereignis.

Beim Blick auf die Grafik stockte Raphael der Atem. Vom Augenblick des Verschwindens der Erde bis zum Zeitpunkt, an dem das Mond-*Rad* das erste Bild der zerschmetterten Sphäre empfangen hatte, war der Gang der Dinge bestenfalls als gemächlich zu bezeichnen. Unmittelbar *nach* diesem Bild überstürzten die Ereignisse sich jedoch, und im ganzen Sonnensystem entfaltete sich eine enorme Dynamik. Das Bild der zerschmetterten Sphäre hatte das *Rad* in Wallung versetzt.

»Ich interpretiere das Muster so, daß die zerschmetterte Sphäre dem Rad eine Heidenangst eingejagt hat«, sagte Larry. »Aber weshalb sollte es sich vor einer Darstellung der Sphäre fürchten?« Er legte sich wieder hin.

Raphael nahm den Computer und überflog die Zusammenfassung. »Schau'n wir mal. Gemäß den Daten von der Erde gibt es mindestens acht Sterne der G-Klasse in der Sphäre, die durch Gravitationskontrolle stabilisiert werden. Jeder Stern ist von vielen erdgroßen Welten umgeben, zwischen zehn und zwanzig pro Stern.«

»Was stellen diese Welten nun für die Charonier dar?« fragte Larry und starrte an die Decke. »Gefangene? Objekte für wissenschaftliche Experimente?«

Plötzlich hatte Raphael eine ebenso bizarre wie beängstigende Vermutung. »Oder vielleicht Spielzeuge? Oder Haustiere? Sie werden sicherlich gut versorgt, wenn man die Erde als Beispiel nimmt. Niemand von uns hätte sich träumen lassen, daß die Erde noch in einem so guten Zustand ist.«

Abrupt setzte Larry sich wieder auf. »Das ist es. Sie behüten die Erde. *Das* ist der Punkt. Durch Sie ist mir wieder etwas eingefallen, das mir vor längerer Zeit einmal im Kopf herumspukte. Vielleicht haben sie die Erde aus der Schußlinie genommen, bevor es hier zur

Sache ging. Vielleicht ist das Sonnensystem der Brennpunkt.«

Raphael sah Larry an. Plötzlich stand ihm der Angstschweiß auf der Stirn. »Angenommen, sie interessieren sich überhaupt nicht für die Erde, sondern für das – Sonnensystem?« fragte Raphael.

Die *Nenya* raste durch die Dunkelheit und nahm mit zunehmender Geschwindigkeit Kurs auf Pluto, der noch viele dunkle Tage entfernt war.

Gerald MacDougal stürmte in die überfüllte Messe der *Terra Nova* und schaute sich um. Es fanden Unterhaltungen zwischen Leuten statt, die sich nie zuvor gesehen hatten. *Wie am ersten Schultag,* sagte er sich. Ein Raum voller neuer Leute, ein Gefühl des Aufbruchs, eine Gelegenheit für neue Abenteuer.

Während er in der Schlange der an der Essensausgabe wartenden Leute vorrückte, schnappte er diverse Gesprächsfetzen auf. Es gab an diesem Tag nur ein Thema: die *Heiliger Antonius,* die Neuigkeiten vom Sonnensystem brachte.

Und von Marcia. Daß der Name seiner Frau auf so vielen Berichten erschien, erfüllte ihn mit Stolz und Erleichterung. Er würde sie vielleicht nie wiedersehen, obwohl das keineswegs feststand. Wenigstens wußte er, daß sie am Leben war und alles tat, um ihn wiederzusehen.

Und sie – sie alle – hatten den Feind gesehen. Obwohl die Erde sich mitten im Feindesland befand, war kein Mensch bisher näher als hunderttausend Kilometer an einen Charonier herangekommen.

Er holte sich sein Frühstück ab, setzte sich an einen freien Tisch und dachte nach.

Die Charonier, die *Außerirdischen*, hatten bisher nicht den geringsten Hinweis auf ihre Identität gegeben, trotz der arroganten Machtdemonstrationen sowohl hier im Multisystem als auch zu Hause. Mit ihrem ganzen Verhalten hatten sie ihnen zu verstehen gegeben, daß sie sich nicht vor den Menschen fürchteten und daß sie vielleicht gar keine Notiz von den Menschen nahmen. Vielleicht schenkten Wesen, die Planeten jagten, dem Leben nicht mehr Aufmerksamkeit als ein Mann, der Löwen jagte, sich um die Flöhe scherte, die der Löwe hatte.

Nur daß die Erde und das irdische Leben so gut behütet waren. Gerald wurde sich bewußt, daß die Menschheit, nein, die menschliche *Technik*, das einzige war, das durch den Transfer ins Multisystem in Mitleidenschaft gezogen worden war. Einer nicht-intelligenten Spezies wären die Veränderungen überhaupt nicht aufgefallen. Die Solarkonstante, die Ekliptik, die Gezeiten und sogar – mit einer minimalen Abweichung – die Länge des Jahrs waren kopiert worden. Nur Satelliten, Raumschiffe, Kommunikationseinrichtungen und Handel waren von den Veränderungen betroffen.

Folglich hatte das Leben einen hohen Stellenwert für die Charonier, und sie unternahmen große Anstrengungen, um es zu schützen.

Es war *intelligentes* Leben, das sie derart verachteten, daß sie es ignorierten …

Ihn schauderte, und er sprach ein stummes Gebet.

Doch die Vorstellung von intelligentem Leben hatte seine Erinnerung aktiviert. Etwas, das, wie er spürte, von großer Bedeutung war. *Marcia*. Ja, sie war ein Teil davon. Irgendwann in der Vergangenheit. Ein Vorfall in der Schule auf dem Mond, der nicht mehr am irdischen Himmel stand.

Gerald lehnte sich zurück und betrachtete die Menschenmenge, wobei er sich fragte, weshalb er ausgerechnet jetzt an solche Dinge dachte.

Doch er überhörte die Stimme des Zweifels und ließ die Gedanken schweifen. Das Unterbewußtsein wollte ihm etwas mitteilen und ihn an Wissen erinnern, das nicht in einem Datenblock gespeichert war. Ein Hinweis, der in seinem Gedächtnis verborgen war. Die Gedankenkette war komplex und zerriß vielleicht noch, wenn er sich zu sehr bemühte. Also ließ er die Gedanken schweifen und wartete ab, wohin sie ihn treiben würden. Die Schule. Die Messe erinnerte ihn an die Schulzeit. Eine Unterrichtsstunde, in der Marcia neben ihm gesessen hatte, denn er erinnerte sich daran, wie er sich mit ihr darüber unterhalten hatte. Diese Vorstellung hatte ihn erregt.

Um welche Vorlesung hatte es sich gehandelt. Nein, einen Moment! Er hatte in ihrer Vorlesung gesessen. Einer Raumfahrttechnik-Vorlesung, in welcher der Professor eines Tages eine bizarre Theorie entwickelte, nachdem er den planmäßigen Unterricht früher als erwartet beendet hatte.

Doch worum handelte es sich?

Irgendein bizarres Konzept der Raumfahrttechnik. *Von* irgendwer …

Gerald setzte sich kerzengerade hin und wäre in der Schwerelosigkeit fast vom Stuhl gefallen. *Von Neumann*. Das war es.

Gerald gefror das Blut in den Adern. *Von Neumann-Maschinen*. Nun setzte das Puzzle sich zusammen, und plötzlich war ihm alles klar. Erschreckend klar.

Im Sonnensystem und auf der Erde brauchten sie die Antwort. Und zwar sofort, bevor dieser KERN sich der *Heiligen Antonius* noch weiter näherte.

Er stand hastig auf und ging zur Kommunikationszentrale. Es ergab alles einen Sinn. Er wußte, daß er die Antwort gefunden hatte. Dennoch hoffte er, sie wäre falsch.

Sondra Berghoff nuschelte etwas im Schlaf und drehte sich um, so daß ein Arm über die Bettkante hing. Die in der Tür stehende Marcia MacDougal schaute in den Raum und lächelte.

Marcia hatte selbst Überstunden im Beobachtungsposten der Landezone Eins gemacht, um noch mehr Fakten zu gewinnen. Sie war durchaus versucht, sich auf die in der anderen Ecke stehende Couch zu legen und ein paar Stunden zu schlafen. Aber noch nicht. Sie mußten noch so viel über die Charonier in Erfahrung bringen. Marcia hegte noch immer die Hoffnung – oder vielleicht auch die Illusion –, daß nach einer weiteren Stunde des Studierens und Nachdenkens der große Durchbruch erfolgte. Niemandem war es bisher gelungen, die Stücke des Puzzles zusammenzufügen. Marcia MacDougal wollte diejenige sein, der das gelang.

Marcia und Sondra hatten einen Forschungsraum in der Bibliothek von Port Viking bezogen und beschlossen, die im Sonnensystem und auf der Erde angehäuften Datenmengen zu sichten. Leider war Sondra schon vor Marcia dort eingetroffen und hatte für Unordnung gesorgt. Überall waren Ausdrucke aufgestapelt. Aus einem Wiedergabegerät dröhnte bombastische klassische Musik, die Marcia nicht kannte. Videodarstellungen, die von irdischen Astronomen aufgenommen und von der *Heiligen Antonius* übermittelt worden waren, füllten die Hälfte der Bildschirme aus. Die andere Hälfte zeigte von verschiedenen Spionagegeräten übermittelte Bilder, von kleinen Trägerrobotern über Skorpione bis hin zum Mond-*Rad* selbst.

Die verdammten Wanzen lieferten wahre Informationsströme. Leider schien das meiste bedeutungslos zu sein. Marcia vermutete, daß Sondra nach einer weiteren Marathonsitzung in die Koje gefallen war und hoffte, daß der Schlaf die Antwort bringen würde. Falls es denn eine Antwort gab.

Marcia war nicht unglücklich darüber, daß Sondra mit ihr zusammenarbeitete. Doch im Moment war sie froh, mit ihren Gedanken allein zu sein.

Sondra brauchte anscheinend Licht und Lärm zum Arbeiten – und zum Schlafen auch. Nicht so Marcia.

Sie drückte ein paar Knöpfe auf ihrer Konsole, stellte die Musik ab und schaltete die meisten Monitore aus. Es wurde dunkel und still im Raum. Marcia MacDougal zog es vor, in einem solchen Ambiente an einem Forschungsproblem zu arbeiten.

Datenbanken, Supercomputer, Kommunikationsanlagen, Archive, bequeme Stühle. Kein Zweifel: die Arbeitsmöglichkeiten waren hier am besten. Wer sich mit dem Asteroiden-Problem befaßte, konnte alles von der verängstigten Mars-Regierung verlangen.

Außer genügend Schlaf.

Marcia stand vom Schreibtisch auf, streckte sich und wankte auf die Tür zu. Vielleicht würden ein paar Spritzer Wasser ins Gesicht die Lebensgeister wieder wecken.

Sie öffnete die Tür des Studierzimmers und kniff im grellen Licht des Korridors die Augen zusammen. Dann ging sie die ruhig daliegenden Korridore entlang zum Waschraum und vergeudete im Versuch, wieder wach zu werden, wertvolles Marswasser. Sie trocknete sich das Gesicht ab und trat wieder in den Korridor.

Dann ging sie zu einem Panoramafenster am Eingang der Bibliothek. Die Stadt lag still und dunkel da. Die Kuppel war auf Lichtundurchlässigkeit geschaltet, um die Wärme des Tages für die nächtliche Versorgung der Stadt zu speichern. Marcia war enttäuscht. Sie hatte die Sterne sehen wollen.

Die Sterne. Gütiger Gott, dort befand sich nun ihr Mann. *Gerald. Gerald, wo bist du?* Die paar hundert Millionen Kilometer hatten sie schon als tragische Trennung empfunden. Nun war die Entfernung zwischen ihnen im wahrsten Sinne des Wortes unendlich.

Was hatte die erste Botschaft besagt? Sie drehte sich um und ging zur Bibliothek zurück. Marcia setzte sich wieder an den Schreibtisch, durchwühlte die Unterlagen und fand schließlich die erste Nachricht von der Erde. Erneut las sie den traurigen Inhalt. ›Entfernung von der Erde unbekannt … Distanz auf mehrere hundert Millionen Lichtjahre geschätzt, nach oben offen.‹ Die Erde mochte sich auf der anderen Seite der Milchstraße befinden – oder in einer fremden Galaxis. Sie las weiter. ›Entführer der Erde unbekannt. Motiv der Entführung der Erde unbekannt …‹

Seufzend legte sie den Zettel hin. Dieser Wolf Bernhardt war kein optimistischer Reporter, um es vorsichtig zu formulieren. Nun, zumindest hatte er die Fakten klar dargelegt, und darauf kam es schließlich an.

Die Erde hatte überlebt. Die Erdbevölkerung war am Leben – zumindest der Großteil. *Das* war die eigentliche Botschaft, und einen günstigeren Bescheid hätten sie gar nicht bekommen können. Sie sollten dankbar sein, daß die Erde unversehrt war.

Aber hatte Gerald überlebt? Marcia schloß die Augen und zerknüllte den Zettel mit der Nachricht. Es war wahrscheinlich, aber sie wußte es eben nicht. Es gab auch nichts, was sie hätte tun können. Es war ziemlich sicher, daß sie ihn nie wiedersehen würde, nie mehr seine Stimme hören und seine Hand berühren würde. Vielleicht würde sie eines Tages eine Nachricht erhalten – doch wenn die *Heiliger Antonius* überhaupt so lange überlebte, würden die Milliarden Menschen auf der Erde und im Sonnensystem versuchen, die Sonde zur Nachrichtenübermittlung zu verwenden. Es würden lange Wartezeiten entstehen. Zumal die Sonde vielleicht jeden Moment zerstört wurde. Es würde lange dauern, bis sie eine Nachricht erhielt oder abschicken konnte – falls sie überhaupt die Gelegenheit dazu hatte.

Plötzlich überkam sie eine friedvolle Stimmung. Gerald ging es gut. Sie glaubte es nicht nur, sondern sie wußte es. So seltsam das auch schien, die Erde befand sich in guten Händen. Wer auch immer den Planeten entführt hatte, hatte ihn in eine perfekte Umlaufbahn gebracht und die Gezeiten sowie die Sonneneinstrahlung bis auf drei Stellen hinter dem Komma reproduziert.

Marcia rieb sich die Augen. Seit die erste Nachricht von der Erde im Sonnensystem eingetroffen war, hatte sie nicht mehr geschlafen. Die anfängliche Hoffnung und Aufregung war schon lange einer Verwirrung gewichen. Und die neuen Daten von der Erde trugen nur zur weiteren Verwirrung bei.

Sie hörte ein Geräusch an der anderen Seite des Raums. Marcia drehte sich um und sah, daß Sondra sich im Schlaf herumwälzte.

Der Bildschirm wurde dunkel, flackerte und erhellte sich. Irgendwie *betrachtete* Sondra die Darstellung und war gleichzeitig *ein Teil* von ihr. Sie sah einen Ausdruck ihres eigenen Gedächtnisses und betrachtete die Ergebnisse der Beobachtung des Ausdrucks, die eine Folge des Ausdrucks waren.

Rückkoppelung. Ihr Bewußtsein hallte wider, verschob sich und teilte sich. Nun war sie zur Hälfte ein Charonier, ein Skorpion-Roboter. Aber nein, ein *echter* Skorpion, dessen mit einem Stachel bewehrter Schwanz auf sie zuschwenkte, während das Monster durch das Spiegelkabinett schritt, das vom Videobildschirm übriggeblieben war …

Sondra stöhnte, hob die Hände, drehte sich um – und fiel aus dem Bett. Durch den Aufprall wachte sie auf. Schlaftrunken lag sie für eine Weile reglos auf dem Boden, bis sie schließlich die Energie aufbrachte, sich zu bewegen.

Als sie aufschaute, sah sie Marcia, die sich bemühte, ein Lächeln zu unterdrücken.

»Guten Morgen, oder Abend, oder welche andere verdammte Tageszeit wir haben«, sagte Sondra knurrig.

»Mitternacht, glaube ich«, sagte Marcia.

Sondra stand vorsichtig auf und versuchte, sich vom Bettlaken zu befreien, das sich um ihre Füße gewickelt hatte. Sie kam sich ziemlich blöd dabei vor. »Wie die schlechten alten Zeiten in der Schule«, sagte sie, nur um überhaupt etwas zu sagen. »Den Kopf mit Fakten vollstopfen, ins Bett fallen und dann im halbwachen Zustand die Semesterprüfung machen. Soll ich woanders arbeiten?«

Marcia lächelte. »Nicht nötig. Ich habe im Moment selbst einen Durchhänger. Du kannst mich nicht bei Überlegungen stören, die gar nicht stattfinden. Was hast du bisher herausgefunden?«

Sondra lächelte. Nett, daß Marcia danach fragte. Doch Marcia war überhaupt nett. Viel netter, als Sondra jemals sein würde – oder sein wollte. Sie ging zu ihrem Schreibtisch an der anderen Seite des Raums, setzte sich an den Computer und kramte die Aufzeichnungen hervor. »Einige äußerst merkwürdige Dinge«, sagte sie. »Die Exobiologie-Labors haben eine große Entdeckung gemacht, während du schliefst. In allen der untersuchten Wesen haben sie nicht nur irdische DNA gefunden, sondern auch *mindestens* drei weitere inkompatible, außerirdische Gencode-Systeme. Woraus folgt, daß die Vorfahren der Charonier – beziehungsweise die Vorfahren der Konstrukteure – die Erde besucht, DNA-Proben gestohlen und den Vorgang auf *mindestens* drei anderen lebenstragenden Welten wiederholt haben.« Sondra schaute zu Marcia auf. »Genügt dir das?«

»Aber ja«, sagte Marcia. Es hatte ihr die Sprache verschlagen.

Sondra machte ihr deswegen keinen Vorwurf. Die Erkenntnis, daß die Charonier die Erde als genetisches Ersatzteillager benutzt hatten, war erschreckend. Das Bewußtsein, daß sie eine entfernte Verwandtschaft mit irdischem Leben aufwiesen, ließ sie nur noch ... *fremder* erscheinen. »Das bestätigt noch etwas«, sagte Sondra. »Die charonischen Kreaturen sind genauso künstlich wie ihre Roboter. Als ob die Konstrukteure der Lebewesen und mechanischen Geräte keinen Unterschied zwischen Lebensform und Maschine gemacht und ihre Produkte als Mischformen konzipiert hätten. Was auch erklären würde, weshalb die Skorpion-Roboter wie Skorpione aussehen. Sie sind dem terrestrischen Vorbild nachempfunden.« Sie ließ die Aufzeichnungen fallen. »Das ist die große Neuigkeit. Und was hat die Feldforschung ergeben?« fragte sie.

»Wir machen große Fortschritte bei der Entschlüsselung der Mentalität der Charonier«, sagte Marcia, lehnte sich zurück und legte die Füße hoch. »Ich habe heute viele Daten über die Bewußtseinsvorgänge der Charonier zusammengestellt. Die Wanzen liefern mehr Informationen, als wir jemals auswerten können. Obendrein erhalten wir wertvolle Informationen von den Wanzen, die das Mond-*Rad* anzapfen.«

»Leider sind die charonischen Bewußtseine eine ziemlich unergiebige Lektüre«, sagte Marcia trocken. »Sie bestehen fast nur aus konkreten Abbildungen und direkter Visualisierung ohne die Fähigkeit zum abstrakten, deduktiven und induktiven Denken. Ihre Gedanken sind hochgradig repetitiv. Bei einem Großteil dessen, was als ›Gedanken‹ durchgeht, handelt es sich anscheinend um die ›Wiedergabe‹ der Erfahrungen anderer Wesen.«

Sondra runzelte die Stirn. »Und wie funktioniert das?«

»Nehmen wir an, der Weg eines Skorpions wird von einem Felsen versperrt«, sagte Marcia. »Zuerst ruft er die Erinnerung einer früheren Begegnung mit einem Felsen ab, um zu sehen, wie das Problem seinerzeit bewältigt wurde. Dann paßt er das alte Gedanken-Bild an die aktuellen Gegebenheiten an und ermittelt die günstigste Route um den Felsen. Anschließend übermittelt er die Ergebnisse, damit der Nächste, der mit dem Felsen konfrontiert wird, weiß, wie er ihn zu umgehen hat. Der ganze Prozeß läuft sehr schnell ab. Der gesamte Zyklus der Begegnung mit dem Hindernis, dem Aufrufen des Bilds, der Bildbearbeitung und der Reaktion dauert nur Millisekunden. Der Schlüssel ist, daß ein Charonier ständig seine Erfahrungen mit den in der Nähe befindlichen Charoniern austauscht. Ein Wesen stellt eine Frage und erhält die Problemlösung. Wenn sie es richtig anstellen, müßten sie in der Lage sein, Erfahrungen zu speichern und von einer Generation an die nächste weiterzugeben.

Der andere Sachverhalt, den ich ermittelt habe, ist kaum der Erwähnung wert«, sagte Marcia. »Je größer sie sind, desto intelligenter sind sie auch, ohne daß ein Bezug zwischen Maschine und Tier oder einer anderen Variablen bestünde. Nicht gerade ein Knaller, was? Die Trägerroboter sind nur Drohnen«, fuhr Marcia fort. »Sie können lediglich für Transportaufgaben programmiert werden. Die Skorpion-Tiere und Roboter sind etwas flexibler. Sie sind imstande, mehr Informationen zu empfangen und zu verarbeiten und unterschiedliche Situationen zu bewältigen – wenn auch nicht immer mit Erfolg.

Die *Lander*-Kreaturen sind wiederum intelligenter als die Skorpion-Typen – allerdings nicht in dem Ausmaß, wie man es erwarten sollte. Ich halte sie für so intelligent wie einen Hund. Ich glaube, das Mond-*Rad* ist den *Landern* intellektuell weit überlegen. Eine Art Gedankenkette anstatt einer Nahrungskette.

Außerdem habe ich eine bisher unbewiesene Theorie. Auf den unteren Ebenen scheinen die Lebewesen und Roboter ihre ›Ausbildung‹ durch Datenströme zu erhalten, die von der nächsthöheren Stufe der Gedankenkette heruntergeladen werden. Ich habe eine Aufzeichnung, in der ein *Lander* ein Rudel neuer Skorpione ›ausbildet‹, indem er Verzeichnisse seines Datenbestands auf die Skorpione kopiert.«

»Warte eine Sekunde.« Sondra erhob sich. Irgendwo

in Marcias Ausführungen verbarg sich eine entscheidende Antwort. »Du hast die Charonier auf dem Mars vor Ort beobachtet, und ich habe von hier aus die Aktivitäten des *Rads* und der Sphäre verfolgt. Wir müssen die beiden Hälften nur noch zusammenfügen.« Noch während sie sprach, überkam Sondra die Erkenntnis. Die Antwort drängte sich ihnen förmlich auf! Sie zwang sich zur Ruhe und überzeugte sich davon, daß alle Glieder der logischen Kette vorhanden waren. »Vor dem Einschlafen verfolgte ich eine Übertragung vom *Rad* zu einem *Lander*. Man konnte es so interpretieren, daß das *Rad* ein Verzeichnis auf den *Lander* kopierte. Wer steht aber an oberster Stelle?«

Marcia nickte aufgeregt. »Also unterrichten die Skorpione die Träger. Die *Lander* unterrichten die Skorpione. Das *Rad* unterrichtet die *Lander*. *Aber wer unterrichtet das Rad?*« fragte sie.

Sondra grinste triumphierend. »Bingo.« Sie war auf der richtigen Spur. Das war die entscheidende Frage, zu der alle anderen führten. »Es muß die Sphäre sein oder wer auch immer die Sphäre kontrolliert. Sie müssen diejenigen sein, die Entitäten auf dem Niveau des *Rads* ausbilden.«

»Einen Augenblick«, sagte Marcia. »Die Berichte von der Erde besagen, daß der Mond-*Ring*, der die Erde im Multisystem umkreist, dem *Rad* im Mond in *unserem* System entspricht, nur daß der Mond-*Ring* der Erde nicht in einen Himmelskörper eingebettet ist. Es war nicht erforderlich, ihn zu tarnen. Aber der Mond-*Ring* ist *neu* und muß deshalb ausgebildet werden. Vielleicht kopiert die Sphäre *in diesem Moment* Daten in den Mond-*Ring*.«

Sondra nickte. »Ich verstehe. Wenn die Erde die Verbindung abhören würde, bekäme sie vielleicht die *richtigen* Antworten. Sie würden sie aus erster Hand bekommen, von den *echten* Charoniern, die diesen ganzen Alptraum erschaffen hatten.

Ja! Mein Gott, ja. Wir könnten die Anweisungen abhören, die sie ihren Maschinen erteilen.« Marcia stand auf und versuchte sich zu konzentrieren. Sie mußten sofort den Mond verständigen und veranlassen, daß die Operatoren der *Heiliger Antonius* die Sonde durch das Wurmloch entsprechend programmierten. Marcia warf einen Blick auf die Wanduhr und schätzte, wieviel Zeit ihnen noch bis zum Verlust der *Antonius* blieb. Keine sechsunddreißig Stunden mehr. Wenn sie die Nachricht sofort abschickten, würde die Zeit aber ausreichen. Sie wollte Sondra gerade darauf hinweisen.

Doch dann setzten die Beben ein.

Kapitel Zweiundzwanzig

Der Zyklus von Leben und Tod

Die Sphäre hatte ihre Anweisungen erteilt, und der Rufer dachte nicht einmal im Traum daran, Anweisungen der Sphäre zu ignorieren.

Und die Anweisungen besagten, daß es nun an der Zeit war. Der Rufer nahm eine Überprüfung seiner weit verstreuten Untergebenen vor. Nur eine Minderheit war einsatzbereit. Doch viele Einheiten waren *vorbereitet, und die Sphäre hatte dem Einsatz des Rufers höchste Priorität eingeräumt. Seltsam, daß ein Auftrag, der vielleicht Jahrzehnte oder gar Jahrhunderte dauerte, so überstürzt anberaumt wurde – doch in einem Jahrhundert würde die Krise sicher eintreten, und das Überleben würde von den Stunden, den Minuten und Sekunden abhängen, die* nun *eingespart wurden.*

Der Rufer bündelte Gravitationsstrahlen mit hoher Leistung und schoß sie auf die Welten ab. Die Gravitationsstrahlen waren unendlich stärker als die Strahlen, die der Ring von Charon ausgesandt hatte – wobei der Rufer sich indes auch nicht die Mühe machte, diese *Strahlen auf ihre Unbedenklichkeit zu überprüfen.*

Der Rufer schickte den Befehl über die Gravitationsstrahlen an alle fertiggestellten Installationen im Sternsystem. Neben den Befehlen übertrug er, eingebettet in die Gravitationsstrahlen, welche die Befehle trugen, auch Energie. *Die Weltenfresser sogen sie begierig auf und verlangten nach mehr.*

Auf dem Mars, der Venus und dem Merkur, auf den Jupiter- und Saturnmonden machten die Weltenfresser ihrem

Namen alle Ehre. Die Weltenfresser empfingen die Strahlen und formten sie zu Schwerefeldern, die von der Natur nicht vorgesehen waren. Um die Weltenfresser, welche Gestalt auch immer sie angenommen hatten, riß die Planetenkruste auf und wurde in die Luft geschleudert. Die Weltenfresser selbst, die tief im Planetenmantel verankert waren, klammerten sich fest.

Alle bis auf wenige Ausnahmen. Auch Weltenfresser waren defektanfällig und sterblich. Auf dem Mars und dem Merkur versagte jeweils einer; die gewaltigen Wesen wurden aus den Verankerungen gerissen, flogen auf ihren eigenen Gravitationsstrahlen gen Himmel und taumelten erratisch, bis sie abstürzten und starben.

Doch ihre Kameraden machten weiter und gruben sich in die Kruste der Planeten. Die Trümmer wurden von den künstlichen Gravitationsquellen angesaugt, die wie Luftballons über den Zusammenballungen der Weltenfresser schwebten. Die hochgefahrenen G-Quellen griffen nach allem, was nicht gesichert war. Doch die von den G-Quellen angesaugte Materie verteilte sich nicht um sie. Sekundär-Gravitationsstrahlen, die von den Weltenfressern manipuliert wurden, schleuderten die Trümmer in die Höhe, vom Planeten weg, und beschleunigten sie mit einer unglaublichen Geschwindigkeit.

Binnen weniger Minuten schossen von jeder Stein- und Eiswelt innerhalb des Saturn-Orbits Ströme pulverisierter Planetenkruste ins All. Das rote Gestein des Mars, das Eis von Ganymed, der saure Fels der Venus und die sonnendurchglühte Kruste des Merkur wurden in den Weltraum gerissen und formierten sich zu Staubwolken, welche die Planeten einhüllten. Gewaltige Wirbelstürme und Tornados tobten auf der Oberfläche von Jupiter und Saturn. Die Stürme beschränkten sich nicht auf die Gasriesen, sondern griffen über die Grenzen der Atmosphäre hinaus und formten bizarre Ranken aus Gas, die sich bogen- und spiralförmig durch den Himmel zogen und Megatonnen der Atmosphäre in den Orbit schickten.

Auf dem Saturn kollidierten die Gasströme mit den Ringen, störten die Orbits der Ringpartikel und verwandelten die ästhetischen Muster des Saturn-Diadems in ein Chaos. Die Ströme aus atmosphärischem Wasserstoff, Methan und komplexen Kohlenwasserstoffen brachen aus dem Innern des großen Planeten hervor und verteilten sich im Weltraum.

Im ganzen Sonnensystem wurde die Materie der Welten in den Orbit geschleudert. Die raumgestützten Weltenfresser machten sich an die Arbeit, griffen nach dem Gas, dem Staub und dem Schutt und sammelten mit Gravitationsnetzen alles ein.

Und es nahm kein Ende. Die Gasströme, die Trümmerströme und die Stürme nahmen an Intensität zu und rissen die Welten auseinander. Vom Merkur bis zum Saturn weideten die Weltenfresser die Planeten aus.

Das Sonnensystem starb.

Eine Bilderflut ergoß sich über den Videomonitor. Säulen aus fliegenden Steinen, Staub, Eis und Gas rasten in den Himmel von Mars, Merkur, Venus, Ganymed, Titan und Tethys. Gewaltige Wirbelstürme stiegen mit Fluchtgeschwindigkeit vom Jupiter und Saturn auf. Die *Lander* griffen an.

So endlos der Schrecken auch schien, das Ende nahte. Nacheinander fielen die Kommunikationsverbindungen mit den anderen Welten aus, während Wolken aus ionisiertem Staub die Funk- und Lasersignale blockierten.

Larry saß in der Funkstation der *Nenya* und registrierte kopfschüttelnd die ankommenden Signale. Was sollten die Menschen dagegen unternehmen? Wie konnte man die Charonier aufhalten, wenn man nicht einmal wußte, was sie überhaupt taten. Larry atmete schwer; Furcht und Erschöpfung ergriffen von ihm Besitz. Er zwang sich dazu, sich zurückzulehnen, die Augen zu schließen und sich zu entspannen. Er spürte, wie die Spannung von ihm abfiel, zumindest für den Augenblick. Besser. Besser.

»Wir haben schon wieder den Kontakt mit dem Mars verloren«, sagte Raphael in ruhigem und nüchternem Tonfall. »Der ionisierte Staub blockiert Funk und Laser. Die Mondstationen senden und empfangen auf allen Frequenzen, aber wir wissen nicht, ob man uns auf dem Mars hört oder ob sie auf einer Frequenz senden, auf der wir noch nicht waren. Die *Heiliger Antonius* hat auch Probleme. Die Erde hat uns mitgeteilt, daß ein charonisches Raumschiff oder ein Roboter oder sonst etwas Kurs auf die Sonde nimmt.«

»Die Sonde dürfte wohl die längste Zeit existiert haben«, sagte Vespasian mit einem Anflug von Trauer.

Dr. Raphael erinnerte sich, mit welchem Stolz Vespasian die Sonde getauft hatte und daß sie sein ureigenstes Anliegen gewesen war. »Der gute *Heiliger Antonius* hat den Auftrag ohnehin fast vollständig ausgeführt«, tröstete Raphael ihn. »Er hat die Erde wiedergefunden. Das sollte uns ein Trost sein, falls alles andere verloren ist.«

Der Himmel stand in Flammen.

Marcia schaute hinaus in die Marsnacht, wo die Sterne dem Schrecken gewichen waren. Der nächste Materiestrom befand sich im Südosten. Es handelte sich um eine Säule aus Feuer, erhitzter Luft, Ionisierungseffekten, elektrischen Entladungen und diversen fremdartigen Begleiterscheinungen, die durch den charonischen Gravitationsstrahl verursacht wurden. Durch das Zusammenwirken dieser Komponenten flackerte und schimmerte der Materiestrom energetisch. Ein ständiger Hagel aus Trümmerbrocken zweigte vom zentralen Materiestrom ab und ging auf dem Boden nieder. Auch die Stadt lag unter dem Beschuß von Trümmern, die teilweise die Größe von Felsen hatten.

Der Himmel glühte; Schwaden und Wolken aus Staub und Trümmern umhüllten die Materieströme und verteilten sich so weit draußen im All, daß sie aus dem Schatten des Planeten heraustraten und das Glühen der versteckten Sonne reflektierten. Auf einmal kam ein weiterer Staubsturm auf, rötlicher Sand wurde in die untere Atmosphäre gewirbelt und nach Süden getragen, wobei er die Welt in einen blutroten Mantel hüllte.

»Glaubst du im Ernst, sie wollen uns nichts antun?« flüsterte Marcia, wobei sie sich an Larrys Frage erinnerte und die Aufzeichnung seiner Stimme in ihrem Bewußtsein widerhallte. Diese Frage hatte er an Raphael gerichtet, in den vielen Stunden, in denen sie die Aufnahme abgespielt hatte. Doch die erschreckende Antwort auf besagte Frage lautete, daß die Menschen ihnen überhaupt nichts bedeuteten. So etwas Kleines und Unbedeutendes wurde bei den Kalkulationen der Charonier überhaupt nicht berücksichtigt. Plötzlich kam Marcia sich wie eine Mikrobe vor, die auf dem Objektträger eines Mikroskops lag und sah, wie die Reinigungsflüssigkeit sich über ihre Welt ergoß und sie fortspülte, um Platz für etwas Neues zu schaffen.

Sie schaute zurück zur Bibliothek, wo Sondra am Funkgerät saß und verzweifelt die Frequenzbänder nach irgendeiner Nachricht absuchte.

Aber es herrschte Funkstille. Der Kontakt zum Universum war abgebrochen. Nie zuvor hatte eine solche Totenstille im Äther geherrscht. Die Verbindungen zur Erde, zu ihrem Mann, zu ihrer Arbeit auf VISOR, zu ihrem ganzen Leben. Alles war abgeschnitten.

Sie fragte sich, was nun geschehen würde.

Der südliche Himmel wurde von einer erneuten Explosionsserie erleuchtet. Marcia schaute aus dem Fenster, wobei sie das vor ihren Augen stattfindende Schreckensszenario ausblendete. Sie versuchte in die Zukunft zu sehen, die Tage, die noch vor ihr lagen.

Auch Port Viking würde diesen Stürmen nicht auf Dauer standhalten. Allein am Vortag war die Kuppel einem Teilchenbombardement ausgesetzt gewesen, wie es sonst nur im Zeitraum eines Jahres erfolgte. Die Luft würde ausströmen. Die Energieversorgung würde zusammenbrechen, während Staub eindrang und die Ausrüstung durch den charonischen Angriff zerstört und ins All gewirbelt werden würde. Die Charonier würden die Menschheit vom Antlitz des Mars vertilgen.

Und das gleiche Schicksal drohte auch allen anderen Welten des Sonnensystems. Das würde das Ende der Menschheit im Sonnensystem bedeuten. Und dann … es schnürte ihr die Kehle zu, und sie brach in Tränen aus, wobei sie mit tränenumflorten Augen den lodernden Himmel betrachtete.

Und dann herrschte nur noch Stille.

Sondra wachte auf. Sie war über der Konsole zusammengesackt und eingeschlafen. Irgendwo ertönte ein piepsendes Geräusch. Sie blinzelte verschlafen und schaute sich um. Sie sah Marcia auf einer Couch liegen. Aber was, zum Teufel, piepste da? Plötzlich erkannte sie, daß das Geräusch vom Funkgerät kam. Auf der Statusanzeige blinkte eine Leuchtschrift: ›VERBINDUNG STEHT, TEXTBOTSCHAFT GEHT VON MONDSENDER EIN.‹

Plötzlich war Sondra hellwach. Die Blockade war durchbrochen, zumindest für den Augenblick. Das statuscodierende Seitenband zeigte, daß die eingehende Nachricht sich schon seit über einer Stunde in einer Warteschleife befand.

Eine Sekunde. Wenn sie eine Nachricht empfing, konnte sie auch eine abschicken. Am vergangenen Abend hatten sie eine ausführliche Textbotschaft erstellt, in der sie darum baten, den Mond-*Ring* anzuzapfen. Die Nachricht mußte nur noch abgeschickt werden. Sondra drückte auf den Knopf und schickte sie als Endlosbotschaft zum Mond ab. Mit etwas Glück würde ihr Vorschlag, den Mond-*Ring* im Multisystem anzuzapfen, noch rechtzeitig auf der Erde ankommen.

Aber was war mit der eingehenden Nachricht? Sie drückte ein paar Tasten, und die Botschaft lief über den Bildschirm, zu schnell, als daß sie mehr als ein paar Worte erkannt hätte. Doch die genügten schon.

»O mein Gott«, sagte sie. Sie sprang auf und rannte zur Couch. »Marcia! Marcia! Mein Gott, Marcia. Wach auf!« Sie packte Marcia an der Schulter und schüttelte sie. »Dein Mann, Marcia.«

Marcia schlug die Augen auf und setzte sich auf. »Mein Mann? Gerald? Was ist mit ihm?«

»Wir haben eine Nachricht von ihm erhalten«, sagte Sondra. »Eine technische Dokumentation, die er verfaßt und über die *Heiliger Antonius* übermittelt hat. Sie geht gerade ein.«

Aber Marcia saß bereits selbst an der Kommunikationseinheit und erstellte einen Ausdruck. Kaum war die erste Seite fertig, riß sie sie aus dem Drucker. »Großer Gott, *er ist am Leben*!« sagte sie. »Es geht ihm gut.«

Sondra trat etwas zurück, um Marcia in diesem privaten Moment nicht zu stören. Sie sah, wie Marcia die Seiten überflog. *Wie es wohl war, jemanden so zu lieben?* fragte Sondra sich.

»Es ist eine technische Dokumentation«, sagte Marcia. »Hochoffiziell. Doch dazu mußte er unsere Berichte über die *Lander* lesen, und das war ein hartes Stück Arbeit.« Mit leuchtenden Augen schaute sie zu Sondra hoch. »Das ist für *mich*. Er weiß, daß ich am Leben bin.« Sie las begierig weiter.

Doch dann verlor Marcias Gesicht den frohen Ausdruck. Nun wirkte sie schockiert und überrascht. Sie ließ das Blatt sinken. »Er hat es berechnet«, sagte sie schließlich mit leiser Stimme. »Zumindest den größten Teil. Er hat eine Theorie entwickelt.«

»Er hat was berechnet?« fragte Sondra. »Eine Theorie worüber entwickelt?«

»Über die Identität der Charonier«, sagte Marcia. »Sie sind von Neumanns. Das ist es. Das muß es sein.«

»Das muß was sein?«

»Die Antwort, die Erklärung. Der Schlüssel zu allem. Es ist zwar nicht die Lösung, aber immerhin ein Anfang.« Marcia stand auf, wobei sie noch immer den Ausdruck in der Hand hielt, und schaute nachdenklich in den Weltraum empor. »Es ergibt einen Sinn«, sagte sie. »Sie *müssen* von Neumanns sein.«

»Würdest du bitte mit dem ›von Neumanns‹ aufhören und mir erklären, worum es sich dabei handelt?« sagte Sondra.

»Es ist ganz einfach«, sagte Marcia. »Weshalb sind wir nicht von selbst darauf gekommen? Eine von Neumann-Maschine ist ein Gerät, das sich aus den jeweils verfügbaren Rohstoffen selbst dupliziert. Ein Toaster, der nicht nur Brot toastet, sondern aus in der Küche vorhandenen Gegenständen weitere Toaster herstellt, wäre ein von Neumann-Toaster. Es handelt sich um ein uraltes Konzept, das nach dem Wissenschaftler benannt ist, der es entwickelt hat.

Eigentlich wollte von Neumann jedoch ein von Neumann-Raumschiff bauen«, sagte Marcia. »Ein von Robotern gesteuertes Forschungsschiff, das von einem Sternsystem zum anderen flog, das System erkundete – und sich dann hundertmal duplizierte, wobei es das erforderliche Material vielleicht durch die Ausbeutung von Asteroiden gewann. Dann würde es neue von Neumanns aussenden, die sich ihrerseits wieder duplizierten. Die neuen Forschungsroboter würden den nächstgelegenen Stern anfliegen, sich *selbst* duplizieren und den Zyklus wieder in Gang setzen. Jede Maschine würde ihre Erkenntnisse an den Heimatplaneten übermitteln. Selbst wenn man eine ziemlich lange Flugdauer zwischen den Sternen veranschlagt, könnte man in ein paar hundert Jahren einen großen Raumsektor erforschen. Flug, Erkundung, Reproduktion, immer wieder von neuem.«

»Einen Augenblick«, sagte Sondra. »Die Charonier haben aber nichts dergleichen unternommen. Sie sind weder Reisende noch Forscher, und eine Reproduktion findet auch nicht statt ...«

»O doch, das sind sie«, sagte Marcia. »Erinnerst du dich an die drei unterschiedlichen Codes, welche die Labors in ihren Genen gefunden haben? Vielleicht sind *diese* Charonier nicht gereist, aber ihre Vorfahren müssen *mindestens* drei Sternsysteme besucht haben, in denen es Leben gab. Und um diese Systeme zu finden, mußten sie weit reisen und intensiv forschen. Und sieh nur, wie viele es sind – es hat sicher eine Reproduktion stattgefunden!«

Sondra setzte sich an die Kommunikationskonsole und dachte darüber nach. »Schon gut. Du hast recht. Aber das ist noch nicht die ganze Geschichte. Mir fallen da einige Ungereimtheiten auf. Weshalb ist das *Rad* im Mond versteckt? Was haben die *Lander* getan, während sie die ganze Zeit in den Asteroiden umhergeflogen sind? Und wie passen die Entführung der Erde und der Angriff auf die Planeten ins Bild? Eine Sekunde. Alte Konzepte der Raumfahrt. Das erinnert mich an ein anderes altes Konzept.«

Sie überlegte. »Saatschiffe. Das ist es. Bei diesem Raumfahrtkonzept lag der Schwerpunkt eher auf der Kolonisierung von Planeten als auf ihrer Erforschung. Die Logik war, daß ein Lebenserhaltungssystem den meisten Platz in einem Raumschiff beansprucht – also läßt man es einfach weg. Statt dessen friert man genetisch perfektionierte Embryos ein – oder auch nur Spermien und Eier. Nicht unbedingt die intelligentesten Lebensformen, sondern das Äquivalent von Hunden, Schweinen, Katzen und Hühnern oder vielleicht auch des *Tyrannosaurus rex*, wenn du es exotischer magst. Hauptsache, die Lebensform ist auf dem fremden Planeten lebensfähig. Man pfercht sie zusammen und schickte sie auf die Reise.

Wenn das Saatschiff einen bewohnbaren Planeten findet, landet es, taut die Embryonen auf und setzt sie aus. Dann bildet das Schiff – oder seine Roboter oder was auch immer – die Jungen aus. *Es* zieht die erste Siedlergeneration auf. Und wenn man fähige Konstrukteure hat, programmieren sie das Schiff so, daß es imstande ist, die erste Generation der Siedler mit Hilfe der Gentechnik optimal an die Lebensbedingungen auf der Kolonialwelt anzupassen. Gesteuerte Evolution.«

»Aber das hat doch nichts mit dem zu tun, was sich hier ereignet«, wandte Marcia ein.

»Nein. Aber angenommen, man würde diese Konzepte miteinander *verknüpfen*«, sagte Sondra. »Angenommen, man würde ein *von Neumann-Saatschiff* bauen. Ein Saatschiff, das nicht nur befähigt ist, die Gene der Heimatwelt zu manipulieren, sondern auch imstande ist, fremde Gen-Codes zu analysieren und nutzbar zu machen. Wie die irdische DNA. Eine Maschine, die sich selbst dupliziert, eine Maschine, die programmiert wurde, sich selbst zu duplizieren und Saatgut zwischen den Sternen zu verteilen. Eine Maschine, die in der Lage ist, sowohl sich selbst zu modifizieren und zu verbessern als auch die Lebensformen, deren Träger sie war. Die imstande ist, nicht nur Asteroiden auszubeuten, sondern auch belebte Welten, wie zum Beispiel die Erde. Hier geht es nicht nur um die Ausbeutung von Metallen und Treibstoffen als Rohstoffe, sondern um *Leben selbst*.«

Marcia nickte. »Ich verstehe. Aber die heutigen Charonier sind anders. Saatschiffe, wie du sie beschrieben hast, hätten doch keine Veranlassung, sich in Asteroiden zu verstecken.«

»Vielleicht haben sie doch einen Grund, und wir kennen ihn nur nicht«, sagte Sondra. »Vielleicht haben sie sich für eine Weile in einer Schlafphase befunden und sind durch den Gravitationsstrahl aufgeweckt worden.« Doch dann runzelte sie die Stirn und schüttelte den Kopf. »Einen Augenblick. Sie benutzen auch Gravitationswellen und Wurmlöcher. Das haben wir noch gar nicht berücksichtigt.«

»Gehen wir etwas zurück«, sagte Marcia. »Betrachten wir frühere Stadien ihrer Entwicklung. Nicht den aktuellen Entwicklungsstand der Charonier, sondern das Stadium zwischen dem Urzustand und dem jetzigen Zustand. Vor Millionen oder gar Dutzenden und Hunderten von Millionen Jahren.« Sie dachte kurz nach. »Angenommen, die damaligen Charonier waren von Neumann-Saatschiffe. Angenommen, es trat eine Panne auf – zumindest aus der Sicht der Konstrukteure. Angenommen, die Schiffe haben sich in eine unerwartete Richtung entwickelt?«

Marcia legte den Computerausdruck auf die Kommunikationskonsole und setzte sich wieder auf ihre Schlafcouch. »Der ursprüngliche Auftrag des Schiffs lautete, Leben zu verbreiten, wobei die Duplizierung der Schiffe und andere Aktivitäten der Verbreitung des Lebens untergeordnet waren. Dann geriet entweder der eigentliche Auftrag in Vergessenheit, oder die Prioritäten verschoben sich. Schließlich waren es Maschinen, welche die Arbeit machten. Angenommen, die Maschinen hielten es für wichtiger, daß *sie* sich duplizierten – und das *Leben* den *Maschinen* unterordneten?

Angenommen, die Schiffe modifizierten ihre *Passagiere* und versahen sie bei der Züchtung mit einer genetischen Programmierung, die sie zum Bau weiterer Saatschiffe veranlaßte?« fragte Marcia. »Sie waren in der Lage, die Passagiere entsprechend zu programmieren, so daß sie instinktiv neue Saatschiffe bauten; es war quasi ein Grundbedürfnis. Vielleicht manipulierten sie die DNA oder was auch immer sie anstelle der DNA verwendeten. Man nehme ein paar Gene vom

T. rex, von Hunden und Kühen und kombiniere sie mit dem Genom einer intelligenten Lebensform. Dann landen sie auf einer neuen Welt, und wenn sie dort auch ein paar brauchbare Codes finden, werden sie ebenfalls integriert.«

»Einen Moment«, sagte Sondra. »Kein Mensch würde zulassen, daß eine Maschine die menschliche DNA modifiziert.«

»*Wir* nicht. *Menschen* würden das nicht zulassen. Allein schon die bloße Vorstellung ist erschreckend. Nur daß wir hier nicht über Menschen sprechen. Angenommen, die Außerirdischen kannten in dieser Hinsicht keine Tabus? Ich finde die Vorstellung auch abstoßend, aber stell dir nur vor, wie schnell eine Spezies sich entwickeln würde, wenn solche Dinge zulässig wären.

Und wie sie sich entwickelt haben«, fuhr Marcia fort. »Die Maschinen haben sich selbst modifiziert, die organischen Lebensformen haben sich selbst gezüchtet, die Maschinen haben sich selbst programmiert und die Nachfahren der organischen charonischen Passagiere und ihrer Nutztiere modifiziert. Die Saatschiffe konzipierten Maschinen, die mit speziellen Zuchttieren arbeiteten und züchteten Tiere, die mechanische Implantate *benötigten* und ohne sie nicht lebensfähig waren. Bis die Grenze zwischen Lebewesen und Maschine schließlich verschwamm, bis die Charonier diesbezüglich gar nicht mehr differenzierten, bis es keine klare Abgrenzung mehr gab zwischen den Charoniern, ihren Maschinen und Nutztieren. Sie alle verschmolzen zu einer großen, komplexen Entität. Alle Lebensformen sind zum Überleben aufeinander angewiesen. Mann könnte sie als Multispezies bezeichnen.«

»Na schön«, sagte Sondra. »Aber die Schiffe waren noch immer der Schlüssel. Die Saatschiffe wurden die vorherrschende Ausprägung der Charonier«, sagte Sondra. »Sie brauchten keine organischen Intelligenzen mehr, die ihnen sagten, was sie zu tun hatten. Irgendwann sind die ursprünglichen Charonier auf der Strecke geblieben. Das *muß* die Wahrheit sein, denn immerhin existieren sie nicht mehr. Es muß sich schließlich um lebende und fühlende Wesen gehandelt haben, welche die ersten Schiffe gebaut hatten.«

»Das klingt plausibel«, sagte Marcia. »Ich bezweifle zwar, daß wir hundertprozentig richtig liegen, aber wenn wir von der Annahme ausgehen, daß die heutigen Charonier die Nachfahren von ehemaligen von Neumann-Schiffen sind, dann dürften sie sich im Lauf der Zeit verändert haben und zu dem mutiert sein, was sie heute darstellen. Doch damit war ihre Entwicklung noch nicht abgeschlossen. Wir haben noch keine Erklärung für das Mond-*Rad* und das Multisystem. Wie paßt das ins Bild?«

Sondra kratzte sich am Kopf. »Betrachten wir die Sache einmal aus einem anderen Blickwinkel. Beschäftigen wir uns mit ihrer Biologie, der Technik und den Zeiträumen, über die ein Zuchtzyklus sich erstreckte. Der Zyklus von Leben und Tod. Ein Schiff startete mit einem mit Konstruktionsunterlagen bestückten Computer und einer Ladung tiefgekühlter Tiere oder Embryos aus einem System und trieb vielleicht für Jahrhunderte, wenn nicht für Tausende oder gar Hunderttausende von Jahren zwischen den Sternen, bis es irgendwann ein Sternsystem mit einer lebenstragenden Welt fand. Vielleicht überbrückte das Schiff die Zeit, indem es die Gene der Tiere und die Blaupausen der Maschinen manipulierte. Schließlich landete das Schiff und führte vielleicht noch eine zweite Genmanipulation an den Tieren durch, um sie an die Lebensbedingungen auf der neuen Welt anzupassen.

Die Tiere – von denen manche von den Konstrukteuren des Schiffs abstammten –, vermehrten sich auf der Welt, während sie gleichzeitig die Rohstoffe des Planeten ausbeuteten und weitere Schiffe bauten – vielleicht Tausende oder gar Millionen. Der Schiffsbau war eine

Tätigkeit wie jede andere auch – ein Reflex, ein komplexer Instinkt.

Dann nahmen die neuen Schiffe die Passagiere an Bord und flogen ins All, auf der Suche nach neuen Welten. Es gelang vielleicht nur einem von tausend oder gar einer Million Schiffen, einen weiteren Stern zu erreichen und sich zu reproduzieren, doch das genügte schon, um den Zyklus aufrechtzuerhalten.«

Marcia schaute auf. »Aber das ist so umständlich«, wandte sie ein. »Die Zuchtplaneten waren Dutzende oder Hunderte von Lichtjahren voneinander entfernt. Und sie betrieben Raubbau mit den lebenstragenden Welten. Sieh dir nur an, was sie in diesem Augenblick mit dem Mars anstellen. Wenn ihre Vorfahren auch nur halb so groß waren, ruinierten die für die Aufzucht einer neuen Generation benötigten planetarischen Zuchtanlagen das ganze Ökosystem.«

»Du hast recht. Sie stopften alles in sich hinein«, sagte Sondra. »Die einheimischen Tiere fanden keine Nahrung mehr. Die Charonier optimierten die Zucht ohne Rücksicht auf Verluste. Zumal sie gleichzeitig noch Bergbau und Schiffbau betrieben. Sie haben die Planeten hundertmal schlimmer zugerichtet als wir die Erde. Und bedenke nur, welche Umweltschäden *wir* schon angerichtet hatten, bevor wir es besser wußten. Doch für die Charonier war das kein Problem. Schließlich verschwanden sie wieder, ohne sich um den Schaden, den sie verursacht hatten, zu kümmern.« Sie riß die Augen auf. »Mein Gott«, sagte sie. »Wir sprechen über Vorgänge, die Millionen Jahre zurückliegen, und anhand der DNA, die im Trägerroboter gefunden wurde, wissen wir, daß die Charonier früher schon auf der Erde gelandet waren. Hältst du es für möglich, daß die Charonier die Dinosaurier ausgerottet haben?«

Marcia blinzelte überrascht. »Das wäre möglich. Schließlich weiß man, daß die Dinosaurier durch einen Asteroideneinschlag ausgelöscht wurden. Und falls ein

Lander-Saatschiff einen Defekt hatte und abstürzte, dann hätte sich das wie ein *echter* Asteroideneinschlag ausgewirkt. Vielleicht bildeten zwei *Lander*-Saatschiffe einen Konvoi. Das eine stürzte ab, und das andere baute eine Zucht auf. Sofern die Dinosaurier nicht schon durch den Aufprall getötet wurden, gab der anschließende Zuchtrausch den Überlebenden den Rest.«

Marcia rieb sich die Augen und versuchte sich zu konzentrieren. »Zurück zum Thema«, sagte Marcia. »Der Zuchtrausch war parasitär und saugte das Leben aus den Welten. Das schädigte nicht nur die Fauna und Flora, sondern vernichtete das ganze Ökosystem. Aber die Charonier *mußten* das berücksichtigen, weil lebenstragende Planeten nämlich sehr selten sind. Schließlich war es durchaus möglich, daß dieselbe Welt zu einem späteren Zeitpunkt noch einmal von einem Saatschiff zum Aufbau einer Zucht benötigt wurde. Und Massenausrottungen hätten die genetische Vielfalt zerstört, welche die Charonier als Rohstoff für ihre Biotechnik brauchten.«

Marcia legte eine Pause ein und schaute in den Weltraum. »Wir lassen schon wieder die Gravitation außer acht. Wir müssen berücksichtigen, daß die Charonier irgendwann lernten, die Schwerkraft zu manipulieren. Wie sollen wir *das* einordnen? Vielleicht verfügten die ersten Charonier schon über das entsprechende Wissen und gaben es an das erste Saatschiff weiter. Oder vielleicht hat ein Saatschiff einen Planeten erobert, dessen Bevölkerung die Gravitation beherrschte. Und irgendwie lernten sie auch, wie man sich Wurmlöcher für den Transport und als Energiequelle nutzbar machte.«

»Und das war *wichtig*«, sagte Sondra nach längerer Überlegung. »Ohne die Beherrschung der Schwerkraft hätten sie es nicht so weit gebracht. Sie setzen die Gravitationskontrolle in allen Bereichen ein. Es mußte einen Wendepunkt darstellen. Sie hatten vielleicht zu wenige lebenstragende Planeten, doch sonst mangelte es ihnen an nichts. Sie hatten allen Raum und alle Zeit des Universums und verfügten über unbegrenzte Ressourcen. Ihr einziges Handicap war der Mangel an Planeten.« Sie verstummte. Schließlich schlug sie mit der flachen Hand auf die Kommunikationskonsole. »Also beschlossen sie, diesbezüglich Abhilfe zu schaffen. Das ist es. Das muß es sein, das letzte Teil des Puzzles. Die Kontrolle über die Schwerkraft verschaffte ihnen Macht, unglaubliche Macht. Also erschufen sie die Sphäre und das Multisystem und bestückten es mit Sternen und Planeten. Und nun weiß ich auch weshalb.« Sondra sah Marcia an, in der Erwartung, daß sie zum gleichen Schluß kam, und sei es nur deshalb, um sich zu vergewissern, daß sie nicht verrückt geworden war.

Marcia wurde bleich. »Es handelt sich um einen *Naturpark*«, sagte sie. »Die Charonier haben die Dyson-Sphäre und das Multisystem als Naturpark für Planeten angelegt, als Ort, an dem die Planeten sich zwischen zwei Zuchtphasen erholen, als genetisches Zentrallager, in dem die Saatschiffe sich mit Zuchtplaneten bedienen.

Man darf dabei aber nicht vergessen, daß die Charonier sich noch immer selbst modifizieren und ihre Evolution selbst gestalten«, sagte Marcia. »Wie weit soll das noch gehen? Wie weit kann das noch gehen? Angenommen, die Sphäre *ist* die Charonier, ihr geistiger Sitz. Angenommen, die Sphäre hat die Saatschiffe abgelöst, wie die Saatschiffe die ursprünglichen organischen Intelligenzen abgelöst haben. Falls die Dyson-Sphäre wirklich die Macht übernommen hatte, konstruierte sie einen neuen Lebenszyklus und bediente sich dabei der alten Muster. Sie wurde erschaffen, um die lebenstragenden Welten des Multisystems zu lagern, zum Nutzen der Saatschiffe. Doch wo sie nun im eigenen Interesse handelte, änderte sie das und übernahm die Kontrolle über den Lebenszyklus und über die Saatschiffe. Was bedeutet, daß sowohl die ersten, die biologischen Charonier als auch die zweiten, die Saatschiff-Charonier ausgestorben sind. Also hat keine der beiden Varianten das Kommando.«

»Es ist die Sphäre«, sagte Sondra fast im Flüsterton. »Die Sphäre ist für den Ablauf verantwortlich. Wir haben uns die ganze Zeit gefragt, wer *sie* kontrolliert, wo sie selbst doch *alles* kontrolliert.«

»Einen Augenblick«, sagte Marcia. Sie stand auf und setzte sich neben Sondra an die Kommunikationseinheit. Sie nahm einen Kugelschreiber und ein Blatt Papier und machte sich Notizen. »Dann haben wir es also mit einer Dyson-Sphäre zu tun, die ihre Brut-Welten zur Züchtung neuer Lebensformen verwendet. Sie bemannt Saatschiffe mit ihnen – allerdings paßt jeweils nur ein Wesen in ein Schiff, weil die Kreaturen so groß sind. Dann fliegen die Saatschiffe ins All, wie sie es immer schon getan haben. Sie suchen sich eine Welt, benutzen sie als Zuchtstation, und was dann?«

»An diesem Punkt tritt eine Veränderung ein«, sagte Sondra und tippte ihre Notizen in den Computer. Vielleicht wurde Marcia von einem Kugelschreiber inspiriert, sie brauchte jedenfalls eine Tastatur. »Sie verlassen den Planeten, nachdem sie ihn durchgekaut haben, doch anstatt sich zwischen den Sternen zu zerstreuen, beziehen die mutierten Saatschiffe – die Dinger, die wir als *Lander* bezeichnen, und die G-Punkt-Asteroiden – im Leerraum eine Warteposition. Eins entwickelt sich zu einem Gebilde von der Art des Mond-*Rads*. Wenn es ausgereift ist, schickt es ein Bereitschaftssignal ab und wartet auf ein Antwortsignal von der Sphäre, das ihm den Einsatzbefehl überhaupt erst erteilt. Bei diesem Antwortsignal von der Sphäre handelt es sich schlicht und einfach um einen modulierten Gravitationsstrahl. Von der Sorte, wie der ahnungslose Larry ihn abgeschickt hat.«

»Aber was hat das Signal zu bedeuten?« fragte Marcia.

»Die Sphäre will damit sagen, ›Ich bin bereit für eine neue Welt‹«, sagte Sondra aufgeregt. »Vielleicht deshalb, weil sie einen neuen Stern eingefangen hat und den Leerraum mit Planeten auffüllen will.«

Marcia nickte. »Gut, das erklärt also, weshalb sie die Erde entführt haben und weshalb sie sich so gut um sie kümmern. Aber weshalb schlachten sie die anderen Planeten hier aus?«

Sondra dachte einige Minuten lang über diese Frage nach. *Versuche, wie die Dyson-Sphäre zu denken,* sagte sie sich. *Was wäre wohl wichtig für die Sphäre?* Und dann kam ihr die Erleuchtung. Sondras Herz hämmerte, und die Handflächen überzogen sich mit Schweiß. »Überleg doch mal«, sagte sie. »Die ursprünglichen Charonier haben die Saatschiffe gebaut, um ihren Nachwuchs zu neuen Welten zu transportieren und neue Charonier zu züchten. Dann haben die Saatschiffe die Macht übernommen und beschlossen, weitere Saatschiffe zu bauen und sich *selbst* zwischen den Sternen auszubreiten.

Und dann erschufen die Saatschiffe eine Dyson-Sphäre, worauf *diese* die Macht übernahm und beschloß …«

Den beiden Frauen verschlug es die Sprache, als sie die Weiterungen erfaßten. »Die Dyson-Sphäre hat beschlossen, daß die Erschaffung weiterer Dyson-Sphären Vorrang hat«, sagte Sondra schließlich. »Also hat sie vor Millionen von Jahren die Programmierung der Saatschiffe wieder geändert und den Gen-Pool erneut manipuliert, um alle anderen Lebensformen in das Reproduktionssystem der Sphäre zu integrieren. Und was, zum Teufel, glaubten wir, woraus die Sphäre besteht?«

Benommen schüttelte Marcia den Kopf. »Gütiger Gott. Und wir wollten unbedingt die *Erde* retten. Dabei sind die anderen Welten des Sonnensystems bedroht.«

»*Planeten*«, sagte Sondra, die Marcia überhaupt nicht zugehört hatte. »Sie wird aus den Trümmern von *Planeten* erschaffen.«

»Das ist also die Aufgabe der *Lander*«, sagte Marcia leise. »Wo sie nun die Erde aus der Gefahrenzone geholt haben, nehmen sie das Sonnensystem auseinander, um eine neue Dyson-Sphäre zu erschaffen. Sie pulverisieren die Planeten, Monde und Asteroiden und verwenden das Material, um die Sonne mit einer Schale zu umgeben. Sie wollen hier ein neues Multisystem errichten.«

Sondra starrte mit leerem Blick auf den Bildschirm. Schließlich kam sie wieder zur Besinnung. »Wir müssen das melden«, sagte sie. »Bevor die Staubwolken sich wieder verdichten und die Funkverbindung blockieren. Wir müssen eine Nachricht absetzen.« Sie hieb in die Tasten.

Doch Marcia beachtete sie überhaupt nicht. Sie stand auf, ging wieder ans Fenster und betrachtete den flammenden Himmel. Dort draußen zerkleinerten die *Lander* den Mars und schleuderten Gestein und Sand ins All. Nun verstand sie. Doch was nutzte ihr die Erkenntnis? Nach wie vor waren sie nicht in der Lage, der Zerstörung Einhalt zu gebieten. Der Mars wurde systematisch in Stücke gerissen.

Das war nicht gerecht. Sie wollte nicht auf diese Art sterben. »O Gerald«, sagte sie. »Gerald, mein Liebling.« Er war am Leben und hatte eine unvorstellbare Entfernung überbrückt, um ihr eine Nachricht zukommen zu lassen. Das hätte ihr etwas Trost spenden müssen.

Doch das war nicht der Fall. Statt dessen wallte Zorn in ihr auf.

Gerald lebte. Sie wollte nicht sterben, wo das Leben plötzlich wieder einen Sinn hatte!

Kapitel Dreiundzwanzig

Realitäts-Test

Die drei Männer an Bord der *Nenya* saßen in der Messe und lasen die Computerausdrucke der Nachrichten von der *Terra Nova* und vom Mars.

Larry schüttelte den Kopf. »Ich wußte doch, daß die Abstürze der *Lander* auf dem Mars etwas zu bedeuten hatten. Dieser Teil hier, in dem auf die Möglichkeit hingewiesen wird, daß der Absturz eines *Landers* auf der Erde zum Aussterben der Dinosaurier geführt hatte. *Das* war es. Das hatte ich im Hinterkopf. Ich hätte es erkennen müssen.« Larry setzte die Lektüre fort.

Schließlich hatten sie alle die Informationen zur Kenntnis genommen. Raphael legte sein Exemplar hin und drehte sich zu den anderen um. Es herrschte Totenstille in der Kabine. Raphael sah Larry und Vespasian an und sagte dann: »Wenn Sondras und Marcias Theorien auch nur halbwegs richtig sind – und ich glaube, das sind sie –, dann ist das Sonnensystem dem Untergang geweiht. Die charonischen *Lander* werden alles vernichten.«

»Es muß doch eine Möglichkeit geben, sie aufzuhalten«, sagte Larry.

»Der *Kern-Knacker*«, sagte Vespasian.

»Was?« fragte Larry.

»Die große Bombe, die Mega-Bombe, welche die *Gürtel-Gemeinschaft* angeblich bauen wollte«, sagte Vespasian. »Wir haben noch Kontakt zu Ceres. Wir könnten eine Nachricht an den *Autokraten* schicken. Sie wollten damals den Merkur sprengen, um so einen zweiten und ergiebigeren Asteroidengürtel zum Ausbeuten zu erschaffen. Wenn wir die Bombe in die

Hände bekämen, könnten wir den Mond sprengen und das Mond-*Rad* töten. Und wenn das Mond-*Rad* nicht mehr existiert, stellen die übrigen Charonier ihre Aktivitäten ein, und der Rest des Sonnensystems wäre gerettet.«

Raphael nickte und schauderte beim Gedanken an diese Maßnahme. Noch vor wenigen Wochen wäre der Einsatz eines Kern-Knackers auf dem Mond als Super-GAU betrachtet worden, den es um jeden Preis zu verhindern galt. Doch wie Kanzler Daltry schon gesagt hatte, es war immer noch eine Steigerung möglich. Nun schlug ein Mensch, dessen Heimat der Mond war, die Zerstörung des Monds und die Ausrottung der auf ihm lebenden Menschen als *Lösung* vor, nur um noch Schlimmeres zu verhindern. »Das ist ein horrender Preis, Tyrone. Aber vielleicht haben Sie recht.«

»Nein«, sagte Larry. »Das dürfen wir nicht tun. Wir können nicht einmal im Traum den Mord an so vielen Menschen rechtfertigen. Vor allem dann nicht, wenn wir keine Erfolgsgarantie haben. Wäre ich der Programmierer der Charonier gewesen, dann hätte ich diese Möglichkeit berücksichtigt und die G-Punkte und *Lander* angewiesen, auch dann weiterzumachen, wenn sie den Kontakt zum *Rad* verlieren. Es liegt auf der Hand, daß das Rad Gravitationsenergie aus dem Schwarzen Loch an der ehemaligen Position der Erde abzieht und sie an die G-Punkte überträgt, aber es *muß* ein Redundanzsystem geben. Ich möchte wetten, die Dyson-Sphäre wäre auch in der Lage, Befehle und Energie durch das Wurmloch zu schicken und selbst Regie zu führen.

Und selbst wenn der Plan funktionierte, würden wir den Kontakt zur Erde verlieren – und wenn wir es nicht irgendwie verhindern, wird die Erde früher oder später auch als Zuchtstation mißbraucht werden. Das würde mehr Leben vernichten, als wir durch die Zerstörung des Mondes retten. Zumal wir auch gar nicht wissen, ob der *Kern-Knacker* überhaupt existiert oder ob der *Autokrat* ihn uns zur Verfügung stellen würde, falls er existiert.«

»Wäre es nicht möglich, das *Rad* zu sabotieren oder zu zerstören, ohne gleich den ganzen Mond zu vernichten?« fragte Vespasian. »Indem wir vielleicht eine kleine Atombombe in den ›Kaninchenbau‹ werfen?«

Larry schüttelte den Kopf. »Nein. Im Grunde sprechen dieselben Argumente dagegen. Es muß Sicherheitseinrichtungen geben, mit deren Hilfe die Dyson-Sphäre die Kontrolle wiedererlangt, wenn das *Rad* ausfällt. Und selbst wenn wir Erfolg hätten und die G-Punkte ausschalten und die Verbindung zur Dyson-Sphäre unterbrechen würden, müßten wir die Hoffnung aufgeben, jemals wieder in Kontakt mit der Erde zu treten.«

»Besteht vielleicht die Möglichkeit, die Kontrolle über das *Rad* zu übernehmen?« fragte Vespasian. »Wir könnten doch nach unten gehen, es in unserem Sinn ummodeln und ihm befehlen, die G-Punkte aus dem Verkehr zu ziehen.«

Larry schüttelte zwar den Kopf, machte aber den Eindruck, als ob er doch eine Möglichkeit sähe. »Wir kennen die Codes nicht. Und selbst wenn, wüßte ich nicht, wie wir sie benutzen sollten. Wir müßten die gleichen Signalfolgen abstrahlen wie die Sphäre, wobei die Signale noch verstärkt werden müßten. Das wäre auf den Radiofrequenzen kein Problem, nur daß wir nicht in der Lage sind, die modulierten Gravitationswellen zu imitieren, die sie als Signal durch das Wurmloch schicken. Es wäre zwar möglich, den *Ring von Charon* wieder hochzufahren und ein zweites Signal abzuschicken. Allerdings wird es uns nicht gelingen, ein stärkeres Gravitationswellen-Signal abzuschicken als die Sphäre. Es sei denn, wir hätten unsere eigene …«

Larry verstummte. Er hörte nicht nur auf zu

sprechen, sondern erstarrte förmlich, als ob er sich plötzlich so intensiv mit einem Problem beschäftigte, daß er nicht mehr die Energie aufbrachte, sich zu bewegen. »Mein Gott. Wir *wissen* genug, um es zu tun. Es *könnte* ...«

Seine Stimme erstarb, und er murmelte: »Ja, es könnte funktionieren.« Mit einem Ausdruck der Begeisterung drehte er sich zu Raphael und Vespasian um. »Vielleicht gelingt es uns doch, das *Rad* zu übernehmen.« Doch dann wirkte er nicht mehr so optimistisch. »Dazu müßten wir aber die Codes kennen.«

Vespasian runzelte die Stirn, und plötzlich schnappte er sich einen der früheren Berichte vom Mars. »Sie haben es auf dem Mars gesehen!« sagte er. »Das *Rad* entspricht diesem Mond-*Ring* in der Nähe der Erde; es hat das gleiche Betriebssystem.«

Larry riß ihm den Ausdruck aus der Hand und überflog die Seiten. »Mein Gott, Sie haben recht. Sie bezeichnen es als Gedankenkette, wobei die niedrigere Lebensform von der nächsthöheren ausgebildet wird.« Er legte den Ausdruck hin und dachte nach. »Es könnte funktionieren. Wenn es der Erde gelänge, den Mond-*Ring* anzuzapfen, wären wir in der Lage, die von der Dyson-Sphäre an den Mond-*Ring* übermittelten Daten zu kopieren. Liegt schon eine entsprechende Anfrage vom Mond vor?«

Vespasian nickte. »Ja. Die Anfrage erfolgte eine Stunde nachdem Marcia und Sondra den Vorschlag übermittelt hatten. Das war vor etwa fünf Stunden. Sie haben uns eine Kopie der Anfrage geschickt.«

»Was, wenn die Sphäre die von uns benötigten Daten bereits übermittelt hat?« gab Raphael zu bedenken.

»Wiederholung«, sagte Larry. »Wenn die Darstellung der zerschmetterten Sphäre uns einen hieb- und stichfesten Hinweis gegeben hat, dann diesen. Die Charonier arbeiten mit Wiederholfunktionen. Je wichtiger eine Nachricht ist, desto häufiger wird sie wiederholt. Wenn es der Erde gelingt, eine Wanze zu plazieren, haben wir direkten Zugriff auf die Codes.«

Raphael warf einen Blick auf die Wanduhr, wobei er die voraussichtliche Rest-Lebensdauer der *Heiligen Antonius* schätzte und sie mit der Zeit verrechnete, die verstrichen war, seit der Mond Marcias Anfrage weitergeleitet hatte. »Die Zeit ist zu knapp bemessen. Selbst wenn die Erde die Nachricht sofort erhält, würden nur noch *achtzehn Stunden* zwischen dem Empfang des Signals und der Zerstörung der *Heiliger Antonius* liegen; jetzt sind es bloß noch dreizehn. Die Erde hat zuwenig Zeit für den Start, geschweige denn die Ausrüstung einer Sonde.«

»Verdammt«, sagte Larry mit zusammengebissenen Zähnen. Er sah Raphael an. »Ohne die Daten sind wir hilflos.«

»Einen Augenblick«, sagte Vespasian. »Die Kommunikations-Zentrale auf dem Mond wußte das doch auch, als sie die Anfrage abgeschickt hatte. Aus den Berichten von der Erde ging hervor, daß ein Habitat sich in einer Umlaufbahn um das Schwarze Loch in Mondposition befindet, und zwar *innerhalb* des Mond-*Rings*. Sie sind so nahe dran, daß sie ihn abhören könnten, wenn sie wüßten, wie man einen Empfänger baut. Also haben sie das Habitat gebeten, die Operation durchzuführen. Irgendwo habe ich eine Kopie des Textes.« Er setzte sich an die Steuerkonsole und öffnete besagte Datei. Die drei Männer versammelten sich um den Bildschirm und lasen den Text.

Vespasian entgleisten die Gesichtszüge. »Bei allen Teufeln der Hölle. Weshalb, um alles in der Welt, mußten ausgerechnet *sie* es sein?«

Larry Chao und Simon Raphael fragten erst gar nicht, was los war. Schließlich konnten sie selbst lesen.

Die einzige Einrichtung, die in der Lage war, die Daten zu erfassen, der einzige Ort, der imstande war, ihnen die Informationen zu beschaffen, von denen das Überleben des Sonnensystems abhing, war das Habitat der *Nackten Purpurnen*.

Raphael war am Boden zerstört. Die Regenerierung seiner Psyche war mit einem Schlag zunichte gemacht worden. Es durfte doch nicht wahr sein, daß das Schicksal der Menschheit in den Händen dieser Irren lag. »Fangen Sie schon mal an zu beten, Tyrone«, sagte er erschöpft. »Und beten Sie diesmal nicht zum Heiligen Antonius, sondern zum Heiligen Judas. Der ist nämlich jetzt zuständig.«

Bis dem Antrag, den Mond-*Ring* anzuzapfen, entsprochen wurde, verging einige Zeit. Er reiste vom Mars zum Mond, durch das Wurmloch über die *Heiliger Antonius* zu JPL und traf schließlich im Empfänger von Chelated ›Extremer Verzerrer‹ ein. Doch das war erst der Anfang. Nun mußte der Antrag nämlich ein Palaver der *Purpurnen Deluxe* überstehen.

Ohio fand kein Gefallen an den *Purpurnen Deluxe*-Veranstaltungen. Zum einen deshalb, weil die Tradition verlangte, daß sie in einem Raum stattfanden, der für die Anwesenden viel zu klein war. Außerdem verlangte die Tradition, daß für die Dauer der Konferenz die Belüftung abgeschaltet wurde. In der Regel verkürzte dieser Umstand die Konferenzdauer, doch diesmal war ein Ende nicht abzusehen.

Die Zeit drängte. Nur für den Fall, daß die Entscheidung positiv ausfiel, machte Chelated ›Extremer Verzerrer‹ anhand der Pläne, die zusammen mit der Anfrage vom Mars übermittelt worden waren, schon einmal die Sonde klar. Ohio war mit der Situation etwas überfordert. Er hatte Probleme mit der Vorstellung, daß das Schicksal der Erde und des Sonnensystems nun in seinen Händen lag.

Doch er hatte ein noch dringlicheres Problem. Die Konferenz verlief nicht reibungslos. Was eine Umschreibung für den Sachverhalt war, daß ›Frischkäse‹ Drohne Deluxe sprach. ›Frischkäse‹ hatte sich den hochmögenden Titel *Drohne* sicherlich verdient. Denn bisher hatte niemand gesehen, daß sie auch nur einen Finger gerührt hätte. Doch Frischkäse bedeutete ›sexy‹ und ›attraktiv‹. Vielleicht hielt ›Käse‹ sich für eine überaus attraktive Frau. Diese Einschätzung wurde indes von den wenigsten geteilt. Doch ›Käse‹ hatte noch mehr zu bieten. Sie bewies nämlich, daß es möglich war, selbst die ehrenvollsten Namen der *Nackten Purpurnen* mit einem ironischen Bezug zu versehen, wobei sie gleichzeitig der lebende Beweis dafür war, daß manche Mitglieder einer Gruppe von kompetenten Linguisten, wie die *Purps* es für sich in Anspruch nahmen, eine solche Ironie überhaupt nicht verstanden. Doch ›Käse‹ hatte gleich anderthalb Egos, und bisher hatte niemand es gewagt, ihr die Verwendung eines anderen Namens ans Herz zu legen.

Sie war eine der wenigen *Purps*, die den Aufruf, nackt und purpurn zu sein, wörtlich befolgten, obwohl sie zu der großen Mehrheit der *Purps* gehörte, die *niemals* nackt sein sollten, geschweige denn purpurn. Allerdings mußte Ohio ihr zugute halten, daß ihr Erscheinen jedesmal das entsetzte Schweigen auslöste, das den Anforderungen des Gründungsmanifests der *Nackten Purpurnen* entsprach.

An diesem Abend lief die nackte, pflaumenfarbene und pflaumenförmige Walküre zur Hochform auf und schrie sich fast die Lunge aus dem Leib. »Sollen sie doch alle verrotten!« keifte sie. »Die Erder, die verdammten Säcke im Sonnengebiet, *alle* miteinander. Schließlich haben sie uns mit ihrer Gravitationsfummelei erst in diese Lage gebracht. Weshalb sollten wir ihnen jetzt helfen? Das ist die größte Chance, die wir je hatten, *echt* nach dem *purpurnen* Ideal zu leben. Wir müssen nur das tun, was ein *Purpurner* tun muß. *Nichts*. Wozu sich anstrengen.«

»Aber diese Charonier hier haben null Ähnlichkeit mit *Purpur*«, wandte ›Kalte Brise‹ ein. Die Auseinandersetzung zwischen ›Brise‹ und ›Käse‹ dauerte nun schon seit Stunden an. »Sie tun alles andere als nichts. Die *purpurne* Idee ist, daß wir uns zurückziehen und die Natur ihr Ding machen lassen. Die Entropie soll das Universum beherrschen. ›Käse‹, ich habe viele Datenblöcke gescannt, und diese Charonier sind alles andere als *natürlich*. Zu Hause im Sonnensystem – Entschuldigung, ich meine im Sonnen*gebiet*, zerkleinern sie die Planeten mit einer *Kreissäge*. Wenn du mich fragst, ob Mutter Natur so arbeitet, dann sage ich *nein*. Ich sage, wir besorgen die Daten für die Erdschweine, und dann sollen sie versuchen, dem Spuk ein Ende zu bereiten.«

»Komm, mach dich locker, ›Kalter‹«, sagte ›Käse‹. »Diese Charonier sind *ultra-purpur* bis ins Mark. Du willst das große Rätsel um sie lösen; ich guck für dich im schlauen Buch nach. Sie kratzen den ganzen Techno-Krempel von der Erde. Sie geben der Entropie die Chance, die Herrschaft zu übernehmen und sorgen dafür, daß wieder der segensreiche, ungeordnete Naturzustand eintritt. Guck dir die Erde an. Die Satelliten sind weg. Fast alle Raumschiffe sind weg. Praktisch alle Habitate bis auf unseres – weg, weg, weg. Wenn wir uns zurücklehnen und gar nichts machen, bitten die Charonier die Erder bald zum Tanz, und wenn die Erdschweine wieder in Lehmhütten hausen, ist das Ende der Fahnenstange noch lange nicht erreicht! Und sobald sie diese ›Heiliger Android‹-Robotsonde kassiert haben, können wir eh nichts mehr tun. Zu Hause im Sonnengebiet radieren die Charonier auch die ganze Technik aus. Das *Purpurne* Ideal. Der Sieg der Natur! Meine Brüstern und Schwebstern, *diesen Song singen wir doch schon*, seit der erste Mensch sich die purpurne Kutte umgehängt hat. Nun tanzt die Erde zu diesem Song, das *Sonnengebiet* tanzt dazu, und ›Kalte

Brise‹ sagt, wir sollen damit aufhören, weil er nicht mehr gut drauf ist. Kommt nicht in die Tüte.«

Ohio Template ›Windbeutel‹ lehnte sich in seinem zerschlissenen, alten Lehnsessel zurück und blinzelte ein paarmal. Komisch. Er stellte fest, daß er die Diskussionsbeiträge übersetzen mußte. Plötzlich wurde ihm bewußt, daß er nicht mehr in der Terminologie der *Nackten Purpurnen* dachte, sondern in der Normalsprache. Vielleicht hatte er zu lange mit Chelated/Frank in der Kommunikationszentrale herumgehängt. Die bizarren Wortschöpfungen hörten sich plötzlich fremdartig an. Was ihm früher clever erschienen war, klang nun zornig, und die Leute redeten lauter, als es eigentlich nötig gewesen wäre. Wollte das Unterbewußtsein ihm etwas mitteilen?

»Wie stehst du zu Mord, ›Käse‹?« fragte ›Kalte Brise‹. »Angenommen, alle Bewohner des Habitats – auch du – geben den Löffel ab, nur weil wir deinen Rat befolgt und die Hände in den Schoß gelegt haben?«

›Frischkäse‹ Deluxe schaute ihn düster an. »Wir müssen alle mal sterben, ›Kälte‹«, sagte sie verächtlich. »Deshalb engagieren unsere Brüstern und Schwebstern sich doch für die *Sinnlose Sache*. Alles Streben ist sinnlos im Angesicht der Entropie. Der *Heiße Tod* des Universums wird *echt* bald kommen und …«

»Ach, hört doch auf mit diesem pseudo-philosophischen Mist«, ertönte eine Stimme im Hintergrund. Jemand erdreistete sich, ihr ins Wort zu fallen. »Ihr laßt beide nur ›heiße Luft‹ ab. Wir haben den ganzen Sermon bereits gehört, und ich will ihn mir nicht noch einmal anhören. Ohio, welche Meinung hast du?«

»Ich habe gar keine Meinung, Bub. Ich bin voll drauf.« Der Slang und die Doppeldeutigkeiten kamen ihm zwar noch leicht über die Lippen, doch hinterließen sie nun einen schalen Nachgeschmack. Die ›Brise‹ und der ›Käse‹ hatten recht. Untätig zuzusehen entsprach genau der Maxime der *Nackten Purpurnen*, denn die Zerstörung der schlechten alten Zivilisation der Erde war unvermeidlich.

Allerdings basierte das ganze wacklige Konzept der *Purpurnen* darauf, daß ihre Ziele utopisch waren – sie waren nicht nur unerreichbar, sondern sie waren mit dem *Vorsatz* formuliert worden, unerreichbar zu sein.

Das war das eigentliche Ziel der *Purpurnen* gewesen. Die Menschen aus ihrer Lethargie zu reißen und sie daran zu erinnern, daß die Welt ihr Potential noch nicht ausgereizt hatte. Das *Purpurne* sollte den Menschen Ziele vorgeben, nach denen sie zwar strebten, die sie aber nie verwirklichen würden. Wenn die Gesellschaft einen ächtete, nur weil man selbständig dachte, mußte man sich eben eigene Ziele setzen. Das war sicher löblich und bot Hoffnung für die Zukunft. Ohio sah sich im überfüllten Raum um. Welche anderen Ziele hatten diese Leute außer der Party heute abend? Die Tycho-Version des *Purpurnen* war inhaltsleer. Sie war steril, wobei die Leute mit Wortspielen das rechtfertigten, was sie ohnehin getan hätten. Das mußte nicht sein. Ja, das *Purpurne* war immer schon zornig gewesen – doch hatte es auch einmal eine Zeit der Hoffnung gegeben. Aber das war schon lange her, fast schon vergessen und von den Irren des *Purpurnen Straflagers Tycho* in den Schmutz gezogen worden. Aus der Hoffnung war Apathie geworden.

Tycho. Die Ursache allen Übels. Aber was außer zornigen und selbstgefälligen Spinnern konnte man auch erwarten, wenn man die Anhänger eines Kults, der die individuelle Erleuchtung suchte, mit einer Truppe von Sträflingen der dritten Generation kreuzte? Nein, sagte Ohio sich, die *Purpurnen* der Marke ›Tycho‹ hatten lange genug den Ton angegeben. Es war an der Zeit, zurück zu den Wurzeln zu gehen, zum alten *Purpur*, das ein Ziel *hatte*, auch wenn es etwas verschwommen war. Ein *Purpur*, das Zorn und Hoffnung in sich vereinigte.

Dieser Augenblick war viel zu bedeutend, als daß Wortspiele angemessen gewesen wären. Ohio nickte. Er hatte eine Entscheidung getroffen. Was war das überhaupt für eine Philosophie, deren Anhänger den eigenen Untergang betrieben?

»›Großer Windbeutel‹ Ohio hört auf zu sein«, sagte ›Käse‹ spöttisch. »Er sitzt nur da und nickt. Keine Meinung, keine Beiträge. Das ist nicht die Art der *Purpurnen.*«

Das reizte Ohio bis zur Weißglut. ›Käse‹ war das ganze Leben lang wie Klebstoff der *purpurnen* Orthodoxie verhaftet gewesen. Da war kein Raum für Gedanken, die nicht schon jemand vor ihr geäußert hatte. Kein Raum für un-*purpurne* Gedanken.

Doch das Universum außerhalb dieses Habitats war nicht unbedingt ein *purpurner* Ort. Er hielt den Zeitpunkt für gekommen, diese Leute einem Realitäts-Test zu unterziehen. Seine Tonlage veränderte sich und wurde eine Oktave tiefer. Er beschloß, auf die alte Art zu sprechen. Vielleicht hätte *das* eine negative Schockwirkung. »Gut, wir spielen nach euren Regeln«, sagte er an die anderen gewandt. »›Käse‹ möchte nicht über das Sterben der Menschen und den Zusammenbruch ganzer Zivilisationen sprechen, weil es der orthodoxen Betrachtungsweise zuwiderläuft. Dann eben nicht. Aber wenn ihr wirklich glaubt, wir allein wären es wert, gerettet zu werden, dann solltet ihr auch dieses nicht vergessen: wenn *alle* sterben, sterben auch *wir*. Der Untergang der Erde ist unser Untergang. Wir gehen alle den Hollerbach runter.« Verdammt, ein Rückfall in den Slang, aber das war nun auch egal. »Wenn wir die Erde im Stich lassen, *sterben wir*. Wir *brauchen* die Erde. Wir sind weder in der Lage, Nahrungsmittel zu produzieren, noch die Maschinen zu reparieren. Wir sind nicht lebensfähig.«

›Frischkäse‹ schniefte unbehaglich. »Nun mach mal nicht die Pferde scheu. Dann kaufen wir uns halt ein paar Luxusartikel und heuern ein paar Erder wie diesen ›Verzerrer‹ an, um die Knöpfe zu drücken. Dadurch verseuchen wir uns nicht mit Wissen, das wir nicht brauchen. Und die Importe waren eh nur Tinnef zu unserer Erbauung.«

Es entging Ohio nicht, daß auch ›Frischkäse‹ sich vom Slang der *Purpurnen* distanzierte. Vielleicht hatte seine Strategie bei ihr Erfolg gehabt. »*Früher* ist das wohl auch der Fall gewesen«, sagte er. »Doch jedes Jahr haben wir weniger gearbeitet. Das Ideal der *Nackten Purpurnen* hat von uns verlangt, nur dann zu arbeiten, *wenn es erforderlich war* – doch je reicher wir wurden, desto unschärfer wurde die Definition von ›erforderlich‹. Bis wir schließlich Luxusgüter wie Lebensmittel und Ersatzteile kauften. Wir heuerten Fremde an, um unsere Arbeit zu erledigen, bis wir am Ende noch unsere *Luft* von ihnen kaufen mußten, weil wir die Sauerstoffproduktion vernachlässigt hatten. Wenigstens *das* hatte ich abgestellt, nachdem ich diesen Posten übernommen hatte. Ich habe eine neue Anlage zur Herstellung von Sauerstoff gekauft und eine Bedienung ausgebildet. Doch solche Dinge kosten Geld. Schmutziges Erd-Geld.

Wir sind von der Erde abhängig. Wir *müssen* auf der Erde einkaufen oder verhungern. Nach dem Verlust der meisten Schiffe wird es noch schwieriger, uns zu versorgen. Falls sie überhaupt kommen. Wo dieses KERN-Ding bald die *Heiliger Antonius* einseift, wird kaum noch jemand die gleiche Behandlung riskieren, nur um *uns* mit Nahrungsmitteln zu beliefern. Vielleicht müssen wir das Habitat sogar evakuieren und zur Erde fliegen – nur daß wir keine eigenen Schiffe haben, mit denen wir das bewerkstelligen könnten. Auf jeden Fall brauchen wir Notrationen von der Erde, mit denen wir uns so lange über Wasser halten, bis wir in der Lage sind, uns selbst zu versorgen.

Egal in welcher Form, wir brauchen Hilfe von der

Erde. Was jedoch schwierig werden wird, wenn die Bewohner der Erde uns den Vorwurf machen, daß wir die Zerstörung des Sonnengebiets – verdammt, des Sonnen*systems* – zulassen.« Plötzlich hatte Ohio das dringende Bedürfnis, die Dinge beim Namen zu nennen, ohne irgendwelche Wortspiele. »Wir sind auf den guten Willen der Erde angewiesen.«

Ohio Template ›Windbeutel‹ sah sich in dem schäbigen Raum um und musterte die Gesichter der ebenso aggressiven wie liebenswert exzentrischen Leute. Sie wirkten irgendwie traurig. Und nicht erst jetzt, sondern schon die ganze Zeit. »Das Spiel ist aus«, sagte er. Mit einem plötzlichen Anflug von Trauer erinnerte er sich an seine prä-*purpurne* Vergangenheit, die Tätigkeit als Lehrer und die traurigen Gesichter der Kinder, wenn es in den Pausen regnete.

Vor allem die der einsamen Kinder, mit denen niemand spielen wollte. Sie schienen sich auf dem großen Schulhof am wohlsten zu fühlen und den Ort zu lieben, wo sie einmal sie selbst sein und ungestört ihre geheimen, einsamen Spiele spielen konnten.

Doch plötzlich war der blaue Himmel verschwunden, und schwere Regentropfen fielen, Gewitter tobten bedrohlich am Himmel und spülten ihre geheimen Welten hinweg. »Es fängt an zu regnen; der Spaß ist vorbei«, flüsterte Ohio dann den traurigen kleinen Kindern zu. »Ihr müßt wieder ins Klassenzimmer gehen. Der Unterricht geht weiter«, sagte er leise. Es war still im Raum. Sogar ›Frischkäse‹ Drohne schwieg.

Ohio interpretierte das so, daß er die Leute überzeugt hatte. Er aktivierte den Interkom, wechselte auf einen anderen Kanal und rief Chelated ›Extremer Verzerrer‹. »Frank«, sagte er schließlich, »ich glaube, wir sind uns einig. Schick den Spion raus.«

Die Sphäre hatte viele Pflichten, aber ihre Kapazitäten waren groß, zumal es keinen größeren Preis als eine neue lebens-

tragende Welt gab. Risiko und Gewinn waren gleichermaßen hoch, und gewiß hätte er nicht gerade zu diesem Zeitpunkt einen Ruf abgesetzt und sich zur Aufnahme einer neuen Welt sowie zur Beteiligung an der Konstruktion einer neuen Sphäre bereit erklärt. Doch die Sphäre war flexibel im Denken und Handeln und entschlossen, das Beste aus der Situation zu machen und selbst der Krise noch eine positive Seite abzugewinnen.

Zum Beispiel die Entführung einer schönen neuen Welt, die eine pflegliche Behandlung verdiente. Ihre Unterbringung hatte große Anstrengungen erfordert. Die Positionierung eines Wächter-Rings und eines Anker-Wurmlochs war normalerweise ein Routinevorgang, doch diesmal war die Sphäre gezwungen gewesen, alles in wenigen Sekunden abzuwickeln. Die in so kurzer Zeit erfolgte Angleichung des Klimas und der Gezeitenwirkungen der neuen Welt war eine bemerkenswerte Leistung gewesen.

Doch der Auftrag mußte schnell ausgeführt werden und hatte deshalb die Positionierung eines noch nicht programmierten Wächter-Rings erfordert. Der Ring war schon vor sehr langer Zeit gebaut und aufgezogen und dann gelagert worden, wo er ohne Ausbildung schlafen sollte, bis er die Betreuung einer Welt übernahm. Nachdem die Botschaft des Rufers eingetroffen war, hatte die Sphäre ein Schwarzes Loch gefunden, das den Erfordernissen der neuen Welt entsprach. Dann hatte sie eine riskante Transitions-Technik benutzt, um das Ring-Loch-Ensemble an die entsprechende Position zu bringen und den Wächter-Ring so manipuliert, daß er beide Enden desselben Wurmlochs darstellte.

Inzwischen durchlief die neue Welt eine Reihe von Transit-Punkten, während die Sphäre sich bemühte, sie zu stabilisieren. Schließlich war der neue Wächter bereit und bugsierte die neue Welt unter der direkten Anleitung der Sphäre in einen sicheren und stabilen Orbit.

Es war eine riskante und komplexe Aufgabe gewesen, und seitdem hatte die Sphäre den Wächter-Ring laufend kontrolliert, neuartige Weltenfresser zum alten Sternsystem des neuen Planeten geschickt, den archaischen Rufer-Ring überwacht, der die Planetenvernichtungs-Aktion vor Ort leitete und den Hirten zu dem großen Trümmerbrocken dirigiert, der auf die neue Welt zustürzte.

Doch die Sphäre hatte viele Pflichten. Sie konnte sich nicht ständig auf diese eine Operation konzentrieren. Wenn die anderen Obliegenheiten es gestatteten, lehrte die Sphäre den Wächter alles, was er wissen mußte: Abbildungen der Vorfahren und der Geschichte der Sphäre, Bilder, die diese und jene Prozedur zeigten, exemplarische Befehle und ihre Wirkung sowie endlose Demonstrationen der Pflichten eines Wächters.

Der Wächter nahm das alles begierig auf und spürte sein Erwachen, wobei er sich mit zunehmender Datenmenge seiner Verpflichtungen in vollem Umfang bewußt wurde. Sein nicht gerade flexibles Bewußtsein war auf dieses Wissen programmiert und hungerte danach.

Weder der Wächter noch die Sphäre kamen indes auf die Idee, daß ein Dritter zuhörte. So etwas lag außerhalb ihres Vorstellungsvermögens. Keiner von beiden war imstande, sich eine Entität wie Frank Barlow auch nur vorzustellen, ganz zu schweigen von seinen Handlungen.

Doch das hinderte Barlow nicht daran, sie abzuhören und die Daten zu sammeln.

Der Start von der Erde war problemlos erfolgt, und nun befand die *Nova* sich im freien Fall und bewegte sich auf den Verzögerungspunkt zu, der ein paar hunderttausend Kilometer vom ›Ziel Eins‹-Planeten entfernt war. Ein beschaulicher Null-G-Flug und dann ein Bremsmanöver, welches das Schiff in eine Umlaufbahn um Z-Eins brachte. Ohne dieses Bremsmanöver wäre die *Terra Nova* an der neuen Welt vorbeigeflogen.

Mochte das Universum außerhalb der *Terra Nova* sich auch in Aufruhr befinden, das Leben an Bord des Schiffs verlief in geordneten Bahnen.

Dianne Steiger sah auf dem Hauptbildschirm der

Brücke, wie die beiden Radarspuren – die der *Heiligen Antonius* und des KERNs – zusammentrafen. Auf einem kleineren Monitor sah sie, wie das Trägerwellen-Signal erlosch. Das kleinere Objekt verschwand vom Hauptbildschirm, während das größere majestätisch weiterflog. Der charonische KERN hatte den Auftrag ausgeführt und die *Heiliger Antonius* ausgeschaltet.

Nachdenklich zündete Dianne sich eine Zigarette an, wobei sie aus Trainingszwecken die linke Hand benutzte. Sie nahm einen kräftigen Zug und überhörte geflissentlich Gerald MacDougals Hustenanfall. Für einen Moment hielt sie den Rauch in der Lunge und lächelte verzückt. Es hatte durchaus seine Vorteile, Kapitän eines Raumschiffs zu sein. Ein Belüftungssystem, das für eine Lebensdauer von mehreren Generationen ausgelegt war, mußte eine Zigarette verkraften – zumal in ihrer Eigenschaft als Kapitän ihr ohnehin niemand das Rauchen verbieten konnte.

Einen Schritt waren sie immerhin weitergekommen – die KERNE verwendeten anscheinend eine Art Radar – ein primitives Radar, das aber so leistungsstark war, daß es schier arrogant wirkte – für die Zielverfolgung. Die Besatzung der *Terra Nova* hatte sich in Spekulationen darüber ergangen, wie der KERN die Sonde wohl ausschalten würde. Man hatte hauptsächlich auf Laser und Raketen getippt, doch der KERN hatte die Sonde einfach nur gerammt. Vernichtung durch kinetische Energie.

Dianne hatte sich jedoch nicht darüber gewundert. Subtiles Handeln war den Charoniern wesensfremd. Sie gingen grundsätzlich nach der Holzhammermethode vor. Sie nahmen sich, was sie wollten und taten, was ihnen geboten erschien, wobei sie von vornherein nicht damit rechneten, auf Widerstand zu stoßen.

Sie schaute zu Gerald hinüber, der neben ihr auf der Brücke saß. »In Ordnung, Gerald. Sagen Sie's mir. Weshalb, zum Teufel, haben sie mit der Zerstörung der *An-*

tonius so lange gewartet? Weshalb ließen sie die Sonde so lange gewähren und weshalb haben sie den Sender nicht gestört oder versucht, die Sonde einzufangen, anstatt sie zu zerstören?«

Gerald zuckte die Achseln. »Weil die KERNE nicht darauf programmiert sind, in diesen Kategorien zu denken. Und ihr Programmierer, bei dem es sich wohl um die Dyson-Sphäre handelt, denkt genauso wenig in diesen Kategorien.« *Die Dyson-Sphäre ist für das Denken zuständig,* sagte Gerald sich. Ja, natürlich. Auf wundersame Art und Weise hatten Marcia und diese Sondra Berghoff seine Nachricht über die von Neumanns erhalten, ihre Weiterungen begriffen und, was noch wundersamer war, sie erstellten anhand der Vorlage, die er ihnen geliefert hatte, Extrapolationen bezüglich der Geschichte und der Identität der Charonier. *Preist den Herrn für Sein segensreiches Werk,* sagte Gerald sich in tiefer Dankbarkeit. Und vor allem für die Gewißheit, daß Marcia am Leben war.

»Aber die *Antonius* hatte doch den offensichtlichen Auftrag, Informationen zu sammeln und weiterzuleiten«, sagte Dianne. »Jede intelligente Spezies hätte die *Antonius* als Bedrohung einstufen müssen.«

»Weil sie nicht intelligent *sind,* zumindest nicht nach unseren Maßstäben«, sagte Gerald. »Sie sind von Maschinen programmierte Maschinen. Nur daß uns zuerst die Tatsache irritiert hat, daß es sich bei einigen der Maschinen um Lebewesen handelt. Aber sie sind auch programmiert und genauso künstlich wie die mechanischen Geräte.«

»Aber was ist dann der Zweck der ganzen Sache? Weshalb tun sie das? Welchen Zweck erfüllt eine Maschine, die nichts anderes tut, als sich selbst am Laufen zu halten?«

Gerald lächelte traurig. »Sie haben gerade die Frage nach dem Sinn des Lebens gestellt. Diese Frage ist ebenso wichtig wie bedeutungslos, ob man nun eine mechanische Lebensform oder eine biotische ist. Der Sinn des Lebens ist das Überleben, sowohl für sie als auch für uns. Und dabei sind sie überaus erfolgreich, wie ich noch ergänzen möchte. Bisher haben wir uns das Multisystem als einen Verbund aus Maschinen vorgestellt. Wäre es nicht angemessener, sie als Bestandteile einer großen Wesenheit zu begreifen?«

Captain Dianne Steiger ließ sich das durch den Kopf gehen. »Sie wollen damit sagen, daß das ganze Multisystem – die Sphäre, die *Ringe*, die KERNE, die künstlichen Tiere und die Roboter, die eingefangenen Planeten und Sterne – Teile *eines* Organismus seien?«

»Das wäre möglich. Entweder das oder eine Allianz von Wesen mit einem hohen Integrationsgrad. Oder eine Zwischenform. Doch was auch immer es ist, wir werden uns anstrengen müssen, um das Rätsel zu lösen.«

»Gut, aber wenn es sich wirklich um ein Kollektivwesen handelt, dann sind die KERNE nur ein Subsystem. Sie entsprechen weißen Blutkörperchen, die einen Eindringling angreifen ...« Dianne lehnte sich zurück, zog an der Zigarette und starrte in die Luft. Plötzlich riß sie die Augen auf. »Sie greifen einen Eindringling nur dann an, wenn die Gefahr besteht, daß er sich an etwas Wertvollem vergreift.«

Gerald runzelte die Stirn, doch dann begriff er, was sie damit sagen wollte. »Zum Beispiel an einem Planeten.«

»Sie haben die *Antonius* nie als Spionagesonde oder Funkrelais identifiziert. Sie *brauchen* solche Dinge nämlich nicht.« Sie drückte die Zigarette in einem Aschenbecher aus. »Sie betrachteten sie als einen Felsen, der auf die Erde zuraste und haben sie abgefangen. Das ist die Funktion der KERNE – sie fangen Meteore ab und umkreisen die Welten des Multisystems, um sie vor Weltraumtrümmern zu schützen.«

Gerald wurde blaß. »Und wenn wir nun den Kurs

ändern und ein Bremsmanöver durchführen, um den ›Ziel Eins‹-Planeten abzufangen, dann betrachten sie die *Terra Nova* auch als Felsen, der auf Ziel Eins zustürzt. Die um Ziel Eins stationierten KERNE werden uns zertrümmern.«

Dianne Steiger nickte und versuchte trotz der Beklemmung, die sie spürte, die Ruhe zu bewahren. »Ich glaube, Sie haben recht, aber wir müssen dennoch die Probe aufs Exempel machen. Hoffen wir, daß Ihre Vermutung sich als falsch erweist. Wenn sie nämlich stimmt, werden wir nie eine dieser Welten erreichen.«

Der Fliegende Holländer, sagte Dianne sich erneut. Der Name tauchte in ihrem Bewußtsein auf und ließ sich trotz aller Bemühungen nicht verdrängen. Allerdings erinnerte Dianne sich nur noch an den Titel der alten Legende. Was war mit ihm geschehen? War er dazu verurteilt gewesen, immer weiterzufliegen, oder durfte er nur nicht nach Hause zurückkehren?

Sie blinzelte und versuchte sich zu konzentrieren. »Setzen Sie Täuschkörper aus und lassen Sie in regelmäßigen Abständen ihre Triebwerke feuern«, befahl sie. Schwankte ihre Stimme etwa? Immer weiterfliegen, eine wahre Begebenheit in Anlehnung an eine unheimliche Geschichte, wobei diese wahre Begebenheit ihrerseits wieder den Stoff für eine unheimliche Geschichte liefern würde. Hatte es nicht eine historische Gestalt gegeben, welche die Legende vom *Holländer* inspiriert hatte? Welche Legenden würden sich wohl um *ihre* endlose Reise ranken? Diese Aussicht ließ sie schaudern.

Sie sah, wie die ersten Täuschkörper ausgestoßen wurden. Es handelte sich um simple Technik. Die Werkstatt hatte nur ein paar Stunden für ihre Herstellung benötigt. Große, rechteckige Radarreflektoren, die an kleinen Raketentriebwerken montiert waren. Die

Reflektoren würden ein brillantes Radarecho erzeugen. Die radarsensitiven KERNE müßten sie leicht orten.

Es war eine Angelegenheit von wenigen Minuten, die Täuschkörper auszustoßen. Die Raketentriebwerke feuerten, und die Täuschkörper nahmen Kurs auf die ›Ziel Eins‹-Welt. Zwei steuerten den Planeten direkt an, und die restlichen waren so programmiert, daß sie in Entfernungen von ein paar hundert bis fast einer halben Million Kilometern an Z-Eins vorbeifliegen würden.

Die Täuschkörper entfernten sich mit Beschleunigungswerten, die keine menschliche Besatzung ausgehalten hätte, von der *Terra Nova* und gingen auf den programmierten Kurs. Je schneller die Flugkörper vor Ort waren, desto eher würde Dianne ein paar Daten erhalten – und desto eher wäre sie in der Lage, eine Entscheidung zu treffen.

Raumschiffe fliegen mit hoher Geschwindigkeit, doch die Entfernungen im All sind gewaltig. Die mit enormer Geschwindigkeit fliegenden Täuschkörper schienen förmlich über die Bildschirme zu kriechen. Dianne setzte sich auf den Kapitänssitz und richtete sich auf eine lange Wartezeit ein.

Sie mußte indes nicht lange warten. Wenige Minuten nachdem die Täuschkörper den Nachbrenner gezündet hatten, verließen plötzlich sechs mit unglaublichen Werten beschleunigende KERNE den Orbit und nahmen Kurs auf die Täuschkörper. Die Navigationscomputer ermittelten unter der Annahme einer konstanten Beschleunigung den Kurs und meldeten, daß bis auf die zwei am weitesten entfernten Täuschkörper alle abgefangen worden seien. Dianne blickte auf den Bildschirm, auf dem die Nachricht nun auch erschien. Wenn die *Terra Nova* sich einem Planeten auf weniger als dreihunderttausend Kilometer näherte, würde sie zerstört werden.

Sie lächelte resigniert. Ihr ursprünglicher Befehl

hatte gelautet, die Dyson-Sphäre zu erforschen, und sie hatte ihn mit der Begründung verweigert, das sei zu gefährlich. Sie hatte darauf bestanden, sich langsam vorzutasten. Und nun kam sie nicht einmal an den nächsten Planeten heran.

»Ma'am«, sagte der Navigator leise, »wir nähern uns dem kritischen Punkt. Befehlsgemäß habe ich die Flugbahnen für einen Orbit um den Sonnenstern, einen weiten Orbit um Z-Eins und die Rückkehr zur Erde berechnet. Wir warten auf Ihre Anweisungen.«

Beim Gedanken an die Erde, die sie hinter sich gelassen hatten, blickte Dianne sich unwillkürlich um. Jede Welt dieses Multisystems war wie die Erde entführt und anschließend mit einem Schild aus KERNEN umgeben worden. Früher oder später – eher früher – würde man der Erde den gleichen Schutz angedeihen lassen. Vielleicht würden startende Raumschiffe nicht behelligt, obwohl Dianne keine Wette darauf hätte abschließen wollen. Eine Landung wäre indes nicht mehr möglich. Das stand fest. Gütiger Gott, und nicht nur das, wurde Dianne bewußt. Die KERNE würden alles angreifen, was sich der Erde auch nur *näherte*. Zum Beispiel Satelliten und Habitate. Man mußte sie jetzt evakuieren, bevor die Menschen, die sich dort befanden, strandeten oder durch den Rammstoß der KERNE getötet wurden. Ein Ersatz für die *Heiliger Antonius* würde gleich nach der Ankunft verschrottet werden.

Und nachdem die KERNE die Erde erreicht hatten, war der *Terra Nova* der Rückweg abgeschnitten. Für immer. Vielleicht würde jedes Schiff, das von der Erde startete, zerstört werden. Die Raumfahrt würde zum Erliegen kommen. Selbst die Kommunikation zwischen der Erde und einem Raumschiff würde erschwert werden, weil die Radars der KERNE praktisch jede nutzbare Frequenz störten. Doch welchen Sinn hatte es, sich über den Kontakt mit der Erde Sorgen zu machen, wenn ohnehin kein Raumschiff mehr die Erde verlassen konnte?

Es sei denn, das Schiff *hielt sich von der Erde fern*. Die *Terra Nova* war schließlich als Fernraumschiff konzipiert worden, für Flüge mit einer Dauer von mehreren hundert Jahren. Solange das große Schiff sich keinem Planeten näherte, würde es einsatzbereit bleiben, bis auch das letzte Besatzungsmitglied eines natürlichen Todes gestorben war.

Andererseits, wenn Dianne nun umkehrte, gab es für die Besatzung ein Wiedersehen mit ihren Familien.

Nein, sagte sie sich. Angenommen, eines Tages ergab sich die Möglichkeit, die KERNE und die Charonier zu besiegen, wobei zur Verwirklichung dieses Plans jedoch ein einsatzbereites Raumschiff erforderlich war? Oder angenommen, eine wichtige Entdeckung war nur mit einem fern der Erde operierenden Raumschiff möglich? Man wußte nicht, welche Türen durch die Rückkehr der *Nova* vielleicht zugeschlagen wurden. Welches Schicksal verdiente die Menschheit, und welcher Zukunft war sie würdig, wenn sie sich der Gefahr nicht stellte?

Dianne straffte sich, schaute auf den Bildschirm und sagte leise: »Die Triebwerke bleiben abgeschaltet. Freier Fall, Einsatz der Haupttriebwerke nicht erforderlich. Wir bleiben hier. Es geht nicht anders.«

Kapitel Vierundzwanzig

Verwandlung in Shiva

Die Wolken aus Staub und Trümmern legten sich wie Würgeschlingen um den Planeten Venus. Die Stürme auf der von den charonischen Maschinen-Monstern gequälten Venus erreichten eine ungeahnte Stärke. Ein dunkler Fleck, so groß, daß er aus dem Orbit zu sehen war, erschien in den Wolken. Zum erstenmal in der Geschichte der Menschheit war ein Ausschnitt der Venusoberfläche vom Raum aus zu sehen.

Es war ein riesiger Berg, der aus den Wolken wuchs und mit jeder Sekunde höher wurde, bis er schließlich die Atmosphäre des Planeten überragte. Es handelte sich um einen in die Länge gezogenen Kegel, fast um die Karikatur eines Vulkans – ein typischer Comic-Vulkan.

Plötzlich spie er Rauch und Feuer, und eine mit Magma durchsetzte Flammensäule schoß ins All.

Kernmaterie. Die Charonier hatten die Kruste des Planeten durchbohrt und mittels ihrer Gravitationssysteme sogen sie Magma aus dem Planeten und schleuderten es in den Raum. Die Charonier begnügten sich nicht nur mit dem festen Gestein, sondern saugten auch die Kernsubstanz ab.

Das war kein Vulkan. Das war ein Vampir.

Marcia MacDougal und Sondra Berghoff saßen in der Dunkelheit des Mars und spürten, wie die Kälte nach ihnen griff. Die Energieversorgung war wieder einmal zusammengebrochen. Marcia wurde unruhig. Sie wollte nach draußen gehen, aber das war unmöglich. Die Kuppel wies schon zu viele Löcher auf, und die Ingenieure hatten den Druck reduziert, damit die Luft nicht so schnell entwiche. Die gesamte Bevölkerung von Port Viking hatte sich in die luftdichten Bunker zurückziehen müssen.

Marcia wickelte sich enger in die Decke. Vielleicht würde es den Ingenieuren gelingen, die Energieversorgung wiederherzustellen. Doch dann würde garantiert wieder ein Felsbrocken ein wichtiges Gerät zerschmettern, oder durch ein Beben würden alle Sicherungen in der Stadt rausfliegen, oder die Verstrebungen der Kuppel würden der Belastung nicht mehr standhalten und brechen. Sobald ein Schaden behoben war, schlug die nächste Katastrophe zu.

Früher oder später wären die Ingenieure nicht mehr in der Lage, die Flickschusterei fortzusetzen. Port Viking würde im Dunkeln sterben.

Wie lange war es schon her? Wieviel Zeit war vergangen, seit die *Heiliger Antonius* zerstört worden war und sie ihrer Hoffnungen beraubt hatte. Auf der Erde, wo auch immer sie sich befand, waren vier Tage und Nächte vergangen. Der Mond hatte ein Sechstel seiner gemächlichen, einmonatigen Rotation durchlaufen. Auf diesen Welten lief die Zeit ab wie immer, denn die Charonier hatten die Erde und den Mond nicht angerührt.

Doch auf dem Mars, der Venus und auf all den anderen Welten hatte die Zeit Maßstab und Bedeutung verloren. Auf dem in eine Staubwolke gehüllten Mars gab es weder Tag noch Nacht, nur noch eine Abfolge von Katastrophen am düster glühenden Himmel. Genauso unmöglich war es, auf dem Mars, auf Ganymed und Titan die Zeit zu bestimmen.

Oder war überhaupt das Ende der Zeit für diese Orte angebrochen?

Die *Nenya* nahm mit Höchstgeschwindigkeit Kurs auf Pluto, wobei die Triebwerke im roten Bereich arbeiteten. Vespasian hatte in materialmordender Manier die Schubregler bis zum Anschlag vorgeschoben. Wenn der Flug erfolgreich verlief, hätten sie mehr als genug Zeit, um eine Rettungsmission durchzuführen. Wenn nicht, dann war ohnehin alles verloren. Düster blickte Larry auf den Monitor und konzentrierte sich auf die dort angezeigten Daten. Aktualisierungen von der Gravitations-Forschungsstation und Präzisierungen der Modelle, die er am vergangenen Abend entwickelt hatte. Auf Pluto arbeiteten nur gute Leute. Vielleicht hatte er die spektakuläre Arbeit erledigt, aber ohne ihre Forschungstätigkeit wäre das nicht möglich gewesen. Zumal er noch Unterstützung von anderen Experten benötigt – und bekommen hatte.

Gott allein wußte, weshalb, aber die *Purpurnen* hatten kooperiert. Vor ihrer Vernichtung hatte die *Heiliger Antonius* die Daten noch durchgegeben. Und nicht nur Daten, sondern im wahrsten Sinne des Wortes die Stimme der Sphäre, das exakte Äquivalent der Worte, welche die über das charonische Reich herrschende Intelligenz gesprochen hatte.

Es handelte sich nicht um eine Sprache, nicht im menschlichen Sinn. Es war eine Abfolge von Bildern, die mehr Ähnlichkeit mit einer Programmiersprache als mit sonst etwas aufwies. Larry besaß nun genügend Daten, um das charonische Betriebssystem zu implementieren. Die Computer der *Nenya* waren für eine solche Analyse zwar nicht konzipiert, aber mehr stand ihm eben nicht zur Verfügung. Die Kommunikation war noch lückenhaft, aber die Ingenieure aller Welten improvisierten nach besten Kräften und nutzten die noch vorhandenen Sende- und Empfangsfrequenzen. Von überallher gingen Nachrichten ein, und diese Nachrichten waren nicht gut.

Venus meldete eine gewaltige Struktur, die Magma aus dem Innern des Planeten abpumpte. Ganymed meldete die Auflösung von Io, dessen Oberfläche bereits verflüssigt war. Die kleine Welt löste sich in einer Wolke von Schwefel und Kohlenwasserstoffen auf. Irgendwie verstärkten die Charonier die Gezeiteneffekte, die immer schon an dem Mond gezerrt hatten, setzten gezielt an den Schwachpunkten an und erhöhten den Innendruck, bis der Mond auseinanderplatzte. Einige der kleineren Eismonde von Jupiter und Saturn existierten schon nicht mehr und waren von den Ungeheuern, die dort gelandet waren, verdaut worden.

Er warf einen Blick auf die Wanduhr. Vor vierzehn Tagen waren sie vom Mond gestartet, und in zwei Tagen würden sie auf dem Pluto landen. Larry verdrängte den Gedanken an die rasende Geschwindigkeit der *Nenya*.

Zwei Tage. Das reichte kaum für die Vorbereitung.

War es überhaupt möglich? Würde es funktionieren?

Verdammt, würde es funktionieren? Was die Gravitation betraf, so hegte er keinen Zweifel. Schließlich waren die Charonier gute Lehrmeister gewesen und er ein gelehriger Schüler. Er *sah* förmlich, wie er den *Ring* programmieren mußte und wußte instinktiv, was getan werden mußte.

Doch was *sollte* er tun? Hatte er auf diese Frage die richtige Antwort? Larry schaute auf den Monitor und warf einen Blick auf die Aufzeichnungen auf dem Schreibtisch. Dann drehte er sich um und schaute in den Spiegel an der anderen Wand der Kabine. Doch vom Spiegel kam auch keine Antwort. Nun richtete er den Blick nach innen, auf Orte in der Seele, von deren Existenz er bisher noch gar nichts gewußt hatte. Er beugte sich vor, stützte die Ellbogen auf die Knie und den Kopf in die Hände. Auch wenn er nicht bewußt betete, so hatte diese Haltung doch genug Ähnlichkeit mit der eines Betenden. An der Rettung wie vieler Welten würde er sich heute nacht versuchen?

An der Vernichtung wie vieler Welten hatte er bereits mitgewirkt?

Er hob den Kopf und starrte die Hände an, als ob er sie nun zum erstenmal sehen würde. Das waren die Hände, die es getan hatten, welche die Programmierung durchgeführt, die den *Ring* konfiguriert und den verdammten *Start*-Knopf gedrückt hatten. Das waren die Hände, welche das Verschwinden der Erde bewirkt hatten, das Sonnensystem auf den Kopf gestellt und seit Urzeiten schlafende Ungeheuer geweckt hatten.

Er erinnerte sich, daß er die Kontrollen *bewußt* so eingestellt hatte, daß der eigentliche Startbefehl manuell erfolgen mußte und versuchte sich nun zu erinnern, weshalb er das getan hatte. Der Verstand sagte ihm, daß er es getan hatte, um durch das Drücken dieses Knopfes gegen Raphael zu rebellieren. Doch diese Emotion kam ihm inzwischen sinnlos vor. War das der einzige Grund für die ganze Katastrophe gewesen? Larry O'Shawnessy Chaos kindisches Bedürfnis, allen anderen seine überlegene Intelligenz zu beweisen? Wie viele Welten waren schon vernichtet worden, wie viele Menschen waren bereits umgekommen, nur weil er auf diesen Knopf gedrückt hatte? Wie viele Schiffe und welche materiellen Werte waren verloren?

Aber er hatte es nicht wissen können. Niemand hätte es wissen können. Das Bestreben, die Schwerkraft zu kontrollieren, war älter als er. Früher oder später hätte *irgend jemand* eine Möglichkeit gefunden, einen Graser-Strahl zu erzeugen und hätte den Mond damit bestrichen. *Irgend jemand* hätte diesen Knopf gedrückt. Immerhin hatte Dr. Raphael ganz klar gesagt, daß die gesamte Schwerkraft-Forschungsstation eine Mitschuld trüge …

Nein. Erneut schaute Larry auf und sah im Spiegel sein Ebenbild. Ob man die Sache nun zu seinen Gunsten oder Ungunsten auslegte, jetzt war nicht die Zeit für solche Überlegungen. Nun mußte er alles wegschieben, die Schuld *und* die Rechtfertigung. Dafür hatte er noch das ganze Leben Zeit. Wenn er sich da hineinsteigerte, würde ihn das nur an der Wiedergutmachung hindern.

Erneut betrachtete er die Hände. Doch dieser Akt der Wiedergutmachung wäre selbst ein schreckliches Verbrechen. Niemand wußte davon, niemand wußte von seinen Plänen, und wenn jemand davon erfuhr, wäre es schon zu spät. Dieses Verbrechen, diese Schuld, diese *Sünde*, die er im Bewußtsein der Richtigkeit seines Handelns und der Konsequenzen dieses Handelns auf sich nehmen wollte.

Aber Larry wußte auch, daß er für den Fall des Scheiterns eine weitaus größere Angst vor Gewissensbissen als vor der Schuld an sich hatte.

Es war ein langes und einsames Warten gewesen auf Pluto. Einhundertzwanzig Leute am Rande des Sonnensystems, die sich bemühten, den Genies hinterherzuräumen. Die Wissenschaftler hatten rund um die Uhr gearbeitet und versucht, den gewaltigen Datenstrom zu bewältigen. Sie hatten sehr viel gelernt – im Grunde zu viel. Sie hatten keine Zeit gehabt, die Informationen auszuwerten und ihre Weiterungen zu bedenken. Eine neue Entdeckung zog gleich einen ganzen Rattenschwanz an neuen Rätseln und Mehrarbeit nach sich.

Und es konnte nur noch schlimmer werden. Chao und Raphael kehrten zurück.

Dort! Ein Funkeln, auf halber Strecke zwischen Charon und dem *Ring*. Jane Webling sah, wie die *Nenya* das Bremsmanöver einleitete.

Webling runzelte die Stirn. Das Manöver verlief anders als sonst. Sie holte ihren Palmtop hervor. Wirklich seltsam. Die *Nenya* ging nicht in den üblichen Parkorbit, sondern bezog im Baryzentrum des Pluto-Charon-Systems Position. Das Baryzentrum war der Punkt des Gleichgewichts, der Schwerpunkt des Pluto-Charon-Systems, der Punkt im Raum, um den sowohl der Planet als auch sein Satellit sich drehten.

Aber die *Nenya* hatte noch nie im Baryzentrum Position bezogen, aus dem einfachen Grund, weil sie dort die Kommunikation zwischen dem *Ring* und der Schwerkraft-Station störte. Die Sache ergab nur dann einen Sinn, wenn der *Ring* vom Schiff und nicht von der Station aus kontrolliert werden sollte.

Doch weshalb wollten sie den *Ring* von dort aus steuern? Und weshalb hatte man sie nicht informiert? Jane Webling setzte sich auf einen Sitz in der leeren Beobachtungskuppel. Was, zum Teufel, bezweckte Larry Chao damit? Sie kannte die offizielle Erklärung, daß Larry mittels des Rings die Kontrolle über das Mond-*Rad* übernehmen und damit den Angriff der Charonier auf das Sonnensystem abwehren wollte.

Ironischerweise hatten die charonischen *Lander* die *Nenya* nach Hause gescheucht. Die ersten Einheiten waren vor einigen Tagen erschienen. Nun hatten sich schon Dutzende dieser großen Objekte auf Pluto und Charon niedergelassen.

Die *Nenya* war lange fortgewesen und hatte die Besatzung in der Kälte und der Dunkelheit zurückgelassen. Es war ein beruhigendes Gefühl, daß sie wieder hier war. Sie hatten nun eine Fluchtmöglichkeit – auch wenn die Heimat, die Erde, aus dem Sonnensystem verschwunden war.

Während der Abwesenheit von Larry, Dr. Raphael und Sondra Berghoff war sie die einzige Wissenschaftlerin in der Gravitations-Forschungsstation gewesen, die den vollen Überblick über Larrys Arbeit hatte. Um das *Rad* zu übernehmen, mußte der *Ring* das von der Sphäre gesendete Signal ausblenden. Nur daß der *Ring von Charon* nicht annähernd über die Leistung verfügte, um das zu bewerkstelligen.

Wenn Larry die Leute also nicht belog, dann *führte er sie zumindest in die Irre*.

Aber in welcher Hinsicht und weshalb? Diese Frage war ziemlich wichtig. Schließlich hatte der junge Mann schon einmal eigenmächtig gehandelt – und das Sonnensystem der Vernichtung preisgegeben. Sie verfügte über Beweise, mit denen sie die anderen Wissenschaftler von der Aussichtslosigkeit von Larrys Vorhaben überzeugen würde. Bis zu Raphaels Rückkehr, die in wenigen Stunden erfolgen würde, war sie die Leiterin dieser Station. Und wenn sie den Nachweis führte, daß Raphael in diese Konspiration verwickelt war, wäre es nicht nur ihr Recht, sondern ihre Pflicht, ihn an der weiteren Ausübung seines Amts zu hindern. Vielleicht müßte sie die beiden sogar in Ketten legen lassen.

Ja, sie verfügte über viele Optionen. Aber sollte sie auch Gebrauch davon machen? Was hatte Larry vor?

Jane Webling kannte Larry kaum, doch in den ersten chaotischen Tagen nach dem Verschwinden der Erde hatte sie zumindest einen Einblick in seinen Charakter gewonnen. Auf sie hatte er den Eindruck eines offenen und ehrlichen jungen Manns gemacht, der unter unglaublichem Druck stand. Bösartig und hinterhältig hatte er indes nicht auf sie gewirkt.

Nein, er meinte es gewiß gut, auch wenn er einen Plan hatte, der, wie er sicher wußte, nicht genehmigt werden würde, eine Idee, die er als Antwort auf und Lösung all ihrer Probleme betrachtete. Unter der Tarnkappe des Experiments, das er offiziell durchführte, würde er sein eigentliches Vorhaben ausführen und nicht wollen, daß es publik wurde.

Mit anderen Worten, folgerte Webling, würde er sich genauso verhalten wie damals, als er unter dem Vorwand, ihr Graser-Experiment durchzuführen, diesen verdammten Strahl zur Erde geschickt hatte.

Und damals hatte er es auch nur gut gemeint.

Verdammt! Was, um Himmels willen, sollte sie tun?

Denk nach. *Denk nach.* Und plötzlich wußte sie es. Nun gut. Larry hatte etwas vor, denn sein offizieller

Plan war undurchführbar, und er wußte es auch. Dennoch würde er etwas tun, das auch Ziel des offiziellen Plans war: den Angriff der Charonier auf das Sonnensystem abwehren.

Und zweifellos hielt er den eigentlichen Plan deshalb unter Verschluß, weil man ihn nicht in die Nähe des *Rings* lassen würde, wenn sein Vorhaben bekannt wäre.

Und plötzlich wußte sie, worum es ging. Sie holte den Palmtop hervor, führte einige Berechnungen durch und erhielt die Antworten, mit denen sie bereits gerechnet hatte. Schockiert über Larrys Plan starrte sie auf die Zahlen.

Sie wußte es. Sie wußte die Antwort. Es gab keine andere Erklärung.

Doch damit war das eigentliche Problem noch nicht gelöst. Was sollte sie dagegen unternehmen?

Da saß sie nun allein im Observatorium, nur Charon und den am Himmel dräuenden *Ring* als Gesellschaft, und dachte nach. Larry Chao maßte sich aus irgendeinem Grund – Einsicht in die Notwendigkeit, Schuldgefühle, Panik, weil ihm der Sinn nach Unfug stand oder aufgrund des knallharten Kalküls eines Erwachsenen – an, über das Schicksal des Sonnensystems zu entscheiden. Schon zum zweitenmal. Und während sie ihm auf die Schliche kam und sich fragte, wie sein Plan wohl zu verhindern sei, wurde ihr bewußt, daß sie im Grunde selbst ein wenig Gott spielte. Angenommen, so unwahrscheinlich das auch war, Larry hatte recht, und sie sabotierte ihn? Oder angenommen, er lag völlig falsch, und sie schaute tatenlos zu?

Die *Nenya* diente im Notfall als Zufluchtsort für die Station – und ein solcher Notfall war nun eingetreten. Das Schiff war in der Lage, das gesamte Personal aufzunehmen, wenn auch unter spartanischen Bedingungen und in einer drangvollen Enge. Nachdem auf dem Mond Außentanks installiert worden waren, hätten die

Passagiere sofort an Bord gehen können, ohne daß die Notwendigkeit bestanden hätte, das Schiff zuvor umzurüsten. Aber wäre das die richtige Maßnahme?

Jane Webling mußte sich entscheiden, und die Zeit drängte. Schließlich stand sie auf, kehrte ins Büro des Direktors zurück und aktivierte den Interkom, um Anweisungen zu erteilen. Das wäre auch von jedem anderen Punkt der Station aus möglich gewesen, doch der Aufenthalt in einem Büro verlieh ihr in ihren Augen eine größere Autorität.

Sie drückte den Knopf, holte tief Luft und sprach so prononciert wie möglich, wobei sie der Versuchung widerstand, die Mitteilung hektisch herunterzuleiern.

»Hier spricht die stellvertretende Direktorin Webling«, sagte sie. »Das gesamte Personal hat sich unverzüglich auf die Evakuierung der Station vorzubereiten. Packen Sie Ihre persönlichen Dinge und bereiten Sie Kopien aller Daten für die Übermittlung an die *Nenya* vor. Beeilen Sie sich und nehmen Sie nur das Notwendigste mit – und gehen Sie davon aus, daß wir nicht mehr zurückkehren werden.«

Sie schaltete den Interkom aus.

»Weil wir nicht mehr zurückkehren *können*«, flüsterte sie. Die Station würde nicht mehr lange bestehen, und das war ein sehr hoher Preis – doch wenn sie die Lage richtig beurteilte, war die Zerstörung dieser Station geradezu ein Sonderangebot.

Oder war die Bezeichnung ›Anzahlung‹ vielleicht angemessener?

Wenn die Menschheit überlebte, würde es nämlich sehr, sehr lange dauern, bis sie die Rechnung beglichen hatte.

Ein weiteres Merkmal, das die Redundanzfunktion der *Nenya* verkörperte, war der *Ring*-Leitstand, ein Duplikat der vier Leitstände in der Station. Larry, der von der Evakuierung der Station keine Ahnung hatte, arbeitete an einer Simulation seines Plans. Es müßte funktionieren. Alles *müßte* funktionieren. Und vielleicht war es das, was ihn beunruhigte. Jeder Schritt in der Abfolge schien logisch und vernünftig. Doch wenn er zurücktrat und sich das Gesamtbild ansah, wirkte es nur noch lächerlich. Verrückt.

Es klopfte an die Tür des Leitstands, und Simon Raphael trat ein. »Ich habe eine interessante Neuigkeit«, sagte er leise. »Ich wollte gerade die Anweisung für die Evakuierung der Station durchgeben, als eine Nachricht von Dr. Webling eintraf, die besagte, daß sie den gleichen Befehl erteilt hatte.« Raphael setzte sich auf einen Sitz an der Wand und legte den Sicherheitsgurt an, als ob er für längere Zeit dort sitzen bleiben wollte.

Larry lief es kalt den Rücken hinunter. »Was soll das?« fragte er verwirrt.

»Wenn zwei Leute an demselben Problem arbeiten und mit den gleichen Hinweisen versehen werden, gelangen sie auch zur selben Antwort.«

»Sie und Dr. Webling haben mich voll durchschaut«, sagte Larry. »Jedes weitere Versteckspielen ist sinnlos.«

»Ja«, sagte Dr. Raphael und fixierte einen Punkt oberhalb von Larrys linker Schulter.

Dann trat ein längeres Schweigen ein, bis ersichtlich wurde, daß der ältere Mann nichts mehr sagen würde.

»Darf ich aus dem Umstand, daß Sie mich nicht zurückgehalten haben, schließen, daß Sie meine Handlungsweise billigen?« fragte Larry.

»Nein«, sagte Dr. Raphael, was ihm sichtlich schwerfiel. »Niemand wird Ihre Pläne jemals *billigen*, vor allem nicht in Anbetracht der jüngsten Ereignisse. Sie scheinen nämlich auf das gleiche Desaster hinauszulaufen, das wir schon einmal erlebt haben. Doch weder Dr. Webling noch ich sehen eine andere Möglichkeit.

Sie wollten die Sache offensichtlich so lange geheimhalten, bis es zu spät war. Nur aus Neugier, wie wollten Sie das bewerkstelligen? Welche Geschichten hätten Sie uns aufgetischt, um unser Mißtrauen zu zerstreuen?«

Larry schüttelte den Kopf. »Ich weiß nicht«, sagte er mit ausdruckslosem Gesicht. »Darüber hatte ich noch nicht nachgedacht.«

»Dann schlage ich vor«, sagte Raphael gelassen, »daß Sie mit den Punkten weitermachen, über die Sie schon nachgedacht *haben*.«

Energie, sagte Larry sich.

Energie. Darauf kam es an. Energie, Gravitationsenergie; das war es, was die Charonier hatten. Energie machte es möglich, daß sie das Sonnensystem übernahmen, Planeten entführten und Welten zerrissen – ohne auf die Bewohner Rücksicht nehmen zu müssen.

Larry überprüfte den nächsten Schritt auf der Liste. *Stelle die Überrangkontrolle auf ›manuell‹.* Es war das *Fehlen* von Energie, welche die Bewohner des Sonnensystems zu Statisten degradierte.

Folglich stellte sich erneut die Frage, wie die Menschheit sich einen Teil dieser Energie nutzbar machen konnte. *Stelle den Brennpunkt des Strahls auf 270 Grad ein.* Letztlich war natürlich die Dyson-Späre die Energiequelle, und nicht einmal im Traum bestand die Möglichkeit, einen so starken Generator zu bauen.

Doch selbst die Sphäre benötigte Leitungen, um die Energie zu übertragen. *Vorwärmung der Fusions-Verstärker auf dritte Stufe.* Larry war in die Arbeit vertieft und war sich kaum noch bewußt, daß außer dem *Ring*, dem Leitstand und ihm selbst noch etwas anderes existierte.

Was die Energie betraf, so spielte das Mond-Rad kaum eine Rolle. Es *verbrauchte* wohl Energie und kontrollierte ihre Verteilung. Doch der Bezug der Energie erfolgte von einer anderen Stelle.

Genausowenig wurde die Energie vom Schwarzen Loch an der früheren Position der Erde geliefert. Definitionsgemäß drang nichts aus einem Schwarzen Loch außer dem eigenen Zerfallsprozeß. Der Strom von Elementarteilchen, der durch diesen Prozeß entstand, reichte bei weitem nicht aus, um die Vorgänge im Sonnensystem energetisch zu unterstützen.

Die einzige Möglichkeit der Energieversorgung war die Dyson-Sphäre selbst, die das Schwarze Loch an der ehemaligen Position der Erde im Wurmloch-Modus als Leiter benutzte und die Energie ans Mond-*Rad* übertrug. In Intervallen von 128 Sekunden verwandelte das Schwarze Loch sich für jeweils drei Sekunden in ein Wurmloch und schuf eine Verbindung zwischen den Welten. Und in diesem Zeitraum, in dem die asteroidengroßen Körper durchgeschleust wurden, mußte auch die Gravitationsenergie transportiert werden. Gravitationsenergie, modulierte Gravitationsenergie. Wie die Dyson-Sphäre die Energie erzeugte, wußte Larry nicht. Es war ihm auch egal. Damit würde er sich morgen befassen.

Falls es ein ›morgen‹ gab.

Larry verdrängte diesen Gedanken und konzentrierte sich auf das aktuelle Problem. Er bemerkte nicht, daß Webling in den Raum huschte und neben Raphael Platz nahm. *Hoch-Energie-Läufer in Position.* Die Energie wurde an das Rad weitergeleitet. *Das* war der entscheidende Punkt. Wenn der Ring im Gravitations-Modus war, sah man förmlich, wie das *Rad* energetisch aufgeladen wurde und wie es die Energie absorbierte, speicherte und sie zu den Monstern abstrahlte, die das Sonnensystem zerschlugen. Man *sah* die Befehls-Bilder, mit denen die Venus-*Lander* angewiesen wurden, diese Pumpe zu bauen, die Kernsubstanz aus dem Planeten saugte, und mit denen die Ganymed-*Lander* instruiert wurden, noch tiefer in den Mond vorzudringen.

Das war die Energie und die Befehlskette, der die Charonier ihre Macht verdankten.

Angenommen, ein schwaches Menschlein war in der Lage, diesen Zyklus zu unterbrechen, die Gravitationsenergie umzuleiten und sie dem *Rad* vorzuenthalten? Angenommen, man schaltete sich in die Kommunikation ein und erteilte den Invasoren den Befehl, die Aktivitäten einzustellen?

Angenommen, die Menschheit schuf sich selbst ein Schwarzes Loch?

Doch Schwarze Löcher wurden aus Masse hergestellt. Aus *viel* Masse.

Schalttafel bereit. Ring bereit für neue Konfiguration. Bereit für manuelle Aktivierung. Larry schaute auf den Sequenz-Indikator. Er wurde sich bewußt, daß es diesmal auch möglich gewesen wäre, das System für einen automatischen Start zu konfigurieren. Aber nein, wieder hatte er es für einen manuellen Start programmiert, für einen menschlichen Finger, der mit einem Knopfdruck die Apokalypse auslöste.

»Machen Sie weiter«, ertönte die grimmige Stimme des alten Dr. Raphael. »Tun Sie das mit Charon, was Sie tun müssen.«

Larry zuckte zusammen. Er drehte sich um und sah Dr. Raphael und Dr. Webling. Er hatte keine Ahnung, wie lange sie schon da waren. »Zuerst ist Charon an der Reihe, nicht wahr?« sagte Raphael.

»Ja ... ja, Sir. Aber ... äh ... ich weiß wirklich nicht, wieviel Zeit wir haben. Sobald sich eine Akkretionsscheibe herausbildet, sollten wir wirklich ...«

»Die Station ist evakuiert worden, Mr. Chao«, sagte Dr. Webling mit bemüht ruhiger Stimme. Welche Emotionen versuchte sie zu kaschieren? Furcht? Ehrfurcht? Zorn?

Und gegen was oder wen richteten diese Emotionen sich? Nein, die Frage mußte anders lauten, sagte Larry sich. *Wieviel Angst hat sie vor mir? Werden sie alle mich für immer fürchten?*

»Alle sind an Bord der *Nenya?*« fragte er überrascht.

Er mußte tief in die Arbeit versunken gewesen sein, daß er die Flüge des Shuttles nicht bemerkt hatte. *Mein Gott, gibt es überhaupt noch etwas anderes in meinem Leben außer Arbeit? Ist das alles, was mir wichtig ist?*

»Wir sollten anfangen«, sagte Dr. Raphel.

»Und es zu Ende bringen«, ergänzte Webling im Flüsterton.

Larry hob den Finger, verharrte über dem Knopf und drückte ihn schließlich.

Ein Signal, ein schlichtes Funksignal mit einer Leistung von ein paar Watt schoß durch das All auf den Ring zu.

Nun änderten die Größenordnungen sich.

Der leistungsstarke *Ring*, der Charon umspannte, erwachte schlagartig zum Leben und verschob und kanalisierte Gravitationsenergie auf eine Art und Weise, wie seine Konstrukteure es sich nicht hätten träumen lassen. Vielleicht wäre es fachsprachlich korrekter gewesen zu sagen, der *Ring* krümmte den Raum und richtete die Potentialflächen neu aus, doch dieser Angriff auf eine Welt war zu wuchtig, um ihm mit einem banalen ›krümmen‹ und ›falten‹ gerecht zu werden. Der *Ring zertrümmerte* den Raum um Charon und gab ihm eine neue Gestalt, wie ein Schmied rotglühendes Eisen auf dem Amboß bearbeitet. Er zerrte am Schwerefeld von Charon und bündelte es, wobei er eine Gravitationslinse erzeugte und das gesamte Gravitationspotential des Mondes in einem Punkt konzentrierte.

Jedoch nicht auf einen Punkt im Innern. Sondern auf einen Punkt auf der Oberfläche, im Mittelpunkt der Hemisphäre vor Pluto. Bisher glich der Ablauf Larrys altem Experiment der Bündelung und Verstärkung der Gravitation. Nur daß der Punkt mit einer Leistung von einer Million G diesmal stabil war. Nun wußte Larry, wie man einen solchen Punkt beliebig lange stabilisierte, indem man einer ganzen Welt das Gravitationspotential entzog und es in einem Punkt konzentrierte.

Für kurze Zeit widerstand der Satellit den titanischen Kräften und behielt seine annähernd sphärische Form bei. Doch dann zeitigten die neuen, verstärkten Gezeitenkräfte eine Wirkung.

Der Kern, der sich seit Milliarden Jahren im Brennpunkt von Charons Schwerefeld befunden hatte, befand sich plötzlich an der Peripherie des Gravitationsfelds. Wie ein Schiff, das den Anker verloren hatte, driftete Charon plötzlich von der alten Gravitationsquelle fort, die ihn einst geformt hatte. Durch den Verlust der Haltekräfte der Schwerkraft zerbröckelte die kleine Welt. Zuerst fiel die Kruste und dann die Kernsubstanz *nach oben*, dem neuen Gravitationszentrum entgegen.

Die uralten Kraterfelder erbebten und wurden von gewaltigen Lawinen, die durch die Verschiebung des Gravitationszentrums entstanden, zugeschüttet. Tief im Innern verschoben sich Schichten aus gefrorenem Gas und Gestein, die sich seit Milliarden Jahren nicht mehr bewegt hatten, und strebten zum Gravitationszentrum an die Oberfläche. Die durch die Verdichtung und Reibung erzeugte Wärme brachte das Eis und den Fels zum Schmelzen, der seit Urzeiten bei Temperaturen in der Nähe des absoluten Nullpunkts geschlummert hatte. Das erhitzte Eis und das Gestein dehnten sich aus und explodierten. Plötzlich wurden große Teile der Oberfläche weggesprengt, gefolgt von Fontänen aus glühendem Gas und pulverisiertem Fels, die erst in den Raum emporstiegen und dann dem Gravitationszentrum entgegenstürzten.

Die charonischen *Lander* starben unter den Schlägen, mit denen die gefrorene Landschaft zertrümmert wurde.

Je länger der Materiestrom anhielt, desto stärker wurde das Gravitationszentrum, wodurch die Sogwirkung sich wiederum verstärkte. Der *Ring* kontrollierte das Gravitationszentrum, führte es nach und bündelte es zu einer immer kleineren und stärkeren Punktquelle.

Nun lief die zweite Phase der Operation an. Langsam zog der *Ring* das neue Gravitationszentrum zurück in den Mittelpunkt des sterbenden Mondes, drehte sozusagen das Messer in der Wunde um und riß ein noch tieferes Loch in die Oberfläche. Die dadurch verursachte zweite Druck- und Hitzewelle lief zurück ins Innere, so daß die alten und neuen Druckwellen zusammenstießen.

Die Oberfläche des Mondes erbebte und riß auf, wobei das geschmolzene Eis in Fontänen aus Gasen und Flüssigkeiten aus dem Innern sprudelte.

Der *Ring* war durch den künstlichen Vulkanismus einem Trümmerbombardement ausgesetzt. Doch er war für extreme Belastungen konzipiert, zumal Larrys Programm dafür sorgte, daß der Großteil der Aktivitäten fernab von der *Ring*-Ebene ablief.

Das Gravitationszentrum bohrte sich in den Mittelpunkt des kleinen Planeten. Inzwischen war ein massiver, stecknadelspitzengroßer Materiepunkt, der fast schon die Dichte eines Neutronensterns hatte, um das Gravitationszentrum entstanden und saugte selbst immer mehr Materie an. Unter der Oberfläche des geschundenen Charon faltete die Materie sich selbst. Das Gravitationszentrum schluckte die Materie und verdichtete sie zu einem Bruchteil des vorherigen Volumens. Je mehr Materie verdichtet wurde, desto schneller stürzte Charon zusammen.

Die durch den Kollaps erfolgte Wärmeentwicklung verstärkte sich noch, obwohl die für eine Erwärmung zur Verfügung stehende Masse und das Volumen abnahmen.

Die Temperaturen stiegen an. Chemische Verbindungen, die seit Milliarden von Jahren stabil gewesen waren, zerfielen. Rot- und weißglühende Wärmepunkte überzogen die Oberfläche. Die flüchtigen Oberflächensubstanzen sublimierten. Gas-Geysire brachen aus, und Dampfwolken stiegen aus den Schächten und den brodelnden Kesseln der Wärmepunkte auf. Pinkfarbene und grüne Wolken, die aus neuen chemischen Verbindungen bestanden, welche in der Hexenküche im Innern des Mondes zusammengebraut worden waren, wirbelten durch die aufgewühlte Luft. Zum erstenmal in seiner Geschichte hatte Charon eine Atmosphäre.

Aber nicht für lange.

Die Chronometer sagten, es hätte 47,5 Stunden gedauert, aber keiner der Augenzeugen wollte das glauben. Das war eine viel lange oder viel zu kurze Zeit, um eine Welt vollständig aufzulösen.

Larry hatte während dieser Zeit nicht geschlafen, aber lange Perioden hatten die Qualität eines Alptraums gehabt: die durch den erbarmungslosen Druck des nach einem nicht mehr existierenden Mond benannten *Rings von Charon* verursachten Hitzestürme, der bizarre Anblick einer rot- und weißglühenden Welt, die kurz vor dem Kollaps stand, die Weltenschlange, die sich in den Schwanz biß und selbst auffraß.

Die Szenerie zog ihn in den Bann. Anfangs schien die Zeit stillzustehen, und dann lief sie plötzlich im Zeitraffertempo ab. Zuerst schien Charon in einem bestimmten Stadium der Zerstörung eingefroren zu sein, und dann erkannte Larry nach einem Lidschlag, daß der Mond auf einmal die Hälfte der Masse verloren hatte und in einem grellen Licht glühte, das er eben noch nicht gesehen hatte.

Das Drama entfaltete sich vor den Augen des zum Statisten degradierten Larry. Der Vorgang hatte überhaupt nichts mehr mit ihm zu tun. Es war völlig unvorstellbar, daß dieses titanische Ereignis etwas mit *ihm* zu tun hatte, daß er in irgendeiner Art und Weise Einfluß auf ein solches Spektakel nehmen könne.

Und trotzdem hatte er es verursacht. Er hatte es sich ausgemalt, geplant, programmiert und auf den Knopf gedrückt.

Explosionen, Elektronenstürme, magnetische Wirbelströme, Aureolen. Charon entledigte sich im Todeskampf auf jede nur vorstellbare Art und Weise der Lageenergie, die in der auf das gefräßige Gravitationszentrum zustürzenden Materie gespeichert war. Die schrumpfende Welt glühte immer heller und wurde immer heißer.

Schließlich war nichts mehr übrig außer einem sonnenhellen Lichtpunkt am Himmel, einer glühenden Wolke aus ionisierten Trümmern, die den Neutronenpunkt umkreiste, der bis vor kurzem noch eine Welt gewesen war. Doch sehr bald würde auch diese Materiewolke, die sich nun zu einer Akkretionsscheibe formierte, verschwunden sein. Jedes einzelne Partikel und Atom würde mit der kollabierten Materie zusammenstoßen und von ihr absorbiert werden. Und die Neutronensphäre, die nun mit unglaublicher Geschwindigkeit das Drehmoment des Satelliten konservierte, wuchs durch den Strom der Partikeln und sandte bei jedem Aufprall einen Blitz aus Licht und harter Strahlung aus.

Charon existierte nicht mehr. An seinem Platz befand sich nun ein Punkt von der Leuchtkraft eines Sterns, der von Gasschwaden eingehüllt war, die sich in der früheren Äquatorialebene von Charon zu einer unregelmäßigen Scheibe aus Staub, Trümmern und Gas verdickten. Und der alles umfassende *Ring*, der *Ring von Charon*, stand im rechten Winkel zur Akkretionsscheibe und frontal zum winzigen Schiff, das im stationären Baryzentrum schwebte. Das Gravitationszentrum des Systems hatte sich kaum verschoben. Die Schwerkraft von Charon wirkte nach wie vor, nur daß sie nun in einem winzigen Neutronenpunkt gespeichert war, einer Nadelspitze, in der die Materie einer ganzen Welt enthalten war. Die Materie war so hoch verdichtet, daß selbst die Atome zusammengestürzt waren, die Elektronenschalen zertrümmert und Protonen und Elektronen zu Neutronen verbunden worden waren, die Gravitation die schwache Kernkraft überwunden und den Mond im Grunde zu einem einzigen, riesigen Neutron verdichtet hatte.

»Nun sind wir auch nicht mehr besser als sie«, sagte Webling, die den unglaublichen Vorgang auf den Monitoren verfolgte. »Wir haben uns in Shiva verwandelt, den Zerstörer der Welten. Wir haben uns eine ganze Welt angeeignet, einen vier Milliarden Jahre alten Mond, und sie zertrümmert, um unsere vergänglichen Bedürfnisse zu befriedigen.«

»Selbstverteidigung, Jane«, sagte Raphael. Das genügte zwar nicht als Erklärung, aber mehr hatte er nicht vorzubringen. Er drehte sich zu Larry um. »Charon allein wird nicht ausreichen, oder? Es besteht keine Möglichkeit, Pluto zu verschonen?«

Der erschöpfte Larry starrte nur vor sich hin und nuschelte etwas; für ihn existierten im Moment bloß die Bildschirme mit abstrakten Zahlen. Er konnte es sich nicht leisten, die Realität zur Kenntnis zu nehmen, deren Chiffre diese Zahlen – nein, *seine Taten* – waren. »Nein. Ich habe die Gravitation von Charon soweit verstärkt und gebündelt, um eine Neutronensphäre zu erzeugen, aber mehr auch nicht. Ich habe den künstlichen Bündelungsdruck weggenommen. Sie wird fürs erste halten und vielleicht auch auf Dauer. Ich glaube nicht, daß sie von selbst wieder expandiert. Aber mit so wenig Materie erziele ich keine höhere Verdichtung, mit welchen Tricks ich auch arbeite.

Selbst mit Pluto wäre es noch sehr wenig. Wenn ich den Planeten auch noch verwerte, ist die Masse vielleicht immer noch zu gering, um das Kippen in ein Schwarzes … ich meine … äh … eine Singularität zu bewirken.« Er hatte schon seit langer Zeit von der

Schaffung eines Schwarzen Lochs geträumt. Doch wo dieses Ziel nun zum Greifen nahe war, war er nicht imstande, die Worte auszusprechen und mußte sich auf Euphemismen verlegen.

Webling schnappte nach Luft. »Zu gering? Und was dann? Was, wenn *Pluto* auch verschwunden ist und der Umschlag immer noch nicht stattfindet?«

»Dann besorgen wir uns eben weitere Planeten und Monde«, sagte Raphael kaltschnäuzig. »Ich glaube, Uranus bietet uns mehr Möglichkeiten als Neptun. Mit der vereinten Masse von Charon und Pluto müßten wir wohl in der Lage sein, einen Gravitationsstrahl zu erzeugen, der uns einen seiner Monde ranholt. Stimmt doch, oder?«

»Ja, Sir«, sagte Larry hölzern, als ob er mit dieser Antwort seine Reaktion testen wollte. »Ein Strahl mit einer engeren Bündelung, präziseren Ausrichtung und höherer Leistung, als wir es uns noch vor ein paar Wochen hätten träumen lassen. Natürlich wird der Gravitationsstrahl eine gegenseitige Anziehung erzeugen. Wir würden uns dann auch bewegen und auf die Monde zufallen, nachdem der Strahl sie aus ihren Orbits gerissen hat. Wir müßten eine Transitdauer von einigen Wochen einkalkulieren. Wir würden uns ungefähr auf halbem Weg zwischen Pluto und Uranus treffen. Ich schätze, wir brauchen Oberon und Titania, und vielleicht noch Umbriel. Die Monde sind zwar viel kleiner als Pluto, aber mit ihrer vereinten Masse wird es auf jeden Fall funktionieren, falls Pluto allein nicht ausreicht.«

Würde es überhaupt funktionieren? Egal, wie viele Welten sie zerstörten, egal, wieviel Masse sie umwandelten, es wäre alles umsonst, wenn es ihnen nicht gelang, in die charonische Energieversorgung und die Regelsysteme einzubrechen. Larry seufzte. »Machen wir also weiter?« fragte er mit brüchiger Stimme.

Raphael nickte. »Nun gibt es kein Zurück mehr.« Er

drückte auf den Knopf des Interkoms. »Mr. Vespasian, hier spricht Raphael. Sie können jetzt das Baryzentrum verlassen.«

Wollte man Beobachtungen und Messungen vornehmen, war das Baryzentrum als Kontrollstation gut geeignet; weil es sich jedoch auf einer direkten Linie zwischen dem Gravitationszentrum und Pluto befand, überwogen die *Nachteile*, wenn man einen Gravitationsstrahl von einem Punkt zum andern schicken wollte. Vespasian verschwendete keine Zeit damit, die Triebwerke der *Nenya* hochzufahren, sondern stationierte das Schiff in einem Sicherheitsabstand von fünftausend Kilometern vom Baryzentrum.

Larry überprüfte den Sequenzer, überzeugte sich davon, daß der *Ring* für die nächste Phase bereit war und drückte erneut auf diesen verdammten *Start*-Knopf.

Der *Ring von Charon* richtete sich auf das Gravitationszentrum aus, wobei er diesmal den Raum um das Zentrum krümmte, um sein Gravitationspotential auf einen Punkt auf der Oberfläche von Pluto zu projizieren und diesen Punkt einem Schwerefeld auszusetzen, das eine Million mal so stark war wie die Gravitation an der Oberfläche des Planeten. Ein Schwerefeld, das diesen Punkt nach *oben* zog, vom Planeten weg. *Genauso machen die Charonier es auch,* sagte Larry sich.

Plötzlich verband ein Strahl aus gleißendem rubinrotem Licht das Gravitationszentrum mit der Oberfläche von Pluto. Ein dünner Materiestrom wurde aus dem Planeten gerissen und beschleunigte in Richtung des Gravitationszentrums. Der durch Reibung und Zusammenstößen mit Teilchen erhitzte Strom tauchte die gefrorene Welt in blutrotes Licht. Der Prozeß der Erwärmung ging weiter, und das in Richtung der Neutronensphäre beschleunigende Ende des Materiestroms wurde weißglühend und glich schließlich einer Lanze aus weißblauem Licht, einem feurigen Speer, der sich in den Mittelpunkt des Rings von Charon bohrte.

Und dann wechselte aus der Perspektive der *Nenya* die Farbe der auf das Gravitationszentrum zielenden Feuerlanze wieder zu Rot. Nicht etwa, weil sie langsamer wurde, sondern weil sie beschleunigte und in den relativistischen Geschwindigkeitsbereich vorstieß. Sie bewegte sich mit einer solchen Geschwindigkeit, daß eine Rotverschiebung des Lichts eintrat – die Farbe des Strahls wurde aufgrund der Geschwindigkeit, mit der er sich von der *Nenya* fortbewegte, in den roten Spektralbereich verschoben.

Nun verlagerte der *Ring* den Zielpunkt zum Pluto und bewegte den Kontaktpunkt über die Oberfläche, wobei er den Strahl etwas auffächerte, um das Gravitationspotential zur Peripherie des Strahls zu verschieben. Durch die Wucht des angreifenden Strahls wurde die Oberfläche des Pluto aufgerissen und die Kernsubstanz herausgeschleudert. Durch die starken Gezeiteneffekte des variablen Strahls wurde die felsige Oberfläche pulverisiert, wobei die hocherhitzten flüchtigen Stoffe in den Weltraum geblasen wurden.

Mit tränenüberströmtem Gesicht sah Larry, wie Pluto in sich zusammenstürzte. Er war weder ein großer noch ein bedeutender Planet gewesen. Die Astrophysiker waren sich nicht einmal einig gewesen, ob es sich um einen Planeten im eigentlichen Sinn handelte oder bloß um einen auf Abwege geratenen Neptun-Mond oder einen übergroßen Trümmerbrocken. Aber er war eine *Welt* gewesen, ein Ort, ein einzigartiger Bestandteil von Gottes Universum, eine Markierung der Grenze des Sonnensystems.

Und nun war er für immer verloren.

Und er hatte ihn vernichtet.

»Die Station hält noch«, sagte Raphael mit einem Unterton von Stolz. »Wir bekommen einige eindrucksvolle Daten über die Telemetrie-Kanäle. Die Welt zerfällt unter ihr, und die Station zieht weiter ihre Bahn. Wir haben solide gebaut, nicht?« fragte Simon Raphael seine Kollegen. Sein sorgenvoller Gesichtsausdruck spiegelte sich in Jane Weblings Gesicht. Er nahm ihre Hand. Es war ein einsamer Ort gewesen, von einer Kälte durchdrungen, gegen die kein Heizungssystem ankam, und ein Ort der ständigen Niederlagen. Doch war die Station ihnen auch eine Heimat gewesen.

Larry erhob sich von der Konsole und überließ den *Ring* sich selbst. Die einzelnen Schritte liefen nun automatisch ab, und zwar so schnell, daß das menschliche Auge ihnen nicht zu folgen vermochte.

Er ging zu den beiden älteren Wissenschaftlern und betrachtete mit ihnen die von den Außenkameras der Gravitations-Forschungsstation übertragenen Bilder. Er erkannte den Kamerawinkel. Es war dieselbe Perspektive, die alte, immer gleiche Perspektive von der Beobachtungskuppel. Während er die aktuellen Aufnahmen sah, erschienen die alten Bilder vor seinem geistigen Auge – die Krater, die Ebene und, dicht am Horizont, die Trümmer der ersten Stationen, die von den Sternen beschienen wurden. Und den Friedhof, auf dem vor über einer Generation ein paar gefrorene Leichen verscharrt worden waren, wobei man darauf geachtet hatte, daß der Ort nicht im Sichtbereich der Kuppel lag.

Und in manchen Nächten hatte der blaue Funken der Erde am Himmel geleuchtet und Trost gespendet.

Und nun war nichts mehr so, wie es einmal gewesen war.

Er stellte sich wieder der Realität. Der Boden bebte, Felsbrocken wurden in die Luft geschleudert, und aus Öffnungen, die sich vor ihren Augen im Boden auftaten, brachen Geysire, die eine supraerhitzte Flüssigkeit verspritzten. Die Trümmer der ersten beiden Stationen wurden umhergewirbelt und lösten sich im Hexenkessel des geschmolzenen Lands auf. Und für einen schrecklichen Augenblick gaben die Gräber die Toten frei. Ein Dampfstrahl riß den Boden unter den Gräbern auf, und Jane Webling schrie entsetzt auf, als die Körper alter Freunde hochgeschleudert wurden und hinter dem Horizont verschwanden.

Nun gab auch der Grund unter der Station nach, und die Kamera kippte nach vorne. Ein Felsbrocken prallte gegen die Kuppel und riß sie auf. In Sekundenschnelle überzog das Innere der Kuppel sich mit einer Frostschicht, und das Inventar wurde umhergewirbelt. Das Kabel der Kamera riß, und der Monitor wurde dunkel.

Wie Kerzen, die von einer Brise ausgeblasen werden, flackerten auch all die anderen Anzeigen und Bildschirme, welche die Station überwachten, und erloschen schließlich.

Larry setzte sich wieder an die Konsole und überprüfte die Anzeige des Sequenzers. Die Masse des Gravitationszentrums hatte beträchtlich zugenommen, und der *Ring* erhöhte bei gleicher Bündelung die Leistung des Gravitationsstrahls. Er schaltete einen Monitor auf Außendarstellung und warf zum letzten Mal einen Blick auf Pluto.

Der Kollaps und die Schrumpfung des Planeten verliefen so schnell, daß er es mit eigenen Augen sah. Ein Schleier aus Staub und Trümmern legte sich wie ein Leichentuch über den zum Untergang verurteilten Planeten. Eine große, konische Trümmerwolke stieg rotierend am Gravitationsstrahl empor, wobei die Materie des Planeten spiralförmig in den Mahlstrom gesogen und vom Strahl angezogen wurde.

Erneut korrigierte der *Ring* den Brennpunkt und richtete den Strahl auf einen Punkt direkt unter dem Gravitationszentrum, wobei er den Strahl auffächerte, um den Materiedurchsatz zu erhöhen. Je schneller das Gravitationszentrum die Materie absorbierte, desto stärker wurde der Strahl und desto schneller zertrümmerte er Pluto.

Die Materie des Planeten wurde vom heulenden Gravitations-Zyklon mitgerissen. Das Glühen der supraerhitzten, ionisierten Materie erhellte wie ein Wetterleuchten den Himmel. Das Gravitationszentrum absorbierte immer mehr Materie und erhöhte dadurch das Gravitationspotential des Rings. Der *Ring* preßte das Gravitationszentrum wie ein Schraubstock zusammen.

Larry warf einen Blick auf die Instrumente, welche die Werte für die Gravitation und die Verstärkung anzeigten. Sie stiegen noch schneller, als er angenommen hatte, und näherten sich unaufhaltsam dem Punkt, an dem nichts, nicht einmal mehr Licht, von der Nadelspitze entwich, in der nun die Masse eines Mondes konzentriert war. »Bald ist es soweit«, sagte er, und niemand mußte fragen, was er damit meinte. Er schloß die Augen und spürte wieder Erschöpfung. Aber noch durfte er ihr nicht nachgeben.

Das mit dem Gravitationszentrum verbundene Ende der Feuerlanze verdunkelte sich, während die Gravitationsquelle tiefer wurde und eine Rotverschiebung des Lichts bewirkte. Die letzten Fragmente des Pluto prallten gegen den Akkretionskegel, wurden erst pulverisiert und dann ionisiert und verschwanden in einem glühenden Wirbel im gefräßigen Schlund. Larry beobachtete die Anzeigen und leckte sich die vor Angst trockenen Lippen. Bald. Sehr bald. Wenn die Fluchtgeschwindigkeit die Lichtgeschwindigkeit erreichte …

Plötzlich huschte ein merkwürdiges Flackern über den Schirm, als der letzte Rest des Pluto in den Strahl stürzte. Abrupt erlosch die Feuerlanze, und nicht einmal das durch den Aufprall der Masse ausgesandte Licht war noch imstande, zu entweichen.

Und dann war nur noch Dunkelheit.

Larry schaute von seinen Zahlen und Meßgeräten auf, wobei er die Darstellung der Bildschirme ignorierte, und torkelte zu einem der wenigen Bullaugen der *Nenya*. Die eigenen Augen. Er mußte es mit eigenen Augen sehen.

In der Messe. Dort war ein Bullauge. Beim Betreten der Kabine sah er eine Menschenmenge, die auch durch das Fenster sah. Doch plötzlich drehten die Leute sich zu ihm um und wichen zurück. Larry wußte nicht, ob aus Angst oder Respekt, aber das war ihm egal. Er mußte es sehen, mit eigenen Augen sehen.

Er drückte die Nase gegen das Bullauge. Der Atem gefror an der Quarzscheibe und verwandelte das Bullauge in einen beschlagenen Spiegel. Die vom Quarz reflektierten Augen sahen ihn an.

Damals, in der ersten Nacht, hatte sein Atem die Beobachtungskuppel der Station auch mit einer Frostschicht überzogen. Dieser Vorgang, diese dünne Frostschicht am Fenster, erinnerte ihn an den weit zurückliegenden Sieg, als es ihm gelungen war, ein nadelspitzengroßes Gravitationspotential zu bündeln, ein Nichts, und es für einen Sekundenbruchteil zu stabilisieren – und das für einen Triumph gehalten hatte. Nun wußte er es besser.

Liebend gern hätte er jenen Augenblick gegen diesen Moment und seine Träume gegen das Wissen, für das er einen so hohen Preis bezahlt hatte, eingetauscht. Das Wissen der Vernichtung.

Müde hob er die Hand und wischte sein Spiegelbild weg, um einen Blick auf sein Werk zu werfen.

Charon war verschwunden.

Pluto war verschwunden.

Verloren, verschwunden, als ob sie nie existiert hätten.

Nur der *Ring*, der mächtige und schreckliche *Ring*, war noch da. Im Mittelpunkt, an der Achse des Rings, an dem Ort, um den all ihre Hoffnungen sich drehten, befand sich ein unvorstellbar kleiner Punkt, der für immer und ewig unsichtbar bleiben würde. Ein Punkt, der Charon enthielt, Pluto, die Station und die Leichen ihrer Kameraden.

Ein Schwarzes Loch.

Ein Stück Dunkelheit, und *er* hatte es erschaffen.

Schaudernd schloß Larry die Augen und brach in Tränen aus. Dann brach er erschöpft zusammen und versank in völliger Dunkelheit.

Kapitel Fünfundzwanzig

Ein halber Laib

Larry erwachte viel zu früh. Er hätte sich eine längere Ruhepause gewünscht, richtigen Schlaf mit angenehmen Träumen, die einen Kontrapunkt zu den Alpträumen setzten. Doch die Lage im Inneren System verschlimmerte sich. Es starben Menschen, Familien und vielleicht ganze Städte, während er sich ein Nickerchen gönnte. Dazu war jetzt keine Zeit.

Also nahm er wieder an den Kontrollen Platz und versuchte, seinen Plan in die Praxis umzusetzen.

Schließlich erschien folgende Mitteilung auf dem Hauptbildschirm:

SYSTEM BEREIT ZUR ZIELVERFOLGUNG.

Gut. Er schloß die Dateien, führte eine letzte Kontrolle durch und schaltete auf Automatik. Ein Lämpchen ging an, ein leises Piepen ertönte, und das Suchprogramm lief. Die Computer des *Rings* kannten bis auf mehrere Dezimalstellen die Modulation des *Erdpunkts*, die Intensität, Brennweite und Pulsrate. Nun mußten sie diesen Wertebereich nach der Kombination absuchen, die den Zugriff auf das Mond-*Rad* ermöglichte. Nun hing alles von den Maschinen ab. Larry trat von der Konsole zurück. Das war das Ende der Suche.

Und zugleich erst der Anfang. Es mußten noch viele Schlachten geschlagen werden.

Der *Ring*-Sequenzer arbeitete die Myriaden möglicher Kombinationen ab. Larry, der ihm bei der Arbeit zusah, wunderte sich über seine Arroganz. Sein Schwarzes Loch war gerade erst ein paar Stunden alt, und schon benutzten sie es für komplizierteste Berechnungen. Im Grunde hätten sie Tests, jahrelange Tests durchführen und Berge von Daten anhäufen müssen, bevor sie an die Grenzen des Möglichen gingen.

Doch dafür war jetzt keine Zeit. Menschen starben.

Webling war völlig erschöpft und wollte versuchen, etwas zu schlafen. Larry saß allein mit Dr. Raphael im Leitstand und beobachtete, wie die Permutationen mit rasender Geschwindigkeit über die Anzeige liefen.

Doch das Alleinsein war eine Illusion. Larry wußte, daß hinter dieser Tür das gesamte Personal der Forschungsstation, die Leute, die er gerade zu Flüchtlingen gemacht hatte, alle vorhandenen Monitore und Anzeigen im Blick hatten und sich davon überzeugen wollten, ob das Sonnensystem noch existierte. O ja, er war alles andere als allein.

Larry drehte sich zu Dr. Raphael um. Nein, zu *Simon*. So hatte er den Mann noch nie genannt. Doch vielleicht war es nun an der Zeit, ihn bei diesem Namen zu nennen. »Simon«, sagte er leise.

Überrascht schaute Raphael auf. Offensichtlich begriff er die Bedeutung dieses Augenblicks. »Ja, Larry?«

»Simon, wo stehen wir? Ich meine, selbst wenn das funktioniert, was haben wir davon? Wenn wir sie aufhalten, wohin gehen wir dann?«

Simon überlegte einen Moment lang und lächelte dann traurig. »Ich weiß nicht«, sagte er schließlich. »Vielleicht nirgendwohin. Vielleicht gewinnen wir diese Schlacht und verlieren den Krieg. Wir haben noch gar keine richtige Vorstellung davon, wen und was wir bekämpfen. Doch zumindest haben wir Zeit gewonnen. Wir werden überleben und uns sammeln. Wir haben *Hoffnung*. Und die Erde ist auch in Sicherheit, wenigstens für den Augenblick.«

Larry wollte gerade etwas erwidern, als der Alarmsummer ertönte. Er überprüfte die Konsole und verspürte einen Adrenalinstoß. »Wir haben ein Ziel«, sagte er. Er schaltete den Außenmonitor ein und bewegte sich mit der Kamera zum Mittelpunkt des *Rings*, wo die unsichtbare Singularität in der Dunkelheit hing. Plötzlich zuckte ein unwirklicher weißblauer Blitz durch die Dunkelheit und war sofort wieder verschwunden. Larry saß reglos da und wagte kaum zu atmen.

Hundertachtundzwanzig Sekunden später erschien der Blitz erneut, und Larry stieß ein Triumphgeheul aus, das Raphael fast zu Tode erschreckte.

»Nun«, sagte er, »zapfen wir die Energiezufuhr des Mond-*Rads* an.«

Die Ausbildung des Wächter-Rings des neuen Planeten war kaum abgeschlossen. Der Wächter hatte die Verbindung nur für einen sehr kurzen Zeitraum eigenverantwortlich kontrolliert, doch inzwischen war die Prozedur bloß noch Routine für ihn. Er mußte die Verbindung aufrechterhalten, dafür sorgen, daß der angeborene Zyklus der Öffnung vollständig ablief, einen Weltenfresser durch die Öffnung dirigieren, Gravitonen von der Dyson-Sphäre abziehen und sie gleichzeitig mit den Weltenfressern durch die Öffnung schicken. Er mußte den ganzen Vorgang abgeschlossen haben, bevor die Öffnung instabil wurde und kollabierte. Außerdem mußte er die Verbindung warten, während die Öffnung den nächsten Zyklus durchlief.

Es war eine einfache Tätigkeit, für die der Wächter schließlich gezüchtet worden war. Der Wächter spürte das mechanische Äquivalent von Stolz und Befriedigung auf die Arbeit und auf den Umstand, daß die Sphäre die letzten Überwachungssonden abgezogen und dem Wächter die volle Verantwortung übertragen hatte.

Doch so groß die Kompetenz des Wächters und so umfangreich die Erbe-Erinnerung auch war, die Zeit war noch immer der beste Lehrmeister, und es war erst eine sehr kurze Zeit vergangen.

Der Wächter-Ring – und die Sphäre – zahlten nun den

Preis für die Unerfahrenheit des Wächters, als die Anomalie auftrat. Es dauerte nur Mikrosekunden, bis der Wächter erkannte, daß etwas nicht stimmte. Der Wächter spürte eine seltsame Wahrnehmung, die durch die Verbindung aus dem neuen Sternsystem übertragen wurde. Ein Spannungsabfall, ein doppeltes Echo bei den letzten paar Pulsen, als ob der Rufer-Ring am anderen Ende zweimal antwortete. Der Wächter erhöhte die Energiezufuhr von der Sphäre, um die erhöhte Nachfrage zu befriedigen, wobei er gleichzeitig die Situation analysierte. Kein Grund, die Sphäre um Hilfe zu bitten. Der Wächter traute sich durchaus zu, das Problem allein in den Griff zu bekommen.

Es mußte wohl seiner Phantasie entspringen, aber Larry hatte den Eindruck, daß der *Ring von Charon* sich *aufblähte* und unter dem Einfluß der Energie *pulsierte.* Obwohl der *Ring* nicht für die Speicherung eines solchen Gravitationspotentials ausgelegt war, hatte die Belegschaft der Gravitations-Forschungsstation während Larrys Abwesenheit doch einiges gelernt. Sie hatte aus einem Teil des Potentials der Singularität eine toroidale Gravitationsflasche gebildet, einen durch Schwerefelder definierten ›Behälter‹, der den Raum zwischen dem *Ring* und dem Schwarzen Loch so manipulierte, daß er sich in der Form eines auf die Singularität weisenden Kringels in sich selbst krümmte. Der Behälter speicherte das Gravitationspotential, bis es benötigt wurde.

Und es würde bald benötigt werden.

Nervös trommelte Larry mit den Fingern auf die Konsole. »Simon, es gibt da noch ein paar Dinge, über die ich mir nicht im klaren bin. Ich glaube, daß ich das charonische Befehls-Bilder-System richtig angewandt habe. Die Ingenieure der Gravitationsstation bestätigen das, die Simulationen funktionieren, und die Daten, die wir nun vom *Wächter* erhalten, scheinen es auch zu bestätigen. Aber es bleibt keine Zeit mehr für weitere

Forschungen. Wir werden es erst dann wissen, wenn wir die Befehle abschicken – nur daß es dann zu spät ist, um eventuelle Fehler zu beheben.«

»In Ordnung«, sagte Simon. »Gehen wir es noch einmal zusammen durch. Angenommen, alles funktioniert – was werden Sie dann tun?«

»Nun, im Idealfall schicken wir falsche Befehle an das Mond-*Rad*, und zwar mit einer höheren Leistung als die echten Kommandos. Weil wir das Gravitationspotential ausschließlich für die Signalübertragung und nicht noch zusätzlich für die Energiezufuhr nutzen, müßten wir in der Lage sein, die Dyson-Sphäre zu übertönen – beziehungsweise die Hilfsgeräte, mit denen die Sphäre das *Rad* kontrolliert. Wahrscheinlich der *Mondpunkt-Ring*, aber das wissen wir nicht.

Dann weisen wir das Mond-*Rad* an, *unsere* Befehle an *seine* Untergebenen weiterzuleiten. Marcia MacDougal hat eine Vielzahl von Befehlen aufgezeichnet, mit denen das Mond-*Rad* die *Lander* zur Arbeitsaufnahme aufgefordert hat; darunter befinden sich auch einige Befehle zur Einstellung der Arbeit. Wir senden Befehlsketten, welche die *Lander* zur sofortigen Einstellung aller Aktivitäten veranlassen müßten. Dadurch müßten wir genug Zeit gewinnen, um die Befehlssprache zu erlernen und die Kontrolle präziser auszuüben – wobei wir gleichzeitig die Verbindung zur Erde offenhalten. Wenn wir uns hinreichend mit dem Befehlssystem vertraut gemacht haben, gelingt es uns vielleicht, die Erde *zurückzuholen*.«

»Das klingt alles sehr vielversprechend. Doch angenommen, Ihre Kommandos zeigen keine Wirkung?«

Larry legte die Hände in den Schoß und senkte den Blick. »Ich habe einen Notfallplan. Aber ich würde ihn nur ungern anwenden. Man müßte zur gegebenen Zeit darüber entscheiden.«

»*Worüber* müßte man entscheiden?« fragte Simon so sanft wie möglich.

Larry schien indes nicht gewillt, direkt darauf zu antworten. »Nun, für den Fall, daß alles andere fehlschlägt, hat Marcia etwas gefunden, das man als Tötungsbefehl bezeichnen könnte. Die Charonier waren so umsichtig, ihre Maschinen mit einen ›Not-Aus‹-Schalter zu versehen. Dieser Befehl tritt dann in Kraft, wenn ein charonisches Gerät oder Lebewesen einen Defekt hat und außer Kontrolle zu geraten droht. Sie hatte es bei den *Landern* aufgefangen, die außer Kontrolle gerieten und abstürzten. Mit diesem Befehl – als letztem Ausweg – könnte ich das Mond-*Rad*, den *Mondpunkt-Ring* und die *Lander* anweisen, Selbstmord zu begehen. Es ist ein ganz einfacher Befehl. Es besteht gar kein Zweifel daran, daß wir das Recht dazu hätten. Wenn wir dieses Kommando als allgemeine Nachricht durch das Wurmloch schicken, würden sämtliche Aktivitäten zum Erliegen kommen. Daran zweifle ich nicht. Aber das hätte natürlich auch noch andere Konsequenzen«, sagte er.

»*Konsequenzen?*« fragte Simon Raphael. »Das wäre eine Katastrophe allergrößten Ausmaßes! Ohne das *Rad* verlieren wir den Kontakt mit der Erde! Sie haben doch selbst auf die katastrophalen Folgen hingewiesen, als Vespasian vorgeschlagen hatte, das *Rad* zu vernichten. Die Erde wäre nach wie vor von einem Zuchtrausch bedroht.«

»Wir haben die Erde gewarnt«, sagte Larry. »Wenn nicht ein Wunder geschieht und es uns gelingt, den Planeten zurückzuholen, werden wir jetzt oder in Zukunft nicht viel mehr tun können. Ob wir Kontakt haben oder nicht, die Erde muß den Zuchtrausch selbst verhindern.«

»Aber Sie haben doch selbst gesagt, daß die Sphäre über ein redundantes Kommunikationssystem verfügt«, sagte Simon.

»Falls das zutrifft, dann wette ich darauf, daß es vom *Mondpunkt-Ring* im Multisystem betrieben wird«, sagte Larry. »Doch der *Mondpunkt-Ring* erhält den Todesbefehl gleichzeitig mit dem Mond-*Rad*. Wenn *beide* Enden der Verbindung zerstört sind, wird das Wurmloch kollabieren. Ich weiß nicht einmal, ob die Dyson-Sphäre uns wiederfinden würde.«

»Wie können Sie daran auch nur denken …«, sagte Simon Raphael zornig; doch dann fiel sein Blick auf die Uhr. Mit jeder Sekunde wurden dem Sonnensystem schwerere Wunden geschlagen. Drei weitere Kernmaterie-Vulkane auf der Venus und sechs auf dem Merkur. Die Kuppel von Port Viking stand kurz vor dem Bersten, und die Luft entwich in die Mars-Nacht. *Daltrys Gesetz*, sagte er sich. *Eine Steigerung ist immer möglich.* »Entschuldigung. Falls es wirklich dazu kommt, werden wir vielleicht eine Möglichkeit finden, wie wir das bewerkstelligen. Wir haben alles getan, um uns auf diesen Fall vorzubereiten. Es bleibt uns keine Zeit mehr. Tun Sie es. Und viel Glück.«

Larry holte tief Luft, setzte sich wieder an die Kontrollen und erhöhte den Gravitonenstrom aus dem Behälter. Dem *Ring* wurde neue Energie zugeführt. Bisher hatte das *Plutopunkt*-Ende des Wurmlochs sich auf dem geringstmöglichen Energieniveau befunden, eine bloße Nadelspitze im Haupttunnel.

Nun verstärkte Larry die in die Pluto-Öffnung strömende Energie, wobei er am Raum und der Nadelspitze zerrte und sie verbreiterte, bis die Nadelspitze ein klaffendes Loch im Raum war.

Simon Raphael betrachtete den Hauptbildschirm, wobei er mit halbem Auge auf die Uhr sah. Die *Erdpunkt-Mondpunkt*-Öffnung würde sich in fünf Sekunden wieder öffnen. Vier, drei, zwei, eins – wo bisher ein winziges blaues Flackern gewesen war, erschien plötzlich ein greller Blitz – und ein massives Objekt wirbelte durch den Raum. Simon erhaschte einen Blick auf ein glitzerndes, zigarrenförmiges Objekt, bevor es aus dem Erfassungsbereich der Kamera verschwand.

»Gütiger Gott. Wir haben einen *Lander* gefangen!« rief Simon. Plötzlich kam die verrückte Idee, ein Wurmloch zu bauen, ihm gar nicht mehr verrückt vor. Ein *Lande*r, ein asteroidengroßes, halb-organisches Raumschiff, war aus dem Nichts vor ihnen aufgetaucht.

»Dieser blöde *Lander* war auf den Anflug auf einen der inneren Planeten programmiert. Was wird er jetzt wohl tun?« fragte Larry fröhlich. »Ein guter Anfang, und wenn wir es nicht schon wüßten, dann wüßten wir es spätestens jetzt«, sagte Larry. »Unsere Öffnung ist stärker als die *Erdpunkt*-Öffnung. Die Theorie stimmt also – das Wurmloch richtet sich nach dem stärksten Gravitationssignal aus. Nun sind wir am Drücker«, sagte Larry begeistert.

»Aber was wird die Sphäre nun unternehmen?« fragte Raphael.

»Nicht die Sphäre«, sagte Larry. »Das ist unser Trumpf. Die Sphäre wäre intelligent genug, um unseren Angriff abzuwehren. Aber den Meldungen von der Erde habe ich entnommen, daß die Sphäre alles delegiert. Ich wette, daß der *Mondpunkt-Ring* inzwischen autonom arbeitet.«

»Wie wird er also reagieren?«

»Das weiß Gott allein.« Larry konzentrierte sich auf die Kontrollkonsole. »Dort! Dort ist es.« Er legte eine Oszilloskop-Darstellung auf den Hauptbildschirm. »Das ist das Befehlssignal, das der *Mondpunkt-Ring* durch das Wurmloch schickt. Ich werde es zu uns umleiten und versuchen, so viel wie möglich von diesem Signal in unsere Öffnung zu ziehen, um das am *Erdpunkt* ankommende Signal zu schwächen.«

Funktionsstörung! Eine gravierende Funktionsstörung. Gewaltige Energien wurden von der Verbindung abgezogen. Der junge und unerfahrene Wächter-Ring zwang sich zur Ruhe. Es mußte *eine Antwort geben, eine Lösung, die in der Erbe-Erinnerung gespeichert war. Doch dieser Vorgang war völlig neu und in den Annalen der Sphäre und ihrer Vorfahren nicht verzeichnet. Er verhinderte den Start des nächsten Weltenfressers, weil er wußte, wie gefährlich der Transport einer Masse durch ein instabiles Wurmloch war.*

Aber die Energie. Das war das eigentliche Problem. Wenn ihm nicht genug Energie zur Verfügung stand, wäre der Rufer-Ring nicht in der Lage, seinen Auftrag auszuführen. Der Wächter-Ring verdoppelte seine Anstrengungen.

Am anderen Ende der Wurmloch-Verbindung war der Rufer-Ring gleichermaßen ratlos, gleichermaßen verängstigt und völlig hilflos.

»Das hätten wir«, sagte Larry. »Wir senden einen modulierten, gepulsten Gravitationsstrahl mit hoher Leistung im Befehls-Modus durch das Wurmloch. Ich ordne die Einstellung aller Aktivitäten auf dem Mars an.« Er drückte auf den Knopf und wischte sich den Schweiß von der Stirn. »Teufel! Der *Mondpunkt-Ring* verstärkt die über den *Erdpunkt* erfolgende Energiezufuhr für das Mond-*Rad*. Ich muß mehr Energie umleiten und sie hier speichern, damit unser Signal das Mond-*Rad* erreicht.«

»Aber wir haben doch gar nicht so viel Speicherkapazität«, sagte Raphael und beugte sich über die Kontrollkonsole. »Wir müssen die Energie ableiten oder sie für die Verstärkung unseres Signals nutzen.«

»Geht nicht«, sagte Larry knapp. »Wir arbeiten bereits mit voller Auslastung, und eine Ableitung wäre nur durch den *Ring von Charon* möglich. Eine weitere Energiezufuhr würde den *Ring* jedoch zum Schmelzen bringen. Und die Kapazität des Gravitations-Behälters ist auch erschöpft.«

Irgend etwas stimmte nicht mit den eingehenden Befehlen, und das war eine Katastrophe für einen Rufer-Ring. Er empfing zwei *Signale gleichzeitig, von denen indes keins einen Sinn ergab. Das schwächere sagte ihm, daß die Energiezufuhr erhöht würde – doch statt dessen wurde die Energiezufuhr weiter verringert. Das zweite Befehlssignal war laut, schrill und stark. Es bedurfte seiner ganzen Willenskraft, ihm nicht blindlings zu gehorchen. Doch die Syntax war nicht ganz korrekt, und überhaupt kamen diese Befehle ihm merkwürdig vor – zumal sie keinen Sinn ergaben. Die Stimme eines Fremden, der unzulässige Befehle erteilte. Der Rufer-Ring hatte nun richtig Angst. Was war das? Was war los? Er schickte eine Bestätigung an* beide *Sender.*

Der Wächter-Ring war perplex. Der Rufer empfing eindeutig ein fremdes Signal. Weshalb erhielt der Rufer den Befehl, die Demontage einer Welt einzustellen? Wer oder was hatte diesen Befehl erteilt? Wie war es möglich, daß die verstärkte Energie, die der Wächter abstrahlte, nicht empfangen wurde?

Erneut erhöhte der Wächter-Ring die Energiezufuhr des Rufer-Rings.

»Alle Teufel der Hölle. Mein Sohn, wir pokern hoch«, sagte Raphael. »Der Gravitationsbehälter ist zum Bersten voll. Es ist völlig ausgeschlossen, noch mehr Energie dorthin umzuleiten. Wir müssen die Energie zum Mond-*Rad* leiten oder in Kauf nehmen, daß der *Ring* schmilzt.«

»Noch nicht«, sagte Larry. »Noch einen Augenblick – Moment, Signal läuft zurück. Die Computer decodieren es. Bleiben Sie dran.« Larry starrte auf den Bildschirm und wurde aschfahl. »O mein Gott. Wir haben versagt. Das *Rad* sagt, unser Befehl sei unkorrekt und meldet den Empfang von *zwei* Befehlssignalen. Wir haben das *Mondpunkt*-Signal nicht ausreichend gestört.«

»Dann schicken Sie den Befehl zur Einstellung der

Aktivitäten auf dem Mars eben noch einmal ab«, sagte Raphael.

Larry schüttelte den Kopf und gab einen Code ein. Eine komplexe Abbildung erschien auf dem Hauptbildschirm, die schematische Darstellung des Stop-Befehls für den Mars. »Nicht, wenn er fehlerhaft ist. Das *Rad* würde ihn wieder mißachten.« Er betrachtete die Darstellung und murmelte etwas, während er versuchte, die Symbole und Codes zu entschlüsseln.

»Schaffen Sie es, den Fehler zu beheben und den Befehl noch einmal zu senden?« fragte Simon.

Larry schüttelte den Kopf. Schweiß überzog seine Stirn. »Jedenfalls nicht schnell genug. Die verdammte Botschaft ist zu kompliziert, zumal wir nur unzureichend mit der Sprache vertraut sind. Und wir können auch keine Energie mehr in den Gravitationsbehälter umleiten, es sei denn, Sie wollen hier und jetzt einen neuen Urknall erleben. Das *Rad* empfängt alle Sendungen des *Mondpunkts* – die ganze Energie und alle Befehle –, und Sie dürfen wetten, daß der *Mondpunkt-Ring* die Energiezufuhr erhöhen wird.

Außerdem wissen sie nun, daß wir in der Energie-Schleife stecken, daß jemand ins System eingedrungen ist. Wenn das *Rad* ein Energiesignal vom *Mondpunkt* bekommt, werden sie eine Möglichkeit finden, uns rauszuschmeißen. Wahrscheinlich ändern sie einfach die verdammte Frequenz. Und dann wäre alles umsonst gewesen.«

Er verstummte und drehte sich mit einem verzweifelten Ausdruck in den Augen zu Simon um. »Es sei denn, das Mond-*Rad* existiert nicht mehr.«

Es trat eine Pause ein, eine lange Pause, in der Simon Raphael Larry nur ansah; er wußte, was Larry damit sagen wollte.

Simon Raphael hatte ein flaues Gefühl im Magen. Noch vor einer Viertelstunde hatte er die Idee als katastrophal verworfen, doch nun war sie der einzige Ausweg. »Tun Sie es«, sagte er, wobei er sich nun wünschte, daß Larry den ganzen Plan für sich behalten hätte. Dr. Simon Raphael wollte diese schwere Entscheidung nicht treffen müssen. »Tun Sie es! Geben Sie den Todesbefehl!«

Larry verzichtete darauf, das Schicksal herauszufordern und um eine Bestätigung zu bitten. Er griff auf sämtliche Energiereserven zurück, rief das Signal auf, das er so sorgfältig berechnet hatte und wies den Computer an, es mit voller Leistung durch das Wurmloch zu schicken. Und nicht nur zum Mond-*Rad* – sondern durch das Mond-*Rad* hindurch zum *Mondpunkt-Ring* und durch das All an alle Charonier im Sonnensystem.

Der Rufer-Ring durchlebte die Hölle. Was ging da vor? Welcher unheimliche Feind vollbrachte solche Dinge? Plötzlich empfing er ein sehr starkes Signal, das seine ganze Aufmerksamkeit erforderte, und er konzentrierte sich mit jeder Faser seines Wesens darauf. Die Anmutung der Botschaft und der Stimme war noch immer fremdartig. Doch diesmal war zumindest der Befehl unmißverständlich und in einer präzisen Syntax und Modulation abgefaßt.

Und es handelte sich um ein Signal, das nicht ignoriert werden konnte, denn es zielte nicht nur auf das Bewußtsein des Rufers, sondern direkt auf die Schaltkreise, aus denen dieses Bewußtsein sich zusammensetzte. Der Befehl durchdrang den Rufer-Ring und wurde über sämtliche Befehlsstränge an alle im System stationierten Weltenfresser abgestrahlt. Und er hallte im Rufer-Ring selbst wider.

Stop.

Energiezufuhr unterbrechen.

Abschalten.

Tod.

Mit einer merkwürdigen, kalten Faszination spürte *er das Signal, absorbierte es und spürte, wie es durch die Myriaden Verbindungen kreiste, aus denen der Rufer bestand. Er* sah, *wie der Befehl alle seine Komponenten durchdrang.*

Es gab nur noch eine Hoffnung. Er mußte ein Stasis-Feld erschaffen und einen Teil von sich in den Tiefschlaf-Modus versetzen, bevor das Signal alles zerstörte. Die abgeschalteten Teile würden nicht auf den Befehl reagieren und im inerten Zustand überleben. Die Zeit drängte. Es blieben ihm bestenfalls noch Mikrosekunden. Fast nach dem Zufallsprinzip wählte der Rufer einen Abschnitt in der Nähe des Nordpols aus und schickte über alle Befehlsstränge den Stasis-Befehl ab.

Doch dann erreichte das Signal den Sitz des Bewußtseins selbst.

Tod.

Tod.

T …

Der Wächter-Ring schauderte und verkrampfte sich vor Schmerz. Tod. Tod. Tod. *Er wehrte den Todesimpuls ab und versuchte, die nach draußen führenden Kommunikationssysteme lahmzulegen. Wenn dieser gräßliche Befehl bis ins Multisystem vordrang, wäre die Katastrophe komplett. Die Sphäre selbst wäre dann gefährdet. Mit einer letzten Willensanstrengung verhinderte er die Weiterleitung des Befehls.*

Und starb.

Die Sphäre erkannte, daß etwas nicht stimmte. Erneut richtete sie die ganze Aufmerksamkeit auf den Wächter-Ring, allerdings ein paar Millisekunden zu spät. Zusammen mit einem vom Wächter abgestrahlten Signal fing sie die letzten Fetzen des Todesbefehls auf und eliminierte sie, bevor sie sich weiter verbreiteten. Für die anderen Chargen der Sphäre bestand keine Gefahr mehr.

Aber der Ring war tot. Etwas hatte ihn angegriffen und niedergemetzelt.

Ohne einen Wächter würde die Sphäre die neue Welt und ihren Orbit selbst kontrollieren müssen. Das bedeutete eine weitere Verschwendung von Ressourcen und die Vernachläs-

sigung anderer Aufgaben. Keine der entführten Welten hatte ihr bisher solche Scherereien bereitet.

Und das neue Sternsystem! Die Hoffnung auf ein neues Multisystem, das als Zufluchtsort vor einem neuen Angriff dienen sollte. Verschwunden. Verloren. Und wo die Verbindung zum neuen Sternsystem nun unterbrochen war, bestand auch keine Möglichkeit mehr, Recherchen bezüglich des Tathergangs anzustellen.

Die Sphäre erkannte, daß das neue Sternsystem nicht nur verloren war – es war vorsätzlich ihrem Zugriff entzogen worden.

Und nun wurde der Sphäre auch bewußt, daß sie nicht nur einen Feind hatte, sondern gleich zwei.

Aber wer war dafür verantwortlich und wie hatte er das bewerkstelligt? Fieberhaft machte die Sphäre sich an die Arbeit und durchstöberte die Reste der Erinnerung des toten Wächter-Rings. Es mußte dort Hinweise geben. Es mußte eine Möglichkeit geben, die Verbindung wiederherzustellen.

Wenn nicht, dann wäre die Sphäre dem Untergang geweiht. Denn ihr erster Feind würde sich nicht mit der Ermordung eines einzelnen Wächter-Rings begnügen.

Frank Barlow alias Chelated ›Extremer Verzerrer‹ warf einen Blick auf die Instrumente und schaute durch das Bullauge auf die *Mondpunkt*-Singularität. Auf einmal ruhten sämtliche Aktivitäten. Das ganze verdammte Ding hatte dichtgemacht. Sofern er überhaupt imstande war, die Situation mit Hilfe der leistungsschwachen und primitiven Sensoren zu beurteilen, fand keine Gravitations-Modulation mehr statt. Der *Ring* kontrollierte das *Mondpunkt*-Schwarze Loch nicht mehr, und das Wurmloch existierte auch nicht mehr.

Irgendwie hatten die Jungs im Sonnensystem den *Mondpunkt-Ring* gekillt.

Lange Zeit saß er nur da und starrte Löcher in die Luft. Besser, er verständigte Ohio, auch wenn der alle Hände voll zu tun hatte, um das Hab zu retten, wo die

KERNE die Versorgung von der Erde nun aller Voraussicht nach unterbinden würden. *NaPurHab* mußte autark werden, oder es war zum Untergang verurteilt.

Er drückte auf den Interkom-Knopf. »Ohio, hier ist Frank«, sagte er. »Dort unten ist etwas geschehen.«

»Was denn?« fragte Ohios Stimme.

Frank Barlow leckte sich die Lippen, warf erneut einen Blick auf die toten und stummen Instrumente und berichtete Ohio Template ›Windbeutel‹, was bald auch die ganze Erde wissen würde.

»Nun, Walter«, sagte er. »Plötzlich sieht es so aus, als ob wir auf uns allein gestellt wären.«

Kapitel Sechsundzwanzig

Vor der Jagd

Der vom Mond ausgesandte Todesbefehl verbreitete sich im ganzen Sonnensystem. Auf der Venus, dem Mars, dem Merkur und im Asteroidengürtel, auf den Monden von Jupiter, Saturn und Uranus hörten die *Lander* den Befehl – und stellten ihre Tätigkeit ein.

Die Spin-Stürme auf Jupiter legten sich, die Kernmaterie-Vulkane auf Venus und Mars versiegten, und die Marodeure, die den Mars so schlimm zugerichtet hatten, hörten auf, Gesteinsfontänen in die Luft zu blasen. Die im Orbit befindlichen *Lander*, die sich darauf vorbereitet hatten, die Trümmer der Welt in eine brauchbare Form zu bringen, beendeten die Aktivitäten, bevor sie richtig angefangen hatten. Die halb-organischen, halb-mechanischen *Lander* erstarrten.

Die Staubwolken verzogen sich vom Himmel über Port Viking. Die Kuppelstädte der Gasriesen-Monde tauchten wieder aus den sie umgebenden Trümmern auf und stellten fest, daß sie noch lebten. VISOR kreuzte wieder über einem friedlichen Planeten.

Doch der Preis war hoch. Denn bei der physikalischen Lokalisierung des Multisystems waren bisher nicht die geringsten Fortschritte erzielt worden.

Ohne den *Wächter-Ring* und den *Rufer-Ring* war die Erde verloren, verschollen unter Myriaden Sonnen.

Endlich hatte der Schlaf sich eingestellt. Es war ein unruhiger Schlummer – aber immerhin Schlaf, der lang genug dauerte, um einen Erholungseffekt zu bewirken – und er bot eine Gelegenheit, die Alpträume zu verarbeiten. Nach dem Schlaf folgte das Erwachen. Simon und Larry saßen bei einem Kaffee in der Messe und freuten sich des Lebens. Die vom Monitor abgebildeten Sterne beschienen den Frühstückstisch.

»Ein halber Laib«, sagte Simon. »Wir sind am Leben, und die Erde ist am Leben – doch wir haben uns verloren. Ich habe mich geirrt, als ich das als Katastrophe bezeichnete, Larry. Selbst wenn wir uns nie mehr wiederfinden, haben wir wenigstens überlebt, die Erde und das Sonnensystem. Uns geht es gut. *Ihnen* geht es gut.«

»Ist das wirklich Ihre Meinung?« fragte Larry.

Raphael zuckte nur die Achseln. Aus irgendeinem Grund, trotz des langen Alptraums, aus dem er soeben erwacht war, fühlte er sich an diesem Morgen gut. Morgen oder übermorgen konnte er sich immer noch mit Schuldgefühlen belasten, weil er überlebt hatte. Die Hauptsache war, daß er, das Sonnensystem und die Erde wider alle Wahrscheinlichkeit die Nacht heil überstanden hatten. Das war Grund genug zum Feiern. »Weshalb nicht? Der Planet selbst ist unversehrt, das Klima stabil. Nur menschliche Technik wurde durch den *Sprung* beschädigt – zumal unsere Freunde die Schäden schon behoben hatten, bevor wir den Kontakt verloren. Sie haben einen blauen Himmel, grüne Wiesen, Meere und Wälder. Was wollen sie mehr?«

»Stimmt, aber sie haben keine Raumfahrt mehr, dank dieser KERN-Geräte, die alle Flugobjekte abfangen und vernichten. Doch das Habitat der *Nackten Purpurnen* umkreist die Mondpunkt-Singularität, und die *Terra Nova* ist irgendwo dort draußen im Multisystem. Das sind zwei Aktivposten. Aus dem Raum müßte man eine Menge über das Multisystem, den Einflußbereich der Sphäre, in Erfahrung bringen. Sie haben durchaus ein paar Trümpfe in der Hand.«

»Ich glaube schon. Aber was mich wirklich beunruhigt, ist, daß ich die Aufmerksamkeit der Dyson-Sphäre auf mich gezogen habe«, sagte Larry. »Die Tarnung war die ganze Zeit perfekt: weder die Sphäre noch die Charonier an sich wußten etwas von den Menschen. Indem wir ihnen ein ganzes Sonnensystem gestohlen und all ihre hiesigen Akteure umgebracht haben, sind sie jedoch auf uns aufmerksam geworden. Es ist sehr gut möglich, daß uns meinetwegen in den Charoniern Todfeinde erwachsen sind.«

Simon Raphael machte ein erschrockenes Gesicht. »Als Feinde würde ich sie auch bezeichnen. Aber weshalb gleich als Todfeinde?«

Larry zögerte. »Es gibt ein Bild, das mir immer im Kopf herumgeht, das Bild der zerschmetterten Sphäre. Ich glaube nicht, daß die Sphäre das Sonnensystem nur *haben wollte*. Ich glaube, sie *brauchte* es. Und das tut sie nach wie vor. Als Zufluchtsort, als Versteck, oder vielleicht auch als eine Art ›Potemkinsches Dorf‹. Ich weiß es nicht. Wir wissen zwar nicht, welche Bedeutung die Darstellung der zerschmetterten Sphäre hat, aber wir wissen immerhin, daß in dem Moment, als das Mond-*Rad* das Bild empfing, alle Charonier im Sonnensystem in eine panische Hektik verfielen.

Und dann noch der Umstand, daß die Charonier sich im Sonnensystem versteckt haben. Das sollten Sie auch bedenken. Anfangs hatten wir uns nichts dabei gedacht und überhaupt nicht in Betracht gezogen, daß sie sich vielleicht *vor* jemandem versteckten. Die *Lander*, die sich als Asteroiden und Kometen in der Oort'schen Wolke getarnt hatten. Bedenken Sie, daß das Mond-*Rad* tief im Mond vergraben war. Mein Gott, was *ist* so mächtig, um eine Dyson-Sphäre aufzureißen, und so schrecklich, daß ein Objekt von der Größe des Mond-*Rads* sich vor lauter Angst versteckt?«

Larry zuckte die Achseln. »Ich habe dieser Entität den Namen *Sphären-Knacker* gegeben. Aber *was ist sie*? Was will sie? Vielleicht macht sie Jagd auf Dyson-Sphären, genauso wie die Charonier Jagd auf lebenstragende Planeten machen. Und vielleicht ist diese

Dyson-Sphäre, in der sich die Erde befindet, von der Vernichtung bedroht. Was geschieht dann mit der Erde? Nicht auszudenken, was dem Multisystem zustoßen würde, wenn es keine Sphäre mehr gäbe, welche die Orbits stabilisiert.«

Larry verstummte und starrte auf den Bildschirm. Der *Ring von Charon* drehte sich gemächlich in der Dunkelheit, als ob das Universum der friedlichste Ort überhaupt sei. »Ich glaube nicht, daß die Erde langfristig sicher ist«, sagte er schließlich. »Nicht mit einer Dyson-Sphäre, die sie als Brutkasten reserviert. Nicht mit einem *Sphären-Knacker*, der Jagd auf die Sphäre macht.«

»Sicher«, sagte Simon. »Wann waren wir schon jemals wirklich sicher? Manchmal hatten wir zwar die Illusion von Sicherheit, doch es ist immer jemand dort draußen gewesen, der uns hätte töten können. Nennen Sie mir nur einen Menschen, der ewig gelebt hätte.«

Larry lächelte, doch dann überwältigte ihn wieder die Traurigkeit, und eine Woge des Heimwehs riß ihn fort. Stimmte es wirklich, daß sie die Erde, die *Heimat*, nie wiedersehen würden? »Werden wir sie jemals wiederfinden, Simon? Wir haben die Erde schon einmal verloren, und wir haben sie durch das Wurmloch gesucht. Nun müssen wir sie wieder suchen, allerdings ohne jeden Hinweis. Werden wir sie wiederfinden, wo das Mond-*Rad* nun tot ist?«

Simon nickte lächelnd. »Ich glaube schon. Wir wissen über Wurmlöcher und Dyson-Sphären Bescheid, und uns steht ein ganzes Sonnensystem voll außerirdischer Technik zur Verfügung. In all diesen Erinnerungsspeichern *muß* sich irgendwo ein Hinweis befinden. Zumal die Erde auch nach uns suchen wird. Einer von beiden wird den jeweils anderen schon finden. Ob es nun eine Woche dauert, eine Generation oder ein Jahrtausend.«

Nun mußte Larry auch lächeln und blickte durch

das Bullauge, vorbei am *Ring von Charon*, der sich zuerst als so zerstörerisch – und dann als so hilfreich – erwiesen hatte, vorbei am unsichtbaren Plutopunkt-Schwarzen Loch, vorbei an den überall im Sonnensystem verstreuten Wracks der außerirdischen Invasoren, vorbei an den malträtierten Planeten, auf denen seine Freunde sich unter den Trümmern hervorarbeiteten, vorbei an den Geistern der in diesem Kampf Gefallenen, vorbei am weit entfernten Glühen der geliebten Sonne, welche die Charonier in einer neuen Dyson-Sphäre einschließen wollten – vorbei an der Furcht zu den strahlenden Sternen.

Gravitationsenergie und Wurmloch-Verbindungen. *Das* war der Schlüssel zu den Sternen – und die Erde befand sich irgendwo dort draußen und wartete darauf, daß die Menschen des Sonnensystems den Schlüssel ins Schloß steckten und sie fanden.

Gravitationsenergie, Wurmlöcher, die schlichte Erkenntnis, daß früher, an anderen Orten, auch schon intelligentes Leben existiert hatte, auch wenn es nun zu fremdartigen und unbegreiflichen Wesenheiten mutiert war. Die sichere Erkenntnis, daß die Sterne erreichbar *waren*. Der fürchterliche Gegner war zugleich auch ein guter Lehrmeister gewesen. Und in den zerstörten Maschinen und toten Dienern des Feinds war noch viel mehr Wissen enthalten.

Und was war mit der Erde, die von den Wundern des Multisystems umgeben war, von wer weiß wie vielen Welten, die so nahe und doch so fern waren? Die Erde und die *Terra Nova* hatten die Chance, unbegrenztes Wissen zu erwerben.

Denn es mußte noch *andere* Wurmlöcher im Multisystem geben, Verbindungen zu anderen Multisystemen, Verbindungen zu Vorfahren und Verwandten dieser Sphäre, die sich in alle Richtungen des Raums erstreckten, zurück zu allen Orten, welche die Charonier in unzähligen Millionen Jahren besucht hatten.

Wenn man es aus dieser Perspektive betrachtete, wenn man es aus der *richtigen* Perspektive betrachtete, dann kämpfte die Menschheit nicht nur ums Überleben, sondern sah ganz zufällig neuen und großen Abenteuern entgegen, sowohl hier als auch auf der verlorenen Erde.

Heute war Ruhetag.

Morgen würde die Suche nach der Erde beginnen.

Anhang

Anmerkungen zur charonischen Terminologie

Die Charonier haben keine Sprache im menschlichen Sinne, sondern ihre Kommunikation und Ausbildung basieren hauptsächlich auf visualisierten Darstellungen. (Weil sie keine Sprache haben, stellt sich indes die Frage, ob die Bezeichnung ›Gedanken‹ auf diese Visualisierungen überhaupt zutrifft.) Die Abschnitte des Buchs, die aus der Perspektive der Charonier verfaßt wurden, stellen deshalb auch keine Übersetzung im eigentlichen Sinn dar, sondern eine Adaption der visuellen Inhalte, die von den Charoniern verarbeitet beziehungsweise übermittelt wurden.

Anmerkungen zur Terminologie der *Nackten Purpurnen*

Jedes Individuum in der Gemeinschaft der *Nackten Purpurnen* erwirbt einen Namen, der sowohl durch berufliche Merkmale als auch durch persönliche Attribute definiert wird. Die Namen unterliegen mit der Zeit Verschiebungen beziehungsweise Veränderungen.

Produktive Arbeit jeder Art wird als notwendiges Übel betrachtet, das man nach Möglichkeit meiden sollte. Das Endziel ist die völlige Abschaffung der Arbeit. Wie die Gesellschaft anschließend funktionieren soll, ist indes nie geklärt worden. Sprache wird als Werkzeug der Ideologie betrachtet, woraus die ständige Suche nach einer besseren beziehungsweise sozial korrekten Ausdrucksweise resultiert. Wortspiele und Doppeldeutigkeiten, vor allem solche, die Wichtigtuer entlarven oder vermeintlich wichtige Aktivitäten auf ihre eigentliche Bedeutung reduzieren, genießen höchste Wertschätzung. Daß solche Konstruktionen und deren Verwendung oft selbst affektiert wirken, erhöht nur die innere Spannung des Konzepts. Die Reinheit des Ausdrucks rangiert vor der Klarheit, was zur Folge hat, daß ein großer Teil der Äußerungen der *Nackten Purpurnen* fast unverständlich ist. Unverständlichkeit erfreut sich ebenfalls hoher Wertschätzung. Außerdem weisen viele Namen und Begriffe eine ironische Komponente auf.

Amalgam-Wesen. Ein Kollektivwesen, bestehend aus mehreren *Landern*. Siehe auch *Lander*.

Autokrat von Ceres. Der absolute Herrscher über den größten Asteroiden und in Personalunion Legislative und Judikative der *Gürtel-Gemeinschaft*. Durch die Verhängung drakonischer Strafen sorgt der *Autokrat* für Ruhe und Ordnung.

Baryzentrum. Das Gravitationszentrum eines Orbitalsystems; der Punkt, um den zwei in orbitaler Beziehung zueinander stehende Körper kreisen. In den meisten Systemen, beispielsweise im Sonne-Mars-System oder im ursprünglichen Erde-Mond-System, befindet das Baryzentrum sich im Innern des jeweils größten Himmelskörpers, weil in diesem der größte Teil der Masse des Systems konzentriert ist. Liegt eine annähernde Gleichverteilung der Massen vor, wie zum Beispiel bei Pluto-Charon, stellt das Baryzentrum einen Punkt im freien Raum zwischen den beiden Massen dar.

Beobachter. Charonische Bezeichnung für den Halbschlaf-Zustand des *Rufer-Ring*-Typs. Siehe auch Mond-*Rad*.

Biosphäre. Die einen Stern umgebende Kugelschale, in der lebenstragende Planeten existieren können. Obwohl noch andere Variablen eine Rolle spielen, sind die Basisparameter einfach: im Innern einer Biosphäre ist die Sonneneinstrahlung weder zu stark noch zu schwach, so daß irdische Temperaturen möglich sind.

Central City. Die größte Stadt und gleichzeitig Hauptstadt des Mondes. Die frühere Bezeichnung lautete Zentral-Kolonie.

Charonier. Die nach dem *Ring von Charon* benannten hypothetischen Außerirdischen, welche die nach dem Verschwinden der Erde entdeckten gigantischen Maschinen kontrollieren.

Conner. Ein Bewohner der Mond-Republik. Abgeleitet von den Bezeichnungen Kolonist und/oder Con-Artist, mit denen die Conners früher belegt wurden.

Dyson-Sphäre. Eine große Sphäre, die einen Stern umschließt, um eine riesige Oberfläche zu erzeugen (mit der milliardenfachen Größe der Erdoberfläche) und/oder um sich die Energie des Sterns völlig nutzbar zu machen. Benannt nach dem im einundzwanzigsten Jahrhundert lebenden Wissenschaftler Freimann Dyson.

Erbe-Erinnerung. Charonische Bezeichnung für die Erinnerungen früherer Generationen von Charoniern, kombiniert mit den Erfahrungen der Angehörigen der jetzigen Generation, die ins Gedächtnis eines jeden Charoniers geladen werden und dort abrufbar sind.

Erdpunkt. Die Position im All relativ zum Mond und dem Rest des Sonnensystems, an der die Erde sich befunden hatte. Das Erdpunkt-Schwarze Loch, auch bekannt als Erdpunkt-Singularität oder -Wurmloch, füllt nun diesen Raum aus. Siehe auch *Mondpunkt*.

Ereignishorizont. Die geringste Entfernung von einem Schwarzen Loch, in der Zeit und/oder Licht entweichen können – oder, anders ausgedrückt, die für das Eintreten eines Ereignisses erforderliche Minimaldistanz. Je stärker ein Gravitationsfeld ist, desto langsamer vergeht die Zeit und desto stärker ist die Rotverschiebung. Wenn das Feld stark genug ist, kommen Zeit und Licht völlig zum Stillstand. Auch definiert als Punkt, an dem die örtliche Fluchtgeschwindigkeit der Lichtgeschwindigkeit entspricht.

Ereignisradius. Die Entfernung zwischen zwei Punkten, normalerweise gemessen in Lichtminuten oder Lichtstunden. Der Ereignisradius trägt diese Bezeichnung deshalb, weil ein Ereignis sich auf eine bestimmte Distanz nur dann auswirkt, wenn das Licht (oder Radiowellen oder andere elektromagnetische Emissionen) Zeit hat, diese Distanz zu überbrücken. ›Radius‹ deshalb, weil das Licht sich sphärisch ausbreitet. Ein Zusammenhang mit dem *Ereignishorizont* besteht nicht.

G-Punkt-Objekt. Ein Objekt von relativ geringer Größe, das modulierte Gravitationsenergie aussendet. Die Bezeichnung bezieht sich nicht nur auf *Lander*, sondern auf alle großen Objekte mit ähnlichen Verhaltensweisen, die aus dem Erdpunkt-Wurmloch auftauchen. Siehe auch *Lander* und *Weltenfresser*.

Graser. *Gra*vitations-La*ser*: ein Strahl aus gebündelter Gravitationsenergie.

Gürtel-Gemeinschaft. Ein lockerer politischer Zusammenschluß der Regierungen des anarchische Merkmale aufweisenden Asteroiden-Gürtels.

Heiliger Antonius. Die automatische Relais-Sonde, die durch das Erdpunkt-Wurmloch geschickt wurde. Benannt nach dem Schutzheiligen der Suchenden.

Hirte. Die charonische Bezeichnung für *KERN*.

›Kaninchenbau‹. Der vertikale Schacht, der vom Nordpol des Mondes zum viele Kilometer unter der Mondoberfläche positionierten Mond-*Rad* führt.

KERNE. Eine große Anzahl identischer Objekte in verschiedenen Umlaufbahnen um die Welten des Multisystems. Ihre starken Radiosignale – die über einen breiten Frequenzbereich abgestrahlt werden – dienen als Störsender.

Lander. Riesige Kreaturen, die lange in Asteroiden geschlummert haben und sich mittels der vom Mond-*Rad* abgestrahlten Gravitations-Energie durch das All bewegen. Sobald sie ihre Position im Orbit einer Zielwelt erreicht haben, verschmelzen sie zu größeren Amalgam-Wesen von unglaublicher Stärke. Siehe auch *Weltenfresser* und *G-Punkt-Objekt*.

Lebenscode. Die DNA oder ein extraterrestrisches Äquivalent der DNA; im folgenden jede Art der Speicherung und Weitergabe von Informationen für die Erschaffung einer Lebensform.

Mond-*Rad*. Eine massive charonische Struktur, ein riesiger Toroid tief im Innern des Mondes. Er umkreist den Kern des Mondes und ist exakt an der Grenze zwischen Vorder- und Rückseite des Mondes ausgerichtet. Die charonische Bezeichnung lautet *Rufer-Ring*.

Mondpunkt. Die Position im Raum relativ zur Erde, an der sich früher der Mond befunden hatte. Der Mondpunkt-*Ring*, ein starker Gravitations-Generator, nimmt nun diesen Platz ein, mit dem Mondpunkt-Ende des Erde-Sonnensystem-Wurmlochs im Mittelpunkt. Siehe auch *Erdpunkt* und *Wächter*.

Multisystem. Das riesige künstliche Sternsystem, in dem die Erde deponiert wurde. Im Mittelpunkt befindet sich die Dyson-Sphäre. Es enthält mindestens acht G-Klasse-Sterne, die alle von einer großen Anzahl lebenstragender Planeten umkreist werden.

***Nackte Purpurne*, Bewegung der…** Eine von mehreren bizarren sozialen und kulturellen Bewegungen. Auch bekannt als die ›Sinnlose Sache‹. Ihre Glaubensinhalte sind bewußt vage und widersprüchlich gehalten. Die Bewegung besitzt das Habitat *NaPurHab* sowie das *Purpurne Straflager Tycho* auf dem Mond.

***NaPurHab*, Habitat der *Nackten Purpurnen*.** Ein großes und ziemlich heruntergekommenes Orbital-Habitat, das von der Bewegung der *Nackten Purpurnen* bevölkert wird. Es befindet sich in einer schleifenförmigen Umlaufbahn um Erde und Mond. Bevölkerung: 10000.

Port Viking. Größte Stadt und gleichzeitig auch Hauptstadt des Mars.

Ring von Charon. Ein großes, von Menschenhand erschaffenes Forschungswerkzeug, das Charon, Plutos Mond, umkreist. Im Grunde handelt es sich dabei um einen riesigen Teilchenbeschleuniger.

Rufer, Rufer-*Ring*. Charonischer Terminus für das durch das Mond-*Rad* repräsentierte Objekt (oder eventuelle Lebensform). Diese Form ist fast mit einem *Wächter-Ring* wie dem *Mond-Ring* identisch.

Saatschiff. Ein robotisches Raumschiff, das befruchtete Eier oder deren Äquivalent zu einem Planeten eines neuen Sternsystems bringt. Das Saatschiff landet, brütet die Eier aus, zieht die Jungen auf und kolonisiert auf diese Art ein neues Sternsystem, ohne ein komplexes Lebenserhaltungssystem mitführen zu müssen.

Siedlungswelten. Alle bewohnbaren Planeten außerhalb des Sonnensystems. Bezieht sich ebenfalls auf die nun überflüssige politische Allianz der Welten, die sich gegen die hegemoniale Politik der Erde im letzten Jahrhundert zusammengeschlossen hatten.

Skorpion. Ein höherentwickelter charonischer Typ, der in der Lage ist, auf unerwartete Situationen zu reagieren (wenn auch nicht unbedingt in angemessener Form). Diese Bezeichnung bezieht sich nicht nur auf die skorpionförmigen Charonier, sondern auf alle Kreaturen, die annähernd über seine Fähigkeiten verfügen.

Sphäre. Siehe *Dyson-Sphäre*.

Spin-Stürme. Künstliche, von Gasriesen-*Weltenfressern* erzeugte Stürme mit der Wirkung von Wirbelstürmen oder Tornados. Sie haben den Zweck, die Atmosphäre von den großen Planeten abzusaugen.

SubBlase. *Sub*Oberflächen-*Blase*: eine Standard-Konstruktion der Mond-Architektur, die aus einer großen Höhle unter der Mondoberfläche besteht. Eine SubBlase entsteht für gewöhnlich durch das Schmelzen eines unterirdischen Sektors, woraufhin dieser unter Druck gesetzt wird. Central City besteht überwiegend aus miteinander verbundenen SubBlasen.

Sonnenstern. Der Stern im Multisystem, um den die Erde kreist.

Teleoperator, T.O. Ein ferngesteuertes Gerät, in der Regel in Form eines humanoiden Roboters, jedoch ohne dessen Fähigkeit zu autonomem Handeln. Ein T.O. wird per Fernbedienung von einem in einem Steuergerät befindlichen Menschen kontrolliert. Das Steuergerät umfängt den Operator vollständig und übermittelt ihm oder ihr die sensorischen Reaktionen des T.O. – Optik, Akustik und Haptik. Stellmotoren im Steuergerät sorgen für die Beweglichkeit des T.O.; wenn der Operator zum Beispiel einen Finger bewegt, wird diese Bewegung auf den T.O. übertragen. Wie bei den meisten Geräten, die eine Virtuelle Realität vermitteln, wirken die vom T.O. an den Operator übertragenen Wahrnehmungen äußerst real. Es sind sogar Fälle bekannt, wo durch die Virtuelle Realität Verletzungen wie Schnittwunden und Quetschungen verursacht wurden. Siehe auch *Virtuelle Realität*.

Terra Nova. Ein großes Multigenerationen-Raumschiff, das infolge des *W-Chrashs* im Erdorbit eingemottet wurde.

Träger-Roboter. Die primitivste Ausführung der charonischen Roboter, die nur für einfache Transportaufgaben zu gebrauchen sind.

UNLAC. [United Nations Lunar Administration Commission] Mond-Verwaltungsausschuß der Vereinten Nationen. Die alte Kolonialverwaltung auf dem Mond wurde vor einem Jahrhundert abgesetzt.

VSL, Virtuelles Schwarzes Loch. Zur Zeit nur in der Theorie existent. Ein VSL wird von einer künstlichen, masselosen Gravitationsquelle gebildet, die so eng gebündelt ist, daß ein mikroskopisches Schwarzes Loch entsteht. Wenn ein VSL mit einem ausreichenden Gravitationsgradienten in Anwesenheit einer ausreichenden Masse lange genug existiert, absorbiert es diese Masse und stabilisiert sich dadurch selbst.

Virtuelle Realität. Dieser Begriff bezieht sich auf alle Techniken, die einer nonlokalen Umgebung in den Augen eines Beteiligten den Anschein der Realität verleihen. Bei den meisten VR-Systemen sind zumindest die optischen und akustischen Effekte von so hoher Qualität, daß sie real erscheinen. Oft sind auch taktile Wahrnehmungen verfügbar. In der Regel hat der Teilnehmer die Möglichkeit, die simulierte Umgebung zu manipulieren, meistens per Fernbedienung oder mit einem Daten-Handschuh. Siehe auch *Teleoperator*.

VISOR, [Venus Initial Station for Operational Research] Venus-Initial-Station für Operationale Forschung. Eine als Hauptquartier für das Terraformen der Venus vorgesehene Raumstation. Wegen der finanziellen Auswirkungen des *W-Crashs* wird mit einer baldigen Einmottung der Anlage gerechnet.

Von Neumann-Cyborg Cluster. Ein halb-lebendiges von Neumann-System. Ein solcher Cluster könnte zum Beispiel eine Lebensform enthalten, die genetisch auf den Bau von Saatschiffen programmiert wurde. Die vom Saatschiff gezüchteten Lebensformen würden ihrerseits weitere Saatschiffe züchten und befruchtete Eier an Bord der Schiffe ablegen.

Von Neumann-Maschine. Eine sich selbst duplizierende Maschine. Ein Schweizer Messer, das wiederum ein Schweizer Messer bauen könnte, wäre eine von Neumann-Maschine.

Von Neumann-Tour. Eine Raumfahrttechnik, mit der ein von Neumann-Schiff ein neues Sternsystem anfliegt und sich ein paar hundertmal dupliziert, wobei es die Duplikate dann auf die Suche nach weiteren Sternsystemen schickt.

W-Crash, Wissens-Crash. Während es als sicher gilt, daß eine Weltwirtschaftskrise stattgefunden hat, weiß niemand, ob sie durch einen Informationsstau verursacht wurde, wie von der *W-Crash*-Theorie postuliert. Gemäß des *W-Crash*-Konzepts gelangte die Weltwirtschaft schließlich an einen Punkt, an dem sogar für die banalsten Entscheidungen auf die verschiedenen Datenbanken zugegriffen werden mußte. Viele Stellen wurden so komplex, daß die Ausbildung im Extremfall ein Leben lang dauerte.

Wächter, Wächter-*Ring*. Charonische Bezeichnung für den Mondpunkt-Ring und für die ähnlichen Objekte, welche die meisten der Multisystem-Welten umkreisen.

Weltenfresser. Die charonische Bezeichnung für die Lebensform, welche die Menschen als *Lander* bezeichnen.

Wurmloch. Eine Verbindung zwischen zwei Punkten im Raum, welche durch die Ausprägung von zwei aufeinander abgestimmten Schwarzen Löchern entsteht. Durch das Wurmloch rücken die beiden Punkte in einer Ebene zusammen, unbeachtlich der tatsächlichen Entfernung.

Der Lebenszyklus der Charonier

Bei den Charoniern handelt es sich um eine raumfahrende Lebensform, eine Multispezies, die zehn bis zwanzig höchst unterschiedliche Spezies, Geräte und robotische Konstrukte umfaßt. Wenn die biologische Komponente des Systems früher vielleicht im menschlichen Sinn ›intelligent‹ war, so ist sie es heute nicht mehr. Die Charonier sind in der Lage, Probleme zu lösen, Anweisungen zu erteilen, Forschung zu betreiben und besitzen auch Kombinationsgabe, sind jedoch sehr schwach in den Bereichen, welche die Menschen als kreatives Denken bezeichnen würden. Sie wissen, *wie* man etwas tut – wie man zum Beispiel ein Problem löst. Sie wissen aber nicht immer, *was* zu tun ist oder weshalb. Sie arbeiten überwiegend nach starren Routinen. In anderen Worten, sie sind stur und verlassen sich auf die kollektiven Erinnerungen an die Erfahrungen früherer Generationen.

Wahrscheinlich sind die heutigen Charonier als Saatschiffe zum Zweck der Kolonisierung gestartet und haben die ursprünglichen, biologischen Charonier zu einer neuen Heimat gebracht, doch entweder durch eine Panne oder durch Vorsatz der robotischen Wächter des Plasmas nahmen die Dinge einen anderen Verlauf.

Die intelligenten bionischen Komponenten des Systems veränderten das System und modifizierten sowohl sich selbst als auch die Gene der lebenden Komponenten, mit dem Ergebnis, daß die Charonier sich in eine Art von von Neumann-Maschinen verwandelten, die in der Lage waren, sich endlos zu replizieren.

Die Menschen befassen sich schon seit langem mit

der Theorie der von Neumann-Maschinen; doch so reizvoll das Konzept auch ist, wegen der hohen Kosten und des enormen konstruktiven Aufwands war es bisher nicht zu verwirklichen. Dabei wäre die Lösung des Problems ganz einfach und obendrein elegant: das Leben *selbst* ist eine von Neumann-Maschine. Wir Menschen können uns endlos duplizieren. Wenn die DNA so modifiziert würde, daß wir instinktiv einen bestimmten Raumschiffstyp bauten und dieses Raumschiff befruchtete Eizellen automatisch zu einer anderen Welt befördern würde, dann würde es sich um einen von Neumann handeln. Schließlich sind es nicht die Maschinen, die zur Umsetzung dieser Idee dupliziert und in der Galaxis verteilt werden müssen, sondern die *Pläne* der Maschine.

Die Multispezies der Charonier setzt sich aus mehreren Lebensformen und Robotern zusammen. Die organischen und robotischen Komponenten sind, was die Prozesse der Reproduktion und Replikation betrifft, aufeinander angewiesen. Weder die biotischen noch die mechanischen Charonier würden ohne die jeweils anderen überleben.

Die Charonier haben gezeigt, daß Reisen mit Überlichtgeschwindigkeit möglich sind, jedoch nur zwischen Punkten, die durch Transitstellen in Form Schwarzer Löcher und das Verbindungs-›Wurmloch‹ miteinander verknüpft sind. Natürliche Schwarze Löcher sind für Wurmloch-Systeme untauglich – ein Raumfahrer muß sich seine eigenen Schwarzen Löcher erschaffen. Deshalb müssen die Raumschiffe vor dem Eintritt in die Überlicht-Phase die Distanz zwischen den beiden Sternen zunächst mit Unterlichtgeschwindigkeit überbrücken und nach der Ankunft am Zielstern Schwarze Löcher schaffen. Leider ist für die Erschaffung eines Schwarzen Lochs eine Vorrichtung mit den Ausmaßen des *Rings von Charon* erforderlich.

Als Saatschiffe bezeichnete robotische Raumschiffe werden von Dyson-Sphären gezüchtet und produziert. Jedes Saatschiff verläßt die Heimatsphäre, wobei es die Position der Heimat-Sphäre in der Erbe-Erinnerung trägt.

Die Saatschiffe fliegen mit Unterlichtgeschwindigkeit von den Dyson-Sphären los und suchen das All nach lebenstragenden Planeten ab. Wenn die Saatschiffe einen passenden Planeten finden, landen sie. Sie synthetisieren die erforderlichen Chemikalien und klonen die erste Stufe des Zyklus, bei der es sich gewissermaßen um Larven handelt. Mit Hilfe der Larven bauen die Saatschiffe einfache Raumschiffe.

Die Larven kommen bereits als große Wesen zur Welt (präziser: aus dem Brutbehälter), wobei die kleinsten noch die Größe von Elefanten haben. Sie wachsen schnell heran und differenzieren sich später zu spezialisierten Typen aus. Aufgrund ihrer Größe und des schnellen Wachstums stellen sie eine große Gefahr für die Biosphäre eines Planeten dar. Ihr Verhalten beruht überwiegend auf einer Programmierung und wird zum Teil auch vom Saatschiff kontrolliert; allerdings verfügen sie bis zu einem gewissen Grad über Autonomie. Die ersten Generationen der Wesen vermehren sich nach dem Prinzip der Eingeschlechtlichkeit, wobei jeder Wurf sechs bis acht Junge umfaßt. Während der Reifephase bauen die Larven unter Anleitung der Saatschiffe weitere Raumschiffe. Normalerweise sind die Saatschiffe schon ausgeschlachtet, lange bevor die Larven in der Lage sind, den Planeten zu verlassen.

Im allgemeinen resultiert die Invasion der Larven in

der Dezimierung der Fauna und Flora und Massenausrottungen von Spezies, begleitet von klimatischen und ökologischen Schäden.

Schließlich starten die von den Larven gebauten, mit Gravitationstriebwerken bestückten Raumschiffe ins All – wenn der Planet Glück hat, noch vor der völligen Zerstörung der Ökosphäre. Die mit jeweils einer Larve ›bemannten‹ Raumschiffe sind mit Einsiedlerkrebsen vergleichbar – es handelt sich um temporäre Behausungen, die nach Gebrauch aufgegeben werden. Verendet die Larve oder wird sie zu groß für das Raumschiff, wird das Raumschiff ausgeschlachtet. Neun Zehntel der Larven verenden unmittelbar nach dem Start. Ihre Kadaver dienen den Überlebenden als Nahrung.

Die überlebenden Larven konkurrieren um die Kadaver und die aufgegebenen Raumschiffe. Zum Schluß bleiben noch dreißig- bis vierzigtausend dieser riesigen Larven übrig, die jeweils aus den Komponenten mehrerer Raumschiffe und einer Larve bestehen, die sich von den Kadavern ihrer Artgenossen ernährt hat. Raumschiff und Lebewesen verschmelzen miteinander und bilden eine organische Einheit. Jede dieser Entitäten hat die Größe eines kleinen Asteroiden mit einem Durchmesser von mehreren Kilometern und eine entsprechende Masse.

Ein oder zwei Larven landen auf der nächsten lebenstragenden Welt und graben sich ein. Sollte eine Larve diese Strapazen überleben, erschaffen und züchten die mechanischen Komponenten des Wesens einen *Rufer-Ring*. Ein solcher *Rufer-Ring* liegt tief im Innern des Erd-Monds vergraben.

Die meisten Larven indes verpuppen sich, wobei die Haut die Festigkeit von Gestein annimmt. Mithin sind sie nicht nur so groß wie Asteroiden, sondern gleichen ihnen auch in struktureller Hinsicht. Diese Kreaturen, aus denen die *Weltenfresser* hervorgehen, ziehen sich in ein Versteck zurück. Im Sonnensystem versteckten sie sich im Asteroidengürtel und in der Oort'schen Wolke. In diesem Stadium warten alle charonischen Kreaturen, sowohl organische als auch robotische, auf ein Signal.

Ein an den *Rufer-Ring* gerichtetes Signal ist der Auftakt für eine neue Phase geschäftiger Aktivitäten. Es gibt zwei Optionen, den *Rufer-Ring* zu aktivieren:

- durch ein Signal von der heimatlichen Dyson-Sphäre, das anzeigt, daß die Sphäre über genügend Energiereserven verfügt, um beim Bau einer Tochter-Sphäre behilflich zu sein; oder
- durch äußere Einflüsse: gepulste Gravitationswellen, die aus einer anderen Quelle stammen – zum Beispiel Schwerkraftexperimente, die von einer intelligenten Rasse durchgeführt werden.

Wenn der *Rufer-Ring* einen Impuls kontrollierter Gravitationsenergie empfängt, wird er seiner Bestimmung gerecht – er eröffnet einen Gravitationskontakt, eine aus zwei Virtuellen Schwarzen Löchern bestehende Transitverbindung zur heimatlichen Dyson-Sphäre. Dann schickt der *Rufer-Ring* ein gepulstes Gravitationswellen-Signal an die verpuppten *Weltenfresser*, die im Sternsystem schlafen.

Der mit der heimatlichen Dyson-Sphäre in Verbindung stehende *Rufer-Ring* versucht nun, die lebenstragende Welt aus der Gefahrenzone zu bringen, indem er sie in das künstliche Sternsystem versetzt, das die Heimat-Sphäre umgibt. Wenn die Sphäre das Signal selbst gesendet hat oder zumindest über ausreichende Energiereserven verfügt, genehmigt sie den Transfer. Beim plötzlichen Erscheinen der Erde handelt es sich nicht um die erste spontane Versetzung einer Welt – die Dyson-Sphäre ist auf solche Eventualitäten vorbereitet.

So bald wie möglich transportiert die Sphäre ein als

Anker dienendes Schwarzes Loch durch das Virtuelle Schwarze Loch, wodurch eine leistungsstärkere und stabilere Verbindung zur Heimat-Sphäre hergestellt wird.

Das die Dyson-Sphäre umkreisende Multisystem aus bewohnbaren Welten kann man sich als brachliegendes Feld vorstellen. Die Charonier horten dort lebenstragende Planeten, die je nach Bedarf an andere Orte gebracht werden.

Wenn ein Saatschiff mehrere ungeeignete Sonnensysteme angeflogen hat oder am Ende seiner Lebensdauer ein weiteres unbelebtes System anfliegt, kann es die heimatliche Dyson-Sphäre kontaktieren und mit den letzten Energiereserven eine der dort gelagerten Welten zu einem ansonsten geeigneten Sonnensystem verschieben. Durch das zusammen mit der neuen Welt gelieferte Saatschiff wird der Lebenszyklus fortgesetzt.

Nun benutzt die Dyson-Sphäre den *Rufer-Ring* als Relais für die Energieübertragung. Die aus einem langen Schlaf erwachten Puppen verwandeln sich in ausgewachsene *Weltenfresser*. Die robotischen Komponenten verbinden sich mit dem *Rufer-Ring* und absorbieren Energie. Die *Weltenfresser* steuern die großen Welten des Sonnensystems an, zertrümmern sie und gewinnen aus ihnen die zum Bau einer neuen Dyson-Sphäre erforderlichen Materialien. Diese Arbeit erstreckt sich vielleicht über Hunderte oder Tausende von Jahren, doch schließlich ist eine neue Sphäre entstanden, die imstande ist, selbst Saatschiffe zu züchten und zu bauen und ein eigenes Reich aus eingefangenen Welten zu errichten.